해외견문록2 上(상권)

오이환 지음

지은이 오이환

1949년 부산에서 출생하여, 서울대학교 철학과를 졸업하였다. 동 대학원 및 타이완대학 대학원 철학과에서 수학한 후, 교토대학에서 문학석사 및 문학박사 학위를 수여받았다. 1982년 이후 경상국립대학교 철학과에 재직하다가 2015년에 정년퇴직하였으며, 1997년에 사단법인 남명학연구원의 제1회 학술대상을 수상하였고, 제17대 한국동양철학회장을 역임하였다. 주요 저서로는 『남명학파 연구』 2책, 『남명학의 새 연구』 2책, 『남명학의 현장』 5책, 『국토탐방』 4책, 『해외견문록』 2책, 『동아시아의 사상』, 『중국 고대의 천과 그 제사』, 편저로 『남명집 4종』 및 『한국의 사상가 10인—남명 조식—』, 교감으로 『역주 고대일록』 3책, 역서로는 『중국철학사』(가노 나오키 저), 『중국철학사』 5책(가노 나오키 저) 및 『남명집』, 『남명문집』 등이 있다.

해외견문록2 上(상권)

© 오이환, 2025

1판 1쇄 인쇄__2025년 1월 10일
1판 1쇄 발행__2025년 1월 20일

지은이__오이환
펴낸이__홍정표
펴낸곳__글로벌콘텐츠
　　　　 등록__제25100-2008-000024호

공급처__(주)글로벌콘텐츠출판그룹
　　　　 대표_홍정표 이사_김미미 편집_백찬미 강민욱 홍명지 남혜인 권군오 기획·마케팅_이종훈 홍민지
　　　　 주소__서울특별시 강동구 풍성로 87-6
　　　　 전화__02) 488-3280 팩스__02) 488-3281
　　　　 홈페이지__http://www.gcbook.co.kr
　　　　 이메일__edit@gcbook.co.kr

값 35,000원
ISBN 979-11-5852-516-3　04800
　　　 979-11-5852-515-6　04800 (세트)

상

해외견문록 ②

오이환 지음

글로벌콘텐츠

머리말

이는 나의 일기 중 해외여행과 관련한 부분들을 발췌 편집한 것이다. 나는 일기를 쓰기 시작하기 전 비교적 젊은 시기에 이미 4년 반 정도의 기간을 대만과 일본에서 유학하였고, 유학 이후로도 해외를 나든 적이 전혀 없었던 것은 아니다. 유학 생활의 기록으로서는 1999년에 「주말 나들이」라는 제목으로 『오늘의 동양사상』 제2호에 발표한 것이 있다. 그러나 유람의 현장에서 적은 기록이 남아 있는 것은 이것뿐이다.

이를 작성할 당시에는 반드시 후일 출판될 것을 예상했던 것은 아니었다. 그러므로 사적인 성격의 내용이 상당히 들어 있다. 이 글의 일부를 읽어본 이 중에는 자신의 소감을 적은 부분이 적다는 의견을 말씀해 주신 분이 있었다. 그것은 아마도 이것이 매일 매일의 일기일 따름이어서, 작성 당시에 시간적 제약이 있었을 뿐 아니라 소감까지 구체적으로 적어나가다가는 분량이 너무 늘어날 것을 우려한 까닭도 있다. 그러나 나로서는 가능한 한 자신의 관점에 따라 보고 들은 내용을 적은 것이라고 생각한다. 그랜드 캐니언이나 요세미티 등의 장소에 대한 기록이 비교적 소략한 것도 그것이 세계적으로 이미 너무 잘 알려져 있어 여행안내서가 아닌 이상 새삼스레 적을 만한 내용이 별로 없다고 판단한 까닭이 아닐까 싶다.

내가 한 해외여행 중에는 학문적인 용무나 가족 관계에서 나온 것 등 관광의 목적이 아닌 것도 제법 있었지만, 그러한 부분이 반드시 여행기의 흥미를

머리말 ────────────

감소시킬 것이라고 생각지는 않으므로 배제하지 않았다. 나는 반평생을 교직에 몸담아 왔으므로 방학이 있어서 다른 직업보다는 비교적 여행을 할 수 있는 시간적 여유가 있었다. 그래서 여행이 자유화된 이후 꽤 오래 전부터 매년 여름과 겨울의 방학 때마다 한 차례씩 그저 바람 쐬기 위한 목적으로 정기적으로 해외여행을 떠나 왔고, 아마 앞으로도 그럴 것이다.

오늘날은 대체로 가는 곳마다에서 한국인들을 많이 만날 수 있으며, 개중에는 이른바 마니아라고 할 수 있는 사람도 많다. 아마도 해외여행객의 절반 정도는 마니아의 부류에 드는 사람이 아닐까 싶다. 나는 선택이 가능한 한 기왕에 가보지 않은 곳으로 향해 왔으므로, 앞으로는 갈수록 마니아들을 더 많이 만나게 될 것 같다. 그래서 세상에는 해외여행의 경험이 풍부한 사람들이 매우 많은 줄을 알기 때문에 새삼 이런 책을 출간한다는 것이 겸연쩍은 점도 있다. 그러나 나로서는 자신의 페이스와 취향에 따라 선택한 여행을 계속할 따름이며, 그것으로 족하다고 생각한다.

2013년 5월 24일
오이환

2집 머리말

　『해외견문록』을 처음 출판했던 2014년 3월로부터 11년 가까운 세월이 흘러 다시 2집을 내게 되었다. 1집 원고의 분량이 1,627KB였는데, 2집의 경우 1,621KB가 된 것이다. 이 역시 나의 일기에서 해당 부분을 발췌 편집한 것으로서 출판을 목적으로 하여 쓰인 글이 아니고, 집필 당시로서는 장래의 출판을 기약할 수도 없었다. 그러므로 독자를 염두에 둔 것이거나 판매 목적의 가이드북이 아닌 사적 기록인 셈이다.

　이제 비로소 1집이 된 과거의 책과 비교하여 달라진 점을 들자면, 1집의 경우는 2015년 2월에 있었던 정년퇴직 이전의 기록이었으므로 대부분 방학이나 안식년을 이용한 여행이었던 반면, 2집은 이미 시간의 제약에서 벗어나게 된 점이다. 그러므로 상대적으로 짧은 기간 안에 비슷한 분량의 원고가 모이게 되었고, 앞으로는 그러한 추이가 더해지지 않을까 싶다. 가진 게 시간뿐이어서, 최근에는 거의 매달 한 번 정도 출국하는 셈이 되었으니 말이다. 1집의 경우에는 여행마다 한두 개씩 흑백 사진을 삽입한 바 있었으나, 2집에서는 그것도 포기하였다. 본문만으로도 이미 분량이 상당하여 사진을 추가할 만한 지면이 부족할 뿐 아니라, 한두 장의 사진이 본문의 이해도를 그다지 높여준다고도 생각되지 않기 때문이다.

　나의 여행 목적지는 대부분 인터넷 사이트를 뒤지거나 해서 스스로 찾아낸 것이라기보다는 아는 여행사 등을 통해서 받고 있는 정보 중 흥미를 끄는 것을 고른 경우가 대부분이다. 그러므로 인연에 따른 것이며, 거의가 패키지인 셈이다. 지인 중에는 오로지 자유여행만을 선호하고 패키지 같은 것에는 한 번도 참여해 본 적 없다는 사람이 제법 있다. 앞으로는 그러한 추세가 더해질 것이라고 한다. 그러나 나이 탓인지 모르지만 우리 내외는 스스로 예습하여 모든 계획을 세우고 사전에 예약하며 몸소 운전하는 것보다는, 그저 몸만 따라가면 되고 계획된 스케줄에 따라 정확하게 움직이는 패키지가 역시 편한 것이다. 이즈음은 더욱 게을러져서 출발하는 날까지 여행지에 대한 공부를 거의 하지 않고, 관련 책자를 구입하거나 이미 수집해 둔 것조차 들춰보지 않는 경우가 많아졌다. 다만 가이드의 설명과 현지에서 보고 들은 내용만으로 그날그날의 일기를 집필하는 것이다. 지도는 가끔씩 구글맵을 이용하는 정도이다. 그리고 여행을 통하여 짧은 기간 동안이나마 일찍이 몰랐던 사람들을 새로 만나게 되는 재미도 나름 있다.

　그러므로 이 책은 제목이 의미하는 바와 같이 보고 들은 바에 관한 기록일 따름이다. 그렇다 할지라도 거기에는 무엇을 어떻게 보았는지에 관한 나름의 시각은 반영되어 있을 것이다. 구구한 해석보다는 사실로 하여금 스스로 말하게 한다는 것이 나의 학문적 신조이기도 하다.

2024년 12월 28일
오이환

목차

머리말 _____ 5

■ **2014년** ────────────────────────

정통실크로드(서안~우루무치)   12

■ **2015년** ────────────────────────

남인도/스리랑카   40

히라도 올레길   89

평요·면산·태항산   95

심양·백두산·집안   111

다테야마·히다   129

카라츠 올레   144

■ **2016년** ────────────────────────

다이센·돗토리   154

발칸   173

소흥·항주 일대   213

북알프스   245

몽골   258

후지산   275

■ **2017년** ────────────────────

라자스탄·아우랑가바드　　　　　　288

다낭·호이안·후에　　　　　　　　320

해남도　　　　　　　　　　　　　337

카자흐스탄·키르기스스탄　　　　　352

뚜르 드 몽블랑　　　　　　　　　379

광서장족자치구　　　　　　　　　401

■ **2018년** ────────────────────

말레이시아　　　　　　　　　　　432

산티아고 순례길　　　　　　　　　457

코카서스 3국　　　　　　　　　　513

2014년

2014년

정통실크로드(서안~우루무치)

■■■ 23일 (월) 한국은 흐리고 중국은 개임

혜초여행사의 정통실크로드 10일 출발 날이라, 회옥이와 함께 오전 3시 20분에 개양매표소에서 인천공항 직행 경북고속의 버스를 탔다. 금년 4월부터 그 근처의 정촌초등학교 앞으로부터 이리로 타는 장소가 옮겨졌다고 한다. 경부고속도로의 도중에 안성에서 서평택 쪽으로 접어들어 인천대교를 건너서 7시 10분에 공항에 도착하였다. 도중에 브라질 월드컵 B조 2차전 알제리와 우리나라의 시합 후반전을 좀 시청하였는데, 우리는 4:2로 패했다. B카운터 17번 부근에서 혜초여행사의 여직원을 만나 오전 6시 반에 이미 모여 체크인 수속이 시작된 우리 일행과 합류할 수가 있었다. 우리 팀에는 모두 11명이 신청했다가 그 중 두 명이 취소하여 총 9명이 되었다. 내가 팀장격으로서 단체비자를 내가 맡았다.

　대한항공의 KE807편 50E석에 타고서 09시 35분에 출발하여 11시 45분에 西安咸陽국제공항에 도착하였다. 서안은 지대가 낮아 기상상태가 좋지 못한 날이 많기 때문에 같은 평야지대이지만 좀 더 높은 위치인 함양에다 비행장을 세운 것이라고 한다. 그러나 이 공항은 2003년도에 새로 오픈한 것으로서 예전과는 완전히 달라져 최신식 설비를 갖추고 있었고, 중국 서부지역에서는 가장 큰 것이라고 한다.

서안 가이드인 김송철 씨 및 난주에서 우루무치까지의 쓰루가이드인 강영구 씨의 영접을 받았다. 김 씨는 흑룡강성 목단강시 출신의 교포 3세이고, 강 씨는 흑룡강성 密山市 출신이라고 한다. 밀산은 외삼촌 가족이 사는 鷄西市의 동북쪽에 인접해 있고, 행정구역상으로는 계서시에 속해 있다. 김 씨의 인도에 따라 공항 근처의 航空大酒店이라는 곳에서 점심을 들었다.

중식 후에 古都 서안의 문화탐방에 나섰다. 먼저 서안 동쪽 30km 거리의 臨潼區에 있는 唐華淸宮遺址로 향했다. 가는 도중에 차창 밖을 바라보니 높은 아파트들이 밀집한 곳이 많았고, 도시 전체가 예전에 비해 훨씬 더 깨끗해진 듯하고 날씨도 한결 맑았다. 서안의 오늘 기온은 섭씨 33도인데, 더울 때는 43도까지 올라간다고 한다. 2008년도의 통계에 의하면 서안 인구는 860만이라고 하며, 한족을 제외하고서 소수민족으로는 회족이 가장 많은 모양이다. 석탄과 기름의 생산이 풍부하여 산업이 발달할 수 있는 조건을 갖추었으나, 1년 강우량이 600mm 정도에 불과한 건조 지대이다. 섬서성 전체 인구는 3500만 정도 되는 모양이다. 한대의 長安은 지금의 서안과 함양 사이에 위치했었고, 수당대로부터 지금의 서안에 자리 잡게 되었다.

도중에 渭河를 지났는데, 여전히 수량이 적었다. 그러나 원래부터 이러한 것은 아니고, 상류에 저수지가 많이 건설되었기 때문이라고 한다. 장차는 공항에서 임동구의 병마용갱까지 지하철이 건설될 모양이다. 한국에서 차고 온 현지시간과 한국시간이 함께 나타나는 손목시계 중 현지시간 부분은 전지가 다 되었는지 작동하지 않았다.

먼저 華淸池에 들렀다. 이번 서안의 관광코스는 모두 예전에 몇 번씩 들렀던 곳들인데, 화청지 일대는 그새 상점들이 많이 들어서 하나의 시가지를 이루고 있었다. 이곳 驪山의 기슭에 온천이 솟아 西周시기에 幽王이 건립한 驪

宮을 비롯하여 역대 황실의 별궁이 있었는데, 화청궁은 특히 당 현종과 양귀비의 고사로 유명한 곳이다. 양귀비는 원래 현종의 18번째 왕자인 壽王의 비로서 황궁에 들어왔던 것이다. 그러나 이 며느리에게 반한 현종은 740년에 그녀를 여승으로 만들어 수왕에게서 **빼냈고**, 4년 후 다시 궁으로 들인 후 745년에 자신의 귀비로 책봉했다.

온천수가 솟아나는 古源이 두 군데, 그 물을 끌어들여 이루어진 목욕탕이 다섯 군데 있었다. 지금으로부터 약 1300년 전인 唐代의 遺蹟이다. 1982년 4월에 發現하여 1990년 9월에 박물관으로서 완성한 것이다. 그 일대에는 새로 복원한 궁전 건물들이 많이 들어서 있는 듯하여 예전과는 꽤 다른 느낌이 들었다. 지금도 온천수가 콸콸 흘러나오는 수도가 있어 그 물로 손을 씻어보았다.

蔣介石行轅(Field Headquarters)에도 새로 들러보았다. 張學良·楊虎城에 의한 1936년 12월 12일 이른바 서안사변의 현장이다. 방이 다섯 개이므로 五間廳이라고도 한다. 아마도 섬서성 북부의 延安에 본부를 둔 공산당과의 전투를 지휘하기 위한 현지 사령부였던 모양이다. 여산 중턱의 장개석이 체포된 현장이라는 곳도 바라보았다. 여산 꼭대기에는 西周의 마지막 왕인 유왕이 傾國之色인 褒姒의 웃음을 얻기 위해 거짓 봉화를 올려 제후들을 우롱했다는 봉화대가 있다.

華淸池의 건물들 바깥에 근자에 만들어진 九龍池라는 커다란 연못이 있어 그 일대에서 매년 4월부터 10월까지 張藝謀 감독이 연출한 「長恨歌」라는 야간 쇼가 공연된다고 한다. 1시간 15분 공연에 1인당 $60이라는 것이었다. 일행 중 그것을 꼭 보고 싶어 하는 부인 한 명이 있었으나, 입장료가 비싼데다 이미 정해진 우리의 일정을 변경해야 하는 문제도 있어 동참하려는 사람이 없었다.

다음으로는 秦始皇陵遺址公園을 방문하였다. 먼저 병마용의 1호갱으로부터 3호갱, 2호갱을 차례로 둘러보았고, 박물관에도 들러보았다. 1974년에 발굴되어 1979년 10월 1일부터 개방된 병마용의 총수는 현재 약 8,000개이며, 그 중 1호갱에 약 6,000개가 있다. 3호갱은 지휘본부인 모양이고,

2호갱은 병마용의 채색이 산화되어 사라지는 문제를 아직 해결하지 못해 발굴하지 않은 곳이 많았다. 박물관의 2층에는 三葺 유물이 진열되어져 있었고, 1층에는 1980년에 발견된 진시황의 구리마차 두 대 등이 진열되어 있었다. 거기서 병마용의 圖錄인 진시황제릉박물관 편『秦始皇帝陵珍寶』(陝西旅游出版社, 2013) 한 권과 그림엽서 20장 한 묶음인『秦兵馬俑全集』을 200元에 구입했다. 예전에 몇 번 왔을 때는 주로 가장 규모가 큰 1호갱만 보았던 듯하고, 진시황릉의 꼭대기까지도 걸어서 올라갈 수 있었다. 그러나 2003년 4월부터 공사가 시작되어 2010년 10월 1일에 완공 개방했다는 현재의 진시황릉은 완전히 새로운 모습이었다. 무덤 주위로 각종 나무들이 빽빽하게 심어져 있어 지금은 원천적으로 무덤으로의 접근이 차단되어져 있었다. 이 무덤은 원래 麗山園으로 불렸으며, 진시황은 50세에 사망했다고 한다.

서안 시내로 돌아와 중심가인 蓮湖區의 鍾鼓樓廣場에 있는 德發長 본점에서 석식을 들었다. 만두 음식 311종을 제공한다는 곳이다. 이 일대의 明代에 건설된 성벽 안 구역에는 현재 약 60만 정도의 인구가 살고 있는데, 제2차 세계대전 기간 중에도 서안에서는 전투가 없었기 때문에 전 세계에서 가장 완전하게 보존되어 있는 성벽이라고 한다. 鐘樓와 鼓樓는 깨끗하게 새로 단장되어져 있었고, 고루의 1층 출입구에는 올라가지 못하도록 철책이 설치되어져 있었다. 식사 후 회옥이와 함께 그 일대의 고루에서부터 牌坊까지 드넓은 回族거리의 상점가를 산책하며 쇼핑도 하였다. 나는 짧은 막대기로 등에 일직선으로 새겨진 홈을 긁으면 우는 소리가 나는 나무로 만든 두꺼비 하나를 에누리하여 50元에 구입하였다.

성벽의 남문을 경유하여, 대절버스로 30분 정도 이동하여 高新區 灃惠南路 34號에 있는 海升酒店(High Sun Hotel)에 들러 A1509호실을 배정받았다. 4성급의 최신식인데, 싱가포르의 리전드 호텔이 관리하는 곳이었다.

■■■ 24 (화) 흐리다가 오후에 비

오전 9시에 호텔을 체크아웃 하여 陝西歷史博物館으로 향했다. 예전에 왔을 때 섬서성박물관에 들렀던 적이 있었는데, 이곳 직원에게 물어보니 그것은 省級 박물관이고 이것은 國家級이어서 이쪽이 더 크다는 것이었다. 1991년 6월에 개관한 것으로서, 중국에서 두 번째로 크다고 한다. 기존의 섬서성박물관과 함양시박물관에 있던 유물들 대부분이 이곳으로 옮겨져 전시되고 있는 모양이다. 1층에서 3층까지 시대 순서에 따라 섬서성 지역에서 발굴된 역사유물들을 진열해 두고 있었다.

다음으로는 大雁塔으로 향했다. 서안 남쪽 교외의 大慈恩寺 경내에 있는 것인데, 이곳도 예전에 와 본 적이 있었지만 그새 변화가 많아 절 앞 광장에는 玄奘法師의 커다란 조각상이 서 있고, 대안탑 정면 앞에는 2007년도에 새로 지은 대웅보전이 위치해 있었다. 이 일대는 2004년도부터 재개발한 부자 동네라고 한다. 대자은사는 唐 高宗이 일찍 사망한 그 어머니 문덕황후의 명복을 빌기 위해 지은 사찰로서, 인도에서 돌아온 현장이 太宗 貞觀 22년(648)에 새로 낙성된 이 절의 첫 上座住持로 임명되었고, 永徽 3년(652)에 현장이 인도에서 가져온 經卷, 佛像을 보관하기 위해 조정에다 奏請하여 이 方形 누각식의 塼塔인 대안탑을 건설하였던 것이다. 나는 30元을 주고 門票를 끊어 내부로 들어가, 계단을 따라서 높이 64.7m인 이 탑의 7층 꼭대기까지 걸어 올라가 사면에 뚫린 공간을 통해 바깥 경치를 바라보았다. 원래 대안탑은 5층으로 건축되었는데, 10층으로 중건했다가 지금은 7층만 남아 있는 것이라고 한다.

대안탑 부근의 雁南路 482號 大唐不夜城 新樂滙項目 A5區 2號樓에 있는 한국요리점 漢陽館으로 가서 돼지삼겹살구이로 점심을 들었다. 거기서 내가 90元을 지불하여 진로소주 세 병을 사서 일행과 함께 나누어 마셨다. 우리 일행은 남자가 세 명 여자가 여섯 명이다.

점심을 든 후 대절버스 편으로 다음 목적지인 甘肅省의 天水市로 향했다. 도중에 서안 가이드인 김송철 씨는 내리고, 쓰루가이드인 강영구 씨가 우리를 안내하는 책임을 인계하였다. 그런데 조그만 체구의 강 씨는 2004년에 일본으로 유학하여 大阪에 있는 단기대학에서 2년간 경영관리를 공부한 후, 일본 전국에 여러 개의 점포가 있는 호텔 체인 중 滋賀縣 甲賀市에 있는 한 호텔에 취직해 있다가 10년만인 금년 1월에 귀국한 사람으로서, 실크로드

가이드는 처음 맡았다고 하는데, 그래서 이 지역에 대해서는 거의 아는 바가 없었다. 그의 부친도 러시아에 나가 일한 경력이 있으며, 모친과 여동생은 한국에 나가 8년째 거주하고 있는데 여동생은 현재 임신 중이라 일을 하지 못하는 모양이다. 그의 수준으로 보아 아마도 정식 가이드 자격증은 소지하고 있지 않을 듯하다. 일본에서 처음 2년 정도는 재미가 있었으나, 동북지방의 대지진으로 인한 해일 피해가 있은 이후 關東지역 이북의 업소들은 매년 심한 적자상태였다고 하니, 그 때문에 해고되어 귀국한 것일지도 모른다는 생각이 들었다. 올해 32세인데, 아직 총각이라고 한다.

우리는 약 5시간 동안 계속하여 섬서성 서부의 고속도로를 달려갔다 도로는 처음 편도 4차선이었다가 張橫渠의 고향인 眉縣을 지나서부터는 공사 중인지 편도 1차선으로 좁혀진 곳도 있다가 대도시인 寶鷄市를 지나서부터 다시 넓어졌다. 섬서성과 감숙성의 경계지역은 이른바 隴西의 구릉지대를 지나야 하기 때문인지 터널이 매우 많았다. 개중에는 통과하는데 차로 30분 정도 걸리는 것도 있었다. 섬서성에서는 조금 빗방울이 들다가 부슬비가 내리는 정도이더니, 감숙성에 들어서니 제법 비가 내렸다. 오늘 우리 일행이 도착한 천수시는 내가 호텔 카운터에 가서 물어보니 컴퓨터로 조회해 보고서 2012년 통계로 인구 370만이라고 알려준 정도의 대도시였다. 우리는 秦州區 新華路 宇鑫商城二樓東區에 있는 芙蓉大酒店에서 저녁을 든 후, 그 부근인 秦州區 新華路 108號에 있는 飛天美居酒店(Apsaras Boutique Hotel)에 들었다. 역시 4성급의 체인 호텔인데, 회옥이와 나는 1009호실을 배정받았다. 식당이나 호텔의 주소 지명에서도 보이는 바와 같이 천수는 秦나라가 발상한 근원지이다. 天水라는 지명은 옛날 이 지역에서 큰 지진이 일어나 땅이 갈라져 물이 솟아났으므로, 그 물을 하늘이 보낸 것이라 하여 이런 이름을 붙였다고 한다.

오는 도중 대절버스 안의 출입문 부근에 온수와 냉수를 뽑을 수 있는 장치가 있어 커피를 타 마시기 위해 온수를 받고자 했으나 작동하지 않았다. 眉縣의 휴게소에 한동안 정거했을 때 기사와 가이드가 번갈아 기계 내부를 들추면서까지 시도해 보았으나, 역시 고장인 모양이라 물은 아래쪽의 바닥으로 떨어지고 여전히 컵에다 받을 수가 없었다.

어제와 오늘은 호텔 안에 WIFI 설비가 있어 가져간 소형 컴퓨터로 인터넷을 사용할 수 있었다. 그러나 즐겨찾기에 올려둔 다른 홈페이지로는 쉽게 연결이 되는데, Facebook은 그렇지 못했다. 회옥이가 외국에 있을 때 중국인 친구에게서 들은 바로는 중국 정부는 국내에서 페이스북에 접속하지 못하도록 차단해 두었다고 하더라는 것이었다.

■■■ 25 (수) 흐림

중국 여행의 3일째로, 오늘은 감숙성 천수시의 동남쪽 45km 거리에 있는 麥積山石窟을 보러갔다. 지도를 보니, 천수시의 북쪽으로 한참 떨어진 곳인 平涼 근처에 내가 책을 통해 그 이름을 익히 알고 있는 중국 도교의 제일가는 명산 崆峒山이 위치해 있었다. 오전 8시에 출발하여, 어제 지나왔던 길을 좀 되돌아가다가 시장 거리에 들러 여러 종류의 과일을 구입하기도 했다. 맥적산석굴은 秦嶺산맥의 서쪽 끝 小龍山 속에 있으며, 그 일대는 숲이 울창하다. 거대한 암벽으로 이루어진 산 모양이 農家에서 보리를 쌓아놓은 것 같다 하여 麥積이란 이름이 붙었다. 1952년에 발견된 것인데, 142m의 우뚝 선 암벽에다 무수한 佛龕을 만들고, 그 안과 바깥 벽면에다 크고 작은 불상을 새긴 것이다. 유관 기록에 의하면, 맥적산석굴은 5세기 남북조의 北魏시기부터 건설되기 시작하여 10여개의 朝代를 거쳐 부단히 증수된 것이라고 한다.

그리로 향하는 도중의 길에서 '伏羲故里, 龍城天水'라든가 '龍城伏羲廟, 天水麥積山' 등의 문구가 계속 눈에 띄었다. 알고 보니 천수는 중국 最大最古의 伏羲廟가 있는 곳으로서, 매년 음력 5월 13일에 '天水伏羲文化節'을 거행하는 모양인데, 올해는 바로 며칠 전인 6월 22일이 그날이었다. 맥적산에서 중국인 여자 가이드로부터 들은 바에 의하면, 천수는 중국 문화의 기원을 이루는 전설상의 왕인 복희와 그 부인 여와가 살던 고장으로서, 그러한 내용의 기록이 송대의 문헌에 있다고 한다.

맥적산 입구에 도착한 후 전동카를 타고서 산 아래까지 한참동안 이동하였다. 하차한 후 50元을 지불하고서 중국인 젊은 여성 안내인 한 사람을 고용하였는데, 우리 가이드가 기초 지식이 없어 그녀의 설명을 거의 통역하지 못하므로, 내가 좀 거들기도 하였다. 그녀의 설명에 의하면, 맥적산석굴의 불상들은 泥土에다 각종 물질을 섞어서 만든 塑像이며, 황실의 힘에 의한 것이 아니라 민간인이 조성한 것이기 때문에 중국의 다른 유명한 석굴사원들에 비해 상대적으로 규모가 작다고 한다. 꼬불꼬불한 계단을 따라 올라가 두루 돌아다니며 구경을 마쳤는데, 남아 있는 불상의 수가 예상 외로 많고 또한 내가 본 중국의 석굴사원들 가운데서는 보존상태가 가장 좋은 듯하였다. 개중에는 魏 文帝의 황후 乙弗氏의 유해를 보관한 佛龕도 있었다. 그러나 개중에 가장 볼만한 불감들은 따로 수백 元씩의 돈을 받고서야 입장을 허락해 주는 것이었다.

돌아서 전동차 주차장으로 내려오는 도중에 길가의 상인들로부터 하나에 15元씩 주고서 호두 등으로 만든 염주 다섯 개를 구입하였다. 맥적산 부근의 길가 식당에서 점심을 들었는데, 거기는 한국인이 자주 들르는 곳인지 식탁에 한국식 고추장이 올라오고 뜰에는 한국식 야채들도 심어져 있었다.

식사 후에 고속도로를 따라서 一路 감숙성의 성도인 蘭州로 향했다. 도로는 편도 2차선이고 오늘도 터널을 많이 지났다. 산에는 나무나 돌이 거의 없고 차창 밖의 풍경이 거의 대동소이한데, 들판은 대부분 농토로 개간되어 나무도 풍부하고 농작물이 많이 재배되고 있었다. 도중에 천수는 삼국시대 촉의 명장 姜維의 고향이라는 문구도 눈에 띄었다.

鴛鴦 휴게소에 들렀다가, 거기서 금년도판『中國高速公路及城鄕公路網地圖集』(中國地圖出版社) 및 『中國高速公路及城鄕公路網旅游地圖集』(山東省地圖出版社) 각 한 권씩을 샀다. 46배판 크기의 두껍고 무거운 책이었다. 이 책에 의하면, 어제부터 우리가 가고 있는 도로는 서안에서 신강의 우루무치로 이어지는 G30 連霍高速인데 이 길이 대체로 과거의 실크로드를 따라가는 대표적인 길인 듯하였다. 이 길은 난주에 가까운 定西市에서 G22 靑蘭高速과 합해져 하나로 되었다가, G22의 종점인 난주를 지나서부터는 다시 독립된 고속도로로 된다.

우리는 오후 6시 무렵 난주에 도착하였으나, 시내의 교통정체로 말미암아 도중에 한참동안 거의 움직이지 못하다가 기사가 다른 길로 빠져나와 시내를 에둘러서 7시 50분경에야 비로소 저녁식사 장소인 蘭州市 西固西路 小平房에 있는 鄕村人家酒店에 닿았다. 식당에서는 일행 중 영어 교사를 지낸 부인 강미복 씨와 함께 온 이찬주 씨가 白酒를 한 병 사서 나를 비롯한 몇 명이 함께 나눠 마셨다. 두 시간 정도 돌아다녔기 때문에 난주 시내를 거의 다 드라이브한 셈이 되었다. 시내에는 히잡을 쓴 여자나 희고 둥근 이슬람 모자를 쓴 남자들이 자주 눈에 띄었고, 황하를 건너기도 하고 그 강변도로를 따라가기도 하였다. 난주의 인구는 390만 정도라고 한다. 오늘의 숙소는 식당 근처인 西固區 玉門街 703號의 蘭苑建國賓館이고, 회옥이와 나는 1605호실을 배정받았다. 준5성급인데, WIFI는 1층 로비에서만 된다고 한다. 일행은 가이드를 따라 야시장 구경을 나가는 모양이지만, 회옥이와 나는 시간이 이미 늦었으므로 호텔에 남아 샤워를 하고서 밤 10시쯤에 취침하였다.

■■■ 26 (목) 흐림

오전 8시에 호텔을 출발하여 난주시의 서남쪽 永靖縣의 서남 35km 지점에 위치한 炳靈寺로 향했다. 황하 北岸의 小積石山 大寺溝 중에 있는 중국의 유명한 석굴사원 중 하나이다. 이 석굴은 원래 다른 이름들로 불려 왔는데, 이 지역이 티베트에 의해 점령되어 있었던 시기인 송대에 티베트어 '仙巴炳靈'의 음역으로서 이런 이름이 붙었던 것이며, 그 의미는 '十萬 彌勒의 땅'이라고 한다. 이 석굴은 五胡十六國 시대 西秦 왕조의 建弘 원년(420)부터 개창되기 시작하여 이후 여러 朝代에 걸쳐 계속 조성되어져 왔으므로, 약 1,600년의 역사를 가지고 있다. 석굴은 上寺·洞溝·下寺의 세 구역으로 이루어져 있는데, 상사구와 동구구는 주로 元·明대에 티베트로부터 전래된 불교의 내용을 반영하고 있고, 하사구는 비교적 한족 불교의 요소가 많다고 한다. 이곳의 바위는 白堊期의 紅沙巖으로 이루어져 있어 조각하기가 쉬우므로 대부분의 불상들은 돌에다 직접 새긴 것이고, 그 중 일부는 泥土로 조성한 塑像이다. 상사와 하사 사이의 거리는 2.5km라고 하는데, 우리는 난간에 의해 표시된 길을 따라 걸어가면서 참관했으므로, 하사의 경우는 제대로 구경을 했는지 어떤지 잘 모르겠다. 여기저기의 절벽 위에 계단 길이 설치되어져 있는 곳도 있었지만, 맥적산의 경우와는 달리 그리로 접근하는 출입구는 모두 차단되어져 있었다.

우리는 1958년부터 69년 사이에 만들어진 방대한 劉家峽댐을 10인 정도가 탈 수 있는 소형쾌속선으로 50분 정도 횡단하여 나아갔는데, 병령사 석굴은 그 코스의 石林 다음에 위치해 있었다. 선착장에서 일행 중 부인과 함께 온 김종일 씨가 돌아가면 혜초여행사의 홈페이지에다 우리의 쓰루가이드 강영구 씨에 대해 불평하는 글을 올릴 것이라는 말을 들었다. 강 씨는 신강성에서 10년 정도 가이드 생활을 하고 있는 친척 형의 권유로 이리로 와서 같은 가이드 업에 종사하게 되었는데, 마음씨가 착하기는 해도 가이드 공부를 시작한지 3개월밖에 되지 않아 너무 아는 바가 없는 것이다. 혜초여행사는 다른 여행사에 비해 요금이 비싼 편이기는 해도 쇼핑이나 옵션을 하지 않는 점이 특색이라고 한다.

선착장에서 댐 속으로 조금 나아가면 양쪽의 넓은 계곡으로부터 흘러오는 누런색과 푸른색 두 종류의 황하 물이 서로 합류하는 지점이 있고, 우리는 오른편 푸른색 물의 방향으로 계속 나아갔다. 선착장 등에 '黃河三峽'이라는 문구가 자주 눈에 띄는 것으로 보아 이곳에도 양자강의 삼협처럼 경치가 좋은 곳들이 있는 모양이다. 이 댐의 수심은 가장 깊은 곳이 70m, 평균하여 50m 정도라고 한다. 해발고도는 1,750m로서 나는 조금 고지대에 올라온 것을 몸으로 느낄 수 있었다. 관람을 마치고서 돌아올 때 선착장에 있는 상인으로부터 甘肅炳靈寺文物保護研究所가 편찬한 『炳靈寺石窟藝術』(2006)이라는 책을 한 권 샀다. 정가는 80元이나 상인이 100元을 부르므로 깎아보다가 흥정이 성립되지 않아 일단 배에 올랐는데, 미련이 남아 멀리서 상인 아주머니를 다시 불러 50元에 그 책을 샀다. 그러나 흥정할 때는 분명 새 책이었던 것이 떠나가는 배 안에서 건네받은 책을 펼쳐보니 헌 책이었다.

劉家峽水電廠辦公樓 건너편에 있는 銀河酒家라는 곳에서 점심을 든 후, 난주 시내로 돌아왔다. 어제 저녁에는 난주의 거리가 온통 먼지투성이였는데, 오늘은 다소 맑아보였다. 그러나 건널목에 신호등이 없는 곳이 대부분이어서 위험하기 짝이 없고, U턴 하는 장소도 따로 없어 차들이 제멋대로 방향을 돌리고 있었다. 거리를 달리는 차들은 중국 상표의 것도 있지만, 대부분 외국의 유명 자동차 회사가 중국에서 만든 것인데, 개중에 프랑스의 시트로엥 차가 가장 많은 듯하였다. 한국 차도 제법 눈에 띄었다.

먼저 유명한 黃河母親像을 보러 갔다 황하 강변의 공원에다 돌로써 조각하여 세운 것인데, 1984년에 만든 것이었다. 그런 다음, 蘭州黃河索道의 케이블카를 타고서 강 건너편 白塔山으로 건너갔다. 이 케이블카는 1994년에 건설된 것으로서, 길이는 1,041m이고, 상하고도의 차는 157m라고 되어 있었다. 백탑산공원에 도착한 다음, 우리 일행 대부분은 碑林과 정상이 있는 쪽으로 가고, 회옥이와 나는 유명한 백탑을 보기 위해 계단을 따라서 산을 내려가 백탑사에 다다랐다. 그러나 절은 수리중이라 안으로 들어갈 수 없고, 바깥에서 높이 솟은 탑의 일부를 바라볼 수 있을 따름이었다. 이름과는 달리 탑은 흰색이 아니고 약간 붉은 빛이 도는 갈색이었다. 백탑산의 도처에 정자와 절 등 전통 건축물들이 널려 있고 마작 하는 사람 등이 눈에 띄었다.

定西路 258호 八治大廈의 3층에 있는 小洞天自助火鍋에서 저녁식사를 든 후, 역으로 가서 밤 10시에 출발하는 嘉峪關 행 기차를 탔다. 8호차 4인 1실의 軟臥 칸인데, 회옥이는 일행 중 다른 부인과 자리를 바꾸어 나와 같은 칸의 위층에 탔다. 그러나 역 대합실에서 트렁크 속에 넣어둔 컴퓨터를 꺼내 오늘의 일기를 쓰려고 하다가 비로소 발견했는데, 기사가 버스의 짐칸에서 내 트렁크를 무리하게 끌어내다가 아래쪽의 지지대 하나가 떨어져 나가고, 자물쇠 한쪽도 망가져 있었다. 이럭저럭 임시변통하여 자물쇠를 채울 수는 있었다. 그러나 작년에 이집트에서 회옥이로부터 빌려간 트렁크 하나를 망가뜨린 후, 오래 써온 이 트렁크를 새로 꺼냈는데, 예전에 처음 미국에 갔을 때 뉴욕의 교포 상점에서 사 온 이 트렁크도 이제 드디어 나와의 인연이 다한 모양이다.

■■■ 27 (금) 대체로 맑으나 낮 한 때 비

오전 6시 10분에 가욕관에 도착하였다. 깨끗하고 아직 사람들이 별로 나다니지 않는 새벽의 시내 거리를 가로질러 新華北路 1號에 있는 嘉峪關賓館으로 이동하여 호텔 식당이 문을 열기를 기다려 식사를 하였다. 식사를 기다리는 도중에 호텔의 WIFI로 한국 소식을 접한 사람들로부터 한국이 월드컵에서 벨기에에 1:0으로 패배하여 16강 진출에서 탈락했다는 소식을 접했다.

조식 후 가욕관 성루로 이동하였다. 만리장성의 서쪽 끝이자 옛날 중국 영토의 서쪽 끝이라고 할 수 있는 곳이다. 가욕관은 명대의 洪武 5년(1372)에 건설된 것이다. 거기서도 우리는 입장이 시작되는 시각까지 얼마동안 기다리다가 입장하였다. 성 안의 光化樓에 걸린 '天下第一雄關'이라는 글씨는 원래 서역 지역을 맡아 있던 左宗棠이 쓴 것이었는데, 현재의 것은 병령사 등 감숙성 일대에서 여러 차례 보아왔던 趙樸初의 글씨였다. 키가 큰 안내원 아가씨가 우리를 인도하여 여러 곳을 설명해 주었으나 가이드 강 씨는 한국어가 좀 서투르기도 하여 통역을 잘 못하므로 내가 주로 통역을 맡았다.

가욕관은 남쪽의 祁連山과 북쪽의 黑山 사이에 폭이 15km 정도로 좁아진 곳에 세워진 군사요새였다. 해발고도 4,000m가 넘는 기련산은 흰 눈을 덮어쓰고 있었다. 또한 이곳은 당시로서는 중국의 최전방이므로 출입국 수속이나 상인들의 변방무역이 이루어지던 곳이기도 하다. 그러므로 성내에 武神이면서 재물의 신을 겸한 관우의 사당 즉 關廟도 위치해 있었다. 이곳에는 최대 800명, 적을 때는 80명 정도의 군사가 주둔해 있었다고 한다. 옛날에는 23세가 되면 1년간 병역의무를 지고 이곳에서 군무에 종사했다고 하는데, 지금도 성 안에서 그 정도 연령의 젊은이들이 갑옷을 걸치고 무기를 지닌 채 행진하는 모습들을 볼 수 있었다.

우리는 '가욕관'이라는 글씨가 새겨진 가장 끄트머리의 성문 밖까지 나아가 바라보았다. 이 일대의 성곽 건너편은 모두 고비사막이었다. 성 안에서 오전 10시부터 45분간 이어지는 演武場의 공연을 보고, 장성박물관에도 들렀다가 나왔다. 주차장으로 돌아오는 길가에서 林則徐가 지은 〈出嘉峪關感賦〉를 모택동의 글씨로 거대한 옥돌에다 새겨놓은 것 앞에서 기념사진을 찍기도 하였다. 임칙서는 아편전쟁 후 1842년에 좌천되어 新疆으로 발령을 받아 가던 도중에 그 해 10월 가욕관을 지나면서 이 賦를 지었던 것이다. 그는 1845년 12월에 석방되어 다시 關으로 들어왔다.

黑山湖 톨게이트에서 G30 連霍高速에 접어들어 돈황을 향해 서북 방향으로 나아가다가, 赤金 휴게소의 남쪽에 붙어 있는 鐵人苑生態酒店 魏先生이라는 곳에서 점심을 들었다. 그 옆에 鐵人王進喜紀念館이 있고, 도중의 고속도로 가에 세워진 간판에서도 적금이 철인의 고향이라는 문구가 눈에 띄는 것으로 보아 꽤 유명한 사람인 듯하였다.

瓜州에서 S314 국도로 빠져나와 돈황으로 향하였다. 과주에 접근할 무렵 사막인데도 불구하고 제법 강한 비가 내리더니 머지않아 그치고서 다시 개었다. 과주로 가는 도중의 고속도로 가에는 거대한 송전탑들이 끝없이 이어져 있었다. 오후 6시 30분 무렵 돈황 시내에 도착하여, 沙州南路 589號에 있는 食爲天이라는 식당에 들러 석식을 들었다. 이곳 별미인 듯한 낙타 발바닥 요리도 나왔다. 그런 다음 우리들의 오늘 숙소인 陽關中路 1339號에 있는 敦煌陽光沙州大酒店(Grand Soluxe Hotel Dunhuang)에 이르러 회옥이와 나는 2317호실을 배정받았다. 5성급 호텔이었다.

샤워를 마친 후, 오후 8시 20분에 1층 로비에서 모여 일행이 다 함께 호텔에서 별로 멀지 않은 위치의 사주야시장(敦煌夜市)을 산책해 보았다. 야시장이라고는 하지만 서역 시간은 중국 표준시인 북경 시간과 실제로는 두 시간의 시차가 있으므로, 아직 저녁 무렵이었다. 야시장은 제법 컸는데, 나는 거기서 흙으로 빚은 악기인 오카리나 하나와 손 안마용 장난감 두 개, 그리고 이곳에서 자주 눈에 띄는 돈황 특산품인 羅布麻 차를 구입하였다. 산책을 마친 다음, 다 함께 시장 안의 널찍한 광장 같은 노천식당에서 양고기 꼬치구이 및 각종 과일과 기름에 졸인 땅콩 등을 곁들여 캔 흑맥주를 마셨다. 걸어서 호텔까지 돌아오는 도중에 나는 또 佰順祥이라는 구둣가게에 들러 100元 주고서 여름용의 베로 만든 구두(布鞋) 하나를 구입하기도 하였다. 다시금 일행과 함께 호텔 바로 건너편에 있는 제법 큰 호수 가의 분수공원에 들렀다가, 밤 11시 무렵에 취침하였다.

■■■ 28 (토) 맑으나 오후 한 때 흐리고 빗방울

아침에 일어나자 손목시계가 마침내 한국시간 부분까지 모두 작동하지 않게 되었다.

8시에 호텔을 출발하여 인구 18만의 오아시스 도시 돈황으로부터 동남쪽으로 25km 정도 떨어진 莫高窟까지 버스로 한참동안 달렸다. 전한의 무제가 河西回廊에서 흉노를 몰아내고 武威·張掖·酒泉과 더불어 이른바 河西四郡의 하나로서 敦煌郡을 설치했을 당시부터 이곳은 도성 장안을 중심으로 중원에서 유명하였다. 우리가 간밤에 머문 호텔의 이름에도 보이는 沙州는 唐代 돈황의 명칭이다. 막고굴은 鳴沙山 東麓의 절벽에 위치해 있는데, 이곳에 불교사원이 開鑿되기 시작한 것은 4세기 중엽부터이다. 유네스코 세계문화유산의 하나이자 중국 3대 석굴 가운데서도 규모가 가장 크고 내용이 가장 풍부한 석굴예술의 보고인 막고굴에는 492개의 동굴이 있는데, 우리는 중국인 여자 안내원의 인도를 따라서 그 중 23, 332, 16-17굴 중 특히 돈황문서 5만 권이 나온 17굴 藏經洞과 그 맞은편의 장경동진열관, 329, 259, 249, 237굴 및 9층 누각 안에 측천무후 때 조성된 높이 35.5m의 미륵불이 있는 96굴, 그리고 길이 15m의 와불이 있는 148굴을 참관하였다. 막고굴의 바깥 벽면에도 벽화가 일부 남아 있었는데, 현재 시멘트로 처리되어 있는 외벽을 건설한 것은 1960년이었다고 한다. 한 시간 반 정도 참관하였다. 굴 안의 불상들은 대부분 진흙으로 조성된 塑像이며 청대에 수복된 것이 많았고, 벽화는 돌 위에다 진흙을 발라 처리한 것이었다. 9층 누각 안의 미륵불은 세계 및 중국에서 모두 세 번째로 큰 불상이라고 한다.

우리들의 안내원은 서안 출신의 얌전한 목소리를 지닌 여성으로서, 서안의 외국어대학에서 공부한 후, 한국어 과정이 있는 북경의 대외경제무역대학에서 2년간 한국어를 공부했으며, 한국에 와 본 적은 없었다고 한다. 한국어 문법이나 표현은 꽤 정확했지만 발음에는 알아듣기 힘든 점이 많았다.

돈황 시내로 돌아와 陽關西路 26호에 있는 敦煌陽光大酒店의 식당에서 점심을 들었다. 오후에는 역시 돈황 남동쪽 25km 가량 떨어진 위치에 있는 사주고성유적(돈황고성)에 들렀다. 1987년에 일본 작가 井上靖의 소설 『돈황』

을 영화화하기 위해 중일합작으로 만든 세트장으로서, 漢代 古城의 모습을 1/4 정도 규모로 축소한 것이었다. 그 이후 100여 편의 영화나 TV 드라마를 촬영한 현장인데, 한국 영화 「선덕여왕」 「海神」 「좋은 놈 나쁜 놈 이상한 놈」 도 여기서 촬영한 적이 있다고 한다. 영화 세트장이라고는 하지만 현재는 관광지화 하여 國家AAA級景區로 지정되어져 있었다.

다음으로는 鳴沙山과 그 곁에 있는 月牙泉에 들렀다. 돈황 남쪽 5km 지점에 있는 것인데, 명사산은 고비사막의 한가운데에 모래로 된 사막이 남북 20km, 동서 40km에 걸쳐 펼쳐진 것이다. 우리는 거기서 낙타를 타고 사막 속으로 이동한 후 모래 산에 설치된 나무 계단을 타고서 정상에 올라 나무썰매를 타고 중간 지점까지 미끄러져 내리는 놀이를 하였다.

우리들의 낙타몰이꾼은 올해 36세 된 남자인데, 겉보기에는 40~50대 정도로 보였다. 일찍이 일본어 가이드를 했었으나, 병으로 11년간 아무 일도 못하고 쉬고 있다가 월급이 얼마 되지 않는 이 일을 맡게 되었노라고 했다. 도중에 여러 번 낙타를 세워 카메라로 우리들 한 사람 한 사람의 모습을 찍어 주기도 하는 등 매우 친절하였다.

사막 속 초승달 모양의 호수인 월아천의 물은 곤륜산맥의 눈이 녹아 만들어진 黨河라는 이름의 강이 지하로 흘러들어 비교적 저지대인 이곳에서 다시 솟아나는 것인데, 시대가 흐름에 따라 점점 수량이 줄어들다가 현재는 당하와 월아천의 사이가 끊겨 인공적으로 물을 대고 있다고 한다. 회옥이와 나는 월아천 위의 여러 누각과 건물들을 산책하며 호수의 경치를 내려 보다가, 캔 맥주를 하나 사 마신 후 매표소 쪽으로 돌아왔다. 화장실에 들러 몸에 묻은 모래를 씻어 내린 후, 돈황 시내로 돌아와 陽關中路 1785號에 있는 富國酒店의 식당에서 석식을 들었다.

오후 6시 30분에 돈황을 출발하여 2시간 반 정도 고비사막 속을 달린 후 柳園에 도착하여, 다음 목적지인 鄯善으로 가기 위해 밤 10시 21분에 북경발 우루무치 행 야간열차를 탑승하였다.

29 (일) 맑음

오전 4시에 新疆위구르자치구의 鄯善 역에 닿았다. 역의 간판에 한자와 아랍 문자가 함께 보이기 시작하였다. 어두운 가운데 약 한 시간 걸려 선선 남쪽에 있는 쿠무타크사막으로 이동하였다. 국가자연보호구로 지정되어져 있는 곳이다. 이 사막의 모래는 우루무치와 투루판 사이에 있는 다반청 쪽에서 날아와 쌓인 것이라고 한다. 거기서 신강사막체육공원이라는 곳에 들러, 깜깜한 가운데 西域航空이라는 이름의 사막 지프차를 타고서 울퉁불퉁한 사구를 누비며 건너편의 모래 산봉우리 중 하나에까지 이동하였다. 거기서 일출을 볼 예정이었지만, 날이 밝아지기를 기다려 보아도 동쪽 하늘에 구름이 끼어 있어 해는 나타나지 않았다.

선선 시내의 新城東路 2965號에 있는 西游酒店으로 이동하여 그 호텔의 식당이 열리는 시각까지 기다렸다가 조식을 든 후, 다시 G30 고속도로에 올라 약 3시간 걸려서 투루판 쪽으로 이동하였다. 선선의 정남쪽 방향으로 멀리 떨어진 쿠루크타크의 사막 가운데에 樓蘭 古城의 유적이 남아 있는데, 가이드의 설명에 의하면 고대 루란 왕국의 후예들이 이곳으로 옮겨와 선선 왕국을 세웠다고 한다. 선선은 현재 인구 20만에 가까운 도시이다.

투루판에 도착한 후 먼저 『서유기』의 무대 중 하나인 火焰山에 들렀다. 투루판 시에서 동쪽으로 40여km 되는 곳이다. 우리가 찾아간 곳은 TV에서 자주 본 화염산의 전면이 아니고, 그 뒤편 강이 흐르는 木頭溝라는 이름의 골짜기에서 양옆으로 솟아 있는 화염산을 바라본 것이었다. 전면의 화염산도 그 근처를 지나가는 도중에 여러 차례 바라보았다.

목두구 골짜기를 조금 더 들어가니 유명한 베제크리크 千佛洞이었다. 투루판에서 제일 큰 불교석굴사원인데, 주로 고대의 위구르인들이 조성한 것이다. 베제크리크란 위구르어로 '산허리'라는 뜻이라고 한다. 그 의미와 같이 골짜기의 아래쪽 바닥은 포도원으로 되어 있고, 그 왼쪽의 화염산 산허리 절벽에다 흙속에 동굴을 파고서 벽돌로 조성한 것이었다. 그러나 1905년에 독일인, 1911년에는 영국인 스타인 등에 의해 동굴의 벽화들은 이미 대부분 떼어내져 해외로 반출되고 지금은 어렴풋한 벽화의 흔적들을 둘러볼 수 있을 따름이었다. 유출된 문화재의 모습들은 현장에 사진으로 전시되어져 있었다. 고대에 불교를 신봉했던 위구르인들은 현재 모두 이슬람교의 신자로 되어 있다. 나는 거기서 붉은색의 여성용 위구르 모자를 하나 샀다. 남성용의 것은 근년에 신강을 방문했을 때 쿠차의 바자르에서 이미 사 둔 것이 있다.

베제크리크에서 남쪽으로 약 15km 지점에 있는 高昌故城을 방문하였다. 서역에서 두 번째로 컸던 옛 고창 왕국의 유적지로서, 기원전 104년 漢 무제 때 이광리가 한혈마를 구하기 위해 대완국으로 진군하던 도중 이곳에다 군사적 목적으로 지은 보루가 원형이라고 한다. 당의 세력이 약해진 9세기 중엽, 몽골 초원에서 이주해 온 위구르 족이 여기에다 왕국을 건설하고서 독립국가를 유지하다가 13세기 말에 몽골에 패함으로서 1400년간 이어온 고창고성은 역사의 무대에서 사라지게 된 것이다. 우리는 젊은 여성이 운전하는 전동차를 타고서 드넓은 성터 안을 한 바퀴 돌면서 폐허가 된 유적지를 둘러보았는데, 도중에 현장법사가 630년 2월부터 약 한 달간 당시의 고창 왕 麴文泰를 위해 『仁王般若經』을 설법했다는 西南大佛寺에서 전동차를 내려 그 현장인 講經堂을 둘러보았다. 현장법사는 당시 고창 왕으로부터 융숭한 대접을 받고 왕과 더불어 의형제를 맺기까지 했던 것이었다. 이 지역에서는 우리가 이미 몇 차례 경험했던 바와 같이 비가 오면 5분 정도로 그치고 마는데, 최근 여기서는 약 한 시간 정도에 걸쳐 제법 큰 비가 내렸던 모양이라 유적지 안에 빗물의 흔적이 남아 있었다.

다음으로는 투르판의 동남쪽 30여km, 고창고성에서 북쪽으로 2km 지점에 인접해 있는 아스타나古墳群에 들렀다. 晉唐時 고창성에 거주하던 각 민족 귀족의 공동묘지로서, 1988년 2월에 전국중점문물보호단위로 지정되었다. '아스타나'란 위구르어로 '수도'라는 뜻인데, 고창고성을 지칭하는 말이다. 이는 담장으로 둘러쳐진 꽤 큰 규모로서, 1916년 외국 탐험대에 의해 세상에 모습을 드러낸 이후 지속적인 발굴 작업이 이루어져 '지하박물관'이라고 불리기도 하는 곳이다. 나는 이곳에서 출토된 唐代에 卜天壽라는 소년이 필사한 鄭玄 注『논어』를 주요 자료로 하여 일본에서 석사논문을 집필한 바 있었다.

　투루판은 세계적인 포도생산지로서 도처에 포도밭과 벽돌로 만든 포도건조장이 눈에 띄는데, 이 고창고성 일대에서는 집 위에다 포도건조장을 만들어 둔 것들도 보이고, 뽕나무로 가로수를 삼은 것도 많았다. 투루판은 위구르 어로 '저지대'를 의미하는데, 이곳은 가장 낮은 아이딩湖의 수면이 해발고도 -154m로서 사해지역에 있는 여러고에 이어 세계에서 두 번째로 지대가 낮은 곳이고, 평균 강우량은 16mm인데 비하여 증발량은 3,000mm에 달한다.

　30분 정도 차를 달려 투르판 시내로 들어왔다. 이곳에서는 외국 차 중 한국 차가 가장 많은 듯하였다. 太陽大飯店이라는 淸眞식당에 들러 점심을 든 후, 東環路 水韻廣場 南側에 있는 우리들의 숙소 火洲大酒店에 들러 우리에게 배정된 A512호에서 간단히 샤워를 하였다. 火洲는 투루판의 별칭이다.

　오후에는 만리장성, 대운하와 더불어 중국 고대의 3대 공사 중 하나로 꼽히는 수리시설 카레즈(坎兒井)를 보러 坎兒井樂園으로 갔다. 카레즈를 소개하기 위한 시설이었다. 우리는 지하로 내려가 유리판으로 덮인 카레즈의 모습을 두루 둘러보았다. 카레즈는 천산산맥의 눈 녹은 물이 지하로 흐르는 것을 이용하기 위한 것인데, 그 총길이는 5,272km라고 한다. 나는 여기서 위구르족의 흰색 상의를 한 벌과 유목민족의 노래를 수록한 CD 두 장이 수록된 '親愛的大草原(Lovers Sing Prairie)'을 샀다.

　다음으로는 내일 일정에 들어 있었던 交河故城과 蘇公塔을 보러갔다. 교하고성은 고대 서역의 36 국가 중 하나였던 車師前國의 수도로서 기원전 108년부터 기원후 450년까지 존재했던 것이다. 450년부터 640년까지는 당나라의 交縣으로 편입되었고, 640년에 교하현이 만들어져 640년부터 658년까지 안서도호부가 설치되어 서역을 다스리는 본거지가 되었다. 9세기 초반 이후로는 위구르 제국의 영토로 되었다가 880년에 키르기즈에 의해 멸망되었고, 13세기 칭기즈칸에 의한 몽골의 침입 이후 마침내 버려지게 된 것이다. 자연적으로 형성된 강의 중간에 위치한 거대한 섬(길이 1,650m, 폭 300m) 위에 지어진 것으로서 그 규모는 고창고성에 못지않을 듯하였다. 그러나 역시 폐허가 되어 흙으로 이루어진 각 건물들의 형태만 대충 알아볼 수 있을 정도였다. 현재 유네스코 세계문화유산으로 지정되어져 있다.

다음으로는 葡萄鄉에 있는 건포도매점에 들렀다. 일정표에 들어 있지 않은 곳인데, 가이드는 우리의 일정에 원래부터 들어 있는 곳이라 하여 데려간 것이다. 도착하자말자 어린아이들 여러 명이 우리의 차로 우르르 몰려와 한국인이라면서 반기는 것으로 보아 한국관광객이 들르는 필수코스인 듯하였다. 우리는 거기서 개인 집인 듯한 곳으로 안내되어 그 집 마당에서 주인 남자로부터 수박을 대접 받은 후, 농약을 치지 않은 것과 친 것을 대조하는 주인의 설명을 들은 후, 농약 치지 않은 쪽 네 종류의 건포도를 구입하였다. 그곳은 다른 곳보다 가격이 꽤 비싸 1kg에 150元을 받았는데, 나는 회옥이의 의견에 따라 그 네 가지를 섞어서 1kg을 구입하였다.

오늘의 마지막 코스로서 소공탑(어민탑)에 가보았다. 투루판 시에서 동남쪽으로 6km 떨어진 곳에 위치해 있는 위구르족의 이슬람 모스크이다. 청나라 乾隆년간인 1777년에 시작되어 1년 만에 완성된 높이 37m의 탑을 소공탑이라고 부르는 것인데, 최초의 투르판 郡王 어민호자(額敏和卓)가 83세였을 때 그 아들 슈라이만(蘇賚滿) 등이 아버지의 공덕을 기리기 위해 건설한 것이다. 어민은 청나라 조정에 대해 충성을 다하여 이후 청나라가 멸망할 때까지 152년 동안 그 일족의 세습적 왕권이 보장되었다. 탑의 오른쪽에 모스크가 붙어 있고, 왼쪽에는 역대 왕족의 무덤이 위치해 있었다.

투르판 시내로 돌아온 이후 다시 점심 때 들렀던 식당으로 가서 烤羊全이라는 양 통구이 요리로 석식을 들고, 식사를 한 2층 방에서 위구르족 민속공연을 관람하며 함께 춤을 추기도 하였다. 고양전은 2009년 국가상표국에 등록되었다고 식당 바깥에 씌어져 있었다.

■■■ 30 (월) 대체로 맑으나 낮 한 때 비

조식 후 약 세 시간 반 정도 걸려 우루무치 시로 이동하였다. G30 고속도로를 따라갔는데, 도중의 갈림길이 있는 小草湖에서부터는 지난번 왔을 때 통과한 길이었다. 다반청 지구에 이르니 고비사막이 끝나면서 흰 눈을 머리에 인 천산산맥이 보이기 시작하고, 그 눈 녹은 물이 초원을 이루어 들판에 양들이 풀을 뜯고 있는 풍경이 나타났다. 조금 더 가면 주변에 하얀 소금밭이 넓게 펼쳐진 鹽湖가 나타나고, 대규모 풍력발전단지도 잇달아 나타났다. 염호에 정거했을 때 휴게소에 늘어서 있는 大豆 상점에서 갖가지 대두 볶음 중 하나를 사서 일행과 더불어 나누어 먹었다. 거기서 하미瓜 두 개를 잘라 먹기도 하였다. 다반청은 산맥 사이의 협곡이라 할 수 있는 곳이어서 늘 바람이 세차게 부는데, 그러므로 풍력발전기가 수백 기 혹은 천 기쯤 늘어서서 그 바람을 한껏 받고 있다.

다반청을 지나 우루무치 시의 입구라고 할 수 있는 우라보에 이르니 톨게이트에서 검문검색 때문에 차량이 한참 동안 정체하였다. 지난번에 왔을 때는 이렇지 않았던 듯한데, 그만큼 현재 이곳의 政情이 불안하다는 얘기이다. 우라보의 검문소를 지나서 일단 312번 국도로 빠져나와 天山大道로 접어들었다가 머지않아 왕복 2차선의 일직선으로 뻗은 縣鄕道를 따라서 南山 쪽으로 향하였다. 남산은 우루무치 시에서 남쪽 교외로 약 75km 떨어져 천산산맥의 북쪽 자락에 펼쳐진 목장지대인데, 해발 1,760m에 달한다. 이곳에는 카자크 족이 주로 거주하며, 중국 내 카자크 족의 인구수는 2010년도 통계로 160만에 달한다고 한다.

남산 기슭의 제법 큰 마을인 水西溝鎭에 도착하니, 하나같이 붉은 지붕을 한 사회주의식 농촌마을단지가 잇달아 나타났다. 근자에 조성된 것인 모양인데, 정부가 전체 건축비용의 60%를 보조하고 개인이 40%를 댄다고 한다. 우리는 水西溝鎭 平西梁 新村의 廟爾溝中學 부근에 있는 마을로 들어가서 그 중 小王農家樂이라는 이름의 개인집처럼 생긴 淸眞식당에 들러 채소음식으로 점심을 들었다. 이곳은 수서구진에서 좀 더 올라온 곳으로서 廟爾溝라고 불리는 마을이다.

점심을 마친 후 남산 쪽으로 좀 더 나아가서 실크로드국제스키장이 있는 水西溝鎭 平西梁村 二隊 마을에 다다랐다. 이곳은 여러 색깔의 꽃들이 많이 피어 있는 초원지대를 한참 지나 올라가서 남산 중턱의 초원이 끝나고 삼림이 시작되는 지점쯤에 위치해 있는데, 스키장에 딸린 노란 색의 방갈로가 주조를 이룬 마을이었다. 우리는 거기서 한 사람이 한 마리씩의 말을 타고서 마부의 인도에 따라 10분쯤 이동하여 이웃 목장의 숲이 시작되는 지점 아래 편까지 나아가 잠시 머물다가 원 위치로 돌아왔다. 천둥 번개가 한 번 치더니, 돌아오는 도중에는 제법 비가 내렸으나 머지않아 그치고 다시 맑은 해가 나타났다.

남산목장을 떠나 우루무치 시내로 들어왔다. 和平西路에 있는 新疆국제大바자르라는 이슬람 시장에 들러 오후 6시까지 한 시간 반 정도에 걸쳐 쇼핑을 하였다. 나는 별로 사고 싶은 물건이 없어서 광장을 사이에 두고 양측으로 늘어선 시장 건물 안을 혼자 구석구석 돌아다니며 꼭대기인 3층부터 지하층에 이르기까지 두루 구경하였다. 회옥이는 西安에 이어 여기서도 선물용으로 손목시계 두 개를 샀다. 우리 일행 중에는 상인이 부르는 가격의 1/4도 못되는 값을 치르고서 숄을 구입한 사람도 있었지만, 회옥이는 사전에 가이드가 깎는 요령을 일러주었음에도 불구하고 자신이 납득할 수 있는 가격이면 된다면서 별로 많이 에누리하지는 않은 모양이었다. 바자르의 주차장 근처에도 무장경찰들이 철제 방어막 속에서 감시의 눈을 번득이고 있었다. 우루무치에서는 근자에 위구르 족의 독립을 위한 폭력사태가 자주 일어나고 있는 것이다. 바자르 부근에는 회교 사원 같은 높은 첨탑 건물 등이 늘어서 있고, 여인들은 갖가지의 서로 다른 모양으로 스카프를 둘러쓰고 있으며, 서양 사람처럼 생긴 얼굴들과도 자주 만나게 된다.

新市區 北三路 239號의 軍交賓館 안에 있는 軍交樓라는 淸眞식당에 들러 석식을 들었다. 군교루의 명함에는 주소가 北京北路 二宮의 滙嘉時代樓 뒤편이라고 다르게 적혀 있었다. 군교빈관은 中國人民解放軍駐烏魯木齊鐵路局軍事代辦事處招待所로 되어 있는 곳이었다.

석식을 마친 다음 經濟技術開發區 二期 衛星路 575號에 있는 오늘의 숙소 紫金大廈에 들러 회옥이와 나는 709호실을 배정받았다. 지난번에 왔을 때 머문 곳도 경제기술개발구에 있는 호텔이었던 것으로 기억하고 있다.

7월

■■■ 7월 1일 (화) 맑음

오전 9시경에 호텔을 체크아웃 하려고 하는데, 청소부가 들어와 우리 방의 상황을 점검하였다. 우리가 잔 호텔은 일정표에 준5성급이라고 되어 있으나 조식의 수준이 형편없고 커피나 다른 차도 나오지 않았다. 그래서 방으로 돌아와 회옥이와 나는 물을 끓여서 한국에서 가져간 인스턴트커피를 타마셨는데, 회옥이가 접이식 등산용 컵의 사용법을 몰라 실수로 커피를 쏟아버렸다. 방 안에 휴지도 없으므로 그 쏟은 커피를 목욕용 타월로 훔쳐 닦을 수밖에 없었는데, 청소부가 그것은 지울 수 없다면서 불평 하는 것을 나는 모르겠다고 말하고서 그냥 나와 버렸다. 그랬더니 출발 무렵 우리 가이드가 한참 동안 호텔 프런트에서 지체하다가 버스로 돌아왔고, 바로 그 타월을 종이로 된 들것에다 담아 가져오면서 110元을 변상했다고 하므로 회옥이가 그 대금을 갚아주었다.

먼저 우루무치市 西北路 581號에 있는 신강위구르자치주박물관으로 이동하였다. 1953년에 세워졌던 것을 2005년에 개축하여 2006년 여름에 새롭게 오픈한 것이라고 한다. 2층으로 되어 있는데, 1층은 신강 12개 민족의 전시관으로서 각 민족의 의류·악기·공예품 등이 진열되어 있고, 2층은 신강 고대미라·서역복식·宋元明清회화 등이 전시되어 있었다. 나는 고대미라 실에서 1980년 樓蘭에서 출토된 3800년이나 되었다는 서양인 모습을 한 여인의 미라와 아스타나 분묘에서 출토된 장군의 미라 및 부장품이 특히 인상 깊어서 몇 번이고 되풀이하여 보았다.

다음으로는 216번 고속도로를 따라서 和平南路와 우루무치市 동북부의 米東區를 거쳐 천산의 北麓, 준가르 분지의 남쪽 변두리에 위치한 昌吉回族自治州의 阜康市로 진입하여 天山天池國家地質公園으로 향하였다. 우루무치시의 교외로 나오니 차창 밖의 풍경은 다시 사막에 준하는 모습을 띠고 산에는 나무가 전혀 없었다. 부강 시로 접어든지 얼마 되지 않아 S111번 省道로 꺾어들었고, 거기서 天山天池까지는 34km라는 표지가 눈에 띄었으나, 얼마가지 않아 天池로 향하는 버스터미널에 닿았다. 거기서 셔틀버스로 갈아타고서 도중에 다시 한 번 다른 버스로 갈아타 두 버스 안내양의 설명을 들으면서 천지로 향하였다. 천지로 가는 도중의 평지에는 수목이 울창하였으나, 산에는 나무가 드문데다가 거의 삼나무 한 종류뿐이었다. 우리는 도중에 하차하여 盘山路 아래쪽의 주차장 가에 위치한 야크시식당이라는 清眞음식점에 들러 점심을 든 다음 다시 버스를 타고서 좀 더 올라갔고, 천지에서 700m 쯤 떨어진 아래쪽의 주차장에 내려 이번에는 전동차를 타고서 천지 턱밑까지 올랐다.

천산천지는 우루무치 시 동쪽의 천산산맥 중 이 근처의 최고봉인 보그다峰(5,445m) 부근에 위치한 氷蝕號로서 半月形인데, 해발 1,910m, 길이는 3.3km, 넓이는 평균 1km이며, 최고 깊이는 105m이나, 백두산의 천지보다는 좀 작아보였다. 이곳이 西王母와 穆天子가 노닐던 瑤池라는 전설이 있고, 그 오른편 언덕에 居仙洞과 西王母祖廟도 있어 유람선이 그 아래쪽에 정박하므로, 많은 사람들이 그리로 오르내리고 있었다. 천지에서 보그다 봉은 바라보이지 않았고, 그 대신 가까이 있는 몇 개의 설산들은 볼 수가 있어 설산과 삼나무 숲을 배경으로 한 푸른 호수의 경치가 매우 수려하였다.

유람선을 타기 전 호반에서 어떤 현지인 남자에게 보그다 봉의 위치를 물었는데, 그는 천지 주변에 많이 거주하는 카자크 족으로서 보그다카자크民族風情旅游接待站의 책임자(가이드)인 후오 센(霍森)이라는 사람이었다. 그가 머리에 쓴 둥근 카자크 족 모자를 하나 사고 싶어 그에게 어디서 그것을 구할 수 있느냐고 물었더니, 호수 위쪽 좀 더 높은 곳에 몽고식 파오가 여러 채 서 있는 마을을 가리키며, 거기까지 자기 차로 태워줄 수 있다는 것이었다. 모자 하나를 사기 위해 무료로 남의 차를 탄다는 것이 좀 미심쩍어 모자 값을 물어보니 60元이라고 하며 손으로 직접 수를 놓은 것이라고 설명하였다. 비싸다는 생각이 들어 그만 두었는데, 유람선을 타고서 호수를 한 바퀴 돌아 나온 후에도 그가 내게로 다가와 차로 그 마을까지 태워주겠노라고 했지만, 사양하고서 자유 시간을 이용하여 회옥이와 둘이서 그 마을을 향해 걸어 올라가기 시작하였다. 꽤 높은 위치에 있는 그 마을 주변의 밭에도 모두 스프링클러로 물을 주고 있었다. 그런데 한참 떨어진 그 마을에 도착해 물어보니 거기에는 모자 등의 기념품을 파는 가게가 없고, 파오는 대부분이 식당이었다. 헛걸음하고서 돌아 내려오는 길에 호수의 선착장 부근에 있는 기념품점에 들러 다른 모양의 카자크 족 모자 하나를 30元에 구입하였다. 회옥이가 손목시계 두 개를 샀던 서안의 회족 시장 기념품점에서와 마찬가지로 이 가게에서도 정찰제를 실시하고 있었다. 내려올 때는 오후 4시 30분까지 버스주차장에서 집결하여 한 번 버스를 타니 아래쪽 입구까지 직행하였다.

우루무치 시로 돌아와 어제 석식을 들었던 군교루에서 오늘도 석식을 들었다. 마지막 식사라 하여 가이드 강 씨가 2층의 큰 방을 예약해 두었고, 음식에 늘 따라 나오는 중국 맥주 세 병과 더불어 白酒 한 병과 포도주 한 병 그리고 과일까지 마련해 주었다. 그는 오늘은 아침부터 계속 목에다 姜永久라는 이름과 사진이 박힌 가이드증을 차고 있었다. 그러므로 그가 정식 가이드 자격의 소지자임이 판명되었고, 또한 신강위구르자치주에 들어와서는 제법 아는 것이 있을 뿐만 아니라 관광지에도 아는 사람들이 있는 것으로 미루어보아 가이드 생활을 처음 하는 것이 아님도 분명해졌다. 그래서 내가 물어보았더니, 서안에서부터 시작되는 실크로드 가이드는 처음이며, 신강에서는 다른 가이드를 따라 보조가이드 역할을 두 번 한 적이 있다는 것이었다.

식당에서 잡담을 하며 시간을 보내다가, 우루무치 국제공항으로 직행하여 다음날 오전 1시 20분에 출발하는 대한항공 KE884편에 탑승하였다. 오늘 가이드에게 물어서 확인한 바에 의하면 우루무치의 현재 인구는 대략 350만이며, 투르판의 인구는 약 60만이라는 것이었다. 그리고 우리는 이번 여행에서 서안에서 우루무치까지 약 5,000km를 주파하였다. 내가 와보지 못한 사이 중국의 경제규모가 금년 들어 미국을 초월하여 세계 제1위가 된 현실을 도처에서 실감할 수 있었고, 거리를 달리는 차들 중에서도 국산의 비중이 꽤 높아져 있음을 발견하였다.

■■■ 2 (수) 흐리고 오후에 비

　오전 7시에 인천국제공항에 도착하였다. 일행과 작별한 후, 회옥이와 나는 강남터미널로 이동하여 9시 20분에 출발하는 동양고속 우등버스를 탔다. 도중에 금산인삼랜드에 15분 주차하는 동안 나는 유부우동으로 간단히 늦은 조식을 들었고, 오후 1시쯤에 진주에 도착하였다.

　집에 도착하니 아내가 학교에서 잠시 돌아와 있다가 내 점심을 차려주고서 다시 출근하였다. 그동안의 밀린 신문과 우편물을 점검해 보니, 창원지방검찰청 진주지청으로부터 6월 19일자로 나에 대한 명예훼손 피의사건에 대해 '죄가 안됨', 모욕에 대해서는 '공소권 없음'으로 처분되었다는 6월 23일자 박종호 검사 명의의 통지서가 와 있었다. 일본 동방학회로부터는 재작년에 퇴회신청을 받고서도 계속 우편물을 보내온 데 대한 정중한 사과 및 31년간 회원 자격을 유지해 준 데 대한 감사 인사와 아울러 이제 퇴회 절차를 밟겠다는 내용의 우편물이 와 있었다. 그리고 회옥이에게는 연세대학교의 프로젝트 봄 프로젝트 매니저인 노상은 씨로부터 지난번에 회옥이가 상경하여 응한 아프리카 말라위의 국제보건 및 개발협력 분야에 대한 프로젝트 매니저로서의 관심과 전공 등 지식적인 역량은 높게 평가하나 경력이나 경험이 없으므로, 6개월간 인턴쉽을 거친 후 현지에 파견하도록 하자는 내용의 이메일이 와 있었다.

　아내가 최근에 외송의 농장에 가보았더니 그 많던 자두가 하나도 없더라고 하므로, 이것이 웬일인가 싶어 외국 여행 중 자두를 주어 고맙다는 전화를 걸어 주었던 아랫마을의 이정상 씨와 내가 이번 주 토요일에 농장에 와서 본교 철학과 강사 및 대학원생들과 함께 자두를 따자고 연락해 두었던 김경수 박사에게 전화를 걸어 그 사유에 대해 물어보았다. 김 군은 류창환 박사 내외 및 자기 내외가 한 차례, 그리고 지난 주말에 구자익 강사와 함께 한 차례 등 도합 두 차례 내 농장에 들러 자두를 딴 사실에 대해서는 인정하였으나, 그 많던 자두가 흔적도 없이 사라져 버렸다는 데 대해서는 자기도 이해할 수 없다면서 현장에 한 번 가보겠다는 것이었다. 얼마 후 휴대폰으로 여러 장의 현장 사진을 보내옴과 아울러 현장에서 전화를 걸어와 하는 말로는 근자에 내 농장으로 포클레인이 들어와 작업한 흔적이 있는데, 아마도 그 인부들이 자두 중 손이 닿을 만한 곳에 달린 것은 거의 다 따간 듯하다고 하면서, 손이 닿지 않는 곳에는 자연적으로 떨어진 것 외에는 자두가 그대로 달려 있다는 것이었다. 얼마 후 현장에 함께 갔던 구자익 군으로부터도 전화가 걸려왔는데, 자두가 무르익어 자연적으로 떨어진 것이 이미 많을 뿐 아니라 장마철이라 수일 내로 대부분 다 떨어질 듯하다면서 오늘 중에 농장으로 들어가 마저 따자는 것이었다.

그 말을 듣고서 이미 오후 너덧 시 쯤 되었음에도 불구하고 차를 몰고 외송으로 들어갔다. 김경수구자익 군이 도착하기 전에 먼저 개울로 내려가 포클레인 작업한 현장을 둘러보았다. 약 1년 전에 굵은 관을 설치하여 개울물이 모두 저수탱크 속으로 흘러들어가 파이프를 통해 마을로 내려가게 한 데 이어서, 이번에는 그 관 위에다 돌을 편편하게 덮어 굵은 관 자체가 밖으로 전혀 보이지 않게 하고 개울물은 한 방울도 아래로 흘러가지 않게 만들어 두고 있었다. 그것을 본 후, 원지에 있는 신안면파출소로 연락하여 얼마 후 도착한 경찰관 두 명과 더불어 현장을 살펴보았다. 경찰관들이 하는 말로는 이 일은 자기네 소관 업무가 아니니, 군청 민원실로 연락해 보라는 것이었다.

김경수구자익 군이 대나무 작대기로 자두를 털고 있는 도중에 소나기가 내리기 시작했으므로, 자두 따는 작업을 중단하고서 철수할 수밖에 없었다. 오늘 그 둘로부터 들은 바에 의하면 내 농장에는 자두가 세 종류, 매실이 세 종류, 복숭아도 두 종류의 서로 다른 품종의 나무들이 심어져 있다는 것이었다. 이미 따 둔 자두와 큰 매실 중 두 명이 가져가고 남은 것들은 집으로 옮겨 둔 이후로, 구자익 군의 차에 동승하여 평거동에 있는 족발당수로 가서 돼지 족발을 안주로 셋이서 소주 네 병을 들었고, 그 바로 앞에 있는 맥주 집으로 자리를 옮겨 일본 맥주를 들며 2차를 하고 있는 중에 류창환 박사도 와서 합류하였다. 류 씨는 본교 사학과의 고고학 전공 조영제 교수 등과 어울려 이미 前酌이 있었다고 하는데, 다소 취해 있는 듯했다.

2015년

2015년

남인도/스리랑카

━━ 3일 (토) 맑음

혜초여행사의 '남인도·스리랑카 문화역사탐방 14일'에 참가하기 위해 오전 7시에 출발하는 동양고속 우등버스를 타고 서울로 향했다. 10시 30분에 강남고속터미널에 도착하여 10시 43분 공항버스로 갈아타고서 11시 34분에 인천국제공항에 도착하였다. 집합 시간인 12시 30분보다 약 한 시간 먼저 도착하였다.

공항버스 안에서 철학과 인사의 심사위원 중 한 사람인 윤리교육과의 손병욱 교수와 통화하여 김형석 씨를 선발하게 된 까닭을 물어보았다. 그의 설명에 의하면, 서류심사의 심사위원은 외부 인사 두 명에다 철학과 교수 3명, 그리고 교내의 손 선생 자신을 포함한 6명이었으며, 정병훈·신지영 교수는 세미나의 심사에만 참여했다고 한다. 서류심사는 양적평가와 질적평가로 구분되는데, 지원자 14명 중 실격자 3명을 제외한 11명에 대해 만점이 600

점인 양적평가에서는 거의 동일한 점수가 부여되었을 것이며, 3년 이내에 발표한 실적 중에서 지원자 자신이 선정한 3편을 가지고서 평가하는 질적평가에서 차이가 난 것이라고 한다. 손 선생 자신은 대충 읽었을 따름이나 철학과의 심사위원들은 꼼꼼하게 읽어 왔는데, 그들이 김형석 씨의 것이 가장 낮다고 하였다는 것이다. 평생연구계획서에 대해서는 사람마다 견해가 다를 수 있으므로 별로 중요하게 고려되지 않았을 것이라고 하니, 어제 목광수 씨로부터 들은 말과는 좀 다르다. 김형석 씨에게는 공저로 출판한 번역서가 다섯 권 있는데, 그것이 질적평가의 대상에 포함되었더라고 한다.

공항 3층 H 카운터에서 우리 팀의 인솔자 박종완 씨 등 혜초여행사 직원 두 명을 만나 필요한 서류들을 전달받은 후, 혼자서 체크인하였다. 짐을 부친 후 SK 텔레콤의 로밍센터로 가서 자동 로밍을 차단하고자 하였으나 알뜰폰은 SK의 상품이 아니라 하여 접수하지 않으므로, 12시 35분 홍콩 행 게이트에 도착한 후, 알뜰폰으로 전화를 걸어 데이터로밍 무조건 차단 서비스 상품에 가입하였다.

우리가 이번 여행의 왕복에 이용하는 비행기는 모두 태국 껏(Cathay Pacific)인데, 우리는 15시 15분에 인천을 출발하여 약 3시간 55분을 비행한 후 현지 시간 18시 10분에 홍콩에 도착하며, 21시 10분에 홍콩을 출발하여 약 5시간 40분 비행한 후 다음날 0시 20분에 인도 타밀나두 주의 주도인 첸나이(마드라스)에 도착하게 된다. 홍콩 시간은 한국보다 1시간이 늦고, 인도 시간은 3시간 반이 늦다. 우리 일행은 인솔자를 제외하고서 모두 14명인데, 그 중 남자는 네 명으로서 나를 제외한 나머지 3명은 부부동반인 모양이다. 싱글 룸을 쓰는 사람은 나 외에 여자 한 명이 더 있다고 한다.

공항에서 대기하는 시간 및 비행기 속에서의 비는 시간을 이용하여 나는 계속 혜초여행사의 스케줄 및 관광 안내 정보를 가지고서 내가 준비해간 서적들과 대조해 가며 읽었다. 참고한 책은 『The Zonal Road Atlas of India』(Chennai, TTK Pharma Limited, 1999), 정창권 지음, 『우리는 지금 인도로 간다』(서울, 민서출판사, 1996 초판, 1999 개정판 3쇄), 이지수 지음, 『인도에 대하여』(서울, 통나무, 2002), 고흥근·최종찬 개발, 『인도 바로보기』

(안명진 군이 출력하여 제본해준 것)이다.

■■■ 4 (일) 맑음

간밤의 비행기에서 내 옆자리에 앉은 사람은 인도식 정장에다 깔끔한 터번을 쓰고 멋진 수염을 기른 미남형의 노인이었다. 채식주의자인지 기내식은 전혀 들지 않고 그 대신 캔 맥주 두 개를 시켜 마셨다. 좀 대화해 보고 싶었으나 영어가 전혀 통하지 않는 모양이었다.

첸나이 공항에서 우리 일행만 따로 Tourist Visa on Arrival이라고 쓰인 데스크로 나아가 한 사람씩 기다렸다가 전자 빔으로 얼굴 사진을 찍고 좌우 손가락 전체의 날인을 받는 등 꽤 복잡한 절차를 거쳐 인도 비자를 발급받았다. 예전에는 이렇지 않았는데, 근자에 테러 사태가 빈발하여 인도 정부는 이런 번거로운 절차를 요구하는 모양이다.

그런데 비행기에서 내리면서 보니 내 겨울용 오리털 방한복 상의의 오른쪽 포켓 잭이 아무래도 열리지 않는 것이었다. 그 안에 여권과 지갑이 들어 있는데, 잭을 위로 끝까지 올려 포켓에 든 물건이 흘러내리지 않도록 단단하게 잠그다 보니 무언가에 물려버린 모양이었다. 어쩔 수 없어 공항 직원의 도움을 받아 잭과 그 위쪽 부분을 찢고서 꺼낼 수밖에 없었다. 또한 웬일인지 비행기 안에서 내 휴대폰의 배터리가 모두 방전되어 버리고 말았다.

공항에서 라지브라는 이름의 인도인 중년 남자 가이드를 만났다. 그는 우리를 맞이하기 위해 델리에서 이곳까지 일부러 내려온 것이라고 한다. 한국어가 꽤 유창하지만 발음을 알아듣기 힘든 구석이 있었다. 그의 말에 의하면 인도 전체에서 한국어 가이드를 할 수 있는 사람은 10명 정도 밖에 되지 않는다는 것이다.

우리가 도착한 첸나이는 인도 29개 주 중 하나인 남쪽 끝 타밀나두 주의 주도로서 인구 900만의 대도시인데, 뭄바이·델리·캘커타에 이어 인도에서 네 번째로 큰 도시이다. 원래 이름은 마드라스였는데, 12년 전에 첸나 스와미라는 지도자의 이름을 따서 개명하게 되었다. 타밀나두 주에서는 타밀어를 쓰는데, 타밀어는 한국어와 유사한 단어가 1,300여 개나 된다고 한다. 지금까지 여행해본 인도 중·북부지역에서는 모두 힌디어를 쓰고 있었으나, 이곳은 언어가 다를 뿐 아니라 문자도 전혀 달랐다. 힌디어 문자에 보이는 빨랫줄 같은 선이 없고 글자가 좀 더 둥글둥글 하였다. 인도는 현재 인구 13억으로서 세계에서 두 번째이고, 국토 면적은 세계에서 일곱 번째라고 한다. 35개의 세계문화유산을 가지고 있다. 공항에서 호텔까지 대절버스로 45분 정도 걸려, 216, EVR Periyar Salai, Poonamallee High Road, Kilpauk, Chennai에 있는 The Pride Hotel의 704호실에 들었다.

6시 30분에 기상하여 8시 30분에 출발하였다. 첸나이는 인도 전체에서 유일하게 한국의 현대자동차공장이 들어와 있으며, LG·삼성 등의 핸드폰 공장도 뒤이어 들어와 있다고 한다. 이 시즌의 기온은 대체로 섭씨 27~28도 정도라고 하는데, 낮에 칸치푸람에서 휴대폰으로 확인해 보니 31도였다. 아침에 첸나이 현지 가이드인 아킬 씨가 승차하였다. 그는 타밀 지역에 많은 드라비다 족인 모양인데, 라지브 씨에 비해 피부 색깔이 훨씬 더 검고, 버스 기사와 또 한 사람의 조수 또한 그러하였다. 라지브 씨는 아킬 씨와 영어로 의사소통을 하고 있었다. 같은 인도 사람이지만 서로 쓰는 언어가 다르기 때문이며, 앞으로 케랄라 주로 가면 그곳의 언어와 문자는 또 다르다고 한다.

먼저 첸나이에서 가장 유명한 힌두 사원인 카팔리스와라로 갔다. 16세기에 지어진 시바 사원이라고 한다. 인도에서 힌두교는 하나의 생활양식이며, 전체 인구의 약 80%가 신봉하고 있는 것인데, 타밀 지방에서는 그 비율이 90% 정도라고 한다. 힌두교에서는 세계의 모든 종교란 결국 하나의 신을 섬기는 것이나 신에게로 가는 길이 서로 다를 뿐인 것으로 여기며, 불교는 힌두교의 한 종파 정도로 간주된다. 인도 원주민인 드라비다 족의 단어인 신두가 후에 이주해 온 아리안 족에 의해 변형된 발음이 힌두이다.

사원 입구에서 신발을 벗고 양말 차림으로 드라비다계 사원의 특색인 고푸람이라고 하는 복잡하게 조각된 입구의 높다란 석조 건축물 아래를 통과하여 안으로 들어갔다. 시바 신과 그가 타고 다니는 소 난디, 시바의 부인 파르바티, 첫 아들로서 코끼리 머리를 한 가네샤, 둘째 아들 카르티케 등의 조각이 건물 지붕에 울긋불긋 하게 채색된 형태로 보이고, 건물 안에서는 브라만이 외는 주문을 신도들이 따라 부르는 모습과 조그만 버터 종지들에 붙인 경배용의 촛불 모음 등을 볼 수 있었다. 사원의 규모는 그다지 크지 않은 듯 하였다. 휴대폰이나 사진기를 들고 들어가면 한 대에 25루피씩의 사용료를 징수하였다. 인도에서 소를 소중하게 대우하는 것은 그것이 시바 신의 탈것 일 뿐만 아니라 그 우유를 어머니의 젖과 같이 생각하기 때문이라고 한다. 이 지역에서는 1년에 3모작을 한다.

지도를 보면 이 사원 가까운 곳에 라마크리슈나 미션이 있고, 여기서 그다 지 멀지 않은 해변에 라마크리슈나의 제자인 비베카난다의 문화센터도 있 다. 또한 이 사원에서 아래쪽 아디야르 강이 벵골 만으로 흘러들어가는 지점 에는 광대한 면적의 神智學會(Theosophical Society)가 있고, 그 위쪽으 로 얼마 떨어지지 않은 곳에 크리슈나무르티 재단이 있다. 내가 시카고에 머 물 때 들른 바 있었던 신지학회나 그 단체가 구세주로서 선정했던 크리슈나 무르티는 모두 이 도시와 불가분의 관계를 가지고 있다.

다음으로는 벵골 만에 면한 지점에 있는 센톰(Santhome)성당을 방문하 였다. 예수의 열두 제자 중 하나인 성 도마(Thomas)의 유해를 모신 무덤이 있는 곳이라 하며, 지난번 교황도 이곳을 방문한 적이 있었다. 로마의 성 베 드로(Peter) 성당, 스페인 콤포스텔라 데 산티아고의 성 야고보(James) 성 당과 더불어 12사도의 유해를 모신 곳으로는 세계에서 3개뿐인 가톨릭 성지 이다. 지하에 있는 성 도마의 무덤 옆에는 그의 유해라고 하는 조그만 뼈 조 각 하나가 벽에 새겨진 십자가 한가운데에 따로 모셔져 있었다. 성 도마는 예수의 부활을 의심하였다가 증거를 확인한 이후에 비로소 믿었던 인물인 데, 후에 인도로 와서 포교 활동을 하다가 암살되었다고 한다.

센톰성당을 나와 벵골 만에 접한 13km 길이의 광대한 백사장인 마리나 비치를 따라서 북상하여 갔다. 폭 넓은 모래사장이 펼쳐진 이 해변은 1856 년경에 조성되었다고 한다. 비치의 도중에 간디 동상, 비베카난다 문화센터, 1841년에 개교한 마드라스 대학, 제2차 세계대전에서 희생된 인도 군인들 을 추념하여 1952년에 건립한 전쟁기념관, 1640년에 영국의 동인도회사가 본래 어촌이었던 곳에다 세운 인도 최초의 요새이자 교역기지로서 첸나이

시의 발상지가 된 13ha의 광대한 Fort St. George, 고등법원 등을 지나갔다. 그 근처에 여자 주지사의 관저가 있어 세인트 조지 요새에 내려서 구경할 수는 없었다. 첸나이는 또한 영화 산업이 성하여 미국의 할리우드, 뭄바이의 볼리우드와 더불어 탈리우드로 불리기도 하며, IT 산업도 성하다고 한다. 그리고 벵골 만의 해저에는 풍부한 석유자원이 매장되어 있는 모양이다. 인도는 한국과 연도만 다르고 같은 날인 1947년 8월 15일에 영국으로부터 독립하였다.

마리나 비치를 떠나서 시내 쪽으로 이동하여 주정부박물관에 들렀다. 인도 4대 박물관의 하나로서 1851년에 문을 열었다. 인도 사라세닉 건축양식으로 지어진 건물로서, 영국이 인도 건축양식을 참조하여 지은 것이라고 한다. 우리는 거기서 촐라왕조 때의 청동조각상과 동전을 전시해둔 방들을 둘러보았다. 조각상 중에는 춤추는 시바(Natesa, Natraza)의 모습이 많았다.

첸나이를 떠나 다음 목적지인 칸치푸람(80km)으로 가는 도중 1시간쯤 버스를 달린 지점에 있는 코리아타운에 들러 180, Bashyam Park, Chennai-Sriperumbudur Bypass Road에 있는 덕수궁 호텔에서 김치찌개와 된장찌개로 점심을 들었다. 그곳에서는 Wifi가 가능하다고 하므로 난생처음으로 아내와 회옥이에게 카카오톡으로 메시지를 보내보았다. 이 일대에는 현대자동차를 비롯한 한국 기업들이 들어와서 현재 교민이 3천 명 정도 거주하고 있다고 한다. 곳곳에 한글 간판도 눈에 띄었다. 이번의 인도 여행에서는 여기서 단 한 번 한식을 먹을 수 있는 모양이다. 이리로 오는 도중에 보니 인도 거리의 간판은 대부분 알파벳이나 영어로 씌어져 있었다.

여기서 다음 목적지인 칸치푸람까지는 차로 40분 정도 걸리는 거리인데, 그곳의 주된 관광지인 엑캄바레스와라 사원은 오후 4시부터 입장이 가능하다 하므로, 남는 시간을 이용하여 실크공장과 카일라사나타 사원에 들렀다. 칸치푸람은 지금은 인구 17만 정도의 작은 도시에 불과하지만, 남인도 일대에 강대한 세력을 구축하였던 팔라바 왕조의 수도였던 6~8세기에는 온갖 부귀영화의 무대였던 곳이다. 그 뒤를 이어 촐라·찰루키아·비자야나가르 왕조 때도 계속하여 칸치푸람에다 사원을 세워 이곳은 '1,000개의 사원을 지닌 도시, 사원들의 황금도시'로 불리었다. 그리고 무엇보다도 이곳은 중국 선불교의 初祖인 달마 스님(Bodhi Dharma)이 셋째 왕자로 태어났던 팔라바 왕조 이전 향지국이 자리했던 곳이므로 달마의 고향이기도 한 셈이다.

칸치푸람으로 가는 도중에 가이드 박종완 씨가 자신을 소개하였다. 그는 혜초의 직원이 아니고 코카서스 지방의 그루지아에서 현지여행사를 경영하는 사람인데, 혜초의 파트너가 되어 중앙아시아·인도 등지의 여행을 인솔하게 되었으며, 앞으로는 영국·독일 등지의 여행에도 참여하게 될 것이라고 했다. 독일에 오래 살며 경제학을 공부하다가, 그루지아에서는 원래 와인 수출업을 하였으며, 이미 21년 정도 해외에 거주하고 있고 나이는 45세라고 한다.

칸치푸람은 바라나시와 더불어 인도의 2대 실크 산지라고 하며, 인도에서 일곱 번째 가는 힌두교 성지이기도 하다. 카일라사나타 사원과 엑캄바레스와라 사원은 모두 시바신을 모시는 곳인데, 사암으로 만든 조각상들이 퇴색하여 외부의 칠은 이미 모두 벗겨져 거의 남아 있지 않았다. 군데군데 조각의 바깥 부분을 땜질하여 보수한 흔적도 보이나 그것들도 떨어져 내려 안쪽의 원래 모습이 비치고 있었다. 그 중에서 가장 큰 후자는 702년 팔라바 왕조 시대에 건설된 것이라고 하며, 고푸람의 높이는 58m이다. 경내에 3,500년 된 망고나무 기둥 아래서 기도하는 시바의 부인 파르바티의 조각상이 있고, 108개의 시바링가가 나열되어 있으며, 주 신전 뒤편에는 네 방향으로 가지를 뻗은 망고 나무가 서 있는데, 각 방향의 가지마다 서로 다른 맛의 열매를 맺으며, 이 신성한 나무 아래서 결혼식을 올리기도 하는 모양이다.

첸나이 현지 가이드 아킬 씨는 이곳까지 우리를 안내하고서 돌아갔다. 다음 숙소가 있는 마말라푸람까지 2시간 정도(65km) 차를 달렸다. 밤이 되어 차창 밖에는 보름달이 둥실 떠 있었다. 7시 10분 전쯤에 벵골 만 가의 해변에 위치한 호텔인 Ideal Beach Resort Mahabalipuram에 도착하여 나는 15호실을 배정받았다. 각 객실이 단층 건물로서 따로따로 배치되어져 있었다. 첸나이에서와 마찬가지로 이 호텔에서도 도착하자말자 꽃 화환인 레이를 목에 걸어주었다. 맥주 한 병을 곁들인 석식을 마치고서 해변의 백사장을 산책해 보았다.

■■■ 5 (월) 맑음

마말라푸람의 원래 이름은 호텔 이름에 보이는 마하발리푸람으로서 그 의미는 '큰 힘의 도시'라는 뜻이라고 한다. 그랬던 것이 첸나이와 마찬가지로 근년에 마말라푸람으로 개명되었다. 인구는 여행 안내서에 12,500명이라고 나와 있다.

마말라푸람의 주된 관광지는 모두 합하여 세계문화유산으로 지정된 다섯 수레(Five Rathas)와 해변의 사원(Shore Temple) 그리고 아르주나의 고행상(Arjuna's Penance)이므로 오늘 오전은 그것들을 보러 나섰다. 이 지역에는 화강암이 많아서 이것들도 모두 화강암으로 만들어져 있다.

파이브 라타스는 7세기 전반에 조성된 서로 다른 양식의 다섯 채 바위집들이다. 라타란 '神輿車'를 의미하며, 祠堂 모양으로 지어졌다. 대서사시 『마하바라타』에 나오는 아르주나의 다섯 형제들에서 유래한다고 한다. 개중에는 건물 안쪽에 미완성으로 끝난 조각상들도 보였다. 집 밖에는 이 다섯 채의 건물들과 마찬가지로 역시 하나의 바위를 통째로 깎아서 만든 실물 크기의 코끼리와 사자 그리고 시바 신의 탈것인 난디 상도 있었다. 이 일대에서도 인도의 다른 지역과 마찬가지로 거리에서 눈에 띄는 승용차는 대부분 일제였다.

다음으로 쇼어 템플에 들렀다. 마말라푸람에서는 비교적 젊은 현지인 남자 가이드 한 명이 시종 우리 일행과 동행했는데, 그는 힌디어를 할 줄 알아 라지브와 힌디어로 대화를 나누고 있었다. 이는 지금으로부터 약 1,300년 전인 팔라바 왕조의 나하심하바르만(라자심하, AD 700~728) 왕 때 조성된 여덟 개의 화강암 사원들 중 서로 연결되어져 있는 시바 신과 비슈누 신의 사원이었다. 나머지 여섯 개의 사원들은 근처의 바다 속에 잠겨 있는데, 여러 해 전 츠나미 때 잠시 물 밖으로 드러났다가 다시 잠겼다. 그 중 하나는 근처의 얕은 바다에 일부가 드러나 있는데, 비스듬한 위치에서 바라보면 그 뒷면에 조각한 것이 눈에 띄었다. 앞쪽 사원 안에 있는 비슈누 신의 석상은 옆으로 비스듬히 누워 있는 모습이었다. 조각상들은 무엇 때문인지 마모가 심했다. 이 사원 일대에는 넓은 잔디가 깔려 있는데, 잔디 같지 않아 라지브에게 물어보았더니 인공이 아닌 자연 잔디이며, 아유르베다에 약초로 적혀 있는 식물이라고 한다. 맨발로 걸어 다니는 사람들이 많이 눈에 띄었다. 잔디밭 한 모퉁이에 이 고장 명물인 Indian Dance Festival의 공연장이 있었다.

아르주나스 피난스는 아르주나가 고행하는 여러 모습을 높이 15m, 길이 27m의 거대한 화강암 표면에다 새긴 것이다. 개중에는 시바신의 머리카락으로부터 갠지스 강물이 떨어지는 모습과 만 명 아들들의 해탈을 위해 하타요가를 하는 바기라티 상, 그리고 실제 크기의 코끼리 등 신화의 이야기가 새겨져 있다. 인도인들이 죽은 후 갠지스 강물에다 화장한 유골을 뿌리고자 하는 것은 해탈을 위해서라고 한다.

아르주나스 피난스 바로 옆에 크리슈나 버터볼이라는 이곳 명물도 있었다. 이는 조각한 것이 아니라 자연 그대로의 커다랗고 둥근 화강암 덩어리가 비스듬한 대석 위에 위태롭게 얹혀 있는 모습이다. 한국의 각지에 있는 흔들바위와 비슷한 모습인데, 흔들리지는 않고 영국 통치 때 여러 마리의 코끼리에 줄을 매어 끌어당기고 이 지역에 츠나미가 들이닥쳤을 때도 꿈쩍하지 않았다고 한다. 전설에 의하면 비슈누 신의 화신인 크리슈나가 훔쳐 먹다 떨어뜨린 버터 덩어리라고 한다.

여기서 2시간 반 정도(110km) 이동하여 다음 목적지인 폰디체리(근자에 역시 푸두체리로 개명했다)로 향했다. 도중에 염전이 보이고, 가도 가도 지평선만 바라보이는 드넓은 들판길이며, 도중에 다른 버스의 교통사고로 좀 정체하기도 했다. 버스 안에서 라임 열매를 얻어 두 개 까먹어보았는데, 녹색 껍질이 엄청나게 질겨 벗기기 어려웠다.

우리의 행로에서 서쪽으로 좀 떨어진 곳에 티루반나말라이라는 인구 10만 남짓의 도시가 있는데, 그곳은 인도 현대의 또 한 사람의 대표적 신비사상가인 라마나 마하리쉬가 그 생애의 대부분을 보낸 고장이다. 이처럼 타밀나두 주는 현대 인도의 저명한 사상가들을 많이 배출한 지역인 것이다.

해변을 낀 도시인 폰디체리에 도착하자 우리 버스가 그 입구에서 한참 동안 서 있었다. 라지브의 말에 의하면 정부 직할의 특별행정구역(Union Territory)인 까닭에 통행세를 납부하는 것이라고 했다. 이곳은 1673년부터 프랑스가 차지하였다가 1953년에 평화적으로 인도 정부에 양도된 것이다. 250년 정도에 걸친 오랜 프랑스 통치에도 불구하고 외면적으로는 프랑스의 흔적이 별로 많이 남아 있지 않은데, 폰디체리에서 북동쪽으로 좀 떨어진 첫 번째 방문지 오로빌로 향할 때 길에서 오토바이나 자전거를 타고 지나가거나 간혹 걷기도 하는 서양 사람들을 많이 볼 수 있었고, 드물게는 프랑스어로 쓰인 간판도 눈에 띄었다.

오로빌은 오로빈도의 마을이라는 의미로서, 1950년에 현대 인도의 저명한 사상가인 오로빈도가 세상을 뜨고 난 다음, 그의 후계자로서 Mother라는 호칭으로 불리는 프랑스인 미라 알파사 여사의 주도에 의해 건설된 사방약 2.5㎢의 고장이다. '국적과 정치 그리고 종교를 초월하여 남자와 여자가 서로 화합하고 평화를 이루며 살아가는 장소'를 추구하는 일종의 이상향인 셈이다. 현재의 달라이라마도 인도로 망명 온 후 한 때 이곳에 거주하였다고 한다. 우리는 주차장에다 차를 세운 후, 숲 속으로 난 길을 따라 한참을 걸어 Visitors Center에 도착하였다. 그곳에서 폰디체리 지구의 현지 가이드인 젊은 부인 아롤을 만나 그녀의 인도에 따라 이곳을 소개하는 짤막한 홍보 영화를 한 편 시청한 후, 다시 숲길을 한참동안 걸어 이곳의 중심지라고 할 수 있는 Matrimandir(어머니의 사원)로 향했다. 그곳은 세계 125개국으로부터 가져온 흙을 가운데에 두고서 1971년부터 1979년까지에 걸쳐 만들어진 원형의 중심 공간과 그 받침대 모양, 그리고 12개의 정원과 커다란 龍樹 등을 갖춘 곳인데, 원형의 공간 안에서는 사람들이 머물며 명상을 한다고 한다. 이곳의 흙은 모두 붉은 색이었다. 거기서 돌아 나올 때는 도중부터 비지터 센터까지 셔틀버스를 탔다.

이 마을에서는 36개국 1,700여 명의 사람들이 모여 함께 생활하며, 수많은 나라의 말들이 사용되는 모양이다. 그러나 1973년에 Mother가 97세를 일기로 세상을 떠나자 오로빌을 자신들 조직의 일부로 간주하는 오로빈도 아쉬람 측과 아쉬람과 결부되지 않은 독립적 이상향을 세우고자 하는 이곳 거주민들 사이의 대립이 표면화되어, 1988년 인도 정부와 여러 나라들이 얽어진 국제적인 중재에 의해서 비로소 해결의 실마리를 잡게 되었다고 한다. 여기서 소들도 좀 보았는데, 인도에서 숫소는 농사에 부리고 암소는 우유를 얻기 위해 기른다고 한다.

반시간 정도 이동하여 폰디체리에 도착하였다. 인구 40만 남짓에 62㎢의 면적을 가진 도시이다. 먼저 126, S.V. Patal Salai에 위치한 우리들의 숙소 Atithi 호텔에 도착하여 늦은 점심을 들고, 배정받은 302호실에서 잠시 휴식을 취하였다. 이 호텔에서도 Wifi로 우리 집과 카카오톡을 하였는데, 도경이 12월 24일자로 내가 수취를 거절한다는 이유로 법원에다 재판 비용을 공탁하였다고 한다. 내 구좌번호를 상대방 휴대폰에 문자 메시지로 알려주며 입금을 요구하였고, 3월 2일까지 확인한 바로는 입금되지 않았었는데, 수취 거부란 어처구니없는 거짓말이다.

점심 휴식 후에 대절버스를 타고서 먼저 멀지 않은 거리에 있는 오로빈도 아쉬람을 방문하였다. 인도에서는 오로빈도를 보통 Sri Aurobindo라고 호칭하는데, Sri란 위대하다는 뜻으로서 영어로는 Mr. 정도의 의미라고 한다. 그는 1872년에 캘커타의 상류층 자제로 태어나서 7세에 영국으로 건너가 캠브리지까지의 14년 교육과정을 전부 영국에서 마치고 21세 때 인도로 돌아왔다. 인도에 돌아온 그는 지금의 구자라트 주에 속하는 바로다 정부가 운영하는 바로다 칼리지에서 영어 교수로 출발하여 총장으로까지 승진하여 당대 인도에서 주목받는 젊은이가 되었는데, 조국의 실상에 눈이 뜨인 그는 독립운동에도 소홀하지 않았다. 대학마저 그만두고서 1906년 고향 캘커타로 자리를 옮겨 벵골 지역의 영향력 있는 독립운동가로서 활동하다가, 급기야 구속되어 바로다 시절부터 우연히 접하게 된 명상요가의 수행에 전념하게 되었는데, 이러한 감옥에서의 집중된 명상요가 수련이 그를 정치가로부터 수행자로 변신하게 만든 결정적 계기가 되었다.

그러나 캘커타의 경찰들이 계속 그를 괴롭히자 급기야 그는 1910년에 프랑스 식민지인 이곳 폰디체리로 거처를 옮겨 요가 아쉬람을 열게 되었다. 이 아쉬람을 실질적으로 떠받친 미라 알파사가 폰디체리에 도착하여 오로빈도를 처음으로 만난 것은 1914년이었다. 그러나 그녀는 곧 다시 길을 떠나 구도자로서 일본을 비롯한 아시아 일대를 돌아다니다가 1920년에 다시 오로빈도를 찾아 그를 스승으로 섬기며 평생토록 곁에서 섬겼다. 아쉬람의 안뜰에는 오로빈도와 미라의 무덤이 상하로 합장되어 꽃을 덮은 제단 형태로 장식되어져 있었다. 화장하지 않고 매장한 것인데, 인도에서는 12세 이하에 죽은 자, 사원의 주지, 코브라에 물린 자, 임신한 자, 나병환자는 매장을 하는 습관이 있다고 한다.

아쉬람을 나온 후 아롤의 인도에 따라 폰디체리 시내를 두루 걸어 다니며 관광하였다. 이 도시는 처음 네덜란드 사람이 만들었는데, 후에 프랑스 인이 개조하였고, 영국의 자취도 있는 모양이다. 도시는 전체적으로 지금은 하수구 모양으로 더렵혀져 있는 운하를 기준으로 하여 바다 쪽에 면한 프렌치 쿼터와 내륙 쪽의 인디언 쿼터로 구분되어져 있었다. 이곳 명물인 제21회 국제요가축제가 열리고 있어(1월 4일~7일) 그 야외무대를 스쳐 지나가기도 했다.

현재는 등록한 사람에 한해 20루피로 하루 세 끼를 해결할 수 있는 식당으로 개조되어 있는 총독의 영빈관, 총독관저, 독립운동가인 바하라티의 동상과 그의 이름이 붙은 공원, 나폴레옹 3세 때 프렌치 쿼터에다 양질의 식수를 공급할 수 있게 한 매춘부를 기념하는 석조 건물, 해변에 츠나미 방지용으로 쌓아올려 두었으나 쓰레기가 엄청나게 버려져 있는 검은 돌 더미 및 해변 둑의 한가운데에 위치한 마하트마 간디 동상, 제1차 세계대전 희생자 영령탑, 1675년에 만들어진 프랑스식 성당과 그 뜰의 잔 다르크 상, 이 도시의 번영을 가져온 가장 유명한 총독의 동상, 끝으로 聖心 바실리카 등을 둘러보았다. 인도 각지에는 하여튼 동상이 많다.

7시 30분부터 시작된 호텔의 만찬 때, 서울에서 온 은퇴한 은행원 하태욱 씨 및 그 부인으로서 간호교사 출신인 기영숙 씨와 같은 테이블에 앉아 코스 요리를 들며 대화를 나누어보았다. 그들의 1남 1녀는 모두 미국 시민권자인데, 아들은 미국의 명문 듀크대를 나와서 현재 로펌에 고용되어 있으나 미혼이며, 결혼한 딸은 브라운 대학과 같은 재단인 로드아일랜드의 명문 예술대학을 나와 현재 홍익대에서 박사과정을 밟고 있다고 한다. 바로 옆 테이블에 앉은 남자는 부산의 동아대학교 로스쿨 교수이자 변호사인 김백영 씨였다.

■■■ 6 (화) 맑음

조식 후 8시에 출발하여 다음 목적지인 치담바람을 향하여 한 시간 반 정도(70km) 이동하였다. 도중에 흑인보다도 피부 색깔이 더 검은 사람들을 많이 보았고, 또한 부슬부슬하게 부풀어 오른 모양의 풀로 초가지붕을 인 집들이 많았다. 그러한 집의 벽면은 대체로 대나무 가지를 쪼개어 엮은 것이었다. 여행안내서에 인구 67,949명에 면적 5㎢라고 되어 있는 치담바람은 남인도를 기반으로 한 강대한 세력이었던 촐라 왕조(907~1310년)가 한동안 수도지로서 이용하였던 곳이다. 그러나 오늘날 이 작은 도시에 여행객이 방문하는 이유는 춤추는 시바 신을 모신 유명한 나트라자 사원이 있기 때문이다. 각지에 많은 나트라자 像 중에서도 가장 유명한 것은 아마도 우리가 첸나이의 주정부 박물관에서 본 것인 모양이다.

우리가 나트라자 사원에 도착하자, 1월과 6월에 각각 10일간 행해지는 이곳의 축제가 끝난 직후라 시바 신의 가족을 태우고서 시가행진하는 그 축제에 쓰이는 다섯 개의 대형 마차들이 길가에 세워져 있었다. 사원 밖에는 아기를 안고서 우리에게 손을 내밀어 구걸하는 젊은 여인들이 있었고 도처에서 걸인들을 만났으나, 라지브의 설명에 의하면 그들은 평소 생활에 불편이 없이 즐겁게 살아가는 사람들이라고 한다. 라지브에게 물어보니 인도에서는 걸인에게 보통 5~10 루피 정도씩 적선을 한다고 하는데, 내 지갑에는 100루피 지폐 두 장이 들어있을 뿐이니 그것을 줄 수는 없는 것이다. 라지브는 지난 번 불교 성지 순례 때의 우리 가이드 빈투를 알고 있었는데, 그는 현재 처가가 있는 한국으로 들어가 살고 있다고 한다. 라지브는 한국의 연세대학교 한국어학당에서 공부한 적이 있었고, 불교성지순례에도 자주 동행하여 춘다의 공양터 같은 별로 알려지지 않은 곳도 잘 알고 있었다.

10~17세기에 세워진 이 대규모 사원에는 대형 고푸람이 사방에 각각 하

나씩 모두 네 개 세워져 있는데, 우리는 그 중 동쪽 문을 통하여 출입하였다. 네 개의 고푸람은 네 개의 베다를 상징한다. 동문 입구에는 108개의 춤추는 신의 조각상이 돌에 새겨져 있다. 시바가 추는 것을 우주의 춤이라고 한다. 어제 가족과의 카카오톡에서 사진을 많이 찍어 오라는 말이 있었으므로, 오늘부터 비로소 디지털카메라를 꺼내어 촬영하기 시작하였는데, 고푸람 안쪽 벽면의 감실에 있는 두르가 신을 촬영하다가 승려로부터 저지당하기도 하였다. 두르가는 시바 부인 파르바티의 화신 중 하나인데, 시바의 둘째 아들 카르티케는 이곳 남쪽 지방에서 무루간이라는 다른 이름으로 부르고 있었다.

출입로 가에는 쌀가루를 뿌려 땅바닥에다 장식을 하면서 그 무늬를 만드는 도구를 파는 사람들이 눈에 띄었고, 사원 기둥의 여기저기에 신도들이 시주한 것으로 보이는 열매가 달린 바나나나무를 높다랗게 묶어놓은 모습들을 볼 수 있었다. 사원 안에서는 얼굴과 몸에 회칠을 한 승려들을 많이 볼 수 있었다. 이 사원은 모두 다섯 개의 공간으로 구분되어져 있는데, 그 중 어떤 곳은 음식물 봉지 등을 함부로 버려 도처에 쓰레기가 널려 있어 매우 더럽고, 1,000개에 육박하는 기둥들이 서 있는 공간을 지나기도 하였다. 인도에서 사원에 들어갈 때 신발을 벗는 이유는 정결함을 유지하기 위함이라고 하는데, 경내가 이렇게 더러워서야 그것이 무슨 의미가 있겠는가 싶었다. 사원 건물 안에서는 높다란 제단 위의 누워 있는 신상 주위에 수많은 승려와 경배자들이 몰려 있는 모습도 볼 수 있었다. 인도에서는 배가 나온 사람들이 흔히 눈에 뜨이는데, 그것은 쌀과 튀긴 음식물을 배불리 먹고서 별로 운동을 하지 않기 때문이라고 한다.

다시 한 시간 반 정도 이동하여 3/1216, Tanjavur Main Road, Darasuram, Kumbakonam에 있는 Paradise Resort라는 곳에 들러 점심을 들었다. 그곳은 구내의 녹지공간이 넓고 실제로 파라다이스처럼 아늑하고 시설이 고급인 리조트였다.

점심 후 다시 한 시간 반 정도를 이동하여 오늘의 목적지 탄자부르(130km)에 도착하였다. 도중에 수레를 끌고 가는 소들도 보았는데, 인도의 소는 모두 등에 혹이 있는 줄로 알았더니, 오늘 보니 한국소처럼 생긴 것도 많았다. 뿔도 가지각색이 있었다. 또한 제법 폭이 넓은 수많은 강들을 지나갔는데, 개중에는 악어가 살고 있는 것도 있는 모양이다. 길은 모두 편도 1차선 왕복 2차선의 좁은 것이고, 평범한 인도의 시골 마을들을 계속 지나간 것이었다.

탄자부르는 인구 202,013, 면적 29.24㎢로서 지금은 별로 크지 않은 도시이나, 그 옛날 강대했던 촐라왕조의 수도였던 곳이다. 촐라 왕조는 AD 850년경 이곳을 중심으로 조그맣게 시작했던 것인데, 10~13세기에 그 전성기를 이루어 한창 때는 지금의 오리샤 주를 무대로 했던 칼링가 왕조의 영역에까지 손이 미쳤을 뿐 아니라 미얀마와 스리랑카의 일부 등 동남아시아 일대까지도 장악하는 폭넓은 세력권을 형성하였다. 탄자부르의 옛 이름은 탄조르이다. 인도에 이처럼 지명이 바뀐 곳이 많은 것은 아마도 식민지 시대의 잔재를 청산하기 위한 것인 모양인데, 대체로 옛 이름을 회복한 것이라고 한다.

먼저 16세기 나이카 왕조의 궁전이었다가, 18세기 뭄바이 지역을 중심으로 한 바라타 왕조 때 수리를 했으며, 지금은 Art Gallery라고 불리는 박물관으로 되어 있는 곳을 방문하였다. 박물관 앞에 'Rice Bowl'을 들고 있는 사람의 동상이 서 있었는데, 이 지방은 그런 이름으로 불릴 정도로 실제로 쌀농사가 성행하는 모양이다. 이 지역은 특히 쌀·인형극·악기·청동제품으로 유명하다고 한다. 궁전의 출입문 안쪽 옆에는 18세기에 지어진 높다란 망루 건물도 있었는데, 그 층층마다에 병사들이 지키고 있었다고 한다.

박물관의 1층은 Natraza를 위주로 하여 동전이나 12~15세기에 걸쳐 만들어진 각종 청동조각들이 진열되어져 있었고, 2층은 기증 받은 거대한 고래 뼈를 전시하고 있었다. 대서사시 『라마야나』의 이야기를 소재로 한 실내의 벽면장식 조각도 눈에 띄었는데, 나는 라마 신의 고향이 아유타야이며, 이야기가 그곳에서부터 시작됨을 오늘 비로소 알았다. 아유타야도 힌두교의 성지 중 하나이다. 박물관 마당에 시바링가도 있었는데, 그것은 시바와 그 부인 파르바티의 성기가 결합된 모습이다. 그리고 바깥에서는

Darbar Hall로 들어가는 곳임을 표시하는 간판도 눈에 띄었다. 네팔에서 궁전을 더르바르라고 부르는 것도 인도 말에서 유래한 것이 아닐까 라는 생각이 들었다.

끝으로 세계문화유산의 하나로 지정된 브리하데쉬바라 사원에 들렀다. 그 명칭은 '위대한 시바신'이라는 의미이다. 두 개의 높다란 고프람을 거쳐서 들어가면 드넓은 경내의 사방을 둘러싼 높은 벽 위에 시바신의 탈것인 소 난디의 조각상이 1008개 배치되어져 있고, 높다란 본당 건물 앞에도 거대한 난디 상이 모셔진 집이 있다. 바깥 고프람의 높이는 61m에 달하며, 회랑에는 252개의 시바링가가 배치되어 있다. 촐라 왕조의 위대한 왕 중 하나였던 라자라자(985~1012)에 의해 11세기 초에 지어진 것이라고 하는데, 모두가 화강암으로 만들어진 것이다. 지금까지 보아온 힌두교 사원 가운데서 가장 규모가 크고 예술성도 뛰어난 건축물이었다. 자유 시간을 이용하여 본당과 부속 건물들의 내부로 들어가서 악기의 연주와 함께 축문을 외며 예배의식이 행해지고 있는 모습도 지켜보았다.

主사원의 지붕은 무게가 81.3t에 달하는 둥근 돔으로 이루어져 있는데, 64.8m 높이의 벽 위에 얹힌 이 돔은 하나의 돌을 이용하여 만들어져 있으며, 이처럼 무거운 돌을 이 높이까지 올려놓기 위해서는 이집트의 피라미드를 만든 방법과 마찬가지로 본당 주위를 구불구불 돌면서 올라가는 비탈길을 이용했을 것이고, 비탈길의 길이는 6km 정도에 달했을 것으로 추정된다고 한다. 사원 앞의 거대한 난디 상도 하나의 돌을 깎아 만든 것이다.

Trichy Road에 위치한 Sangam Hotel에 들어 303호실을 배정받았다. 상감호텔은 체인인 모양이어서 내일 우리가 머물 곳도 역시 같은 이름의 호텔이다. 어제에 이어 오늘도 내가 배정받은 방에는 커다란 목욕 타월 외에는 세면용 타월이 없었는데, 나는 이즈음 호텔의 추세가 그런가 싶어 어제는 목욕 타월로 얼굴을 닦았고, 오늘은 들어올 때 목에다 걸어준 환영하는 뜻의 헝겊에다 비누를 묻혀 샤워를 하였다. 그러나 밤 7시 반부터 시작된 저녁식사 때 주위 사람들에게 그 말을 했더니 다들 자기네 방에는 어제 오늘 모두 타월이 있었다고 하므로, 프런트로 전화를 걸어 비로소 하나 받았다.

■■■■ 7 (수) 맑음

아침에 한국의 농협은행으로부터 5천만 원 마이너스 대출 가능기간을 1년 더 연장해 주겠다는 전화를 받았다.

8시에 출발하여 1시간 정도(45km) 이동하여 다음 목적지인 트리치로 향했다. 정식 명칭은 티루치라빨리인데, 줄여서 트리치 혹은 티루치라고 부르는 모양이다. 인구 711,862명으로서, 타밀나두 주 전체에서 네 번째로 큰 도시라고 한다. 트리치에서 오늘의 종착지인 마두라이까지는 3시간 남짓(140km) 걸리는 모양이다. 마두라이는 인구 1,085,914명인데, 타밀나두 주에서 2~3번째로 큰 도시인 모양이다.

트리치로 가는 도중에 라지브가 인도의 결혼 풍습에 대해 말해주었다. 인도에서는 95%가 중매결혼, 5% 정도가 연애결혼인데 연애결혼은 대도시에서 주로 하며, 이혼은 극히 드문 편이지만 대부분 연애결혼 한 사람들이 이혼을 한다고 한다. 1부1처제이며, 남녀 모두 배우자와 사별하면 재혼하는 경우가 거의 없는 모양이다. 도중에 고속도로로 접어들었다.

트리치에 도착한 다음 먼저 카우베리 강에 들렀다. 인도 최대의 비슈누 사원인 스리 랑가나타스와미 사원이 있는 스리랑감 섬을 둘러싸고 있는 강들 중 하나이다. 강폭은 제법 넓었으며, 카우베리는 비슈누 부인 락쉬미의 별칭으로서, 이곳도 종교적인 성지인 모양이다. 어제 아침에야 이곳의 축제가 모두 끝났다고 한다. 들어가는 입구의 길 가 양쪽에 남녀 걸인들이 줄지어 앉아 있고, 락쉬미의 사당이 있는가 하면, 개인 소유의 장식한 코끼리로부터 축복을 받는 사람, 머리카락을 잘라 강에 바치고 난 다음 대머리로 죽은 이를 위한 천도 행사를 치르는 상주들, 강에서 헤엄치는 사람들 등으로 북적거리고 있었다.

다시 대절버스를 타고서 이웃한 스리 랑가나타스와미 사원으로 이동하였다. 이곳은 7세기 촐라 왕조 때부터 시작하여 다섯 개의 왕조가 잇달아 건설하였고, 현재의 건물들은 대부분 14~15세기에 조성된 것인데, 도합 21개의 고푸람을 지니고 있는 어마어마한 크기의 사원이었다. 전국에 천 개 정도 있는 비슈누 사원 가운데서 유명한 것이 108개이고, 그 중에서도 가장 큰 것이 이곳으로서, 그 면적은 157㎢이다. 경내에 49개의 사원이 있고, 네 개의 문 중 남쪽 문이 정문이며 서쪽 문은 비슈누신의 머리가 향한 곳이라 하여 늘 닫혀 있다. 비슈누 신이 모셔져 있는 마지막 신전으로는 힌두교인만 들어갈 수 있고, 그리로 향하는 일곱 개의 문 중 4번째까지가 상가이고, 신도가 아닌 사람은 여섯 번째 문까지만 통과할 수 있다. 비슈누 신상이 있는 곳 가까이에서 어떤 남자가 활발한 몸동작으로 춤을 추고 있으므로, 우리 일행 중 몇 명도 그를 따라 함께 추었다. 비슈누 신은 정결을 상징하므로 장식을 하지 않는다고 한다.

사원 전체가 목하 수리 중이라 천 같은 것으로 덮여져 있는 건물이 대부분이었으며, 시주한 사람들의 이름을 적은 명단이 길게 늘어서 있었다. 1월 1일부터 10일까지 열흘 동안이 비슈누 축제라고 한다. 비슈누 신상은 3미터 정도의 크기인데, 누워서 잠자는 모습을 하고 있다고 한다. 힌두교에서는 비슈누의 아홉 번째 화신이 부처님이라고 말하고 있다.

우리는 동문 쪽으로 빠져나왔는데, 그쪽에는 960개의 돌기둥과 그 앞에 코코넛 나무로 만든 기둥까지 합하여 모두 천 개 정도의 기둥이 늘어서 있는 건물이 있었다. 상체를 벗은 사람들이 많았고, 외국인인 우리더러 함께 사진을 찍자는 사람들도 있었다. 처음 들어갔던 남문을 경유하여 빠져나오는 길에 나는 상가에 들러서 누런 금속제 라트라자 상 하나를 $30에 구입하였다. 처음 상인은 3,600루피 정도를 불렀던 듯한데, 달러로 얼마냐고 물으니 환율에 어두운지 계산기를 두드려보더니 얼마라고 하므로 그 중에서 약간 에누리한 값으로 산 것이다. 현재의 환율로는 $1이 대략 60루피이므로 3,600루피는 $60에 해당한다. 시간이 없어서 살 때는 자세히 살펴보지 못했으나, 가져와 보니 신상의 팔 하나에 떨어졌다 다시 붙인 흔적이 있었다.

거기서 15분 정도 이동하여 트리치 시의 중심부에 있는 Rock Fort Temple로 갔다. 뾰족하게 솟아오른 해발 83m의 화강암 바위산을 깎아서 만든 가네샤 신전이었다. BC 1500년경부터 있었다고 하니, 그 말대로라면 3500년 된 사원인 셈이다. 437개의 가파른 돌계단을 통하여 정상에 오르면 사방으로 시가지의 전경을 바라볼 수 있게 되어 있다. 사원 안은 물론이고 바깥 시가지에도 맨발로 다니는 사람이 매우 많았다. 시골에서는 거의가 맨발로 생활한다고 한다.

바나나와 토마토로 늦은 점심으로 말미암은 허기를 때우며 오늘의 최종 목적지인 마두라이로 향했다. 세 시간 정도(140km) 걸린다고 들었는데, 고속도로를 경유했기 때문인지 오후 2시 15분쯤에 마두라이 시내로 들어갈 수 있었다. 도중의 여기저기에서 록 포트처럼 온통 화강암으로 이루어진 바위산들을 볼 수 있었다. 라지브의 설명에 의하면 마두라이의 현재 인구는 120만 명 정도라고 한다. 이 도시 또한 힌두교의 성지이다.

먼저 오늘의 숙소인 Alagarkoll Road의 Sangam 호텔에 들러 301호실을 배정받고서 포터가 가져온 트렁크를 받아놓은 다음, 1층 레스토랑에서 점심을 들었다. 그리고는 티루말라이 나약 궁전으로 향했다. 이 도시에도 트리치에서 본 카우베리 강이 흐르고 있었으나, 강물은 거의 없었다. 도중에 세계에서 가장 싼 것이라고 하는 인도 TATA사의 승용차를 보았는데, 예전에는 $2,000이었으나 지금은 $4,000 정도라고 한다.

길거리에 미소 띤 중년 여인의 얼굴이 든 포스터가 계속 이어져 있으므로 라지브에게 누구냐고 물어보았더니, 암마라는 이름의 여자로서 그녀의 설법을 들으러 오라는 선전물이라는 것이었다. 이 역시 종교적인 집회의 홍보물이니 과연 인도답다는 생각이 들었다. 뒤에 『우리는 지금 인도로 간다』 케랄라 편을 통해 알고 보니, 그녀의 정식 이름은 마타 아미타난다마이 데비(Armitanandamayi Devi)로서 그녀의 출신지인 케랄라 말로 어머니라는 뜻을 가진 암마(이름 앞의 마타라는 말도 어머니라는 뜻의 힌디어)로 애칭되고 있는 것이었다. 그녀는 오늘날의 인도에서 손꼽히는 영적 지도자(Guru) 중의 한 명이다. 케랄라 남부의 작은 섬에서 가난한 어부의 딸로 태어나 숫다마니로 불리었으며, 가난한 살림 때문에 학교도 2년 만에 중단하고서 9세 때부터 집안일을 맡게 되었는데, 갑자기 크리슈나 신의 이름만을 부르며 모든 것으로부터 초연해져버리는 상태에 곧잘 몰입하였다. 이후 놀라울 정도의 집중된 정진을 통해 숫다마니는 마침내 聖母와의 혼연일체를 이루게 되었다. 이로써 그녀는 만인의 어머니 암마로 불리게 되고, 전 인도에 그녀의 이름이 알려져 오늘에 이르렀다. 33세 되던 1987년부터는 해마다 미국과 유럽 등지로의 순회를 시작하였고, 1993년부터는 일본도 순회국에 추가되었다. 1993년 시카고에서 열린 세계 종교의회(Parliament of the World's Religions)에 암마는 힌두교를 대표하는 세 명 중 한 사람으로서 참가하였다.

티루말라이 나약은 이 도시의 전성기를 이룬 왕의 이름인데, 티루말라이는 이름이고 나약은 성으로서 나약 왕조(1599~1781)의 왕이다. 현지의 안내판에는 Thirumalai Naicker 혹은 Naick이라고 적혀 있었다. 2,500년 정도의 역사를 지닌 마두라이는 남인도의 도시들 중 가장 오래된 것으로서, 판디야 왕조의 수도가 된 이래 여러 왕조의 지배를 거쳤는데, 1293년에 마르코 폴로도 이곳을 방문하여 기록에 남기고 있다.

이 궁전은 1636년에 이탈리아인 건축가의 설계에 의해 지어졌고, 70년 정도 왕이 거주하던 곳으로서, 인도 사라세닉 양식을 보여주고 있다. 많이 훼손되어 현재는 원래 모습의 1/4 정도를 보존하고 있을 따름인데, 굵은 로마식 열주에다 그 위를 이슬람식 아치들이 연결하고 있고, 맨 위는 힌두교 양식의 조각들이 늘어서 있다. 왕의 접견실 옆 무도장은 현재 이 지방에서 출토된 브론즈 동상들과 그림 등을 진열한 박물관으로 되어 있었다. 2009년에 보수를 했다고 한다.

마지막으로 스리 미낙시 사원에 들렀다. 이 사원의 기원은 2,500년 전의 판디야 왕조로까지 소급된다고 하지만, 지금 남아 있는 것은 7세기 촐라왕조 때부터 15세기까지에 걸쳐 이루어진 건축물들로서 화강암으로 이루어져 있으며, 고푸람 12개를 갖추고 있다. 12년마다 고푸람을 새로 채색한다고 한다. 이즈음은 폭탄테러 사태 때문에 들어갈 때 신체검사가 엄중하였고, 카메라 등은 지닐 수 없었다.

미낙시는 시바 신의 부인 이름인데, 마두라이 출신의 처녀가 3개의 젖가슴을 지니고 태어났으나 예언에 따라 히말라야의 카일라쉬 산을 방문하여 시바 신을 만나자 가운데 젖가슴이 없어져 정상으로 되었고, 그 후 8년 만에 시바 신이 화신인 순다레스와라의 형태로 히말라야에서 마두라이로 내려와 이 장소에서 미낙시와 결혼했다는 것이다. 그러므로 이곳은 결혼식이 자주 치러지고 출산을 위한 기도도 행해지는 곳으로서, 입구에 출산을 빌기 위해 나무 아래의 코브라 신상들에다 색깔을 발라놓은 모습이며, 경내의 복도에서 신랑신부가 가족들에 둘러싸여 결혼식을 올리는 현장도 목도할 수 있었다.

경내에는 시바 신전과 미낙시 신전이 따로 떨어져 있었고, 기도 전 몸을 정결하게 씻기 위한 대형 풀도 있었으나 지금은 물이 더러워지므로 사용하지 않는 모양이다. 사라수 나무를 순금으로 덮은 커다란 기둥과 순산을 위한 기도를 드리는 조각상, 7피트의 화강암으로 된 검은 가네샤 상, 나트라자 상, 천 개의 서로 다른 모양을 조각한 돌기둥으로 이루어진 박물관이 있고, 개중에는 섹스 하는 모습을 새긴 기둥들도 있었다. 이 사원 안에는 33,000개의 조각상이 있다고 한다. 기네스북이 선정한 세계의 불가사의 중 첫 번째가 타지마할, 30번째가 이 사원이라는 라지브의 설명도 들었다. 4월에 이 사원의 축제가 열리면, 신상을 실은 마차가 시가지를 행진한다고 한다.

호텔로 돌아오는 차 안에서 인솔자 박종완 씨가 자기에 대해 설명하는 말을 들었다. 그는 그루지아(구소련으로부터 독립한 지금은 미국식으로 조지아라고 부른다)에서 2011년에 여행사를 차렸으나 계속 적자를 면치 못하고 있으며, 게다가 이즈음 같은 겨울철이면 관광객이 오지 않으므로 이런 아르바이트 같은 것도 하는 모양이다. 그는 현재 결혼해 있으나, 그루지아에서는 한 달에 $1,000 정도면 생활이 가능하고, 어쩌면 $500로도 생활할 수 있다고 했다.

▄▄▄ 8 (목) 맑음

8시에 출발하여 타밀나주 주의 마두라이에서 케랄라 주의 문나르로 이동하는 날이다. 출발 전 호텔 로비에서 우연히 라지브 씨를 만나 그의 나이를 물어보았더니 1982년생이라고 했다. 그러면 올해 만 43세인 셈이다. 버스 속에서 라지브가 최근 폭탄 테러 사태의 배경이 된 인도의 정치적 상황에 대해 설명해 주었다. 원래 하나의 나라였던 것이 영국으로부터 독립할 때 파키스탄은 인도보다 하루 먼저 독립을 선포하였다. 처음 동·서 파키스탄으로서 독립하였다가, 1971년에 동파키스탄이었던 방글라데시가 또 따로 분리 독립하였다. 그러자 인도로부터 이슬람교도가 많은 카시미르 주가 독립하도록 부추기는 파키스탄이 테러리스트들을 인도 국내로 잠입시켜 폭탄테러를 자행하고 있는 것이라 한다. 또한 티베트의 달라이라마가 인도로 망명한 이후, 근년에 들어와 중국이 두 나라간의 국경선을 획정한 맥마흔 라인을 무시하고서 인도 영토인 동북단 아루나찰프라데시 주의 영유권을 주장하며 인도와의 사이에 국경분쟁을 야기하고 있다.

마두라이에서 문나르까지는 180km, 약 5시간을 이동한다. 49번 고속도로를 경유하는데, 그것은 케랄라 주의 코치(코친)까지 연결되는 편도 1차선 왕복 2차선 정도의 좁은 아스팔트 포장길이었다. 서쪽으로 갈수록 점점 산악지대로 접어들어, 두 주의 경계 부근은 해발 1,600m 정도였다. 도중에 일행으로부터 철학교수인 나더러 동서철학을 비교하는 내용의 말을 해달라는 요청이 있었는데, 대중강의에 자신이 없어 사양하다가 마지못해 마이크를 잡았다. 인도 곳곳의 자동차 도로에는 일종의 바리케이트를 쳐서 차가 직진하지 못하고 S자를 그리며 돌아가게 만들어두고 있는 지점들이 있는데, 이곳도 역시 그러했다. 도중에 풍력발전기들도 눈에 띄었다.

오늘의 숙소에서 20km 정도 떨어진 지점에서부터 고속도로를 버리고 산중의 1차선 좁은 도로로 접어들었다. 그 길로 들어서니 인도 북부 가르왈 히말라야에서 보았던 신성한 꽃이라는 흰색의 브라마까말이 잡초처럼 길가에 무수히 피어 있고, 경사진 산비탈을 이용하여 조성해 둔 차밭이 한도 끝도 없이 계속 이어지고 있었다. 한국의 보성 차밭 정도로는 비교의 대상도 되지 못할 듯하였다. 곳곳의 골짜기에 인공으로 만든 것인지 모를 호수들이 보이는데, 그것이 차밭을 조성하기에 적당한 정도의 습기를 제공해주는 모양이다. 산길은 점점 더 밀림지대로 접어들었고, 왕복하는 차량이 서로 반대편으로부터 오는 차를 비키기 위해 길가에 아슬아슬하게 붙어서기도 하였다. 도로에는 일제 스즈키 승용차가 자주 눈에 띄었는데, 라지브에게 물어보니 스즈키의 인도 시장 점유율은 40% 정도로서 토요타를 능가한다고 한다.

민가의 흰 벽에 붉은 바탕에다 낫과 망치와 별을 그린 공산당 표지가 눈에 띄더니, 이후 계속하여 체게바라·마르크스·레닌·카스트로 등의 얼굴 모습이 든 포스터가 나타나는가 하면, 붉은 공산당 깃발이 길가에 연속적으로 꽂혀 있는 곳도 많고, 심지어는 차에도 그런 깃발이 꽂혀 있는 경우가 있었다. 무슨 공산당 행사가 있어 그런가 싶기도 하였으나, 라지브에게 물어보니 그렇지는 않고 이 주의 집권당이 공산당이기 때문이라는 것이었다. 또한 타밀나두 주의 문자보다도 한층 더 동글동글한 케랄라 주의 문자도 눈에 띄기 시작했다. 케랄라 주의 문자해득률은 100%에 가깝다고 한다.

　차밭 속의 어느 갈림길에서 한동안 주차하여 대기하다가, 짚과 오토릭셔 3대를 가지고서 마중 나온 사람들을 따라 갈림길을 취해 산속의 좁고 험한 길을 2km 정도 더 올라간 지점인 문나르의 Chinnakanal에 있는 오늘의 숙소 Mountain Trail에 도착하였다. 오후 1시가 되기 전에 도착하였는데, 근년에 인도네시아의 브로모 화산을 보러 밤중에 작은 차로 바꿔 타고서 산길을 한참동안 올라가 하룻밤 묵은 바 있었던 Cottage들과 아주 흡사한 곳이었다. 나는 제일 위쪽에 위치한 식당에서 비교적 가까운 산비탈의 녹색 건물 2층 204호실을 배정받았다.

　점심을 들고서 오후 3시 30분까지 자유 시간을 가진 다음, 다시 올 때의 차량에 승차하여 산길을 45분 정도 더 달린 끝에 산기슭에 위치한 비교적 큰 읍인 문나르에 도착하였다. Temple Road에 있는 허름한 2층 건물인 Thirumeny Cultural Center에서 전통공연 카타깔리를 관람하기 위해서였다. 오후 다섯 시부터 한 시간 간격으로 하루 네 차례 공연되는데, 우리는 그 중 첫 번째 것을 관람하였다.

　카타(이야기) 깔리(공연)는 힌두의 두 대서사시 라마야나와 마하바라타의 대목들을 소재로 삼아 펼쳐지는 무용극이다. 배우들이 진하고 과장적인 분장을 하여, 단순하게 구성된 악기들의 음향 효과를 보조로 하여 과장된 몸짓과 눈짓, 손짓 등으로 풀어나가는 이 무용극은 원래 사원의 마당에서 밤을 새워 공연되던 것으로서, 400여 년 전부터 케랄라의 전통 무용으로 자리 잡게 되었다.

실제로 보니, 두 사람이 출연해 이상한 전통복장과 화장을 하고서 눈 동작과 춤 등으로 진행하는 코미디 풍의 무언극이었다. 이러한 케랄라의 전통 민속공연은 한국의 TV를 통해서도 시청한 적이 있었다. 출연자는 둘 다 남자인데, 처음 반시간 동안은 여성의 복장을 한 사람 하나가 나와 긴 북과 탬버린의 반주에 맞추어 혼자서 공연을 하더니, 후반부에 가서는 얼굴에 수염인 듯한 흰 것을 붙인 남자가 나와 공연했고, 머지않아 아까 그 여인이 다시 나와 두 사람이 함께 공연하다가, 끝에 가서는 뒤에 나온 사람이 한동안 뒤로 돌아서 있더니 갑자기 검고 긴 수염을 가진 남자로 변신하여 양자가 한동안 싸우다가 끝내 검은 수염이 칼에 찔려 죽고서 대단원의 막이 내리는 스토리였다. 공연이 시작되기 전 2층 분장실에서 배우들이 준비하는 모습을 지켜볼 수 있고, 공연이 끝난 후에는 팁을 주고서 같이 사진을 찍을 수도 있었다.

산속 기온이 제법 서늘하여, 숙소로 돌아온 후 7시 30분의 저녁 식사 때는 나를 제외한 다른 사람들은 다들 겨울옷을 꺼내 입고서 식당에 모였다.

▰▰ 9 (금) 맑음

한밤중에 아내와 문자 및 음성통화를 하였다. 아내로부터 전화가 걸려와 잠자다가 받은 것인데, 통화의 품질은 좋지 못했다. 아름다운 산새 소리를 들으며 조식 전에 숙소 구내를 한 바퀴 둘러보았다. 객실은 녹색 바탕에 흰 줄 무늬 페인트가 칠해져 있는 2층 건물 세 채와 단층 건물 한 채이며, 그것 외에 식당 및 사무실용 2층 건물이 각각 한 채씩이었다. 객실 건물들 사이에는 토끼·칠면조의 우리도 하나씩 있었다.

7시 30분에 출발하여 다시 180km 떨어진 인구 174,666명의 도시 알라푸자(알레피)로 이동하였다. 산 속 길가에는 브라마까말과 더불어 나팔꽃 비슷한 파란 꽃도 많은데, 꽃 모양은 영락없지만 온종일 피어 있으므로 정말로 나팔꽃인가 싶었다. 이곳 산속의 도로 가에는 간밤에 우리가 잤던 곳과 비슷한 숙소들로 인도하는 간판이 많이 눈에 띄는데, 개중에는 리조트 방갈로라고 적힌 것도 있었다. 여기서는 그런 곳을 방갈로라고 하는가 보다.

다른 길을 경유하는 도중에 어제 들렀던 문나르를 다시 거쳤는데, 읍이 아니고 도시라고 해야 할 정도의 규모였다. 가는 도중에 라지브가 인도의 정치 제도나 국부인 간디에 대해 설명하고, 그 다음으로는 김백영 변호사가 마이크를 잡아 어제의 나처럼 강의 비슷한 이야기를 하였다. 인도는 29개 주에다 델리나 폰디체리처럼 중앙정부 직속의 특별행정구가 5개 있고, 5년마다 선거를 하는데 전국 선거와 주 선거로 나뉜다. 남녀 불문하고 18세 이상인 자에게 투표권이 있으며, 545명의 국회의원 중 3/4 즉 75% 이상의 의석을 차지하는 정당이 집권한다. 간디 이래의 국민회의당 외에 힌두교 신도를 중심으로 하는 또 하나의 정당, 그리고 공산당이 3대 정당이다. 간디를 암살한 사람이 푸나 출신이며, 1911년에 스리랑카가 인도로부터 독립하였다는 이야기도 오늘 처음 들었다.

라지브는 네팔과의 국경에서 가까운 비하르 주 출신이다. 그는 1999년에 한국으로 유학하여 반년을 연세대 한국어학당에서 공부하였으며, 회계학 석사학위를 가졌다고 한다. 그리고 김백영 씨는 1999년에 있었던 아버지의 죽음에서 큰 충격을 받아 이를 계기로 하여 구도자의 길로 접어들었으며, 국내외를 막론하고 여러 영적 지도자들을 찾아가 만나 보았다고 한다. 그는 세법과 관련해서는 국내에서 가장 많은 건수를 맡아 처리해 왔고, 승률도 가장 높다고 한다.

우리는 평지의 고속도로로 내려온 후 한참을 더 나아가 인도양(정확하게는 Lakshadweep See)에 면한 케랄라 주 최대의 도시 코치에서 북부로부터 이어지는 17번 고속도로와 합한 다음, 계속 49번 고속도로를 따라서 남쪽으로 내려갔다. 인도의 National Highway 즉 고속도로란 대체로 왕복 2차선으로서, 한국으로 치자면 국도 비슷한 것이다. 케랄라 주의 중간 지점에 위치한 최대의 도시 코치는 원래 코친이었다가, 코치라는 이름을 거쳐서, 현재는 에르나꿀람이라 부르고 코치는 그 중 바다로 돌출한 반도인 항구 부분을 지칭하는 말로 되어 있다. 에르나꿀람의 인구는 1,373,177, 코치는 260,563명이다. 우리는 코치 시내로는 들어가지 않고 그 외곽지대를 지나서 알레피를 향해 남쪽으로 내려갔다.

길가 등지에서 룽기라고 불리는 인도 남부지방의 무릎까지 내려오는 하의를 걸친 남자들을 자주 보았다. 비슷한 것이지만 간디가 암살당할 때 걸치고 있었던 옷 도티는 북부지방의 남자들이 주로 입는 것이라고 한다. 룽기는 길이가 2~2.5m이며, 발등까지 내려오도록 늘어뜨릴 수도 있으나 보통은 천을 반으로 접어서 무릎 위까지 오게 하며 남은 천은 앞쪽 허리춤에다 꽂는다. 회교도들은 푸른 색깔의 체크무늬를 선호한다고 한다. 이에 비해 도티는 천의 길이가 5.5m로서 두 배 이상 길며, 흰색이 원칙이다.

우리는 알레피에 도착하여 오후 3시 15분 무렵 운하에서 House Boat라는 이름의 전용 유람선을 탔고, 배 안에서 늦은 점심도 들었다. 운하는 농업용으로서 인공적으로 만든 것이라고 하는데, 지금은 신혼부부를 비롯한 많은 여행객들이 관광용으로 이용하고 있다. 인도의 베니스라고 불리는 알레피는 특히 이 水路遊覽(Backwater Trip)으로 유명한데, 우리들이 탄 배 말고도 비슷한 모습의 수많은 배들이 떠 있었다. 배는 대나무로 지붕과 벽을 얽은 것이 많았다. 운하의 물에는 부레옥잠이 많이 떠 있고, 주변으로 야자나무 등이 우거져 숲을 이루고 있으며, 더러는 폭이 넓어져 바다 같은 커다란 호수를 지나기도 하였다. 우리가 탄 배에는 船首의 줄에 크리스마스트리용 은박별이 하나 매달려 있었는데, 라지브의 설명에 의하면 배 주인이 크리스천이기 때문이라는 것이었다. 케랄라 주에서는 주민의 19%가 기독교, 56%가 힌두교, 24.7%가 이슬람교를 믿는 것으로 되어 있다. 성 도마가 케랄라 주로 상륙했다 하고, 또한 일본에 처음으로 가톨릭을 전파한 예수회 선교사 프란체스코 자비에르도 상당기간을 이곳에 머물렀던 것이다.

우리는 2시간 정도 크루즈를 했는데, 버스 속에서 매일 자신의 팔과 다리에 수지침을 놓고 있던 정영란 씨와의 대화중에 그녀가 이화여대 사범대학의 분자생물학 전공 교수임을 비로소 알았다. 그녀는 서울 광화문의 우리 대학 오피스텔이 들어 있는 경희궁의아침 근처에 살고 있다는데, 갱년기 장애를 겪은 이후로 사암침이라는 것을 배워 효과를 보았으므로 스스로 매일 한 번씩 시술하고 있다고 한다.

배가 닿는 곳에 위치한 Citrus Hotel에 도착하여 2층의 817호실을 배정받았다. 바로 앞에 펼쳐진 넓은 운하에는 수백 마리의 오리 떼가 모여 있고,

뒤로는 연못 위에 나무 정자가 있는 정원이 펼쳐져 있고, 실외 수영장도 있으며, 그 뒤로 펼쳐진 논들 건너편의 지평선 위에 나지막하게 걸린 붉은 석양이 아름다웠다. 7시 30분부터 석식을 들었는데, 식사가 끝난 후 식당 바깥 로비의 별 모양으로 만들어진 대리석 무대 위에 여자 무희 한 사람이 나와 Bharat Natyon이라는 케랄라 주의 민속춤을 피로하였다. 전통 복장에다 양쪽 발목에 여러 겹의 방울이 달린 발찌를 착용하고 있어서 움직일 때마다 그 방울 소리가 음악의 일부를 이루었다.

서울의 대학로 부근 연건동에 사는 약사인 장효숙 여사로부터 또 하루 분의 감기약을 얻어 복용해 보았지만, 낫지 않고 오히려 더 심해지는 모양이어서 기침도 잦고 가래도 나온다. 감기는 원래 두 주 정도 지속되는 모양이라, 약이 떨어진 오늘 이후로는 그냥 참고 지내볼 생각이다.

▰▰▰ 10 (금) 맑음

8시 40분에 호텔을 출발하였다. 유람선을 타고서 15분쯤 이동하니 바로 어제 배를 탄 장소에 닿았다. 거기에 대기하고 있는 대절버스에 옮겨 타고서 9시 경에 출발하여 다음 목적지인 인도 아대륙의 서남쪽 끄트머리에 가까운 코발람으로 향했다. 거리는 190㎞이니 우리가 인도에 온 이후 가장 긴 코스이다. 그러므로 한 나절 내내 이동하여 오후 1시 50분 무렵에 오늘의 숙소인 G.V. Raja Road, Samudra Beach, Kovalam, Thiruvananthapuram에 있는 Uday Samudra 호텔에 닿았다. 나는 2층의 210호실을 배정받았다.

가는 도중에 인솔자인 박종완 씨가 한국의 팁 문화에 대한 자기 생각을 말했다. 여행사에서 팁을 요금에 포함시킨다는 것이 팁의 본래 정신에 크게 위배될 뿐 아니라, 여행사에 따라서는 그렇게 거둔 팁을 인솔자나 현지 가이드, 그리고 기사에게 다 주지 않고서 자기네가 챙기는 사례가 있다는 것이다.

이어서 김백영 변호사가 마이크를 잡아 일본과 한국의 대처승 제도, 대만 고궁박물원의 3대 보물, 일본 국보 井戸다완 등에 대한 자기 소견을 말했다. 그런데 그 설명에 사실과 어긋난 내용이 꽤 있었으므로, 주저하다가 한참 후에 내가 마이크를 잡아 그것들에 대해 자신이 알고 있는 바를 피력하였다. 결과적으로 김 씨의 설명에 대한 반대 의견을 말한 셈이다. 김 씨가 다시 마이크를 잡아 무언가 설명을 하고자 했지만, 일행 중 가장 젊은 여성인 수원에서 온 교사 이선옥 씨가 그런 말은 마이크로 하지 말고 두 사람이 개인적으로 하라고 하므로 그만두게 되었다.

이쪽 도로 가에도 곳곳에 붉은 공산당 깃발과 스탈린 초상까지를 포함한 포스터가 나붙어 있을 뿐만 아니라, 이슬람을 상징하는 초록색 깃발과 힌두교를 상징하는 사프란색(주황색) 깃발도 드물게 보였다. 코발람은 케랄라 주의 주도인 티루바난타뿌람(트리반드럼)에서 16km 더 남쪽으로 내려간 지점의 인도양에 면한 바닷가에 위치해 있는데, 11~2월엔 세계 각지에서 모여든 사람들로 붐벼, 국제적으로 알려진 해변 휴양지이다. 우리가 오늘 머물게 된 호텔은 그 입구 로비의 프런트 뒤편에 2010, 2011, 2012년에 World Luxury Hotel Awards를 수상한 상장이 액자에 끼워져 나붙어 있었다. 그래서인지 서양인들이 매우 많았다. 코발람도 1500년대에 포르투갈, 1600년대에 네덜란드가 개발한 곳이다.

점심을 든 다음, 3시에 로비에서 인솔자 박 씨를 만나 그의 인도에 따라 나의 방 바로 곁에 있는 Ayur Ashram Ayurveda Center로 가 그 3층에서 인도인 남자로부터 약 45분간에 걸쳐 아유르베다 마사지를 받았다. 4대 베다 중 하나인 아유르베다에 나오는 방법에 따른 마사지라는 것일 터인데, 의복을 비롯하여 시계와 안경 등 몸에 걸친 것 모두를 벗고서 일본의 훈도시 비슷한 것 하나만을 입고 침대 같은 것에 올라가 마사지를 받았다. 온몸에다 약 냄새가 나는 기름을 바르고서 성기를 제외한 나머지 몸의 구석구석을 차례로 문지르는 것이었다.

호텔 구내에도 풀장이 여러 개 있었으나, 해수욕복을 입고서 호텔 옆의 바다로 나아가 김택영 씨 내외 및 신하영 씨와 더불어 인도양의 물결에 몸을 담가 보았다. 백사장은 좁고 파도가 거센 편이었다. 이 거센 물결 때문에 해마다 몇 명씩 이 풍진 세상을 하직하는 모양이다. 해수욕을 마친 다음, 우리가 이용한 비치파라솔의 주인이 경영하는 근처의 건물 2층 술집으로 가서 함

께 맥주 세 병을 마셨다. 7시부터 시작된 저녁식사 때도 김백영·오영신 내외
와 한 자리에 앉아 긴 대화를 나누었다. 김 씨는 대단한 독서가인 모양이다.

■■■ 11 (일) 맑음

6시 반에 호텔을 출발하여 30~40분 정도 이동하여 케랄라 주의 주도인
티루바난타뿌람으로 향했다. 공항에서 인도 가이드인 Rajiv Sinha 및 기사
일행과 작별하였다. 공항 안에는 케랄라어와 힌디어 그리고 영어가 나란히
적혀 있는 경우가 많았는데, 이번에 인도에 온 후 힌디어는 처음 보는 듯하
다. 티케팅 직전에 공항 안에서 준비된 도시락으로 조식을 든 다음, 9시 45
분에 출발하는 스리랑카 항공(UL962)의 24E석에 앉아 한 시간 동안 비행하
여 10시 45분에 스리랑카의 콜롬보 북쪽으로 38km 떨어진 곳에 위치한 카
투나야카의 반다라나이케 국제공항에 도착하였다. 스리랑카 현지가이드인
Ranjith Singh 씨가 마중 나와 있었다. 그는 우리 인솔자 박종완 씨와 동갑
이고, 공항 북쪽의 Negombo에 살고 있으며, 그곳 주민 대부분이 그러한 것
처럼 크리스천으로서 감리교 신자라고 한다. 머리카락을 짧게 깎아 민머리
를 한 란지트는 딸 둘을 두었는데 큰 딸이 15세이며, 그가 다니는 교회의 신
도는 3천 명 이상이라고 한다. 이 나라의 해안가는 포르투갈 인들이 적극적
으로 개종을 요구한 까닭에 기독교인이 많으며, 그래서 그가 사는 니감보는
'작은 로마'로 불린다고 했다. 란지트의 한국어는 인도 현지가이드인 라지브
의 것보다 알아듣기 쉬웠지만, 그는 국내에서 독학으로 한국어를 배웠고, 한
국에 몇 번 다녀온 적은 있었으나 기본적으로 한국 사람과의 접촉을 통해 한
국어를 익혔으며, 한글은 모른다고 한다.

스리랑카 문자는 케랄라 문자보다도 더 동글동글하여 마치 삶은 라면을
감아 놓은 듯한데, 길거리의 표지는 스리랑카의 공용어인 신할리어와 인도
의 타밀어, 그리고 영어를 함께 적어놓은 것이 자주 눈에 띄었다. 인도와의
시차는 없으며, 화폐 단위도 인도와 같은 루피이지만 환율은 $1에 120루피
하고 하니 인도의 두 배이다. 인도와 달리 이 나라에서 볼 수 없는 것은 사람·
사원·거지·쓰레기라고 한다. 한국 교민은 500명 정도로서 주로 콜롬보에

산다. 인도와 마찬가지로 일본차가 많으며, 일본인도 많다고 한다.

일행 중 김백영 씨는 자기 부인을 古佛堂이라고 호칭하고 있다. 범어사 주지인 修弗 스님으로부터 받은 법명이다. 자신의 법명은 寶峰이고, 無盡藏 스님으로부터 받은 普門이라는 법명도 있으며, 스스로 지은 字는 如如라고 했다. 그는 부산의 불교신도회 이사장이며, 회원 수 50명 정도 되는 법조인 불자회의 회장이기도 하다. 이번 여행에 동참한 사람들은 모두 여행 마니아이고, 개중에 대구에서 온 오창례 여사의 경우는 등산 마니아이기도 하여 한 달에 두 번 정도씩 혼자 등산을 떠나, 한 번에 4~5일씩 산을 탄다. 숙박은 주로 각지의 찜질방을 이용하되, 더러는 산속의 정자에서 자고 비박도 하는 모양이다. 친정어머니가 동거하고 있어, 여러 날 동안 집을 비워도 살림 걱정은 없다고 한다.

스리랑카의 일상 인사말은 아유보완인데 '오래 오래 사세요'라는 뜻이며, 팔리어라고 한다. 인구는 약 2천만, 국토면적은 63,000㎢로서 한국의 약 2/3이며, 1948년에 독립하여 1972년에 영국식 국명인 세일론으로부터 스리랑카로 국명을 바꾸었는데, 그 의미는 스리(위대한) 랑카(땅) 즉 '위대한 땅'이다. 세일론은 포르투갈인이 다프라폰이라 하던 것을 네덜란드인이 세일란으로 고친데서 유래한다. 이 나라는 포르투갈·네덜란드·영국으로부터 480년 동안 유럽인의 지배를 받았다. 수도인 콜롬보도 영국식 이름이라 하여 근자에 콜람바로 바뀌었는데, 그것은 콜라(나무)와 암바(망고)가 합성한 말로서 '망고나무'를 의미한다.

불교도가 전체 인구의 68%이며, 그 외에 힌두교·이슬람교·기독교가 있다. 3일 전에 실시된 총선에서 백조당이 승리하여 대통령이 바뀌었고, 오늘 새 대통령이 우리가 가는 1번 국도를 경유하여 캔디에 있는 佛齒寺를 방문하게 되며, 1~2일 후에는 교황이 방문하게 된다고 한다. 주로 세 개 민족이 존재하는데, 신할라(70%) 타밀(15%) 이슬람(7%)이 그것이며, 그 외에 백인과의 혼혈인 머그족(2%)·말레이시아인·중국인도 존재한다. 이슬람도 타밀어를 사용하며, 모든 사람이 신할리어·타밀어·영어의 세 개 언어 중 두 가지는 구사할 수 있다.

타밀족은 나라 없는 백성으로서, 인도의 타밀나두 주 및 스리랑카와 세계 각지에 산재해 있는데, 타밀 반군의 분리 독립투쟁으로 말미암아 30년 동안 내전을 겪다가 약 4년 전에 비로소 종식되어 지금은 완전히 평화를 회복하였으며, 내전으로 말미암아 약 10만 명이 사망하였다.

이 나라의 역사는 세 개의 시기로 구분할 수 있는데, 구전의 시대, BC 6세기에 인도로부터 아리안 족이 건너와서 토착민과의 혼혈로 신할리왕조를 이룬 시기, 영국인 지배 이후의 시기이다. BC 2세기에 불교가 전래되었고, BC 3세기부터 글자가 사용되었으며, 10세기에 현재 사용되는 것과 비슷한 구불구불한 글자가 만들어졌다.

도로는 인도에서 보던 것과 마찬가지로 꼬불꼬불한 2차선이며 온갖 차량이 함께 다니는데, 가는 곳마다에서 울창한 야자 숲을 보았고, 더러 7일장과 묘지, 그리고 논에 새하얗게 내려앉은 왜가리(?) 떼가 눈에 띄었다. 도중에 철로도 만났다. 15~16세기에 걸쳐 약 50년간 수도였다는 쿠루네갈라 라는 도시도 지나쳤는데, 큰 바위로 된 산들이 많고 산 위에는 7년 전에 만들어졌다는 흰 불상이 하나 서 있었다.

시골도 가는 곳마다에서 오토릭샤가 눈에 많이 띄었다. 국영이나 개인이 경영하는 버스도 있지만, 가까운 거리를 이동하는 데는 주로 영업용 릭샤를 이용한다. 불교국가이지만 나무 값이 비싸서 화장을 하지 않고 주로 매장을 하며, 스님들은 화장을 하는 모양이다. 2주 전에 큰 홍수가 나서 30여 명이 사망하였다고 하며, 곳곳에서 부처의 상이 눈에 띄었다. 인도에서 보던 것과 같은 풀로 지붕을 인 초가집도 가끔씩 보이고, 대나무 제품 만드는 동네도 지나쳤다. 더러는 기와집도 눈에 띄었는데, 기와는 주황색으로 된 것이 많았다.

캔디로 향하는 길의 도중에 347, Kandy Road, Ambepussa, Warakapola에 있는 龍騰中餐廳이란 곳에서 중국식으로 점심을 들었다. 점심 든 장소의 바로 다음에서 캔디로 가는 1번 국도를 버리고 그 옆의 6번 국도로 접어들어 시기리야(186km) 방향으로 향했다.

1982년에 유네스코 세계문화유산으로 지정된 시기리야에는 그 바위산에 5세기 신할리 왕조의 제65대 왕 카사파 1세가 건설한 성채도시 유적이 있고, 산기슭에는 정원과 담장으로 둘러싸인 시가지 유적이 있다. 시는 사자, 기리는 바위라는 뜻이라고 한다. 높이 약 200m, 넓이 약 2ha(3,600평)인 평평한 산 정상에는 좁은 계단과 작은 길을 연결하여 궁전·저수지·정원 등을 세웠으나, 지금은 벽돌로 된 기단만 남아 있다. 이곳에 처음 거주하여 마을을 이룬 것은 오스트레일리아의 애보리지니와 흡사한 체격의 원주민이며, 카사파 왕은 그 전부터 있었던 왕궁을 보수하여 15년 동안에 걸쳐 도성을 만들고, 8년 동안 여기서 살았다고 한다. TV를 통하여 산 북쪽 중턱의 성문 유적에 남아 있는 문 양쪽 옆의 날카로운 발톱을 가진 거대한 동물의 앞발 조각상과 바위산 중턱 암벽에 그려진 풍만한 젖가슴을 드러낸 여인들의 벽화 등은 익히 본 바 있었으나, 이 유적이 해자를 둘렀고 이처럼 큰 규모였음은 오늘 비로소 알았다.

카사파 왕은 두 왕자 중 정비 소생이 아닌 첫 번째 왕자로서, 부왕을 살해하고서 왕위에 올라 수도를 아누라다푸라로부터 이곳으로 옮겼으나, 8년 후에 인도로 망명했던 둘째 왕자와의 전투에서 그가 탄 코끼리가 늪에 빠지자 주위의 병사들이 모두 도망쳐버렸으므로, 자살로써 생을 마치고 말았다. 그를 이어 왕위에 오른 둘째 왕자는 다시 BC 6세기부터 AD 10세기까지 1600년 동안의 수도였던 아누라다푸라로 도성을 옮겼기 때문에, 이곳은 사원으로 변해 있었다가 후에 그 사원마저도 근처의 다른 곳으로 옮기고 방치되었다. 5~10세기까지는 그런대로 사용되었으나, 이후 800여 년 동안 밀림으로 변해 있었던 것을 영국인이 발굴하여 오늘날과 같은 모습을 회복한 것이다. 발굴 당시 신할리 족은 귀신이 나온다고 두려워하여 기피했으므로 타밀 족이 동원되었다고 한다. 바위벽의 중턱에 만들어진 거울 벽에는 고대의 낙서들도 남아 있어 귀중한 사료가 되고 있다.

인도에서 건너온 아리안 족이 원주민과 혼혈한 것이 오늘날 스리랑카 인구의 대부분을 이루는 신할리 족이며, 아누라다푸라 이후 여러 차례 수도를 옮겨 모두 8개의 수도가 있었으나, 마지막 왕조의 수도였던 곳은 오늘날의 캔디이다.

시기리야에서 약 30분 정도 이동하여 가까운 곳에 위치한 하바라나의 Amaya Lake, Dambulla라는 리조트에 들어, 나는 별채로 된 83호실을 배정받았다. 한국인과 중국인 등 외국인이 대부분이었다.

■■■ 12 (월) 맑음

조식 전에 호텔 경내를 한 바퀴 둘러보았다. 꽤 넓고 내가 잔 것과 마찬가지의 단층 건물들이 여기저기에 산재해 있으며, 커다란 호수를 끼고 있었다. 호수 가의 잔디 위에는 왜가리들이 여기저기에 흩어져 있었다. 이 나라에는 7천 개가 넘는 호수가 있다고 란지트로부터 들은 바 있다.

오전 8시에 출발하여 11·13번 국도를 따라서 서북쪽으로 약 78km 떨어진 이 나라 최초의 수도 아누라다푸라로 이동하였다. 아누라다푸라가 수도였던 시기는 란지트로부터 들은 바와 내가 읽은 기록들에 따라 서로 차이가 있으나, 오늘 산 스리랑카 지도 이면의 설명에 의하면 BC 5세기 이전부터 시작된 이 나라 최초의 도시였으며, 1500년 가까운 세월 동안 수도이자 종교적 중심이었다고 되어 있다. 혜초여행사로부터 받은 자료에는 BC 5세기에서 AD 8세기까지 신할리족 왕국의 수도였으며, 760년 경 인도로부터 타밀 족이 침입함으로써 황폐해졌다고 한다.

그리로 가는 도중에 란지트가 이 나라의 교육제도 및 최근의 정치 동향에 관해 설명해주었다. 이 나라는 영국식 제도를 본받아 5세에 입학하여 10년 동안 공부하고서 Ordinary Level Exam을 치른 후 그 중 절반 정도의 사람이 상급학교에 진학하며, 다시 3년간 공부한 후 Advanced Level Exam을 치르고서 전체의 2~5%만이 4년제 대학에 진학하게 된다. 대학교까지의 교육은 모두 무료이고, 전 국민에게 의약도 무료로 제공된다. 그러나 정부가 제공해 주는 것에 만족하지 않고 스스로 비용을 들여 사교육이나 개별적 치료를 받는 경우가 많아지고 있으며, 대학을 마친 사람이 외국에 나가 돌아오지 않는 사례도 심각한 정도이므로, 이러한 제도를 개혁해야 한다는 목소리도 높다고 한다. 이번 선거에서 55%를 득표하여 당선된 새 대통령이 제도를 개혁해 줄 것으로 기대하고 있으며, 과거 17년간 집권했던 전직 대통령은 자기 가족 다수를 장관으로 입각시켰고, 그 동생은 간밤에 미국으로 망명하였다고 한다.

아누라다푸라로 가는 도중에 다소 둘러서 9번 국도가 12번 국도와 마주치는 지점쯤에 있는 미힌탈레 사원에도 들었다. BC 2세기에 인도의 아소카 대왕이 왕자인 마힌다 스님을 파견하여 최초로 이 나라에다 불법을 전하였는데, 그가 처음 도착했던 곳이며, 후에 3천 명의 스님들과 함께 거주한 사원 터라고 한다.

이 나라 국토의 북부는 사막으로 되어 있다. BC 6세기에 인도의 비자야 왕자가 500명의 신하를 데리고서 배로 스리랑카의 서북부 해안에 상륙하여 아누라다푸라에다 수도를 열었는데, 그 아리안 족이 토착민과 점차 혼혈하여 신할라 족을 이루었다. 신하는 사자라는 뜻이고, 라는 피라는 뜻이다. 1972년에 만들어진 이 나라 국기에도 오른편에 절대다수인 신할라 족을 상징하는 사자가 그려져 있다. 불교가 전파되기 이전에 이미 힌두교가 들어와 있었고, 지금도 불교 사원 안에 힌두교 사원이 있는 경우가 많다. 힌두교의 신은 3억3천만이라고 할 정도로 많다. 10세기에 당시까지 제2의 도시였던 폴론나루와로 천도하였다.

도로 가의 가로수들이 아름다웠다. 어떤 나무는 한국의 느티나무처럼 둥치 굵은 고목이 가지를 넓게 펼쳐 2차선 도로를 거의 뒤덮을 정도이고, 가로수로서 흔히 보이는 아몬드 나무는 아래쪽의 잎들이 단풍든 것처럼 갈색이었다. 이 나라에 흔한 망고나무는 6·7·8월에 결실하며, 그 외에 두리안·망고스틴 등은 계절에 관계없이 열매를 수확할 수 있다. 길가에는 주인 없는 들개를 포함한 개들이 아주 많았다.

아누라다푸라에 도착한 후 먼저 이수루무니아 정사를 방문하였다. 이 나라에서도 인도와 마찬가지로 사원을 방문할 때는 신발과 모자를 벗어야 하며 바지는 무릎 아래까지 내려와야 하고 소매 없는 상의를 입어서는 안 된다. 이수루무니아 정사는 이 나라 최초의 불교 사원으로서, 원래 힌두교 사원이었던 것을 개조한 것이다. 커다란 바위를 중심으로 하여 그 바위벽에다 조성한 것이며, 바위 꼭대기에 올라서면 건너편 가까운 곳으로 호수가 바라보였다. 바위를 파내고서 만들어진 사원의 본존 부처 상 앞에는 한국인이 기증한 유리창이 설치되어져 있었다. 인도를 제외하고서는 아소카 왕 때 이 나라에 가장 먼저 불교가 전파되었으나, 중간에 쇠퇴하여 태국에서 재수입하였으므로 지금도 샴 파·미얀마 파 등의 구별이 있다. 경내에 박물관이 있어서 거기서 6세기에 제작된 굽타 양식의 석조 연인 조각상 등을 둘러보았다. 남자의 무릎 위에 여인이 앉아 있는 모습이었다. 이 사원 안에는 대규모의 스님들 숙사도 딸려 있었는데, 그 뜰에는 뒤편 호수로부터 수로를 통해 물이 흘러들고 있었고, 보리수·아몬드 등의 나무들이 우거져 있었다. 우리나라에서 보리수라고 부르는 나무는 실제로는 파필라나무라고 한다.

이 승원에서 좀 떨어진 곳에 원주민이 남긴 석각이 있다 하여 따라가 보았다. 바위 뒤쪽에 알 수 없는 모양의 무늬가 새겨져 있는 것인데, 외계인이 남긴 것인가 하여 미국의 NASA에서 와서 조사한 적도 있다는 것이었다. 거기서 돌아 나오다가 좀 떨어진 곳에 있는 야생 공작새 두 마리를 보았다. 지난번에 교수불자회의 불교유적순례에 따라왔다가 인도의 밭에서 인도 국조인 공작새 두어 마리를 본 적이 있었는데, 야생의 것으로는 오늘 두 번째로 보았다.

다음으로는 루완셀라야 대탑을 방문하였다. 부처님의 진신사리 한 바가지 분을 보존한 곳이라고 한다. 직경 180m의 원형 白塔으로서 2세기에 처음 건립된 것인데, 꼭대기의 상륜부에 1피트짜리 미얀마 보석이 있으며 수정처럼 투명한 것이었다. 지금의 탑은 높이 55m인데, 원래 이 대탑은 110m였다고 한다. 경내에서 검붉은 색과 주황빛의 서로 다른 색깔로 된 승복을 입은 스님들을 보았다. 그리고 사찰 입구를 지키는 여자 경찰을 비롯한 이곳 여인들은 한국과 마찬가지로 머리 한 가운데에 가르마를 타고서 머리카락을 양쪽으로 빗어있었다.

끝으로 스리마하보리수를 보러갔다. 스리는 위대하다는 뜻이며, 마하는 크다는 뜻이다. 2448년 된 나무로서 BC 3세기에 인도의 부다가야로부터 상가미타라는 스님이 가지를 가져와 이식한 것인데, 원래는 두 그루였다가 한 그루는 죽어버렸다고 한다. 보리수의 가장자리로 뻗어 있는 작은 가지들이 쇠 버팀목의 지지를 받으며 보호되고 있고, 전체 나무의 둘레에는 금속 울타리가 쳐져 있다. 이 나무 자체가 부처님의 사리로 간주되며, 1년에 한 번만 낙엽이 진다고 했다. 그 후 부다가야의 보리수가 죽자 이 나무의 가지를 옮겨 새로 심었으며, 각지 사원의 보리수도 이 나무를 옮겨 심은 것이 많다고 한다. 그 주위에는 여러 그루의 서로 다른 보리수들이 자라고 있고, 돌계단에는 가장 아랫부분의 받침대에 여러 가지 장식적인 문양이 아로새겨진 Moon Stone도 볼 수 있었다.

중식을 들기 위해 이동하는 도중에 교복을 입고서 하교하는 학생들이 많이 보이는 학교를 지나쳤다. 이 나라의 교복은 초등학교와 중등학교의 것이 모두 같다고 한다. 점심은 No. 90, Polonnaruwa Road, Habarana에 있는 ACME Transit Hotel에서 들었다. 중식 후 다시 45km를 약 45분 동안 이동하여 이 나라의 두 번째 수도였던 폴론나루와로 갔다.

가는 도중에 란지트가 다시 이 나라의 이런저런 풍습에 대해 설명해주었다. 먼저 결혼제도에 대해서는 15~20년 전까지는 대체로 중매결혼을 하였으나, 지금은 연애결혼이 대세이며, 결혼식 때 신부는 하얀 색깔의 옷을 입었다가 신혼여행을 마치고 돌아올 때는 붉은 색 옷을 입으며, 같은 카스트끼리 결혼하는 것이 일반적이고, 인도와 마찬가지로 여자 측이 남자 측에다 지참금을 준다. 막내아들이 부모와 함께 사는 것이 일반적이며, 따라서 부모의 재산도 막내아들에게 상속된다. 이 나라 국부의 70%는 인구의 30%인 사람들이 소유하고 있으므로 빈부의 격차가 심하다. 장례 풍속은 화·금요일은 화장이나 매장을 하지 않으며, 사후 1주까지 상주는 잠을 자지도 밥을 짓지도 않는다. 고인이 죽은 지 3개월 후에 제사를 지낸 후, 그 이후로는 1년마다 제사를 지낸다. 장례식이 있을 때는 길거리를 가로지르는 줄을 매달고서 거기에다 길쭉하고 잘게 쪼갠 비닐조각을 매달아 표시를 하는데, 일반인은 하얀색, 스님은 노란색 비닐을 쓴다. 이 나라에는 5세기부터 중국인의 내왕이 있었고, 明代에 鄭和도 온 바 있었다. 직업군인은 22년간 근무하며 혹은 18년으로 마치는 경우도 있는데, 약 10만 명의 군인을 보유하고 있다. 스님의 옷 색깔은 샴 파·미얀마 파 등 종파에 따라 다르다.

폴른나루와에 도착하니 파라크라마 왕이 다섯 개의 호수를 합쳐 만들었다는 거대란 규모의 파라크라마 사무드라야 호수가 눈에 띄었다. 10세기에 만들어진 것으로서, 길이 9km에 달한다고 한다. 먼저 수수께끼 石立像으로 가보았다. 자연바위에다 貝葉經을 들고 서 있는 사람을 조작한 것인데, 이 상의 정체에 대해서는 왕·스님·힌두신 등 여러 가지 설은 있지만 아직 정설이 없으므로 수수께끼라고 하는 것이다. 다음으로는 박물관에 들렀다. 52개의 글자로 이루어진 이 나라 문자의 변천 과정을 보여주는 전시품 등이 있었다. 다음으로는 13세기에 지어졌고 7층 높이에다 방이 천 개였다는 왕궁으로 가보았다. 현재는 3층까지의 잔해가 남아 있는데, 그 위층은 목조로 이루어져 모두 불타버렸고 잔존한 부분은 벽돌로 이루어져 있었다. 유네스코 세계문화유산으로 지정된 것이었다. 거기서 장사치로부터 스리랑카의 지도 하나를 샀다.

랑콧비하라로 가보았는데, 커다란 백색의 둥근 탑이 있었다. 랑은 금, 콧은 탑의 상륜부, 비하라는 탑을 의미한다고 한다. 다음으로 들른 랑카틸리카에는 스님들의 숙사와 목욕탕, 왕의 기도처, 승려의 묘지들이 남아 있었다. 힌두교 사원의 유적도 적지 않았다. 마지막으로 찾은 갈비하라는 커다란 자연 암석 하나에다 네 개의 불상이 새겨져 있었다. 첫 번째 것은 三昧에 든 부처, 둘째 것은 도솔천에서 설법하는 부처, 세 번째 것은 입상인데 부처의 죽음을 슬퍼하는 제자 아난다라는 설도 있으며, 네 번째 것은 누워 있는 열반상이었다. 여기서 우리 일행의 단체사진을 촬영하였다. 도처에서 왜가리 떼를 보았으며, 짐승처럼 커다란 도마뱀도 몇 마리 보았다.

간밤에 잔 호텔로 돌아오는 도중에 길가의 어둠 속에서 떠돌아다니는 야생 코끼리 두 마리를 보았다. 밤 7시 30분쯤 도착하여 석식을 들었는데, 기침과 가래가 점점 더 심해지고 있다.

■■■■ 13 (화) 맑음

8시에 출발하여 지난 11일에 시간이 없어 보지 못한 시기리야 박물관을 보러 갔다. 시기리야는 우리의 숙소가 있는 하바라나로부터 얼마 떨어지지 않은 곳에 있다. 호텔을 출발한지 얼마 되지 않아 전깃줄 위에 올라 앉아 있는 원숭이들을 보았다. 박물관에 도착하여 먼저 2009년에 일본 Sanyo사가 제작한 천정에다 비추는 정지형 비디오를 시청하였다. 박물관 안의 모조해 둔 프레스코 여인 벽화는 좀 상해 있었다. 이 박물관 건물도 일본 측이 건설하여 기증한 것인 모양이다.

다음 목적지인 담불라까지 20분 정도 이동하였다. 오늘 교황이 이 나라에 도착하여 콜롬보에 체재하므로 란지트 씨 가족도 거기에 간다고 한다. 우리가 통과하는 6번 국도에도 여기저기에 색깔 있는 비닐 조각들이 걸려 있는데, 장례식 때의 경우와 모양은 같지만 흰색과 노란색 이외의 색깔은 각각 정당들을 표시하는 것이라고 한다.

담불라에 도착한 다음 먼저 산기슭의 大佛을 구경하였다. 이 황금빛 대불은 15년 전에 만들어진 것이다. 다시 대절버스를 타고서 산길을 올라 주차장에서 내린 다음, 세계문화유산인 석굴이 있는 지점까지 10분 정도 걸어서 올라갔다. 이 나라에는 총7개의 세계문화유산이 있는데, 지금까지 우리가 가본 곳들 모두와 오늘 오후에 들를 캔디를 합하면, 그 중 갈레라는 곳 한 군데를 빼고서는 모두 둘러보는 셈이다. 이 일대에는 BC 10세기 무렵부터 사람이 살았는데, BC 2세기에 아누라다푸라에 있던 왕이 내전으로 말미암아 이곳으로 피신해 있다가 다시 수도로 귀환한 후 감사의 뜻으로 이곳 바위산에다 석굴사원을 조성한 것이 그 시초이다. 그 후 19세기까지 여러 차례 석굴이 덧붙여지어져 현재는 모두 다섯 개의 석굴사원을 이루고 있다.

이 석굴사원을 담부(큰 바위)울라(물 떨어지는 길)라고 하는데, 실제로 그 중 10세기에 조성되어 금으로 도색한 이후 Golden Rock Temple로 불리고 있는 석굴사원의 천정에는 낮은 곳으로부터 높은 곳으로 물이 흘러가는 흔적이 선명히 보였다. 거기에는 길이 47 피트의 와불상이 있었는데, 어제 본 폴론나루와의 48피트 와불보다 조금 작을 따름이다. 석굴 안 여기저기에 와불이 많았다. 우리는 마지막 석굴에 들르기 전에 하루 세 차례 있는 부처님 공양 시간을 만나 문이 닫힌 석굴사원의 바깥에서 15분 정도 대기하였다. 그 시간 동안에 나는 석굴 바깥의 마당에 있는 조그만 힌두사원에도 들러보았다. 안에는 힌두교의 신들 그림이 걸려있었으나, 이곳은 미래불인 미륵불을 모신 곳이라 하여 미륵불이 하생하여 설법한다는 龍華樹 가지들을 천정에 걸어두고 있었다. 용화수는 이 나라에서 나라고 부르고, 영어로는 Iron Wood라고 한다는데, 영어 이름은 그 나무의 재질이 쇠처럼 단단하다는 데서 유래한다.

담불라에서 9번 국도를 타고 남쪽의 캔디로 이동하는 도중 110km 떨어진 곳에 위치한 날란다라는 곳에 들러 바위로 된 사원을 둘러보았다. 지붕까지 돌로 만든 사원이라고 하며, 원래는 바로 옆에 있는 넓은 호수 가운데에 있었던 것인데, 이리로 옮겨온 것이다. 8~10세기의 인도 건축양식을 반영한 것이다. 바깥벽에 남자 두 명과 사자 한 마리가 서로 다가서서 섹스를 하는 모습을 담은 조그만 조각상이 하나 새겨져 있었고, 사원 옆에는 벽돌로 만든 둥근 탑이 있었다. 날란다는 스리랑카 국토의 정중앙에 위치한 모양이다.

날란다에서 15분 쯤 더 내려간 곳의 No. 99, Kaudupelella, Matale에 있는 Ranwelli Restaurant에 들러 점심을 들었다. 점심 후 1시간 반을 이동하여 이 나라의 두 번째 가는 도시이고, 마지막 왕조의 수도가 있었던 캔디로 향했다.

길에 보이는 버스나 트럭 등에는 인도의 TATA 제품과 함께 Lanka Ashok Leyland라고 전면에 쓰인 차가 많다. 같은 TATA 회사의 차인데, 스리랑카로 보내는 것에만 이런 이름을 붙인다고 한다.

캔디로 가는 도중에 다시 란지트로부터 이 나라 사정에 관한 이런저런 이야기를 들었다. 스리랑카는 원래 농업 국가인데, 근자에는 아라비아에 15만 명의 인부를 파견해 있고, 한국에도 25,000명 정도의 인원이 연수생이란 이름으로 와 있다. 한국에 가기란 쉽지가 않아 현지인 브로커에게 1인당 7천 달러 정도의 돈을 지불해야 하는 모양이다. 이 나라의 GNP는 $2,800인데, 그나마 내전 당시보다는 훨씬 높아진 것이며, 시골에서는 월급 3~4만 원 정도로 살아가고, 홍차 밭 인부의 하루 임금이 $5이라고 한다. 그래도 인도·미얀마보다는 잘 사는 편인 모양이다.

4촌끼리 결혼하는 경우도 많으며, 형·동생이 부인 한 명과 사는 경우도 있는데, 그것은 주로 재산관계 때문이다. 인구의 52%가 여자이며, 여자는 보통 22~25살에 결혼하나 시골에서는 16살부터 결혼하며, 35살은 할머니로 간주된다. 평균수명은 남자 65세, 여자 70세이다. 밀가루를 많이 먹고 패스트푸드를 선호하기 때문에 당뇨병이 늘어나고 있다.

란지트 자신은 대학에 진학하지 못하고 이모부의 권유로 한국어를 배워 1996년부터 한국인 가이드를 하게 되었다. 당시에는 현재도 교수로 있는 사람 한 명 정도가 한국어 가이드를 하고 있었는데, 그 교수는 오늘도 불교성지 순례를 온 고성 玉泉寺 팀의 가이드를 하고 있다. 그 팀은 우리 팀과 일정 및 코스가 거의 같은데, 오늘 점심식사도 같은 장소에서 했으나, 얼마 후 그 팀이 탄 버스가 고장으로 길가에 정지해 있는 것을 본 바 있다. 란지트는 한국 회사에 근무하다가 한국에 한 달 정도 파견된 적도 있었다. 가이드 시험은 영어로 치르는데, 이 직업이 그런대로 취미에도 맞아 지금은 권유해 준 이모부에게 감사하는 마음이라고 한다. 스리랑카에는 한국인 관광객이 1년에 11,000~15,000명 정도 방문하고 있다.

Kandy까지 8.5km 쯤 남겨둔 지점의 길거리에서 이슬람식 흰옷을 입은 학생들이 하교하는 모습을 많이 보았고, 그 일대에 사는 사람들의 복장도 대부분 이슬람식이었다. 불교국가인 이 나라에 의외로 이슬람교도가 많은 것이다.

오후 3시 7분에 캔디에서 도보로 30분 걸리는 교외인 페라데니야에 있는 Royal Botanic Gardens에 도착하였다. 이 나라 최대의 강인 마하웰리 강이 삼면을 둘러싸고서 흘러가는 지점에 조성된 127에이커, 15만 평의 부지에 설립된 것이다. 그 정문을 들어서니 거기에 코브라 두 마리와 구렁이 한 마리를 가지고서 코브라 춤을 추게 하는 남자가 있었다. 이 식물원을 둘러보는데 보통 6시간 쯤 걸린다고 하지만 우리는 란지트의 안내에 따라 한 시간 쯤 거닐었다.

이 나라 어디를 가더라도 그러하지만 식물원 경내에도 개들이 많았다. 주인 있는 개와 없는 개 중에 주인 있는 개가 좀 더 많다는데, 주인이 있더라도 개를 가두어 키우지 않기 때문에 순하기 짝이 없어 사람을 보아도 전혀 짖지 않는다. 경내에는 버펄로잔디라고 부르는 특이한 잔디가 넓게 심어져 있었다. 이 왕립식물원은 1371년에 왕이 이곳에다 궁전 하나를 지었을 때부터 비롯하여 18세기에 정식으로 왕실 정원이 되었으며, 세 명의 왕에 의해 보호 유지되어 왔는데, 1830년대에 영국인이 이를 일반인에게 개방하였다. 우리는 이곳에서 전 세계 계피의 70%를 수출한다는 이 나라의 계피와 용수처럼 가지에서 줄기를 내려 땅에 뿌리를 박고서 뻗어가는 거대한 밴저민, 베트남의 팜반동 수상, 구소련의 유리 가가린 우주비행사, 일본의 현 천황이 황태자 시절에 부인을 대동하여 와서 심은 나무 등을 둘러보았다. 나올 때는 입구의 기념품점에서 아내를 위해 $244를 지불하고서 여러 가지 보석을 섞어서 만든 팔찌를 하나 구입하였다.

식물원을 나와 캔디 시내로 진입하였다. 인구 80만 명으로서 180만 명인 수도 콜롬보에 이어 두 번째 가는 도시인 이곳의 저녁 시간에는 교통 정체가 심하였다. 신갈리어로 칸다(山)라는 말이 영어식으로 캔디로 변했다고 한다. 빵가게가 많은 다운타운을 지나 왕궁 옆에 위치한 佛齒寺로 향했다. 이 나라에서는 부처님의 이빨을 부처님 자신처럼 생각하여 경배하며, 수도를 옮길 때마다 불치사도 새 수도로 옮겨가므로, 오늘날은 마지막 왕도였던 이곳에 있는 것이다.

불치사에 들어서니 팔리어로 하는 독송 소리가 들려오고 있었다. 고등학교 졸업의 학력뿐인 란지트도 빨리어 독송의 내용은 대충 들어서 안다고 한다. 불치사 옆에 있는 왕궁은 절보다도 오히려 규모가 작아 보였고, 2만 에이커의 면적에 달하는 절은 바깥으로 보아서는 서양식 건물 모습에 가까웠다. 절 옆으로는 커다란 인공 호수가 있고, 경내에 힌두교 사원도 있었다. 사리함은 부처님의 공양시간에 하루 세 번 공개하며, 진짜 불치 사리는 7년에 한 번 열흘씩 공개한다. 그리고 매년 7월이나 8월 보름에 코끼리 머리 위에다 가짜 사리함을 놓고서 열흘간에 걸쳐 시내를 순행하는데, 그것이 이 도시의 큰 축제인 모양이다. 사원 안의 불치함을 모셔둔 장소에는 바깥 문 안에 또 하나의 사원이 있는데, 그것은 500년 전에 만들어진 것으로서 그 2층에 치아사리가 보존되어 있다.

사리함 공개 시간이 다가오자 그 바깥 문 앞에 선 네 명의 악사 중 세 명은 서로 다른 모양의 북을 치고 한 명은 한국의 날라리와 비슷한 모양의 피리를 불며 음악을 연주하기 시작하였다. 악사들의 머리에는 터번인 듯한 흰색의 천을 가볍고 둘렀고, 가슴 위의 상체는 벗었으며, 배에는 넓고 붉은 천을 둘렀고, 그 아래에 흰 천의 긴 치마를 입었다. 우리가 2층으로 올라가는 계단 중간에 줄을 지어 늘어서서 기다리고 있는 동안 부처님께 바칠 水蓮을 든 사람 등이 계속 2층으로 올라가고 있었다. 그렇게 한 시간 반을 기다린 끝에 마침내 안쪽 문이 열리고서 사리함의 공개가 시작되었으므로, 우리는 차례대로 앞으로 나아가면서 그것을 바라보았다. 사리함은 각종 보석으로 치장된 상당히 큰 규모의 것이었다.

너무 오래 기다렸으므로, 숙소인 캔디 시내 높다란 곳에 위치한 The Grand Kandyan 호텔에 도착했을 때는 밤 8시에 가까운 시각이었다. 저녁 식사를 들고서 밤 10시 경에 취침하였는데, 나는 3층의 327호실을 배정받았다.

▰▰▰ 14 (수) 맑으나 산 위는 짙은 안개

8시에 출발하여 2시간쯤 이동하여 실론티 농장으로 향했다. 5호선 국도를 타고서 계속 남쪽으로 내려가는데 꼬부랑길의 연속이었다. 차밭은 해발 1,900m, 오늘의 트레킹 코스는 2,200m, 호텔은 1,900m의 고지에 속한다.

오늘 교황이 콜롬보에서 미사를 집전하므로 공휴일로 되었다고 한다. 이 나라는 각 종교의 기념일을 포함하여 1년 중 160일이 공휴일이고, 그 밖에 또 따로 개인적으로 받을 수 있는 휴일이 42일 있다. 각지에서 흔히 볼 수 있는 도로를 뒤덮은 가로수는 마라라고 하며, 그 외에 고무나무인 라텍스를 가로수로 심은 것도 보였다. 각지에서 자주 눈에 띄는 스리랑카의 불상은 한국처럼 모두 머리카락을 동글동글 꼬아 올린 나발을 하고 있다.

푸셀라와 부근에서부터 차밭이 시작되었다. 점차 산악지대로 접어들면서 이 일대가 세계적으로 유명한 실론티의 본고장이라 차밭이 계속 이어졌다. 다만 인도에서 본 차밭과 다른 점은 차밭 사이의 통행로를 내는 방식인데, 인도의 경우는 동글동글하게 길을 내는데 비해 스리랑카에서는 일직선을 이룬 것이 일반적이고, 가끔씩 인도와 같은 방식의 길도 있었다. 차밭에서 차 잎을 따는 여인은 모두 타밀족이고 남자는 잎 따는 작업은 하지 않고 차나무의 밑둥치를 자르는 등 다른 일을 하고 있다. 차나무는 5년 만에 한 번씩 밑둥치를 잘라주어야 하고, 자른 나무는 곧 새 줄기를 뻗는다. 茶園에는 영어 이름이 붙은 에스테이트가 많은데, 1972년을 기점으로 영국인은 전면적으로 철수하였으나, 여전히 옛 이름을 사용하고 있는 것이다.

이 나라의 차 산업은 영국인 제임스 테일러가 인도 다질링에서 차를 가져와 심은 데서 비롯한다. 그는 립튼을 동업자로 삼았는데, 립튼은 얼마 후 독립적으로 자기 농장을 경영하여 마침내 실론티의 대명사가 되었다. 립튼이 경영하던 차밭은 이 산 반대편 기슭의 우아(Uva)라는 곳에 남아 있다. 이쪽 산기슭에는 유명한 상표인 Mackwoods의 이름이 붙은 농장들이 보였다.

우리는 람보다에서 도시락을 수령한 후, 다시 좀 더 올라가 같은 람보다의 Nuwara Eliya Road에 있는 Blue Field Tea Garden이라는 곳에 들렀다. 그곳의 차 공장을 둘러보며 현지인으로부터 차의 제조과정에 대한 설명을 들었고, BOP(Broken Orange Pecoe)라는 홍차를 대접 받고 매점에 들러 다른 사람들처럼 나도 $6 주고서 BOP 홍차 400그램 한 통을 샀다.

오늘의 숙소가 있는 누와라엘리야에 들러 19세기 이래의 영국식 대저택을 개조한 Jetwing St. Andrew's 호텔에 들어 나는 121호실을 배정받았다. 이번 여행의 마지막 숙소이다.

숙소에다 짐을 둔 후 오후 1시에 출발하여 봉고차 세 대에 나눠 타고서 Horton Plains 국립공원으로 향했다. 영국인 호튼이 개발한 곳인데, 세계유산으로 지정된 중앙 산지의 일부이다. 이 일대에도 여기저기에 브라마까말이 눈에 띄었다. 우리는 이 국립공원에서 가장 유명한 World's End Trail 8km 코스를 오후 2시 반 무렵부터 6시 5분까지 세 시간 반 정도 걸었다. 이 국립공원 안에는 엘크 사슴이 부지기수로 눈에 뜨이고, 표범도 있다고 한다. 우리는 Little World's End, World's End, Baker's Fall을 차례로 경유하였다. 자녀가 부산 해운대의 달맞이길에 있는 국제학교에 다닌다는 스리랑카인 가족을 비롯하여 꽤 많은 사람들을 만났다. 그러나 산 위는 짙은 구름에 감싸여 높이 270m의 절벽이라는 Little World's End를 비롯하여 거기서 1.75km 더 나아간 곳에 있는 높이 870m의 절벽인 World's End와 주변 풍광은 거의 조망할 수가 없었다. 이 산 위는 이런 날씨가 대부분이라고 한다.

트레킹 중의 대화를 통하여 정영란 교수는 미국의 어바나·샴페인에 7년 반을 체재하였고, 남편은 같은 일리노이대학교에서 사회학을 공부하여 현재는 세종시로 이전한 KDI에 근무하고 있으며, 1남 1녀를 두고 있음을 알았다. 오늘의 트레킹 코스에서는 고사리·로토덴드럼 등 이국적인 나무들을 많이 보았고, 네팔의 국화인 아마릴리스 비슷한 꽃도 눈에 띄었다. 출발지점으로 돌아오자 산토끼가 뛰어가는 모습이 눈에 띄었다.

돌아오는 밤길에 District Capital인 누와라엘리야에서 술파는 상점을 하나 보았다. 이 나라에서 술은 사가서 집에서 마셔야 하며 바깥에 술집은 전혀 없다. 그러나 수도인 콜롬보에는 여자들이 서비스하는 가라오케 집도 있다고 한다. 또한 거리에 많이 보이는 오토릭샤도 모두 인도에서 수입한 것이라고 한다. 그러므로 이 나라의 공업은 전무에 가깝다고 하겠다.

7시 25분에 호텔에 도착하여 저녁식사 할 때는 무릎의 연골이 닳아 지팡이를 짚고서 오늘의 전 코스를 완주한 서울 상도동에 사는 초등학교 교사 류혜숙 씨가 맥주를 샀다. 나도 인솔자 박 씨에게 그런 의사를 비친 적이 있었으나 한 번도 기회가 주어지지 않았다. 부산에서 태어나 서울에 살고 있는 여류화가로서 유머가 풍부하고 좀 수다스럽기도 한 신하영 씨로부터 시네츄라 시럽이라는 진해거담제를 받아 복용해 보았다. 어제에 비해 담은 좀 줄어든 듯하나 기침은 여전하여 잠자는 중에도 내내 계속되었다.

■■■ 15 (목) 맑음

여행 제13일, 누와라엘리야로부터 콜롬보로 이동하는 날이다. 8시에 호텔을 체크아웃 하였는데, 내가 브라마까말로 알고 있는 꽃이 호텔의 뜰에도 두어 군데 피어 있었다. 직원에게 물어보았더니, 그 꽃 이름을 여기서는

Dethura로 부른다는 것이며, 꽃 색깔은 하양·노랑·핑크 빛이 있다는 것이었다. 이름이 다른 것은 인도와 스리랑카의 언어가 달라서인지도 모르겠다. 우리가 잔 호텔은 골프장이 딸린 것이었으며, 이 골프장의 역사 또한 유구한 모양이다. 일행과 더불어 호텔을 나와 반시간 정도 누와라엘리야 시내를 산책해보았다. 호텔 바로 앞에 St. Francis Xavier's St.라는 길이 있고, 그 길의 안쪽에 성당으로 보이는 건물이 있었다. 란지트 씨에게 이곳이 자비에르와 어떤 관계가 있는지를 물었더니, 그것이 아니고 자비에르가 성인이기 때문에 그에게 봉헌된 이름이라는 것이었다. 스리랑카에는 모두 9개의 District가 있다 하니, 그 Capital인 누와라엘리야는 한국식으로 말하자면 도청 소재지에 해당하는 셈이다. 대통령 별장이 있는 공원 앞에서 우리의 대절버스를 타고서 출발하였다.

어제 올라왔던 꼬불꼬불한 산길을 도로 내려가는 도중에 란지트로부터 들었는데, 우리가 가는 콜롬보는 현재 이 나라의 수도가 아니고, 1976년에 그 동쪽 8km 지점에 위치한 코테라는 곳으로 수도를 옮겼다는 것이었다. 그곳은 캔디로 수도를 옮기기 전에 왕이 살던 곳이고, 현재 거기에는 국회의사당만 존재할 따름이어서 스리랑카 사람들조차도 수도의 소재지를 모르는 경우가 있으며, 콜롬보는 상업 수도의 역할을 하고 있다고 했다. 480년간 서양 세력의 식민지 수도 역할을 해온 도시이기 때문에 주체성 회복의 차원에서 천도한 모양이다. 그러나 혜초여행사 부산지점으로부터 받은 안내문에 의하면, 1985년에 수도를 이전하여, 콜롬보는 행정수도이고 Sri Jayawardenepura Kotte는 입법과 사법의 수도라고 되어 있다.

처음 포르투갈 사람이 이 나라에 도착한 곳은 섬의 서남쪽 끄트머리인 갈레였다. 그들이 처음 왕을 알현했을 때 왕은 그들을 환대했는데, 그리하여 당시 콜롬보의 해안에다 그들이 요청했던 소가죽만한 면적의 땅을 허여하였다. 그러나 후에 그 땅의 면적이 사기임이 드러났을 뿐 아니라, 그들은 불교 신자인 해안 지방 사람들에게 천주교로의 개종을 요구하므로, 마침내 그들과 적대관계로 변하여 전쟁이 벌어지게 되었다. 그 처음 허여했던 땅도 콜롬보 시내에 뻬따라는 이름으로 아직 남아 있다. 내전 도중에 네덜란드 사람들이 상륙하여 마침내 네덜란드 인의 힘을 빌려 포르투갈 인을 구축할 수 있게 되었다.

오늘도 타밀족의 축제 타이퐁글이므로 공휴일이라고 한다. 이 나라에서 불교 승려는 결혼하지 않고, 힌두교 승려는 결혼한다. 산길을 내려오는 도중 어제 들렀던 람보다에 있는 휴게소에서 그 건물 안에 있는 Oak-Ray Gem & Jewelly에 들러 회옥이를 위해 블루 토파즈 귀걸이 한 쌍을 $40에 구입하였다. 국도 5호선을 따라 캔디 교외의 페라데니야까지 내려온 다음, 국도 1호선으로 접어들었다. 첫날 시기리야로 가는 도중에 점심을 들었던 와라카폴라의 중국집 龍騰中餐廳에 다시 들러 점심을 든 다음, 1호선 국도를 따라서 콜롬보로 향했다. 오늘 콜롬보까지의 이동 거리는 178km이다.

그 중국집 앞에서도 어떤 남자가 코브라 두 마리를 가지고서 쇼를 하고 있었다. 이동하는 도중 길가의 운동장에서 크리켓 놀이 하는 풍경이 눈에 띄었고, 이 나라도 인도와 마찬가지로 가는 곳마다에서 동상들을 마주치게 된다. 란지트는 1970년생이라고 하니 올해 보통나이로 45세인데, 어릴 때부터 머리가 하얗게 세었고, 당뇨가 있다고 한다.

콜롬보 시내로 들어가기 직전에 총 길이 150km로서 이 나라에서 두 번째로 긴 켈라니아 강이 흐르고 있어 콜롬보와의 경계를 이루고 있는데, 그곳에 있는 켈라니아 사원에 들렀다. 절 입구에서 잭푸루트 나무를 보았다. 열매가 주렁주렁 달려 있는데, 이 잭푸루트가 세계에서 가장 큰 과일이며, 안 익은 것은 야채로, 익은 것은 과일로 쓴다고 한다. 란지트의 설명에 의하면 부처님은 생시에 세 번 스리랑카를 방문하였으며, 이 사원에도 한 번 다녀갔다고 한다. 그것은 왕자들 간의 내전을 중재하기 위해서였는데, 당시 내전의 원인이 되었고 부처님이 앉아서 설법했던 의자는 현재 법당 옆에 있는 흰색의 탑속에 보관되어 있다고 한다. 법당 옆에는 아누라다푸라의 스리마하보리수로부터 이식해 온 보리수 한 그루가 거목이 되어 서 있고, 그 주위로 신도들이 보리수나무 주변에다 물을 뿌리면서 돌고 있었다. 한국으로부터 기증 받은 범종 하나가 종각에 걸려 있고, 그 부근에도 한국 것으로 보이는 범종 하나가 땅바닥에 놓여있었다.

현재의 사원은 캔디 왕조 때 만든 것인데, 1888년에 법당의 바깥사원이 건립되었다. 법당 안의 와불상 옆에 부처님의 수호신 역할을 하는 듯한 힌두교 사원이 있었다. 스리랑카에서 힌두교의 신은 이런 식으로 사원의 본존 근처에 공존하고 있는 모습을 자주 보았다. 또한 법당 안에는 70년 전에 죽은 솔리스 멘디스라는 화가가 8년 동안 그렸다는 벽화들이 벽을 넓게 장식하고 있었다. 개중에는 이 나라의 공주가 인도로 건너가 부처님의 치아 사리를 머리카락 속에 숨겨서 돌아오는 모습을 그린 것도 있었다. 힌두교 미술에서 자주 나타나는 수호신 나가가 코브라라는 것도 오늘 비로소 알았다.

켈라니아 강에 걸쳐진 다리를 건너서 콜롬보 시내로 들어갔다. 프란시스 교황은 오늘 콜롬보를 떠나 필리핀의 마닐라로 갔다고 한다. 도로 가에 부처상과 보리수나무가 눈에 띄었다. 일하러 가는 사람들이 불전에 기도를 하고 돈을 바치는 곳이다. 콜롬보는 영국 식민지 시절부터 한국의 구에 해당하는 15개 구역으로 구분되어져 있는데, 그 중 제7구가 부자동네이며, 한국대사관도 거기에 있다.

콜롬보 시내로 들어가서는 먼저 강가라마야 사원을 방문하였다. 강가는 강을 아라마는 스님들이 공부하는 학교를 의미한다. 스리랑카에서는 사원에 들어갈 때 입장료를 내야하며, 이 절에도 힌두교 사원이 먼저 나타났다. 한국에서는 등 뒤에 있는 광배가 이 나라에서는 부처님 머리 꼭대기에 불꽃처럼 삐죽 솟아 있는 점도 특이한 것이다. 절에서는 탑·법당·보리수·승방이 꼭 갖추어져야 할 네 가지 요소이다. 우리가 들어갔을 때 이 절의 별채에서는 흰색의 이 나라 전통복장을 한 서양인 남녀의 결혼식이 열리고 있었다. 역시 전통복장을 한 몇 명의 악사와 예식의 진행을 맡은 남자 한 사람을 제외하고서 하객은 아무도 없는 듯하였다. 그 절은 주지의 성향 때문인지 절이라기보다는 오히려 박물관, 보다 정확하게 말하자면 골동품 보관소 같았다. 팔찌·장신구·시계·안경·라이터·총·주전자·공룡·칼·청화백자·관우·사자·자동차 등 없는 것이 없다고 해야 할 정도이다. 이러한 것들 가운데, 부처님의 머리카락이라고 하는 물건도 하나 포함되어 있었다.

그 절을 나와 제7구 시청 앞의 113, Dharmapala, Mawatha에 있는

Lakmedura라는 기념품점에 들렀다. 거기서 남은 스리랑카 돈 300루피를 털어 Black Tea Uva BOP 작은 것 한 박스를 구입하였다.

그리고는 포트지구로 이동하였다. 항구에 접한 거리인데, 영국인이 건설한 York Street 등을 둘러보았다. 포르투갈인이 소가죽만큼의 땅을 요청해 얻었다는 뻬따 지구는 오늘날 한국의 동대문시장 같은 곳으로 되어 있었다.

마지막으로 구 국회의사당 근처의 바닷가에 위치한 일종의 유원지인 갈레페이스 선셋 전망대로 가보았다. 갈레페이스란 갈레 가는 길이라는 뜻이다. 옛날 영국인들이 각종 운동과 놀이를 즐기던 시설들이 있었던 곳이다. 교황이 어제 여기서 야외미사를 올렸던 모양인데, 지금 그것을 위해 설치했던 쇠파이프들을 철거하고 있는 중이었다. 아라비아 해에 몸을 담그고서 수영하는 사람들이 보이는 등 이스라엘의 수도 텔아비브와 비슷하다는 느낌이 들었다. 각자 자유 시간을 가지다가 6시 30분에 중앙의 커다란 국기 아래서 다시 모이기로 하였으나, 일몰 후라 그 시간에 국기는 이미 내려지고 없었다. 이 나라 국기의 사자상 앞에 보이는 녹색과 주황색의 두 줄은 각각 이슬람교와 힌두교를 상징한다.

제5구의 No.25 Havelrock Road에 있는 韓國館에 들러 김치찌개와 된장찌개로 석식을 들었다. 다음날 오전 2시 25분인 비행기 출발까지는 시간이 너무 많이 남았으므로, 경치 좋은 스카이라운지에라도 들러 콜롬보 시내의 야경을 바라보며 시간을 보내고자 하였지만, 거기서는 인터넷이 유료라고 하므로 발길을 돌려 공항으로 직행하였다. 콜롬보에서 공항까지는 38km인데, 7년 동안에 걸쳐 고속도로를 건설하여 지금은 20분 정도로 닿을 수 있다. 콜롬보에서 홍콩까지는 7시간, 홍콩에서 인천까지는 3시간 반이 걸린다고 한다. 10시 30분에 공항에 닿아 공항 입구에서 란지트 씨 및 기사들과 작별하였다. 체크인까지 3시간 이전에는 통과시켜주지 않으므로, 공항 안의 가장 바깥부분에서 트렁크 속에 든 겨울옷을 꺼내면서 짐 정리도 좀 한 다음, 오늘의 일기를 입력하다가 마침내 체크인 하였다. 1월 16일 밤 2시 25분에 CX0700편을 타고서 콜롬보를 출발하여 도중에 방콕에서 45분 정도 대기하다가 홍콩에 도착한 다음, 다시 CX0418편으로 갈아타고서 14

시 05분에 출발하여 18시 30분에 인천공항에 도착하게 된다. 비행기에 탈 때까지 대기실에서 계속 일기를 입력하였다.

■■■ 16 (금) 맑으나 금산은 눈 온 흔적

한국에 도착하여 입국수속을 마치고서 공항 밖으로 나온 후, 휴대폰으로 오후 8시 50분발 진주행 동양고속을 예약했다. 공항버스를 타고서 서울의 강남고속터미널로 이동한 후 예약한 탑승권을 발급받고서, 근처의 식당에서 우동으로 간단히 저녁을 든 후 탑승했다.

고속버스가 출발한 직후부터 눈을 감고 잠을 청했는데, 도중에 금산인삼랜드에서 휴게를 위해 내려 보니 땅에 눈이 좀 쌓여 있었다. 그러나 17일 오전 12시 반쯤에 진주에 도착하니 눈은 흔적도 없었다.

히라도 올레길

■■■ 2015년 5월 9일 (토) 아침에 비 내리다 개임

오후 4시까지 도동소방서 건너편으로 가서 지리산여행사의 서큐슈 히라도 올레 2박3일 코스에 참가하였다. 대표인 강덕문 씨는 경상대 산악회 팀과 함께 하는 미국 알래스카의 데날리(매킨리)산 등정 준비 관계로 같이 가지 못하고, 좀 나이든 여자 직원 한 명이 인솔하였다. 출발인원은 32명이라고 한다. 남해고속도로를 따라가 한층 드넓어진 부산시 구역의 도로에 진입하였는데, 김해에서부터 교통정체로 지지부진하다가 구덕터널을 지나서 오후 6시가 좀 지난 시각에 비로소 부산국제여객터미널에 도착하였다.

우리가 타는 福岡 행 6층 대형여객선인 뉴카멜리아 호는 7시 25분부터 승선이 시작되었는데, 나는 그 시각까지 터미널에서 주위온 『仁山의학』 2014년 11월호(Vol. 214)를 훑어보았다. 김윤수 씨의 둘째 형인 윤세 씨가 그 부친 인산 김일훈의 의료철학을 추구함을 표방하여 월간으로 발행하는 잡지로서, 1995년에 공보처에 등록한 것으로 되어 있었다. 우리 팀에는 부산의 터미널에서부터 장선희라는 이름의 53세 된 여자 한 명이 가이드로서 동행하였다.

5인이 410호실을 배정받아 7시 50분에 선내 3층의 식당에서 석식을 들고 난 후, 나는 공중탕에 들어가 샤워를 하고서 돌아와 선내와 갑판을 한 번 둘러본 후, 같은 방에 부인 이순희 씨와 함께 든 회계사 한병일 씨와 더불어 막걸리와 맥주를 들며 대화를 나누었다. 그는 연세대 철학과의 박순영 교수와 동서간인데, 나보다 한 살이 적었다. 회계사의 직업은 부친으로부터 물려받았다는데, 환갑을 지나고부터는 그 자신도 그 일을 동생에게 물려주고서 일 년 중 90일 정도의 기간을 해외여행으로 보내고 있는 사람이었다. 나이에 비해 매우 젊고 튼튼해 보였지만 청각이 좋지 않아 보청기를 착용하고 있으며, 그 때문에 하던 일도 접은 모양이었다. 외송에서 멀지 않은 산청군 단성면 청계리에 천 평 정도 되는 농장을 가지고 있으며, 일주일에 한 번 정도씩 거기에 가 있다고 한다.

배는 밤 11시에 부산항을 출발하였다.

▬▬ 10 (일) 맑음

九州 福岡의 博多港에 도착하여 선내에서 조식을 든 후 하선하여 일본 입국 수속을 시작하였다. 바깥에 영어로 小島觀光이라고 쓰인 흰색 대형버스를 타고서 오전 8시 34분에 博多港국제터미널을 출발하였는데, 기사는 小島라는 사람으로서 이 버스회사 주인의 아들이라고 했다.

우리가 탄 차는 西九州道를 따라 202번 국도를 타고서 서쪽으로 향하다가, 糸島市를 통과하여 9시 20분에 佐賀縣에 접어들었고, 그 이름을 익히 들어왔던 唐津과 도자기로 유명한 伊万里市를 거쳐서 長崎縣의 松浦市에 접어들었다. 伊万里市에서 남쪽으로 조금 떨어진 곳에 임진왜란 때 납치되어 가 일본의 陶祖가 된 조선 도공 李參平이 활동했던 有田町이 있다.

松浦市에 들어서자말자 今福町이라는 곳에서 우리가 탄 버스가 웬일인지 커브를 돈 직후에 시동이 꺼져버려 그 때문에 한참 동안 204번 국도 상에서 지체하고 있다가 다행히도 간신히 다시 시동이 걸려 출발할 수 있었다. 松浦市에서 잠시 휴게한 후, 붉은 칠을 한 기다란 平戶大橋를 건너 11시 30분 무렵 목적지인 平戶市에 도착하였다. 오늘날 일본의 섬들은 이처럼 대부분 다리를 통해 육지와 연결되어 있다고 한다. 마츠우라(松浦)市는 역사상 松浦黨이라는 水軍(일종의 해적) 집단으로 유명한 곳인 모양이다.

일정에는 없었으나 먼저 平戶城에 들러 거기서 배달받은 도시락으로 점심을 들었다. 이 성의 영주는 鎌倉幕府 시대부터 明治維新에 이르기까지 마츠라(松浦)씨로서, 29대 영주 松浦(天祥)鎭信은 德川幕府 초기인 1639년에 江戶에서 일본 古學派의 창시자이자 兵學者인 山鹿素行과 깊은 교제가 있었고 그 자신이 제자로서 입문하여, 후대에 平戶城을 재건축할 때도 山鹿流의 축성법(성의 영역 결정)이 적용되었다고 한다. 素行 자신은 직접 平戶에 온 적이 없었으나, 이러한 인연으로 1655년에 素行의 동생 平馬가 平戶藩의 신하가 되어 山鹿流의 병법을 전하였고, 1746년에는 素行의 손자 高道가 平戶藩의 신하가 되어 江戶에 있었던 素行의 文庫 積德堂을 平戶로 옮겨와 藩學의 중심이 되었다. 明治維新에 큰 영향을 미친 吉田松陰도 원래 이름은 杉大次郎이었으나, 萩藩의 山鹿流 軍學師範 吉田家의 양자가 되어 1850년 21세 때 平戶로 유학하여 50일 정도 머문 적이 있었는데, 그 기간 동안에 그가 빌려서 읽은 王陽明의 『傳習錄』은 이후 그의 사상 형성에 큰 영향을 끼쳤다고 한다.

섬 전체를 포괄하는 平戶市는 현재 인구 32,000명 정도의 영세도시에 불과하지만, 豊臣秀吉 정권 하인 1587년에 63,200石의 大名이 되었고, 임진왜란 때는 약 6천 명의 군사를 이끌고서 영주가 직접 참전하여 7년간 조선 각지를 누비고 다녔다. 1598년에 귀환하여 그 다음해인 1599년에 龜岡이라 불리던 이 자리에다 성을 쌓기 시작하였으나, 1613년 德川家康 정권 때 소실되었고, 그로부터 약 100년 후인 1704년에 山麓流에 따라 재건했던 것도 明治維新 이후로는 거의 폐허로 변해 있었던 것인데, 현재의 성은 1962년에 平戶市가 복원한 것이다.

1542년에 25대 영주인 隆信이 명나라의 해적 두목 五峰 王直을 平戶에 거주하게 하여 중국과의 무역이 성행하게 되었는데, 1550년에 王直의 인도에 따라 포르투갈 배가 일본에서 처음으로 平戶港에 입항하였고, 그 해 여름에 그 전해 鹿兒島에 상륙했던 예수회의 창시자 중 한 사람인 프란시스코 자비엘이 平戶에 와서 영주의 환영을 받아 100명의 신도를 얻었으며, 그 다음해에 일본에서 처음으로 가톨릭 성당이 이곳에 만들어졌고, 다른 곳으로 옮겨 갔던 자비엘도 그 후 두 번이나 平戶를 다시 방문하였다. 그리하여 1561년에 포르투갈 신부 루이스 프로이스는 平戶에다 北西九州를 교구로 하는 성당 天門寺를 세웠다.

南蠻무역이 시작된 이래로 平戶에는 포르투갈·스페인·네덜란드·영국 등 서양 열국의 무역선들이 출입하였고, 네덜란드와 영국의 동인도회사 商館

이 설치되었으며, 포르투갈과 영국의 무역 거점은 얼마 후 다른 곳으로 옮겨 갔지만, 네덜란드의 상관이 長崎로 옮겨지기까지 平戶는 네덜란드와의 교역 중심지였다.

일본과 네덜란드의 교류는 1600년 네덜란드의 배 데 리프데 호가 현재의 大分縣에 표착함을 계기로 하여 시작되었다. 당시의 항해사는 윌리엄 애덤스로서, 후일 三浦按針이라는 일본 이름을 가지고서 德川막부의 외교 고문이 되기도 했던 사람이다. 1605년에 平戶藩主 鎭信은 藩主의 朱印船으로 네덜란드 선원들을 平戶로부터 송환하면서 무역을 원한다는 서신을 기탁했던 것인데, 그리하여 네덜란드는 1609년 막부로부터 무역의 허가를 얻어 平戶에다 상관을 개설했던 것이다. 상관은 1641년 막부의 방침에 의해 平戶로부터 長崎에 만들어진 인공 섬 出島로 옮겨졌고, 이후 개국 시기까지 218년간 네덜란드와의 교역은 일본의 근대화에 크게 공헌했던 것이었다. 영국은 1613년부터 23년까지 이곳에다 상관을 개설하였다.

平戶城은 일본에서 처음으로 담배 종자가 도입되었던 곳이며, 윌리엄 애덤스는 1615년에 琉球로부터 고구마를 가져와서 商館長인 콕스가 平戶의 川內에서 처음으로 재배하였고, 1520년 애덤스는 57세의 나이로 平戶에서 죽어 이곳에 묻혔다. 平戶는 또한 오늘날의 臺灣을 중국 영토로서 확보한 鄭成功이 태어난 곳이기도 하며, 明治天皇의 외조모는 34대 平戶藩主의 딸이기도 하다.

점심 후에 우리는 올레 트레킹에 나섰다. 히라도 올레는 왕복 13km 코스로서 4~5시간이 소요된다고 한다. 제주도 올레를 본받아 2012년도부터 시작된 것이라고 하는데, 곳곳에 규슈 올레 트레일 히라도 코스라는 표지가 보이는 것으로 미루어, 平戶 말고 다른 곳에도 올레 코스가 만들어져 있는 모양이다. 平戶港 교류광장에서 출발하여 시내를 관통하여 '역사의 길'이라는 코스를 지나가는 모양인데, 영국 상관 터를 지나 最教寺에 다다르니 시가지를 좀 벗어난 듯하여 숲길이 시작되었다. 最教寺는 眞言宗 사찰로서 경내에서 弘法大師 空海의 住錫寺라는 문구가 눈에 뜨였는데, 일본 열도의 서남단에 위치한 平戶 섬은 고대로부터 중국으로 가는 遣唐使 배의 중간기착지이기도

하여 空海도 이 섬을 경유하여 당나라로 유학의 길을 떠났던 것이었다.

最教寺를 지나고부터는 숲과 도로 그리고 人家가 드문드문 이어져 트레킹의 터닝 포인트인 川內峠까지 계속되고 있었다. 川內峠 인포메이션 센터를 지나서부터는 잡목을 베어내고서 조성한 잔디밭과 고사리와 취나물 등이 지천으로 자라고 있는 풀밭이 계속 이어져 정상까지 계속되는데, 몇 개의 둥그런 언덕을 이룬 이 고개의 봉우리들에서는 바다를 바라볼 수 있었다. 고개 건너편의 바다에 면한 川內 마을이 鄭成功이 태어난 곳인 모양이다.

돌아오는 길은 주로 숲길을 경유하여 라이프 컨트리라고 하는 종합운동공원을 지나서 시가지로 들어온 다음, 나는 혼자서 平戶자비엘교회에 들렀다. 秀吉의 금교령 이후 일본 최초의 신부와 수도자를 배출한 平戶에서는 400명 이상의 순교자를 낸 모양이어서, 경내에 그것을 설명하는 비석과 자비엘 동상 및 그의 행적이 적힌 비석이 서 있었다. 그 아래편의 '사원과 교회가 보이는 풍경' 경내를 거쳐서 南蠻 무역이 성행하던 시절 일본인 豪商의 저택에 심어졌던 것이라는 큰 소철나무, 王直이 인도해 온 명나라 상인들이 만든 것이라는 육각형의 돌로 된 중국식 우물터, 그리고 항구 끄트머리의 네덜란드 商館 터를 지나서, 내가 제일 나중에 버스 있는 곳으로 돌아왔다. 崎方 상점가의 한쪽 편에 있는 平戶온천팔탕족탕에서 일행과 합류하여 온천물에 발과 팔을 좀 담갔다가, 그 앞에 있는 浦町 757번지의 婆紗蘿라는 상점에 들러 아사히 캔 맥주 세 개와 마른안주 두 개를 샀다.

일행과 함께 시내에서 좀 떨어진 川內町 55번지 千里濱에 있는 온천호텔 蘭風으로 이동하여, 나는 본교 임학과 출신으로서 김해시 산림조합에서 상무로 근무하는 서환억 씨와 함께 426호실을 배정받았다. 온천욕을 한 후 浴衣에다 禪單을 걸친 차림으로 1층의 대연회장으로 내려가 中國雜技團의 서커스 등을 관람하면서 懷石料理로 석식을 들었다. 川內는 鄭成功 유적과 콕스의 고구마 재배지가 있는 곳이다.

■■■ 11 (월) 맑았다가 흐려진 후 밤에는 비

오전 5시 모닝콜에 따라 깨어난 후, 6시에 2층의 식당에서 조식을 들고,

6시 50분에 출발하여 福岡으로 이동하였다. 도중 伊万里에서 주차했을 때 우리 텃밭에다 심을 씨앗 등을 좀 구입하였다. 11시 무렵 博多港에 도착한 후 면세점에 들러 日立전기면도기 RM-W247OUF 하나와 도마 및 주걱 세트를 10,022엔에 구입하였고, 그 근처 博多포트타워의 지상 70m 전망대에 올라 360도의 博多港 및 福岡市 파노라마를 조망한 뒤, 맞은편 주차장 부근에 있는 灣岸市場(베이사이드 플레이스)에 들러 카레와 카츠오부시, 녹차, 우메보시 등을 구입하였다.

출국수속을 마치고서 12시 30분에 다시 뉴카멜리아를 타고서 博多를 출항하여 부산으로 향하였다. 나는 10인용 431호실을 배정받아 한병일 씨 부부와 서환억 씨 및 그와 함께 온 같은 직업의 부부 두 팀과 어울려 내가 平戶港에서 사 온 술과 안주 및 한국에서 가져온 소주 두 병을 꺼내놓고, 한 씨도 자기 농장에서 산출되는 열매들로 손수 빚은 술과 마른오징어 안주를 내놓아 함께 술을 마시며 대화를 나누었다.

오후 6시에 부산국제터미널에 도착하니 태풍이 북상 중이라 제법 많은 비가 내리고 있었다. 진주의 종점인 구 공설운동장 1문 앞에 도착한 후, 소나기 속에 택시를 타고서 밤 9시쯤에 귀가하였다.

평요·면산·태항산

■■ 2015년 5월 15일 (금) 맑음

　오전 5시 20분까지 진주MBC 앞에 집결하여 대절버스를 타고서 김해공항으로 이동하였다. ㈜미래항공여행사가 주관하는 2015년 MBC해외산악기행에 참여하여 19일까지 4박5일 동안 중국의 鄭州·太行山·綿山·平遙에 다녀오기 위해서이다. 일행은 인솔자인 유동훈 이사까지 포함하여 총 26명이었다. 두 개 조로 나누었는데, 나는 2조 11번이 되었고, 부친으로부터 이어받아 어린 시절부터 삼천포(사천시 와룡동 299번지)에서 도자기를 구워왔다는 나보다 한 살 위인 蒼山窯의 윤창기 씨와 같은 방을 쓰게 되었다.

　7시까지 김해공항으로 이동하여 출국 수속을 밟은 다음, 9시에 에어부산의 BX3535기를 타고서 김해국제공항을 출발하여 중국 鄭州로 향했다. 중국 시간으로 오전 11시에 河南省의 省都인 정주국제공항에 도착하였으니 3시간을 비행한 셈이다. 공항에서 丹東 출신의 조선족 중국 가이드 조금석 씨의 영접을 받고서, 그가 마련해온 대형버스를 타고서 1시간 정도 이동하여 정주 역으로 향하였다. 예전에 山東省 靑島로부터 밤기차를 타고서 하루 종일 달려와 밤에 정주 역에 도착한 다음, 다음날 새벽에 湖北省의 성도인 武漢의 漢口驛에 도착했던 적이 있었는데, 이번에 다시 와본 정주 역은 재작년 11월에 개관한 것으로서, 그 때와는 天壤之差로 달라져 최신식 설비를 갖추어 공항을 방불케 하였고, 실제로 정주국제공항보다도 규모가 더 크다고 한다. 오늘 다시 와 본 공항도 전혀 새로운 건물이었다. 역 구내에서는 중년 여인이 차를 몰고 다니며 청소를 하고 있었으나, 웬일인지 역 건물 안에 버드나무의 꽃가루가 많이 날아다니고 있었다.

　우리가 13시 20분에 타고서 출발한 G686 고속열차는 한국의 KTX 같은 것으로서, 정주를 출발하여 山西省의 성도인 太原까지 약 1,300km를 네 시간 만에 주파하는데, KTX보다 한 단계 더 업그레이드 된 것으로서 자기부상으로 공중에 떠서 운행한다고 한다. 이 선로도 개통된 지 1년 반 밖에 되지 않았다는데, 나는 2等座 02車 05B號를 배정받았다. 배정된 좌석도 비행기와 거의 같았다. 발권은 정주보다 북쪽에 위치한 新鄕에서 한 것으로 기재되어 있으므로 컴퓨터로 처리된 것임을 알 수 있었다.

우리는 13시 20분에 정주를 출발하여 평야 지대를 북상해서 하남성의 新鄕과 殷 왕조의 마지막 수도로서 대량의 갑골문이 발견된 安陽, 河北省의 刑台와 성도인 石家莊을 경유하였고, 석가장에서 좌석의 위치를 180도 돌려 열차의 반대 방향으로 진행하여 터널 등으로 태항산맥을 통과하였으며, 陽泉을 거쳐서 17시 18분에 태원에 도착하였다. 하북성에서는 전국 시대 趙나라의 수도였던 邯鄲도 통과하였으나 정거하지는 않았다. 평야지대의 평균 시속은 295km였는데, 비행기 속도의 절반 정도라고 한다. 실내온도는 적당하였으나, 바깥 온도는 섭씨 32도 정도라고 전광판에 표시되어 있었다. 그러나 석가장을 지나서 태원까지 주로 산악지대를 통과할 때는 속도가 절반 정도의 수준으로까지 떨어졌고, 황토고원의 이른바 土林 지대도 지나갔다.

태항산맥은 길이가 400km이며, 산서·하북·하남성에 걸쳐 있다. 산맥은 동쪽의 華北평야와 서쪽의 山西고원(황토고원의 최동단) 사이에 위치해 있는데, 동쪽은 험준하고 서쪽은 완만하다. 동쪽은 화북평야로부터 우뚝 솟아 낙차가 크며, 단차 1,000m 이상의 절벽을 형성하고 있는 곳도 있는 반면, 서쪽은 산서성의 고원지대로 완만하게 연결되어 있는 것이다. 북동쪽에서 남서쪽으로 뻗어 있고, 평균 해발은 1,500m에서 2,000m 정도이며, 최고 봉은 하북성에 있는 小五臺山으로 해발 2,882m이다. 양자강을 기준으로 하남·하북성이 갈라진다면, 이 태항산맥을 기준으로 산동·산서성이 갈라지는 것이다. 현재 관광지로서 개발된 산은 55개가 있는데, 이번의 우리처럼 주요한 코스를 한꺼번에 두르는 상품은 재작년 11월경부터 판매되어온 것이라고 한다. 오는 도중에 평야지대에서는 밀밭을 많이 볼 수 있었다. 1년 중 밀·옥수수·보리를 번갈아가며 심어서 토지를 놀리지 않는다고 한다.

도중에 차창 밖으로 바라본 풍경은 대체로 다른 외국에 비해 별로 손색이 없을 정도로 발전된 모습이었고, 도시 지역에서는 곳곳에 빌딩의 숲들을 볼 수 있었지만, 새로 개발된 현대식 도시의 모습은 어디나 대동소이했다. 중국은 1979년부터 개혁개방 정책을 실시한 이후로 30여 년간 매년 두 자리 숫자의 경제성장을 해온 터이지만, 특히 2008년에 北京올림픽을 치른 이후로 나라의 격이 급격히 오르고 물가도 크게 높아졌다고 한다. 이 모든 것은 자본주의식 경제체재를 도입한 까닭이지만, 정치적으로는 여전히 공산주의 방식의 통치를 하고 있다.

나는 열차 안에서 둥근 통에 든 아이스케이크와 쇠고기 찜 포장육을 하나씩 사먹었는데, 가격이 좀 높다고는 생각했으나 별로 이상하게 여기지 않았다. 그런데 나중에 鑛泉水 한 병 값을 물어보고서 7元이라고 하는 바람에 너무 비싼 데 놀라서 사지 않았다. 나중에 현지 가이드에게 물어보았더니, 이러한 고속열차에서는 시중 물가에 비해 다섯 배 정도의 가격을 받는다고 한다. 그런데 열차가 종점인 태원에 1분의 오차도 없이 정확한 시각에 닿는 데는 또 한 번 놀랐다.

고속열차는 출발한 이후나 정거할 때 아주 서서히 속도를 높이거나 줄여나가는데, 태원에서는 완전히 정차할 때까지 꽤 오랜 시간이 걸렸으므로 도시의 모습을 찬찬히 살펴볼 수 있었다. 시 구역을 통과하여 역까지 닿는데 20분 정도나 걸리는 것으로 보아 정말 큰 도시인 듯하였다. 춘추시대의 강국인 晉나라가 趙·魏·韓의 세 나라로 분열된 후 趙國의 도읍지로 되었던 곳이다. 진주의 별명인 晉陽도 춘추시대 태원의 古名에서 따 온 것이다.

태원 역 앞에서 교통정체로 말미암아 우리의 대절버스가 약속한 장소에 진입하지를 못하므로, 좀 걸어서 이동하여 인터체인지 같은 고가도로 아래로 나아가서 비로소 차를 탔다. G20 및 G5번 고속도로를 경유하여 90분 정도 남쪽으로 이동하여 오늘의 숙박지인 平遙에 닿았다. 이동하는 도중의 산에 공동묘지 같은 것들이 자주 보였는데, 알고 보니 황무지인 산에다 조림사업을 하여 각자가 나무를 심은 구역을 석회석을 발라서 표시해둔 것이었다.

平遙古城은 UNESCO 세계문화유산으로 지정되어져 있는 곳으로서, 17

세기에서 19세기까지의 역사적 모습을 비교적 완전하게 보존하고 있는 점으로 유명하다. 이 성은 西周시대부터 있었고, 원래는 토성으로 지어진 것이었는데, 현재는 명대에 벽돌로 고쳐 만든 모습이다. 성 안의 건물들도 대부분 벽돌로 이루어져 있다. 바깥의 해자와 성벽의 옹성·치 등도 여기저기에 보였다. 총 둘레는 6.4km, 높이는 8m 정도이며, 거북 모양을 하고 있다고 한다.

우리는 트램 비슷한 전동차에 타고서 성벽 안쪽 둘레를 돌아서 성내의 隍南街에 있는 오늘의 숙소 平遙會館에 닿았다. 중국식 客棧으로서, 현지 가이드는 명대의 건물을 개조한 것이라고 했으나 그런 것 같지는 않았다. 西安館인 7206호(7동 2층 6호실)를 배정받고서, 그 부근에 있는 회관에 속한 대형 식당에서 중국식 석식을 들었다.

식후에 가이드를 따라 시내 구경을 나갔다가 혼자서 밤거리를 좀 걸어보기도 하였는데, 거리가 온통 상점가여서 雲南省의 麗江古城 등과 별로 다를 바 없었다. 이러한 곳이므로 平遙는 전체 중국에서 땅값이 가장 비싼 곳이라고 한다. 중국의 十大名酒에 든다는 산서성의 술인 汾酒·黃酒를 좀 사볼까 하여 몇 군데 상점에 들러 물어보고 맛을 보기도 하였는데, 앞으로의 여행 내내 지니고 다니기가 번거로울 것 같아서 그만두었다.

■■■ 16 (토) 맑음

간밤에 석식을 들었던 大戲堂에서 뷔페식으로 조식을 마친 후 7시 30분에 출발하였다. 식사 중에 알았는데, 우리 일행 가운데는 여행사에서 나온 유동훈 이사 외에 MBC경남의 사업본부장인 이원열 씨가 인솔자로서 참여해 있었고, 조금석 씨의 같은 회사 선배 된다는 또 한 사람의 조선족 가이드도 어제 공항에서부터 동행하고 있었다. 조금석 씨는 신의주 바로 건너편의 丹東 출신이라, 통역 및 중국인 관광객의 인솔자로서 여러 차례 북한에 다녀왔다고 한다. 그의 말에 의하면, 북한에서는 1년에 다섯 팀 정도가 중국으로 유람을 온다. 그리고 얼굴이 익은 경상대학교 도서관 직원 박명숙 씨도 휴가를 얻어 동참해 있었다.

1시간 반을 이동하여 오늘의 주된 관광지인 介林市의 綿山으로 향하였다. G5 고속도로를 따라 더 남쪽으로 내려간 후 靈石에서 省道인 S221로 접어들었다. 靈石에서는 '介子推故里'라고 쓰인 마을 입구의 간판도 눈에 띄었다.

　면산(별칭 介山)은 太岳山의 지맥으로서, 우리 일행은 거기서 大羅宮·介公祠·正果寺·雲峯寺를 둘러보게 되었다. 산서성에서는 계속 황토고원 지대를 통과하였고, 곳곳에서 붉은 꽃이 핀 아카시아가 눈에 띄었다. 면산 입구의 매표소 건물 전면에 '淸明寒食之源'이라는 문구가 눈에 띄었다. 면산은 춘추시대 晉나라의 大夫였던 介子推(일명 介之推)가 권력의 암투를 피하여 19년의 오랜 기간 동안 외국으로 망명생활을 하면서 고락을 함께 하던 왕자 中耳가 마침내 진의 군주(文公)로 등극한 후, 祿을 바라지 않고서 그를 떠나 자신의 고향에서 가까운 이 산에 모친과 함께 은거하였다. 개자추를 다시 불러내려는 계책으로 문공이 지핀 산불에 개자추와 그 모친이 타죽자, 이를 애도하는 뜻에서 그가 죽은 날로부터 3일간 불을 피우지 못하도록 한 문공의 명령에 따라 淸明節 직전 3일 동안 찬 음식만 먹는 한식이 유래한 것이며, 청명이란 개자추의 뜻처럼 맑은 정치를 해야 한다는 데서 유래한 이름이라고 한다. 또한 이 산은 北魏의 고승 曇鸞이 은둔 수행하여 불교 정토종의 창시자가 된 곳이기도 하다. 면산의 최고 높이는 2,556.6m이다.

　대라궁은 중국 최대의 도교 사원인데, 大羅라는 이름은 三淸보다도 더 높은 하늘을 의미하는 것이니 결국 최고의 사원이라는 뜻이다. 그 기원은 알 수 없으나, 唐의 玄宗 때 크게 확장되었다. 바위 절벽에다 위태롭게 세운 사찰이었다. 노란 기와를 하고 있는데, 중국에서 노란 색은 황제만이 사용할 수 있는 것이라고 한다.

　개자추의 사당은 바위 속을 뚫어 한참을 걸어 들어간 다음 엘리베이터를 타고서 올라가게 되어 있었다. 당 태종 때 크게 확장된 것이라고 한다. 사당 내부에는 塑像으로서 채색된 대형 인물상이 세 개 있었다. 가운데 것이 개자추이고 오른편은 그의 모친, 왼편은 그의 제자라고 한다. 근처에 衣冠塚인 介公墓 등도 있으나 우리는 사당만 둘러보았다.

개공사를 둘러본 후 엘리베이터를 타고서 9층까지 올라가 雲峯墅苑賓館이라는 곳에서 중식을 들었다. 중식을 마치고서 엘리베이터를 타고 내려올 때 臺灣에서 온 단체 관광객을 만난 바도 있었다. 식사 후에 둘러본 正果寺와 雲峯寺는 棧道를 통해 서로 이어져 있었는데, 각각 바위 절벽의 위와 중간에 위태롭게 세워진 것으로서, 죽은 사람의 몸에다 진흙을 발라 일종의 미라로 만든 이른바 包骨眞身으로 유명한 곳이었다. 이러한 미라 중에는 불교의 승려도 있고 도교의 도사도 있다. 현재 면산의 포골진신상은 모두 16尊이 있는데, 그 중 3존은 운봉사에 있고, 12존은 정과사에 있다. 正果란 수행의 바른 결과라는 뜻이니, 全身舍利를 의미하는 말이다. 정과사는 眞身舍利 문화로 유명한 곳이고, 운봉사는 중국인으로서 첫 번째로 성불한 空王佛이 수행하던 곳으로서 천연의 움푹 들어간 바위 절벽을 이용하여 만들어진 禪院이다. 공왕불은 唐 태종 무렵에 운봉사의 주지를 맡아 보던 사람으로서, 속성은 田씨이고 법명은 志超이며, 71세로 입적한 사람이다. 나는 면산에서 「中國寒食淸明文化之鄕」이라는 제목의 DVD 한 장과 『綿山包骨眞身像』이라는 책자를 샀다.

우리는 또한 운봉사 부근에서 긴 밧줄을 타고 바위 절벽을 내려가 구리로 만든 커다란 방울을 절벽에 매다는 사람을 보았고, 또한 그 주변에 이미 달려 있는 수많은 방울들을 보았다. 이는 절벽 중간의 空王寺에서 행해지는데, 절에서 공왕불에게 기도한 후 전문 기술자에게 부탁하여 이러한 방울을 달게 하는 것이라고 한다.

이곳에는 셔틀버스가 수시로 다니고 있었는데, 우리는 시종 대절버스로 이동했다. 면산으로 들어가고 나오는 길은 바위 절벽의 중턱에 위태롭게 이어져 있고, 눈 아래로는 산비탈의 경사진 땅을 이용하여 개발한 다랑논이 펼쳐져 있었다.

면산을 떠난 후 오전 중 내려왔던 G5 고속도로를 따라 한동안 다시 올라간 후 S66 고속도로를 타고서 동쪽으로 이동하였다. 도중에 잠시 머문 雲竹湖 휴게소에서 『走遍中國』(北京, 중국지도출판사, 2012 초판, 2014 재판)이라는 관광안내책자를 한 권 사기도 했다.

다시 G55 고속도로를 따라서 남쪽으로 내려왔는데, 도중에 國共 내전 당시 八路軍의 총사령부가 위치해 있었던 武鄕을 지나갔다. 모택동이 이끄는 八路軍은 섬서성의 延安으로부터 이곳 태항산맥으로 이동해 와여 세력을 크게 키워 마침내 蔣介石이 이끄는 국민당의 군대를 이길 수 있었던 것이다. 고속도로의 통행료가 비싸서 차가 한산하였고, 도중에 흙을 파서 동굴처럼 만든 집들도 간혹 볼 수 있었다. 계속 황토고원 지대를 지나갔다. 곳곳에서 어제처럼 식목 표지가 눈에 띄었고, 10km 가까운 긴 터널을 지나기도 했다.

　오후 6시 39분에 오늘의 숙박지인 長治市의 英雄南路 12號에 있는 鄕巴佬라는 식당에 다다랐다. 이동하는데 모두 하여 4시간 정도 걸렸다. 식사 때 어제에 이어 산청군 청계리에 산다는 간호사 최숙희 씨 내외와 합석하였다. 그 남편은 이진철 씨인데, 교사 출신으로서 현재는 청계리 353-66에서 산청패밀리펜션을 꾸려나가고 있다. 장치는 꽤 큰 도시였다. 그 古名은 上黨인데, 秦代에 上黨郡이 두어진 곳이다. "上黨을 얻어 中原을 바라본다(得上黨而望中原)"는 말이 있듯이, 동으로 태항산맥을 끼고 있고, 서로는 太岳山이 병풍처럼 두르고 있는 요충지로서, 이른바 '兵家必爭之地'인 것이다.

　長興北路에 있는 金威大酒店의 4층에 있는 8405호실을 배정받았는데, 석식 때 마신 술에 이어 다시 白酒를 사러 나갔다가 방 번호를 잊어버려 호텔 종업원의 도움을 받아 간신히 방을 찾아 돌아오기도 하였다. 오늘은 술이 좀 과했다.

■■■ 17 (일) 맑음

　간밤에 사 와서 마신 술은 15년산의 杏花村 老白汾酒라는 것으로서 酒精度가 42%이고 475mL이었는데, 다 마시지 못하고 제법 남겨져 있었다. 그 술 때문인지 아침에 컨디션이 좋지 못해 설사가 나고 한기가 있었다. 같이 마신 윤창기 씨도 역시 컨디션이 좋지 못한 모양이었다.

　7시 30분에 호텔을 출발하여, 하남성의 서북쪽 끄트머리쯤에 있는 安陽 부근의 林州市까지 3시간을 이동하게 되었는데, 도중 한 시간 반쯤 되는 지점의 산서성 平順에 있는 태항산맥의 通川峽을 옵션으로 구경하게 되었다.

옵션 비용으로서 각자 달러로는 $80, 인민폐로는 500元씩을 지불하였다. 가이드인 咸安趙氏 조금석 씨의 제안으로 가게 된 것인데, 그는 태항산맥의 현재 개발되어져 있는 55개 관광지 중 38곳을 다녀보았다고 한다. 그리고 백두산에는 149번이나 올랐으며, 경험에 의해 天池에 언제 안개가 끼고 개일 것인지를 대부분 안다고 했다. 통천협에서는 40분 정도를 걸으며, 45도 정도 경사진 곳을 케이블카를 타고 올라 해발 1,500여m인 정상에 다다르게 된다고 한다.

왕복 2차선 도로를 따라가다가, 여러 차례 터널을 지나 平順으로 향하게 되는데, 도중에 왕복 4차선인 S22 고속도로로 바뀌었으며, 개중에는 13km 길이의 터널을 통과하기도 하였다. 정확하게는 13,100m라고 하는데, 내가 지금까지 경험했던 것 가운데서 제일 긴 터널이 아닌가 싶다.

긴 터널들을 지나니 마침내 거대한 바위 절벽들이 보이기 시작했다. 虹梯關이라는 곳에서 고속도로를 빠져나와 虹霓峽을 경유하여 通天峽으로 들어가게 되었다. 주차장에서 중국서는 電瓶車라고 부르는 전동차를 타고서 한참을 이동하니 종점에 통천협의 입구에 해당하는 커다란 건물이 있고, 거기에 天脊山國家地質公園이라는 문구가 보였다.

바위로 이루어진 협곡을 한참 동안 걸어 올라간 후, 千尺澗이라는 이름의 인공호수에서 유람선을 탔다. 모터로 운행하여 왕복에 20분 정도 걸리는 것인데, 북경 교외의 龍慶峽을 연상케 하였다. 이곳은 최근에 개발된 곳인 모양인데, 곳곳에 웅장한 바위절벽들이 林立하고, 바위들 틈으로 비교적 키가 작은 나무들로 이루어진 숲이 있으나, 수종은 단순한 듯하였다. 우리나라에 흔한 소나무는 전혀 눈에 띄지 않았다.

배에서 내린 다음 바위 터널 속을 한참 동안 걸어가서 바깥으로 빠져나온 다음, 또 한참을 걸어가 케이블카를 탔다. 곳곳에 환경미화원들이 청소를 하고 있어서 예전의 공중도덕이 全無에 가까웠던 중국과는 같지 않았다.

天界索道라는 이름의 케이블카를 타고서 정상에 도착한 후, 비탈진 계단길을 따라 걸어서 天露臺라는 전망대에 다다라 사방을 둘러보았고, 凌雲閣餐飲中心이라는 식당으로 돌아와 점심을 들었다. 천로대에서 돌아오는 도중에 스쳐간 仙人峰이라는 곳이 최고 지점인 모양이었다. 이번에 들러본 중국의 식당들에서는 하나같이 예전의 그 흔하던 차를 내지 않고 뜨거운 물만 제공하고 있었다.

점심을 든 후에는 케이블카와 전동차를 번갈아 타고서 전혀 걷지 않고 하산하였는데, 케이블카 안에서 산동성 濟南에서 단체로 온 노년의 유람객 부부와 대화를 나누어 보았다. 그들 팀은 모두 120명 남짓인데, 대절버스 두 대로 이동한다고 했다.

통천협을 떠날 무렵, 조금석 씨와 같은 회사의 직원인 또 한 사람의 가이드와 작별하였다. 그는 가이드 경력으로서는 조 씨보다 선배이지만, 이번 일정에 들어 있는 평요고성과 면산에는 아직 가보지 못해 견학 삼아 따라온 것이며, 여기서 濟南으로 향한다고 했다.

S22 고속도로를 따라서 다시 하남성으로 들어온 후, 省道로 빠져나가 林州市에 들어섰다. 임주는 장치에 비하면 시골 같은 분위기로서 규모가 작고 고층건물도 별로 없었다. 차이나 그랜드캐니언이라고 불리는 임주시의 태항대협곡을 둘러보기 위해 이리로 온 것이다. 태항대협곡이라는 이름은 다른 지역에도 있다. 태항산은 紅巖이라고 불리는 다소 붉은 색을 띤 돌로 이루어져 있는데, 재질은 무른 편이어서 얼핏 보면 砂巖과 비슷하다. 이 돌은 板巖 모양으로 납작하고 반듯하게 잘라짐으로 이 고장에서는 건축 자재나 지붕으로 많이 사용하고 있다.

우리는 오후 1시 39분에 태항대협곡의 주차장에 다다랐다. 먼저 桃花谷을 따라서 바로 옆에 시냇물이 흐르는 길을 한참동안 걸어서 올라갔다. 곳곳에 연못과 폭포가 있고, 나지막하게 바위를 깎아서 만든 통로를 머리가 부딪치지 않도록 조심해서 걸어가야 하는 곳도 많았다. 곳곳에서 판암으로 만든 징검다리와 계단을 지나쳐야 했다. 상류에는 九寨溝의 석회석 연못처럼 돌이 굳어져서 조그만 연못 모양을 이룬 곳도 있었다. 도화곡 탐방로가 끝나는 곳에 한국인 남자가 중국인 종업원을 고용하여 경영하는 상점이 있었는데, 그 집의 벽과 기둥, 대들보 등에는 온통 한국어로 적힌 글들이 빼곡하였다. 그 글들의 서명을 보면 모두가 작년 6월 이후에 쓰인 것이었다.

    그 상점에서 좀 더 걸어 올라가 天路라고 불리는 環山線풍경구 전동차도
로의 종점에서 소한마리라는 이름의 상점에 들러 막걸리 두 통을 사 마셨다.
그곳은 청도에서 온 조선족이 경영하는 상점이었는데, 종업원인 젊은 남자
한 명은 연길서 왔다고 했다. 이곳에도 한국인 관광객이 많이 오는 모양이어
서, 도처에 한국 소주와 막걸리, 라면 등을 파는 상점이나 장사치가 즐비하
고, 한국인 등산객이 즐겨 먹는 오이도 팔고 있었으며, 천로를 운행하는 전
동차에서는 한국 가요를 틀어주고 있었다.

    우리는 총 30km에 달하는 천로의 한쪽 끝인 도화곡에서 왕상암까지의 거
리를 주파하며 10여 군데 있는 전망대 중 몇 군데에서 주차하여 사진을 찍기
도 하였다. 나는 天境이라는 전망대에서 내려오다가 길가의 장사치 아줌마
로부터 알이 굵은 긴 염주 하나를 50元 부른 것을 30元으로 깎아서 샀다. 다
른 전망대에 다다랐다가 전동차에서 내 뒤편에 앉았던 젊은 남녀 가운데서
남자와 더불어 대화를 나누어 보았다. 그는 鄭州에서 차를 운전해 왔으며, 중
국의 4대 불교성지 중 하나인 산서성의 五臺山에 들렀다 왔고, 내일 안휘성
에 있는 4대 불교성지 중 또 하나인 九華山으로 갈 것이라고 했다.

    王相巖을 경유하여 하산했는데, 이는 背山臨水에 四神을 거느린 전형적인
풍수의 명당으로서 그 일대의 바위산 전체를 이런 이름으로 부르는 것이다.
王이라 함은 殷나라의 武丁이요, 相이라 함은 무정에게 발탁되어 노예 신분
에서 재상으로 올라 은나라 최고의 전성기를 이룬 신하 부열(傅說)을 가리키
는 것으로서, 이곳이 그들이 처음 만났던 곳이라는 뜻인 듯했다. 수직 절벽
에 세워진 높이 88m 되는 철제 원통형의 긴 계단(326개) 등을 거쳐서 한참
을 걸어 내려와 5시 40분에 왕상암의 牌坊이 있는 주차장으로 하산했다.

    임주시로 돌아와 朝陽商務酒店에서 북쪽으로 99m 떨어진 지점에 있는
조선족 황영봉 씨가 경영하는 대협곡샤브샤브라는 식당에서 석식을 든 다
음, 그 바로 곁에 있는 장소에서 전신마사지를 체험하였다. 대부분의 우리
일행이 한국 돈 만 원씩을 더 내고서 90분 마사지를 받았지만, 나는 마사지
에 별로 취미가 없어 60분으로 끝냈다. 이런 곳의 대부분이 그렇듯이 남자
손님은 젊은 여자가, 여자 손님에게는 젊은 남자가 서비스하고 있었다.

그런 다음 20분 정도 차로 이동하여 임주시의 一干渠觀光大路 중간에 있는 오늘의 숙소 紅旗渠迎賓館에 도착하여 나는 6116(6동 116)호실을 배정받았다.

■■■ 18 (월) 맑음

어제처럼 7시 30분에 호텔을 출발하여 그 바로 옆에 붙어 있는 라텍스 제품 판매점 MARU에 30분 동안 들렀다. 한국인이 경영하는 곳인데, 중국의 몇 곳에 분점이 있다고 한다. 나는 쇼핑에도 취미가 없어, 종업원의 설명을 듣고 난 후 매장에 들어가서는 일행으로부터 뚝 떨어져 스마트폰으로 촬영한 각지의 관광 안내판 설명문들을 읽었다. 거기서는 외상으로도 판매한다고 했다.

우리가 탄 대절버스는 宇通客車라는 중국 회사가 만든 것이었는데, 성능은 괜찮은 듯하였다. 여기저기서 이 회사의 버스들이 눈에 띄었다. 오늘의 첫 번째 목적지인 河南省 新鄉市(輝縣市) 上八里鎭 回龍村의 南太行 天界山까지는 시골 길로 3시간의 여정이었다. 천계산 입구에서 두 번째 목적지인 山西省 陵川縣의 王莽嶺까지 11km라는 도로표지판을 보았다. 출발 직후 林州市 경내에서 폭이 그다지 넓지 않고 돌로 만든 人工水路인 紅旗渠를 따라 한참 동안 나아갔다. 1960년대에 임주시에서 시작된 공사인 모양인데, 10년의 고된 노력 끝에 임필산(林慮山)을 두르는 총 길이 1,500km에 달하는 관개공사를 완성했다고 한다. 산서성 경내의 장하(漳河)에서 흐르는 물을 하남성의 임주까지 끌어들인 것이다. 인민공사 식의 인해전술로 이러한 거대한 사업을 이루어낸 것일 터이다.

임주는 중국에서 집값이 매우 싼 편이라고 하며, 중국은 예전에는 기본 공사만 마친 후 새 집을 분양하였으나, 4~5년 전부터는 한국처럼 인테리어를 모두 하여 팔고 있다고 한다. 우리는 오른 쪽으로 태항산맥을 바라보며 한참 동안 남쪽으로 내려가다가, 마침내 지도에도 나타나지 않을 것 같은 시골길로 접어들었다. 개중에는 일부 비포장도로도 있었다. 衛輝市 부근의 輝縣市에 속하는 어느 주유소에서 잠시 휴게하였는데, 그곳의 화장실은 문도 칸막이도 없고 더럽기 짝이 없는데다 냄새가 지독한 재래식이라 다녀온 후 여자들이 한참 동안 웃었다. 도로 가에는 밀밭이 많았는데, 중국의 밭에서 자라는 밀은 모두 키가 작았다. 나는 아직 덜 자라 그런 줄로 알았으나 실은 개량품종이라는 것이다. 중국의 산에는 산림녹화를 위해 노간주나무를 많이 심었다고 한다.

예전에도 그러했듯이 중국의 대지는 황사인 듯 스모그인 듯 희뿌연 안개 같은 것이 가득 끼어 있었다. 가이드는 중국의 현재 인구를 15억이라고 말하고 있었는데, 그에게 이유를 물어보니 공식적 인구는 13억이지만 그것은 호적에 등록된 수치이고 실제로는 2억까지는 안 되더라도 상당히 더 많으리라는 것이었다. 또한 그에게 물어보니 天界山이 있는 輝縣市는 新鄕市에 속해 있으며, 그 자신도 현재 신향시에다 방을 하나 얻어 거주하고 있는데, 33세의 나이에 아직 미혼이라고 했다. 그곳이 태항산맥 등을 관광하기 위해 각지로 도착하는 한국 손님을 맞이하기에 편리한 위치이기 때문인 모양이다.

우리는 회룡의 천계산 주차장에 도착한 후 셔틀버스로 이동하였다. 도중에 바위를 뚫어 지그재그로 올라가는 좁다란 터널을 지나다가 도중에 반대방향에서 오는 기다란 화물차를 만나 한참을 지체하기도 했는데, 회룡 터널이라 불리는 그 길의 아래쪽 입구 좌우에는 각각 아홉 명과 세 명의 동상이 서 있었다. 가이드의 설명에 의하면, 이들이 13년 동안에 걸쳐 이 터널을 뚫는 공사를 한 사람들인데, 여자 두 명이 포함된 좌측의 아홉 명은 공사 중에 목숨을 잃었고, 오른쪽 세 명은 살아남은 사람들이라는 것이었다. 터널 벽면에 그들이 작업하는 장면을 담은 사진들도 걸려 있었다. 회룡 터널의 길이는 1,250m이다.

우리는 老爺嶺 주차장에 도착하여 그 옆의 淸峰關賓館 1층에 있는 多드림 산채비빔밥이라는 식당에서 한국식 비빔밥으로 점심을 들었다. 그 주인 鄭明順 씨도 한국 사람이었다. 그런데 그 식당의 화장실도 재래식이었고, 칸막이는 있으나 문이 없는 변기에서 옆 사람과 나란히 쭈그리고 앉아 용변을 본 후 직접 바가지에 물을 떠서 똥을 씻어내려야 했다. 중국의 지방에는 아직도 이런 식의 화장실이 꽤 남아 있는 모양이다. 나는 오늘도 설사까지는 아니지만 자주 화장실을 들락거렸다.

천계산은 주위로 펼쳐진 광대한 태항산맥 중에서도 노야령 주차장을 감싸고서 펼쳐진 여섯 개의 유람 구역을 총칭한 것인데, 우리는 청봉관에서 전동차를 타고 어제의 天路에서처럼 기사가 틀어주는 한국 가요를 들으면서 해발 1,570m인 老爺頂 봉우리의 중턱을 감싸고 도는 2011년에 만들어진 雲峯畫廊이라 불리는 좁다란 도로를 한 바퀴 돌면서 몇 군데에 주차하여 주변의 풍광을 조망하다가 다시 청봉관으로 돌아왔다. 사방으로 바라보이는 것이 모두 깎아지른 절벽으로 이루어진 돌산들이라 풍경이 꽤 웅장하였다. 총 7개 있는 조망대 중 마지막으로 들른 烏鴉嶺의 舍身崖(歸眞臺)에서는 뒤편에 자그만 기와집이 한 채 보이므로 혹시 화장실인가 하여 돌계단을 올라가 보았더니 그것은 祖師殿이라고 하는 도교 사당이었다. 여기서 수행했던 玄武祖師라는 도사를 모신 곳이었다. 우리를 태워온 젊은 기사가 그 안의 산신처럼 생긴 커다란 塑像 앞에서 무릎을 꿇고 절을 하고 있었다. 이 지역의 절벽은 모두 가로로 직선의 결이 나있는 바위로 이루어진 특이한 지질이었다.

천계산 구경을 마친 후, 다시 전동차를 타고서 이동하여 北大門에서 하남성의 경계를 지나 산서성으로 들어갔다. 그곳은 왕망령을 구성하는 네 개의 풍경구(王莽嶺·錫崖溝·昆山·劉秀城) 중 하나인 錫崖溝였는데, 거기서 셔틀버스로 갈아탄 후 얼마 동안 가다가 다시 내려서 1km 정도의 구간을 걸어가야 했다. 인솔자의 말에 의하면 도로공사 때문에 그렇다는 것이었지만, 도중에 공사장 같은 곳은 보이지 않았다. 석애구 본 마을을 다 지난 후 다시 셔틀버스로 갈아타고서 또다시 바위 절벽을 깎아서 지그재그로 올라가는 꽤 긴 터널을 통과하였다. 중간 중간에 바깥 풍경을 바라볼 수 있도록 뚫린 공간도 있었다. 본 마을 근처의 도로가에 「錫崖溝掛壁公路改造碑記」라는 제목의 비석이 서 있었는데, 그 비문과 안내판의 설명문 내용을 종합해 보면, 이 터널은 석애구 마을 주민들이 30여 년의 세월에 걸쳐 재래식 공구로써 작업하여 1991년에 완공하였고, 2003년부터는 전후로 총 1,450여 명이 참여하여 錫崖溝 및 반촌(盤村)에 걸친 총 12km의 도로에 대해 포장과 개조 공사를 한 곳으로서, 당시 「인민일보」 등 중국의 대표적 신문들에 널리 보도되었고, TV 드라마 「溝里人」으로도 방영된 모양이었다. 회룡 터널보다도 훨씬 더 긴 것이었다. 바위 절벽에다 이 정도 길이의 터널을 갈之字 모양으로 뚫어 올라간다는 것은 중국이 아니고서는 생각해내기 어려울 것이다. 왕망령은 S26 고속도로에 인접한 곳인데, 차로 봉우리를 향해 오르는 도중에 '王莽嶺古戰場'이라고 쓰인 커다란 石碑를 지나쳤다. 정상에 도착하여 그곳에 근무하는 중국 사람에게 왜 왕망의 이름이 붙었는지를 물었더니, 王莽과 후한을 세운 劉秀가 이곳에서 싸워 유수가 패전한 장소이기 때문이라는 것이었다. 왕망령 景區의 안내판 지도를 보면 劉秀城山이 있고, 劉秀跳라는 장소도 있다. 그러나 내려온 다음 다시 안내판에서 읽은 바에 의하면, "西漢의 왕망이 유수를 쫓아와 여기에다 營寨를 차렸다고 전해온다(相傳西漢王莽赶劉秀在此安營扎寨)"는 것이므로, 실제로는 전설에 불과한 모양이다. 해발 1,700m 정도 되는 곳인데, 일출과 운해의 경치로 유명한 모양이다. 왕망령에는 소나무 숲이 많았으나, 근자의 태풍으로 말미암아 대부분 둥치의 중간이 잘려 넘어가 있었다.

태항산 구경을 모두 마치고서 천계산 입구로 다시 돌아와 우리들의 대절버스에 탄 후, 오후 6시 10분에 출발해 반시간 정도 이동하여 輝縣市 小屯轉盤에 있는 태항야생버섯샤브샤브(太行野山菌火鍋)라는 식당에 들러 버섯된장국으로 석식을 들었다. 그 집 주인도 조선족이었다. 그 식당에서는 黑木耳 버섯을 작게 압축포장 한 것 10개 들이 한 상자를 2만원에 팔고 있었는데, 鄭州로 돌아오는 차 안에서 우리 가이드가 같은 물건을 1만 원에 팔므로 나도 하나 구입하였다.

7시 38분에 휘현시를 출발하여 밤 10시 경에 鄭州市 金水區 緯三路 11號에 있는 오늘의 숙소 鄭州華美達廣場酒店(RAMADA PLAZA ZHENGZHOU)에 다다랐다. 윤창기 씨와 나는 1519호실을 배정받았다. 윤 씨가 석식 때 마신 二鍋頭酒에 좀 취했는지, 밤에 자기는 꽤 유명한 사람인데 내가 자기에게 반말 비슷한 소리를 한다고 하므로 황당하였다.

■■■ 19 (화) 맑음

평소보다 30분 앞당겨 오전 5시 30분에 기상하여 7시에 출발하였다. 귀국하기 전에 호텔에서 차로 40~50분 정도 걸리는 거리에 있는 또 한 군데의 기념품점에 들르기 위해서였다. 가이드의 말에 의하면 간밤에 우리가 머문 곳은 정주 시내에서도 가장 오래된 거리라고 한다. 백년 이상 된 플라타너스 가로수의 가지가 사방으로 벌어져 넓게 뻗어나간 모습이 인상적이었다. 하남성의 인구밀도는 중국에서도 매우 높아 총 1억3천만 명이라고 한다. 출근 시간에 바쁘게 움직이는 시민들의 모습을 차창 밖으로 바라보았다. 오토바이·스쿠터·동력으로 운행하는 자전거가 길가로 부지런히 스쳐지나가고, 한 주먹쯤 되는 크기의 노인용 승용차도 눈에 띄었다.

우리가 도착한 곳은 平安路 12號院에 있는 竹夫人이라는 이름의 한국인이 경영하는 상점이었다. 그곳은 고가도로 공사판 옆에 위치한 허름한 건물의 1층으로서, 대나무 섬유로 된 의류 등 가정 제품을 판매하는 곳이었다. 과거에는 중국인 가이드들이 중국 정부의 시책에 의해 관광객을 중국 업체로 안내하도록 의무 지워져 있었는데, 이번에 와서 들른 것은 모두 다 한국인이 한국인 관광객을 상대로 운영하는 곳이었다. 이번 여행 중 우리가 들른 관광지에서는 대체로 한국 돈이 통용되고 있었다.

거기를 나온 다음, 다시 스모그 같은 희뿌연 공기 속에 버드나무 꽃가루가 날리는 도로를 따라 50분 정도 이동하여 올 때 내렸던 鄭州新鄭國際空港에 닿았다. 新鄭市는 정주의 남쪽에 위치해 있다. 공항에 도착하여 체크인 하는 과정에서 내 트렁크 속의 마시다 남은 汾酒가 검사기에 체크되었으므로, 그것을 꺼내 와서 일행과 더불어 나누어 마셨다. 출국심사장에서 긴 열을 지어 한참동안 기다렸는데, 내 뒤에 선 중국인들이 전혀 알아들을 수 없는 말로 지껄이고 있으므로, 어디서 왔느냐고 물었더니 臺灣의 臺中市에서 왔다고 했다. 그들은 대만의 민중들이 일반적으로 사용하는 福建省 남부 사투리인 閩南話를 쓰고 있었던 것이다. 이번 여행에서 대만 사람들을 만난 것은 綿山에서 중식을 들고 내려오던 엘리베이터에서 이후로 두 번째인데, 내가 젊은 시절 대만에 1년간 유학해 있었던 당시와는 달리 지금은 이처럼 대륙과의 왕래가 서로 자유로운 모양이다.

공항의 3번 게이트에서 대기하던 중에 면세점에서 銅製 차 주전자 하나를 580元 부른 것을 깎아 500元에 샀다. 한국 돈으로 9만 원쯤 되는 가격을 지불한 셈이다. 골동품처럼 고풍스런 멋이 있어서 한국에 돌아가 외송 별장의 서재 책상에 놓아두고서 사용할까 했으나, 집에 도착하여 포장을 뜯고서 찬찬히 살펴보니 내부에 구리 녹이 잔뜩 끼어 있고 녹 냄새도 나므로, 포기하고서 거실의 TV 받침대 부근에 과거 외국에서 사다둔 다른 물건들과 함께 진열해 두고서 관상용으로 쓰기로 했다.

우리가 탈 BX3545기는 웬일인지 예정된 시간인 11시 55분보다도 꽤 늦은 12시 15분경에 출발하였고 역시 예정시간보다 20분 늦은 15시 50분경에 김해공항에 도착하였다. 공항에서 대절버스로 갈아탄 후, 오후 5시 30분 무렵 진주의 출발지점에 도착하여 택시를 타고서 귀가하였다. 이번 여행에서 우리를 인솔했던 유동훈 씨는 MBC해외산악기행에 처음부터 깊이 관여해온 사람인데, 그의 정식 직책은 하나투어의 이사였다. 이번 여행을 주관한 미래항공여행사는 하나투어의 전문판매점이라고 한다.

나의 룸메이트인 윤창기 씨는 그에게 늘 반말을 하고 있었는데, 오늘 아침 그에게 물어서 들은 바에 의하면 유 씨는 사천시 서포 출신으로서 50대 중반의 나이이며, 젊은 시절에는 삼천포 출신의 등산가 박정헌 씨 등과 어울려 다니며 등산 활동을 많이 했다. 자식을 하나둔 보건소에 근무하는 여성과 3년 정도 동거한 적이 있었으나, 그녀가 전 남편에게로 돌아가 버렸으므로 현재는 독신이라고 한다. 어려서부터 삼천포의 윤 씨 집에 자주 출입했었던 모양이며, 온순한 사람으로 보였다.

심양·백두산·집안

■■ 2015년 9월 3일 (목) 한국은 새벽까지 비 내리다 흐려지고, 중국은 맑으나 백두산 지구에 한 때 비

지리산여행사의 '심양, 백두산(북파, 서파), 고구려유적지 5일' 여행에 참가하기 위해 회옥이와 함께 시청 건너편 육교 밑으로 나가 신안동 운동장을 출발하여 오는 대절버스를 오전 6시쯤에 탔다. 일행은 인솔자인 여행사 대표 강덕문 씨를 포함하여 모두 24명이었는데, 내가 아는 사람은 강 씨 밖에 없었다. 여러 해 만에 본 강 씨는 그 새 나이가 제법 들어보였다. 그는 지금까지 백두산에 100번 정도 올라보았으므로, 웬만한 현지 가이드보다도 이 산의 기상 상태 등에 대해 더 잘 안다고 하는데, 1년 중 8월 말에서 9월 초쯤인 지금이 백두산의 날씨가 가장 좋다고 한다. 나도 과거에 北坡를 통해 백두산에 이미 두 번 올라보았으나, 이번에는 북파에서 올라 정상의 천문봉·기상대에서 1박 한다 하므로 기대를 걸었었는데, 공항으로 가는 버스 속에서 강 씨가 하는 말로는 최근에 중국 당국의 규제로 그것이 금지되어 대신 백두산 쪽 대기에서 3시간 정도 머물며 일몰을 구경한 다음, 하산하여 5성급 호텔에서 자게 되었다는 것이다. 9월 1일부터 3일까지가 중국의 항일전쟁 승전기념일이어서 박근혜 대통령이 현재 北京에 가 있고, 또한 올해는 延吉市에서 延邊조선족자치주 설립 60주년 기념행사가 열린다고 한다.

7시 30분쯤에 김해공항에 도착하여, 8시 30분 아시아나항공 OZ345편을 타고서 이륙하여 산동 반도 부근을 경유하여 중국 시간 9시 30분에 遼寧省의 省都인 瀋陽의 逃仙국제공항에 도착하였다. 김해공항의 환전소에서 보니, 오늘 현재의 인민폐 환율이 살 때 가격으로 202.68로서 또 많이 올라 있었다. 심양공항도 근자에 새로 지은 것인 모양이어서 인천공항과 별로 다를 것이 없었다.

심양은 동북 3성 가운데서 아마도 가장 큰 도시인데, 마중 나온 현지 가이드 이향림 씨의 말에 의하면 현재 인구가 7~8백만 명 정도라고 한다. 이 씨는 연길 출신의 조선족 3세로서 2007년부터 가이드 일을 시작했는데, 그의 할아버지는 강원도 춘천에 살다가 중국으로 들어온 사람이라고 한다. 그러나 그는 대학을 제대로 졸업하지 못한 모양인지 淸 太宗의 이름 皇太極을 황태진이라고 발음하는가 하면, 태종의 무덤인 昭陵을 자꾸만 700년 전에 만들어졌다고 하므로 내가 400년 전이라고 정정해 주었더니, 그렇다면 청나라의 존속 기간이 300년 밖에 되지 않는다는 말이냐고 하면서 믿으려 하지 않았다. 그의 말에 의하면 중국의 인구는 현재 14억에다 호적에 올리지 못한 사람까지 합하면 16억 정도 된다고 한다. 중국은 한국의 90배 정도 되는 영토에다, 23개 省에 北京·上海·重慶·天津·深圳 등 5개 市가 인구 천만이 넘는 직할시이고, 홍콩·마카오가 특별시로 지정되어 있다고 한다. 국토의 동서로 실제로는 4시간의 시차가 있으나, 모두 북경 시간으로 통일해 두었다. 그러나 이러한 그의 설명 역시 정확하지 못한 것으로서, 공식적인 자료에 의하면 중국의 면적은 한반도의 44배이며, 인구는 2014년 현재 약 13억 5천만 명이다

우리는 金龍客車(King Long)라는 중국제 관광버스를 탔고, 기사는 王 씨였다. 심양 시내를 가로질러 나아가는데, 다른 도시들과 마찬가지로 차창 밖으로 바라보이는 고층빌딩을 비롯한 건물들은 대부분 근자에 지어진 것이었다. 드넓은 평원지대에 도시가 형성되어 있는데, 시내를 관통하여 渾江이 흘러가고 있었다. 거리 여기저기에 전광판으로 부근의 도로망을 안내하고 있는 것이 눈에 띄어 좀 새로웠다. 우리는 西塔街라는 이름의 한글 간판이 많이 보이는 코리언타운을 차창 밖으로 바라보며 지나쳤고, 皇姑區 松花江街 華商晨報 부근에 있는 韓眞味脊骨湯이라는 이름의 조선족이 경영하는 한식당에 들러 감자탕으로 점심을 들었다. 심양에는 조선족이 8만 명 정도 살고 있다 한다.

식후에 우리는 병자호란 때 서울을 점령하여 삼전도에서 인조의 항복을

받아낸 청 태종과 그 부인들의 무덤인 소릉(일명 北陵)에 들렀다. 심양의 북쪽 교외 10km 지점에 있다. 정문에서부터 소릉까지 유람차를 타고서 길가 양쪽으로 동물들의 석상이 늘어서 있는 드넓은 광장을 1.5km 정도 들어가야 하며, 무덤 뒤편으로도 광대한 숲이 조성되어져 있을 정도로 규모가 매우 컸는데, 대부분의 건축물들은 청이 중국을 통일한 이후인 順治·康熙帝 때 이루어진 것으로서, 세계문화유산으로 지정되어져 있다. 지금은 공원화 되어 있었다.

백두산 일대의 建州女眞 출신인 청 태조 누르하치는 심양에서 좀 동쪽인 지금의 요녕성 撫順市 新賓滿族自治縣에 속하는 赫圖阿拉에서 칸을 칭하며 後金 정권을 세웠고, 그 후 심양의 조금 남쪽 편에 있는 지금의 遼陽市로 도읍을 옮겼다가, 1625년에 다시 심양으로 천도하여, 그 아들 황태극 때인 1634년에 이곳을 盛京으로 개칭하였다. 1644년에 북경으로 遷都한 이후로는 陪都 즉 副수도가 되었고, 1657년 이곳에다 奉天府를 설치하였다가, 1945년에 심양이란 옛 명칭을 회복하였다. 심양은 瀋水의 북쪽이란 뜻으로서, 심수란 지금의 혼강을 의미하는 것이 아닌가 한다. 이곳에 청의 수도가 위치했던 것은 19년간으로서 태조·태종의 2대에 불과하므로, 지금 남아 있는 역사유적으로는 심양 故宮과 소릉 및 東陵이라고도 불리는 누르하치의 무덤 福陵이 있다. 또한 이곳은 봉천파 군벌인 張作霖의 근거지로서, 그와 그 아들 張學良의 관저인 張氏帥府가 남아 있고, 그가 일본 관동군에 의해 폭살 당한 현장도 이 근처에 있다.

공항으로 돌아가 오후 3시 15분에 출발하는 中國南方航空의 CZ6316기를 타고서 심양을 출발하여, 4시 10분에 松江河鎭에 있는 長白山공항에 도착하였다. 도착하니 비가 내리고 있어 컨베이어 벨트에 실려 나온 우리들의 트렁크가 모두 젖었는데, 우리를 마중 나온 새 버스에 타고서 이동하기 시작한지 얼마 후 비는 그쳤다. 2차선인 S208 도로를 따라 1시간 10분 정도 이동하여 오후 6시 경에 二道白河鎭에 도착하였다. 이동하는 도중의 도로 양측가는 모두 자작나무 등으로 울창한 숲을 이루고 있어, 회옥이는 자기가 석사과정에 유학해 있었던 스웨덴의 풍경 같다고 하였다.

이도백하는 二道鎭과 白河鎭이 합쳐진 곳으로서, 백두산에서 가까운 지점에 위치한 鎭(우리나라의 면 소재지 정도)이다. 백두산의 주된 등산로인 북파에서 가까우므로, 등산 기지처럼 되어 제법 번창하고 있다. 2년 전까지는 연변조선족자치주에 속했었는데, 조선족이 한국 등 타지로 자꾸만 빠져나가 자치주가 해체의 위기에 처해 있으므로, 지금은 吉林省 長春市가 관리하고 있다. 해발 800m 정도 되는 지역이다. 장백산보호개발구 池北區의 역전 부근에 있는 진달래식당(金達萊飯店)에 들러 중국식도 한국식도 아닌 연변식 음식으로 석식을 든 다음, 東沃大酒店의 6층 26호실인 6026호에 투숙하였다.

■■■ 4 (금) 맑음

오전 6시에 조식을 든 후 7시 15분까지 로비에 집합하여, 어제 심양에서 탔던 버스에 다시 올라 어제와 같은 숲속을 50분 정도 달려서 북파에 도착하였다. 북파 후문 근처에서 차량 정체가 심하여 무슨 교통사고가 난 줄로 알았지만, 알고 보니 차량이 폭주하여 경찰이 교통정리를 하고 있는 것이었다. 오늘 와보니 예전에 두 차례 북파를 통해 백두산에 올랐을 때 통과했던 정문은 이제 후문이 되어 있고, 거기서 왼쪽으로 돌아 제법 들어간 곳에 꽤 규모가 큰 新門이 마련되어져 있었다. 3~4년 전부터 그쪽 문을 사용하고 있다고 한다.

북파·서파를 포함한 우리들의 입장료는 200元, 셔틀버스 사용료는 85元으로서 다른 관광지에 비해 두 배 정도로 비쌌다. 그럼에도 불구하고 엄청나게 많은 인파가 몰려들어 북새통을 이루므로, 도착해서부터 셔틀버스를 타기까지 두 시간 정도나 걸렸다. 백두산 자체가 5월에서부터 9월까지만 개방되며, 3일부터 5일까지가 항일전쟁 승전기념일 연휴여서 그런 것이기도 하지만, 중국인의 경제적 수준이 높아진 것이 가장 큰 이유라 하겠다. 강덕문 씨의 말에 의하면, 몇 년 전까지는 1년의 입장객이 한국인 1만 명에 중국인 10만 명 수준이었다면, 이즈음은 한국인 1만 명에 중국인 100만 명 정도라고 한다. 백두산에는 동·서·남·북 네 방향의 등산로가 있는데, 그 중 북파와

서파는 중국 땅이고, 남파는 천지 쪽에 면한 땅은 북한 영토이지만, 중국 측이 임대하여 관리하고 있다고 한다.

오늘 물어본 바에 의하면 현지가이드 이향림 씨는 33세로서, 1년 전에 조선족 여인과 결혼하여 현재 자식이 하나 있고, 인솔자인 강덕문 씨는 57세라고 한다. 강덕문 씨는 히말라야의 8천 미터 급 고산들 중에서 에베레스트·낭가파르밧·초오유·안나푸르나의 네 곳을 오른 산악인인데, 그 중 초오유는 두 번 실패하고서 세 번째 시도하여 마침내 올랐으며, 실패하는 과정에서 인명 손실이 제법 있었다고 한다. 최근에는 경상대학교 산악회 팀을 인도하여 북미 최고봉인 데날리(매킨리)산에 오른 바 있다.

마침내 셔틀버스를 타고서 2차선 콘크리트 포장도로를 경유하여 울창한 원시림 숲길을 한참 동안 통과해 주봉으로 올라가는 기점인 運動員村의 가장 큰 주차장(主峰候車區)에 도착하였다. 셔틀버스 안에서는 녹음된 백두산 안내 방송이 나오고 있었다. 거기서 다시 셔틀버스를 갈아타고서 長白瀑布 아래의 주차장까지 이동한 후, 콘크리트 포장도로와 나무 데크가 이어지는 온천지대 길을 한참동안 걸어올라 폭포에 도착하였다. 거기서 노점 상인으로부터 북한의 각종 지폐와 동전 및 우표를 모아 접혀진 긴 비닐 봉투 안에 넣어서 수첩처럼 만들어둔 것을 60元에서 40元으로 깎아 하나 샀다. 나는 중국에서 만든 위조 화폐인 줄로 알았지만, 가이드의 말에 의하면 진짜 북한 돈인데 김정은 정권이 들어선 이후 화폐개혁을 하여 이제는 쓸 수 없게 된 것이라고 한다.

숲속으로 이어진 데크 길을 걸어 내려온 후, 다시 셔틀버스를 타고서 이동하여 綠淵潭을 둘러보았다. 두어 곳의 절벽에서 폭포가 떨어져 최고 낙차는 26m에 달하며, 그 아래로 널따란 연못이 형성되어져 있는 곳인데, 안내판에 의하면 岳樺樹의 녹음이 비치어 연못물이 검푸른 녹색을 띠기 때문에 이런 이름이 붙었다고 한다. 그러나 가이드인 이 씨는 물속에 석회 성분이 많기 때문이라고 하였는데, 연못물 전체가 같은 색깔인 것으로 미루어 가이드의 말이 맞을 듯하다. 백두산의 나무들은 이제 연하게 물들기 시작하고 있었다.

다시 운동원촌으로 돌아와 올림픽 마크가 붙어 있는 대형 천연온천 건물의 한쪽 편에 붙어 있는 快餐 식당에서 점심을 들었다. 지난번 여행에 이어 이번에도 중국에 온 이후로 식당에서는 예전에 반드시 서비스 되던 차가 한 번도 나오지 않았다.

식사를 마친 후 다시 小天池를 보러 가기 위해 터미널에서 긴 줄을 서 한참 동안 기다렸는데, 막상 우리 차례가 되어 차를 탈 무렵에 일행 중 한 명이 보이지 않으므로 가이드가 그를 찾기 위해 분주하였다. 인원을 다시 확인하기 위해 긴 행렬의 첫머리에 다다른 우리 일행을 대열에서 벗어나 차에 오르는 지점의 옆쪽 빈 공간으로 모이게 했더니, 젊은 관리원이 그것을 나무라며 우리 일행더러 처음부터 다시 열을 지어 입장하라는 것이었다. 결국 그 때문에 시간 관계상 소천지는 포기하고 말았다.

그 터미널에서 우리 일행은 주봉으로 올라가는 봉고차를 타기 위해 다시 줄을 서지는 않고, 따로 예약해둔 봉고차 세 대에 분승하여 바로 정상으로 올랐다. 백두산의 숲에는 중국어로 岳樺라고 부르는, 자작나무의 일종이면서도 둥치가 완전히 희지는 않은 나무가 아주 많아 주종을 이루고 있었다. 정상으로 오르는 길은 지그재그로 이어지는 꼬불꼬불한 콘크리트 포장도로인데, 그 길 위에 봉고차들이 거의 꼬리를 물고서 올라갔다. 백두산의 관광객이 얼마나 많아졌는지를 여기서도 실감할 수 있었다. 우리 일행은 고향친구들이라고 하는 11명 단체와 6명 단체, 그리고 경상대학교 대학병원의 과장으로 근무하는 사람과 경남은행 전 지점장 등이 포함된 네 명 팀에다 우리 부녀까지 합하여 모두 23명이다.

북파 정상의 관광 루트는 A·B 두 코스로 나뉘는데, A 코스 입구에 백두산에 대한 설명문과 함께 16개 봉우리들의 이름과 그 높이를 표시하는 약도가 있었다. 천지는 중국 최대의 화산호이자 2000년도에 해발 최고의 화산호로서 기네스북에 올랐다고 적혀 있었다. 약도에는 清末인 1908년에 劉建封이라는 사람이 직접 답사한 후 명명했다는 봉우리들 이름이 적혀 있었는데, 2,749m의 최고봉인 장군봉을 白頭峰이라고 하는 등 우리가 알고 있는 명칭과는 전혀 달랐다. 백두산 이름의 변천과정에 대한 설명도 있었는데,『山海經』에 不咸山이라고 기록되어 있는 것을 비롯하여 각 시대별 이름들을 적은 후, 金代의 史書에서부터 長白山으로 부른다고 되어 있었다.

A코스에 처음 올랐을 때는 사방에 안개가 자욱하여 천지가 전혀 보이지 않았지만, 점차로 개어서 나중에는 천지의 전체 모습을 뚜렷하게 살펴볼 수 있었다. B코스까지 둘러본 후 처음에 잘 보지 못했던 부분을 새로 보기 위해 회옥이와 함께 A코스에서부터 다시 한 차례 둘러보았다. 남들은 열 번 와서 한 번 정도 볼까말까 하다는 천지의 전체 모습을 나는 세 번 와서 세 번 다 보았으니 행운이라 할까?

꼭대기 주차장의 휴게소로 내려와서 일행과 함께 백두산 온천물로 삶은 달걀 등으로 군것질을 했고, 강덕문 씨의 권유에 따라 마지못해 Glenlivet이라는 이름의 싱글몰트 스카치위스키도 한 잔 받아 마셨다. 강 씨가 오후 5시 반 무렵이면 일몰을 볼 수 있다면서 5시 무렵에 다시 정상으로 오르는 모양이므로, 나도 뒤늦게 다시 한 번 올랐지만 석양이 지는 방향이 천지와는 훨씬 달랐고, 아직 시간이 이른데다 또한 구름이 끼어 일몰 모습을 잘 보기도 어려울 듯하여, 주차장 건물 뒤편의 널찍한 공터로 도로 내려와서 조금씩 물들어 가는 일몰 방향의 하늘을 얼마 동안 바라보는 데서 그쳤다. 강 씨는 천지 주변의 봉우리에 올라가 술이라도 마시면서 밤 7시 무렵까지 기다려 보는 것이 어떠냐고 했지만, 다들 추워서 더 이상 머물 생각이 없었으므로, 그쯤 해서 대절 차량을 타고 내려왔다. 밤 7시가 되니 사방은 이미 깜깜하였다.

新門까지 봉고차로 내려와 우리의 대절버스로 갈아타고서 어두운 밤길을 달려 이도백하로 돌아와, 白山大街의 남쪽에 있는 長白天地度假酒店이라는 호텔에 들었다. 꼭대기가 배 모양으로 되어 있는 특이한 건물인데, 5성급으로서 어제 잔 준5성급 호텔과는 차원이 달랐다. 회옥이와 나는 4층의 823호실을 배정받았다.

호텔에다 짐을 둔 후, 長白山御麓泉酒店 西面門市房 18號에 있는 한국 사람이 경영하는 경복궁숯불구이(景福宮炭火烤肉)라는 식당에 들러 돼지삼겹살로 석식을 들었다, 밤 10시 경 호텔로 돌아온 후 방에서 옵션으로 마사지를 받는 모양이었지만, 회옥이만 하고 나는 먼저 취침하였다.

■■ 5 (토) 맑음

7시에 호텔을 출발하여, 엊그제 왔던 S208번 도로를 경유하여 송강하에 있는 장백산공항 방향으로 숲길을 1시간 10분 정도 이동하여 西坡 山門에 닿았다. 백두산은 중국의 10대 산 중 하나에 드는 모양이다. 가는 도중에 현지 가이드가 우리에게 블루베리 말린 것, 黑木耳, 그리고 참깨를 선전하여 주문을 받았다. 현지의 상인으로부터 위촉을 받아, 한국 돈 만 원에 블루베리와 목이버섯 한 봉지를 팔아주면 자기가 커미션으로서 각각 천 원씩 받는다고 한다. 회옥이는 블루베리 두 봉지를 주문했는데, 네 개 사면 하나를 끼워준다는 말에 사는 사람이 많았다. 현재 중국 국가공무원의 월급은 3,500元 정도로서, 한국 돈으로는 70만 원에 해당한다고 한다. 나중에 알고 보니, 이 씨는 애인과 함께 재작년 10월에 한국으로 들어가 경기도 안산 부근의 시화 지구에서 막노동 일을 하였는데, 도중에 애인은 임신하여 먼저 귀국하고, 자기도 자식을 둔 몸으로서 위험한 일을 계속하기가 어려워, 작년 2월에 돌아와 결혼했다고 한다.

송강하와 서파는 池西區에 속하는데, 백두산 천지를 기준으로 하여 池北·池西·池南區로 나뉘는 것이다. 서파는 어제의 북파에 비해 훨씬 한산하여 줄을 서서 기다릴 필요가 없었다. 어제보다는 한국 사람이 더 많은 듯하였다. 가이드의 말에 의하면 남파는 유람객이 이보다도 훨씬 더 적어 주로 한국 사람이 가는데, 1년에 2천 명씩 예약한 사람만 입장할 수 있다고 한다. 다시 75元의 셔틀버스 이용권을 사서, 어제 북파에 들어갈 때 했던 바와 같은 손가락으로 기계에다 지문을 인식시킨 후, 들어가서는 이틀간 사용한 200元짜리 입장권을 가이드에게 주었다. 가이드는 그것을 소속된 여행사에 제출하여 손님을 인솔한 증거물로 삼는 모양이다.

이번에는 다시 아스팔트 포장도로를 따라 50분 정도 이동하여 천지 아래 쪽 초원 지대의 雙梯子河 부근에서 하차하였다. 서로 떨어져 흐르는 두 줄기의 냇물이 사다리 모양이라 하여 이런 이름이 붙은 듯하다. 숲은 사라지고 초원이 이어지는 정상 부근의 비교적 가파른 경사로에서는 차도가 다시 시멘트 포장도로로 바뀌었다. 이 초원 일대가 일정표에 적혀 있는 高山花園

지대인 모양이지만, 지금은 꽃이 피는 시즌이 아니어서 특별히 볼 것은 없었다.

셔틀버스에서 내린 다음 1,442개에 달하는 긴 계단 길을 걸어 올라갔다. 오르막길과 내리막길이 두 갈래로 나란히 이어져 있는데, 나무와 돌로 된 계단이 번갈아 나타나며, 오르막길이 나무 계단인 곳 옆에는 내리막길이 돌로 되어 있는 식으로 서로 엇갈려 있었다. 두 사람이 메고서 올라가는, 한국 돈으로 8만 원 한다는 가마를 타는 사람도 제법 있었다. 산 아래쪽으로는 눈길 닿는 곳까지 광대한 면적의 울창한 숲으로 뒤덮여 있었다.

천지를 바라볼 수 있는 능선에는 2009년에 건립된 중국과 조선의 국경 경계비가 있었다. 국경은 천지를 따라서 좁다랗게 남파 쪽으로 이어져 있으므로, 천지의 면적은 북한에 속한 것이 조금 더 많지만, 산은 사실상 3/4이 중국에 속해 있는 것이다. 오늘도 우리는 천지를 깨끗하게 조망할 수 있었다. 이곳에서는 천지의 조망이 북파보다도 훨씬 더 넓어 디지털카메라로는 다 잡히지 않고 스마트폰을 이용하여 파노라마 방식으로 全景을 찍을 수 있었다. 널따란 나무 데크가 있는 능선의 전망대 등에서 양쪽 모서리의 일부를 빼고는 천지의 전체 모습을 한 눈에 다 바라볼 수 있었다. 5호 경계비에서 오른편인 북한 쪽에 속한 땅 일부에도 자유로이 출입할 수 있었다. 어제와는 달리 능선에서도 전혀 춥지 않아, 배낭에 넣어온 두꺼운 옷들을 꺼내 입을 필요가 없었다.

오전 11시 15분까지 주차장으로 되돌아와, 다시 셔틀버스를 타고서 錦江大峽谷을 보러갔다. 협곡 입구의 주차장에서 중국식 뷔페나 비빔밥으로 간단히 점심을 들고서, 나무 데크 길을 따라 숲속으로 들어가 반시간 정도에 걸쳐 한 바퀴 둘러보았다. 용암이 흘러간 곳으로 짐작되는 곳에 검은 화산암으로 이루어진 협곡이 이어져 있었다. 그곳 숲속에서는 여기저기 다람쥐를 볼 수 있었는데, 사람을 겁내어 도망가는 일이 전혀 없었다. 출구 쪽 기념품점 옆에 松樺戀이라는 이름의 소나무와 자작나무 고목의 뿌리가 합쳐진 것이 있었는데, 그 주위로 둘러쳐진 울타리를 따라서 붉은 천으로 된 리본을 단 열쇠가 빽빽이 매달려 있는 것으로 보아 이곳 명소인 모양이었다.

여기서 회옥이와 대화하던 중에, 회옥이 친구로서 서울에서 직장 생활을 하고 있는 간호학과 권인수 교수의 수양딸 연경이는 출판사에 근무하는데 한 달 월급이 120만 원이며, 아이오와 대학 시절의 친구 나연이는 서울의 회사에 근무하는데, 싱글 룸에 들어 있으며 머지않아 다시 모친과 동생들이 있는 미국으로 들어가 박사과정에 진학할 생각이라는 말을 들었다. 젊은이가 제대로 된 직장을 잡아 자립할 정도의 돈을 벌기가 생각보다 녹녹치 않은 모양이다.

서파 구경을 마친 다음, 다시 대절버스를 타고서 약 4시간에서 4시간 반 정도에 걸쳐 오늘의 숙소가 있는 通化로 이동하였다. 서파 입구에서 5元 주고 산 吉林省交通旅游地圖를 펼쳐서 살펴보니, S308과 S309 도로를 따라 송강하진을 거쳐서 撫松縣까지 간 다음, G201 도로로 접어들게 되어 있었다. 후자의 시골길을 한참 달려 灣溝鎭과 江源區 및 白山市를 경유하여, 밤 7시 남짓에 목적지인 통화시에 도착하였다. 주로 2차선의 좁은 길이었다. 만구진은 강원구에 속해 있는데, 그 진에 속하는 어느 시골에서 휴게 차 조선족이 경영하는 상점에 들러, 강덕문 씨가 사과 한 박스를 구입하여 나눠먹었다. 그런데 강 씨의 말에 의하면, 주로 한국인 관광객을 상대로 북한이나 중국산 농산물과 술 등을 파는 이 조그만 가게에서는 사과를 많이 살수록 값이 더 비싸지더라고 한다. 한꺼번에 이처럼 많이 구입하는 사람이 거의 없어 주인이 계산 착오를 일으켰는지도 모르겠다.

통화는 집안으로 가는 도중에 있는 제법 큰 지방 도시인데, 우리는 이곳에서 新華大街에 있는 조선족이 경영하는 金花美食城이라는 식당에 들러 늦은 석식을 든 다음, 거기서 차로 2~3분 정도 걸리는 가까운 지점인 신화대가 萬通家園 樓下(206老道)에 있는 9星際養生會所에 들러 45분 정도 발 마사지를 받았다. 오늘의 숙소는 新站路 16號에 있는, 이 도시를 관통하는 커다란 강가에 위치한 東方假日酒店으로서, 회옥이와 나는 6층의 8622호실을 배정받았는데, 4성급이어서 그런지 질이 좀 떨어졌다. 출입문 안의 천정에 붙어 있는 조명등에 불이 들지 않아, 프런트에 전화를 걸어 수리해 받았다. 샤워를 마친 다음, 밤 10시 반이 지나서 취침하였다.

■■■ 6 (일) 맑음

7시 반 무렵 호텔을 출발하였다. 밖으로 나와 보니 강 위에 玉皇山大橋가 걸쳐 있었는데, 그 아래로 흐르는 강은 심양에서 본 渾江의 상류였다. 우리가 잔 호텔 부근에 커다란 광장이 있고, 그 옆에 무엇인지 모를 제법 큰 관공서 건물이 보이는 것으로 미루어 이 일대가 시의 중심부인 듯하였다.

우리 일행은 대부분 친목계 계원으로서, 11명 팀과 6명 팀은 강덕문 씨와 함께 이미 여러 차례 해외여행을 다녔다고 한다. 회옥이와 나는 버스나 식당에서 인원이 적은 4명 팀과 대부분 어울려 앉았는데, 이 팀의 남자 세 명도 진주의 科技大에서 함께 무슨 과정을 이수했던 사이로서, 13년 전부터 친목계를 하고 있다지만 해외여행은 처음이라고 한다. 네 명 중 가장 연장자인 남자는 진주시청의 공무원으로 있다가 3년 전에 퇴직하여 지금은 다른 사람의 농장에서 기술직으로 일하고 있는데 나보다 몇 살 적으며, 중년 여성 한 명은 본교 대학병원의 주방에서 일하고 있는데, 대학병원 사무국의 원무과장인 정승현 씨에게 끼어 함께 왔다고 한다.

우리는 가이드의 인도에 따라 먼저 시내에 있는 義烏商貿城이라는 이름의 커다란 상가 건물로 가서, 그 3층 C구에 있는 대나무에서 추출한 섬유로 만든 제품들을 판매하는 金盛原竹纖維라는 이름의 점포에 들렀다. 점포의 규모는 꽤 컸으나, 지난번 태항산맥 여행 때도 가이드를 따라서 같은 종류의 상점에 들른 바 있었는데, 줄줄이 드나드는 사람들이 모두 한국 관광객이었다. 회옥이와 나는 쇼핑에 흥미가 없어, 설명을 들은 후 매장을 한 바퀴 둘러보고서 남들보다 먼저 나와 건물 뒤편의 주차장에서 우리 일행이 내려오기를 기다리고 있었다. 그런데 회옥이가 그 근처에서 무슨 음식을 구워 파는 아주머니의 賣臺에 손님이 끊어지지 않는다고 하므로, 함께 그리로 가서 인기가 있는 호떡처럼 생긴 1元짜리 빵을 하나 사 먹어 보았더니, 속에 고기와 야채가 들어 있어 과연 맛이 있었다. 하나 더 사 먹으면서 버스로 돌아와 무엇인지를 묻는 다른 사람에게 일러주었더니 한두 명씩 거기로 가서 사 먹기 시작하였고, 나중에는 우리 일행이 다 나오자 강덕문 씨가 50개를 사 와 일행 모두에게 나누어 주었다.

통화시를 벗어난 다음, G303 도로를 따라 남쪽으로 두 시간 내지 두 시간 반쯤 이동하여 오늘의 주된 목적지인 고구려의 옛 수도 集安으로 향하였다. 지난 7월 달에 한국의 공무원 단체가 집안에 왔다가 丹東으로 향하던 중 버스가 다리에서 떨어져 많은 사상자를 낸 사고가 발생하였으므로, 도중에 교통경찰들이 지키고 있다가 우리 버스를 세워서는 안으로 들어와 손님들이 모두 안전벨트를 매도록 주의를 환기시키기도 하였다. 그 사건 이후 요즘은 교통경찰의 단속이 심하다고 한다.

집안으로 가는 도중에 가이드가 중국 조선족의 유래와 그 실정에 대해 설명해 주었다. 그의 말에 의하면, 고구려가 멸망한지 30년 후 그 옛 영토에 발해국이 성립하였다고 한다. 이곳 만주의 조선족자치주가 있는 백두산 주변 일대는 청나라의 발원지라 하여 외부인의 출입을 금하는 封禁 정책이 실시되었는데, 청나라의 국력이 쇠약해져 그 정책이 느슨해진 1870년대부터 조선인의 이주가 시작되었고, 마침내 1952년에 중국 수상 周恩來가 와서 조선족자치주를 설립하였다. 중국에서는 소수민족의 인구가 200만 명 이상 되면 자치주를 설립할 수 있는데, 원래는 대부분 농사를 짓고 살았던 조선족이 한국과 수교가 되면서 한국이나 타지로 돈벌이하러 나가는 사람이 많아져서 자치주의 유지 자체가 점점 더 어려워지고 있다. 그 때문에 조선족 총각들이 배우자를 구하기도 하늘의 별 따기라고 한다.

조선족 중에는 고위직으로 진출한 사람이 거의 없는데, 그것은 민족적 독립을 도모할 것을 경계하는 중국의 정책 때문이라고 한다. 최근에 별 세 개를 단 조선족 출신의 여자 장군이 나왔다 하여 국내 신문에도 보도된 바가 있었다. 중국 당국은 한국인에 대해서도 백두산이나 고구려 옛 영토에서 조선족의 독립을 의미하는 행위를 하는 데 대해서는 매우 민감하게 반응하여 엄격히 금지시키고 있다. 東北工程은 그러한 맥락 속에서 나온 것이다. 간밤에 잔 통화에도 조선족이 많이 살기는 하지만, 자치주에 속해 있지는 않다.

우리는 집안으로 가는 도중의 가장 큰 고장인 淸河鎭을 지나, 동명왕이 고구려를 세운 첫 도읍지인 卒本川 紇升骨城(지금의 遼寧省 本溪市 桓因滿族自治縣 五女山城)과 같은 이름을 지닌 五女峰 입구를 지나쳤다. 그곳은 집안에서 21km 떨어져 있어 별로 멀지 않은 곳인데, 국가삼림공원으로 지정되어져 있으며 그 입구의 정문이 꽤 크고 도로 가에 오녀봉이라고 새겨진 커다란 돌기둥도 세워져 있었다. 오녀산성과 비교적 가까운 위치인데다가 그 모양도 비슷하여 이런 이름이 붙었는지 모르겠다. 졸본천이란 지금 환인 댐이 건설되어져 있는 渾江의 옛 이름이 아닌가 한다.

지금의 흑룡강성 경내에 위치한 夫餘國의 왕자였던 朱蒙은 궁정 내부의 투쟁을 피해 와서 기원전 37년에 渾江 유역의 해발 820m 장방형 山體인 五女山 꼭대기에다 성을 쌓고서 정권을 수립하였다. 훨씬 후대인 명나라 永樂 22년(1424)에 건주여진족의 제3대 수령인 李滿柱가 군사를 이끌고서 遼寧으로 진입하여 이 산에 본거지를 마련하였으므로, 오녀산 일대는 또한 만주족 문명의 발상지이자 융성의 터전이기도 한 것이다. 40년 후인 고구려 제2대 琉璃王 22년(기원 3년) 10월에 압록강변의 집안 땅으로 옮겨, 이후 20대 長壽王 때 평양으로 천도하기까지 425년 동안 이곳에 고구려의 수도가 위치했고, 668년 나당연합군에 의해 도합 705년에 걸친 긴 역사의 종지부가 찍혔던 것이다. 집안과 환인 일대의 고구려 유적들은 2004년에 유네스코 세계유산으로 지정되었다.

승전기념일 때문인지 길가의 집들에 五星紅旗를 단 곳이 많았다. 어떤 동네는 집집마다 달았고, 전혀 달지 않은 동네도 많았다. 그런데 개인 집은 대문의 양쪽에다 조그만 국기를 두 개씩 달았고, 관공서나 공장·식당 등에는 더 큰 기를 출입구나 지붕에다 하나 정도 달아둔 곳도 있었다. 오녀봉국가삼림공원을 지나서부터는 넝쿨식물을 재배하는 밭이 많았는데, 일행 중에 그것을 더덕 밭이라고 말하는 사람이 있었다. 더러는 밭가에 벌통도 보였다.

집안시는 현재 인구 23만의 지방 소도시이다. 복숭아나무로 가로수를 한 것이 특이하였다. 이곳은 신석기 시대부터 사람이 거주하였는데, 일대에 고구려 유적지가 12,000개 정도 있다고 한다. 우리는 시내로 들어온 후, 國內城의 동문인 緝文門 터가 남아 있는 성벽 옆길과 최근에 교통사고를 수습하러 온 한국 공무원 단체의 장이 투신자살했다는 성벽 바로 가에 위치한 호텔 옆을 지나서, 오전 11시 20분에 압록강변의 유람선 선착장에 도착하였다.

거기서 정원 8명인 모터보트 석 대에 우리 일행이 구명조끼를 입고서 나누어 타고, 약 15~6분에 걸쳐 북한과의 국경을 이루는 압록강 일대를 한 바퀴 둘렀다. 바로 건너편의 북한 땅에는 산에 나무가 거의 없고, 산중턱까지 대부분 밭으로 되어 있으며, 기슭의 골짜기에는 열 채 정도씩 되는 기와집 동네가 드문드문 산재해 있었다. 강가의 비포장도로에 자전거를 탄 사람들이 지나다니고, 일정한 간격으로 군데군데에 초소인 듯한 건물들이 보이지만 인적은 없었다. 강의 상류 쪽에 있는 북한의 滿浦市 근처까지 접근해 보았는데, 바라보이는 흰색의 커다란 건물과 산 위의 높다란 굴뚝은 구리제련소라고 한다. 만포에서 내륙 쪽으로 좀 더 들어가면, 미녀가 많은 것으로 유명한 江界가 있다.

압록강 유람을 마친 다음, 국내성 성벽 중간의 새벽시장이 서는 광장에 면한 妙香山이라는 이름의 북한식당에 들러 옵션으로 1인당 23,000원, 인민폐로는 170元의 점심을 들고 북한 아가씨들의 공연을 보았다. 이곳에는 종업원과 주방 일군 그리고 공연하는 사람들까지 합하여 스무 명쯤 되는 북한 사람들이 근무하는 모양이다. 그들은 예전에는 3개월 비자를 받아 가지고 나오다가 지금은 3년 비자가 발급되나, 석 달 마다 한 번씩 북한에 들어갔다 다시 나온다고 한다. 우리는 여기서 도토리로 만든 검은 빛이 도는 쫄깃쫄깃한 냉면 등 북한요리를 들었는데, 음식은 중국 것과 좀 비슷하다는 느낌이었다. 나는 식사 때 같은 테이블에 앉은 사람이 권하는 바에 따라 주정 25도인 북한산 송이버섯술을 조금 마셔 보았다.

젊고 예쁜 종업원 아가씨들은 원피스 모양으로 하나로 이어진 색동치마 저고리 개량한복을 입고 슬리퍼 모양의 굽 높은 검은색 신발을 신었으며, 왼쪽 가슴에 북한 국기 배지를 달았고, 저고리의 옷고름은 나비 모양으로 동그랗게 되어 있는데, 당 간부의 딸들이 많다고 한다. 무대 전체의 뒷면 벽은 대형 스크린으로 되어 있어 가라오케 모양으로 노래 곡조에 따라 화면이 바뀌면서 더러는 가사가 나타나며, 곡목은 남한과 북한의 가요가 섞여 있었다. 가이드의 설명에 의하면, 그녀들은 30~40만 원 정도의 월급을 받지만, 대부분은 나라에서 가져가고 실제로 본인에게 지급되는 돈은 그 중 1/10 정도에 불과하다고 한다.

식당 내부는 꽤 깔끔한데다가 넓고 고급스러우며, 식사 후 제공 되는 가수나 악사들의 공연도 프로 수준인데, 가격이 비싸서 웬만한 중국 사람은 들어올 엄두를 내지 못하는 모양이다. 현금 팁은 받지 않고, 그 대신 꽃 한 다발에 50元, 손님의 노래 한 곡에 50元이라고 실내의 기둥에 중국어로 쓰여 있었다. 우리 일행 중에는 가수들에게 인조 꽃다발을 선물하는 사람이 많았고, 개중에는 가수가 이끄는 대로 무대로 올라가 노래에 맞추어 함께 춤을 추는 사람도 있었다. 식당 입구에는 북한의 각종 술과 담배 그리고 고사리 등 농산물 말린 것을 넣어 포장한 것도 진열되어 있었다. 밖으로 나오면 묘향산식당의 정문 앞 광장 건너편으로 근자에 복원된 것인 듯한 국내성의 야트막한 돌 성벽이 길게 이어져 있고, 성 안쪽에는 아파트들이 들어서 있었다.

점심을 든 후, 다시 대절버스를 타고서 鴨江路를 따라 오른쪽 교외 지역으로 4km를 이동하여 好太王碑와 太王陵을 둘러보았다. 광개토대왕을 중국에서는 호태왕으로 호칭하고 있다. 호태왕비의 비각은 진주 사람인 건설업자가 당시 돈 5억 원을 들여 중국식 건물을 지어주어 현재 유리벽으로 감싸여 있으며, 유리벽 안쪽에서는 사진 촬영이 금지되어 있다. 이 비석은 1870년경에 발견된 것으로서, 높이 6m 남짓 되는 方柱形 巨石의 사방에 원래는 1950자 정도가 새겨져 있었지만, 비석에 훼손된 부분이 있어 현재는 1570자 정도가 남아 있다고 한다.

비각과 거기서 한참 더 걸어 들어간 지점에 위치한 왕릉 주변은 화원으로 조성되어 잘 정비되어 있었다. 가로수로는 인도에서 흔히 보던 아소카나무(無憂樹)가 심겨져 있고, 그 나무로 조성된 정원도 있었다. 왕릉은 적석총인데, 그 꼭대기 부분의 玄室까지 돌계단이 놓여 있어 올라가서 현실 내부를 들여다 볼 수 있었다. 왕릉 윗부분에서는 압록강 건너편으로 만포시의 全景이 바라보였다. 집안 일대의 햇볕은 꽤 뜨거우나, 그늘에만 들어가면 곧 시원해졌다.

광개토대왕릉에서 동쪽으로 500m쯤 더 나아간 곳에 장군총이라고도 불리는 장수왕릉이 있었다. 정사각형의 계단식 石室墓로서 광개토대왕비 및 국내성 쪽을 향하고 있었다. 이집트의 피라미드를 연상케 하는 모습이었다. 그 옆에 將軍墳1號陪墓라는 이름의 같은 구조이나 규모가 훨씬 작은 돌무덤도 하나 딸려 있었는데, 왕족의 것이라고 하며, 상부는 훼손이 심하여 玄室이 밖으로 드러나 있었다. 돌아 나오는 길에 장수왕릉 기념품점에서 10元 주고 集安旅游指南이라는 이름의 지도를 하나 샀다. 백두산에서 산 길림성 지도는 5元이었다고 했더니, 이것만 다른 지도 값의 배를 받는다는 것이었다.

가이드는 우리의 집안 여행을 거기서 끝내려 하였으나, 내가 일정표에 丸都山城 조망 관광이 들어 있는 점을 지적하여 그곳까지도 가보게 되었다. 국내성으로부터 북쪽으로 2.5km 떨어진 山地에 널찍하게 자리 잡은 石城이 위치해 있는데, 그 앞으로 西大河가 국내성 쪽으로 감돌아 흘러가고, 산성과 서대하 사이의 평지에는 通溝古墳群이 위치해 있었다. 이 서대하를 통구하로 부르기도 한다. 현재 7,000基 가까운 고구려 시대의 분묘들이 남아 있는데, 그것들 중에서 四神圖·角觚圖·舞踊圖 등 우리가 교과서에서 흔히 보았던 고구려 고분벽화들이 나온 것이다. 후한 시대 말엽인 209년에 요동 지역의 할거세력이었던 公孫康이 고구려의 내분을 틈타 침략하여 국내성을 점령하자, 山上王이 국내성의 軍事守備城이었던 이곳 환도산성으로 遷居하였고, 그 이후 환도성이 고구려의 王都 구실을 하였는데, 중국의 삼국시대인 244년에 魏나라 대장이었던 毌丘儉의 침략을 받아 환도성 또한 한 차례 괴멸적인 파괴를 당했던 적이 있었다.

오후 3시 무렵 집안을 출발하여, 올 때 경유했던 G303도로를 따라서 통화시까지 돌아갔다. 돌아가는 도중에 오녀봉국가삼림공원을 다시 지날 때 고개를 들어 바라보니 얼핏 그 정상이 눈에 띄었는데, TV를 통해 여러 번 보았던 오녀산성 모습과 흡사하였다.

통화시에서부터는 S10 南通고속도로에 올랐다. 도중에 新賓滿族自治縣을 지날 무렵부터 날이 어두워졌다. 신빈 부근에 永陵이라는 지명이 있는데, 이 일대는 청 태조 누르하치가 원래의 본거지였던 費阿拉으로부터 1603년에 그 부근 赫圖阿拉으로 遷居하여, 후에 그것을 興京으로 개명해 후금의 첫 번째 수도로 삼았던 것이며, 그 근처에 있는 영릉은 누르하치의 선조들 6位의 무덤으로서, 심양에 있는 복릉·소릉과 함께 淸初 關外의 三陵이라 칭한다.

차창 밖으로 보이는 풍경은 산지가 많아 한국의 모습과 비슷한데, 들판에는 논과 옥수수 밭이 많으나 서쪽으로 갈수록 옥수수 밭이 점점 더 많아졌다. 만주 땅에다 논농사를 시작한 것은 우리 한민족이라고 알고 있다. 도중에 인삼을 파는 상점들이 여기저기 눈에 띄고, 심지어는 대형 인삼시장도 있었다. 현재 세계의 인삼시장을 중국이 석권하고 있다는데, 그 인삼의 대부분이 백두산 주변 지역에서 생산되는 것이다.

고속도로는 도중에 G12 瀋吉고속도로를 만나 합쳐졌고, 어두운 가운데 얼핏 撫順市를 지나쳤다. 심양과 마찬가지로, 노천탄광으로 유명한 이 무순시도 예전에 기차를 타고서 통과한 적이 있었다.

밤 8시가 넘어 심양에 도착하였다. 和平區 長白西路 31-1號 3門에 있는 교포가 운영하는 元都라는 식당에 들러 소불고기로 늦은 석식을 든 다음, 또 한참을 이동하여 岷山飯店이라는 호텔에 들었다. 8층에 로비가 있고, 회옥이와 나는 19층에 있는 1911호실을 배정받았다. 어제와 같은 4성급인데, 시설은 일등호텔 수준에 못지않았다. 11시경에 취침하였다. 심양으로 오는 길에 가이드에게 물어보았더니, 흑룡강성의 성도인 하얼빈과 심양의 크기는 비슷한데, 하얼빈 쪽의 인구가 더 많을 듯하다는 것이었다.

■■■ 7 (월) 맑음

오전 7시 반에 호텔을 나서 桃仙국제공항 쪽으로 이동하였다. 아시아나항공의 OZ345기를 타고서 10시 30분에 심양을 출발하여, 13시 25분에 김해공항에 도착하였다.

엊그제인 토요일 낮에 백두산 서파의 계단 길을 오르던 중 부산의 미화로부터 전화를 받았었는데, 백두산에 와있다고 했더니 국제 로밍 요금을 염려하여 금방 전화를 끊었다. 김해공항에서 짐을 찾고 난 후 미화에게 전화를 걸어보았다. 미화의 말로 그 때는 그냥 안부전화를 걸었던 것인데, 그 날 저녁에 큰집의 용환 형이 뇌졸중으로 쓰러져 병원에 입원하였으며, 병세가 호전되었는지 지금은 백병원의 일반병실로 옮겨져 있다는 것이었다. 뒤에 알고 보니 저녁 식사 중에 갑자기 쓰러졌다고 한다. 공항으로 마중 나온 대절버스를 타고서 오후 4시 남짓에 귀가하였다.

짐 정리를 마치고서 샤워를 한 다음, 밀린 신문들을 훑어보았다.

그런 다음 예약녹화 해 둔 TV 프로들을 시청하였다.

「숨터」'독도, 별빛 흐르던 밤', 「한국기행」'서해 섬을 만나다' 3부 '삽시도 야광바다', 2015년 한국방송대상 수상작인 「중국, 동해를 삼키다」, 「백두산」 1편 '하늘과 바람의 땅' 재방영, 「역사저널 그 날」'항일무장투쟁의 전설 홍범도' 재방영을 시청하였다. 「백두산」 1편은 세 번째로 본 것인데, 이번에 보지 못했던 고산화원의 야생화들과 쌍제자하의 겨울눈에 덮인 모습, 금강대협곡, 그리고 서파 쪽에서 바라본 天池와 북한 땅인 東坡 코스도 아울러 볼 수 있었다.

다테야마 · 히다

10월

■■■■ 2015년 10월 17일 (토) 맑음

지리산여행사의 '북알프스 다테야마(3,015m) 종주등반 4일' 여행에 참가하기 위해 택시를 타고서 오전 9시 10분까지 도동의 공단로터리 소방서 건너편으로 갔다. 그러나 금년에 지리산여행사의 일본 九州 平戸 올레 트래킹에 참가하여 만났던 나보다 한 살 아래의 한병일 씨가 산청군 단성면 운리에 있는 자기 농장으로부터 반시간쯤 늦게 도착하는 바람에 출발이 그만큼 지체되었다.

도동산악회원 10명과 인솔자인 여행사 대표 강덕문 씨를 포함한 총16명이 다른 곳에서 이미 상당수의 참가자들을 태우고 오는 대절버스를 타고서 함께 출발해 한 시간 정도 만에 김해의 부산국제공항에 도착해 출국수속을 시작하였다. 대부분 등산복 차림이었지만, 3박4일의 일정 중 실제로 등반하는 날은 하루뿐이므로, 나는 평복 차림에다 50L 정도의 큰 배낭 하나와 혜초 여행사로부터 선물로 받은 작은 배낭 하나를 지참하였다.

대한항공 KE753편의 53B석을 배정받아 13시에 부산을 출발한 우리는 14시 25분에 일본 名古屋 근교의 센트럴일본국제공항에 도착하였다. 비행기에서 내려다보니 나고야 일대는 광활한 평야지대였고, 공항은 伊勢灣으로 삐어져 나온 知多반도 중부의 자그마한 섬에 위치한 것이었다. 이 섬을 지도에서는 센토레아라고 표기하고 있는데, 이는 중부국제공항을 영어화한 Centrair의 일본식 표기로서, 공항은 지금으로부터 10년 전인 2005년도에 오픈한 것이다. 인구 230만 명 정도 되는 일본에서 네 번째 가는 대도시인 나고야에 처음 국제공항이 생긴 것은 약 30년 전이며, 그 전에는 중부 일본에서 외국으로 통하는 국제공항은 大阪에 하나가 있었을 따름이었다.

입국 수속을 하고 짐을 찾은 후, 오후 3시 35분 무렵 奈良 번호판을 단 西平觀光晃車라는 회사의 중형버스를 타고서 나고야를 출발하여 동북 방향으로 향했다. 버스의 앞 유리창에 달린 우리 여행단의 명칭은 JRT-1016 이었다. 나고야 시내와 이 도시가 속해 있는 愛知縣 경내를 벗어나 岐阜縣 으로 접어드니 점차로 산들이 나타나기 시작하였고, 기후 현에서부터 터널이 한없이 이어지는 첩첩산중이 계속되었다. 내가 가지고 간 1999년도 판 『JAF(Japan Automobile Federation)全日本로드서비스地圖』(東京, JAF출판사)에는 우리가 경유하는 고속도로인 東海北陸自動車道가 岐阜縣 의 莊川과 富山縣의 福光까지만 남북으로 각각 연결되어져 있고, '建設中' 이라고 표시되어 있을 따름인데, 후에 기사가 스마트폰을 통해 조회하여 내게 알려준 바에 의하면 2008년 7월 5일에 개통된 것이라고 한다. 워낙 산악지대라 완성된 지 아직 10년도 안 된 것인데, 하나의 길이가 몇km씩 에 이르는 긴 터널이 이렇게나 많은 것을 보면 얼마나 難공사였을지를 짐 작하고도 남음이 있다.

　　나는 일본 전국의 웬만한 곳은 거의 다녀보았을 정도이지만, 이 부근 岐 阜·富山·長野縣 일대는 일본에서도 대표적인 산지라 그런지 일찍이 가보지 못했었는데, 그 중 岐阜·富山縣 일대를 이번에 주로 섭렵하게 되었다. 기후 대학과 토야마대학에는 내가 京都대학 중국철학사연구실에 유학해 있었을 당시의 동창생들이 여러 명 근무하고 있고, 개중에 기후대학에서 근무하던 川原秀城 군은 후에 東京대학으로 옮겨가 현재 일본의 중국철학계에서 저명 인사로 되어 있으며, 성균관대학에 와 상당 기간 체재한 바 있어 한국에도 知人이 제법 있는 것으로 알고 있다. 이 고속도로는 곳곳에 기나긴 터널들이 엄청나게 많았고, 대·杉·편백 등이 주종을 이루는 울창한 삼림 중의 잡목 숲 은 단풍이 절정이었으며, 한국과 달리 논은 이미 추수를 거의 마쳐 있었다.

　　도중에 기후현 高山市 조금 아래편의 郡上市에 속하는 히루가高原 휴게소 에 잠시 들렀을 때 신용카드로 『라이트마플中部道路地圖』(東京, 昭文社, 2014년 초판, 2015년 3판 4쇄) 한 권을 구입하였다. 5시 30분 무렵 다시 히 루가高原 휴게소를 출발했을 때는 이미 바깥이 깜깜해졌다. 우리가 탄 대절버스는 29인승 정도 된다고 하지만, 그것은 좌우 좌석 사이 복도의 접이식 의자까지 모두 폈을 때의 경우일 듯하고, 실제로는 우리 일행이 모두 타고 뒤편 끄트머리의 좌석들에다 배낭을 올려놓고 나니(짐칸이 따로 없으므로) 빈자리가 몇 개 밖에 되지 않았다. 뚱뚱하고 과묵하면서도 비교적 젊어 보이는 기사는 헤어스타일이 까치가 집을 지은 듯하고, 복장도 허름하기 짝이 없었다. 東海北陸自動車道를 달려온 우리 버스는 토야마현의 礪波市에서 北陸自動車道를 만나 전등 불빛이 찬란한 현 소재지 富山市의 외곽을 통과하여 한참동안 동쪽으로 나아가다가, 6번 지방도를 따라 남쪽으로 빠져나가서 밤 8시 8분에 오늘의 숙소가 있는 立山町의 立山驛 앞 광장에 도착하였다.

역 광장에 면한 千壽莊 여관에 들어 석식을 하고, 한 씨와 나, 그리고 한 씨보다 한 살 적고 흥한그룹에 근무하다가 퇴직하여 재작년부터 산청군 시천면 중산리 2번지의 개울가에 힐사이드 펜션을 경영하고 있는 안병근 씨 등 비교적 나이든 사람 네 명은 3층의 구로유리라고 적힌 침대 방에 들었다. 여관 이름은 이곳 지명인 千壽原에서 딴 것이며, 구로유리는 검은백합이란 뜻인데, 中部산악국립공원 立山에서 자생하는 검은색 꽃이 피는 야생화이다.

▄▄▄ 18 (일) 맑음

오전 7시에 千壽莊을 출발하여, 해발 475m 지점인 토야마 지방철도 다테야마 역에서 급경사의 노선을 따라 천천히 올라가는 케이블카를 타고서 7시 20분에 출발하여 977m 지점인 美女平에 도착하여 7시 40분 高原버스로 갈아탔다.

버스는 2차선 아스팔트 포장도로를 따라 지그재그로 상승하여 종점인 해발 2,450m의 室堂까지 50분 정도 달리는데, 도중에 일본의 거목 100선에 선정된 仙洞삼나무 앞에서와 계곡 건너편으로 落差 350m인 일본 최고의 大폭포 稱名瀧을 바라볼 수 있는 위치에서 각각 한 번씩 정거하였다.

'산림욕의 숲 일본 100선'에 선정된 美女平 부근에서는 삼나무 숲과 너도밤나무 원생림 구역 등을 지났는데, 가을 단풍이 바야흐로 절정이었다. 平은 일본어로 다이라라고 읽는데, 산지에서 비교적 평평한 구역을 이르는 말이다. 삼나무 구역을 지나면 너도밤나무 숲으로 이루어진 언덕이 이어져 있고, 그곳을 지나면 또다시 삼나무 고목 등이 계속 나타난다. 美女平에서 해발 1,065m인 大觀臺까지 3㎢ 구간에 둥치 둘레 6m 이상 되는 삼나무가 140그루 있으며, 개중에는 수령 1,000년이 넘는 것도 있다. 다테야마에는 6개의 '일본제일'이 있다는데, 4단으로 된 쇼묘 폭포도 그 중 하나로서 '일본의 폭포' 100선에 선정되어 있다.

해발 1,600m에서 2,000m에 걸쳐 동서 4km, 남북 2km의 용암대지에 펼쳐진 彌陀原 일대에서부터는 거목 숲이 사라지고 풀밭이 시작되었다. 여기저기에 대소 3,000개라고도 일러지는 池塘이라는 물웅덩이가 點在하여 2012년 람사르협약에 등록되었다고 한다. 여기서는 6~9월에 고산식물의 찬란한 꽃을 즐길 수 있다.

미다가하라 습지를 지나 室堂平에서 눈의 대계곡이라 불리는 곳을 통과하였다. 다테야마는 세계 유수의 豪雪지대로서, 이곳은 지금 그저 고원의 평지에 불과하지만 4월 중순 무렵이면 평균 8m, 많으면 16m 5층 빌딩 정도 높이의 눈이 쌓이고, 적설량이 많은 해에는 20m까지 달하며, 6월 하순까지는 압도적 박력을 가진 제설된 눈 벽 사이로 500m 정도를 걸어갈 수 있다고 한다. 노벨문학상을 수상한 川端康成의 소설 『雪國』은 눈이 많은 이곳 토야마 현을 배경으로 한 것이다.

마침내 고원버스의 종점인 무로도에 도착하여, 호텔이 있는 터미널 건물 1층의 코인로커에다 당장 불필요한 짐들을 넣어두고서, 큰 배낭에다 방한구와 등산장비 그리고 내일 아침까지 필요한 물건들만을 챙겨 9시 무렵 다테야마를 오르기 시작하였다. 해발 2,450m인 무로도는 일본에서 가장 높은 위치의 전철역이 있는 곳인데, 이 터미널에서 역시 일본에서 유일하게 운행되는 트롤리버스로 갈아타면, 터널을 지나 반대편 산중턱의 해발 2,316m인 大觀峰까지 갈 수 있고, 거기서 도중에 지주가 없는 방식으로는 일본 최장인 로프웨이로 갈아타면, 1,828m의 黑部平에서 역시 케이블카로 갈아타 해발 1,470m에다 댐의 높이가 일본에서 가장 높다는(186m) 아치식의 黑部 댐에 닿게 된다. 戰後의 급속한 경제부흥기에 수력발전소로서 7년의 기간

(1956~1963)을 들여 이룩된 이 구로베 댐은 건설 당시 미국의 후버 댐처럼 화제가 끊이지 않았고, 「구로베의 태양」 같은 영화도 만들어진 바 있다.

우리는 콘크리트와 돌을 섞어 만들어진 포장된 등산로를 따라 계속 올라서 우선 해발 3,003m의 雄山과 2,831m의 淨土山 사이 안부에 있는 이치노코시(一越)산장에 닿았다. 포장도로라고는 하지만, 도중에 눈이 남아 있는 곳이 많아 미끄러우므로 아이젠을 착용하기도 했다. 거기서 왼쪽으로 또 한참을 더 올라 마침내 다테야마의 정상표지판이 있는 오야마에 닿았다. 다테야마라 함은 통상 서로 인접해 있는 雄山·大汝山(3,015m)·富士折立(2,999m)의 세 봉우리를 총칭한 것인데, 실제로는 大汝山이 雄山보다 조금 더 높지만, 雄山神社와 정상에 雄山神社峰本社라는 사당이 있는 오야마에 정상 표지가 있는 것이다. 이 사당에는 일본 건국신화에 나오는 伊邪那岐命과 手力男命이라는 두 신을 모셨는데, 이 신들로 하여 17~19세기에는 富士山·白山과 더불어 일본의 3대 靈山으로서 수행자들이 많이 찾아왔던 것이다.

나는 사당으로 올라가다가 도중에 도로 내려와 일행의 뒤를 좇아서 정오 무렵에 다테야마의 최고봉 오오난지야마에 닿았다. 거기에는 관리인이 없고 출입문이 봉쇄되어져 있는 大汝休憩所 하나가 있을 따름이었는데, 우리는 그 앞의 등받이 없는 나무 벤치들에서 숙소로부터 배부 받아 온 주먹밥 도시락으로 점심을 들고 얼마동안 쉬었다. 나는 거기서와 등산 도중의 다른 장소에서도 남들이 권하는 대로 술을 몇 잔 받아 마셨다.

남들과 마찬가지로 우뚝한 바위 봉우리로 이루어진 후지노오리다테에는 오르지 않고서 정상 아래를 그냥 지나쳐갔다. 곳곳에 잔설이 남아 미끄러우므로 두 차례 아이젠을 착용했다가 결국 벗어버렸는데, 화산으로 이루어진 산인지라 바위와 자갈이 많아 주로 흙으로 된 한국의 산들보다는 걷기가 힘들었다. 게다가 3,000m급의 고산인지라 평지보다는 현기증 같은 것을 다소 느끼기도 했다. 우리는 비교적 완만한 능선 길을 따라서 북쪽으로 계속 나아갔다. 나는 젊은 사람들 무리에 끼어서는 그들보다 체력이 떨어짐에도 불구하고 무리하게 함께 가려고 할 수도 있고, 또한 오르막에서는 숨이 가빠 무척 힘들기도 하므로, 대체로 일행으로부터 다소 뒤쳐져서 편안한 마음으로 걸었다. 일행 중 안병근 씨는 발목의 복숭아뼈 부근에 통증이 있다 하여 계속 뒤처지므로 그와 더불어 앞서거니 뒤서거니 하며 나아갔다.

건너편으로는 북알프스의 主脈인 飛驒산맥의 연봉들이 웅장하게 펼쳐져 있고, 아래로는 짙은 녹색의 물을 담은 구로베 댐의 모습도 내려다 볼 수 있었다. 사방이 모두 고산지대라 나무 한 그루도 없는 바위산들로 둘러져 있으므로, 한국의 산들과는 다른 특이한 매력이 있었다. 일본알프스는 크게 북알프스·중앙알프스·남알프스로 나뉘는데, 북알프스의 주봉인 穗高岳의 봉우리들과 멀리 남알프스의 모습도 바라보였다. 다테야마는 히다산맥의 본줄기로부터 서쪽으로 조금 떨어져 별도로 형성된 산맥 상에 위치해 있는데, 히다산맥과 가까우므로 통상 북알프스에 포함된다. 공식적 명칭으로는 중부산악국립공원이라고 하는 북알프스 일대에는 일본의 100명산에 속한 名峰들이 즐비한데, 다른 현과의 경계에 위치해 있더라도 토야마 현 경내에 속한 것을 포함하면 북쪽으로부터 白馬岳(2,932)·五龍岳(2,814)·鹿島槍岳(2,889)·劍岳(2,999)·立山(3,015)·藥師岳(2,926)·水晶岳(2,986)·鷲羽岳(2,924)·黑部五郞岳(2,840) 등 아홉 개에 달한다.

우리는 능선을 따라서 계속 북쪽으로 나아가 眞砂岳(2,880)·別山(2,880)을 지나 저녁 무렵에 마침내 劍御前(2,777)과의 사이 안부에 있는 산장인 劍御前小舍에 닿았다. 眞砂岳에 못 미친 지점의 어느 이름 없는 봉우리에서는 편한 길을 택하느라고 정상으로 향하지 않고 산복을 두르는 길을 택했더니 그것은 하산 길로 이어지는지라 훨씬 더 둘러서 마침내 마사고다케의 정상에 닿아 헛고생만 했고, 그 다음에도 역시 힘을 절약하기 위해 대부분의 일행이 지나간 코스를 따라 산복 길을 택했더니 벳산 정상도 우회하는 셈이 되고 말았다.

벳산 능선에서는 건너편으로 당초에 우리가 다음날 가기로 했었던 劍岳이 가까이 바라보였다. 이 산은 어제 산 지도책에 '등산가에게는 일본 最高의 봉우리'라고 적혀 있는 것인데, 온통 수직에 가까운 수많은 바위 봉우리들로 이루어져 있어 과연 웅장하였다. 나는 이름이 익은 이 산에 오르는 스케줄을 임의로 변경했다 하여 이번 여행에 참가하지 않겠다는 의사를 밝히기도 했었으나, 이렇게 지친 몸으로 내일 다시 저 험준한 산을 오른다는 것은 도저히 무리라는 판단이 들었다. 강덕문 씨가 스케줄을 변경한 원인으로는 근자에 눈이 내려 위험한 구간이 있다는 것이었지만, 그것은 핑계일 뿐 츠루기다케의 계곡 사이로 좀 보이는 눈도 다테야마의 눈과 마찬가지로 근자에 내린 것이 아니라 지난겨울의 잔설이 남아 있는 것일 따름으로 판단되었으며, 현지에서 사정을 보아 이 산의 등반을 결행할 수도 있다는 그의 말 역시 둘러대는 것일 따름임을 현지에 와서 저 험준한 산세를 바라보니 알 수 있었다.

산장에서 하산 길로 접어들어, 오후 5시 반 무렵 깜깜해지기 직전에 무로도의 雷鳥澤 부근 언덕 위에 있는 오늘의 숙소 雷鳥莊에 도착하였다. 어제의 멤버 네 명은 다시 218호실을 배정받았다. 식사를 마치고서 산장 지하로 내려가 온천욕을 하였는데, 흰 화산 연기가 뿜어져 나오는 地獄谷의 바로 옆에 위치한 지라 1층에 따로 위치한 유황탕에서는 열려진 창문 밖으로 화산 연기가 뭉게뭉게 뿜어져 올라오고 유황 냄새가 강하게 풍겼다. 너무 지친 까닭인지 오한이 들므로, 컨디션을 회복하기 위해 일찌감치 잠자리에 들었다.

그런데 막상 짐을 끌러보니 배낭 속에는 챙겨온 줄로 알았던 갈아입을 내의와 새 양말·손수건 등이 모두 없는 대신 팬츠 하나 밖에 들어 있지 않았고, 일본의 숙소에서는 대부분 잠옷을 제공하지만 그것을 깜빡 잊고서 잠옷 상하의까지 한국에서 가져왔는데, 이 숙소에서는 浴衣나 잠옷을 제공하지 않음에도 불구하고 그것조차 코인로커 속에 넣어두어 배낭에는 들어 있지 않았으니, 아무 쓸모없는 물건이 되고 말았다. 그 밖에도 리더인 강덕문 씨는 산 위의 강한 바람과 기상 변화에 따른 추위에 대비하여 늦가을 등산복과 한겨울 방한복 및 장비까지 모두 가져오라고 하였으므로, 큰 배낭 속 대부분은 그것들을 채워 넣어서 산에 올랐건만, 산 위의 날씨가 무척 화창하여 그런 것들이 아무 소용없었으므로, 하루 종일 고산에서 무거운 짐만 짊어지고 다닌 꼴이 되었다.

■■■ 19 (월) 맑음

8시 반에 산장을 출발해 근처를 천천히 산책하여 무로도 터미널 쪽으로 향했다. 雷鳥莊은 雷鳥澤 캠프장에서 돌과 시멘트로 포장한 계단 길을 따라 한참 올라간 언덕 위에 위치해 있다. 雷鳥는 해발 2,400~3,000m의 고산지대에 서식하는 새로서, 여름과 겨울에는 체모가 완전히 다른 색으로 바뀐다. 예로부터 '신의 심부름꾼'이라고 귀하게 여겨졌기 때문에 사람이 가까이 가도 피하지 않는다. 빙하시대로부터 살아남은 것이라고 하는데, 일본에서는 중부지방에 3,000마리 정도밖에 서식하고 있지 않아 매우 귀중한 새이다. 그 중에서 토야마 현내에 1,300마리 남짓이 서식하며, 특히 室堂平 주변은 전국에서도 서식밀도가 높아 250마리 정도가 살고 있다. 토야마 현의 縣鳥로 지정되어져 있고, 또한 일본의 특별천연기념물로 지정되어 보호받고 있는데, 특히 이 일대의 나지막하게 드러누운 소나무 숲가에서 주로 서식하는 모양이다.

돌 포장길을 따라서 염라(閻魔)臺에 올라 地獄谷에서 뿜어 나오는 화산 연기를 내려다보았다. 우리가 묵은 산장은 地獄谷의 화구 바로 옆에 인접해 있음에도 불구하고, 오늘 새벽에 내가 화구를 내려다보기 위해 언덕 쪽으로 접근하고자 해도 모두 금줄을 쳐서 차단되어져 있었다. 염라대에 올라서 내려다보니 지옥곡 안에 화구로 접근하는 길도 만들어져 있는 것이 바라보였으나, 이제는 화산 가스 분출에 의한 사고를 방지하기 위해 사방 모두에서 접근을 금지하고 있는 것이다.

염라대 부근에 분화구에 물이 고여 물빛이 붉은 3개의 연못으로 이루어진 피의 연못이 있고, 조금 더 가면 미쿠리池온천이라는 이름의 산장이 있는데, 미쿠리이케온천은 일본에서 가장 높은 곳에 있는 천연온천이다. 그 바로 근처에 무로도에 있는 몇 개의 호수 중에서 가장 큰 미쿠리池가 있다. 다테야마 화산의 수증기 폭발에 의해 생긴 함몰지에 물이 고여 생긴 것인데, 주위 약 630m, 수심 약 15m라고 한다. 미쿠리란 한자로 御廚라고 쓰며, 神의 음식물을 조리하는 곳을 의미한다. 정상 바로 아래쪽에 위치해 있으므로 연못에 다테야마의 모습이 맑게 비치는데, 옛날 이 물을 사용하여 雄山神社의 신에게 올리는 요리를 만들었다고 한다.

무로도 터미널에 도착해서는 '玉殿의 湧水'라는 이름의 약수터에서 수통의 물을 새로 채웠다. 그 이름은 다테야마의 開山 故事에 나오는 '玉殿(殿은 남자에 대한 존칭)의 바위 집'이 이곳 무로도에 있다는 데서 유래한 것이며, 1985년 3월 일본 환경청이 지정한 '名水 100선'에 든 것으로서, 1968년 다테야마의 直下를 달리는 터널을 개통함에 따라 부서진 바위틈에서 솟아난 물을 끌어온 것이다. 수온은 연간 2~5℃로서 매우 차갑고, 입안에 들어가면 물맛이 부드럽다.

코인로커에서 내 짐을 꺼낸 다음, 화장실에 가서 속옷과 더불어 등산복을 다시 평복으로 갈아입었다. 주차장에 우리의 대절버스가 와 대기하고 있었으므로, 그것을 타고서 무로도를 출발하였다. 美女平에 도착한 다음, 케이블카를 타지 않고서 立山有料道路를 따라 稱名川 가의 桂臺까지 내려왔고, 다시 6번 지방도를 따라가다가 다테야마 IC에서 엊그제 경유한 고속도로인 北陸自動車道에 올라 밤에 왔던 코스를 낮에 다시 거슬러 돌아갔다.

그런데 우리가 탄 버스는 東海北陸自動車道를 만나기 조금 전 礪波에서 156번 국도로 빠져서 남쪽으로 향하기 시작했다. 그 길은 머지않아 庄川峽을 만나 댐으로 형성된 꽤 폭이 넓고 긴 물길을 따라 남쪽으로 계속 나아갔는데, 협곡 좌우로 가을 단풍이 절정인 산골의 풍경이 펼쳐져 즐기기에 충분했다.

그러다가 국도가 庄川을 건넌 지점인 富山縣 南礪市 大崩島 96-2에 있는 유-樂이라는 식당에 들러 점심을 들었다. 그곳은 五箇山에 속한 곳으로서 新五箇山溫泉이라는 이름의 온천 센터였으나, 식당도 겸해 있었다. 서비스하는 종업원들은 대부분 나이든 아주머니였는데, 닭튀김 요리가 주 메뉴였으나 근처에 앉은 우리 기사의 테이블에는 우리가 식사를 시작할 때까지 전혀 음식이 차려지지 않으므로 내가 종업원에게 말하여 비로소 그에게도 점심상이 마련되었다.

이곳 五箇山 일대는 비록 토야마 현의 남단에 속하기는 하지만 기후 현의 북부에 위치하여 산들로 둘러싸인 飛驒지역에서 가까우므로 대체로 같은 히다 지역에 포함된다. 이 일대는 호설지대라 갈대로 엮은 두터운 맞배지붕이 커다란 삼각형 모양을 이루고 있어 合掌하는 모습 같다 하여 合掌造라고 불리는 전통가옥으로 유명하다. 그 대부분인 114棟은 기후 현에 속하는 白川鄕의 荻町에 있으나, 五箇山 일대에도 相倉에 23동, 菅沼에 9동이 남아 있어 1995년에 함께 세계문화유산으로 등록되었는데, 점심 후 다시 156번 국도를 따라 남쪽으로 내려가다가 庄川 가의 菅沼에 있는 것들을 내려다볼 수 있었다.

잠시 156번 국도를 벗어나 東海北陸自動車道에 접어들었다가, 다시 156번 국도로 빠져나와 岐阜縣 大野村 白川鄕에 들렀다. 이곳은 TV를 통해 자주 보았고 일본에서는 모르는 사람이 없을 정도로 유명한 것인데, 오늘 직접 와 보게 되었다. 예전에는 교통수단이 거의 없어 산골 중의 산골이었던 이곳에 현재는 터널이 개통되고 부근으로 고속도로가 통하여 연간 약 250만 명 이상이 찾아오는 일대 관광지로 변해 있었다. 여기서 오후 2시 20분부터 한 시간 동안 자유 시간을 가졌는데, 나는 다리를 건너가 合掌造 건물들이 밀집해 있는 마을 안을 천천히 산보하다가, 여기서 가장 크다는 5층 건물로서 德川 말기에 건립된 明善寺庫裡에서 가까운 어느 잡화점에 딸린 조그만 찻집에 들러 커피를 시켜 들었다. 나 외의 손님으로는 거기서 주인과 대화를 나누고 있던 주민으로 보이는 중년 남자 하나가 있을 따름이었는데, 그가 나더러 오늘 오후 3시 반부터 이곳 명물인 도부로쿠祭가 열리니 구경하라고 일러주었으나, 그것을 볼 시간이 없어 아쉬웠다.

合掌造 구경을 마친 다음, 버스 주차장 앞에 있는 종합안내 만남의 館 화장실에 들렀다가 재미있는 문구를 보았다. 양변기가 있는 칸 안쪽 벽에 이런 시가 붓글씨로 쓰여 액자에 걸려 있는 것이었다.

급하더라도
바깥에다 흩지 마
이슬만큼도
吉野의 벚꽃도
흩어지면 슬픈 것을

白川鄕을 떠난 다음 다시 잠시 고속도로에 접어들었다가 飛驒淸見에서 158번 국도로 빠져나온 다음, 왼쪽으로 얼마간 달려 마침내 히다 지역의 중심도시인 高山에 닿았다. 히다는 우리가 뽕짝이라고 부르는 일본의 대중가요인 演歌에도 더러 나오므로 그 이름을 익히 들어 알고 있었지만, 오늘 그 중심지에 직접 와볼 줄은 몰랐다. 도로변에 꽃이 절정인 억새풀이 많았다. 한국에서 별로 보지 못했던 억새꽃을 일본에 와서 넉넉히 보게 되었다.

다카야마 시는 고층건물이 별로 없어 다소 시골스런 느낌이었다. 그 서북쪽에 飛驒市라는 이름의 구역이 있어 우리가 東海北陸自動車道의 여러 터널을 통해 지나온 바이지만, 그것은 근자에 생긴 행정구역이고 역사적으로 히다 지방의 중심지는 이곳 다카야마였다. 여기서 4시 25분부터 5시 20분까지 약 한 시간 동안 우리가 둘러본 곳은 '오래된 거리'라고 불리는 이른바 三町이었다. 江戶시대의 서민들이 살던 町家 건축이 잘 남아 있는 곳이다. 三町이란 다카야마 시의 중심지에 위치한 上一之町, 上二之町, 上三之町과 安川로를 끼고서 북측에 위치한 下一之町, 下二之町, 下三之町을 총칭한 말이다. 그러나 시간이 부족하여 下町까지는 가지 않고 上町만 둘러보았다.

上三之町의 끝에서 宮川을 건너는 곳에 中橋라는 이름의 빨간 난간이 인상적인 다리가 있어 다카야마의 상징으로 되어 있는데, 그것을 건너면 전국에서 유일하게 남아 있는 江戶시대의 옛 관청 건물인 高山陣屋이 있다. 철저한 신분 사회였던 에도시대에는 영주가 사는 城과 무사계급이 사는 武家地 그리고 서민이 사는 町人地가 엄격히 구분되어져 있었던 것이다.

다카야마 시의 성곽과 도시계획의 기본은 豊臣秀吉 시대에 이루어진 것이라고 한다. 옛 건물이 많이 남아 있는 町人家인 이 三町은 오늘날 重要傳統的建造物群保存地區로 지정되어져 있는데, 관광지화 되어 기념품이나 전통적인 물품을 파는 상점이 많고 내외국인들이 많이 걸어 다니고 있으며, 인력거도 눈에 띄었다. 일본의 천년 고도인 京都에서 3년 반을 생활했던 나에게는 小京都라고도 불리는 이곳의 풍경이 그저 눈에 익은 모습일 따름이었다.

다카야마를 떠난 다음 다시 고속도로에 접어들어, 첫 날 낮에 통과해 왔던 길을 이번에는 밤에 지나게 되었다. 묘하게도 그 날 밤에 지났던 히루가高原

이북의 구역은 대부분 낮에 통과해 왔다. 밤 7시 30분에 나고야 시 북쪽 교외의 小牧市에 있는 江戶스태미나太郎이라는 뷔페식당에 도착하여 불고기만으로 늦은 석식을 들었다. 그곳은 불고기·초밥·디저트 등 최대 130종류 이상의 메뉴를 마음대로 골라먹을 수 있다는 곳이었다. 여기서도 한병일·안병근 씨와 더불어 한 테이블에 앉았는데, 강덕문 씨가 도동산악회의 테이블에 앉아 생맥주를 사와서 마시고 있으므로, 나도 일어나서 자동판매기로 생맥주 티켓을 사서 세 잔을 우리 테이블로 가져왔는데, 하루에 담배 두 갑을 피운다는 골초인 안 씨는 이미 자리를 뜨고 없고, 그는 오늘 따라 컨디션이 좋지 않은지 술을 들지도 않더라고 하며, 한 씨는 강 씨가 갖다 주더라고 하면서 이미 생맥주 잔을 받아두고 있었다. 별 수 없이 나도 한 잔 남짓 마시고 나머지는 한 씨에게 주었다.

식사를 마친 다음 다시 이동하여, 9시 15분에 名古屋市 中區 榮 三丁目 1番 8號에 있는 東急REI호텔에 도착해 한 씨와 더불어 514호실을 배정받았다. 廣小路七間町에 위치해 있는데, 꽤 번화가였다. 이 호텔에서는 WIFI가 되므로 접속하여, 오늘 오후 7시 3분에 전화를 걸어왔으나 내가 받지 못했던 부산의 큰누나와 스마트폰으로 통화를 했고, 오랜 知人인 東京의 武本民子 여사와도 한참동안 통화했다. 그녀는 長野縣 小布施에 있는 별장에 가 있었다. 뜻밖에도 그녀 역시 나와 같은 경련성 협심증에 걸려 약을 복용하고 있다는 것이었다. 그녀는 몇 달 전에 자녀들과 함께 北알프스의 白馬岳에 갔다가 데크에서 넘어져 골절상을 입기도 했었다고 한다.

밤거리 구경을 나갔다가 도동산악회 사람들과 어울려 한 잔 하고서 자정 무렵에 돌아온 한 씨로부터 들었는데, 와이파이를 이용하더라도 외국에서 스마트폰으로 통화를 하면 통화 자체는 무료이지만 한국에다 로밍요금을 물어야 한다는 것이었다.

▬▬ 20 (화) 맑음

오전 8시 30분에 호텔을 떠나 일본 3대 名城의 하나인 나고야 성을 보러 갔다. 그러나 개관은 오전 9시부터라 매표소 앞에서 한참동안 기다려야 했다. 나는 1978년 처음 일본에 왔을 때 愛知縣 瀨戶市에 사는 재일교포 친우 李珠光 군을 방문하여 그와 함께 이 성에 한 번 와본 적이 있었다. 당시는 2차 대전에 파괴된 후 天守閣 정도가 복원되어져 있었을 따름이므로 꽤 썰렁한 느낌이었는데, 그 후로도 복원 공사는 계속되어 현재까지 지속되고 있다. 안내판의 설명문에 의하면, 나고야 성은 御三家의 필두인 尾張 德川家의 居城으로서, 德川幕府를 연 德川家康의 제9남이 첫 성주였다. 1609년에 家康 자신이 축성을 결정하여 다음해부터 공사가 시작되었는데, 加藤淸正 등 西國의 大名 20명이 공사를 담당하였다. 明治維新 이후로는 陸軍省 소관이 되었다가 明治 26년(1893)에 宮內省으로 이관되어 '名古屋離宮'으로 되었는데, 1930년에 나고야 시에 하사됨과 동시에 국보로 지정되어, 다음해부터 일반 공개가 시작되었다. 1945년 5월 제2차 대전 말기의 공습에 의해 대부분 소실되었던 것인데, 1959년에 천수각과 정문이, 2009년에는 영주의 거주공간인 本丸御殿의 복원공사가 시작되었고, 그 이후로도 복원공사가 계속 진행되고 있다.

우리는 天守閣에 올라 나고야 시내의 풍경과 각 층 내의 전시품들을 둘러보았고, 아직도 공사가 진행 중이나 이미 공개되어져 있는 本丸御殿에는 들어가 보지 못한 채 성내를 한 바퀴 돌아 나왔다. 9월 19일부터 11월 8일까지 한일국교정상화 50주년 기념으로 시내의 德川美術館 蓬左文庫에서 朝鮮典籍特別展이 열리며, 10월 25일부터 11월 23일까지는 이 성내에서 제68회 菊花大會가 열린다 하여 그 전시대가 준비되어져 있었다.

나고야 성을 나온 다음, 공항으로 가기 전에 나고야면세점이라는 곳에 들러 보았다. 그러나 그곳에서 상품이 전시된 공간은 1층뿐이라, 九州 博多의 면세점보다도 오히려 규모가 작고 사고 싶은 물건도 없어 나는 아무것도 구입하지 않았다. 결국 이번 여행에서는 일본에 가기 전에 바꿔온 2만 엔은 전혀 사용하지 않았고, 그 전에 쓰다가 남은 돈 몇 천 엔만 소비한 셈이다. 종업원인 예쁘장한 아가씨가 중국식 발음의 일본말을 하므로 중국 사람이냐고 중국어로 물어보았다. 江蘇省 蘇州에서 왔는데, 일본에 온 지 제법 되었지만 여기서 근무한 지는 한 주도 채 되지 않았다는 것이었다.

내가 이번에 일본에 와서 보니 거리에서 외국차는 거의 눈에 띄지 않았다, Benz, Volvo, Volkswagen 승용차를 각각 한 대씩 본 것이 전부였다. 나고야 시 동쪽 교외에 豊田市가 있어 거기서 일본차의 대표주자인 토요타가 생산되는데, 이번에 시간이 나면 거기에도 들를 예정이었으나 그럴 여유는 없었다. 또 이번에 와서는 공항이나 숙소 등 여러 곳에서 비데변기를 사용해 보았는데, 그것들은 하나같이 건조장치가 없고 버턴이 세 개 정도뿐인 매우 간단한 것이었다.

　다시 常滑市 부근에 있는 중부국제공항으로 가서 4층의 이벤트 플라자에서 강덕문 씨가 점심을 들 식당을 물색하러 간 사이에 그곳 TSUTAYA 이마진이라는 서점에서 『co-Trip 飛驒高山·白川鄕』(東京, 昭文社, 2015)이라는 제목의 책을 한 권 샀고, 風〃茶屋이라는 식당에서 새우덴푸라납작면이라는 국수로 점심을 들었다. 체크인 수속을 마친 후 게이트 앞으로 가 15시 25분에 출발하는 KE754편의 개찰을 대기하고 있는데, 한국의 구자익 군으로부터 걸려온 전화를 받았다. 경상대학교 대학원 철학과 동양철학전공에 재학하며, 거문고를 가르치는 직업을 가졌다던 전 남편과 근자에 이혼한 바 있는 이용비(개명하여 이윤서) 양과 11월 1일 구 군의 고향인 밀양에서 결혼식을 올리게 되었다는 것이었다. 얼마 후인 14시 11분에 청첩장에 해당하는 문자 메시지도 받았다.

　16시 55분에 부산에 도착한 후, 오후 5시 45분에 대절버스로 김해공항을 출발하여 밤 7시 15분에 귀가하였다. 비행기 안에서는 三重縣 鈴鹿市 북쪽의 스포츠카 경기장이 있는 鈴鹿서키드에 살고 있는 79세의 교포 할머니와 나란히 앉아 대화를 나누었다. 그녀는 일본에서 태어나 지금까지 살았으나, 어린 시절 한국에 들어가 3년간 생활한 적도 있었다고 한다. 지금 여동생 두 명이 한국에 살고 있는데, 제일 아래 동생이 63~4세로서, 한 명은 거제도에서 펜션을 하고 있고, 또 한 명은 서울에 살고 있는데 초등학교 교사를 정년 퇴직한 모양이었다. 부모가 광복을 맞아 귀국하면서 당시 이미 결혼해 있었던 자기는 두고서 동생 두 명만 데리고 돌아갔다는데, 동생들은 일본어를 못하고 자기도 한국어가 서툴다면서 나오는 일본어로 대화를 나누었다. 남편이 재직 중 순직하여 충분한 연금을 지급받으므로 고맙다고 했고, 고혈압이 있다고는 하나 30년간 동네의 헬스클럽에 다니면서 수영을 하고, 일본인 200명 정도가 회원으로 있는 걷기 클럽에도 가입해 있는데, 최근에 혼자서 17km를 트래킹 했다고 자랑할 만큼 건강했다. 이번에 동생들과 함께 이탈리아 여행을 다녀오기로 약속해 있다고 한다.

카라츠 올레

　지리산여행사의 '규슈 카라츠올레 트레킹 3일' 출발하는 날이라 외송에 들어가지 않고 집에서 계속 예약녹화 해둔 TV프로들을 보았다. 「통일전망대」, 「남북의 창」, 「걸어서 세계 속으로」 '규슈 올레를 걷다', '지중해를 걷다' 1부 이탈리아 편, 릭 스타인이 주재하는 BBC의 「인도 미각 대탐험」 4부 '인도 속의 인도 리크나우', 「숨 터」 '제주 주상절리대 대양을 꿈꾸다', 내셔널 지오그래픽이 제작한 「콩고 오지의 조종사들(Congo Bush Pilots)」를 시청하였다. 그 중 '규슈 올레를 걷다'는 3번째로 본 것이다. 이 프로에 의하면, 일본 규슈의 올레는 제주올레와의 업무협약에 의해 3년 전 有田 부근의 武雄에서부터 시작되어 현재 15개 코스가 개발되어져 있는데, 나는 그 중에서 지난번의 平戸 코스에 이어 이번의 唐津 코스에 두 번째로 가보는 것이다. 올레란 제주 사투리로서 '집으로 가는 길'(정확하게는 한길에서 자기 집으로 통하는 좁은 골목)이란 뜻이라고 한다.

　나는 재직 중에는 대체로 여름방학과 겨울방학을 이용하여 1년에 두 번 정도씩 해외여행을 다녔는데, 2월말로서 정년퇴직한 이후 금년에는 이번까지 합해 모두 다섯 번째가 된다. 횟수가 많아진 것은 시간의 구애를 받지 않게 된 것이 아무래도 주된 이유이겠지만, 그 중 중국이 두 차례, 일본이 세 차례로서 모두 한 주 이내에 다녀올 수 있는 비교적 가까운 거리였고, 게다가 일본 두 차례는 이번처럼 2박3일간의 트레킹이므로, 다 합하더라도 드는 비용으로서는 재직 중과 별로 다를 것이 없다고 하겠다. 실제로 이번의 참가비는 29만 원으로서, 제주도에 다녀오는 것과 별로 다를 것이 없다.

　한 주 후인 다음 주 토요일이 음력으로 동짓달 초이튿날로서 내 생일인데,

이미 아내로부터 생일 선물로서 겨울 방한용 고급 상의 한 벌과 바지 세 벌을 선물로 받았지만, 오늘은 또 점심을 사주겠다고 하므로 따라나섰다. 지난번에 회옥이의 인도에 따라 전 가족이 함께 가본 바 있었던 평거동(남강로 309번길 52, 3층)의 인도음식점 아그라에 들러 1인당 38,000원 하는 스페셜B코스요리를 들었다. 식사 중에 아내가 또 이사하자는 말을 꺼내므로 처음으로 대충 승낙해 두었다.

아내는 내년 2월말에 명예퇴직을 하려고 하므로, 금년도의 성적처리가 모두 끝나는 12월 말 이후로는 구태여 직장인 학교에서 가까운 곳에 거주할 필요가 없고, 무엇보다도 현재 사는 아파트가 주상복합형이어서 베란다가 없어 생활에 불편할 뿐 아니라 이미 낡아서 수리해야 할 곳들이 생겼기 때문이다. 나로서는 벽마다 꽉꽉 들어차 있는 책과 서가들을 어떻게 옮길 것인지 도무지 엄두가 나지 않아 지금까지 반대해 왔었던 것이다. 아내는 이사할 곳으로서 평거동의 앰코를 들었지만, 내년 들어서 아내에게도 시간적 여유가 생기면 좀 더 구체적으로 물색해볼 것이다.

오후 4시 10분까지 도동의 소방서 건너편 도로 가로 가서 신안동 운동장을 출발하여 오는 대절버스를 탔다. 지리산여행사의 대표 강덕문 씨는 그 동안 내가 아무리 연락해도 응답이 없어 포기하고 있었는데, 난데없이 지난 화요일 오후 5시 21분에 문자메시지를 보내와 그동안 해외여행에 나가 있다가 전날 돌아왔다면서 카라츠 올레가 출발 확정되었으니 참가하겠느냐고 물어왔던 것이다. 나는 좀 어리둥절했었는데, 직원도 없이 혼자서 여행사를 꾸려나가는 그가 그 새 어떻게 모객을 했는지 대절버스 한 대에 빈자리가 거의 없을 정도로 사람들이 꽉 차 있어 또 한 번 놀랐다. 그랬는데 함안휴게소에 도착하니 다른 대절버스 한 대가 더 와 있었고, 강 씨는 설명하러 간다면서 그 버스로 옮겨 타는 것이었다. 그쪽 버스에 탄 사람들은 노인대학 팀 33명인데, 43명인 우리 팀과는 카라츠에 도착한 후 名護屋城까지만 일정이 같고 그 이후는 다르며, 묵는 호텔도 다른 모양이었다.

부산 부근에 다다르니 러시아워라 교통 혼잡이 심하여 버스가 가는 둥 마는 둥 하였다. 버스 안에서 무료한 시간을 보내느라고 서울에 가 있는 회옥이가 며칠 전에 카톡으로 보내온 굿네이버스의 교육 일정표를 좀 훑어보았는데, 12월 1일부터 1월 4일까지 6주 동안 휴일인 토·일요일을 제외하고서는 아침부터 일정이 빡빡하였다. 매일의 첫 번째 한 시간은 예배에 배정되어 있는 것으로 보아 국제개발을 위해 설립된 기독교 재단인 듯하였다. 그러나 내가 근자에 신문 광고를 통해 본 바에 의하면, 국내의 가난한 사람들에게 겨울철 난방용 무연탄을 원조하는 사업 같은 것도 하고 있었다.

6시 35분에 부산역 뒤편으로 옮겨져 3개월쯤 전에 새로 오픈한 부산항국제여객터미널에 도착하였다. 규모가 크고 현대적인 시설이 갖추어져 마치 공항 같았다. 출국수속을 마치고서 7시부터 승선이 시작된 뉴카멜리아호에 올랐다. 410호실을 배정받았는데, 다다미로 된 이 작은 방은 남자 3명과 여자 2명을 합한 다섯 명에게 배정되었다. 단체로 오지 않고 한두 사람씩 따로 온 사람들에게 배정된 방이었다. 3층 식당으로 가서 석식을 든 다음, 3층의 대중탕에서 목욕도 하였다.

밤 10시 가까운 무렵에 강덕문 씨가 우리 방으로 와서 내 침실을 5층의 537호실로 바꿔주었다. 자기에게 배정되었던 방이라고 하는데, 2층 침대로 된 2인실이었다. 침대 2층에는 안면이 있는 다른 남자가 이미 누워 있었고, 나는 1층 침대를 쓰게 되었다. 알고 보니 그는 지난번 立山 여행 때 千壽莊과 雷鳥莊에서 나와 같은 방을 썼던 사람이었다. 배는 밤 10시 30분에 부산항을 출발하게 된다.

■■■ 6 (일) 흐리고 때때로 빗방울

깨어보니 배는 이미 일본 福岡의 博多港에 도착해 있었다. 6시 20분부터 조식이 시작되었는데, 식사는 뷔페식이었다. 지난번 히라도 올레에 왔을 때는 같은 이 배 안의 식사가 좀 초라하다는 느낌이 들었었는데, 간밤의 소고기국도 그렇고 오늘의 식사도 당시에 비해 한결 나아져 아무런 불편이 없었다.

7시 30분부터 하선이 시작되어 하카타항국제터미널에 내렸다. 하카타를 포함한 후쿠오카 전체의 인구는 180만 정도라고 한다. 지리산여행사를 통해 온 우리 일행은 두 개의 팀으로 나뉘어 일본에서도 각각 다른 버스에 탔는데, 우리 팀은 1호차였다. 부산에서부터 인솔해 온 남자 가이드 두 명도 각각 따로 배치되었고, 우리 차에는 40대 정도로 보이는 박이라는 사람이 탔다. 그는 경북 영덕 출신으로서, 부산에서 10년 정도 가이드 업에 종사해 온 모양인데, 九州뿐만 아니고 일본 전국을 다닌다고 한다. 그가 차 안에서 한 멘트에 의하면, 사가현 안에만 현재 올레 코스가 8개 있다는 것이며, 일본의 국토면적과 인구가 각각 남북한을 합한 한반도의 세 배에 달한다는 것이었지만, 그것이 정확한 정보인지는 좀 의심스러웠다. 알고 보니 우리 팀에는 다테야마 여행을 함께 했었던 도동산악회 사람들도 남자 둘 여자 셋을 합하여 모두 다섯 명이 타고 있어, 그 때의 일행 중 절반 정도가 이번 여행에 다시 동행하게 된 셈이다,

8시 50분에 하카타를 출발하여 히라도 올레 때와 마찬가지로 후쿠오카 시내를 관통하는 도시고속도로를 통과한 다음, 西福岡에서부터 202번 국도인 西九州道를 따라 서쪽으로 나아가다가, 唐津城을 지난 다음 204번 국도로 접어들어 10시 35분에 카라츠 올레의 시작지점인 道驛 桃山天下市라는 상점가에 이르러 하차하였다. 도중의 차 안에서 바라본 일본 들판의 풍경은 추수를 마친 후 새로 돋아난 녹색 풀들이 많이 눈에 띄어, 한국 겨울철의 삭막한 모습과는 사뭇 달랐다. 따뜻한 기후 탓인 모양이다. 道驛(미치노에키)란 무슨 기차역이 아니라, 아마도 길가의 멈추었다 가는 곳이라는 뜻인 모양이다. 桃山이란 京都 남쪽의 豊臣秀吉가 세운 伏見城이 위치해 있는 나지막한 산 이름인데, 나는 젊은 시절의 유학기간 중 그곳에 들러본 적이 있었다. 明治천황의 능도 거기에 있다. 그래서 秀吉의 통치기간을 일본 역사에서는 桃山시대라 하고 그 시대 문화의 특색을 桃山문화라고 부르며, 한 세기에 걸친 戰國時代를 종결짓고서 일본을 통일한 그를 天下人이라고 일컫는 것이니, 이 상점가의 이름은 결국 히데요시에서 유래한 것이다.

히데요시는 임진왜란이 발발하기 한 해 전인 1591년 10월부터 조선 및 明 정벌을 위해 조선과 일본 사이의 최단 거리인 지금의 佐賀縣 鎭西町 해발 88m 지점에 위치한 가장 높은 장소인 이곳에다 성을 짓도록 하여, 그가 이곳에 着陣했던 1592년 4월에는 거의 완성되어 있었던 모양이니, 불과 5개

월 만에 부지가 17만㎥에 달하고 大阪城 다음으로 전국에서 두 번째로 큰 肥前名護屋城을 지었던 것이다. 축성 공사는 黑田孝高(官兵衛)가 설계를 맡고, 加藤淸正·黑田長政·小西行長 등 히데요시 직속 무장들의 지휘 하에 규슈의 다이묘들이 분담하여 돌을 쌓았던 것으로 되어 있다. 그 후 전국에서 綺羅星 같은 戰國大名들을 불러 모아 나고야 성 주변에 130개 이상 되는 그들의 진영이 건설되었으며, 농민과 상인들까지 동원되어 총인구 약 20만에 이르는 城下町을 출현시켰던 것이다. 그러나 1598년 8월에 그가 62세의 나이로 죽자, 이 성의 역할도 끝나버려 조선에 출병했던 장수들은 대부분 이리로 귀환하지 않고서 하카타 항으로 돌아왔다고 한다. 그 후 德川幕府가 성립되자 이성은 인위적으로 破却되고, 그 대신에 지금의 唐津城이 새롭게 태어나게 된것이다. 카라츠 시의 현재 인구는 15만8천 명 정도 되는 모양이다.

카라츠 올레는 카라츠 시에서 북쪽으로 꽤 떨어진 지점인 東松浦半島에서도 가장 돌출한 지점인 波戶岬 주변일대로서 총 길이 11.2km, 4~5 시간이 소요되는 거리이다. 임진·정유의 왜란 당시 일본군 총사령부였던 나고야 성과 여러 장수들의 진영 터로 이어지는 길이니, 이는 내가 예전부터 꼭 한 번 와보고 싶었던 곳이다. 트레킹 코스는 히데요시 정권의 제2인자였던 前田利家의 진영 터에서부터 시작하여 꼬불꼬불 돌아서 나고야 성터에 다다른 다음, 거기서 계속 북쪽으로 나아가 오늘의 우리 숙소인 唐津市營 波戶岬國民宿舍 근처에서 끝나게 된다. 곳곳에서 잘 익은 노란 열매가 무성하게 달려 있는 밀감 밭 옆을 지나게 되었고, 한국에서는 아직 철이 이른 동백을 비롯한 각종 꽃들도 여기저기에 제법 피어 있었다. 곳곳에 올레길을 안내하는 표지가 있는데, 그것들은 히라도 코스 때와 같은 것이었다. 표지에는 서너 종류가 있으니, 제주도 조랑말의 모양을 본떠 말 머리가 진행방향을 가리키도록 된 파란색 철제, 파란색과 다홍색으로 된 두 줄기의 리본, 파란색은 정방향, 다홍색은 역방향을 의미하는 목제나 돌에다 페인트로 칠한 화살표 등이다.

내가 경유한 곳들을 들어보면, 前田利家·古田織部·稲葉重通·長谷川守知·堀秀治 진영 터, 串道(400년 역사의 길), 木村重隆·片桐且元 진영 터, 국가지정 특별사적 名護屋 성터, 카라츠 도자기 제조소 炎向爐, 足利義昭·上杉

景勝 진영 터, 하도곶遊步道, 島津義弘·増田長盛·北條氏盛·生駒親正·佐竹
義宣 진영 터, 하도곶해수욕장과 종점인 소라구이 가게이다. 거기서 더 나아
가면 옵션 코스로서 玄海海中展望塔과 하도곶 하트의 모뉴멘트 그리고 등대
가 있으나, 우리 일행은 모두 1팀의 대절버스가 대기하고 있는 지점인 소라
구이 가게에서 멈추었다. 그 집의 소라는 일본말로 사자에라고 하는 좀 작은
것이고, 그것 외에 덜 말린 오징어구이 및 굴구이도 판다.

　반도의 끝인 하도곶 바로 건너편으로는 백제 武寧王이 탄생한 장소라는
전설이 전해오는 加唐島가 바라보인다. 무령왕의 탄생 전설이 깃든 섬에 대
하여는 예전에 일본의 TV 프로를 통해 본 적이 있었으나, 그곳이 바로 여기
라는 것은 뜻밖이다. 우리가 경유한 올레길은 진영 터 중 극히 일부일 따름
이고, 이 일대의 桃山天下市 부근으로부터 북쪽 끝 하도곶에 이르기까지 鎮
西町에 속한 반도 전체가 당시 각 다이묘들의 진영으로 뒤덮여 있었던 것이
다. 진영은 지금 잔디로 다듬어져 그 발굴 유지가 잘 보존되어 있는 것들도
있지만, 대부분 길에서는 허물어진 돌 축대 등이 바라보이는 정도이고, 아무
것도 보이지 않고 그저 안내판만 있는 곳도 있다. 오늘날에는 나고야 성터
안에까지도 밀감 밭이 펼쳐져 있을 정도로 거의 다 농토이거나 수목이 덮인
언덕으로 변해 있는 것이다.

　2호차 팀은 노인들이라 도중에 한국 노래들을 부르고 서로 떠들어 대며
활기차게 걷고 있었는데, 이런 유적지에 대해서는 아무런 관심도 없어, 그저
일본의 형편없는 시골에다 자기들을 데려다 놓았다면서 불평을 늘어놓고
있었다. 그들은 나고야 성터까지로서 트레킹을 마친 다음, 다시 대절버스를
타고 오늘 중 후쿠오카로 돌아가 거기서 하룻밤을 지내고서, 내일 다시 우리
팀과 합류하여 함께 돌아가는 모양이다. 나는 옵션으로 되어 있기는 하지만
사가현립 나고야성박물관에 꼭 들러보고 싶었는데, 현지의 설명문들을 읽
고 촬영하다 보니 우리 일행으로부터 뒤처지게 되었고, 성 안에서 가이드인
박 씨가 재촉하는 바람에 그를 따라 둘이서 함께 걷다 보니 자기도 모르는
사이에 박물관으로 향하는 길을 놓쳐버리고 말아 적지 않은 아쉬움이 남는
다.

나는 나고야성터에서도 가장 높은 곳인 天守閣 터의 등받이 없는 나무 벤치에 발을 양쪽으로 내리고 걸터앉아서 발아래 펼쳐진 각 장수들의 진영 터와 바다 및 섬들이 이루는 玄海國定公園의 풍경을 조망하며 차 안에서 배부받은 도시락으로 혼자 점심을 들었다. 성 안에서는 1593년(癸巳) 5월 15일에 명나라의 강화사절(遊擊將軍)인 謝用梓·徐一貫 등이 와서 21일까지 체재했던 곳인 遊擊丸과 천수각 옆의 히데요시가 거처하던 곳인 本丸御殿 터 등을 비교적 자세히 살펴보았다. 히데요시가 건설했던 여러 성들 중 그 자신의 거처인 御殿의 유허가 남아 있는 곳은 이곳뿐이라고 한다. 그는 이곳에서 명의 사절들을 접견한 다음, 그 해 8월 중순에 嫡子인 秀賴의 출생에 따라 오사카로 돌아갔던 것이다.

이 성은 조선전쟁이 끝나고 江戸시대가 시작된 직후 唐津藩에 속하게 되었는데, 唐津城의 축성(1602~)과 더불어 건물의 部材나 기와 등이 실려 나갔을 뿐만 아니라, 당시의 一國一城令 등으로 말미암아 破却되어 오늘날은 여기저기에 당시의 석축들만 일부 남아 있을 따름이다. 그러나 명나라 사절단이 왔던 당시의 정경을 세밀하게 그린 肥前名護屋城圖屏風(나고야성박물관 소장)이 남아 있어 당시의 모습을 재현할 수 있다.

오후 3시 10분쯤에 하도곳국민숙사에 도착한 다음, 좌우 양쪽에 부채꼴 모양으로 비스듬하게 벌려 선 기다란 두 채 건물의 같은 지붕 아래에 15개 정도의 점포가 늘어서 있는 소라구이 가게에 들러서, 같은 방을 쓰는 사람 및 그와 등산을 통해 아는 사이라고 하는 중년 남자 한 명과 어울려 소라구이와 굴구이 안주에다 정종과 맥주 등을 시켜 들면서 대화를 나누었다. 그 중년 남자는 일본의 3,000m 이상 되는 산들은 모두 올랐다는데, 일본어도 제법할 줄 알았다. 그 자리의 비용은 내가 부담하였다.

다시 버스를 타고서 桃山天下市 부근으로 돌아와 마트에 들러 각자 필요한 물건들을 구입하였는데, 나는 사가縣의 嬉野 지방에서 생산되는 우레시노 茶 한 봉지만 샀다.

하도곳국민숙사로 돌아온 후, 간밤에 배 안에서 같이 잤던 사람과 함께 107호실을 배정받았다. 3인용 침대 방이었으나 두 사람이 쓰게 되었다. 숙소의 바다 쪽 언덕에 비스듬하게 조성된 잔디밭에는 일본중국우호협회 사가지부가 1978년 4월 9일에 세운 '日中不再戰'이라고 새긴 커다란 石碑가 있었는데, 京都 淸水寺의 貫主인 大西良慶 스님의 100세 때 揮毫였다. 프런트 부근의 식당에서 懷石요리로 석식을 든 다음, 浴衣로 갈아입고서 식당 옆의 대중탕으로 가서 목욕을 하였고, 방으로 돌아와 평소처럼 밤 9시에 취침하였다. 식당에서는 바로 옆 자리에 간밤에 배 안에서 처음 같은 방을 배정받았던 남녀 4명이 앉았는데, 그들은 오늘도 같은 방을 쓴다고 했다. 그들이 권하는 대로 식사 중에 소주도 몇 잔 받아마셨다.

■■■■ 7 (월) 맑음

7시에 조식을 들고서 8시에 출발하였다. 조식을 든 식당은 간밤의 다다미방과는 달라 그 옆에 위치한 의자 식의 다른 방이었는데, 한쪽 벽면 전체를 차지한 창문 밖으로 바다의 풍경이 시원하게 펼쳐졌다. 종업원에게 부탁하여 눈에 띄는 여러 섬들 중 무령왕이 태어났다는 카카라섬이 어느 것인지 가르쳐 받았다.

숙소를 출발하여 어제 오전에 통과해 온 코스를 따라서 후쿠오카로 이동하였다. 카라츠 시의 중심부를 벗어나자, 꾸불꾸불한 한국식 소나무가 엄청나게 많이 있는 숲속을 한참동안 지나갔다. 10시 10분 전에 후쿠오카에 도착하여 福岡博多免稅店이라는 곳에 들렀는데, 지난번 히라도 올레 때 들렀던 장소와는 아무래도 달라보이므로, 직원에게 하카다의 면세점이 이곳 한군데뿐이냐고 물었더니, 밖에 있는 것은 그렇다고 하면서 부두 안에도 하나가 있다고 했다. 그곳은 종업원들이 모두 한국인이고 고객도 한국 사람뿐이었다. 나중에 가이드에게 물어보니, 이즈음은 일본에도 중국 손님이 많아 한국인 상대와 중국인 상대의 면세점을 따로 정했다면서, 예전에 내가 들러 전기면도기 등을 구입했던 부두의 베이사이드 플레이스 부근에 있는 것은 지금은 중국인을 상대하는 곳으로 바뀌었다는 것이었다. 오늘 간 곳은 시내에 위치한 것이었는데, 거기서 2팀의 사람들을 다시 만났다. 그곳 면세점에서는 연필처럼 쓴 것을 다시 지울 수 있는 검은색 볼펜 10개 들이 한 통을 구입하였다.

    하카타항으로 돌아와서는 이번에도 하카타 포트 타워에 다시 올라보았다. 전망 칸의 벽에 '博多港引揚記念碑「那津往還」'이라는 제목의 사진이 걸려 있었는데, 그 설명에 의하면 1945년의 종전 후 중국 동북지방이나 조선반도 등으로부터 139만 명의 일본인 引揚者를 받아들이고, 또한 당시 일본에 있었던 조선반도나 중국사람 약 50만 명을 고국으로 송환하였는데, 일본 최대의 引揚援護港으로서 수행한 역할을 잊지 않기 위해 기념비를 세웠다는 것이었다. 하카다항여객터미널 건물 안의 배로 들어가기 위해 대기하는 지점에도 면세점이 하나 있었는데, 거기서는 붓 두 자루와 中字붓 카트리지 하나, 그리고 만년필용 카트리지잉크 하나를 구입하였다.

    배 안에서는 각자 올 때와 마찬가지의 방을 배정받았는데, 나는 2인용 침대칸인 532호실을 배정받았다. 12시 10분 무렵에 배가 출항하였다. 로비에서 차츰 멀어지면서 스쳐가는 하카타항의 모습을 좀 바라보고 측면 갑판에도 나가보았다가, 식당에서 12시 45분부터 시작된 우리 팀의 점심식사를 마친 다음, 방으로 돌아와 오후 6시 부산항에 도착할 때까지 계속 오늘 아침에 써둔 어제의 일기를 퇴고하였다.

    부산항국제여객터미널에 대기하고 있는 우리들의 대절버스에 오른 후, 기사인 듯한 사람이 파는 블루베리·흑삼·복분자·제주감귤 등으로 만든 한국제 각종 제리 다섯 봉투 한 세트를 선물용으로 구입하였다. 밤 8시 15분에 귀가하였다.

2016년

2016년

다이센·돗토리

▬▬ 2016년 1월 7일 (목) 맑음

　여행 중 입력해둔 이 날의 일기가 8일에 있었던 컴퓨터의 고장 사태로 말미암아 하드디스크까지 손상되어 회복할 수 없게 되었으므로 새로 입력한다.

　집에서 3부작 「북극대여정! 백야의 땅 13,000km」의 1부 '풍요의 겨울' 등을 시청하였다.

　이마운틴클럽의 3박4일 일정 일본 다이센 심설산행을 출발하는 날이라, 오전 8시 40분까지 시청 앞으로 가서 도동 쪽에서 오는 전용버스를 탔다. 버스는 대장인 정병호 씨가 직접 운전하고 여자 한 명이 타 있었는데, 남중학교 앞과 신안동 운동장 1문 부근 등에서 회원을 더 태웠고, 33번 국도에 올라 고령 쪽으로 향하던 중 삼가에서 또 한 명을 태워 대장까지 포함하여 모두 10명이 되었다. 그들 중 절반 정도는 오랜 동안의 등산 활동을 통하여 이미 안면이 있는 사람들이었다.

　운동장을 출발할 무렵 가족과의 카톡을 통해 회옥이가 20일에 탄자니아로 파견되는 동기들과 함께 출국하게 될 것이라는 소식을 접했다. 2년간 거기서 생활할 예정이므로 가지고갈 짐이 커다란 트렁크 두 개를 포함하여 꽤 많은데, 그 때문에 내가 인천공항까지 동행할 수도 있겠다고 했더니 회옥이와 아내가 모두 좋아하였다. 그리고 정 대장에게 물어본 결과 茶馬古道도 4천 미터 이상 되는 곳을 여러 번 통과해야 하고 최고 고도는 4,500 미터쯤 된다고 하므로, 고산증세가 남보다 심한 편인 내게는 신체적으로 무리라고 판단되어 지리산여행사의 대표 강덕문 씨에게 문자를 보내 예약을 취소하였다

   일행 중 보통나이로 올해 68세가 된 내가 최고령이고, 47세인 정 대장이 가장 젊다. 그는 상당 기간 동안 정상규 군의 비경마운틴클럽에서 후미를 맡아보던 사람으로서, 몇 년 전 비경마운틴이 설악산의 미시령에서부터 한계령까지 1박2일 산행을 했을 때의 나를 잘 기억하고 있었다. 당시 나는 1997년 이래의 백두대간 종주 때 사정이 있어 빠졌던 구간을 보충하기 위해 참가했었던 것인데, 첫날은 비가 추적추적 내려 마등령에서 1박 했을 때 비닐을 텐트 위로 펼쳐 밤새 비가 새는 것을 막았고, 둘째 날 공룡능선과 대청봉을 거쳐 남부능선에 이르렀을 때 나는 어깨를 짓누르는 무거운 배낭을 짊어지고서 기진맥진하여 뒤에 쳐져 졸음이 오는 것을 참아가며 억지로 걸었는데, 당시 그가 끝까지 나를 에스코트해 주었던 것이다. 그 후 그가 독립하여 현재의 이 산악회를 운영하게 되었을 때도 겨울철 철원의 한탄강 트레킹과 전남 신안군의 비금도 상왕봉 산행 때 참가한 바 있었지만, 그 때는 서로가 설악산에서의 그 사람인 줄을 잘 몰랐던 듯하다. 그 무렵의 그는 수염을 좀 길렀고 텁수룩하였는데, 오늘은 면도를 하고 머리도 말끔하게 짧게 깎아 몰라볼 정도로 새로운 모습이었다. 술 담배를 하지 않으며, 중년의 나이에 접어든 지금까지도 독신이라고 한다.

   우리는 종전에는 부분적으로 완성되지 않은 곳이 있어 군데군데 지방도로를 경유해야만 했던 국도 33호선이 지금은 고령읍 부근의 일부 구간을 제외하고서 거의 완성되어져 있는 새 길을 따라 올라간 후, 고령에서부터는 광대·구마·경부고속도로를 차례로 거쳤고, 포항 쪽으로 향하는 고속도로를

따라가다가 28번 국도로 빠져나온 후, 이명박 전임 대통령의 고향인 흥해에서 7번 국도를 타고는 동해안을 따라 계속 북상하였다. 정오 남짓에 동해안 도로변의 기사식당에 들러 점심을 들었다.

버스 안의 TV를 통해 등산 관련 프로들을 계속 시청하였는데, 개중에는 1921년에 있었던 제1차 원정대 이래로 영국 산악회의 에베레스트 등반 시도에 계속 참가하는 이유에 대해 "산이 거기 있으니까(Because it is there)"라는 유명한 말을 남긴 케임브리지 대학 출신의 영국 산악인 조지 말로리가 1924년 옥스퍼드 대학 재학생인 22세의 앤드루 어빙과 함께 제3차로 에베레스트 등반을 시도하다가 사망하기까지의 과정을 다룬 내셔널지오그래픽의 프로도 있었다. 에베레스트는 그들보다 훨씬 후인 1953년 5월 29일 영국 산악회의 9차 원정 때 뉴질랜드인 에드먼드 힐러리와 셰르파인 텐징 노르가이에게 비로소 첫 등정을 허락하였다. 3차 원정 당시 말로리는 네팔 쪽에서 산을 오르기 시작했으나 1999년 그의 시신이 발견된 곳은 정상 부근의 티베트 쪽 경사면이었는데, 그가 등정에 성공했는지 어떤 지에 대해서는 의견이 구구하며, 함께 오른 어빙의 시신은 끝내 찾지 못하고 그의 피켈만 발견되었다고 한다.

오후 4시가 지나서 강원도의 삼척 북쪽, 강릉 남쪽에 있는 동해시의 항구에 도착하였다. 우리가 타고 갈 DBS CRUISE FERRY 배는 이미 정박해 있었다. 13,000톤 급으로서 3층으로 된 객실에 600명 정도를 수용할 수 있는 꽤 큰 선박인데, 일본에서 만들어졌고 파나마 국적에다 선주는 한국인이라고 한다. 3층 갑판 가에 EASTERN DREAM이라고 크게 적은 글자가 눈에 띄었다. 러시아 연해주의 블라디보스토크, 한반도 중남부의 동해시, 일본 돗토리 현의 사카이미나토 항을 오가는 배로서, DBS란 각각 동해·블라디보스토크·사카이미나토의 이니셜을 딴 것이라고 한다. 블라디보스토크는 알파벳의 V로 시작하지만, 러시아가 사용하는 키릴 문자로는 모양이 B와 비슷하므로 이렇게 표시한 것이라고 한다. 블라디보스토크에서 동해까지는 380마일/704km에 22시간, 동해에서 사카이미나토까지는 240마일/444km에 15시간이 소요되는 모양이다.

출국장 대합실에서 우리 팀의 가이드인 진경임 씨와 처음으로 만나 승선권을 배부 받고 설명을 들었다. 살이 조금 찐 중년 여성이었다. 우리가 타는 이 배는 오후 6시에 동해항을 출발하여 다음날 오전 9시 사카이미나토에 도착하며, 일본에 도착한 이후로는 4개 팀의 인원 44명이 하나의 버스로 시종 함께 움직이게 된다고 한다. 출국수속을 마치고서 승선한 후, 배정 받은 1301호실에다 짐을 두고는 2층 레스토랑으로 가서 뷔페 석식을 들었다. 1301호는 커다란 방 하나에 2층으로 된 나무 침대가 몇 개의 통로들을 사이에 두고서 다닥다닥 붙어 있었는데, 나에게는 2층인 13호 침대가 배정되었다. 그러나 이 배의 선장이 우리 팀의 정찬효 씨와 진주고등학교 동창이라, 우리는 얼마 후 8인실인 1204, 1207호 두 개 방으로 옮기게 되었다. 그곳은 한 방에 2층 침대 네 개씩이 배치되어 있으며, 공간이 좀 더 넓고 세면대도 방마다 하나씩 따로 있으나, 전자기계에 충전할 콘센트가 전혀 없었다. 그 방에서 나는 왼편 안쪽의 1층 침대를 사용하게 되었다.

알고 보니 정찬효 씨는 농협에 근무하다가 2012년에 정년퇴직한 사람으로서, 경상대 농협은행의 전신인 출장소에 과장과 소장으로서 다년간 근무한 적도 있어 나를 잘 알고 있었다. 퇴직한 이후로는 고향인 진주시 문산읍 옥산리에서 부모로부터 물려받은 농장을 가꾸고 있는데, 鼎岡書院 터가 남아 있는 원촌마을 뒤편의 과수원도 자기 것이라고 한다. 예전에는 그 일대가 모두 배 밭이었으나 지금은 그 작물의 상품성이 좋지 못하여 자기는 매실 농사를 짓고 있다는데, 여러 가지 대형 농기구를 가지고 있음에도 불구하고 만 평 정도의 과수원에서 올리는 1년 순이익은 천만 원 정도에 불과하다고 한다.

정 대장이 그를 회장님으로 호칭하고 있었으므로 물어보니, 그는 진주산악연맹의 회장으로 2년간 재직하다가 작년에 다른 사람에게 물려주었다는 것이었다. 네팔의 히말라야에도 여러 번 갔었고 한 번 가면 한 달 정도씩 머무른다고 하며, 등산 역사에도 밝았다. 그밖에도 일행 중 보디빌딩을 하여 체격이 좋은 김운배 씨는 네팔 쿰부히말라야의 6천 미터 급인 아마다블람이나 파키스탄의 카샤브람 등 고산들을 여러 좌 오른 사람이었다. 그들과 정 대장을 통해 강덕문 씨가 내게 히말라야의 8천 미터 급 산들 네 개를 올랐다고 한 것은 사실이 아니며, 그는 초오유 하나만을 올랐음을 확인하였다. 산악연맹에는 그런 산을 오른 사람들에 관한 기록이 비치되어져 있고, 기록이 아니더라도 산악인들 사이에서는 널리 알려진 사실인 모양이다. 그들은 강 씨가 정상에 다다른 것이 아니고 그냥 올랐던 것을 말했으리라고 했다.

밤 8시 20분부터 2층의 나이트클럽에서 무료 공연이 있다기에 우리 팀 전원이 올라가 보았다 필리핀인 젊은 남녀들이 전자기타와 드럼 등으로 그룹사운드를 펼치고 노래도 불렀으나, 마이크 사정이 별로 좋지 않았다. 거기서 나는 우리 팀 사람들 중 술을 마실 수 있는 이들에게 생맥주 한 잔씩을 돌렸다.

■■■ 8 (금) 가는 비와 눈이 내리다가 저녁에 개임

오전 4시에 스마트폰의 얼람에 따라 기상하여 내 침대 주위로 커튼을 둘러치고서 침상 벽에 붙은 전등을 켜 아침 식사가 시작될 때까지 노트북 컴퓨터로 어제의 일기를 입력하고 몇 차례 퇴고도 하였다.

오전 9시 10분경부터 돗토리(鳥取)縣의 境港市 국제여객터미널에서 하선이 시작되었다. 사카이미나토(境港)란 요나고(米子)市에 연결되는 유미가하마(弓濱)반도의 끄트머리에 위치한 이 항구가 境水道大橋(一名 오사카나[물고기]大橋)라는 철교 하나를 사이에 두고서 이웃한 시마네(島根)縣의 島根半島에 접해 있기 때문에 붙여진 이름이다. 우리 팀은 이른 순서로 내려 운전석 옆의 앞 창문에 JNC/산악투어라고 쓰인 20-10 번호판의 관광버스에 올랐다. 운전기사는 森善信이라는 이름의 중년 남자였고, 이 버스에는 혜초여행사 등을 통해서 온 다른 팀들이 동승하였다.

가이드 진경임 씨는 일본에 도착해서부터는 하나비(花火)라는 이름을 쓴다고 했다. 그녀는 거의 매주 일본에 와서 이쪽으로 이미 60여 차례나 왔다는데, 일 년의 거의 절반씩을 한국과 일본에서 보내며, 동생이 서울대와 東京大를 나와 현재 岡山대학의 교수로 있다고 했다. 나중에 들었지만, 뜻밖에도 그녀의 큰아들이 이미 34세, 작은아들이 32세나 되었다는 것이었다. 다양한 사람들을 만나게 되는 가이드라는 직업을 매우 좋아한다는데, 일본어가 유창하며 발음이나 행동거지까지도 일본사람을 쏙 빼닮았을 뿐 아니라 일본 사정에 아주 밝았다. 그녀는 버스 속의 멘트에서 일본의 국토 면적이 한반도의 1.75배, 남한의 4배라고 하였는데, 그렇다면 지난번 唐津 트레킹 때의 가이드가 3배라고 한 것은 틀렸음을 알 수 있다.

우리는 약간 빗방울이 떨어지는 가운데 한 시간 정도 버스로 이동하여 이번 여행의 주된 목적지인 다이센(大山)으로 향했다. 이 지역은 겨울철에 눈이 많이 오는데, 엘니뇨의 영향으로 올해만 눈이 없어 西일본 최대 규모를 자랑하는 大山町에 있는 4개의 스키장들도 폐쇄 상태라는 것이었다. 大山을 오오야마나 다이산으로 읽지 않고 다이센이라 하는 것은, 일본에서는 불교나 야마부시(山伏)의 산악신앙과 관계있는 거룩한 장소인 경우 산명의 山을 센으로 발음한다는 것이었다.

大山은 NHK가 실시한 조사에 의하면 일본인이 좋아하는 산의 순위에서 富士山과 北알프스의 槍岳에 이어 3위를 차지했다고 한다. 일본에는 3,000m 이상 되는 산들이 즐비한데, 주봉인 켄가미네(劍峰)의 높이가 1,729m에 불과한 이 산을 일본인이 그토록 선호하는 이유를 나는 알지 못한다. 大山은 中國지방의 최고봉으로서, 바라보는 방향에 따라 다른 모습을 보여준다. 일본의 고산들 대부분이 그러하듯이 이 역시 화산활동으로 말미암아 형성된 산인데, 서쪽인 米子市와 松江市 방향에서 바라보면 매우 아름다운 모습으로서 富士山을 쏙 빼닮았으므로 이 지방의 옛 이름을 따서 호오키후지(伯耆富士, 大山의 왼편에 지금도 伯耆町이 있다) 또는 이즈모후지(出雲富士)라고도 불리는데, (가이드의 설명에 의하면 일본에는 후지라는 이름을 가진 산이 300개가 넘는다고 한다) 동해를 향해 병풍처럼 우뚝 솟아 계절풍의 영향을 정면으로 받고 있기 때문에 기상조건이 나빠 끊임없이 침식과 붕괴가 진행되므로 북쪽과 남쪽에서 바라보면 험준한 암벽을 이루고 있다. 현재도 해마다 붕궤되어 흘러내리므로 崩山이라고도 부른다. 7~8년 전부터 정상 부근의 붕궤로 말미암아 그쪽으로의 등산을 차단하고 현재는 夏山과 行者谷 두 코스만 개방하고 있으므로, 이쪽 최고봉인 미센(彌山)까지만 올라갈 수 있다.

大山은 일본 전국에 32개 있는 국립공원 중 하나로서 1936년에 大山국립공원으로 지정되었는데, 1963년에 隱岐島·島根半島·三瓶山·蒜山 지역이 편입되고, 2002년에 無毛山·寶佛山 지역도 편입되었으며, 2014년에는 三德山 구역까지 확장되어, 현재는 鳥取·島根·岡山라는 세 縣을 포괄하는 大山隱岐국립공원으로 되어 있다.

우리는 주차장에 도착한 다음, 그 옆의 大山情報館 1층에서 등산 차림을 갖추고서 출발하였다. 나는 배낭에 든 짐들 중 등산 때 필요치 않은 컴퓨터나 집에서 가져온 수통 및 내의와 슬리퍼 등은 커다란 비닐 주머니에 넣어 내 좌석 위의 선반에 올려두었고, 스패츠를 착용하고 스틱 두 개를 짚었다. 大山寺 입구의 여관과 상점들이 늘어선 동네를 지나 여름산 등산로 입구에 도착하였다. 등산로는 해발 780m 지점에서 시작하여 3km 정도를 올라 1,710.6m인 彌山 정상까지 이어지는데, 모두 열 개의 고메(合目)로 구분해두었다. 合目이란 원래 등잔불이 타들어가는 위치를 표시하는 말이라고 하는데, 우리나라 산의 몇 부 능선 같은 것에 해당하는 말이지만, 등산로 입구로부터 일정한 거리를 구분하여 차례로 매겨놓은 점이 다르다.

여름산 등산로 입구 부근에 大山寺 僧坊 안내판이 있었다. 승방은 院이라고도 불리는데, 요사채라는 의미로서 아마도 우리나라 절의 암자와 비슷한 개념인 듯하다. 大山寺는 일찍이 100개 이상의 승방을 가졌던 큰 절로서, 江戶시대에는 西樂院을 중심으로 42개의 坊이 있었으나, 明治시기의 廢佛毀釋으로 말미암아 大山寺라는 이름이 廢絶되었다가, 부흥과 더불어 현재는 10개의 院(坊)이 남았다고 한다. 일찍이 이곳에 있었던 蓮淨院은 1914년에 文豪 志賀直哉가 숙박하면서, 大山 등반을 한 체험을 바탕으로 나도 읽은 바 있는 그의 대표작 『暗夜行路』의 최종 章을 집필했던 것으로 유명하며, 근처의 圓流院은 2009년에 재건되었고 境港市 출신의 만화가 水木시게루가 그린 妖怪 天井畵가 유명하다고 한다.

거기서 등산로를 따라 조금 올라간 곳의 一合目 못 미친 지점에 大山寺에 속한 阿彌陀堂이 있었다. 이 건물은 大山寺에 현존하는 사원 가운데서는 最古의 건축물로서, 1529년에 한번 무너졌다가 1552년 현재의 장소로 옮겨 재건되었다고 한다. 원래는 常行堂으로서 세워졌으나 明治시절에 行이 행해지지 않게 되자 아미타를 모시는 당으로 불리게 되었다. 본존은 1131년에 만들어진 목조아미타여래좌상(266m)이고 양옆에 觀音과 勢至 두 보살이 안치되어져 있는데, 건물과 불상이 모두 국가중요문화재로 지정되어져 있다. 그러나 겨울이어서 그런지 건물의 모든 문이 닫혀 있어서 내부를 참관할 수는 없었다.

한국의 산들은 일단 능선까지 올라서기만 하면 대체로 평탄한 길이 이어지면서 오르내리막이 있는 법이지만, 이 산은 八合目에 이르기까지 조금의 여유도 주지 않고 계속 오르막으로 이어졌다. 산에 도착하면서부터 비가 눈으로 바뀌더니 오를수록 눈의 기세가 조금씩 더해지는 듯하였다. 六合目에 이르기까지는 울창한 수림 속을 걷는지라 별로 위험한 구간이 없지만, 六合目에서 八合目까지는 등산로 바로 옆에 붕괴된 암벽으로 말미암은 절벽지대가 이어져 있어 수많은 인명 사고가 났다고 한다. 특히 오늘처럼 눈밭 속을 걸을 때는 더욱 위험하다. 나는 5합목을 지난 지점에서부터 아이젠을 착용하였다.

8합목을 지나자 길은 경사가 조금 완만해지고 난간이 없는 좁은 나무 데크로 계속 이어져 있었다. 그러나 눈 덮인 주목 군락 등 키 작은 나무들이 이어지는 그 일대에서는 바람이 세차서 엄청 추웠다. 나는 가져간 옷을 모두 꺼내 입고 장갑도 두터운 스키용으로 바꿔 끼고서 나아갔는데, 정상 부근에서는 눈에 파묻혀 나아갈 길을 잘 분간할 수가 없고, 더구나 안경에도 눈이 엉겨 붙어 더욱 앞을 가리기 힘들었다. 안내판이나 정상 표지석도 눈에 얼어붙어 판독이 어려운 상태였다.

정상 바로 옆에 피난산장이 한 채 있어, 거기에 들어가서 올 때 버스 안에서 배부 받은 한국산 發熱도시락으로 점심을 들었다. 나로서는 발열도시락을 처음 사용해 보는데, 바깥포장의 뚜껑 가운데 부분을 뜯고서 그 안에 달린 끈을 잡아당기면 그 구멍으로 연기가 몽개몽개 피어오르고, 포장 채로 세우거나 눕히면서 위치를 바꿔주면 그 안에 든 음식물이 약 19분 만에 다 익으므로, 접이식 나무도시락 같은 데다 부어서 비비면 더운점심을 들 수 있는 것이었다. 긴 나무의자 몇 개가 놓여 있을 따름인 산장 안에는 불을 피우지 말라는 문구가 여기저기 눈에 띄었지만, 거의 다 한국 사람인 등산객들은 아랑곳하지 않고 버너를 피워 라면 등을 끓이고 술도 나누어 마셨다.

내리막길에는 쌓인 눈에 미끄러지지 않도록 조심하면서 추위를 피하기 위해 속도를 내서 걸어 내려오다 보니 엄지발가락의 끝이 신발 안에서 충격을 받아 꽤 아렸다. 돌아올 때는 추위가 더욱 심하여 두꺼운 장갑을 꼈음에도 불구하고 손가락이 동상에 걸릴 듯 쓰렸으므로 도중부터는 벗어놓았던 장갑도 꺼내어 이중으로 꼈다. 5합목 조금 위쪽의 갈림길에서 行者谷 방향을 취하여 내려왔다. 사람이 적게 다니는 그쪽은 경사가 좀 더 급하고 합목 표시가 없었는데, 도중의 너덜지대에서 나아갈 길을 잃고 한참동안 우왕좌왕하다가 뒤에 오는 정 대장 일행을 만나 그들을 따라서 내려왔다.

드디어 무사히 行者谷 코스의 시작 지점인 大神山神社 奧宮에 다다랐다. 이곳도 出雲大社의 主神인 오오쿠니누시노미코토(大國主命)를 모셨다고 가이드로부터 들은 것 같은데, 전국 최대급의 장대한 權現 양식으로서 국가중요문화재로 지정되어져 있다. 그리로 내려오는 도중의 산길 주위에 너도밤나무와 아름드리 삼나무의 고목들이 울창한 숲을 이루고 있었다. 오오가미야마(大神山, 혹은 大神岳)란 大山의 옛 이름이다. 거기서부터 돌로 포장된 널따란 참배로를 따라 한참을 내려오면 大山寺 本堂으로 올라가는 계단의 입구에 다다르게 된다. 절과 신사가 같은 경내에 서로 이웃하여 있어 일본 종교의 神佛習合 양상을 실감할 수 있다. 이 절은 천태종의 고찰로서, 1928년에 한 번 소실되었다가 1951년에 재건되었다고 한다.

『出雲國風土記』에 의하면, 옛날 신이 오키(隱岐)섬과 노토(能登)반도의 일부를 끌어당겨 島根반도를 만들었는데, 이 때 잡아당긴 밧줄이 지금 그 끝에 境港市가 위치해 있는 弓濱반도이고, 밧줄을 묶어 놓은 말뚝이 大神岳이었다고 한다. 그리하여 고대인들은 신이 머무는 신성한 장소로서 이 산을 숭배하였다. 그러다가 平安시대가 되자 山岳佛敎가 활발해져 이 절이 창건되었으며, 鎌倉시대까지에 걸쳐 大山은 3개의 사원과 180개의 요사채, 僧徒 3,000명을 거느린 큰 세력을 가지고 있었던 것이다.

다시 大山정보관 일대로 내려와 아이젠과 스패츠 등 등산장비를 벗었는데, 옷과 장비들이 모두 눈에 젖어 배낭 안이 습기로 배었다. 버스에 올라 우선 선반 위에 올려둔 짐을 챙겨보았더니, 뜻밖에도 수통의 뚜껑이 잘 닫히지 않아 물이 새어나왔던 모양이어서, 컴퓨터 가장자리에 물기가 묻어 있었다. 손수건으로 물기를 닦아내고서 시험 삼아 부팅을 시도해보았지만 모니터의 화면이 뜨지 않았다. 우리는 오전 10시 30분부터 시작하여 오후 4시 30분 정도까지 등산을 할 예정이었으나, 그보다 조금 더 일찍 하산을 완료한 듯하다.

4시 40분 무렵에 大山을 떠나 오늘의 숙소가 있는 히루젠(蒜山)고원 쪽으로 이동하였다. 출발 무렵에는 날씨가 개어 푸른 하늘이 바라보였다. 이 일대 일본의 도로는 눈이 많이 오는 지역인지라 바닥에 熱線이 깔려 있으며, 양쪽 가에는 눈으로 덮였을 때에도 도로임을 식별할 수 있도록 흰 바탕에다 붉은 선으로 높이를 표시한 기다란 막대기들이 일정한 간격으로 세워져 있다. 차가 도로 위를 달릴 때 바닥이 부드러워 한국보다도 승차감이 좋다고 하였지만, 평소 무딘 편인 나는 별로 느끼지 못했다.

도중에 어린이들을 위한 요괴 놀이터 같은 건물이 근처의 언덕 위에 높이 서 있는 강가 마을에 이르러 마트에 들러서 오늘밤 필요할 물건들을 구입하였는데, 나는 거기서 玉露風 白折이라는 이름의 山陰名茶 한 봉지를 구입하였다. 山陰이란 일본 本州 중남부의 동해안 연안 지역(주로 島根·鳥取縣)을 가리키는 말이다. 어두워진 무렵 오카야마(岡山)縣 眞庭市 蒜山 上福田에 있는 休假村 蒜山高原에 도착하였다. 휴가촌이란 일본 전국의 국립공원 같은 명소들에 설치된 비영리 목적의 리조트 호텔인데, 이곳은 3층으로 된 대형 건물로서 시설이 꽤 훌륭하였다. 해발 500~600m에 펼쳐진 히루젠고원 일대도 大山隱岐국립공원에 포함되며, 岡山縣과 鳥取縣의 경계에 위치해 있는데, 이 호텔은 新日本百名山에 지정되어져 있고 상중하 세 개의 봉우리로 나뉘는 蒜山三座의 산들과 넓은 목초지를 조망할 수 있는 위치에 있다.

나는 일행 중 나이가 많은 편인 정찬효 씨와 더불어 침대방인 310호실을 배정받았다. 방 안에서도 정 씨와 함께 여러 차례 노트북컴퓨터를 켜보려고 시도했지만 전혀 부팅이 되지 않고, 심지어는 한참동안 충전도 되지 않는 것이었다. 방을 배정 받은 다음 浴衣와 그 위에 겹쳐 입는 상의 차림으로 먼저 라돈 성분이 많다고 하는 호텔 안의 온천탕으로 가서 목욕을 했고, 그 차림으로 7시 10분부터 東館의 대형 식당에서 旬彩바이킹이라는 이름의 뷔페식 석식을 들었다. 메뉴는 매우 다양하였다.

식당에서 가이드를 만나 컴퓨터에 충전이 되지 않는 상황을 말했더니 식사가 끝난 후 그녀가 우리 방으로 왔는데, 그녀가 왔을 때는 충전은 되었지만 여전히 부팅이 되지 않아 포기할 수밖에 없었다. 전원 버튼을 켜도 모니터에 아무것도 보이지 않으므로 컴퓨터를 끌 수 없었는데, 귀국한 후 삼성서비스센터에 들렀더니 처음 이상이 발견되었을 때 배터리를 분리해 두었더라면 수리가 가능했을 터이지만, 돌아올 때까지 매일 계속하여 부팅을 시도하고서 전원을 꺼지 않고 그대로 둔 것이 치명적이어서, 결국 내가 여행 때마다 가지고 다닌 이 소형 컴퓨터를 버릴 수밖에 없게 되었고, 하드디스크마저 손상되어 어제 입력해 둔 일기도 회복할 수 없었다. 물은 키보드를 통해 본체 내로 스며들어갔으며, 제법 많은 양이 들어간 모양이라고 했다.

그리고 오른쪽 엄지발톱 아래에도 출혈이 있었는지 퍼렇게 물이 들었다. 걸을 때 그 부분에 약간의 통증이 있어 다리를 쩔뚝거릴 수밖에 없는데, 문제의 발톱을 본 정찬효 씨 등은 이것이 앞으로 100% 빠질 것이라고 말하였다. 이 나이에 발톱이 빠지면 과연 새로 날지 어떨지 의문이다. 어쨌든 나는 이번 산행에서 잃은 것이 많다.

밤에 우리 팀 전원은 여자 두 명의 방인 307호실에 모여 이명구 씨가 가져온 마오타이(茅台)주 및 보드카 마시고 남은 것과 정찬효 씨가 가져온 해바라기 씨, 그리고 올 때 마트에서 산 술과 안주·과일 등을 들며 한참동안 대화의 꽃을 피웠다.

▬▬ 9 (토) 맑음

오전 5시 30분부터 온천탕의 문이 열리므로, 일어나자말자 세수 대신으로 다시 한 번 다녀왔다. 옷을 갈아입고서 어제의 식당에서 조식을 든 후 8시에 출발하였다. 간밤에 눈이 내려 자고 일어나니 사방이 온통 하얀지라 호텔

밖 데크로 나가 三山과 목초지를 배경으로 사진들을 찍었다.

오늘은 鳥取縣을 한 바퀴 두르며 관광하는 날이다. 돗토리 현은 인구가 58만 명에 불과하여 일본의 43개 縣 중에서 가장 적다. 그 다음은 이웃한 島根縣이라고 한다. 이렇게 인구가 적은 것은 젊은 사람들이 외지의 도시로 빠져나간 때문이겠지만, 상대적으로 물가가 싸고 자연이 잘 보존되어 있어 이즈음은 반대로 외지의 젊은이들이 적지 않게 유입되고 있는 정황이라고 한다.

오카야마 현에서 다시 돗토리 현 경내로 들어와 313번 국도를 따라서 동북 방향으로 달려 먼저 구라요시(倉吉)市에 다다랐다. 나무꾼과 선녀 이야기 같은 전설로 유명한 우치부키(打吹)산 공원 부근의 있는 주차장에 내렸더니, 그 옆에 第五十三代横綱琴櫻顯彰碑와 그 동상이 서 있었다. 이 고을 출신의 유명한 일본씨름(스모) 챔피언인 고토자쿠라(琴櫻)를 기리는 장소였다. 1940년생으로서 1973년에 챔피언인 요코즈나(橫綱)가 되었다가, 다음해에 현역을 은퇴한 후 토시요리(年寄)라는 지도자의 길을 걸어 여러 후배들을 배출한 사람이다. 비석은 1977년, 동상은 1999년에 세워진 것이었다.

우리는 가이드를 따라 걸으며 倉吉의 명물인 白壁土藏(흰 벽 창고)群 일대를 산책하였다. 하얀 색깔의 바깥벽을 가진 고건축 마을인데, 건물 사이의 길가 개울에는 맑은 물이 흐르고 거기에 커다란 비단잉어들이 유유히 노닐고 있었다. 주차장 맞은편 打吹山 아래의 도로변에 '倉吉陣屋跡'이라는 제목의 안내판이 그림과 함께 세워져 있었는데, 그것에 의하면 倉吉은 室町시대에 山名氏에 의해 打吹山에 성이 세워진 이래로 城下町으로서 발전하였다. 德川幕府 초기인 1615년에 내려진 一國一城令에 의해 廢城이 되자, 打吹山 북쪽 기슭에 鳥取藩의 家老였던 荒尾氏가 陣屋(관청)을 설치하고서 倉吉을 다스려 크게 번성했는데, 白壁土藏群 주변의 거리는 당시의 모습을 잘 보존하고 있다는 것이었다.

倉吉市의 기차역 쪽으로 조금 이동하여 파크스퀘어에 있는 鳥取20世紀배(梨)기념관에 들렀다. 중앙에 높다란 천정까지 뻥 뚫린 홀이 있으며, 독특한 형태의 모던한 외형을 갖춘 커다란 건물이었다. 돗토리 현의 명품인 각종 배와 그것의 역사 및 재배법과 관련된 여러 가지 물건들을 전시하고, 관람객들에게 몇 가지 배의 맛을 보여주며 품평회를 하고 퀴즈도 내는 곳이었다. 여기서 나는 정찬효 씨로부터 과수의 가지를 전정하는 법에 관해 좀 가르침을 받았다.

다음으로는 倉吉의 동쪽 방향으로 좀 더 이동하여 온천으로 유명한 미사사(三朝)町에 닿았다. 이곳 온천은 라듐 성분이 풍부하다고 한다. 우리는 먼저 다리 아래쪽 강변에 있는 남녀혼탕 목욕장을 보러갔다. 남녀용을 구분한 것인 듯한 두 개의 욕탕이 돌과 시멘트로 이루어진 테두리로 구획되어져 나란히 있는데, 유감스럽게도 우리가 갔을 때 그곳에서 목욕하고 있는 사람은 아무도 없었다. 아무리 풍속이 다르다고 하지만, 이처럼 툭 터인 실외의 장소에서 대낮에 남녀가 실오라기 하나 걸치지 않은 알몸으로 서로 바라보면서 목욕을 할 수 있을까 하는 의문이 들었다.

우리는 그 근처의 다른 장소로 걸어서 이동하여 여자들은 무료 온천탕에 발을 담그고서 족욕을 하였다. 그 바로 옆에 「미사사 노래(三朝小唄)」의 로케 장소임을 설명하는 안내판이 있었다. 이러한 제목의 노래는 1927년에 나와 크게 히트하여 三朝온천의 이름을 전국에 알렸고, 1929년에는 같은 제목으로 영화화 되어 당시 대단한 평판을 받았다는 것이었다. 영화의 내용은 불행한 시골 처녀와 東京에서 온 젊은 화가 사이의 사랑과 슬픈 이별 이야기라고 한다.

버스가 대기하고 있는 장소로 걸어가는 도중에 아까의 강 다른 쪽에 놓인 긴 돌다리를 건넜는데, 그 중간쯤 되는 지점에 쓰다듬어 만지면 연애와 결혼을 이루어주고 부부 사이를 원만하게 해준다는 개구리 상이 있었다.

三朝町의 동북쪽에 있는 三德山(900m)은 예로부터 大山·船上山(616)과 더불어 「伯耆三嶺」으로 일컬어진 것인데, 산악신앙의 대상으로서 나도 TV를 통해 본 적이 있는 三佛寺의 불당인 국보 나게이레도오(投入堂)을 비롯한 修験道의 시설이 있는 곳이다. 投入堂은 1300년이 넘는 역사를 가진 것으로서, 해발 520m의 절벽에 세워진 것이다.

또한 이곳 三朝는 지금은 정년퇴직하여 나와 마찬가지로 명예교수로 되어 있는 關西대학 문학부 坂出祥伸 교수의 고향이다. 그는 1934년에 鳥取縣 東伯郡 三朝町 穴鴨에서 태어나 1946년에 倉吉의 明倫국민학교를 졸업하고, 舊制 倉吉중학을 거쳐 1952년에 倉吉고교를 졸업할 때까지 鳥取縣에서 생활하였다. 향토에 대한 사랑이 각별하여 그가 몇 차례에 걸쳐 내게 보내준 글들 중에는 鳥取縣에 관한 내용이 많았고, 개중에는 이곳의 신문이나 잡지에 기고한 글들도 여러 편이었다. 일찍이 나는 그를 초청하여 경상대 철학과에서 氣와 풍수에 관한 강의를 하도록 주선한 바 있었고, 당시 산청군의 문익점기념관 근처에 있는 培山서당으로 안내하기도 하였다. 그는 후일 자기가 쓴 『東西 시놀로지 事情』(東京, 東方書店, 1994) 및 『異文化 체험 이것저것—프랑스·중국·한국 그리고 향토 鳥取—』(鳥取市, 螢光社, 2001)라는 책을 내게 보내주어 지금도 가지고 있는데, 후자에 수록된 「한국에서 본 康有爲의 書跡—조선의 儒者 李炳憲과 康有爲—」의 첫머리는 이렇게 시작되고 있다.

작년(1992년) 여름, 나는 한국에 3주간 체재하였는데, 그 동안 남부의 風光明媚한 땅 진주에 있는 경상대학교에서 강연했을 때, 나를 보살펴주었던 오이환 교수(원래 京大 유학생)가 근처에 康有爲와 인연이 있는 배산서당이 있으니 안내해드리지요 라고 권유해 주었다. 9월 7일에 있었던 일이다. 그는 내가 康有爲 연구자라는 것을 잘 기억하고 있었던 것이다.

우리는 三朝를 떠나 그 북쪽에 있는 東鄉町의 도고(東鄉)湖를 지나고 현청 소재지인 鳥取市를 바라보면서, 그 북쪽의 동해바다에 면한 유명한 관광지인 돗토리砂丘에 도착하였다. 이 사구는 바닷가에 크고 작은 세 개의 기다란 언덕을 이루며 사막 같은 모래사장이 드넓게 펼쳐진 곳이다. 예전에 일본의 TV 등을 통해 익히 보았던 것이기 때문에 나로서는 기대한 바가 컸으나, 실제로 와보니 생각보다는 작았다. 그래도 꽤 큰 규모라 리프트를 타고서 사구로 나아간 다음, 다시 한참을 걸어야 건너편의 높다란 모래언덕을 지나 바닷가에 닿을 수 있다. 사구에는 사막에 온 기분을 낼 수 있도록 돈을 내고서 타는 낙타도 몇 마리 대기하고 있었다. 나는 제2사구列의 해발 46m에 달하는 가장 높은 모래언덕까지만 나아가 일본에서 바라보는 동해바다의 풍경을 한참동안 감상하다가 다시 리프트를 타고서 출발지점으로 되돌아왔다.

국립공원 돗토리사구의 리프트 출발지점에 있는 호텔을 겸한 사구센터의 전망 좋은 식당에서 사각형의 나무 소반에다 메밀국수와 해산물 등을 네 겹으로 쌓아 담아내는 점심을 들고서 오후 1시 10분에 그곳을 떠났다.

바다가 바라보이는 9번 국도를 따라 서쪽으로 한참을 달려 琴浦町에 있는 한일우호교류공원 '바람의 언덕'에 다다랐다. 바다 쪽에서 불어오는 바람이 강하게 부딪치는 언덕 위에 기념비와 여러 한국식 건물들 및 한국식 종각·정자·돌하르방 등이 서 있는 곳인데, 무엇보다도 두꺼운 돌로 만든 커다란 바람개비가 천천히 돌아가고 있는 모습이 신기했다. 이곳 아카사키(赤碕) 해안은 1819년 조선의 울진군 평해를 출항한 상선이 폭풍을 만나 난파하여 표착했던 장소로서, 당시 鳥取藩은 선장 이하 12명을 잘 보호하고 접대한 후 長崎를 통해 무사 귀환할 수 있도록 하였고, 1963년에도 부산항을 출발한 거제도의 어선 成進號가 기관 고장으로 표착하였는데, 승무원 8명이 지역민의 접대와 모금 등에 힘입어 약 1개월간 체류하면서 선체의 수리를 마친 다음 역시 부산항까지 무사히 귀환토록 했던 장소라고 한다.

거기서 서쪽으로 조금 더 나아간 곳의 琴浦町에 속한 해변에 하나미가타(花見潟)묘지라는 것이 있었다. 동서 약 439m, 남북 약 19~79m, 면적 약 2만㎡의 넓이로서 2만여 기의 묘가 조성되어져 있는데, 발생 기원은 명확치 않지만 석조물 등으로 미루어 중세 후반 이후에 성립한 것으로 추정된다고 한다. 일본의 자연발생 묘지로서는 최대급이며, 특히 해안에 면한 묘지로서 이 정도로 큰 것은 매우 드물다고 한다.

마침내 요나고(米子)市 구역으로 접어들어 淀江町 佐陀 1605-1에 있는 고토부키(壽)城에 들렀다. 일본 성의 天守閣 같은 다층 구조로 되어 있는 건물인데, 실은 여러 종류의 일본(和)과자들을 맛보여주고 전시 판매하는 곳이었다. 거기서 나는 둥그런 통에 든 抹茶를 사려다가 그것들 모두가 유통기한이 거의 다 된 것을 보고서 포기했다가, '抹茶 든 白折'이라는 상표의 것은 賞味기한이 금년 7월까지인 것을 보고서 50그램 들이 한 봉지를 샀다. 그러나 뒤에 알고 보니 그것은 말차가 아니라 말차를 섞은 녹차로서, 내가 히루젠으로 가는 도중의 마트에서 이미 사 둔 150그램 들이와 같은 제품이었다. 그 건물 바깥에서는 후지산 모양의 다이센이 건너편으로 바로 바라보였으나 상부에 두터운 구름이 끼어 있어 전모를 감상하지는 못했다. 오후 3시 20분에 고토부키 성을 출발하였다.

米子市에서 내려 大阪으로 가고자 하는 사람이 한 명 있어 그를 기차 역 및 시외버스 터미널이 모여 있는 지점에다 내려주기 위해 요나고 시의 중심가를 통과하게 되었다. 돗토리 현의 현청 소재지는 돗토리 시이지만, 현재 이 현에서 가장 크고 번화한 곳은 이곳 요나고 시라고 한다.

마침내 이번 일본 여행을 시작했던 지점인 사카이미나토 시에 다다라, 먼저 永山면세점에 들러 4시부터 약 반 시간 동안 쇼핑을 하였다. 나는 거기서 지난번 唐津 여행 때와 마찬가지로 쓰고 지울 수 있는 검은색 볼펜 다섯 개 들이 세 세트를 샀다. 귀국하여 두 세트는 아내와 회옥이에게 하나씩 선물했다.

인구 약 36,000명인 境港市는 예전에는 별 볼일 없는 한적한 어항이었는데, 지금은 이곳 출신의 유명한 만화가 미즈키(水木)시게루로 말미암아 縣內에서 가장 활기를 띄는 곳으로 변했고, 근년에는 국내외 크루즈 여객선의 주요 거점으로 되어있다. 이곳에 요나고 공항도 있는데. 그 이름도 미즈키시게루의 대표작 『게게게의 鬼太郎』 주인공 이름을 따서 米子鬼太郎空港이라 부르는 등 이 만화가 일색이라는 느낌이었다. 우리는 이 도시의 끄트머리에 있는 水木시게루 로드로 가서 4시 42분부터 자유 시간을 가졌다. 나는 혼자서 걸어 全長 약 800m인 이 도로를 한 바퀴 왕복하였다. 이 만화가는 妖怪를 소재로 한 작품으로 유명한데, 도로변의 보도 여기저기에 그의 만화에 등장하는 요괴들 153개를 브론즈製 오브제로 만들어 배치하여 누구나 만져보고 즐길 수 있게 해두었다. 1922년에 태어난 그는 제2차 세계대전에 종군하여 격전지 후바우루에서 왼팔을 잃었고, 終戰 후 종이연극 화가 등을 거쳐 만화가로 되었다. 그리고 만화잡지와 TV의 보급과 더불어 히트작을 연발하여 이 분야에서 불후의 명성을 쌓았던 것이다. 미즈키시게루 로드의 한쪽 끄트머리에 있는 상가 아케이드 안쪽에 그의 기념관이 있었지만, 마침 오후 5시 폐관 시간이 지난지라 1층까지 들어가 보기만 하고 참관하지는 못했다.

미즈키시게루 로드를 출발하여 그 근처에 있는 국제여객터미널로 가서 타고 온 배에 올랐다. 이번에도 올 때와 마찬가지로 1301호실의 13번 침대를 배정받았는데, 오늘은 방이 바뀌지 않았다. 배는 7시에 출항하였다. 선내에서 석식을 든 다음, 오늘 밤도 2층의 나이트클럽에서 노래자랑이 있다기에 우리 팀 사람들과 함께 올라가보았다. 팀당 두 명씩에게 노래할 기회가 부여되며 마친 후 시상식도 있었는데, 우리 팀은 신청한 시간이 늦어 기회를 배정받지 못하였다. 그 대신 다른 사람들이 노래할 때 우리 팀의 양봉업자가 춤추는 무리에 끼어들어 멋진 사교춤으로 주위의 시선을 끌었고, 커피숍을 경영하는 여성도 여러 차례 춤판에 불려나가 디스코를 추었다. 오늘은 우리 팀의 다른 사람들이 생맥주를 샀다.

일행 중 다른 사람들이 하는 말에 의하면, 우리가 1인당 495,000원의 약소한 돈을 지불하고서 이처럼 알찬 여행을 할 수 있는 것은 돗토리 현에서 船社 측에다 지원금을 주기 때문이라는 것이었다.

나는 젊은 시절 京都대학에 유학해 있었던 3년 반의 기간 동안 방학이 되면 부산에 있는 집에 다녀간 경우가 세 번 있었다. 그 중 두 번은 갈 때 大阪에서 오후에 페리를 타고 밤에 瀨戸內海를 통과하여 下關에 도착한 다음, 페리를 바꾸어 타고서 다시 밤새 배를 달려 다음날 아침 부산항에 내렸고, 돌아올 때 한 번은 下關에서 新幹線을 타고 山陽線을 따라 京都까지 올라갔다. 아무 짐도 가지지 않고서 평소에 입는 반바지와 슬리퍼 차림으로 부산까지 간 적도 있었다. 다른 한번은 下關에서 山陰本線의 일반 열차를 타고서 동해안을 따라 북상하다가, 도중에 내려 島根縣의 이즈모(出雲)시에 내려 일본 신화에서 중요한 비중을 차지하는 신사인 出雲大社에 들러 둘러본 다음, 다시 열차를 타고서 鳥取縣을 경유하여 京都까지 올라간 적이 있었으므로, 나로서는 이번에 두 번째로 돗토리 현을 다녀가는 셈이다.

사카이미나토 바로 왼편에 島根縣의 현청 소재지인 마츠에(松江)市가 있는데, 그곳은 라프카디오 헌(Lafcadio Hearn, 1850~1904)이라는 이름의 그리스 태생으로서 왜소한 체구에다 애꾸눈인 아일랜드 인이 1890년에 일본으로 건너와서 舊 松江藩士의 딸인 小泉節子와 결혼하고, 후에 일본으로 귀화하여 小泉八雲(松江市의 남쪽에 八雲村이 있다)라는 이름을 가지고서 생활했던 곳이다. 그는 松江中學·第五高校·東京大學·早稻田大學 등에서 영어와 영문학을 강의하는 한편, 『心』『怪談』『靈의 일본』 등 일본에 관한 영문의

印象記·수필·이야기를 발표하여 일본에서는 꽤 알려진 사람이다. 예전에 내가 배운 영어 책에도 그의 글이 실려 있었던 듯하다. 그래서 언젠가는 마츠에에 들러 그와 관련된 유적들도 한 번 둘러보고 싶다는 바람을 가지고 있다.

■■■ 10 (일) 맑음

한국 영내에 들어왔으므로, 비행기탑승모드를 해제하고서 우리 가족의 카톡을 열어보았는데, 회옥이가 20일 00시 비행기로 인천공항에서 출발할 예정임을 알았다. 회옥이에게 인천공항까지 나의 왕복 버스표도 함께 예약해 두도록 일렀다. 진주여중 수학 여교사인 정재은 씨의 권유에 따라 오전 7시 반쯤에 3층 갑판으로 올라가 동해의 일출을 구경하였다.

9시 30분 동해항에 입항하여 40분부터 하선이 시작되었다. 10시경에 동해항을 출발하여 7번 국도를 따라 내려오다가, 도중에 영덕군 도로변의 식당에 들러 대게탕에다 소주와 맥주를 곁들여 점심을 들었다. 그 비용은 각자 만 원씩 갹출하여 부담했는데, 그 속에는 간밤에 나이트클럽에서 마신 생맥주 값의 일부도 포함되어 있는 모양이다. 갈 때와 마찬가지로 흥해에서 포항·경주 방면으로 이어지는 7번 국도를 벗어나 28번 국도를 탄 후, 20번 고속도로를 따라서 대구까지 왔고, 고령에서 33번 국도로 접어들어 진주까지 왔다. 삼가에서 내린 양봉업자에게 물어본 바에 의하면, 그 부분의 국도는 작년 10월 추석 무렵에 개통되었다고 한다.

내려오는 도중에 일본 東寶영화가 제작한 北알프스 조난구조경찰대를 다룬 영화「岳」, 히말라야의 마나슬루에서 조난사한 후배산악인 두 명의 시신을 수습하기 위한 산행을 다룬 다큐멘터리「친구, 죽은 자와 산 자의 대화」, 「영상앨범 산」'캉첸중가 클린원정대' 1부 '동행', 2부 '그 날의 약속', '고미영의 히말라야 14좌 도전' 제2부 '마칼루를 품다', '7인의 우정 길-臺灣 南湖大山'(3,742m), '안데스 산맥의 숨겨진 미봉, 페티텐티스'(아르헨티나)를 시청하였다.

우리 집 근처의 제일병원 앞에서 이웃한 럭키아파트에 사는 정재은 씨 및 작년에 사천군청을 정년퇴직한 河玄武 씨와 함께 내려 오후 4시 45분에 귀가하였다. 여러 사람의 의견에 의해, 조만간 청곡사 밑에서 베이스캠프라는 상호의 밀면 등을 파는 통나무집 음식점을 경영하는 김운배 씨나 상대1동 사무소 앞에서 '자연 담은 이야기'를 줄인 자담이라는 상호의 커피숍을 경영하는 여성 참가자의 점포에서 우리 일행이 다시 한 번 모임을 갖자고 하였다. 정재은 씨는 내 농장에 한 번 와보고 싶다고 하므로 연락 전화번호가 적힌 명함을 준 바 있었다. 일행 중 나와 가장 낮이 익은 작은 키의 이명구 씨도 소고기를 주로 하는 음식점 등을 경영하는 모양이고, 나보다 20세 정도 적은 조경업자 백우현 씨도 있다.

회옥이에게 인천공항까지의 왕복 버스표 예약을 맡겼더니, 회옥이가 진주의 사정에 어두워 인터넷에서 충분한 정보를 입수하지 못했으므로, 밤에 내가 직접 NAVER 등에 접속하여 공항 행 리무진 버스 편을 알아보았다. 그 결과 창원·마산을 거쳐 진주의 개양에 정거하는 버스는 하루에 4번, 거제·통영을 거쳐 서진주주유소 건너편에 정거하는 버스는 하루에 다섯 번 있음을 확인하였고, 그 외에도 두 쪽 모두 심야버스가 있었다.

「다채로움의 향연, 중국 貴州」 2부 '赤水河, 茅台酒의 비밀을 찾아서', 3부 '카르스트의 비경을 찾아서', 4부 '侗族 苗族의 신년축제', 「千佛天塔의 신비 미얀마」 1부 '황금의 전설' 재방영을 시청하였다.

진주로 내려오는 전용버스 안에서의 TV 뉴스로 북한의 제4차 핵실험에 대한 대응으로 8일 휴전선에서 대북방송이 재개되었음을 알았고, 밤 9시 KBS 뉴스를 통해 2,500km 떨어진 곳에서 핵탄두를 장착한 순항(크루즈)미사일로 북한 수뇌부 시설을 정밀 타격할 수 있는 미국의 B-52 장거리 전략폭격기가 오늘 한반도 상공을 비행하며 무력시위 한 사실을 알았다.

발칸

3월

■■■ 2016년 3월 25일 (금) 꽃샘추위

아내는 내게 아침식사를 차려준 후 시외버스를 타고서 충북 충주시 노은 면에 있는 고도원 씨의 깊은산속 옹달샘으로 2박3일 일정의 춤 치료에 참가하기 위해 떠났다. 얼마 후 간밤에 잠금장치의 비밀번호를 알지 못해 트렁크를 열기 위해 맡겼던 열쇠점의 주인 손형중 씨로부터 잠금장치를 열었다는 전화연락을 받았다. 비밀번호는 130이었으며, 내가 부탁한 대로 590으로 바꿔두었다는 것이었다. 승용차를 몰고 가서 트렁크를 찾아왔다.

그리고는 오전 내내 TV를 통해 「한국기행」 '봄길 따라 남도 섬을 가다' 4부 '바람의 섬, 여서도'(완도군), 국립오페라단이 주세페 핀치가 지휘하는 프라임 필하모닉 오케스트라와의 협연으로 작년 10월 17일 예술의전당 오페라극장에서 공연한 비제의 오페라 「진주 조개잡이」, 「걸어서 세계 속으로」 '동물의 낙원 갈라파고스', 「명견만리」 싸이월드의 창업자인 협동조합 피플 스노우 이사장 이동형 씨의 강연 '싸이월드의 기억-한·중·일 청년 에너지', 「문화유산 코리아」 '문화유산 여행길-강퍅한 삶을 달래준 노래 정선아리랑'을 시청하였다.

혼자 점심을 차려 들고, 택시를 타고서 개양 시외버스주차장의 나그네김 밥 앞으로 가서 오후 1시 30분발 인천국제공항 행 버스를 탔다. 종전에는 창원·마산을 출발하는 공항버스가 새벽 이른 시각에 두 편 진주를 거쳐 인천공항으로 향하다가, 근자에는 창원·마산에서 개양을 경유하는 버스가 4대로 늘고, 거제·통영에서 서진주주유소를 경유하는 버스가 6대 정도 있었던 듯한데, 서진주를 거치는 버스는 승객이 일정 숫자 이상 되어야 운행하므로 안정적이지 못하였다. 그런데 오늘 보니 개양을 거치는 버스가 6대로 늘고, 게다가 모두 거제 고현을 출발하는 것으로서, 경원여객자동차(주)와 대성고속 주식회사의 버스가 교대로 운행하고 있었다. 금년 2월 22일부터 이렇게 바뀌었다고 한다.

공항으로 가는 버스는 구 청원휴게소인 청주휴게소에서 20분 간 정차한 후, 서평택에서 경부고속도로를 벗어나 경기도 안산시로 향하는 도중 심한 교통정체로 말미암아 예정된 도착시간인 오후 5시 50분보다 한 시간이나 늦게 목적지에 닿았다. 안산시 부근의 시화호 주변 방대한 갈대숲이 펼쳐진 늪지에는 물웅덩이마다 얼음이 얼어 있었다. 3월 들어 얼음은 처음 보는 듯하다.

인천공항에 도착한 이후 4층의 식당가에서 포베이라고 하는 베트남 쌀국수 전문점에 들러 해산물 쌀국수로 저녁을 들었다. 식사 후 집합장소인 3층 K카운터 18 앞 의자에 도착하니, 인솔자인 이영실 씨로부터 오후 7시 19분에 문자메시지가 도착해 있었는데, 약속 시간인 8시보다 먼저 와 있겠다고 한 그녀가 서울 시내의 교통정체로 말미암아 8시 20분쯤에야 공항에 도착할 것 같다면서 먼저 도착한 사람은 카타르항공 카운트에서 여권만 제시하고 수속을 시작해도 무방하다는 것이었다. 그래서 혼자 체크인을 마치고 난 다음, 그녀에게 전화를 걸어 바깥에서 기다릴지 출국장으로 들어갈지 물었더니, 기다리기 지루할 테니 일단 들어가라는 대답이 돌아왔다.

출국수속 중에 내 수화물 배낭에 여분으로 넣어온 새 치약이 규정된 사이즈를 초과하는 것이라 하여 문제가 되었으므로, 다시 카타르항공의 카운트로 되돌아 나와 수화물 가방도 짐으로 부치고서 노트북컴퓨터와 책 두 권만 꺼낸 채 수속을 마쳤다. 123게이트에서 23시 10분에 카타르항공 859편을 타고서 26일 0시 5분에 출발하게 된다. 123게이트 부근의 경인문고 서점에 들러 『Enjoy 동유럽』(서울, 넥서스, 2015) 한 권을 22,000원에 구입하였다. 이 책은 동유럽 13개국 50개 도시에 관한 정보를 담고 있는데, 그 중 발칸반도에 위치한 나라는 모두 8개국이며, 개중에 마케도니아를 제외한 7개국을 이번에 커버하게 된다. 그리고 마케도니아 옆에 붙어 있는 알바니아와 코소보는 이 책에 수록되어 있지 않다. 13개국 중 발칸반도에 위치하지 않은

5개 나라는 동유럽이라기보다는 중부 유럽에 속한 것인데, 이미 모두 가보았다. 게이트 부근에서 구내 TV로 KBS 밤 9시 뉴스를 시청하였고, 그런 다음 오늘의 일기를 입력한다. 우리가 탈 비행기는 카타르의 수도 도하에서 26일 오전 6시 35분에 환승하여 루마니아의 수도 부쿠레슈티로 향하게 된다.

■■■ 26 (토) 맑음

간밤의 비행기 탑승 시간이 늦추어져 23시 30분에야 비로소 탑승이 시작되었다. 줄을 서서 탑승을 기다리고 있다가 비로소 인솔자인 이영실 씨를 만났고, 비행기 안에서 그녀로부터 스케줄이 포함된 비닐 백을 받았다. 나는 26A석을 배정받았는데, 인천을 떠난 비행기는 10시간 15분을 비행하여 현지 시간 4시 20분에 카타르의 수도인 도하에 도착할 예정이었으나, 실제로는 3시 30분쯤에 도착하였다.

중동 국가인 카타르는 석유 부국이라 그런지 공항 시설이 크고 훌륭하였다. 인솔자를 따라가 환승 절차를 밟고 난 다음, 혼자 한참동안 걸어서 가이드가 일러준 C24 게이트에 도착하였다. 틈나는 대로 계속 어제 산 여행 가이드북을 읽었고, 집에서 가져온 白川靜의 『갑골문의 세계』와 『금문의 세계』에는 전혀 손을 댈 시간이 없었다. 나는 원래 여행사로부터 룸조인 할 사람이 없어 가이드와 같은 방을 쓰게 될 것이라는 말을 들었으나, 실제로는 39세의 젊은 남자 곽근우 씨와 함께 하게 되었다. 7년 동안 사귄 첫 사랑의 여성과 결혼하여 10년 되었는데, 이제야 슬하에 생후 6개월 된 딸을 두었다고 한다. 부산 사하에 친가가 있는데, 현재 청주에 살고 있고, 장인이 경영하는 건설회사에서 14년간 아파트 개발사업의 설계 쪽 일을 해온 모양이다. 부산대에 잠깐 다니다가 성균관대 건축과를 졸업하였다. 배부 받은 스케줄에는 카타르항공 QR221편을 타고서 7시 35분에 도하를 출발하여 11시 40분에 루마니아의 수도 부쿠레슈티의 오토페니 공항에 도착한다고 되어 있다. 비행시간은 5시간 5분이다.

이번에도 창가의 좌석을 배정 받은지라, 비행기가 이란 땅 서북부로 짐작되는 곳의 상공을 지날 때는 아래로 녹색이 전혀 없는 사막 같은 풍경이 펼쳐지더니, 코카사스 산맥 남부를 지날 때는 마치 예전에 아르헨티나에서 안데스 산맥을 가로질러 칠레로 날아갔던 때처럼 눈이 미치는 곳까지 아래가 온통 눈 덮인 산의 모습이었고, 흑해를 지날 때는 푸름 일색의 하늘같은 색깔이었다.

부쿠레슈티에서 입국 수속을 마치고 나올 때 비로소 우리 일행이 인솔자를 제외하고서 총 15명이며, 그 중 남자는 5명 있음을 알았다. 혼자 온 사람은 나와 곽 씨 외에 서울서 온 중년 여자 한 명이 더 있다. 발칸반도까지 올 정도면 모두들 여행 경력이 마니아급일 것이다. 여행은 일종의 중독인 듯하여 늘 다니는 사람이 또 오는 것이다. 부쿠레슈티 공항은 작고 좀 낡았는데, 그나마 발칸반도에서는 가장 큰 편이라고 한다. 발칸은 터키어로 '푸르다'는 뜻인데, 발칸반도를 가로지르는 카르파티아 산맥의 푸른 숲에서 나온 말이며, 루마니아는 '로마인의 언어를 사용하는 사람과 토지'라는 뜻이다. 이 나라는 발칸 반도의 여러 나라 가운데서 가장 넓은 영토를 차지하고 있고, 동유럽에서 유일한 라틴 계열의 민족으로서, 로마제국의 트라야누스 황제에게 정복되어 106년부터 게르만 민족의 대이동기인 272년까지 로마의 지배를 받았다. 로마에 정복되기 전인 기원전 1세기경에는 트란실바니아, 몰다비아, 왈라키아 지역이 통합되어 다키아라는 커다란 부족국가를 이루고 있었다. 지금도 로마의 카피톨리오 언덕 아래 콜로세움 쪽에는 당시 다키아를 정복하던 전투의 모습이 거대한 청동 圓柱에 새겨져 있으며, 오늘날 이 나라에서 생산되는 자동차의 이름도 DACIA로 되어 있다. DACIA는 프랑스 르노 자동차 회사의 하청 업체라고 한다.

인솔자의 설명에 의하면, 이 나라의 면적은 남한의 2.3배인데, 인구는 2천만 정도로서, 영토와 인구 모두에서 발칸 최대의 국가이다. 2007년 EU에 가맹하였으나 발칸 반도의 여러 나라들이 대부분 그러한 것처럼 아직도 자국 화폐를 사용하며, 4레이가 대략 1유로에 해당한다. 발칸 제국 중 오토만 투르크의 지배를 받지 않은 나라는 크로아티아뿐이라고 한다. 나는 루마니아라고 하면 이 나라 출신의 극작가인 유진 이오네스크와 시카고대학 종교학과의 머치아 엘리아데 교수가 떠오른다.

혁명광장에서 전라도 발음의 현지가이드 김한배 씨를 만났는데, 그에게 물어본 바에 의하면 루마니아의 1인당 국민소득은 2만 불 정도이며, 부쿠레슈티 시의 인구는 200만 정도이다. 1인당 평균 월급은 500유로로서 한국 돈 70~80만 원 정도에 불과한데, 그 대신 사회보장제도가 잘 되어 있는 모양이다. 이 나라 말은 고대 라틴어에서 유래한 것이 60%로서 이탈리어와 매우 유사하며, 스페인어와도 공통점이 있다. 인구의 86%가 정교회 신자이다. 19세기에 들어서 러시아, 오스트리아, 터키의 통치 아래 국토가 3분할되었다가 1877년에 독립하였지만, 제2차 세계대전 이전까지만 해도 동유럽에서 가장 부유하였다. 부쿠레슈티는 '동유럽의 파리'라는 별명을 가지고 있는데, 악명 높은 독재자 니콜라에 차우세스쿠 때 대대적으로 도시계획을 하여 고풍스런 건물들이 많이 철거되었다고 한다.

　김한배 씨의 인솔에 따라 먼저 혁명광장을 둘러보았다. 예전에는 공화국광장이라고 불리던 곳인데, 차우세스쿠가 1989년 12월 21일 시민들을 모아놓고서 구 공산당 본부 건물 3층 발코니에 올라가 지방인 티미슈아라에서부터 시작된 반정부 시위를 진정시키기 위한 연설을 하다가 시민들의 격렬한 항의에 직면하여 그 옥상에서 헬기를 타고 탈출했던 현장이다. 주변 일대에 궁전이나 유명한 호텔, 대학도서관, 아테네움악당, 크레츌레스쿠 정교회 그리고 구왕궁의 일부였던 미술관 등 유명한 건물들이 밀집하여 있었다. 차우세스쿠가 연설한 공산당 본부 건물도 1927년에서 1937년까지 건설된 것으로서, 제2차 세계대전 이전까지는 루마니아의 왕족들이 거주하던 왕궁이었다고 한다.

　다시 이동하여 인민궁전이라고 불리던 사실상의 차우세스쿠 궁전으로 가보았다. 세계에서 단일 건물로서는 미국 국방성 다음으로 두 번째로 큰 것이라고 하는데, 지하에도 지상만한 크기의 건물이 들어 있다고 한다. 설계 공모전에서 당시 무명이었던 젊은 여성 건축가 안가 페트레스쿠가 선정되어 모든 건축 자재는 국산만을 사용했다고 한다. 총 12층에 3,000개가 넘는 방이 있는 모양이다. 그 앞으로는 파리의 샹젤리제를 연상케 하는 일직선으로 뻗은 넓은 도로가 방대한 가로수 숲 및 분수와 함께 펼쳐져 있었는데, 우리는 도시계획 당시 파괴를 모면하여 원래 위치에서 조금 옮겨진 정교회 성당도 방문하였다.

봄인데도 불구하고 부쿠레슈티의 날씨는 꽤 쌀쌀하였다. 우리가 불가리아를 거쳐 세르비아로 갈 때까지, 아마도 이런 식의 날씨가 계속될 모양이다. 그래도 햇빛이 비치기만 하면 곧 제법 따뜻해졌다. 시내 관광을 마친 후 Str. Lc. Av. Mircia Zorileanu 89, Sector 1에 위치한 Seoul Restaurant Coreean에 들러 설렁탕으로 석식을 들었다. 그런 다음 441-443 Odaii Street, District 1에 있는 4성급의 Phoenicia Express Hotel-Bucharest에 들었는데, 나는 곽 씨와 더불어 334호실을 배정 받았다. 내일 새벽 2시부터 루마니아를 비롯한 발칸반도의 여러 나라들에 서머타임제가 실시된다고 하므로, 식사를 마치고서 호텔로 돌아오는 도중에 시계를 한 시간 빠르도록 맞추어두었다. 한국보다 7시간이 느린데, 서머타임이 적용되면 6시간 느린 셈이 된다.

■■■ 27 (일) 흐리고 낮 한 때 함박눈

8시에 호텔을 출발하여 E(유럽연합도로)60번, 즉 루마니아 국도 1번을 경유하여 2시간 20분 정도 북상하여 흡혈귀 드라큘라백작으로 유명한 브란 성으로 향하였다. 대절버스 기사의 이름은 알렌인데, 크로아티아 사람으로서 혼자 1,500km의 거리를 운전하여 우리를 태우기 위해 온 모양이다. 현지 가이드 김학배 씨는 1998년 1월에 직장 관계로 이 나라에 와 현재 19년째 거주하고 있으며, 2002년에 네 살 아래의 루마니아 여성과 결혼하여 8년 만에 슬하에 딸 하나를 두었다고 한다. 전남 완도군의 금당도 출신이며, 유머가 있고 농담을 잘 하였다. 인솔자 이영실 씨는 1971년생으로서 올해 46세인데, 금년 6월에 결혼하게 된다고 한다.

우리는 드넓은 남부 평원지대를 거쳐서 북상하였다. 길가의 집들이나 거리에 매화처럼 생긴 연분홍 또는 흰색 꽃이 핀 나무가 많았다. 김 씨에게 물어보니, 자두 꽃의 일종인데 자그만 열매가 열리며, 그것으로 이 나라에서는 주로 술을 담근다고 한다. 여기저기에 개나리·목련꽃도 눈에 띄었다.

도중에 플로이에슈티라는 도시를 지나는데, 정유공장들이 눈에 띄었다. 루마니아는 발칸반도 최대의 산유국인 것이다. 길가에 송유관처럼 생긴 온수관이 뻗어 있었는데, 가정집에 난방용 온수를 공급하는 것이라고 한다.

플루이에슈티를 지난 후 이 나라 국토의 가운데를 가로지르는 카르파티아 산맥을 넘어가게 되었다. 주로 산골짜기로 난 도로를 따라가게 되는데, 산에는 눈이 쌓여 있었고, 부슬비가 내리기도 하고 그것이 눈으로 바뀌기도 하였다. 카르파티아 산맥에서 자연경관이 가장 아름다운 곳이기 때문에 '카르파티아의 진주'라고 불리는 시나이아도 지나쳤다.

마침내 루마니아에서 다섯 번째로 크고, 최대의 공업도시인 브라쇼브에 닿았다. 인구 38만이라고 하는데, 이 나라에는 수도인 부쿠레슈티 이외에 인구 40만 이상 되는 도시는 없는 모양이다. 이곳은 트란실바니아 지구에 속하며, 그 말은 '산 너머 숲'이라는 뜻으로서, 카르파티아 산맥 건너편이라는 뜻이다. 교통의 요충지에 위치해 있는데, 13세기에 이곳에 이주한 독일인들에 의해 건설된 도시라 독일풍의 중세도시다운 면모를 지니고 있는 모양이다.

거기서 E574(73번국도)를 따라 남서쪽으로 32km 떨어진 곳에 드라큘라 성이 있는 브란 마을이 위치해 있다. 브란은 '세관'이란 뜻으로서, 옛날 이곳은 왈라키아와 트란실바니아의 경계에 위치하여 통행세를 징수하던 성이라고 한다. 성 밖에 지금도 그 세관 터의 벽이 남아 있어, 험준한 바위절벽 위에 자리한 난공불락의 요새 브란 성에서 바라보인다. 소설 『드라큘라』의 배경이 되었던 곳이기 때문에 해마다 200만 명 정도의 관광객이 방문하고 있다. 4대만에 끝난 루마니아 왕가의 후손 도미니크가 재판으로 되찾아 매물로 내놓은 적도 있었을 정도로 지금은 사유물로 되어 있다.

사실 이 성은 1377년 상인들에 의해 당시엔 외부의 침략을 막기 위한 요새로서 만들어졌고, 또 이곳에서 무역활동을 하던 다른 지역의 상인들에게 관세를 부과하던 세관의 역할을 하던 곳이었다. 그런데 드라큘라 백작이라고 알려져 있는 블라드 체페슈는 루마니아의 첫 독립국가인 왈라키아 공국의 통치자로서 터키와의 전쟁에서 이름을 떨친 영웅인데, 그는 터키에 의해

현상금이 붙어 수배되던 당시 피신하기 위해 이 성에 잠시 머물렀을 것으로 추정될 뿐이라고 한다. 체페슈란 '창 꽂이'란 의미인데, 그가 왈라키아 공국의 통치자로 된 후 자기 아버지인 드라쿨을 죽인 원수들을 창에 꽂아 처형하고 그 모습을 보면서 만찬을 즐기는 잔혹함을 보였기 때문이다. 그가 살아 있을 때는 체페슈보다 드라큘라로 더 많이 불렸고, 서명을 할 때도 본명이 아닌 블라드 드라큘라라고 쓰는 등 드라큘라라는 별명을 좋아했다고 한다.

브란 성을 나온 뒤 그 초입의 길거리에 면한 Casa din Bran이란 식당에서 중식을 들고 있을 때 가끔씩 내리던 비는 눈으로 바뀌었다. 식후에 1시간 반을 이동하여 지름길을 통해 산맥을 넘어가 오전에 통과했던 국도 1호선을 만나 다음 방문지인 시나이아에 도착했을 무렵에는 함박눈으로 변했다.

시나이아는 성경에 나오는 시내 산에서 유래한 말로서, 이곳에 세워진 시나이아수도원에서 그 이름이 비롯한 것이다. 그 수도원 방문은 우리 일정표에 나와 있었지만, 가이드는 그곳 대신 우리를 펠레슈 성으로 인도하였다. 이 성은 루마니아의 초대 국왕인 카를 1세가 여름 궁전으로서 지은 곳으로, 1875년에 공사를 시작해 약 8년에 걸쳐 건축되었다. 독일 르네상스 양식으로 지어졌는데, 루마니아에서 가장 아름다운 성으로 손꼽히는 곳으로서 국보 1호로 지정되어져 있다고 한다. 정원에 펠레슈 시냇물이 흘러 펠레슈 성이라 불리게 되었으며, 특히나 유럽 최초로 전기에 의해 조명을 켜고, 중앙 냉난방이나 엘리베이터, 전기청소기 등을 처음으로 사용한 성이다. 카를 1세는 독일 출신의 귀족으로서, 터키와의 독립전쟁에서 공을 세워 1866년에 루마니아의 초대 국왕으로 추대된 인물이라고 한다. 성 안에는 그가 수집한 동서양의 각종 무기류도 전시되어 있었다. 시나이아는 과거 이 나라 귀족들의 휴양지로서 이름났던 곳으로, 당시 오리엔트 특급열차가 정거하던 驛舍와 쇼를 겸한 카지노장 건물도 남아 있었다. 그러나 국도 1호선 주변의 산골짜기에는 빈집이 많았는데, 현재 이 나라 사람 약 300만 명 정도가 독일 등 EU에 속한 서유럽국가로 취업을 위해 이주한 까닭이라고 한다.

시나이아에서 다시 1시간 반을 이동하여 오후 7~8시 경에 부쿠레슈티로 돌아온 후, 어제의 한식점에서 된장찌개로 석식을 든 다음, 간밤에 머물렀던 호텔로 돌아왔다. 현지 가이드 김 씨와는 석식을 마치고서 작별하였다.

■■■ 28 (월) 맑음

　여행 3일째, 불가리아로 출발하는 날이다. 오전 8시에 부쿠레슈티를 출발하여 다음 목적지인 불가리아 역대의 3개 왕국 중 제2왕국의 수도였던 벨리코 투르노보까지 약 4시간 반이 소요되었다. 날씨는 모처럼 화창하여 봄기운이 완연했다. E85(5번국도)를 따라 시골 풍경의 평원 지대를 계속 남쪽으로 나아가 한 시간 반 만에 두 나라의 국경을 이루는 도나우 강에 이르렀다. '아름답고 푸른 도나우'라는 요한 슈트라우스의 왈츠곡이 유명하지만, 강물은 푸르지 않고 흙빛이었다. EU 국가들이라고는 하지만, 발칸제국 가운데서 슬로베니아만이 센겐 조약에 가입한 상태라 국경에서는 여전히 출입국 수속이 필요하였다. 예전에는 강의 양쪽 자기 영토 안에서 출국 및 입국심사를 했다고 하는데, 지금은 다리 공사 때문인지 불가리아 땅으로 건너와 바로 인접한 장소에서 루마니아의 출국 수속도 함께 진행되고 있었다.

　입국수속을 마치고 난 이후 인솔자가 기사·가이드 팁 및 옵션 비용 총 270유로씩을 거두었다. 인솔자는 19년째 여행사에 근무하고 있다고 한다. 나는 어제 오전 시나이아 부근의 휴게소 매점에서 한국에서 실수로 넣어오지 못한 칫솔을 하나 산 데 이어, 오늘은 불가리아 땅의 첫 휴게소 매점에서 한국 공항에서 검색에 걸려 문제가 된 것을 대신할 작은 치약 하나를 새로 샀다.

　목적지인 벨리코 투르노보에 도착한 다음, 그 근교의 전통 민속거리 아르바나씨의 위쪽 언덕 꼭대기에 있는 칼로야노바 성채라는 곳에서 점심을 들었다. 거기서 불가리아 현지 가이드 정채희 씨를 만났다. 널찍한 홀로 된 식당의 바깥 건물은 정말로 돌을 쌓아 만든 성채 모양이었는데, 호텔을 겸하고 있었다. 과거로부터 이곳을 통과하던 무역상들이 실제로 먹고 자던 곳이었다고 한다. 식사 후 그 아래쪽의 아르바나씨 마을을 둘러보았다. 오토만투르크의 황제가 그 양자에게 선물로 준 곳이라고 하는데, 부유한 사람들이 사는지 집들도 크고 보존상태가 양호하였다. 그 마을에서 예수탄생교회라는 곳과 지금은 박물관으로 사용하는 가장 오래된 집의 정원에 들어가 보았다. 이곳의 정원은 들른 곳마다 무성한 풀 속에 야생으로 자라는 듯한 꽃들이 지천이었다. 집들의 돌담은 지진을 견딜 수 있도록 중간 중간에 기다란 목재를 끼워 넣어 두었다.

현지 가이드 정 씨는 알고 보니 경상대학교 출신이었다. 부산 영도에서 태어났고, 본교의 전자재료공학과(현재는 반도체공학과)를 졸업하였다. 졸업을 앞두고서 영국으로 어학연수를 떠나 아르바이트를 하며 갖은 고생을 경험했고, 29살의 나이로 늦게 졸업한 후 KAI에 2년간 근무하다가 여수에서 4년간 생활하기도 했으며, 처가 쪽의 인연으로 이곳으로 온 지 2년 되었다. 가이드 외의 다른 일도 하고 있는 모양이다. 처는 영국에서 만났는데, 그가 몸담고 있었던 태권도 도장 사범의 동생이라고 한다.

발칸제국은 대부분 4~500년 동안 오토만투르크의 지배를 받았다. 특히 불가리아는 터키로부터 발칸반도로 나아가는 길목에 위치해 있어 더욱 그러하였다. 불가리아인은 대체로 남슬라브 족이 볼가 강 쪽에 거주하던 볼가르 족과 혼혈하여 이루어진 민족이라고 한다. 그들이 발칸반도 쪽으로 이동하여 이룬 제1왕국(681~1016) 시기 이전에 이미 이 지방은 로마제국의 지배를 약 천 년 동안 받았고, 1왕국 이후 2세기에 걸친 비잔티움 제국의 지배로부터 벗어나 독립한 제2왕국(1185~1396) 시기에 전성기를 맞아, 이곳에 수도를 두고서 이반 아센 2세 때는 발칸반도의 대부분을 차지했을 뿐 아니라 우크라이나의 상당 부분까지 점유했다. 그러므로 이 도시의 원래 이름은 투르노보인데, 후에 '위대한'이란 뜻을 가진 벨리코가 덧붙여진 것이다. 그 이후 오토만투르크의 침공을 받아 다시금 약 500년 동안 그 지배를 받게 되었다.

발칸 반도의 이러한 역사 때문에 이곳은 인종적 종교적으로 아주 복잡한 양상을 띠고 있다. 로마가톨릭, 정교회의 나라들이 있는가 하면 알바니아처럼 회교국도 있으며, 보스니아는 각 종교와 민족들이 모자이크처럼 뒤섞여 있어 최근 유고슬라비아연방으로부터의 독립에 즈음하여 그토록 격심한 진통을 겪었던 것이다. 가장 최근의 분쟁지역인 코소보는 구 유고연방의 중심 국가였던 세르비아의 종교적 성지였는데, 투르크는 회교도인 알바니아인들을 그곳으로 이주시켰고, 세르비아는 지금도 그 독립을 인정하지 않고 있다.

러시아가 약 20만 명의 희생을 치르면서 발칸 사람들과의 연합 하에 터키와 싸워 이기자 제3왕국이 성립되었는데, 그 이후 옛 영토를 회복하려 하다가 발칸 여러 나라를 상대로 한 제2차 발칸전쟁에서 크게 패하였다. 제1차 세계대전 때는 독일·오스트리아의 편에 가담하여 다시금 영토의 상당 부분을 잃었고, 제2차 세계대전에서도 처음엔 추축국에 가담했다가 후에 연합국 편으로 전환하였으며, 전후에는 약 50년간 소련의 위성국가로 남아 사회주의 체제를 경험했던 것이다.

우리는 제2왕국의 왕궁이 위치해 있었던 차레베츠 요새를 둘러보았다. 강이 주위를 둘러싼 높다란 바위 언덕 위에 성벽을 쌓아, 한 눈에 보아도 난공불락의 요새임을 알 수 있었다. 투르크와의 전쟁 때도 성이 함락당한 것이 아니라 몇 달을 버티는 동안 성내에 양식이 바닥나 결국 항복할 수밖에 없었던 것이다. 돌로 지은 왕궁은 작고 소박하였으며, 언덕 꼭대기에 대주교교회라는 성당이 있었다. 실내가 음침한 분위기의 프레스코화로 가득하였는데, 지금은 이곳을 정교회 성당으로 사용하지 않는다고 한다. 요새의 입구 바깥쪽에 이른바 구시가지가 펼쳐져 있었다. 이 제2왕국 시절에는 칼로얀 황제가 특히 유명한 모양인데, 가이드는 이 도시 곳곳에 보이는 동상들 대부분이 그의 모습이라고 했다. 성 안에도 민들레를 비롯한 각종 야생화가 무성하였다.

벨리코 투르노보는 한국으로 치자면 경주 같은 고도이기는 하지만, 대학이 6개나 있어 젊은 도시이다. 이 나라에는 한국을 베이스로 한 태양광발전소가 5개 진출해 있는데, 그 중 두 개가 이곳에 위치해 있다.

불가리아의 국토 면적은 한반도의 약 1.1배이며, 인구는 800만 정도였으나, EU에 가입한 후 서유럽으로의 노동력 유출이 심하여 현재는 700만 정도라고 한다. 그래서 이 나라에도 빈집들이 많다. 국민소득은 약 7~8천 불이며, 대학졸업자의 초임은 40만 원 정도이다. 불가리아에서도 자국 통화인 레바를 사용하는데, 1.9레바가 1유로쯤에 해당하는 모양이다. 러시아를 비롯해 발칸 여러 나라에서 사용하고 있는 키릴 문자도 원래 이 나라에서 키릴 형제에 의해 만들어진 것이다.

벨리코 투르노보를 떠난 다음, 서쪽으로 국도를 2시간 고속도로를 한 시간 정도 달려 수도인 소피아로 이동하였다. 불가리아 땅 대부분이 그러하지만 분지에 위치한 소피아도 해발고도가 제법 되는 모양이다. 도중에 어제 보던 것과 비슷한 하얀 꽃이 핀 나무가 많았는데, 가이드는 그것들 대부분이 체리 나무라고 하였다. 멀리 발칸 산맥이 흰 눈을 이고 있는 모습도 바라보였다. 이 나라 땅은 赤土인데 농사를 짓기 적합한 풍요로운 토양이라고 하며, 지금도 이 나라 산업의 기본은 농업이다. 비료나 농약 등도 거의 쓰지 않는다고 한다. 들판에는 지금 유채가 많이 자라고 있고, 그 수확이 끝나면 해바라기를 심는다고 한다. 그러므로 그 꽃들이 필 철이 되면 들판의 풍경이 아주 낭만적일 것이다. 들에서 눈에 띄는 소나 양 등은 모두 방목을 하고 있었다. 루마니아에 거주하는 한인이 450명 정도라고 들은 데 비해 이 나라에는 180명 정도가 있는데, 그 중 절반 이상이 기독교 선교사이며, 나머지 중 절반은 공관원이라고 한다. 한류의 영향 등으로 한국에 대한 호감은 아주 높은 모양이다.

차로 이동 중에 한국으로부터 전화를 두 차례 받았다. 지하 차고에 주차해 둔 내 포터 트럭을 운전이 미숙한 여성이 들이받아 손상되었다고 한다. 아마도 보험회사 측에서 전화를 건 모양인데, 호텔에 도착한 후 아내에게 카톡으로 메시지를 보내어 전화를 건 사람에게 연락하여 적절히 처리하라고 했다.

루마니아에서는 발칸국가 가운데서 부쿠레슈티 시에만 지하철이 있다고 들은 것 같은데, 소피아에도 있었다. 우리가 오늘 머물게 된 호텔은 1A, Yordan Yossifov Str., Studentski grad에 위치한 SUITE HOTEL SOFIA 로서, 근처에 대학들이 많다. 곽 씨와 나는 425호실을 배정받았다. 보통 호텔 방의 두 배 정도로 넓은 것이며 시설도 훌륭하였다. 그 12층 스카이라운지에서 석식을 들었다.

■■■ 29 (화) 흐리고 오후 한 때 부슬비 온 후 개임

4일차, 소피아 시내 관광 날이다. 알고 보니 간밤에 우리가 잔 곳은 이 도시의 외곽지대이고, 시내는 차를 타고서 이동하여 다리를 건너가야만 했다. 소피아는 '녹색의 도시'라는 별명을 가지고 있는데, 시내에 광활한 숲이 펼쳐져 있었다. 현지 가이드의 설명에 의하면 발칸반도의 나라들은 언어가 30~40% 정도는 동일하여 마치 서로 방언과 같으며, 불가리아 말과 마케도니아 말은 90% 정도 같다고 한다. 우리 버스의 기사는 크로아티아 사람이지만 가는 곳마다에서 의사소통에 지장은 없어보였다. 이는 북유럽의 경우와 비슷하다고 하겠다. 소피아 시의 인구는 집시를 빼고서 180만 정도이다. 시내에는 트롤리버스가 자주 눈에 띄었다.

시내의 중심가에 도착한 후, 가이드의 안내에 따라 고대 성채 도시 세르디카의 유적에서부터 시작하여 2시간 정도 도보관광을 하였다. 세르디카라는 말은 비잔틴시대 때 소피아의 이름이다. 기원전 7세기경 트라키아의 세르디 부족이 정착하면서 세르디카라는 이름이 붙었고, 14세기 이후에 소피아라는 명칭으로 바뀌게 된다. 이 유적지는 세르디카 시대의 것으로서, 지하철 공사를 하다가 우연히 발견되어 유적지로서 보호를 받고 있는데, 본격적으로 정비된 것은 작년부터라고 한다. 꽤 넓은 부지에 벽돌로 만든 유적들이 펼쳐져 있었고, 그 옆에 지하철역이 있었다.

세르디카 유적의 바로 근처에 노천온천이 있어 시민들이 음용수로 이용하고 있고, 그 서쪽에 유럽에서 가장 오래된 이슬람 사원 중 하나인 바냐 바시 자미야가 있다. 1566년 오토만투르크 지배 당시에 지어진 것으로서, 오토만 왕조 최고의 건축가라고 하는 미마르 시난의 설계로 건설된 것이다. 바냐 바시라는 이름은 공중목욕탕을 의미하는 말인데, 사원 동쪽에 대형 온천 시설이 있는 데서 유래되었다. 예전에는 소피아에 이슬람 사원들이 많이 있었지만, 지금은 이곳만 명맥을 유지하고 있다.

레닌광장 주변에 대통령과 수상의 집무실을 비롯한 정부 주요 관청들이 늘어서 있었다. 우리는 그 부근에 있는 성 페트카 지하교회를 둘러보았다. 14세기에 건축된 것으로서, 지붕만 땅 위로 올라와 있는 정교회인데, 오토만투르크의 지배 당시에 엄격한 제한에 따라 지어진 것이라 외관은 작고 소박하였다. 교회 이름은 불가리아 여성 성인의 이름을 딴 것이라고 한다.

주변의 지하도 안에 점포들이 여럿 있었는데, 나는 그 중 하나에 들어가 정교회의 聖像에 해당하는 이콘을 하나 구입하였다. 성모가 아기 예수를 안고 있는 모습을 조금 두꺼운 나무판자 위에다 손으로 그린 것으로서, 46유로 부르는 것을 일행인 아줌마들의 훈수에 따라 40유로로 깎았고, 핸드크림 하나도 덤으로 얻었다. 그래도 한국 돈으로는 오만 원 정도에 해당하니, 이 나라 물가에 비해 보면 바가지를 쓴 것이 아닌가 싶기도 하다.

레닌광장에 서면 사방으로 유대교이 시나고그, 정교회, 가톨릭 성당, 회교 모스크 등이 근처에 모두 바라보인다. 우리는 그 외에도 대통령궁의 뜰에 있는 소피아에서 가장 오래된 건축물 중 하나이며 콘스탄티누스 1세 때 로마제국에 의해 건설된 성 게오르그 교회를 둘러보았고, 정교 교회인 성 네델리아 교회의 안으로 들어가 보기도 하였다. 오토만 왕조의 지배에서 벗어난 후 1856년에서 63년까지에 걸쳐 건축된 것이다. 1925년에 이곳에서 열린 장례식에 참석하러 오는 황제를 노린 폭탄테러가 발생하여 120여 명의 사상자가 발생하기도 하였다.

옛 모스크 건물을 이용한 고고학박물관 등을 거쳐, 우리는 그 외에 1913년 러시아 외교관이었던 사람의 명령으로 건축된 성 니콜라이 러시아 교회에 들르기도 하였는데, 그 앞의 숲가에 러시아 국민시인 푸시킨의 흉상이 서있었다. 걸어가면서 성 소피아 교회도 바라보았다. 유스티니아누스 황제에 의해 만들어진 것으로서, 4~5세기에 공사를 시작해 6세기에 완공되었다. 불가리아 수도의 이름은 이 성당 이름에서 비롯된 것이다. 발칸반도에서 두 번째로 큰 러시아정교회인 알렉산드르 네프스키 사원을 끝으로 소피아 시내관광을 모두 마쳤다. 불가리아 독립의 계기가 된 러시아-투르크 전쟁에서 전사한 20만 명의 군인들을 기리기 위해 세워진 것으로서, 1882년에 착공하여 1912년에 완공된 것이다. 높이 60m의 금색 돔을 비롯하여 12개의 돔으로 이루어져 있는 네오 비잔틴 양식의 웅장한 건축물이었다. 나는 그 안을 둘러본 다음 바깥으로도 한 바퀴 돌면서 찬찬히 살펴보았다.

시내관광을 마친 다음 알렉산드르 네프스키 사원 부근에 있는 드바트라바(雙獅)라는 이름의 중국식당에 들러 점심을 들었다. 현지 가이드 정 씨의 아내와 어린 딸도 그 식당에 와 있었다. 정 씨는 알고 보니 내 룸메이트와 동갑인 39세였다. 부산에서 태어났지만 어머니의 친정이 있는 삼천포에서 초등학교부터를 다녔다고 한다. 소피아 시내에는 중국식당이 300개 이상 있지만, 한국식당은 하나밖에 없다고 한다. 그 이유에 대해 정 씨는 중국인들은 새 동포가 오면 식당을 열도록 도와주지만, 한국인은 경쟁자가 될까봐 경계하기 때문이라고 설명하였다.

정 씨와는 식당에서 작별하여, 우리는 다음 목적지인 세르비아로 향했다. E80(국도1-12)을 따라서 서북쪽 방향으로 1시간 남짓 나아가 불가리아와 세르비아의 국경에 닿았다. 출입국 수속에 약 한 시간이 소요되어 오후 1시 50분에야 마쳤다. 그러나 어떤 알바니아인 여성은 승용차를 몰고 왔는데, 그 나라와 감정이 좋지 않은 검문소의 경찰들은 그녀의 짐을 모두 꺼내게 하며 엄청 시간을 끄는 것이었다.

국경에서 수속을 밟는 동안에 부슬비가 내리기 시작하여, 세르비아 땅에 들어선 이후 한참동안 계속되다가 오후 늦게부터 개었다. 도중의 큰 도시인 니슈에서부터 수도인 베오그라드까지는 고속도로가 놓여있어서 M1(E75) 도로를 따라 서북 방향으로 계속 나아갔다. 국경에서 베오그라드까지 3시간 반 정도 걸린 듯하다. 세르비아에서부터는 1시간의 시차가 있어 또 시계를 맞추었다.

세르비아는 디나르라는 돈을 쓰는데, 1유로가 110디나르 정도 된다고 한다. 세르비아에 들어서 처음으로 화장실에서 사용료를 지불하였다. 옛 유고연방의 중심 국가였던 세르비아는 연방이 해체되어 7개의 나라로 분할된 후, 현재의 영토는 남한보다도 조금 작고 인구는 770만에서 800만 정도이다. 이 나라의 산업 역시 농업이 기본인 모양이다. 수도까지 가는 도중에 보이는 바깥 풍경은 광활한 평원지대의 연속이었다. 도로변의 표지판은 불가리아와는 달리 키릴문자와 라틴문자를 병기하고 있었다. 발칸반도는 흔히 세계의 화약고라고 불리는데, 그 계기는 1877년 1차 발칸전쟁에서 터키가 러시아에 패하면서부터였고, 그 이후 발칸동맹 국가들 간에 내분이 일어나 2차 발칸전쟁을 겪은 데다. 제1차 세계대전이 여기서 폭발하였으며, 티토

사후에 유고연방이 해체되면서 또다시 커다란 분쟁이 일어났던 것이다.

베오그라드 시의 Mokroluska 174d에 있는 Majdan 호텔에 도착하여 105호실을 배정받았다. 오후 7시에 1층 레스토랑에서 석식을 들었는데, 내 룸메이트인 곽 군은 석식에 참여하지 않고서 혼자 시내관광을 나섰다. 이 호텔은 지금까지 머물렀던 곳보다는 규모가 훨씬 작은데, 무슨 가족모임을 한 다면서 도착할 때부터 음악소리가 시끄럽게 들리더니, 나의 취침시간인 밤9시가 지나도록 그치지 않았다. 9시 반쯤에 프런트로 전화를 걸어 조용히 해 줄 것을 요청했지만, 잠이 들 때까지 여전했다. 이 호텔을 결혼식장으로도 쓰는 모양이니, 그 피로연인지도 모르겠다.

■■■ 30 (수) 화창한 봄 날씨

여행 5일차, 베오그라드 시내 관광 날이다.

오전 8시 반에 호텔을 출발하여 어제처럼 시의 외곽에서 도심 쪽으로 들어갔다. 이따금씩 여기저기에 폭격으로 부서진 건물들이 눈에 띄었다. 9시에 중앙역 부근의 길거리에서 현지 가이드를 만났다. 이준형 씨라고 하는데, 12시 반의 점심식사 때까지 오전 3시간 정도의 투어를 안내해 줄 사람이다. 한국외대 용인캠퍼스의 세르비아·크로아티아학과 출신으로서, 현재 베오그라드국립대학에서 언어학 박사과정의 논문을 작성중이며, 한국어 초·중급 교양과정을 맡아 있기도 하다고 자신을 소개하였다. 시내에는 철제 궤도를 달리는 전기 차인 트램과 전기로 달리기는 마찬가지이지만 고무바퀴로 된 트롤리버스가 많았고, 지하철은 아직 없었다. 트램은 체코에서 40년 전에 도입한 것이라고 한다.

그의 설명에 의하면 세르비아의 현재 인구는 715만 명인데, 그 중 133만 명이 수도에 거주한다. 한국 교민은 90명이 있다. 세르비아 정교도가 83%이며, 그 외에도 헝가리인·가톨릭·무슬림 등이 있다. 세르비아 어는 러시아 어와 유사하기는 하나 많이 다르며, 세르비아·보스니아·크로아티아·몬테네그로 네 나라는 기본적으로 말이 같다. 슬로베니아 어와 마케도니아 어는 꽤 다르다. 유고연방 시절에는 전 세계 사회주의국가 중 가장 잘 살던 나라였는데, 지금은 국민소득 5,500달러 수준으로 전락해 있다. 낙농업국가이며, 북쪽으로 갈수록 토질이 비옥하다. 먼저 이 도시의 상징이며 베오(흰색)그라드(도시)라는 도시 이름의 유래가 되기도 한 공원 겸 역사유적지 칼레메그단으로 향했다. 그 입구에서 따냐라는 이름의 키가 자그만 현지인 여성을 만났는데, 이 씨는 자기 형수라고 소개하였다. 한국외국어대학에 강사로 왔다가 이 씨와 같은 과의 선배를 만나 1호 커플로 결혼하게 된 사람으로서, 대구에서 4년간 거주했다 하며 한국어를 제법 구사할 수 있다. 그런데 그 남편 되는 사람은 1년 전에 자고 일어나니 갑자기 죽어 있었다고 한다.

칼레메그단은 터키어로 언덕(Kale)과 전투(Megdan)라는 말이 결합된 것으로서, '언덕 위에 지은 요새'라는 뜻인데, 지금은 베오그라드요새라고 불리고 있다. 사바 강과 도나우 강이 만나는 지점에 건설되었으며, 전략적 요충지로서 오랜 시간 동안 건설과 파괴를 반복해 왔다. 도나우 강의 발원지는 독일의 슈바르츠발트(黑林) 지역이며, 2,880km를 흘러 흑해로 들어간다. 사바는 세르비아정교회의 창시자 이름이다. 이곳은 지금 시민공원으로 조성되어져 있고, 전쟁박물관도 겸하고 있어 구내의 내성과 외성 사이에 탱크와 각종 포 등 무기류들이 전시되어져 있었다. 공원 내에는 한국어로 너도 밤나무인 마로니에가 많았다. 이 나라가 그 원산지라고 한다. 한국에서 흔히 보는 노란색과 더불어 흰색 민들레도 지천이었다.

처음 이 요새를 건설한 것은 켈트족으로서, 외부의 침략을 방어하기 위해 3세기경에 건설한 것으로 추정되고 있다. 이후 이민족의 침입으로 이 지역의 주인이 자주 바뀌면서 무려 40여 차례나 증축되었던 것으로 알려져 있다. 켈트인이 건설했다는 내성은 흰색 돌로 되어 있어 로마인들이 '하얀 도시'라고 부른데서 오늘날의 베오그라드라는 이름이 유래했다고 하며, 세르비아인이 쌓은 외성은 붉은 벽돌로 되어 있어 그 색깔이 서로 달랐다. 성벽 부근에는 1456년 7월 22일 세르비아·헝가리 연합군이 침략해 온 터키의 대군을 무찔러 승리를 거둔 것을 기념하는 비석도 있었다. 이 전쟁에서 승리한 후 세르비아는 베오그라드를 헝가리에게 양도하고 다른 곳으로 수도를 옮겼으며, 그 후 결국 터키에게 패배하여 오랜 동안 그 지배를 받게 되었던 것이다.

계속 걸어서 다음으로는 칼레메그단 바로 앞에 펼쳐진 이 도시의 명동에 해당하는 크네자 미하일라 거리(미하일로 왕의 거리)로 향했다. 널따란 보행자거리의 양쪽으로 수많은 상점들이 밀집해 있으며, 곳곳에 노천카페가 널려있다. 로마 시대부터 길로 쓰였던 것이라고 하는데, 70~80년 이상 된 오래된 건물들이 많았다. 거리를 걷는 사람들은 남녀를 불문하고 풍보가 거의 없으며, 특히 여성들의 쭉 빠진 다리는 모두들 패션모델 같았다.

대거리에서 옆길로 조금 빠져나간 곳에 국립은행과 세르비아정교회의 총본부인 사보르교회가 있었다. 이 나라는 아직 EU에 가입해 있지 않아 비유로 국가로서 디나르라는 자국 화폐를 사용한다. 그리스어 데나리온에서 나온 말인데, 공식 환율은 1유로에 120디나르인 모양이지만, 환전하는 곳에 따라 환율은 바뀐다고 한다. 관광안내서에는 세르비아정교회의 중심을 성 사바교회라고 적고 있으며, 소피아의 알렉산드르 네프스키교회보다도 더 큰 세계 최대의 정교회이고, 현재도 건축이 진행되고 있다고 되어 있다. 그러나 우리가 가본 사보르교회는 그다지 큰 규모가 아니었으며, 그 옆에 1823년에 개업한 물음표카페라는 이 도시의 명소가 있었다. 성 사바는 13세기에 세르비아 정교회를 창시하고 초대 대주교를 지낸 인물로서, 현재 교회가 지어지고 있는 장소에 본래 있던 작은 교회에 묻혔다.

미하일로 왕의 거리에서 11시 10분까지 자유 시간을 가졌는데, 나는 그 동안 큰 거리를 끝까지 걸어 차가 지나다니는 곳까지 나아갔다가 공화국광장을 거쳐서 원래의 장소로 돌아왔다. 광장의 규모는 그다지 크지 않은데, 인민박물관이라 불리는 국립박물관 앞에 세르비아를 오토만제국의 지배로부터 해방시킨 미하일로 오브레노비치 왕의 동상이 서 있었다.

가이드가 안내하는 대로 기념품점에 들렀다가, 다시 공화국광장을 거쳐서 스카다리야 거리로 빠져나왔다. 자갈로 깔린 언덕길인데, 19세기 중반부터 이곳에 술집과 음식점 등이 들어서면서 보헤미안의 주 무대가 되었고, 이후 '예술인의 거리'로 자리 잡은 곳이다. 스카다리야는 몬테네그로에 있는 호수 이름이라고 한다. 한국의 인사동 정도에 해당한다고 하겠다.

스카다리야 거리를 다 빠져나온 지점에서 다시 대절버스를 탔고, 거기서 따냐와는 작별하였다. 우리는 코소보 사태 때인 1993년 10월 나토의 공습으로 파괴된 세르비아 육군 본부와 국방성 건물을 거쳐서 식당으로 향했다. 복구할 만한 경제적 상황이 여의치 않았고, 전쟁의 참혹상을 잊지 말자는 이유로 그대로 보존되어 왔는데, 지금은 이 도시의 명물 중 하나로 되어 있다. 코소보 사태는 천 명 정도의 사상자를 낸 것인데, 알바니아 계와 세르비아 계 주민의 충돌에서 비롯되었다. 코소보는 세르비아 중세 왕국의 수도가 있었던 곳이며, 세르비아정교회 최초의 독립대교구가 성립된 곳이기도 하므로 세르비아인들은 누구나 자국 영토로 인식하고 있다. 그런데 터키제국은 이곳으로 무슬림인 알바니아인들을 대량으로 이주시켜 지금은 170만 인구 중 90%가 알바니아인으로 구성되어 있다. 발단은 알바이아 인들이 소규모로 일으킨 인종 청소에서 비롯되었는데, 세르비아인들이 대대적으로 보복을 하자 미국은 코소보 내에서 세르비아의 경찰병력을 철수할 것을 요구하였고, 이를 수용하지 않자 최신 무기인 레이저로 유도하는 제이담으로 세르비아군 총본부를 폭격한 것이다.

점심을 든 곳은 Novi Beograd Privomajska 8에 있는 왕푸(王府?)라는 사천식 중국식당이었다. 베오그라드에는 중국인이 8천 명 정도 살고 있다고 한다. 식사를 마친 후 현지가이드와 작별하여 우리는 19번 국도를 따라서 샤박이라는 다소 큰 마을을 거쳐 사바 강의 지류인 드리나 강에 다다랐고, 강을 따라 한참 동안 나아가 즈보르니크라는 곳에서 출입국 심사를 받았다. 심사를 대기하고 있는 중에 세르비아의 경찰이 기사를 통해 "빨리 끝내줄 테니 5유로 달라"는 메시지를 보내왔으므로, 급행료를 지불하고서 통과하였다. 보스니아-헤르체고비나의 경내로 들어온 이후로도 한참동안 드리나 강을 따라서 나아갔다. 강물은 드물게도 푸른데, 내 어린 시절에『드리나 강의 다리』인가 하는 제목의 소설이 있었던 것으로 기억된다. 강을 떠난 이후 또 한참 동안 시골길로 나아가다가 산맥을 넘어서 밤 8시가 훨씬 지난 어두운 시각에 보스니아-헤르체고비나의 수도인 사라예보에 닿았다.

Dr. Mustafe Pintola 23, Iliza에 있는 할리우드(Hollywood) 호텔에 들어 167호실을 배정받았다. 사라예보에 들어서니 길거리에 도로 안내판을 제외하고서는 키릴 문자가 눈에 띄지 않았고, 시내 여기저기에 이슬람교의 모스크가 눈에 띄며, 호텔 안에도 이슬람 복장을 한 사람들이 많았다. 이 나라 인구 400만 명 중 40%가 무슬림이며, 현재 1인당 GNP는 5천 불 수준이라고 한다. 통화는 마르카를 쓰는데, 가치는 1/2 유로 수준이다. 이 나라는 얼마 전 우리가 거쳐 온 세르비아계 주민들이 주로 거주하는 지역인 스르프스카 공화국과 보스니아-헤르체고비나 공화국이 함께 존재하는 1국가 2체제 구조이며, 보스니아계·크로아티아계·세르비아계가 따로 대통령을 뽑아 8개월씩 돌아가며 집정하는 대통령평의회를 구성하고 있다.

사라예보는 산으로 둘러싸인 도시였다. 국경에 접근하자 내 휴대폰에는 여행경보 1단계(여행유의) 국가이니 주의하라는 문자메시지가 들어왔다. 1992년 무렵에 있었던 보스니아 내전의 상처가 아직도 채 아물지 못한 모양이다. 보스니아도 세르비아와 마찬가지로 아직 EU에 가입되어 있지 않다.

■■■ 31 (목) 화창한 봄 날씨

6일차.

오전 8시에 호텔을 떠나 사라예보 시내를 관통하는 간선도로를 따라 나아가 국립박물관 앞에서 현지 가이드 김관호 씨를 만났다. 사라예보 시는 해발 500m 정도 되는 분지에 위치해 있다. 보스니아-헤르체코비나란 국명은 보스나 강과 헤르체코 가문의 이름에서 유래한 것이라고 한다. 김 씨는 한국나이로 25세, 만 나이로는 23살로서, 이 나라에 있는 교민 총 8명 중 그의 가족이 6명이라고 한다. 6살 때 부모를 따라와 19년을 거주한 모양이다.

보스니아의 역사는 인접한 세르비아·크로아티아 등과 궤를 같이 하고 있다. 기원전 4세기 경 켈트족이 이 지역을 지배했으며, 이후 로마제국이 이 지역을 식민지로 편입하면서 본격적으로 역사에 등장하기 시작했다. 7세기 경 북쪽에서 남하한 슬라브족이 로마제국을 밀어내고 지배자가 되면서 이후 오랫동안 슬라브 족의 땅이 되었다. 그러나 오토만투르크제국이 북상해 침공하면서 정교회 계통의 기독교를 믿고 있던 슬라브족에게 이슬람으로의 개종을 강요하기도 하고, 많은 수의 터키계(현재는 알바니아계라 불리는) 무

슬림을 이주시켰다. 1878년 베를린 회의에 따라 가톨릭을 믿는 오스트리아
-헝가리제국이 발칸을 지배하게 되면서 종교문제가 더욱 복잡하게 얽히면
서 이 지역의 현대사를 비극으로 물들였다.

1908년 오스트리아는 러시아의 양해를 얻어 보스니아 지역을 강제로 병
합하게 된다. 발칸반도의 통일된 제국을 꿈꾸던 세르비아는 격렬하게 반발
했으며, 결국 1914년 6월 28일 보스니아의 사라예보를 방문했던 오스트리
아의 프란츠 페르디난트 황태자와 그의 아내 소피아가 세르비아의 민족주
의 청년에게 암살되면서 1000만 명 이상이 사망하는 제1차 세계대전이 발
발한다. 세계대전 이후 보스니아는 세르비아·크로아티아·슬로베니아 왕국
에 합병되어 유고슬라비아왕국의 일부가 된다. 그러나 얼마 되지 않아 제2
차 세계대전이 발발하자 나치 독일이 침공하면서 유고슬라비아왕국은 멸망
했다.

제2차 세계대전 이후 발칸반도에는 유고슬라비아 사회주의 연방공화국
이 수립되었다. 유고연방 시절에는 그 경제 수준이 세계에서 다섯 번째였다
고 한다. 이를 통치하던 티토대통령은 그 부모와 아내가 모두 서로 다른 민족
사람으로서, 유고슬라브 즉 남슬라브 민족이라고 하는 매우 넓은 공통점으
로써 단합을 이루었지만, 1980년 그가 서거하고 1989년에 세르비아계 민
족주의자인 슬로보난 밀로세비치가 대통령이 되면서 세르비아계의 다른 민
족에 대한 차별 및 탄압이 심해졌으며, 결국 1991년 크로아티아와 슬로베니
아가 독립을 선언한다. 1992년 보스니아도 독립을 선언했다. 당시 크로아
티아와 격렬한 내전을 벌이던 세르비아는 보스니아에 거주하는 세르비아인
들을 선동하여 내전을 일으킴과 동시에 보스니아를 침공해서 수도인 사라
예보를 포위한다. 이 과정에서 내전을 일으킨 세르비아 민병대는 인종 학살,
강간 등 수많은 전쟁범죄를 저질렀으며, 결국 미국을 위시한 NATO가 개입
하여 폭격이 세르비아의 수도인 베오그라드로 이어지면서 밀로세비치 대통
령을 협상 테이블로 나오게 했으며, 1995년 미국에서 데이턴 협정이 체결되
면서 보스니아 내전은 종료되었다.

그러므로 '유럽의 화약고'라 불리는 발칸반도에서도 사라예보는 그 중심

에 위치해 있다고 할 수 있는 것이다. 사라예보는 3년에 걸친 세르비아 군과 민병대의 포위기간 중에 45만 명이던 인구가 30만 명만 남았을 정도로 수많은 사람들이 희생되었다. 1984년 동계올림픽이 개최되었던 스타디움을 비롯한 여러 곳이 현재 공동묘지로 사용되고 있는데, 하얀색 묘지는 무슬림, 검은색 묘지는 정교도를 상징한다. 또한 사라예보는 1973년 세계탁구선수권대회에서 이에리사 선수가 금메달을 획득했던 곳이기도 하다.

사라예보는 44%의 보스니아계(이슬람), 31%의 세르비아계(동방정교), 17%의 크로아티아계(가톨릭) 그리고 8%의 다른 민족으로 구성되어져 있다고 한다. 그래서 사라예보는 '유럽의 예루살렘'이라는 별명으로 알려져 있다. 가톨릭 성당·정교 교회·이슬람 모스크, 심지어는 유대교 회당인 시나고그까지도 가까운 위치에서 모두 바라볼 수 있다.

우리는 오토만투르크 시절에 인공으로 조성한 밀야츠카 강에서 오스트리아-헝가리 제국 시절에 시청 건물로서 지은 것이나 유고 시절에 국립도서관으로 쓰이다가 지금은 박물관으로 되어 있는 건물을 바라보며 시내 관광을 시작하였다. 4일 전까지 이 도시에는 눈이 내렸다고 하나 지금은 완연한 봄 날씨였다. 보스니아에서 가장 오래 되었다는 황제 모스크와 황제 다리를 지나 오스트리아 황태자 부부가 암살된 현장인 밀야츠카 강 위의 라틴 다리와 저격수인 19세 소년 가브릴로 프린츠프(가브리엘라 핀치)가 숨어 있었던 당시의 모리츠 실러 카페로서 현재는 사라예보 박물관으로 되어 있는 곳, 당시 황태자의 숙소였던 Hotel Europe, 터키 식의 시장인 베지스탄 마켓과 비즈니스 센터였던 타실리한 등을 둘러본 다음, 서로 멀지 않은 곳에 위치한 가톨릭 성당, 정교회 사원, 1531년에 건축되었다는 이슬람 모스크 등을 방문했다.

정교회 사원 앞의 해방공원에서는 마당에서 서양 체스를 두고 있는 노인들과 『드리나 강의 다리』로써 1961년에 노벨문학상을 수상한 유고 시절의 소설가 이보 안드리치(1892~1975)의 흉상을 보았다. 그는 크로아티아 사람이었다고 한다. 가톨릭교회의 마당에서는 건물에 남은 총탄 자국과 그 마당의 폭탄 자국에 붉은색 고무를 채워놓은 이른바 '사라예보 장미'를 보았다. 이슬람 모스크 옆의 화장실도 사원이 건설되던 당시에 만들어진 것이라고 하는데 무료였다. 이곳의 무슬림들은 하루 다섯 번의 예배를 지키는 사람은 별로 없고 한 주에 한두 번 정도만 기도하며, 계율로 금지된 음주도 하고, 종교는 부모님의 문화라는 정도의 인식을 가진 사람이 대부분이라고 한다. 나는 구시가를 걷는 도중에 석류 즙을 파는 사람에게서 5유로에 액즙 두 병을 사서 일행과 나누어 마셨다. 우리는 금세공품 등의 기념품점들이 늘어선 펠하디아 중심거리라는 곳에서 10시 25분까지 자유 시간을 가졌다.

사라예보를 떠난 다음 E73(17번국도)을 따라 약 2시간 남쪽으로 이동하여 헤르체고비나의 중심도시 모스타르로 향하였다. 여러 개의 터널을 지나고 눈 덮인 산을 바라보면서 나아갔는데, 도중의 콘지크라는 좀 큰 마을에서부터 댐으로 이루어진 호수가 나오고 그 댐을 이룬 네레트바 강을 따라서 남쪽으로 내려갔다. 강물은 매우 맑아 푸른색이 선명하였다.

모스타르에는 하얀색 돌로 만들어진 터키 식 다리인 스타리 모스트를 보러 왔다. 우리는 그 다리 근처에 있는 샤드르반이라는 이름의 식당에서 터키 식 점심을 들었다. 점심을 든 후 다리를 건너서 그 일대의 기념품점 거리를 산책하다가 엊그제 고장 난 것을 대신할 새 실내화를 하나 샀다. 다리는 네레트바 강 위에 놓인 것으로서, 스타리 모스트란 '오래된 다리'라는 뜻을 가지고 있다. 강을 기준으로 좌우의 마을이 회교권과 정교권으로 확연히 나뉘는데, 오토만투르크가 이 지역을 장악한 뒤 두 종교 간의 화합을 위해 1557년에 건설하여 1566년에 완공했다. 내전 당시 크로아티아의 포격에 의해 파괴되었는데, 이후 유네스코의 지원으로 복구되었으며, 2005년에 유네스코 세계문화유산으로 지정되었다. 다리의 폭은 4m, 길이는 30m, 네레트바 강에서의 높이는 약 24m이다. 모스타르는 이 다리 하나 때문에 수도인 사라예보보다도 관광객이 더 많이 찾는 명소가 되었다.

모스타르를 떠난 다음, 다시 남쪽으로 약 40분간 이동하여 성모발현지라고 하는 메주고리예로 향하였다. 지나는 곳마다 나무에 꽃들이 만발해 있고, 가는 도중의 길가에도 내전 때 파괴된 건물들이 가끔씩 눈에 띄었다. 메주고리예는 '산과 산 사이'라는 뜻이라고 한다. 원래 몇 십 가구 밖에 살지 않는 작은 마을이었는데, 1981년도에 아이들에게 발현한 뒤 몇 차례 더 성모가 나타났다고 하지만, 로마 교황청에서 공식적으로 인정하지는 않은 모양이다. 찾는 사람의 반 이상이 이웃한 이탈리아나 스페인에서 온다고 한다. 친구인 김병택 교수의 부인이 여러 차례 이곳을 방문하여 장기간 체류해 왔고, 김 교수 자신도 온 적이 있었던 곳이다. 마을 가운데에 성 야곱 성당이 위치해 있고, 그 부근에 십자가에 매달린 예수님의 한쪽 다리에서 아주 조금씩 聖水가 돋는다고 하는 청동 예수상이 있었다. 우리가 갔을 때도 그 앞에 서양 사람들이 줄을 서서 자기 차례를 기다리고 있었고, 예수의 다리 정강이 가까운 부분에서 실제로 두어 군데에 조금씩 물방울이 돋는 것이 보였다. 우리 일행 중 나를 포함한 일부는 인솔자 이영실 씨를 따라 상당한 거리를 걸어서 성모가 발현한 장소 입구의 산기슭에 세워진 두 개의 청색 십자가에까지 가 보았다. 이 일대의 산들은 울퉁불퉁한 바위로 이루어 있는데, 그 바위의 요철이 매우 심해 오르기 어려웠지만 그 길로 올라가는 사람들이 제법 있었다.

메주고리예를 떠난 다음 2차선인 6번 국도를 따라 2시간 정도 동남쪽 방향으로 이동하여 밤 8시가 훨씬 지난 밤중에 몬테네그로와의 국경에 인접한 트레비네에 도착하였다. 도로는 인가가 별로 없는 고원지대로 계속 이어져 있었다. Luke Vukalovica 1에 위치한 Leotar 호텔에 들어 605호실을 배정받았다. 대리석을 풍부하게 사용한 것을 보면 꽤 오래된 호텔인 모양인데, 엘리베이터가 없었다.

■■■ 4월 1일 (금) 맑음

7일차.

오전 8시에 호텔을 출발하여 이웃한 나라인 몬테네그로로 향했다. 이 나라는 아직 한국과 미수교국이며, 인구 70만에 강원도 정도 크기이다. 2006

년에 독립을 선포한 유럽의 신생국가이다. 몬테네그로란 세르비아어(이탈리아어?)로 '검은 산'을 뜻하는데, 이 지역에 어제 메주고리예에서 본 것과 같은 다소 검은 빛의 울퉁불퉁한 돌로 이루어진 디나르 알프스 산맥이 있어 그런 이름이 붙여졌다. 통화는 유로를 사용한다. 산으로 둘러싸여 있어 국토의 1/3이 국립공원이며, 발칸반도에서 오토만투르크의 침략을 막아내어 그 지배를 받지 않은 유일한 나라라고 한다. 그러나 크로아티아가 오토만투르크의 지배를 받지 않은 유일한 나라라고 들은 바도 있어, 어느 쪽이 진실인지 좀 혼란스럽다.

6호선 국도를 따라 동쪽으로 조금 나아가니 국경이었다. 입국 시 기사가 담당 경찰에게 맥주와 물을 여러 통 갖다 주는 모습을 보았다. 입국한 지 얼마 후 6번 국도를 버리고서 남쪽으로 얼마간 내려가 피오르드 지형으로 이루어진 호수 같은 모양의 아드리아 해를 만났는데, 그곳은 우리가 오늘 오후에 방문할 코토르에 속한다. 그러나 우리는 그 호수 같은 바다에서 건너편과의 거리가 가장 짧은 곳으로 이동하여, 승객이 없는 차량 운송용 페리에 차를 싣고서 약 10분 간 이동하여 바다를 건넌 뒤 다시 2번 국도를 타고서 40분 정도 동남쪽 방향으로 나아가 첫 번째 목적지인 아드리아 해변의 대표적 휴양지 부드바에 닿았다. 길가의 집들은 유리 창문 바깥에다 나무로 된 두꺼운 덧문을 달아 이중창을 하고 있었는데, 바닷가의 뜨거운 햇볕을 차단하고 실내의 보온도 겸한 기능을 하는 것이라고 한다.

부드바는 그리스 신화 속 카드모스에 의해 도시가 처음 만들어졌다고 하는 만큼 그리스의 영향이 남아 있으며, 아드리아 해 연안의 도시 중 특히 오랜 역사를 가지고 있다. 하지만 1979년에 있었던 대지진으로 인하여 도시의 대부분이 파괴되었다가 지금은 거의 재건되었다. 우리는 성채로 이루어져 있는 구 시가지를 둘러보았다. 구시가지 내의 건물들은 대부분 상점으로 되어 있고, 베네치아 양식으로 지어진 건물들이 많은데, 이는 오랫동안 베네치아의 통치를 받았기 때문이다.

여기서 우리는 정오까지 한 시간 남짓 자유 시간을 가졌다. 나는 2.5유로의 입장료를 요하는 성채 위로 올라가 그다지 넓지 않은 경내를 두루 돌아다니며 주변의 경치를 감상하였다. 그 중의 넓은 방 하나는 도서관으로 꾸며져 있었다. 성채를 나온 후, 나는 혼자서 그 옆의 그레코 해변을 걸어 반대쪽 끝까지 가본 후 시가지의 중심도로를 따라서 돌아왔다. 성채에서 가까운 해변은 요트장이고, 좀 더 멀리 떨어진 곳은 해수욕장이었다.

SL Ovenska Obala 10에 있는 야드란이란 식당에 들러 중식을 들었는데, 나는 일행에게 생맥주 10잔을 샀다. 그런데 알고 보니 각 테이블마다에 1인당 한 잔씩 보드카가 이미 놓여 있었다. 부산에서 온 부부가 소주를 가져와 식사 때나 여행 중 버스 안에서 권하므로 몇 번 받아 마셔 왔는데, 그가 가져온 술이 어제로 다 떨어졌다고 하므로 간밤에 외출 나가는 룸메이트 곽씨에게 부탁하여 15유로짜리 보드카 한 병을 사서 오늘 아침 그에게 맡긴 바 있었다. 나는 그 술인 줄로 알았으나, 그렇지 않고 식사에 따라 나온 것이었다.

12시 50분에 부드바를 출발하여 왔던 길을 되돌아 반시간쯤 달린 후에 다음 목적지인 코토르에 닿았다. 코토르는 몬테네그로의 대표적인 여행지로 손꼽히는 곳으로서, 고대 로마 시대부터 사람들이 살았던 오래된 도시다. 도시가 번영하기 시작한 것은 비잔틴제국의 유스티니아누스 1세 때 요새가 건립되면서부터이다. 특히 베네치아공화국의 오랜 통치를 받았던 시절의 건축물들이 많이 남아 있고, 두 번의 지진으로 무너졌다가 유네스코의 지원으로 복원되었으며, 성벽 안의 구시가지는 유네스코 세계문화유산으로 등록되었다. 성벽은 돌산 위로까지 이어져 한 바퀴 둘러쳐져 있어 만리장성 같은 모양을 하고 있었다. 이러한 견고한 방어시설로 말미암아 터키의 침공을 막아낼 수 있었던 것이다.

구시가지는 부드바보다는 크지만 반시간 이내에 다 둘러볼 수 있을 정도의 규모였다. 중앙광장에 1602년에 건축된 시계탑이 있고, 또한 성 안에 코토르를 다스리던 가문들의 저택이 남아 있었다. 성 안의 성 트뤼폰 성당은 1166년에 건축된 것으로서, 그 양쪽 종탑의 벽면에 각각 1166과 2016이란 숫자가 적혀 있는데, 이는 창건된 연도와 지진으로 말미암아 무너졌다가 마지막으로 복구된 연도를 적어놓은 것이다. 또한 경내에는 성 루카 광장이 있고 그 옆에 두 개의 정교 교회가 있는데, 나는 그 중 하나에 들어가 키릴문자로 SV 바실리예 오스트로슈키라고 적혀진 聖人像이 그려진 이콘 하나를 10유로에 구입하였다. 불가리아의 소피아에서 산 것은 46유로 부르는 것을 40유로로 깎았었는데, 이곳의 것은 비슷한 크기임에도 불구하고 그것에 비하면 엄청나게 쌌다. 소피아의 것은 뒷면에 그것을 만든 사람의 서명이 들어있었는데, 그 때문인지도 모르겠다. 뜻밖에도 이곳에서 소피아에서의 우리 현지 가이드를 만났다. 그도 친구들과 함께 놀러온 모양이었다. 또한 뜻밖에도 이 성에 입장할 때 한글로 된 안내지도를 배부 받았다.

몬테네그로의 역사는 9세기 비잔틴 제국의 제후국으로서 시작하였다. 1077년 교황 그레고리오 7세에 의해 독립국가로 인정되면서 처음 국가로서의 기반을 다졌다. 여러 전쟁에 의해 과도기를 겪다가 제1차 세계대전 이후 세르비아·크로아티아·슬로베니아 공화국(왕국?)에 흡수되어 독립국가로서의 지위를 상실했으며, 제2차 세계대전 때는 이탈리아와 독일 등에 점령당하기도 했다. 제2차 세계대전 이후 유고연방을 구성하는 6개 공화국 중 하나로 편입되었으며, 연방 붕괴 과정에서 몬테네그로는 1991년에 같은 민족인 세르비아와 더불어 새로운 연방을 구성하기도 했지만, 다시 독립 투표가 실시되어 2006년에 세르비아로부터 평화적으로 독립하였다.

코토르를 떠난 다음, 1시간 만에 크로아티아와의 국경에 닿았고, 크로아티아 경내를 거쳐 약 2시간 만인 오후 6시 10분에 보스니아-헤르체고비나의 22km에 걸친 유일한 해안선에 위치한 네움의 호텔에 도착하였다. 몬테네그로 출국 시에도 우리 기사가 담당 경찰에게 버스 안에서 판매하는 물을 여러 통 갖다 주는 모습을 보았다. 우리 앞에 알바니아 국적의 중형버스가 대기하고 있었는데, 담당 경찰은 이번에도 차에 탄 사람들을 모두 내리게 하여 검사를 마친 후 다시 타는 모습을 보았다. 이처럼 회교국가인 알바니아는 발칸반도의 다른 나라를 출입할 때 차별대우를 받는 것이다.

네움으로 가는 동안 주로 아드리아 해변의 E65(국도8)를 달렸다. 바다 바깥쪽에 섬들이 늘어서 있어 시원하게 트인 모습은 별로 보이지 않았다. 몬테네그로에서도 사이프러스나무를 더러 보았지만, 크로아티아 경내로 들어오니 통과하는 곳마다에 사이프러스가 온통 숲을 이루고 있었다. 내 생전에 이렇게 많은 사이프러스는 처음 보았다. 도중에 내일 방문할 이번 여행의 대표적 관광지 두브로브니크를 차창 밖으로 내려다보았다. 그곳을 지날 때 유고 연방 탈퇴 후 초대 대통령의 이름이 붙은 현수교를 지나갔다. 그 주변에 유럽인들이 즐겨 먹는 홍합양식장도 있었다. 네움에 도착한 후 호텔 루나의 202호실에 들었다. 바다에 면한 것인데, 바다를 바라볼 수 없는 방은 넓은 데 비해 이쪽 방이 너무 좁았다.

크로아티아의 면적은 한국 영토의 절반 정도이며, 인구는 4백만 남짓 된다. 1991년에 슬로베니아와 함께 최초로 유고연방을 탈퇴하였는데, 탈퇴후 경제적으로는 어느 정도 성공을 거두어 현재 국민소득이 14,000불 정도된다. 수도인 자그레브의 북쪽은 오스트리아-헝가리 제국의 영향이 많이 남아 있고, 남부 해안지방은 베네치아의 영향이 많다고 한다. 이 나라에 들어서니 키릴 문자는 전혀 찾아볼 수 없고 도로 표지도 라틴문자 일색이었다.

■■■ 2 (토) 흐림

8일차.

8시에 출발하여 50분에서 1시간 정도 이동하여 어제 스쳐지나온 두브로브니크로 향했다. 호텔을 떠날 때 한국에서 가져온 휴대용 이쑤시개를 빠트리고 말았다. 보스니아-헤르체고비나의 땅인 네움으로부터 이웃한 크로아티아로는 여권 검사 없이 간단한 신고만으로 통과할 수 있다. 크로아티아는 약자를 HR로 쓰는데, 이 나라 사람들은 자국 명을 크로아티아라고 하지 않고 흐르바트스카라고 부르기 때문이다. 넓은 바다를 차지한 이 나라에는 아드리아 해안을 따라 천 개가 넘는 섬들이 있다.

유고연방의 대통령이었던 티토가 네움을 보스니아-헤르체고비나로 넘겨주었는데, 1992년 보스니아가 독립하면서 네움은 크로아티아 땅을 둘로나누는 장벽이 되고 말았다. 그러나 불과 22km의 해안선만을 가진 보스니아는 네움 일대가 항구로서 적합하지 못하기 때문에, 크로아티아에서 두 번째로 큰 도시이자 가장 큰 항구인 스플리트 쪽에 인접한 크로아티아의 해안을 빌려서 항구로 쓰고 있다. 크로아티아는 이탈리아에 인접해 있으므로 이탈리아 사람들이 많이 사는 모양이다.

크로아티아의 역사는 9세기경부터 본격적으로 시작되었다. 그 이전에는 여러 나라들의 지배를 받다가 9세기 이후 통일이 되어 크로아티아 왕국이 탄생하였다. 하지만 이후로도 헝가리왕국에게 통치권을 빼앗기면서 합병되기도 했었지만, 그 당시에도 법률상으로는 독립된 국가로 인정을 받았다. 15세기 후반 오토만투르크가 침략했을 때에는 헝가리·체코슬로바키아·슬로베니아와 연합을 했으나 전투에서 패하고 합스부르크 왕가의 지배를 받았다. 이후 오스트리아-헝가리제국의 지배를 받다가 제1차 세계대전에서 그 제국이 패한 후 세르비아-크로아티아-슬로베니아 왕국을 결성했다.

크로아티아의 최남단에 위치한 두브로브니크는 '아드리아 해의 진주'라 불릴 정도로 크로아티아 여행의 핵심 포인트이다. 중세 시대에는 아드리아 해에서 중요한 무역의 거점이 되면서 크게 성장했고, 베네치아공화국의 지배를 받다가 1358년 라구사라는 도시국가로 탈바꿈한다. 그러나 1667년의 대지진으로 경제적 기반을 상실하고 서서히 쇠퇴의 길을 걷게 되었으며, 1808년 나폴레옹이 이곳을 점령하면서 독립국가로서의 지위를 상실했다. 제2차 세계대전 이후에는 유고슬라비아 연방에 편입되었다가 1991년 내전이 끝난 후 크로아티아의 영토로 편입되었다. 내전 당시 세르비아의 군대가 두브로브니크를 포위하고서 포격을 가해 도시의 건물 상당수가 파괴되었는데, 전후 유네스코 등의 지원을 통해 대부분의 유적들이 복원되었다. 지금도 복원된 건물들은 주홍빛 기와로 된 지붕의 색깔이 예전 것에 비해 좀 더 짙어서 쉽게 구분된다.

어제 통과한 현수교 옆에서 차를 내린 후 봉고 형 중형버스로 갈아타, 두브로브니크의 전경을 한 눈에 담을 수 있는 해발 415m의 스르지 산으로 올라가서 케이블카를 탔다. 중형버스 기사는 젊어보였지만 대머리였는데, 유럽에 대머리가 많은 것은 석회질 성분이 많은 물 때문으로서, 그 식수가 모공을 막아 머리카락이 빠지는 까닭이라고 한다.

두브로브니크 일대에는 'SOBE'라고 적힌 집들이 다른 지방보다도 특히 많은데, 대체로 그 옆에 영어로 'Rooms'라고 곁들여 썼다. 아드리아 해 일대의 가장 유명한 관광지인 이곳에는 성수기가 되면 호텔이 부족하므로 민가에서도 방을 대여해 주는 것이다. 두브로브니크란 '참나무가 많은 곳'이라는 뜻이라고 한다. 이곳처럼 산 위에서나 버스를 타고 가면서 바라보면 아드리아 해 일대의 산들은 대부분 거무튀튀한 바위로 되어 있어 나무가 전혀 없거나 있더라도 키 작은 관목뿐임을 알 수 있다. 발칸에 와서도 가는 곳마다에서 한국인들을 볼 수 있었다. 특히 이 아드리아 해 일대에 더욱 많은 듯하다.

　두브로브니크 구 시가지를 둘러싸고 있는 성벽은 바닷가의 바위 절벽 위에 세워졌는데, 13세기부터 16세기까지 외부의 침략을 막기 위해 지은 이중으로 된 것이다. 총 길이가 약 2km에 달하고, 내륙 쪽의 성벽은 최대 6m, 해안 쪽은 1.5~3m 정도의 두께로 둘러싸여 있으며, 4개의 요새가 세워져 있고, 성벽 밖에도 한 개의 요새가 있다. 우리는 성 안에서 블랑카라는 이름의 현지 가이드를 만난 다음, 그녀와 동행하여 몇 군데를 둘러보았다, 종탑 앞 루자 광장에서 3개의 문 중 가장 많은 사람들이 드나드는 필레 문까지 이어지는 300m의 큰 길이 플라차(그리스어로 '길')로서, 같은 뜻을 지닌 베네치아 어로는 스트라둔이라고 불린다. '성모 승천 대성당'이라고도 불리는 두브로브니크 대성당 안에 들어갔다가 루자 광장으로 돌아온 이후 10시 35분까지 약 20분간 자유 시간을 가졌다. 성 안에는 한글이 적힌 판매대도 있었다. 루자 광장의 가판대에서 이 나라 명품인 포도주와 생굴을 팔고 있었는데, 이 나라 돈인 쿠나만 받으므로 살 수 없었다.

　자유시간이 끝난 후, 다시 모여 함께 성벽 위를 걸어보았다. 성내의 집들은 부엌이 꼭대기에 위치해 있다고 한다. 네 개의 요새 중 제일 높은 민체타 요새까지 올라가 보았다가 수리 중인 오노프리오스 분수 쪽으로 내려왔다. 동력 보트를 타고서 바다 위를 돌아 성벽을 바깥쪽에서 바라보고, 건너편에 있는 섬까지 한 바퀴 돌고 온 다음, 보트 타는 곳 근처의 Poklisar라는 식당에서 쌀을 반쯤 익혀 죽처럼 만들어서 홍합을 섞은 블랙 리조토라는 이름의 이곳 별미인 검은색 음식으로 중식을 들었다. 나는 성 안에서 10유로 주고서 흰색 선장 모자를 하나 샀고, 서점에 들러서는 작은 수첩도 하나 샀다. 이곳의 케이블카와 유람선, 성벽 투어는 옵션으로서 우리는 1인당 90유로를 이미 지불하였다.

다시 네움으로 돌아와 Jadran 호텔 옆의 슈퍼에 들렀는데, 거기서는 보스니아와 크로아티아에서 만들어진 음악 CD를 각각 하나씩 샀다. 그 슈퍼의 입구에 한·중·일과 대만의 국기가 붙어 있었는데, 과연 손님 대부분이 동양 사람이었다.

다시 크로아티아 땅으로 들어와 고속도로를 따라서 다음 목적지인 스플리트로 향했다. 고속도로에 진입하기 전의 국도에서 네레트바 강이 아드리아 해로 흘러들어가는 곳을 지났다. 인솔자의 설명에 의하면, 넥타이·만년필·낙하산은 크로아티아에서 처음 만들어졌다는 것이었다. 그러나 나는 다른 곳에서 넥타이가 처음 만들어졌다는 나라를 방문했던 적이 있는 듯하다.

스플리트에서는 3세기 경 로마 황제였던 디오클레티아누스가 만든 궁전에 들렀다. 총 면적 3,000㎡ 정도 되는 정방형의 궁전이었다. 그는 이곳 인근에서 태어났으며, 후기 로마제국의 통치기반을 다진 황제로 이름났는데, 기독교를 박해하였다. 이 궁전은 황제가 은퇴 후 이곳 자신의 고향에서 만년을 보내기 위해 295년부터 305년에 걸쳐 건축했다. 동서남북 각 방향으로 문이 나 있는데, 황제가 출입하던 남문은 당시에는 바다에 바로 접해 있었다고 한다. 그러나 지금은 매립되었는지 종편 TV의 예능프로 「꽃보다 누나」에서 김자옥이 아이스크림을 사 먹었던 상점 등이 늘어서 있는 리바 거리로 변해 있다. 이곳에서도 현지 가이드인 중년 여성 릴리가 나와 우리와 동행하였는데, 그녀의 말에 의하면 이곳에만 해도 현지 가이드가 800명이나 있다는 것이다 유럽 여러 나라에서는 일종의 복지정책으로서 이처럼 유휴인력을 문화관광해설사 식으로 활용하고 있는 것이다.

1시간 정도 성안을 둘러본 후, 다시 고속도로를 따라서 한 시간 정도 이동하여 오후 7시경에 오늘의 숙소가 있는 쉬베닉에 도착하였다. 숙소인 Jadran 호텔까지는 대형버스가 진입할 수 없어 트렁크만 먼저 중형버스에 실어 보내고 우리는 걸어갔다. 202호실을 배정받았다. 인솔자의 말로는 이 나라는 와인으로 유명하고 값이 싸서 15유로 이하의 것도 훌륭하다고 하므로, 스플리트의 궁전에서는 유료 화장실 부근의 와인 점에 들러 일행 몇 명과 함께 좀 마셔보려 했으나, 한 병에 75유로라 하고 싼 것도 40유로를 부르는 지라 비싸서 포기했는데, 인솔자에게 그 말을 했더니 그녀가 석식 때 와인을 샀다. 나는 부부끼리 온 사람 셋과 한 테이블에 앉아 보드카도 마셨다.

■■■ 3 (일) 아침에 짙은 안개 후 개임

9일차.

오전 8시에 호텔을 출발하여 쉬베닉을 떠난 후, A1 고속도로에 올라 약 한 시간 정도 북상하여 다음 목적지인 자다르로 향했다. 도중에 스크라딘 전망대에 들를 예정이었으나, 그 근처까지 갔다가 기사가 길을 잘못 들어 포기하고서 바로 자다르로 향했다. 가는 도중의 버스 안에서 스마트폰을 켜 아내가 올린 카톡 사진을 통해 아내가 4월 1일자로 명예교수에 추대되었다는 인사발령장을 보았다.

크로아티아 달마티아 지역의 주요 도시인 자다르는 아드리아 해 북부에 위치한 항구 도시이다. 성벽에 둘러싸인 요새 도시로서, 고대 로마 시대의 흔적을 그대로 간직하고 있는 곳이다. 로마인들은 이곳을 지배하는 동안 전형적인 고대 로마 도시를 건설했다. 중세 시대에는 로마 교황청이 직접 이곳을 관리하기도 했고, 14세기 말엔 크로아티아 최초로 대학이 세워졌다. 자다르 근교에 140여 개의 섬으로 이루어진 코르나티 군도가 있는데, 이곳이 바로 셰익스피어의 희곡 『12夜』의 배경이 된 곳이다.

우리는 성벽을 따라 돌아가 구시가가 위치해 있는 곳의 끄트머리로 가서 '태양의 인사' 바로 옆에 하차하였다. 이곳은 니콜라 바시츠라고 하는 건축가가 시멘트 바닥에다 설치한 태양광 패널로 에너지를 모아 밤이 되면 형형색색의 화려한 불빛을 이루어 환상적인 느낌을 주는 곳이다. 그 옆에 2005년에 같은 건축가가 설치한 '바다 오르간'도 있다. 해변을 따라 나있는 산책로에 기다랗게 35개의 조그맣고 동그란 구멍을 뚫고, 계단 측면에는 바람이 드나들 수 있는 가늘고 길쭉한 구멍들을 많이 만들어, 파도가 파이프 안의 공기를 밀어내면서 소리를 내도록 만든 장치이다.

다음으로는 고대 로마의 초대 황제인 아우구스투스 때 만들어진 시민 광장이었던 포룸으로 향했다. 제2차 세계대전 당시 폭격으로 손상되어 지금은 그 잔해만 남았는데, 돌로 된 로마의 건축물 일부들이 많이 진열되어져 있었다. 광장 주변에는 고고학박물관을 비롯해 로마 시대의 유적들이 많이 남아 있다. 그 근처에 비잔틴 양식으로 만들어진 성 도나타 성당과 로마네스크 양식의 자다르를 대표하는 성 아나스타샤 대성당이 있다. 우리는 구 시가지의 중심인 중세 시대의 나로드니 광장을 거쳐 16세기 베네치아 인들이 오토만 투르크의 공격에 대비하여 비상식수를 확보하기 위해 판 '다섯 개의 우물'까지 걸어갔다.

나는 혼자서 성벽 윗길을 걸어 돌아오다가 다시 옆문을 통해 포룸 부근으로 들어왔고, 대로변의 상점에 들러 약 20유로를 지불하고서 Antun Travirka가 지은 『Dalmatia: History·Culture·Art Heritage』 (Forum-Zadar, 2011)를 한 권 샀다. 내가 어제 산 두 장의 CD 중 크로아티아 것의 제목은 「Golden Dalmatian Songs」 vol. 1로 되어 있는데, 이 책에 의하면 달마티아 지방이란 로마 등 이탈리아의 유적이 많이 남아 있는 아드리아 해변의 자다르로부터 두브로브니크에 이르는 구역을 말한다. 아드리아 해 건너편이 바로 이탈리아 반도인 것이다. 이번 크로아티아 여행의 주된 목적지인 이곳 달마티아 지역의 유적들 안은 모두 구 시가지로 되어 있어 상점들이 많고, 심지어 어제 본 궁전 건물의 일부에까지 민가가 들어서 있었는데, 어떻게 보면 유적 안에 사람이 삶으로서 오히려 더 보존이 잘 되는 것이 아닌가도 싶었다. 이번 여행에는 가는 곳마다에서 한국에 별로 없는 흰색 민들레를 많이 보았다. 이곳 성벽 옆의 항구 너머로는 신시가지였다.

한 시간 정도 자다르를 둘러본 후, 10시 40분까지 차로 돌아와 다음 목적지인 크로아티아 최초의 국립공원이자 유네스코 세계문화유산으로 지정되어져 있는 플리트비체로 향했다. A1 고속도로에 올라 얼마간 나아가다가 1번 국도로 빠져서 북상했다. 국도는 2차선이었다. 국립공원에 다다르기 13km 전의 루다노박이란 곳에서 Vila Velebita라는 식당에 들러 그릴에 구운 송어로 점심을 들었다. 이 식당 부근이 내전 당시 세르비아와 크로아티아간의 격전지였다고 한다. 가는 도중의 차 안에서 인솔자가 내일 갈 슬로베니아의 블레드 지역에 파업이 일어나 배를 탈 수 없다면서, 미리 지불한 옵션비용 60유로 중 30유로를 돌려주었다.

플리트비체는 16개의 호수와 90개의 폭포로 유명한 곳인데, 250년 전에 오스트리아의 군인에 의해 우연히 발견되었다고 한다. 이번 여행 중 곳곳에서 독일어가 많이 눈에 띄었고, 불가리아에서는 관광 안내의 설명문이 영어가 아닌 독일어로 적혀 있는 것도 보았는데, 내 짐작으로는 오스트리아 합스부르크 왕가의 지배를 오래 받아 그 영향이 남아 있는 것이 아닌가 싶다.

오후 1시 반에 국립공원에 도착하여 로즈라는 이름을 가진 좀 뚱뚱한 공원 직원 여성의 안내를 받아 걸어 들어갔다. 플리트비체 안에는 여러 종류의 탐방 코스가 있는데, 우리는 1번 입구에서 출발하여 짧게 하부호수만 둘러보고서 나오는 A코스를 택했기 때문에 우리가 선택한 코스를 안내해 줄 직원이 필요한 것이다. 하이라이트인 높이 78m의 폭포를 지나 안쪽의 가장 큰 코지아크 호수에서 동력선을 타고 두 번 건넌 후 Jezero(호수) 호텔 쪽으로 빠져나오는 코스였다. 탐방 도중에 중국인 관광객을 만나 그 중 한 중년 남자에게 어디서 왔느냐고 물었더니 北京에서 왔다는 것이었다. 나더러 어디서 왔느냐고 되물으므로 한국에서 왔다고 했더니 한국의 어디냐고 또 묻는 것이었다. 아마도 모를 것이라면서 진주에서 왔다고 했더니 들어 본 듯하다면서, 자기는 회의 등으로 한국을 여러 차례 방문했었다고 했다. 무슨 회의냐고 했더니 에스페란토 어를 하는 사람들 모임이라는 것이었다. 내 일본 유학시절에 에스페란토 어를 하는 정종휴(지금 전남대학교 법대 교수) 씨와 같은 아파트에 산 적이 있었지만, 지금도 그런 걸 하는 사람들이 있는가 보다.

카르스트 산악지대의 석회암 지형이 이런 장대한 풍경을 이루어낸 것인데, TV를 통해 보았던, 바로 옆으로 펼쳐진 수많은 폭포들에서 한꺼번에 여러 갈래의 물이 쏟아져 떨어지는 광경을 별로 볼 수가 없어서 유감이었다.

다시 1번 국도를 타고서 크로아티아의 수도 자그레브를 향해 북상하는 도중에 리틀 플리트비체라는 곳을 지났다. 그곳은 사유지여서 입장료를 내고 들어가야 하므로, 우리는 버스에서 내려 골짜기 아래의 여기저기에 폭포가 떨어지는 풍경을 내려다보며 사진만 찍고 말았다. 그곳의 정식 명칭은 '라스토케 물의 마을'로서, 입장료 받는 곳에는 한글로 된 설명문도 씌어져 있었다. 국도 주변은 대체로 평탄한 지형으로서 숲과 마을들로 이루어져 있고, 곳곳에 핀 노란 개나리꽃이 한국보다도 더 많은 듯하였다.

카를로박이라는 곳에서 다시 A1 고속도로에 진입하였는데, 우리 기사의 실수로 자동감응 차단기에 차의 앞부분이 부딪쳐 차단기가 파손되는 사태가 있었다. 이곳 고속도로의 차단기는 한국 것과 달라 차가 완전히 멈추어야만 올라가는데, 앞 차가 지나간 후 적당한 시간을 대기하지 못해 발생한 사고였다.

오후 5시 20분에 자그레브의 신시가지에 있는 홀리데이 호텔에 도착하여 318호실을 배정받았다. 저녁 7시 식사 때까지는 제법 시간이 남았으므로, 바로 근처에 있는 City Center라는 2층으로 된 대형 상가 건물로 가서 내부를 두루 둘러보고 이 나라 산 적포도주를 한 병 샀다. 15유로쯤 하는 것이었다. 오는 도중의 휴게소에서 일행에게 선사할 포도주 큰 통도 하나 샀는데, 식사 후에는 남아 있는 보드카를 마시느라고 그것은 따지도 못했다.

자그레브 시내에는 우리가 베오그라드에서 본 사바 강이 지나가고 있다. 이 도시는 한 나라의 수도임에도 불구하고 인구가 백만도 못 된다고 한다.

■■■ 4 (월) 맑음

10일차, 관광으로는 사실상 마지막 날이다.

오전 8시에 자그레브를 출발하여 슬로베니아 국경까지 15~20분쯤 이동하였다. 슬로베니아는 사실상 EU 국가들로 진입하는 관문이므로, 국경의 여권 검사가 좀 더 까다로웠다. 전원이 하차하여 검문소 옆에 있는 건물 안으로 들어간 후 Hrvatska, 즉 크로아티아라고 쓰인 창구에서 경찰로부터 여권에 출국 도장을 받고 그 바로 옆에 있는 슬로베니아 측 창구에서 입국 도장도 받은 다음, 다시 차에 올라 슬로베니아로 진입하게 되어 있다. A2 고속도로를 타고서 수도인 류블랴나의 외곽지대를 지나 오늘의 첫 목적지인 블레드까지 서북 방향으로 한 시간 정도 달렸다.

슬로베니아는 유적지가 많은 발칸의 다른 나라들과는 달리 아름다운 자연환경으로 사랑을 받고 있는 곳이다. 높은 율리안 알프스 산맥이 북쪽에 늘어서 있어서 '발칸의 알프스' 또는 '발칸의 녹색정원'으로 불린다. 영토는 남한의 절반보다 조금 작고, 인구는 200만 정도 되며, 국민소득도 2006년 무렵 기준으로 2만 불이 좀 넘었으므로 10년 지난 지금은 그보다도 더 높을 것이다. 유고연방을 탈퇴한 후 가장 성공한 나라라고 할 수 있다. 통화도 유로만을 쓰고 있다. 숲이 많아 창밖 풍경은 오스트리아나 스위스와 비슷하다. 이 나라에서도 키릴 문자는 눈에 띄지 않았다.

슬로베니아의 역사는 BC 181년부터 기록이 남아 있지만, 제1차 세계대전 이후 슬로베니아를 지배해 오던 오스트리아-헝가리제국이 붕괴되면서, 서쪽 땅은 이탈리아, 북쪽은 오스트리아에 속하게 되었고, 나머지 지역은 세르비아-크로아티아-슬로베니아왕국을 이루게 되었다. 이 왕국은 제2차 세계대전 때 중립국을 선언했지만, 전쟁 이후 유고슬라비아사회주의연방에 속하게 되었다. 또한 제2차 세계대전 이후 제1차 세계대전으로 이탈리아에 넘겨야 했던 영토 중 트리에스테를 제외하고는 모두 돌려받았다. 그리고 1991년에 10일 동안 세르비아와 전쟁을 치른 후 크로아티아와 함께 유고연방을 이루고 있었던 국가들 중 가장 먼저 독립을 이루었고, 2004년에 유럽연합에 가입하고, 2007년에 유로화를 채택했다.

내가 발칸을 여행하고 있는 중 3월 29일에 미국의 경자누나로부터 카톡이 왔는데, 두리와 함께 네바다를 여행하고 있다는 것이었다. 데스밸리를 거쳐 브라이스·자이언·그랜드·엔탈롭 등 캐니언 트래킹을 하였고, 세도나도 거쳐 4월 2일에 라스베이거스에서 시카고로 돌아간 모양이다.

블레드는 알프스의 서쪽에 위치한 작은 마을이다. 알프스와 성, 그리고 호수 및 그 안에 있는 작은 섬과 작은 교회가 아름다워 '율리안 알프스의 보석'이라고 불린다. 이곳에 유고 시절 티토 대통령의 별장이 있어 북한의 김일성이 보름 동안 기차를 타고 와서 방문하기도 했던 곳이다. 호수 가운데의 섬으로 가기 위해서는 플레트나라고 불리는 노로 젓는 배를 타야만 하는데, 오늘은 파업 때문에 배가 운행하지 않는다. 플레트나는 23대가 있고, 6인 이상 타야만 출발한다고 한다. 알프스의 만년설과 빙하가 녹아서 만들어진 호수 안에는 작은 섬이 있고, 그 섬 안에 성모승천성당이 세워져 있는데, 성당의 지붕에는 '행복의 종'이 달려 있어 이 종을 치면 사랑의 행운이 온다고 해서 이곳은 슬로베니아 사람들의 결혼식 장소로서 매우 인기가 있다. 섬 안에 99 개의 계단이 있어 신랑은 신부를 안고서 한 번에 그 계단을 올라야 한다.

이곳 블레드에서도 야드란(Jadran) 호텔이 눈에 띄었는데, 몬테네그로의 부드바에서 중식을 든 식당이나 네움에서 들른 슈퍼마켓 옆의 호텔, 그리고 쉬베닉에서 잔 호텔 이름도 야드란이었으므로, 기사인 알렌에게 그 의미를 물었더니 '바다'라는 뜻이라고 했다.

우리는 옵션으로 블레드 성에 올라가 주위의 풍경을 조망하였다. 성 내부에는 16세기에 만들어진 예배당이 있는데, 다소 희미하지만 그 당시의 프레스코 벽화를 볼 수 있고, 인쇄 박물관 등도 눈에 띄었다. 나는 성 안의 매점에서 호두껍질을 깨는 나무로 만든 틀과 금속제 방울 하나를 샀다. 이 일대에서 가장 높은 위치에 있는 성에서 바라보면 블레드 호수가 한 눈에 들어오고, 그 건너편으로 흰 눈에 덮인 알프스의 고봉들이 바라보인다. 이리로 오는 도중에 류블랴나를 지나서 사바 강의 상류를 두 번 건넜는데, 지도를 보면 사바 강은 이곳 알프스의 눈 녹은 물에서 발원한 것인 듯하다.

성에서 내려와, 1903년에 영업을 시작한 퍼브 건물 2층에 있는 Pizzeria 식당에서 중식을 들었다. 식당에서 나오자 퍼브 옆에 이 나라의 중년 남자들이 열 명쯤 모여 있었는데, 그 중 대머리에다 얼마 남지 않은 뒷머리를 돼지 꼬리처럼 묶고, 아래턱의 수염도 이상하게 삐죽 튀어 나오도록 깎은 남자 하나는 그 부근에 자기 승용차를 세워 두었다. 그 승용차 뒤에 커다란 오토바이를 실은 짐차가 딸려 있고, 승용차 밖의 앞과 옆면에는 크고 작은 동그라미 안에 각종 인물들의 얼굴 모습을 그려놓았다. 조수석 바깥에 자기 두상도 그려 놓았으므로, 우리 일행은 운전석으로 돌아온 그와 그의 모습을 담은 그림을 넣어서 사진을 찍었다. 우리에게 어디서 왔느냐고 물으므로 한국이라고 대답했더니, 대뜸 큰 소리로 '김일성!'이라고 외치므로 한 바탕 웃었다.

블레드를 떠나서는 갈 때와 같은 고속도로를 따라 수도인 류블랴나까지 되돌아온 후, 다시 A1 고속도로로 빠져나가 총 1시간 10~20분쯤 이동하여 이 나라 서남부의 포스토이나에 있는 석회암 동굴로 갔다. 유럽에서 가장 아름답고, 세계에서 두 번째로 긴 카르스트 동굴이라고 한다. 이 동굴이 처음 발견된 것은 1213년인데, 19세기에 오스트리아의 합스부르크 왕가가 동굴 안에 열차를 만들었다. 그래서 오늘날 총 연장 20km 중 5.2km가 일반에게 공개되어 있다. 우리는 오후 3시에 입장하여 약 한 시간 동안 동굴 안을 둘러보도록 예약되어 있으므로, 그 때까지 한 시간 남짓 주변의 기념품점들을 기웃거리며 보냈다. 그 중 한곳에서 나는 Trilobites, Ammonites, Orthoceras 의 화석 세 종류를 74유로에 구입하였다.

동굴 투어는 열차를 타고서 좁은 터널을 한참 동안 달려 들어가 종점에서 내린 다음, 안내원 남자의 인도를 받으면서 1번에서 19번까지의 동굴 내부를 걸으면서 설명을 들었고, 끝난 곳에서 다시 열차를 타고 돌아 나오는 코스였다. 다양한 언어로 해설되는 리시버가 준비되어 있었지만, 나는 화석을 사느라고 좀 늦게 입구에 도착했기 때문에 리시버를 제공 받지 못했다.

포스토이나를 떠난 다음 다시 약 30분간 이동하여 이탈리아와의 국경에서 불과 몇 킬로 떨어진 세자나라는 곳의 Partizanska Cesta 149에 있는 카지노 호텔 Safir에 도착하여 나는 217호실을 배정받았다. 그리로 가는 도중의 차 안에서 내가 어제 휴게소에서 산 적포도주를 일행이 나누어 마셨다.

세자나는 이 나라의 물류기지여서 컨테이너 트럭들이 많이 지나다닐 뿐 위락시설이나 쇼핑센터 등은 없는 곳이라 심심하기 짝이 없다. 저녁 식사 후 부부 세 쌍과 더불어 근처를 산보하다가 호텔 1층에 있는 카지노에 들러 심심풀이 삼아 노름을 좀 해보기로 했다. 그러나 카지노에는 아무나 자유로이 출입할 수 없고, 프런트에다 신분증을 제시하여 예약하고 주소를 적은 다음 즉석 사진까지 찍어야 들어갈 수 있는 것이었다. 그래서 남자 세 명만 들어가고 그 부인들은 호텔 로비에서 잡담이나 하며 기다리는 모양이므로, 노름에 취미가 없는 나는 먼저 방으로 돌아왔다.

■■■ 5 (화) 맑음

오전 7시에 1층의 호텔 식당으로 내려갔는데, 내가 커피를 받아 운반하려다가 커피가 넘쳐흘러 커피 통이 놓인 테이블 위의 흰 천에 좀 떨어지니, 직원이 불쾌해 하며 꽤 싫은 소리를 했다. 이곳 식당은 유별나게도 하나로 트인 방 중간에다 커튼을 치고서 양쪽 칸 사이에다 차단 줄까지 설치하였다. 커튼 건너편 칸에는 음식 종류가 좀 더 많은 모양인데, 우리를 비롯한 동양인은 그 칸으로 가지 못하게 하고 서양인 개인 손님만 이용하게 하는 모양이며, 단체 손님으로 보이는 서양인들은 그 쪽 칸에서 음식을 가져와 우리들 칸에서 들도록 하였다. 음식 끝에 비위 상한다는 말이 있지만, 이는 인종차별이 아닌가 싶었다.

오전 9시 반에 호텔을 체크아웃 하여 이탈리아 국경을 향하여 이동하였다. 그런데 실로 몇 분 되지도 않아서 이미 국경에 닿았다. 여권 검사는 없었다. 이탈리아의 물류 도시인 트리에스티 시의 외곽을 지나 A4 고속도로를 따라 서쪽으로 이동하여 출국 공항이 있는 베네치아 쪽으로 향하였다. 일직선으로 뻗은 고속도로에는 컨테이너 차량이 거의 끊임없이 지나다녔다.

한 시간 반 정도 이동하여 베네치아를 지난 지점의 돌로라는 곳에 있는 한국음식점 독도에 들러서 정오도 되지 않은 시각에 때 이른 점심을 들었다. 가는 도중에 로마 시대의 수도교로 보이는 곳을 통과하였다. 차창 양쪽 바깥의 풍경은 온통 넓은 들판이고, 주로 밀이나 포도를 심었는데, 아직 아무것도 심어진 흔적이 없는 텅 빈 밭이 많았다. 우리나라처럼 국토의 대부분이 산지인 이탈리아에 이렇게 넓은 들판이 있다는 것은 뜻밖이었다. 인솔자의 설명에 의하면 이탈리아의 영토는 남한의 3.3배이고, 원자력 발전소를 설치하지 않았으므로 전기는 100% 프랑스로부터 수입하여 쓴다. 수도인 로마어가 아니라 피렌체어가 표준어인데, 그것은 위대한 문학가 단테가 그곳 출신이기 때문이라고 한다.

돌로에서는 중식으로서 비빔밥을 들었다. 방글라데시 사람처럼 보이는 까무잡잡한 피부의 직원이 몇 명 있는데, 다들 한국어가 유창하였다. 점심을 든 후 다시 반시간 정도 왔던 방향으로 이동하여 역시 베네치아의 외곽을 지나 S. 도나에서 가까운 Noventa di Piave라는 곳에 있는 Designer Outlet에 닿아 오후 2시 40분까지 자유 시간을 가졌다. 엄청 넓은 곳에서 주로 의류

를 판매하고 있었는데, 우리나라에도 파주에 이런 식의 아울렛이 있다고 한
다. 나는 그 구내를 돌아다니다가 시계 점에 들러 오늘 아침에 고장 난 손목
시계의 줄을 15유로 주고서 새것으로 갈았고, GEOX라는 매장에서는 샘 가
죽으로 된 신발 하나를 87유로로 구입하였다. 점원 여자는 내 발에 42치수
의 것이 적당하겠다고 했으나, 내가 선택한 신발에는 그 사이즈가 없었으므
로 전시품과 같은 43으로 하였다.

베네치아 공항까지 다시 반시간 정도 이동하여 기사인 알렌과 작별하였
다. 공항으로 향하는 도중에 미리 한 인솔자의 인사말에 의하면, 우리나라
에는 인솔자 자격증을 가진 사람이 1,200명 정도 있고, 그 중 실제로 일을
하는 사람은 800명 정도라고 한다. 그러니까 800 대 1의 소중한 인연이라
는 것이다.

체크인 하고서 들어가 20번 게이트 앞에서 탑승을 대기하면서 오늘 일기
를 적어두었다. 우리 일행은 5일 18시 30분에 카타르항공의 QR126편 비행
기를 타고서 베네치아를 출발하여 5시간 35분을 비행하여 6일 1시 5분에 카
타르의 도하에 도착하며, 도하에서 6일 2시 25분 QR858편으로 환승하여
8시간 35분 비행한 끝에 6일 17시에 인천공항에 도착하기로 예정되어 있
다. 전자항공권발행확인서에는 그렇게 적혀 있지만, 우리들의 스케줄 표에
는 도하에서 1시 30분에 출발하여 16시에 인천에 도착하는 것으로 되어 있
다. 인솔자의 말에 의하면 원래는 오후 3시 30분 비행기로 베네치아를 출발
하도록 예정되어 있었는데, 두 시간 늦어졌다는 것이었다.

오늘의 일기를 작성한 후, 틈틈이 이번 여행의 안내서를 읽어보고, 여행
일기 전체를 처음부터 한 번 퇴고하였다.

소흥·항주 일대

■■■ 2016년 5월 16일 (월) 오전까지 부슬비 내리다가 점차 개임

　오전 4시에 기상하여 콜택시를 불러 타고서 개양으로 향했다. 5시 30분에 출발하는 인천공항 행 두 번째 직행버스인 대성고속을 타고서 북상하였다. 대전통영 및 경부고속도로를 달려 청주휴게소에서 20분간 정차하는 동안 아메리카노 커피를 한 잔 사 마신 후 8시 10분경에 다시 출발하였다. 서평택에서 153번 고속도로로 빠져 한참 나아가다가 다시 인천공항 전용인 110번 고속도로에 올라 예정시간인 9시 50분에 거의 근접한 시각에 공항에 닿았다. 지난번 발칸 여행 때는 시화호 부근에서 정체가 심하여 1시간이나 늦게 도착하였으므로 좀 마음을 졸였으나, 오늘은 교통 체증이 전혀 없어 천만다행이었다. 인천국제공항 3층 M 카운터 앞에 9시 30분까지 집합하도록 되어 있기 때문이다. 내가 제일 나중에 도착하기는 했으나, 그다지 늦은 편은 아니었다.

　일행은 22명인데, 중국인문기행의 중심인물인 宋載邵 교수를 비롯하여 김태희 다산연구소장, 여성인 金大熙 연구소 교육팀장에다 명보여행사에서 나온 인솔자 최정식 씨를 포함한 스탭까지 4명을 보태어 총 26명이었다. 뜻밖에도 서울대 철학과 후배인 김한상 씨가 눈에 띄었다. 그는 朱子철학 전공자로서 명지대 철학과에 근무한 지 7년째 된다고 하는데, 안식년을 맞아 장인인 전 경향신문 편집국장 김규문 씨를 모시고 왔다. 일행 중 최 연장자인 김 옹은 1938년생으로서 내년이면 팔순인데, 퇴직한 지 이미 15년쯤 되시며, 김 교수는 그분의 세 딸 중 맏사위라고 한다. 보통의 해외 관광여행은 여성이 대부분인 경우가 많으나, 이번 중국인문기행은 일종의 답사여서 그런지 여성은 부부동반 한 세 쌍과 부녀가 함께 온 한 명을 합하여 네 명 밖에 되지 않고 나머지는 모두 남자였다.

　체크인 한 후 33번 탑승구 앞의 TV로 A채널의「시사인사이드 35」프로를 좀 시청하다가, 그것이 끝난 후 비로소 챙겨온 자료들을 좀 뒤적여 보았다. 우리는 아시아나항공의 OZ359편을 타고서 12시 25분에 출발하여 13시 45분에 중국 浙江省의 省都인 杭州의 蕭山국제공항에 도착하였다. 소산은 항주시의 가장 남쪽 교외인 蕭山區이다. 중국과의 시차가 한 시간이니 사실상 2시간 20분을 비행한 셈이다. 비행기 안의 내 좌석은 차창 밖을 내다볼 수 없는 12D이므로, 탑승할 때 집어온「조선일보」를 훑어본 후 집에서 가지고 온 책들과 공항에서 배부 받은『다산연구소와 함께 하는 중국인문기행 2016』을 계속 뒤적이며 여행의 예비지식을 얻었다.

　항주 공항에는 상해에서 온 조선족 가이드 이명 씨가 나와 있었고, 이번 여행에서 우리가 계속 이용할 버스의 중국인 기사는 陳씨였다. 이명 씨의 고향은 연변으로서, 증조부 때 중국으로 건너왔다고 한다. 이번 우리들의 주된 여행지인 紹興에는 한국인 관광객이 거의 찾지 않는다고 하는데, 그래서 이 씨는 사흘 전에 한 차례 현지답사를 다녀갔다고 한다. 나도 예전부터 소흥에 꼭 한 번 와보고 싶었으나 기회가 없었다가 이번에야 비로소 소원을 풀 수 있게 된 것이다.

　항주에서 소흥까지는 버스로 1시간 정도 걸린다고 한다. 우리는 G92 杭甬고속도로를 타고서 동쪽으로 한 달 전 북한 유경식당의 종업원들이 집단 탈출한 사건이 벌어졌던 寧波 방향을 향해 나아가다가 소흥으로 빠져나왔다. 내 느낌으로는 한 시간도 채 걸리지 않은 듯하다. 소흥에 도착해서는 또 중국인 여성 현지가이드 詐萍 씨를 만났다. 비교적 젊어 보이는 허 씨는 한국어를 하지 못하므로 우리를 안내하지는 못하지만, 현지의 음식점·숙소·입장료 등을 주선하는 업무를 맡아본다. 이러한 현지 가이드를 고용하는 것은 중국 측의 규정으로 정해져 있어서, 내국인 단체관광객의 경우도 마찬가지인 모양이다. 중국통인 송재소 교수는 지금까지 최소 50차례 이상 중국을 방문했으며 소흥에도 이미 7~8회 정도나 와 보았다고 하는데, 한국인 관광객이 오지 않는 곳이다 보니 조선족 현지 가이드를 만난 적은 아직 한 번도 없었다고 한다.

소흥은 춘추시대 越나라의 수도로서, 秦代에 會稽郡을 두었고, 唐代에는 越州라고 불렀다. 北宋이 망하고 康王 趙構 즉 새 황제인 高宗이 남쪽으로 피난하여 처음 1년 8개월간 이곳에 머문 적이 있었는데, '紹祚中興(皇統을 계승하여 다시 부흥을 이룬다)'이라는 의미에서 越州를 紹興府로 개칭하고 그후 연호도 소흥으로 고쳤으며, 얼마동안 남송의 수도인 臨安 즉 오늘날 항주의 陪都로 삼았다. 소흥은 江蘇省의 蘇州와 마찬가지로 강과 운하가 많아 1993년 후반에 다리가 10,610개에 이르렀는데, 그래서 '만개 다리의 도시'로 불리기도 한다. 주변 지역까지 포함하면 면적은 8,256㎢이고 인구는 434만 명에 이르는데, 그 중 市區의 면적은 339㎢, 인구 64만 명이다. 구획은 얼마 전까지만 하더라도 越城區와 紹興縣, 그리고 諸曁市·上虞市·嵊州市 및 新昌縣의 1區 3市 2縣으로 나뉘어져 있었으나, 현재는 월성구와 그 동쪽의 上虞區, 서쪽의 柯橋區라는 세 구로 바뀌고, 거기에 제기시·승주시·신창현이 보태어진 형태로 되어 있다.

우리는 먼저 소흥 시가지의 북쪽에 있는 書聖故里 즉 書聖으로 일컬어지는 王羲之(303~361)가 살던 집이 있는 구역에 도착하였다. 그 근처에 이르러보니, 중국 서민들은 생활수준이 훨씬 나아진 이즈음 예전의 자전거 대신에 동남아 국가들처럼 대부분 스쿠터나 오토바이를 타고 다니고 있음이 새삼 눈에 띄었다.

나지막한 산들로 둘러싸인 狹義의 소흥 시가지를 山陰이라고도 부르는데, '水之南, 山之北'이 陰이니 이는 그 중 가장 높은 會稽山의 북쪽 구역을 가리키는 말이다. 우리가 오늘 배부 받은 소책자 『중국인문기행 2016』은 송재소 교수가 써준 글에다가 연구소 측이 인터넷 등을 통해 수집한 정보를 보태어 편집한 것인 모양인데, 오타와 중복되는 내용이 좀 있고, 중국의 고유명사를 중국 음과 한국 음으로 적은 것들이 혼재해 있어 좀 혼란스럽다. 그러한 예로서는 이 책 여기저기에 '소흥 싼인(Shanyin)'이라는 표현이 눈에 띄는데, 아마도 명·청 시대에 山陰縣과 會稽縣을 합해 紹興府治로 삼았던 데서 유래한 말인 듯하다. 이때의 소흥부는 오늘날의 소흥시가 인접한 시·현들을 포함한 광역 개념인 것과 비슷하다. 한국에서는 山淸의 古名이 山陰이고, 일본에서도 本州 남부의 동해 연안 지방을 山陰이라 하는데, 아마도 이곳의 지명을 본뜬 것일 터이다.

西施의 고향이라고 알려진 곳은 소흥에서 남쪽으로 좀 떨어진 諸暨인데, 이 책에서는 '주지(Zhuji)'로 적고 있고, 王充·嵇康·魏伯陽·章學誠 등 걸출한 인물들을 배출한 上虞(혜강의 故里는 그 중 廣陵에, 왕충의 묘소는 三界에 있다)는 '상위(Shangyu)'로 적고 있다. 한글전용으로서는 의미가 전혀 드러나지 않을뿐더러, 고유명사의 현지 음 표기가 서로 일치하지 않는 점도 있으니 그것이 문제이다.

현지에서는 서성고리를 蕺山公園과 함께 병기하고 있었다. 왕희지의 집이 즙산 남쪽에 위치해 있기 때문인데, 越王 句踐이 이 산에서 蕺 즉 삼백초(일명 魚腥草)를 채취해 복용했다는 전설에 따라 이런 이름이 붙었다. 해발 51m에 지나지 않아 산이라기보다는 언덕처럼 보이는데, 그 꼭대기에 文筆塔이라는 이름의 중국에서 흔히 눈에 띄는 多層塔이 바라보였다. 그 탑 앞쪽 戒珠寺와의 사이에 蕺山書院이 복원되어져 있는데, 明末의 양명학자이며 黃宗羲의 스승으로서, 명이 망하자 굶어 자살했던 蕺山 劉宗周(1578~1645)가 강학하던 곳이다. 나는 『劉宗周全集』(杭州, 浙江古籍出版社, 2007) 전6책을 소장하고 있는데, 그의 유적지 바로 앞에까지 와서 한 번 들를 수 없는 점이 적지 않게 아쉬웠다. 송재소 교수의 전공이 한문학이니, 역시 문학 위주로 답사 일정이 짜여 있는 셈이다.

왕희지의 집은 현재 戒珠講寺 줄여서 계주사라 하는데, 저택이 절로 된 데에는 전설이 있다. 이번 여행의 교과서 격인 『중국인문기행 2016』에 적힌 바에 의하면, "왕희지는 자신의 집에 스님이 기거했는데 스님과 친하게 지냈다. 어느 날 진주가 없어졌다. 왕희지는 스님이 진주를 가져갔다고 의심하자 스님은 결백함을 보이기 위해 자결해 버렸다. 그 뒤 집에서 기르던 거위를 잡았는데 배 속에서 진주가 나왔다. 그는 잘못을 깨닫고 자기 집을 절로 만들어 '계주사'라고 했다"고 되어 있다. 이는 우리가 어렸을 때 교과서에 나왔던 듯한 거위가 삼켜버린 진주 이야기와 유사한 것인데, 후자는 경북 淸道의 재야학자인 朴在馨이 편찬한 『海東續小學』에 실려 있는 '尹淮忍辱'에 근거한 것이다. 그러나 그 계주사의 안쪽 벽에 그림과 함께 적힌 설명문에 의하면, 왕희지는 손가락에 힘을 붙여 필력을 단련하기 위해 늘 손에 구슬을 쥐고 굴렸는데, 어느 날 방문해와 그와 대화를 나누었던 스님이 돌아간 후 대화 중 탁자 위에 놓아둔 구슬이 없어지자, 그 소식을 들은 스님은 '傷心而死' 즉 자기가 의심받을 것을 번민하던 끝에 죽었다는 것이다. 그리고 같은 벽에 적힌 「戒珠講寺大事記」의 첫머리에는 왕희지가 전원으로 돌아가 은거하자 359년에 집을 절로 삼았다는 것이고, 570년에 처음 寺名이 지어지고 승려가 거주하였다가, 5세기 후인 852년(唐 大中 6년)에 비로소 절 이름을 계주사로 바꾸었다고 되어 있다.

그는 西晉 시기에 琅邪國 臨沂縣(지금의 山東省 臨沂市)의 명문가에서 태어났는데, 그 때는 시국이 어수선할 때이므로 낭야의 王氏 일족은 南遷하여 東晉을 건설하는데 一助하였고, 당시 5세였던 왕희지도 가족을 따라 建鄴 즉 지금의 南京으로 이주하였다. 이주 전 낭야의 왕 씨는 그 故老을 희사하여 寺廟로 삼았다고 하니, 집을 절로 만든 것이 왕희지 본인에게서 비롯한 것도 아닌 셈이다. 왕희지는 50세 때인 東晉의 永和 9년(353년) 3월 3일에 會稽內史 右軍將軍으로 있으면서 저 유명한 「蘭亭集序」를 썼는데, 그 후 356년에 벼슬을 버리고 처자를 데리고서 오늘날의 嵊州市 金庭에 있는 瀑布山麓으로 은거하였고, 361년에 죽어 그곳에 묻혔다. 오늘날 그의 사당과 후손들도 그곳 華堂村에 있다. 그러므로 그가 회계내사로 있을 때의 거처였던 지금의 계주사는 이미 은거한 후인 당시로서는 소용이 없어진 셈이다. 그렇다고는 하지만 왕희지와 그 아들은 중국 도교사에 이름을 남긴 인물들인데, 그의 집이 절로 되었다는 것은 좀 난센스라는 느낌이다.

계주사 앞에 작은 연못이 있는데, 墨池라고 한다. 설명문에 의하면 왕희지가 글씨 연습하노라고 날마다 붓을 헹구니 연못물이 검게 변했다고 하며, 계주사 경내에는 왕희지가 쓰던 붓을 모아두었다는 작은 건물도 있었다. 묵지에서 곧바로 좀 더 걸어가면 題扇橋가 나온다. 왕희지가 부채 파는 노파의 부채에다 글을 써주고서 왕희지가 쓴 거라고 하면 잘 팔릴 것이라고 말하고서 돌아간 후, 그의 말대로 부채가 비싼 값에 날개돋인 듯 팔렸다는 전설이 있는 다리이다 중국에서 흔히 보는, 운하 위에다 아치형으로 만든 돌다리인데, 지금은 넝쿨식물이 다리의 옆면을 온통 뒤덮고 있었다.

우리는 북경의 故宮 養心殿에 있는 황제의 서재 三希堂을 복원해 만들었다는 왕희지진열관에도 들어가 본 후, 재래식 상점들이 늘어서 있는 거리를 한참 걸어서 같은 書聖故里 구역 내에 있는 蔡元培故居로 이동하였다. 筆飛弄 13號에 위치해 있는데, 明·淸 시대의 풍격을 갖춘 江南式 건축이었다. 대지 1,856㎡에 건평 1,080㎡나 되는 호화주택인데, 채원배의 조부 蔡嘉謀가 道光 연간에 매입한 것으로서, 1868년에 채원배가 태어나 유년시절과 청소년 시절을 보낸 곳이다. 채원배의 조상은 본래 외지에 살다가 명나라 隆慶·萬曆 연간에 산음으로 이주하였고, 원래는 城內의 井巷에 살다가 조부 때 이곳으로 이주하였다고 하니, 적어도 三代가 함께 거주한 곳이다.

채원배(1868~1940)는 淸末·중화민국 시기의 저명한 민주 혁명가이자 교육자로서, 사실상 오늘날의 北京대학을 만든 인물이라고 해도 과언은 아니다. 중국 가이드 이명 씨는 버스 속에서 그가 과거에 응시하여 秀才를 거쳐 擧人까지만 나아가고, 우리나라의 文科에 해당하는 會試에는 응시하지 않았다고 하였으나, 이곳에 와서 설명문을 읽어보니 光緖년간에 進士 급제하여 淸末에 翰林 벼슬까지 지낸 인물이었다. 신해혁명 직후의 교육총장(교육부 장관), 북경대학 총장, 중앙연구원 원장 등을 역임한 중국 근대교육의 태두이다.

그는 젊은 시절 청조의 관리가 되었으나 戊戌變法의 실패 이후 교육을 통한 救國의 이념을 지니고서 고향으로 돌아와 中西學堂의 감독이 되어 '新學'을 제창하였고, 1901년 이후로는 청조의 전복 쪽으로 사상이 기울었다. 1902년 여름에 일본으로 건너가 遊歷하다가 그 해 가을에 돌아왔고, 1904년 상해에서 光復會를 조직하고 그 회장이 되었으며, 1905년에는 孫文의 同盟會에 가입하여 그 상해 分部의 주된 맹원이 되기도 하였다. 광복회란 이민족의 지배를 청산하고 漢族에 의한 공화정부를 수립하는 것을 목표로 하는 단체이니, 그 취지가 동맹회와 비슷하다고 할 수 있다. 1907년 독일로 유학하여 라이프치히대학에서 공부하다가 辛亥革命 직후 귀국하여 1912년 1월에 손문 정부의 각료로서 참여하였고, 손문이 실각한 지 얼마 후인 그 해 7월에 사직하고서 다시금 유럽으로 건너가 독일과 프랑스에서 활동하다가, 1917년에 북경대학 총장으로 취임하였다. 중일전쟁이 발발한 후에는 상해에서 홍콩으로 건너가 그곳에서 작고하였다.

나는 『蔡元培選集』上下冊(浙江敎育出版社, 1993)을 소장해 있고, 1982년에 보통나이 34세로 경상대학교 전임강사로 부임한 첫해에 사범대학 국민윤리교육과에 1년간 배속되어 있으면서 그의 저서 『中國倫理學史』(臺北, 臺灣商務印書館, 1971 臺6版)를 대학원 강독 수업의 교재로 채택한 바도 있었다.

채원배고거를 떠나 앞으로 사흘간 우리들의 숙소가 될 紹興市 越城區 范蠡路 89號의 Holiday Inn(紹興世茂假日酒店)에 도착하였다. 나는 55세로서 서울 송파구의 올림픽공원 부근인 방이동에 사는 최희재 씨와 더불어 613호실을 배정받았다. 그는 삼성반도체공장의 공조시설 설치 일을 하는 협력업체를 경영하다가 재작년에 자가면역질환이라는 이상한 질병에 걸려 이후 휴직중인데, 원래는 이과 계통을 전공했으나 휴직 이후 茶山 공부에 몰두하여 다산연구소가 실시하는 작년의 1차 인문기행에도 참가했었다고 한다. 송재소 교수의 『시와 술과 차가 있는 중국인문기행』 2부는 안휘성·남경편인데, 작년의 李白 유적지를 중심으로 한 1차 기행의 코스와 대체로 일치하는 내용이다.

최희재 씨는 두 자녀 중 막내딸로서 서강대 심리학과 1학년을 마치고 휴학 중인 최원경 양을 대동하였다. 두 딸 중 맏딸은 고려대에 다니는 모양이다. 그는 조각가인 부인의 영향을 받아 성공회 신자가 되었는데, 부인이 대한성공회의 추천을 받아 뉴욕의 UN본부로 가서 NGO 자격으로 여성지위 향상을 위한 2주 동안의 회의에 참석해 있는 동안 원경 양이 따라가 모친의 영어 통역 일을 하였기 때문에 현재까지 휴학 중이라고 한다. 최 씨는 평소 철인삼종(마라톤·수영·사이클링)의 운동을 해왔으므로, 그나마 지금까지 정상인과 별 다름없을 정도의 건강을 유지할 수 있었다고 했다. 그도 나처럼 서울 근교의 양평 근처 북 여주 땅에 통나무로 지은 40평 전원주택을 마련해 두고 있는데, 발병 이후로 별로 가지 못하고 있는 모양이다.

다산연구소는 다산학을 대중화하는 데 공이 컸던 박석무 씨가 13년 전에 설립한 것으로서 지금도 그가 이사장으로 있다. 서울 서소문동에 있는 중앙 일보사옥 안에 있으며 직원은 5명으로서 주로 사무적인 일을 맡아본다고 한다. 소장인 김태희 씨는 서울대 국사학과 출신으로 55세이고, 연구소 안의 이런저런 직책을 맡다가 작년에 소장으로 되었으며, 김대희 여사는 43세로서 중학생 등 두 자녀를 두었다고 한다.

오후 6시에 호텔 3층에 있는 식당으로 내려가 紹興酒와 千島湖라는 이름의 절강성 맥주를 곁들인 석식을 들었다. 나는 송재소 교수와 같은 테이블에 앉았는데, 송 교수는 나보다 6세 연상으로서 서울의 남명학회 회장을 지냈고, 몇 년 전부터는 고령인 이우성 씨의 추천으로 그 후임이 되어 사단법인 퇴계학연구원 원장의 직책을 맡아 있다. 그러므로 서로 이름 정도는 알고 있겠지만, 평소 정식으로 인사를 나눈 적이 없으므로 아는 체 할 수는 없었다. 그는 경북 성주 출신으로서 경북고등학교를 졸업한 후, 서울대 영문과로 진학하여 졸업 후 다년간 영어 교사 생활을 한 적이 있었던 모양이다. 이번 여행에는 그와 고등학교 동기로서 대구시청에 근무하다가 은퇴하여 사진촬영을 취미로 삼고 있는 75세의 정시식 씨가 졸업 후 처음으로 송 교수를 만나보기 위해 부인과 함께 참가해 있고, 그에게서 영어를 배웠다는 제자도 한 명와 있다.

오늘 송 교수로부터 蔣介石의 고향이 이곳 소흥이 아니라 寧波市에서 남쪽으로 제법 떨어진 곳인 溪口라는 말을 듣고서, 가지고 온 책자를 통해 그것을 확인하였다. 그는 舟山列島의 觀音聖地인 普陀山으로 가는 도중에 명승지 雪竇山의 기슭에 있는 蔣氏 집성촌인 그곳을 방문한 적이 있었다고 한다.

■■■ 17 (화) 맑음

오전 8시 반에 출발하였다. 보통의 해외여행은 장거리를 다니므로 이동하는데 대부분의 시간을 보내는 편이지만, 이번은 나흘간의 일정이 모두 紹興

市 구역 안에 있으므로 이동 거리가 매우 짧다. 현지가이드의 의견인지 첫날인 어제부터 일정표의 스케줄을 일부 바꾸었고, 오늘도 내일 코스에 들어 있는 월성구 중부의 魯迅故里부터 먼저 들렀다.

노신(1881~1936)은 남긴 소설이 14편에 불과하고 그것도 대부분 단편이라 작품이 그다지 많다고 할 수 없지만, 반봉건적 성향이 뚜렷한 작품을 썼을 뿐 아니라, 만년에 중국좌익작가연맹을 설립하고 그 대표를 역임하기도 했던 터이므로, 중공정권은 그를 중국 현대문학의 선구자이자 문호로 추앙하여 매우 높이 평가해 왔다. 그러므로 그의 고향집인 이곳은 이미 聖地처럼 되어 늘 사람들로 붐비며, 입장료도 받지 않고 있었다.

노신의 원명은 周樹人으로서 周씨 일족의 거주지인 東昌坊口의 周家新台門에서 태어났다. 魯迅故居 부근의 周家老台門에는 魯迅祖居가 따로 위치해 있다. 문자 그대로 주씨 집안사람들의 집단 거주지인 셈이다. 전체 규모는 한국의 웬만한 班家나 부자 집과는 비교가 되지 않을 정도로 커보였다. 어제 이후 들른 故家들이 모두 그러했다. 그 안에는 노신이 어린 시절의 낙원으로 묘사했던 채소밭인 百草園도 있고, 연못가의 누각에서는 시각에 맞추어 고풍스런 丹粧을 한 여성들의 공연도 펼쳐지고 있었다.

노신은 이러한 부유한 집안에서 태어났지만, 翰林 벼슬을 하던 할아버지가 그의 나이 13세 되던 해에 뇌물을 받은 혐의로 투옥되고, 같은 시기에 부친이 병으로 몸져눕게 되면서 집안이 일시에 몰락하여, 그는 어린 나이에 전당포와 약방을 들락거려야 하는 생활을 하게 되었다. 3년 후 부친이 별세하면서 가세는 더욱 기울었다. 그는 후일 국비 유학생으로서 일본에 유학하여 仙臺의학전문학교에 입학하게 되지만, 서양의학을 지망하게 된 것은 부친의 병간호 과정에서 느낀 전통의학에 대한 회의가 그 배경이 되었다고 한다. 노신고거는 당시 가세가 기울어 집을 팔았으나, 新중국 성립 후에 현재의 형태로 복원되었다.

三味書屋은 노신이 12살부터 17살까지 공부했다는 곳인데, 그의 집 근처에서 좁다란 운하를 하나 건넌 지척의 지점에 위치해 있었다. 그 운하에는 烏篷船이라고 하는 소흥 특유의 좁다랗고 길며 대로 엮은 지붕을 얹은 검은

색의 배가 여러 척 대기하여 손님을 기다리고 있었다. 三味라 함은 독서의 세 가지 맛을 의미하는 것인데, 이 서당은 규모가 꽤 작으나 당시 소흥 城內에서 명성이 높았던 私塾이라고 한다.

노신기념관은 魯迅祖居와 周家新台門의 사이에 위치해 있는데, 이곳은 입장료를 징수하였다. 2층으로 된 양식 건물이었다. 그 1층 입구에 노신의 시 「自嘲」의 第3聯인 "橫眉冷對千夫指, 俯首甘爲孺子牛(성난 눈썹으로 뭇 사람의 손가락질엔 쌀쌀히 대하지만, 고개 숙여 기꺼이 어린 아이 소가 되네)"가 큰 글자로 적혀 있었다. 송 교수의 설명에 의하면, 여기에 보이는 '孺子'는 노신이 제자와 재혼하여 느지막이 얻은 아들을 의미하는 것으로 보이지만, 중공 당국은 이를 인민으로 해석하여 그의 혁명 사상을 나타낸 것으로 간주한다는 것이었다. 나는 그 2층 매점에서 50元 주고서 소흥 특유의 양모로 만든 검은색 모자인 烏氈帽를 하나 구입하였다. 오봉선의 발로 노 젓는 사람이 이 모자를 쓰고 있는 모습을 TV를 통해 여러 번 보았다.

그리고는 거기서 얼마 떨어지지 않은 거리에 있는 沈園까지 걸어가 그 내부를 둘러보았다. 심원은 남송 시대에 만들어진 넓은 정원으로서, 소유주가 沈氏라 하여 심원이라 불린다. 당시의 名園이었던 이곳은 현재 그 일부만이 남아 있다고 한다. 이곳은 무엇보다도 남송 시기를 대표한다고 할 수 있는 우국시인 陸游(1125~1210)와 그의 전처였던 唐琬 사이의 애절한 사연으로 유명한 곳이며, 오늘날 이곳에는 육유기념관도 있어 마치 그의 정원인 듯한 느낌이 든다. 나는 일찍이 그의 문집인 『陸放翁全集』 3권(北京市中國書店, 1986)을 구입해둔 바 있지만, 전혀 손을 대지 않고 있어 그가 소흥 사람이라는 것도 여기에 와서 비로소 알았다.

육유는 20세 때 詩詞에 대해서도 상당한 수양이 있었던 당완과 결혼하여 행복한 시절을 보내고 있었으나, 그의 모친이 며느리에 대해 대단히 불만이 많아 모친의 핍박 하에 2년 후 처와 헤어질 수밖에 없었다. 그 후 두 사람은 다 재혼했지만, 육유는 27세 때 이곳에서 노닐다가 우연히도 당완 부부를 만나게 되었다. 당완은 당시까지도 육유에 대한 깊은 애정을 지니고 있었으므로, 남편의 동의하에 사람을 시켜 그에게 술과 안주를 보내었다. 이렇게 하여 쓰인 것이 千古의 名篇으로서 뭇 사람의 심금을 울린 「釵頭鳳」이라는 詞인데, 당완도 돌아간 후 이에 대한 答詩를 썼다. 채두봉이란 귀부인이 머리에 꽂는 화려한 비녀를 뜻한다고 하며, 오늘날 심원 안의 벽돌로 만든 나지막한 벽에 두 사람의 시가 돌에 새겨져 나란히 붙어 있다. 이 일로 마음병이 들어 4년 후에 당완은 죽고, 육유는 이후로도 종종 이곳에 들러 과거를 회상하는 시를 남겼다고 한다.

심원을 나온 후 다시 노신고리 쪽으로 돌아와, 咸亨酒店에 들러 紹興酒와 더불어 안주로 茴香豆를 들고, 점심도 했다. 함형주점은 내가 젊은 시절에 읽은 노신의 소설 「孔乙己」의 주 무대가 된 곳인데, 번번이 과거에 떨어져 늙고 폐인이 된 주인공 공을기가 이 술집에서 늘 외상으로 黃酒 즉 소흥주와 회향두를 시켜먹다가 결국 외상을 갚지 못하고서 죽는 것이다. 咸亨이란 『周易』 坤卦의 彖傳에 나오는 '品物咸亨(온갖 사물이 모두 형통한다)'에서 유래한 말이다. 그러나 이 주점은 원래 周氏 일족 몇 사람이 공동으로 투자하여 1894년에 개업했던 것으로서, 당시에는 별로 번창하지 못했던 모양이다.

송 교수의 인도에 따라 다시 그 근처의 함형주점이 직영하는 土特産商場에 들렀다. 송 교수가 이곳 소흥주가 특히 좋다고 하므로, 우리 일행 중 남자들 대부분은 송 교수를 따라 2.5kg 들이 플라스틱 통 두 개가 든 352元짜리 黃酒를 각자 한 박스씩 구입하였고, 나는 송 교수가 산 160g 들이 회향두 두 봉투도 10元에 구입하였다. 소흥주는 酒精 14도 정도의 발효주인데, 반드시 소흥 鑒湖의 물로 빚는다고 한다. 내 기억이 정확하다면 예전에 미국의 닉슨 대통령이 중국을 방문하여 국교를 수립할 때 인민대회당에서 周恩來와 더불어 건배한 것이 바로 이 술이었다. 세계 여러 나라의 술들 가운데서 최고가 중국술이라는 것이 송 교수의 지론인데, 특히 이 술은 아무리 마셔도 다음날 뒤끝이 없고 평소보다도 더욱 깨끗하다는 것이다.

오늘 후배인 김한상 교수로부터 들은 바에 의하면, 그는 부친이 KOICA에 소속된 의사로서 아프리카에서 다년간 활동하였고, 정부파견의사로도 20년 정도 근무하게 됨에 따라, 어려서부터 가족과 함께 케냐의 나이로비를 중심으로 하여 아프리카 여러 나라를 전전하였고, 고등학교 때부터는 미국에서 공부하게 되었다고 한다. 그런 까닭에 영어·프랑스어를 자연스럽게 습득하게 되었고, 후일 대만 및 중국으로 유학하여 중국어도 유창하게 구사할 수 있게 되었다. 예전에 서울대 철학과 대학원생 및 출신자들이 나의 주선으로 산청의 덕천서원에 와서 며칠간 행사를 가졌을 때, 다른 일행과 함께 진주의 우리 집에서 하룻밤 잔 바도 있었다고 한다. 당시 대학원생이었던 그도 이미 52세의 중년이 되어 머리카락이 희끗희끗해지고 있었다.

다시 시의 서북부로 가 勝利路에 있는 大通學堂에 들렀다. 이곳은 淸末의 혁명단체인 光復會가 혁명 黨人을 훈련하고 군사간부를 배양하던 곳인데, 표면적으로는 중국 최초로 창설된 소학교 체육교사 양성을 위한 사범학교이므로 정식 명칭은 大通師範學堂이다. 원래는 과거시험장인 貢院이었다가 청대에 豫倉이라는 이름의 官倉으로 바뀌었는데, 1897년 이후 학교로 개조되었던 것을 1905년에 徐錫麟(1873~1907)·陶成章(1878~1912) 등이 여기에다 대통학당을 개설하였고, 1907년 2월에 여성혁명가인 秋瑾(1875~1907)이 그 督辦(교장)의 직위를 계승하였다. 서석린과 도성장은 상해에서 채원배·元康 형제의 소개에 의해 서로 맺어지게 된 것이었다.

1907년에 서석린이 추근 등과 안휘성·절강성에서 동시에 거사하기로 약정하고서, 병권을 장악하기 위해 5월 26일 安慶에서 安徽巡撫인 恩銘을 살해하였으나 거사에 실패하여 체포된 후 처형되자, 紹興知府가 청군을 대동하여 대통학당을 포위하였고, 추근은 여기서 학생들을 지휘하여 응전하다가 체포되어 시내의 古軒亭口에서 32세의 젊은 나이로 처형되었다. 그들의 거사는 실패하였으나, 4년 후에 辛亥革命이 일어나 결국 청조는 전복되었다. 추근은 21세에 결혼하여 두 자녀를 두었으나, 29세에 가정을 버리고 단신으로 일본에 유학하였다가, 2년 후인 1906년에 귀국하여 본격적으로 혁명 활동에 투신하였던 것이다. 그녀의 自號가 鑒湖女俠이며, 巾幗(스카프)英雄으로도 일컫는다. 우리는 처형 장소에 漢白玉으로 만든 그녀의 동상이 서 있는 지점을 여러 차례 통과하였다.

다음으로 그 부근 춘추시대 월나라의 도성이었던 越子城 구역 안에 있는 府山公園에 들렀다. 越王 句踐(약 기원전 520~465년)이 吳나라로부터 풀려

돌아온 후, 그 이전에 거처하던 會稽山을 떠나 평지에다 새 도성을 건설하기로 결심하고서 신하 范蠡에게 명하여 기원전 490년에 臥龍山 아래에다 성읍을 건설하였으니, 이름 하여 '山陰小城'이라 하였고 오늘날 소흥의 원형이 되었다. 이곳을 월자성이라 하는 것은 隋代에 산음소성을 크게 확장하고 동쪽과 남쪽에다 子城을 쌓았기 때문이다. 이후 이곳은 越地 통치의 중심구역이 되었고, 소흥박물관도 그곳 평지에 위치해 있다. 그 중 높이 74m인 와룡산을 府山이라 하는 것도 예전의 紹興府治가 그 동쪽 기슭에 위치해 있었기 때문이다. 오늘날 이 나지막한 산에 월나라 이래 역대의 역사유적이 집중되어 있는데, 그래서 그런지 송 교수는 이곳에 올 때마다 그 입구가 달라져 있다고 한다.

송대의 저명한 문신 范仲淹도 좌천되어 이곳의 태수로 부임한 적이 있었던 모양인데, 그가 머물던 건물인 듯한 淸白堂과 함께 당시에 폐기되어 수풀 속에 파묻혀 있던 것을 그가 새로 파서 개발한 淸白泉이라는 이름의 우물이 남아 있고, 그 옆에 세워진 石板에 그가 지은 「淸白堂記」가 쓰여 있었다.

청백당을 지나 더 올라가서 우리는 越王臺와 越王殿을 둘러보았다. 월왕대는 구천의 왕궁 터라고 하는데, 그 맞은편에 지어진 월왕전의 안쪽 벽에 만화처럼 좀 유치한 모양의 그림들이 가득 그려져 있었다. 臥薪嘗膽의 고사 등을 그린 것이었다. 吳나라와 越나라 사이의 전쟁은 吳·楚 간의 전쟁에 월나라가 참전하지 않은 것을 구실삼아 구천의 즉위 초에 오왕 闔閭가 쳐들어 왔다가 檇李(지금의 嘉興)에서 있었던 전투에서 크게 패해 부상을 당하여 결국 사망하게 되자 아들인 夫差에게 원수를 갚을 것을 유언으로 남긴 데서 비롯하였다. 이후 부차는 伍子胥와 孫武의 도움을 얻어 3년 후 夫椒山 전투에서 크게 승리하여 會稽山으로 도망가 지키고 있던 구천의 항복을 받아내어, 월왕과 그 신하들을 사로잡아 오나라의 수도인 姑蘇(지금의 蘇州)로 끌고 갔고, 그곳에서 몇 년간 노예와 같은 생활을 하던 끝에 결국 월로 돌아온 구천은 신하인 文種과 范蠡 그리고 미인 西施의 도움을 얻어 10년 후 마침내 오나라를 멸망시키고 부차는 자결하여 생을 마침으로써 끝이 났던 것이다. 우리는 대체로 와신상담을 구천이 원수를 갚기 위해 노력한 고사로 알고 있으나,

우리들의 교과서에는 臥薪은 부차, 嘗膽은 구천의 고사로 적고 있는데, 송 교수의 설명에 의하면 이는 『通鑑』에 근거한 것이라고 한다. 이곳은 또한 남송 고종의 황궁 터이기도 하다.

월왕대에서 서쪽으로 올라 부산의 주봉이 있는 곳에 飛翼樓가 있었다. 구천이 범려에게 명하여 건설한 것으로서, 군사 목적의 전망대였다고 한다. 唐 이후로 望海樓라고 이름을 바꾸었는데, 현재의 건물은 1998년에 중건한 것으로서 높이 21m의 5층 누각이다. 그 내부는 박물관처럼 되어 여러 가지 물품을 진열하고 있었다.

그 북쪽에 文種의 무덤이 있었다. 문종은 범려와 마찬가지로 초나라 사람으로서, 일찍이 초의 國宛(지금의 河南省 南陽)太守를 지냈던 인물인데, 범려의 유인으로 구천의 부친인 允常 때 초빙을 받아 월나라의 客卿이 된 인물이다. 구천이 등극하자 모략가의 재질을 발휘하여 내정과 외교에서 그 능력을 발휘하였고, 월나라가 패전하자 강화책을 제안 알선하고, 구천이 오나라에 끌려가 있는 동안 월의 내정을 담당하였다. 구천이 귀국하자 다시금 오나라를 깨트릴 9가지 계책을 제시하여 설욕을 성취케 하였다. 그러나 범려의 권유에도 불구하고 그 이후에도 은퇴하지 않고 계속 월나라의 정권을 담당하고 있다가, 琅琊로의 遷都를 반대한 까닭에 결국 자결로써 생을 마감하여 여기에 묻히게 된 것이다. 兎死狗烹이라는 말도 그의 고사에서 유래한 것이라고 한다.

그 다음 부산의 서남쪽 모퉁이에 있는 1930년에 추근을 기념하기 위해 세운 風雨亭에도 들러보았다. 다른 곳에서와 마찬가지로 송 교수가 교과서에서 그녀의 絶命詩 등을 골라 읽으며 설명해 주었다.

부산을 떠난 후, 마지막으로서 解放南路에 있는 추근의 故居에 들렀다. 塔山 바로 아래쪽에 위치한 그녀의 친정집인 和暢堂이었는데, 이 또한 규모가 보통이 아니었다. 대가족이 거주하였던 모양이며, 그녀의 방 안에는 男裝을 하고서 앉아 있는 모습으로 제작된 추근의 蠟像이 있었다. 그녀는 福建省에서 태어났으나 조부가 소흥 출신이다. 소녀 시절부터 시와 글 읽기를 좋아하였고, 검술 무협에 흥미를 가져 호탕 분방하였다고 한다. 내부에 秋瑾事迹陳

列室도 있었다.

러시아워로 말미암아 20분쯤 걸려 일단 호텔로 돌아왔다. 오후 6시에 다시 호텔을 출발하여 下大路 557號 中國黃酒城에 있는 古越龍山酒樓로 가서 석식을 든 다음, 7시 40분부터 약 40분간 沈園에서 공연되는 야간공연을 관람하고서 밤 9시 가까운 무렵에 돌아왔다. 식당으로 가는 도중에 우리들의 호텔이 즙산 부근에 위치해 있음을 알았고, 내일 구경할 鑒湖의 일부분이라고 하는 호수도 지나쳤다. 현지가이드 이명 씨는 오늘 관람할 것이 越劇이라고 하였으나, 그 대부분이 육유와 당완의 사랑 이야기를 다룬 것으로서 통속적인 춤과 노래로 이루어져 있어 월극과는 아무런 상관이 없었다. 그가 몰라서 그렇게 말한 것인지 혹은 우리를 속인 것인지 알 수 없다. 전광판으로 노래의 가사와 대사를 제시해주므로 내용을 이해하기가 한결 쉬웠는데, 지방극에는 그 지방의 사투리가 사용된다고 하였으나 대사도 모두 북경어였다. 여기서는 「夢回沈園」이란 이름의 야간공연이 이루어지는 모양인데, 어쩌면 우리가 관람한 것이 그것인지도 모르겠다.

이동시간이 길지 않아도 하루가 꽉 찬 일정이었던 셈이다.

▰▰▰ 18 (수) 맑음

이곳은 아열대성 기후라고 하나 한국의 현재 날씨와 대체로 비슷하다.

오늘은 오전 8시에 출발하여 먼저 호텔에서 차로 5~10분 정도 이동하는 거리에 있는 賀祕監祠에 들러보았다. 그리로 가는 도중에 戟山派出所를 지나쳤다. 勞動路에 있는 하비감사의 입구에서 도로 건너편 바로 옆쪽이 周恩來의 祖居였다. 그 부근에 세워진 돌에 주은래의 말 '나는 소흥 사람이다'가 새겨져 있었다. 그 자신은 조부 때 옮겨간 江蘇省의 淮安에서 태어났으나, 명대 이래로 조상이 이곳에서 살았으므로, 福建省에서 태어나 일생을 보낸 주자가 스스로를 新安 사람으로 표방한 것과 마찬가지로, 자신의 뿌리인 곳을 가리킨 것이다. 신안이란 지금 新安江이 흘러가는 安徽省 남부의 黃山市 일대를 지칭하는 말인데, 이 지방은 晉나라 때는 新安郡이었으나, 당나라 때 歙州, 송나라 때부터 徽州로 개명하였다가, 1987년도에 황산시로 명칭이 변경되었다. 그러나 원래 800여 년 동안 휘주에 속했던 7개 지역 중 주자의 본적지인 婺源만은 오늘날 행정구역 개편으로 말미암아 江西省에 편입되어 있다.

하비감사는 당 현종 때 授太子賓客銀靑光祿大夫兼正授祕書監이라는 벼슬을 지낸 何知章(659~744)의 사당이었다. 그는 당시의 會稽 즉 지금의 소흥 사람이었으나, 則天武后 때 진사 급제하여 관계에 진출한 이래로 수십 년을 수도인 長安에서 생활하다가 만년에 고향으로 돌아와 86세의 나이로 별세한 사람이다. 초서와 예서의 달인이고, 시인으로도 이름난 인물인데, 고향에 돌아와 지은 「回鄕偶書」라는 시는 千古의 絕唱으로서 중국 교과서에도 실려 있는 모양이다. 李白의 「蜀道難」을 보고서 그를 '謫仙'이라 칭한 것으로 유명하며, 杜甫의 「飮中八仙歌」에서는 이백을 제치고 그를 첫째가는 술꾼으로 꼽았다. 50년 만에 귀향한 후 스스로 四明狂客이라는 호를 사용했을 정도로 풍류남아였던 모양인데, 고향에서는 현종이 하사한 鑒湖(鏡湖) 땅의 일부에서 거처했다. 죽은 해에 자신의 집을 千秋館이라는 이름의 道觀으로 삼았다. 소흥과 관련된 관광안내서에서 이곳이 소개된 것을 보지 못했으나, 송 교수가 찾아내어 우리를 인도한 것이다.

여기서 금년 2월에 경상대학교 경제학과를 정년퇴직한 나의 친구 장상환 교수를 안다는 김양주 씨와 함께 기념사진을 찍었다. 그는 경기도 광명시에 있는 ㈜두레식품의 대표이사이고, 정치인 손학규 씨의 싱크탱크인 동아시아미래재단에서 협동조합네트워크위원장의 직책을 맡아 있기도 한 사람이다. 서울 목동에 거주한다고 했다. 이 여행에서 장상환 씨를 안다는 사람으로는 서울대 경제학과 출신인 이구락 씨와 서울법대 출신인 임도빈 씨가 더 있다. 이 씨는 장 씨의 경북고등학교 후배로서 장 씨의 영향으로 경제학을 전공하게 되었다고 하며, 임 씨는 예전에 운동권에서 활동할 때 회의를 통해 장 씨를 만났다고 한다. 장 씨가 사회활동을 많이 하는 줄은 알고 있지만, 이렇게 발이 넓을 줄은 미처 몰랐다. 이번 여행에는 내가 아는 바로만 해도 서울대 출신이 6명, 교수가 5명 참여해 있으니, 꽤 하이칼라인 셈이다.

하비감사를 나온 다음, 20~30분 정도 이동하여 소흥의 중심구역인 월성구에서 서북쪽으로 12km 정도 떨어진 곳의 가교구에 있는 鑒湖에 들렀다. 먼저 그 주요 관광지 중 하나인 柯岩風景區를 둘러보았다. 가암은 꽤 이름난 곳인데, 隋나라 때 이래로 채석장으로 되어 山을 깎아내고서 남은 두 개의 거대한 돌기둥과 그것을 둘러싼 인공호수로 이루어져 있다. 호수 가운데의 돌기둥 중 하나는 唐代에 중이 그 가운데를 파서 약 10m 높이의 미륵불을 새겨두었는데, 부처의 하체 부분은 중일전쟁 시기에 떨어져 나가 손상되어 있었다. 그 오른편에 꼭대기 부분에 '雲骨'이라고 새겨진 거대한 바위가 우뚝 서 있는데, 하부로 내려올수록 점점 더 폭이 좁아져 마침내 송곳 모양을 이루고서 거꾸로 서 있는 것이 과연 희한한 풍경이었다. 이것들이 옛날은 普照寺라는 이름의 사찰 안에 존재해 있었다고 한다. 호수의 물은 탁해서 푸른빛을 띠고 있으므로 속이 들여다보이지 않지만, 수십 미터의 깊은 곳도 있는 모양이다. 이곳 돌은 靑石인데, 겉으로 보기에는 砂巖처럼 생겨 무른 듯하지만, 연장으로 새기려 들면 잘 깨어지므로 바닥에 까는 건축 자재 정도의 용도로 쓰일 따름이다. 옆쪽에서는 바깥에다 디딤 장치를 하고 휘장을 둘러치고서 지금도 채석작업이 계속되고 있는 모양이었다.

감호를 같은 의미를 가진 鏡湖로도 부르는데, 산청군의 내 산장 근처에도 남강의 상류인 鏡湖江이 흐르고 있어 2층 서재에서 고개를 돌려 창밖을 내다보면 그 일부가 바라보인다. 後漢代인 140년에 회계태수로 부임한 이 지역 출신의 馬臻이 홍수방지 및 관개용으로 건설한 것으로서, 당시에는 全長 56.5km, 면적 189.9㎢, 集雨면적 610㎢의 거대한 것이었다. 이 사업으로 말미암아 산음·회계 두 縣의 백성들은 큰 혜택을 입었으나, 그는 이 일로 지주들의 원성을 사서 마침내 모함을 받아 죽음에 이르게 되었다. 그러나 호수는 唐 중엽 이후로 점차 축소되어 지금은 면적이 30.44㎢에 불과하다. 하지장과 육유가 모두 이 호수의 풍광을 사랑하여 그 곁에서 여생을 마쳤던 것이다.

우리는 가암풍경구의 오봉선 선착장에서 배를 타고 3분쯤 호수를 건넌 뒤, 기다란 돌다리를 따라 越女春曉라는 이름의 또 다른 호수 구역을 걸어서 건너갔고, 나올 때도 다시 20분쯤 배를 탔다. 다만 단체라 몇 사람이 탈 수 있는 오봉선이 아닌 좀 큰 배를 탄 것이 아쉽다. 돌다리를 건너서 좀 더 걸어 간 곳에 魯鎭이란 마을이 있었는데, 약 100년 전 소흥의 모습을 축약한 민속 촌이었다. 노신의 소설 속 인물들 동상도 만들어 여기저기에 배치해 두어서 그 당시의 정경과 결합시킨 곳이었다.

감호를 떠난 뒤 거기서 북쪽으로 20분 거리에 있는 柯橋區 湖西路 瓜渚風 情小區 1號의 金馬碧記酒店 안에 있는 山珍養生菜館에서 점심을 들었다. 그 런 다음 다시 20분 정도 더 이동하여 古縴道에 도착하였다. 京杭大運河의 연 장선 정도에 해당하는 浙東운하의 가 인적 없는 곳에 1988년에 세운 전국중 점문물보호단위임을 표시하는 비석 하나만이 덩그러니 남아 있었다. 운하 의 폭은 진주 남강의 최대 폭보다도 더 넓어보였다. 고견도는 唐 元和 10년 (815)에 처음 건설되어 역대로 여러 차례 보수를 거쳐 오늘에 이르렀다. 절 동운하 자체는 그보다 더 전으로서 경항대운하보다도 이른 시기인 西晉 시 기에 만들어졌다. 이는 항주에서 영파 정도까지 연결되어 매우 편리한 것이 지만, 폭이 너무 넓어 때로는 풍랑이 심하면 배가 통행하기에 위험하였다. 그래서 운하의 일부 구간에다 배에 밧줄을 연결하여 사람이 어깨에 걸머져 끌고 가는 방식을 고안해낸 것이다. 고견도는 원래 서쪽으로 항주의 蕭山區 西興에서부터 동쪽으로는 소흥의 上虞區 曹娥까지 전장 150리에 달하는 것 이었지만, 지금은 소흥 서쪽의 柯橋에서 高橋까지 7.5km 구간이 남아 있을 따름이다.

다시 약 30분 걸려 소흥시구인 월성구의 동남부로 돌아와 會稽山 기슭에 위치한 大禹陵에 들렀다. 거기까지 가는 도중의 도로 가에 녹나무 가로수가 많았다. 그것이 녹나무임을 알려준 정시식 씨는 75세로서 일행 중 세 번째로 나이가 많은데, 퇴직 후 느티나무 300~400 그루를 재배하여 5년이 지나면 판다고 한다. 나도 과거에 내 농장의 과수들을 모두 베어내고서 느티나무를 재배해볼까 하여 묘목 100여 주를 심어본 적이 있었으나, 실패하고 지금은 29 그루만이 남아 있는데 이미 제법 크다. 남쪽 지방이라 그런지 소흥 일대 의 도처에서는 내가 臺灣 유학시절에 더러 먹어본 臭豆腐를 팔고 있는 모습 을 볼 수 있었다. 고약한 냄새를 풍기는 두부이다.

회계산은 시의 중심부로부터 동남쪽으로 3km 떨어진 거리에 위치해 있고, 면적은 10.8㎢이며, 그 중 대표적인 香爐峯이 해발 354m에 불과한 낮은 산이지만, 소흥 일대에서는 가장 높다. 나는 젊은 시절부터 회계에 관한 글을 익히 읽었고, 이번에 송 교수로부터도 높다는 말을 몇 번 들었으므로 기대를 가졌지만, 도착해 보니 한국으로 치자면 야산 정도에 불과한 높이인지라 뜻밖이었다. 그러나 남서에서 북동쪽으로 뻗은 일종의 산맥으로서, 총 길이는 약 90km, 폭이 약 30km에 달한다. 역사상 일찍이 중국의 9대 명산 중 으뜸으로 꼽혔으며, 이후에도 四鎭五岳 중 南鎭에 해당하여, 저명한 역사문화 명산 가운데 하나이다. 춘추전국시기에 회계산은 늘 월나라의 군사 요충지였고, 진시황도 중국을 통일한 후 不遠千里하고 이곳에 올라 大禹를 제사했다고 한다.

禹陵은 회계산의 북쪽 기슭에 위치해 있는데, 뒤편 산봉우리에 금속제 大禹像이 높이 서 있었다. 우임금이 치수에 성공한 후 회계산에 제후들을 불러 모아 논공행상을 하였으므로, 會稽(모아서 헤아림)라고 한다는 것이다.

대우릉은 꽤 큰 규모였다. 중국에는 역사상의 유명인 능묘가 여러 군데에 있는 경우가 많은데, 우의 경우는 『史記』 「夏本紀」에 "或言禹會諸侯江南, 計功而崩, 因葬焉, 名曰會稽(어떤 사람은 말하기를, 우는 제후를 강남에 모아 功을 헤아리고서 죽으니, 그리하여 葬事하고, 회계라 이름하였다)"라는 明文이 보이니 이론의 여지가 없다고 하겠다. 여기에 우의 능묘가 있다는 기록은 『漢書』 「地理志」에도 "山陰, 會稽山在南, 上有禹冢(산음에는 회계산이 남쪽에 있는데, 위에 禹의 무덤이 있다)"이라고 보인다. 대우릉은 크게 보면 禹陵·禹祠·禹廟의 세 부분으로 나뉜다. 江澤民의 글씨로 된 '大禹陵' 坊額이 걸려 있는 牌坊을 지나 神道를 따라서 한참을 들어가면 대우릉 碑亭이 나오고, 그 왼편이 우사 즉 姒姓 가족의 종묘이고, 오른편이 우묘 즉 궁전식의 건축물群으로서 제사를 모시는 곳이다. 우묘 중 午門 앞에 岣嶁碑라는 것이 있었는데, 湖南 衡山의 岣嶁峰에 있던 것을 明代에 飜刻하여 여기에 세웠다고 한다. 비문은 꼬불꼬불한 77개의 이상한 글자로 이루어져 있으며 禹의 治水에 관한 기록인데, 명대에 楊愼이라는 사람이 이를 해석해 내었다고 한다. 傴僂란

곱사등이를 의미하는 말로서, 東京大學의 중국철학 교수였던 加藤常賢 씨는 이를 신이 憑依하는 무당의 신체적 특징으로 보아 고대의 제정일치적 군왕 혹은 재상들과 관련시켜 설명하고 있는데, 그것을 연상케 하는 이름이다.

다시 소흥 시내로 돌아와 먼저 前觀巷 大乘弄에 있는 靑藤書屋에 들렀다. 이곳은 명대의 천재적 화가이자 서예가, 문학가, 극작가이며, 군사 전략가이기도 했던 徐渭(1521~1593)가 태어나고 작품 활동을 했던 곳이다. 그는 부친의 몸종 소생으로 태어나 일생에 8번 과거에 낙방하고, 9번 자살을 기도하고, 7년간 옥살이를 하였으며, 의처증으로 두 번째 아내를 살해한 적도 있는 기구한 운명의 사람이었다. 일찍이 임진왜란 때 명군 총사령관이었던 李如松의 스승이었고, 胡宗憲의 막료로 軍門에서 지낸 바 있었으며, 만년에는 書畫와 詩文을 팔아 생계를 이어갔으나 끝내 극도로 궁핍한 가운데 죽었다고 한다. (그가 임진왜란에 참전하였고, 7번 투옥되었다는 기록도 있으나, 여기서는 교과서에 따른다) 이러한 독특한 생애와 개성이 그의 예술에 잘 드러나 파격을 이루었고, 寫意畫로서 靑藤畫派의 창시자가 되어, 齊白石이나 鄭板橋 같은 名人들이 그를 극도로 推尊하였다.

집안 한가운데에 그의 畫像이 있는데, 양옆에 그의 시 "幾間東倒西歪屋, 一個南腔北調人(몇 칸의 동쪽이 기울고 서쪽이 비틀어진 집/ 한 명의 남쪽 기질과 북쪽 情調를 지닌 사람)" 한 聯이 적혀 있었다. 이는 그를 언급할 때 종종 인용되는 문구이다. 바깥의 집 남쪽 아래편에 작은 연못이 있고, 그 속의 건물을 떠받치고 있는 네모난 돌기둥에 그의 친필로 된 '砥柱中流'(격랑 속의 버팀돌) 네 글자가 새겨져 있고, 그 옆의 담장 가에는 그의 호 靑藤道人의 유래가 된 등나무 한 그루가 서 있었다. 그러니까 이는 드물게 보는 명대의 건물인 것이다. 그 집 마당의 매점에서 나는 사륙배판보다도 좀 더 큰 『徐渭: 白燕詩卷 雨中醉草詩冊』(北京, 中國書店, 2016, 歷代名家碑帖經典, 32元) 한 권을 샀다. 畫帖인 줄로 알고 샀지만, 나중에 펼쳐 보니 書帖이었다.

다음으로 어제 들렀던 추근고거의 바로 뒤편에 위치한 塔山에 들러 그 정상의 應天塔에 올라보았다. 정식 이름은 飛來山이라 하며, 북송의 王安石이 이 탑에 올라 남긴 「登飛來峰」이라는 시가 있는데, 예로부터 응천탑이 있다

하여 속칭 탑산이다. 해발 29m로서, 부산·즙산과 더불어 소흥을 대표하는 세 명산이라고 한다. 그러나 지금은 그저 동네 뒷산으로서 공원처럼 되어 있을 뿐, 아무런 안내판도 눈에 띄지 않았다. 응천탑은 東晉 말에 寶林禪寺의 부도로서 지어졌으며, 唐代에 응천탑으로 개명되었다. 7층의 누각식으로 되어 있는데, 지금의 탑은 1910년 元宵節(정월 대보름)에 신도들이 탑에 올라 향불을 피우다가 실화로 소실된 후 새로 지은 지 오래 되지 않아 콘크리트로 만들어졌고, 내부 계단의 난간 정도가 목재로 되어 있을 따름이었다. 이 명 씨의 말에 의하면 이즈음 짓는 탑은 모두 콘크리트로 만든다는 것이었다. 그러나 탑 꼭대기 올라서니 사방으로 시가지가 내려다보이고 부산·즙산과 회계산, 그리고 도시를 둘러싸고 있는 다른 산들도 바라볼 수 있어 전망이 좋았다. 송 교수의 말에 의하면 평지에 있는 육각형 7층 전탑인 大善寺塔이 시의 정중앙에 위치해 있다 하며, 실제로 이곳은 중앙이 아니라 남서쪽에 있지만, 사방의 경치를 둘러보면 왠지 중심부인 듯한 느낌이 들었다.

저녁 무렵에 오늘 일정의 마지막으로 시내 동면에 위치한 八字橋에 들렀다. 남송 寶祐 4년(1256)에 만들어졌다는 題記가 있는 모양이다. 남북으로 흐르는 主河에 걸쳐져 있는 돌다리인데, 주하의 양쪽에 小河 두 줄기가 흐르고 있다. 다리의 남북 쪽에서 바라보면 주하의 양쪽 가 길에서 다리의 중심 부분으로 올라가는 완만한 돌계단이 있어 전체적인 모양이 여덟팔자 같다 하여 이런 이름이 붙었다. 내가 보기에는 서서성고리에 있는 제선교와 그 모양이 비슷하고, 또한 마찬가지로 양 측면에 넝쿨식물이 자라 강물이 통과하는 다리의 무지개 부분 아래에까지 길게 드리워져 있었다. 소흥의 그 수많은 다리들 가운데서도 대표적인 것이다.

팔자교 바로 옆에 천주교 성당이 하나 있었다. 어제 김한상 교수는 저녁식사 때부터 모습이 보이지 않아 궁금하게 여겼는데, 그 장인에게 물어보니 미사에 참여하러 갔으며, 부모 때부터 독실한 가톨릭 신자라는 것이었다. 알고 보니 그가 찾아가 예배를 본 곳이 바로 이 성당이었다. 성당을 한 번 둘러보자는 의견이 있어, 우리는 그를 따라가 관리인의 양해를 얻어 닫힌 문을 열고 내부에까지 들어가 볼 수 있었다.

바깥의 길 가에 걸려 있는 '紹興八字橋天主教會史'를 훑어보니, 1586년에 서양 선교사가 소흥에 와서 선교활동을 했고, 1702년부터 5년간 다른 곳에 집을 사 성당을 세웠다가, 1864년에 劉안드레라는 신부가 팔자교에 집을 사서 성당을 지었고, 1906년에 謝베드로 신부의 주재 하에 대성당을 짓고 학교도 세웠으며, 이후 수녀원·고아원·양로원 등 그 규모가 점차 확대되었다. 1933년에는 소흥 교구의 신도수가 5,958명에 달했다고 한다. 그러나 60년 대 및 문화대혁명 시기에 들어오자 성당은 많은 핍박을 받아 종교 활동을 금지당하고 건물들도 당국에 의해 강제점거 되어 다른 용도로 쓰였는데, 1979년부터 탄압이 조금씩 풀리기 시작하여, 1987년에 와서야 성당의 기능을 회복하였으나, 예전의 성당에 소속되었던 여러 건물들은 아직도 돌아오지 않고 그 중 본당 하나만 사용할 수 있게 되었다는 것이었다.

답사를 마친 다음, 소흥 시내의 서울 63빌딩보다도 더 높아 보이는 빌딩들이 즐비한 중심가에 위치한 迪蕩滙金大廈 안의 圓林大酒店에서 다시 소흥주를 곁들인 석식을 들었다. 이번 여행 중 우리 술자리에서의 건배사는 柯岩풍경구 안의 석상에서 본, 구천이 오를 정벌하러 가는 군사들에게 강물에다 소흥주를 퍼부어 다 같이 떠마시게 했다는 고사에서 유래한 '壺酒興邦'(동이술로 나라를 일으키다)을 구호로 하는 경우가 많았다. 석식 자리에서 나는 전라도 사람 세 명과 한 테이블에 앉았는데, 그 중 두 명은 40년 세월을 중고등학교의 역사 및 영어 교사로 지내다가 정년퇴직한 사람들이며, 또 한 명은 다년간 공직 생활을 하다가 은퇴하여 법원 경매로 완도에 있는 전원주택을 매입하여 서울에서 혼자 왕복한다는 77세의 조건 씨였다. 교사 출신인 사람들은 영호남을 비교하여, 호남은 역대 정권에 의해 계속 소외되어 영남에 비해 그 발전 상황이 1/10 정도에 불과하다는 것이었다. 나는 일요일마다 등산을 다니므로 호남 지역에도 수시로 들르는데, 내가 보기에 이즈음은 별로 차이가 없는 듯하다는 말을 했고, 조 씨는 화제를 바꾸자고 여러 번 권했으나 결국 대화는 그 주변을 맴돌았다. 조 씨는 일행 중 두 번째로 나이가 많은데, 팀장인 김대희 씨의 말에 의하면 우리 일행의 평균연령은 62세라고 하니, 68세인 내 나이로는 고령자의 명함도 내밀지 못할 정도이다. 대학생인 최원

경 양이 아니었더라면 평균연령이 더 올라갔을 터이다.

식사 후 일부 사람들은 마사지를 받으러 가고, 혼자 시내를 산책하려 한다는 김 교수를 따라가려다가, 술기운이 좀 있어 나머지 사람들과 함께 대절버스를 타고 호텔로 돌아왔다.

■■■■ 19 (목) 맑음

호텔에서 현지가이드의 조언에 따라 첫날은 한국 돈 천 원을 매너 팁으로서 방 안에 놓아두었으나 종업원이 집어가지 않았으므로, 둘째 날은 중국 돈 10元을 놓았으나 역시 집어가지 않아, 소흥에서의 마지막 날인 오늘은 팁을 놓지 않았다. 이 역시 그동안 중국의 경제수준이 높아진 까닭인가 싶었다.

오늘은 市區를 벗어나 소흥의 주변지역을 둘러보는 날이다. 8시 30분에 출발하려는 무렵, 호텔 앞에 美人宮이라는 이름의 西施와 관련된 건물이 있음을 비로소 알았다. 알고 보니 西施와 鄭旦이 오나라로 보내지기 전에 3년간 머물며 가무와 예의의 훈련을 받았다는 장소였다. 시간이 없어 안에 들어가 보지는 못했으나, 기록에 의하면 이곳은 土城山 또는 西施山이라 불리는 곳인데, 우리가 사흘간 머문 호텔의 바로 코앞에 있다는 것은 뜻밖이었다. 범려가 두 여인을 데려가 오왕 부차에게 바쳤을 때, 처음에는 부차의 총애가 정단에게 기우더니, 그녀가 일찍 죽어 서시에게 사랑이 돌아가게 되었다고 한다.

우리는 먼저 S9 蘇紹고속도로에 접어들어 蘭亭을 통과했다가, 난정 부근에서 S24 紹諸고속도로를 만나 계속 남쪽으로 내려가 서시의 고향인 諸暨市로 향하였다. 산이 중첩된 구역을 한참 동안 통과하였는데, 개중에는 대우릉에서 본 회계산과 비슷한 높이도 있었으므로, 아마도 회계산맥을 통과한 듯하다. 그러한 산악지대를 지나자 이번에는 머지않아 도시구역으로 접어들게 되었다. 楓橋 부근에서부터는 제법 본격적인 시가지가 이어졌다. 나는 1989년에 현이 시로 바뀌었다는 제기시를 소흥 주변의 위성도시 정도로만 생각했으나, 알고 보니 주변지역까지 포함하여 호적인구 107만에 외래 인구 40여만이나 되는 대도시였다. 도로변에 '諸暨國際商務城(Zhuji

International Trade Center)'의 위치를 알리는 안내판도 계속 나타났다. 제기시의 중심가에는 소흥과 비슷한 고층빌딩들이 밀집해 있었다.

여기에 와서 비로소 알았지만, 제기는 구천의 부친으로서 처음 왕을 칭한 允常이 월나라의 도읍지로 정했던 곳으로서, 구천도 기원전 496년 이곳에서 등극하였는데, 오나라에 인질로 갔다가 돌아온 후 회계로 천도하였다가, 오를 멸망시킨 후에는 다시 琅琊로 천도해 천하의 패자가 되어 기원전 465년에 죽었던 것이다. 천도 후 이곳은 범려의 식읍지로 되어, 西施故里旅游區의 浣江 건너편에 范蠡祠가 있다.

또한 이곳은 唐代의 선불교 曹洞宗 비조인 良价의 고향이기도 하다. 나는 젊은 시절 叢林의 講院에서 처음으로 배우는 四集 중 『緇門』에 수록된 「洞山良价和尚辭親書」를 읽고서 "截生死之愛河(생사의 사랑의 강을 끊고서)"라는 대목에서 큰 감명을 받은 바 있었는데, 그 제목의 注에 "和尚會稽兪氏子(화상은 회계 兪氏의 아들이라)" 하였고, 편지가 도착한 곳도 바로 여기였을 것이다.

우리는 먼저 제기시를 종단하는 浦陽江의 남쪽 강변에 도착하여 하차하였다. 지금이 西施文化節 기간 중인 모양인지 그 부근에 부스가 설치되어져 있고, 외국인인 우리는 크게 환영을 받아 소형 백에 넣은 홍보 책자와 지도, 팸플릿, CD 등을 다섯 종류나 선물로 받았다. 어떻게 알고 왔는지 그 새 諸暨電視臺(TV)의 기자와 촬영기사가 접근하여 김한상 교수의 통역 하에 송재소 교수와 인터뷰를 하고 있었다.

그곳 강가의 바위들 위에 월나라의 젊은 여인 여러 명이 일하고 있는 모습을 청동상으로 제작해두었다. 서시는 빨래하던 여인(浣紗女)이라 하므로 포양강이 西施故里를 통과하는 지점을 특별히 浣紗江 또는 浣江이라 한다. 그러나 실은 그냥 빨래를 하다가 범려에게 발탁된 것이 아니라, 苧羅山에서 생산되는 모시풀 줄기를 강물에 담가서 섬유질 부분을 추출하고 있었던 것이며, 이 조각은 그러한 모습을 표현한 것이라고 한다.

그 부근에 있는 中國歷代名媛館에도 들어가 보았다. 서시를 비롯한 중국 역사상의 四大美女, 궁정여성, 민간여성, 이야기 속 여성의 네 개 장르로 구분하여, 상고시대로부터 淸末에 이르기까지 이름난 여성 100여 명의 형상과 관련 자료를 전시하고 있는 곳이었다.

다시금 대절버스를 타고서 이웃한 저라산 기슭 완강 가에 위치한 西施殿으로 이동하였다. 그 입구의 대문에 '西施故里'라는 편액이 걸려 있었다. 서시는 성이 施요 이름이 夷光인데, 대대로 저라산 기슭에 살았다. 저라산에 동서 두 마을이 있었는데, 이광은 서촌에 살았으므로 서시라고 한다는 것이다. 서시는 출신이 한미하여, 그 아버지는 땔감을 해다 팔았고 어머니는 남의 집 빨래 일을 하였다. 기원전 494년에 월나라가 오나라에 패하여, 월왕 구천은 물러나 회계산을 지키고 있다가 결국 항복하여, 부녀와 신하들을 데리고서 오나라에 3년간 잡혀가 있다가 기원전 490년에 돌아왔는데, 大夫인 문종이 제시한 오를 멸할 9가지 계책 중 하나가 바로 미인계였다. 그리하여 범려가 발굴하여 오왕에게 조공으로 바쳐진 두 미녀가 정단과 서시였던 것이다.

우리는 작은 동산 같은 저라산으로 올라가 서시를 기념하는 시설물들을 두루 둘러보았다. 저라산은 龍山(즉 陶朱山)에서 동쪽으로 뻗어 나온 지맥인데, 苧麻 즉 모시와 삼이 많이 생산된다 하여 이런 이름이 붙었다. 李白도 일찍이 「西施」라는 시에서 "西施越溪女, 出自苧羅山(서시는 월나라 개울에서 일하던 여자인데, 저라산에서 나왔다)"고 하였다. 완강 가의 절벽에 浣紗石과 그 위의 浣紗亭이라는 것이 있는데, 서시가 빨래하던 곳을 기념하는 것이다. 완사석에는 '浣紗'라는 글자가 크게 새겨져 있다. 원래는 황희지의 글씨로 되어 있었으나 그것은 홍수로 말미암아 손상되어 없어지고 지금 것은 다른 사람이 썼다고 한다.

諸暨市 環城東路 732號에 있는 富日大酒店의 식당에서 점심을 들고, 왔던 코스로 30~40분쯤 되돌아가 王陽明墓에 닿았다. 蘭亭 남쪽 2km쯤 되는 지점인 柯橋區 蘭亭鎭 花街村의 아무런 특색 없는 한적한 산골짜기에 위치해 있었다. 2008년에 세워진 입구의 전국중점문물보호단위 표석에는 '王守仁 故居和墓—王守仁墓—'라고 새겨져 있었다. 故居라고 한 것을 보면 여기가 바로 陽明洞이 아닐까 하는 생각도 들었지만, 陽明洞天은 회계산의 大禹陵景區에 있는 모양이라 아닌 듯하였다. 여기는 회계산으로부터 서남쪽으로 제

법 떨어졌지만, 회계산맥에 속하기는 할 것이다. 양명동천은 산들이 둘러싸고 있는 골짜기라 하였으니, 이곳과 지형 상으로는 좀 비슷한 듯하다. 그곳은 도교의 이른바 36小洞天 중 제11동천에 해당하는 곳으로서, 大禹가 거기서 黃帝의 이른바 「金簡玉字書」를 얻어 治水에 성공하였고, 치수가 끝난 후에는 다시 거기에다 보관하였다 하여 禹穴이라고도 불리는 곳이다.

아래쪽 평지에서부터 넓고 완만한 묘도를 따라 解虾(해하)라는 이름의 크지 않은 산을 직선으로 80m쯤 올라가면, 반듯하게 네모로 자른 靑石들을 쌓아서 조성한 폭 30m 정도 되는 평평한 터가 나오고, 그곳의 둥글기보다는 원추형에 가까운 제법 크고 나지막한 남향의 봉분 아래에 우리 어깨쯤 되는 높이로 화강암을 잘라서 조성한 단이 있으며, 그 위에 세워진 널찍한 표석에 '明王陽明先生之墓'라고 새겨져 있다. 그리고 그 앞에 설치된 어른 키 절반쯤 되는 높이의 큼지막한 床石에는 몇 개의 꽃다발과 화분이 놓여 있으나, 방문객은 우리 밖에 없고 평소에 별로 사람들이 찾아오는 것 같지도 않았다.

상석 앞에서 송 교수는 김한상 교수에게 이곳에서의 설명을 부탁하였는데, 김 교수는 굳이 내게로 미루었으므로, 내가 먼저 설명한 뒤 김 교수가 덧붙이는 식으로 진행되었다. 왕양명의 年譜에 의하면, 그는 시조의 증손인 왕희지의 후손으로서, 왕희지 때 처음 산음으로 이주하였는데, 23世 때 餘姚로 이주하여 마침내 여요 사람이 되었다. 양명학파를 일러 姚江학파라고도 하는 것은 그 때문이다. 그러나 부친인 華는 다시 산음으로 이주하여 越城의 光相坊에 살았다고 하였으니, 지금의 소흥 시내인 셈이다. 그리고 양명은 월성 동남쪽 20 리에 있는 양명동에다 집을 지었으므로, 그를 양명선생이라 한다고 하였다.

연보에는 각 조마다 그가 당시 어디에 거주하였는지를 명기하였는데, 다만 그가 출생한 곳과 월성으로 이주한 시기에 대해서는 밝히지 않았다. 成化 17년(1481) 조에 "先生十歲. 皆在越(선생 10세. 모두 월에 있었다)."이라 하고, 이 해에 부친이 '進士第一甲第一人' 즉 會試에 수석으로 합격한 사실을 적었다. 그 이후 양명이 고향으로 돌아와 있을 때는 모두 "在越"이라 하였으므로 그의 주된 거주처가 소흥인 것은 맞지만, '皆'자는 그 이전의 거처를 밝히지 않은 출생 조와 5세 조까지 포함한 것으로 해석할 수도 있는 것이다.

31세 8월조에 "築室陽明洞中(양명동에 집을 지었다)"이라 하였고, 54세 10월조에 "立陽明書院於越城(월성에다 양명서원을 세웠다)"이라 하고, 그 것을 세운 이는 門人이며, 그 위치는 "越城西郭門內光相橋之東(월성 서곽문 안 광상교 동편)"이라 하였으니, 양명서원은 양명동이 아니라 소흥 시내의 부친이 이주한 光相坊에 있었던 것을 알 수 있다.

왕양명묘에서 다시 차로 5~10분 정도 북쪽으로 이동하여 蘭亭鎭 木柵村에 있는 印山越國王陵에 도착하였다. 난정에서 동쪽으로 2km쯤 떨어진 위치이다. 인산은 木客山이라고도 하는데, 역시 나지막한 언덕 같은 이곳에서 1996년 8월에 중요한 고고학적 발굴이 있었다. 거대한 단독 묘가 발견된 것인데, 이미 역사상 일곱 차례나 도굴을 당하여 사람들이 기대할 수 있는 중요한 부장품이나 문자는 남아 있지 않았고, 또한 묘주의 유골도 발견되지 않았다. 그러나 학자들은 지형이나 규모, 그리고 문헌과 口傳 등을 종합하여 이는 구천의 부친인 월왕 윤상의 왕릉이라고 고증하였다. 현재는 진시황 병마용과 마찬가지로 무덤 위에다 건물을 지어 덮어서 내부를 박물관처럼 만들어두었는데, 그 지하에 존재하는 잣나무 거목들로 만든 삼각형 지붕 모양의 거대한 木槨室과 숯 같은 것으로 그 위를 다시 사각형으로 덮어 방부 처리한 것이 꽤 압도적인 규모였다. 여기서는 玉器 등 40여 건의 문물이 발견되었다고 하며, 외부의 입구 아래쪽에 도굴 당한 흔적이 있는 목재가 따로 하나 전시되어 있었다.

기록에 의하면, 夏帝 少康이 서자인 无余를 越(지금의 소흥) 땅에 봉하여 於越이라 했는데, 무여로부터 20여 世 후가 윤상으로서, 그의 대에 이르러 비로소 왕을 칭하여 월국이 건립되고 크게 강성해졌던 것이다.

인산월국왕릉에서 차밭 속으로 이어진 오솔길을 왼쪽으로 한참 걸어 나아간 곳에 徐渭의 묘소가 있었다. 아니, 서위의 묘라기보다는 그의 일족 墓園이었다. 그 가운데 사각형의 석제 기단 위에 봉분이 조성되어져 있고, 그 앞에 '明徐文長先生墓'라는 비석이 세워져 있으며, 더 앞쪽에 '萬古靑藤'이라고 새겨진 香壇이 있는 그의 무덤이 있었다. 그리고 묘원 안에 '徐渭紀念室'도 있었는데, 그곳 벽에 걸린 '서위와 양명심학'이라는 표제 하의 설명문에,

서위는 왕양명의 심학을 聖學이라 하고, 왕양명을 孔子·周公과 나란히 거론하며, 그가 평생 師事하며 교류했던 인물이 다섯 명 있는데, 그 중 季本·王畿와 唐順之가 당시에 활약하던 心學의 인물이라는 내용이 있었다.

인산월국왕릉으로 돌아와 다시 버스를 타고서 2분 만에 書法의 聖地인 蘭亭에 닿았다. 들어가 보았더니 때마침 그 구내의 蘭亭書法博物館에서 4월 9일부터 7월 15일까지 徐渭의 書畵특별전이 열리고 있었으므로, 우리는 1인당 50元씩 추가로 내기로 약정하고서 그것을 보러 들어갔다. 그러나 내부에서 전시되고 있는 것은 거의 다 모조품이고, 진품은 단 한 점의 그림뿐이었으므로 실망을 금치 못했다. 나는 그 안에서 고궁박물관 편『蘭亭的故事』(北京, 고궁출판사, 2011 초판, 2012 2쇄, 86元) 및 紹興市旅游局 편(楊大明 主編), 『紹興行知書』(西安, 陝西인민출판사, 2008, 48元) 각 한 권을 구입하였다. 추렴하기로 한 입장료는 결국 다산연구소 측이 부담하고 걷지 않았다.

난정은 소흥시구 서남쪽 교외 12.5km 되는 곳의 蘭渚山 아래에 있는데, 중국의 4대 名亭 중 으뜸으로 꼽히는 것이라고 한다. 춘추시기에 월왕 구천이 여기에다 난초를 심었고, 漢代에 또 拜亭을 세웠으므로 蘭亭이라 한다는 것이다. 원래 驛站이었다고 한다. 東晉 永和 9년(353) 3월 3일에 왕희지와 그의 친구인 謝安·孫綽·支道 등 41명이 여기에 모여 '修禊'하고, 경주의 포석정 같은 곳에서 흘러가는 물에다 술잔을 띄우고 시를 짓는 모임(流觴曲水)을 가졌다. 수계란 漢代부터 행해져온 것으로서, 사람들이 3월 3일에 단체로 강가에 나가 놀이하고 봄바람을 쐬어 좋지 못한 기운을 떨쳐버리는 풍속이었다. 당시에 유상곡수하면서 지어진 시들을 모은 것이 『蘭亭詩集』인데, 왕희지가 여기에다 서문을 지어 붙이고 그것을 자필로 쓴 것이므로 「蘭亭集序」또는 「蘭亭序」라고 한다. 이 글씨는 '天下第一行書'로 불리고, 그는 이로 하여 후대에 書聖으로 일컬어지게 되었던 것이다.

그런데 「난정서」는 당태종이 惑愛하여 유언에 의해 그의 무덤인 昭陵에 함께 묻혔다고 하며, 唐末 五代 때 後梁의 절도사인 溫韜에 의해 도굴되어 다시 세상에 나왔다는 설이 있는가 하면, 당 高宗이 부친인 태종의 遺命을 지키지 않고서 가지고 있다가 자기 무덤인 乾陵에다 함께 묻게 했다는 등 여러 가지 설이 있다. 그러나 현재까지 「난정서」라고 하는 물건은 엄연히 전해지고 있으며, 역대의 書家들이 이를 珍重하여 臨摹한 것도 무척 많으니, 실로 수수께끼라 하겠다. 현재 전하고 있는 「난정서」는 총 28行 324字로 되어 있는데, 송재소 교수의 지적에 의하면 그 중에 틀린 글자가 4개 있고 그 외에도 문제 되는 곳이 한 군데 더 있다고 한다. 그러나 한문에서는 音이 같은 경우 다른 글자로써 통용하는 경우가 흔히 있고, 역대에 그 점을 문제 삼는 이도 별로 없었으므로 이는 차치하고서라도, 이 글씨에는 행간에다 추가하거나, 덮어쓰기도 하고 지운 글자가 제법 있으니, 천하제일의 행서가 어찌하여 이러한지 나로서는 오히려 그것이 무척 의문스럽다.

현재의 난정은 明 嘉靖 27년(1548) 이후 옮겨지은 것이며, 1980년에 전면적으로 다듬어 수리하였다. 그 구내는 제법 넓은데, 크게 보면 건축물들은 蘭亭과 右軍祠의 두 부분으로 나눌 수 있다. 서쪽이 난정인데, 鵝池·曲水·御碑亭 등이 있다. '鵝池'라고 쓰인 비석은 王羲之·王獻之 부자가 함께 쓴 것이라고 전해오며, 御碑는 정면에 청대의 康熙帝가 손수 쓴 「난정서」, 후면은 乾隆帝가 손수 쓴 「蘭亭卽事」 시를 새겼으므로, '祖孫碑'라고 일컫는다. 동쪽의 우군사에는 사당 외에 墨池와 墨華亭, 그리고 唐宋 이래의 書家들이 모사한 「난정서」 십여 종을 벽에 새겨둔 회랑이 있다.

오늘은 이럭저럭 제법 많이 걸었다. 風林西路 265호의 鏡湖大橋 옆에 있는 波影大酒店 6층 식당에서 저녁을 든 다음, 68km를 한 시간 정도 달려 오후 8시 35분에 杭州市 上塘路 333號에 있는 오늘의 숙소 海外海皇冠大酒店 호텔에 도착하였다. 최희재 씨와 나는 1420호실을 배정받았다. (그냥 돌아가기가) 아쉬운 사람은 9시 30분까지 1층에 모이라는 팀장의 말이 있었는데, 최 씨는 그 모임에 참석한다는 것이었다. 간밤에도 호텔 근처에서 술자리가 있어 송재소 교수를 비롯한 일행 여러 명이 밤늦게까지 따로 모임을 가졌고, 김태희 소장은 대취하여 일행이 들것에 싣고서 호텔로 돌아왔다는 소문도 들었다. 어젯밤에 그런 모임이 있다는 말을 나는 전혀 듣지 못했으므로, 내일 아침 일찍 일어나 일기 쓰는 것은 포기하고 나도 참석하기로 마음먹었다.

1층에 내려가 보니 모인 사람이 몇 명 되지 않았는데, 로비 부근의 종료 직전인 바에 들어가 맥주를 마시고 있으려니, 송 교수를 비롯한 일행이 더 내려왔다. 다 함께 호텔 앞의 上塘路 338호에 있는 凱雷燒烤라는 불고기집으로 가서 도로 가에 펼쳐진 탁자를 둘러싸고 앉아 꼬치구이 등을 안주로 가져간 紹興酒를 마셨다. 송 교수나 최희재 씨 그리고 소장과 팀장 등은 얼마 후 먼저 돌아가고, 다른 교수 두 명을 포함한 남은 몇 명은 다시 그 옆의 愛烤不烤라는 술집으로 들어가 3차를 하였다. 호텔로 돌아와 시계를 보니 밤 2시 무렵이었다.

■■■ 20 (금) 杭州는 비, 한국은 맑음

8시에 호텔을 출발하였다. 항주 시는 호적인구만으로도 6,957,100 명이나 되는 대도시라 아침 러시아워의 교통정체가 심했다. 호텔에서 창밖을 내려다보니 두 차가 접촉사고를 일으켜 복잡한 도로에서 시비하고 있는 모습이 보였는데, 우리가 항주의 西湖로 향하는 도중에도 빗속에 차들이 굼벵이 걸음을 하고 있었다. 내가 처음 몇 번 중국에 왔을 무렵에 비하면, 이제 이 나라는 모든 의미에서 수준이 매우 높아져 다른 나라들과 별로 다름이 없는 보통국가로 되었음을 올 때마다 실감하게 된다. 예전에는 가는 곳마다에 외국인 요금이라는 것이 있어 정부가 바가지를 씌우고, 물건을 살 때마다 용기를 내어 엄청나게 깎아도 돌아서면 또 바가지를 썼음을 깨닫게 되었는데, 지금은 그런 것이 없고 이번 여행에서 나는 한 번도 에누리를 해보지 못했다. 거리에 간간히 트롤리버스가 눈에 띰을 통해 아직도 공산국가임을 어렴풋이 느끼게 되는 정도이다.

버스 속에서 김한상 교수의 장인 김규문 옹이 자신의 사위가 미국 에머리 대학을 나왔다고 말했는데, 그것은 처음 듣는 말이므로 후배인 김 씨에게 확인하여, 그는 에머스트 칼리지에서 학부 4년, 스탠퍼드에서 대학원 박사 코스 2년, 臺灣대학에서 1년 반을 공부한 후 서울대 철학과로 진학하였음을 확인했다. 이후 그는 다시 중국과학원에서 1년, 北京대학에서 1년간 더 공부한 후, 서울대에서 철학박사 학위를 취득했던 것이다.

西湖十景의 하나인 花港觀魚에서 유람선을 타고는 蘇東坡가 杭州 知州로 있을 때, 서호를 준설하고서 파낸 흙을 가지고 쌓은 제방이라 하여 蘇堤라 불리는 곳을 바라보며 빗속에 호수를 건넜는데, 이런 날씨 또한 아취가 있었다. "천하에 서호는 36개요, 그 중에서 가장 아름다운 것은 항주의 서호다."라는 말이 있는데, 그것이 헛말이 아님은 이곳에 올 때마다 느끼는 바이다. 서호에는 白樂天을 기념하는 白堤도 있는데, 이는 백거이가 여기서 벼슬할 때 쌓은 것은 아니라고 한다. 서호는 2012년에 유네스코의 문화유산과 자연유산으로서 이중으로 등록되었다.

서호의 건너편에 내린 후, 가장 큰 섬인 孤山에 있는 秋瑾의 墓와 放鶴亭을 보러 걸어가는데, 일행 중 법무법인 多溫의 고문인 서울법대 출신 任道彬 씨가 고산에는 화장실이 없다면서 일행으로부터 뒤떨어져 그 근처의 화장실을 찾아간다고 하므로 나도 有備無患이라는 생각으로 그의 뒤를 따라나섰다. 그러나 화장실은 岳飛의 사당인 岳王廟를 지나 제법 한참을 걸어가야 하는 곳에 있었고, 임 씨는 배탈이 났는지 화장실의 대변 칸에 들어가 한참 동안 나오지 않으므로, 바깥에서 그를 기다리느라고 시간을 지체하여 결국 추근의 묘는 못보고 말았다.

孤山公園은 다섯 보만 가면 하나의 명소가 나오고, 열 보만 가면 또 새로운 고적이 나온다고 하는 곳인데, 과연 그러하여 『水滸志』의 주인공인 武松의 묘가 있는 곳을 알리는 안내표지도 눈에 띄었다. 고산의 북쪽 기슭에 위치한 방학정은 예전부터 책을 통해 익히 아는 梅妻鶴子의 주인공인 북송 시기의 隱逸詩人 林逋(967~1028, 字 君復, 諡號 和靖)가 은거했던 곳인데, 방학정 액자 아래에는 그가 지은 「舞鶴賦」의 대형 刻石이 유리 속에 들어 있고, 그의 묘는 방학정의 서남 23m 지점에 있었다. 그는 일찍이 이곳에다 집을 짓고 20여 년을 은거하며, 벼슬도 하지 않고 결혼도 하지 않으면서 詩賦를 짓고 그림을 그리며, 매화를 심고 학에게 모이를 주면서 스스로 즐겼던 것이다.

고산공원을 떠난 후 버스로 5분 정도 이동하여 曙光路 156호에 있는 百合花酒店에서 東坡肉이 포함된 요리로 점심을 들며 마지막으로 소흥주를 들었다. 우리는 이번 여행에서 식사 때마다 계속 소흥주를 들었으므로, 吳越同舟

에서 취해 五月同酒라는 말을 지어보기도 했던 것이다.

점심 후 1시간 정도 걸려 공항으로 향하는 도중에 김태희 소장의 사회로 버스 속에서 각자 소감을 피력했다. 내 뒤에 앉은 대구에서 온 정시식 씨는 한 달쯤 후에 여행 중 그가 계속 촬영해온 사진을 보내주겠노라고 했고, 나는 일행 모두에게 이메일로 여행일기를 보내겠노라고 말했다. 이번 여행에서 후배인 김한상 교수는 장인을 모시고 왔고, 팀장인 김대희 여사는 광주에 사는 시아버지 이선휴 씨를 모시고 왔으며, 가장 연소한 서강대생 최원경 양은 나의 룸메이트인 아버지 최희재 씨와 함께 왔다. 그리고 서울대 경제학과 출신인 이구락 씨는 환갑을 맞이한 부인 최영남 씨를 대동하여, 건강에 문제가 있는 부인의 손을 시종 붙잡고 걸어 일행을 감동케 하였다.

도중에 긴 다리로 錢塘江을 건넜는데, 그 상류에 있는 유명한 관광지 千島湖가 댐의 건설로 말미암아 조성된 것임을 가이드의 설명을 통해 비로소 알았다. 공항에 도착하여 현지가이드와도 작별하였는데, 그는 평소 독서를 즐겨하여 내가 평소 경험한 다른 조선족 중국 가이드들보다는 아는 것이 많았다. 공항에서 출국 수속 중에 내 수하물 가방에 든 샴푸가 규정된 것보다도 크다고 하여 뺏기고 말았다.

우리는 아시아나항공의 OZ360편을 타고서 15시에 항주국제공항을 출발하여 2시간 10분 후인 18시 10분 무렵에 인천국제공항에 도착하였는데, 내가 화장실에 들렀다가 짐 찾는 곳에 도착했더니, 다른 일행은 이미 대부분 작별인사를 마치고서 떠난 후였다. 공항 내의 아시아나항공 카운트에 들러 마일리지 등록을 하려고 했으나 돌아올 때의 항공권이 어디엔가 떨어져 유실되어 버리고 짐표 밖에 남아 있지 않으므로 포기하였다.

신용카드로 34,800원의 요금을 지불하고 차표를 끊어 19시 10분에 출발하는 거제 고현 행 고속버스를 타고서 도중에 옥산휴게소에 20분쯤 주차하는 동안 식당에서 용유부우동 한 그릇을 들었다. 9시 반쯤에 다시 출발하여 예정된 시간인 11시 반보다는 좀 늦게 진주의 개양에서 하차하였다. 정촌초등학교 앞 택시주차장에서 한참을 기다린 후, 겨우 택시 한 대를 주어타고 집에 도착하니 이미 자정 무렵이었다.

북알프스

■■■ 2016년 7월 20일 (수) 맑음

　지리산여행사의 일본 북알프스 槍岳(야리가타케)·穗高岳(호타카다케) 종주 5일 산행에 참가하여 오전 8시까지 신안동 운동장 1문 앞으로 갔다. 진주에서는 여행사 대표이사 강덕문 씨를 제외하고서 나까지 4명이 참가하였고, 9시까지 통영 무전동의 전자랜드 앞으로 가 또 여러 사람이 타서 참가자는 총 22명이 되었다. 마창대교를 경유하여 김해공항에 도착했는데, 거기서 다시 가이드인 임철준 씨를 만났다. 그는 꽤 젊어 보이는 데도 불구하고 벌써 보통나이로 54세이며, 일본 주재원 생활 9년을 포함하여 내후년이면 일본 전문 가이드 경력이 30년이라고 한다. 뒤에 알았지만 그는 동아대 일어일문과 출신으로서, 코오롱관광에 취직해서부터 관광업에 종사하게 되었다.

　13시 5분에 출발하는 대한항공 KE753기를 타고서 14시 25분에 名古屋의 中部국제공항에 도착하였다. 가지고 간『중부도로지도』를 보고서 나는 나고야 제2 環狀자동차도와 중앙자동차도, 그리고 長野자동차도를 경유하여 오늘의 목적지인 長野縣 松本市 安曇의 上高地에 접근할 줄로 짐작했었지만, 뜻밖에도 우리의 대절버스는 나고야의 중심부를 관통하여 지난번 富山縣의 立山(다테야먀)으로 갈 때 경유했던 東海北陸자동차도로 나아가는 것이었다. 중부공항 내에서 임철준 씨를 통해 들은 바에 의하면, 일본의 알펜루트는 富山縣의 다테야마 역에서부터 室戶와 黑部 댐을 거쳐 長野縣의 大町까지 이어지며, 내가 나가노현을 信州(신슈)로 부르는 것으로 알고 있었던 것과는 달리 토야마와 기후 및 나가노현의 북알프스 주변 지역을 합쳐서 신슈라고 한다는 것이었다. 그의 말대로라면 나는 지난번 다테야마 여행 때 이미 일본의 유명 관광지인 알펜루트의 절반을 커버한 셈이다.

우리가 탄 대절버스는 오후 5시 무렵에 지난번 다테야마 갈 때 멈춘 바 있었던 岐阜縣 郡上市 高鷲町 鷲見上野 329-1의 히루가高原 휴게소에 정거하였다. 이곳은 해발 900m 정도 되는 지점이라고 하는데, 일본에서는 고속도로변의 이러한 휴게소를 SA 즉 서비스 에리어라고 부른다. 지난번에 이곳에서 『중부도로지도』를 구입했었는데, 오늘은 918엔을 지불하고서 『上高地—乘鞍·奧飛驒溫泉鄕』(東京, 昭文社, 2016) 관광안내 책자를 한 권 구입하였다.

우리는 히루가고원을 지나 좀 더 올라간 지점의 기후현 飛驒淸見에서 東海北陸자동차도를 벗어나, 지난번에 들른 바 있었던 高山市의 외곽 지역을 경유하여 잠깐 89번 지방도로 접어들어 丹生川 쪽으로 나아가는가 싶더니, 2차선인 158번 국도를 따라서 계속 동쪽 방향으로 전진하였다. 기후현에서 나가노현의 松本市 구역으로 접어들어 24번 지방도로에 올라 얼마간 북쪽으로 나아가, 어제 막 개통했다는 上高地(가미코치)터널을 통과하여 가미코치 버스터미널에 도착하였다. 우리 일행이 가미코치에 진입했을 때 뒤편 좌석에 앉아 있던 여자 두 명이 야생 새끼 곰을 보았다고 탄성을 질렀지만, 나는 보지 못했다. 가미코치는 해발 1,500m 정도 되는 지역으로서 한여름에도 기온이 25도 이상까지 올라가는 일이 없다고 한다. 오늘 이 일대의 기온은 19도인 모양이다.

터미널에서부터 짐 가방을 끌고서 10분 정도 걸어 이곳의 상징물이라고 할 수 있는 河童橋를 건너 우리들의 숙소인 上高地西糸屋山莊 별관에 도착하였다. 梓川(아즈사 강)에 면한 하이킹 코스 가의 제법 유명한 숙소로서, 별관은 본관의 뒤편에 위치하여 요금이 절반 정도이다. 나는 56세인 최수경 씨와 더불어 가이드 임 씨에게 배정된 다다미방인 2층의 꾀꼬리실에 3인이 함께 들게 되었다.

늦은 석식을 마친 후, 본관 쪽에 있는 건물 2층으로 가서 목욕을 하였고, 방으로 돌아와 셋이서 소주를 마시며 밤 11시 무렵까지 대화를 나누었다. 최씨가 종이팩 소주 하나를 뜯었고, 나는 가져온 병 소주 두 개와 쇠고기포 마른안주를 모두 소비하였다. 나는 기억하지 못하지만 최 씨는 예전에 우리 가족과 함께 금강산에 간 것, 그리고 다테야마를 함께 여행한 것을 모두 기억하고 있었다. 그는 비닐하우스 설치 일을 하는데, 그런 일 관계로 카자흐스탄을 수시로 드나들고 있는 모양이다. 진주에서 함께 온 두 여성 중 한 명은 하동군의 화개중학교 국어 교사인 김복희 씨이며, 또 한 명은 진주교육청에 근무하는 26세 미혼의 강아름 씨이다. 김 여사는 등산 경력이 제법 있지만, 강아름 씨는 김 여사를 따라 지리산 천왕봉을 두 번 오른 것이 전부이며, 천왕봉에 오를 정도이면 갈 수 있다는 강덕문 씨의 말을 듣고서 험준하고 높기로 이름난 일본 북알프스까지 따라온 것이다.

나고야에서 이곳까지는 차로 약 4시간이 소요되는 거리라고 한다. 숙소의 욕실에서는 穗高岳連峯이 한 눈에 바라보이고, 정상 부근에 잔설도 조금 남아 있는 듯했다. 석식 때 나온 차의 맛을 보고서 나는 烏龍茶인 줄로 알았으나, 가이드 임 씨의 말에 의하면 일본 사람들이 흔히 마시는 호오지차라고 한다. 또한 호다카 연봉에서는 작년에 57건의 사고가 발생했으며, 그 대부분이 남자라는 것이었다.

▰▰▰ 21 (목) 맑음

오늘부터 사흘간이 북알프스의 대표적 등산 코스를 주파하는 날이다. 7시에 숙소를 출발하여, 일본에서 다섯 번째로 높은 槍岳(3,179.7m) 등반길에 나섰다. 먼저 숙소 근처 河童橋 바로 옆에 있는 호텔 白樺莊의 1층에 있는 등산 장비 매점에 들러 배낭 카버와 우비를 구입하고자 하였다. 그러나 배낭 카버는 사이즈가 작아 50L이 넘는 내 배낭에 적합하지 않았고, 우비로서 판초 하나만을 샀다. 그런 다음 河童橋를 건너 일행과 합류하였다. 梓川에 걸려 있는 하동교는 가미코치를 대표하는 명소로서 길이 약 36m의 목제 현수교인데, 이 다리 위에서 상류 쪽으로 穗高 연봉이, 하류 쪽으로는 燒岳이 바라보인다. 芥川龍之介의 소설『河童』에도 등장하는 모양이다. 河童(갑파)은 우스운 모양을 한 일종의 물귀신으로서 만화 등에도 종종 나타나는 것이다.

하동교에서 우리 숙소를 지나서 강을 따라 15분쯤 내려가면 일본 근대 등산 개척의 아버지라고 일컬어지는 영국인 선교사 월터 웨스턴의 모습을 새긴 銅版이 있다. 明治 시대에 이 일대의 穗高岳 등에 매료되어『일본 알프스의 등산과 탐험』이라는 저서로써 그 존재를 세계에 알린 인물이다. 일본 알프스라는 이름도 그가 처음으로 사용한 것이다. 오늘날 일본 알프스는 북·중앙·남의 세 부분으로 나뉘는데, 이는 本州 중앙부를 남북으로 관통하는 거대한 산맥들을 가리킨다. 개중에서도 북알프스는 동해로부터 솟구쳐서 富山·岐阜·長野의 세 縣, 그리고 일부는 新潟縣에 걸쳐 있는 長大한 飛驒산맥을 가리키는 것이다. 이 일대에는 일본 100명산에 속한 산들이 밀집해 있는데, 오늘부터 우리가 가는 곳은 그 중에서도 가장 높은 북알프스 남부의 일본 제3위인 穗高岳과 5위인 槍岳 등이다. 槍岳은 단독의 봉우리가 창끝처럼 뾰족하게 하늘을 향해 솟구쳐 있고, 穗高岳은 최고봉인 奧穗高岳(3,190)를 중심으로 하여 고봉들이 사방으로 둘러싸고 있는 連峯이다. 일본의 알피니즘은 이곳에서부터 시작되었다.

우리는 일본에서도 손꼽히는 산악 리조트인 上高地를 관통하여 梓川를 따라서 상류로 향해 나아갔다. 편백을 주종으로 하는 울창한 고목 숲 속으로 난 꽤 넓은 보도를 따라 계속 나아갔는데, 小梨平·明神館·德澤 등을 차례로 지나 橫尾에 도착하여 마침내 평지의 넓은 산책로는 끝이 났다. 이정표에 橫尾에서 上高地까지 11km, 槍岳까지도 11km라고 표시되어 있으니, 오늘 일정의 딱 중간 지점인 셈이다. 도중의 德澤에 있는 숙박업소 德澤園은 井上靖의 소설 『氷壁』에도 등장하는 곳이라고 한다.

橫尾에서부터 길은 갑자기 오솔길처럼 좁아지고 점차로 완만한 오르막이 나타나기 시작했다. 橫尾에서부터 조그만 물길 위에 다리가 걸려 있는 一俣와 二俣를 지나 4km쯤 더 나아가 槍澤롯지 조금 못 미친 지점에 소규모 수력 발전 장치가 있었는데, 그곳에 약간의 물이 있고 시각이 이미 오전 11시라 숙소에서 준비해 준 도시락으로 다함께 점심을 들었다. 빙하에 의해 U자 형으로 깎여진 槍澤 계곡을 따라 계속 나아가, 캠프장이 있는 바바平을 지나서부터 수림은 엷어지고 밝은 계곡이 나타났다. 계곡이 크게 꺾여드는 大曲를 지나 天狗原分岐에서부터는 여기저기에 풀과 풀처럼 나지막한 소나무 밀집지대가 나타나는 외에는 수목이 거의 없고 너덜지대 같은 바위 길이 이어지는데, 여기저기에 잔설이 남아 있고 산길의 경사가 더욱더 심해졌다. 도중에

播隆窟이라는 이름의 야트막한 바위굴을 지났다. 槍岳을 처음 등산하여 開山했던 播隆(1786~1840)이라는 이름의 염불수행자 중이 총 5회의 槍岳 등반 중 4회째인 1834년에 이 조그만 암굴에서 53일간 머물며 염불을 했던 곳이라고 한다.

槍澤롯지에서 화장실을 다녀오니 일행은 이미 모두 떠나버렸는지라, 그이후부터 나는 일행으로부터 뒤처져서 자신의 페이스로 혼자 걸었다. 그러나 갈수록 가팔라지는 오름길에서는 몹시 숨이 차고 심장이 고동이 심한지라, 몇 발 걷다 쉬고 또 몇 발 걷다 쉬기를 반복하였다. 경사는 점점 급하여 지그재그로 길이 이어졌는데, 고통스럽기 짝이 없어 이미 예약해 둔 다음 달의 富士山 등반을 끝으로 이제 더 이상 고산에 오르는 것은 삼가야 하지 않을까 싶었다.

산장에 가까워질수록 경사는 더욱 급해지고, 마침내 나무로 표시해 둔 길이 나타나 지그재그로 산장 근처에까지 다다랐을 때는 이미 기진맥진하고 말았다. 오후 5시 50분에 槍岳 바로 아래의 능선 상에 있는 槍岳山莊에 도착하였는데, 강 대장이 내려와 내 배낭을 받아 지고는 그 무게에 놀랐다. 컴퓨터와 샌들, 각종 전기 연결 장치, 디지털카메라, 접는 의자 등 산위에서 내가 전혀 사용하지 않거나 아무 소용없는 물건들이 들어 있었기 때문이다. 이 산장에서는 개인적으로 전기 기구를 연결할 수 있는 단자가 일체 없었기 때문에 이러한 물건들은 앞으로의 등반 기간 내내 무거운 짐이 될 따름이다.

우리 일행 중 일찍 도착한 사람은 오후 4시경에 이미 산장에 다다랐다고 하니 나는 그들보다 2시간 정도 늦은 셈이다. 오늘의 전체 행정 총 22km 중 점심을 든 장소까지가 15km 정도인데, 그곳까지 세 시간 걸린 데 비하여 나머지 7km에 거의 7시간이나 소요되었으니, 마지막 오르막길에서 얼마나 고생했는지를 알 수 있다. 槍岳 부근에는 다른 산장도 두 군데 더 있었지만, 우리가 머문 곳은 가장 규모가 커서 본관·서관·북관·별관·신관 등 건물이 여러 채였다. 우리 일행은 서관 2층에 머물렀다. 이날 밤 강덕문 대장을 비롯한 진주 팀 다섯 명은 한 방을 사용하였다. 나는 무리한 탓인지 오한이 들기 시작하므로, 談話室의 난로 앞에 가 앉아서 몸을 따뜻하게 하였다. 그리고 매점에서 1:50,000 등산용 지도책인 『槍岳·穗高岳—上高地 북알프스』(東京, 昭文社, 2016년판, 산과고원지도 37)도 한 권 샀다. 산장에서는 밤 7시 30분에 소등하였다.

■■■ 22 (금) 맑으나 오후에 짙은 안개

새벽 4시경에 일어나 개인적으로 산장에서 200m 거리인 槍岳 정상까지 다녀왔다. 나는 우리 일행 중 희망자들이 함께 가는 줄로 알고서 기다렸지만, 이미 뿔뿔이 출발한 모양이라 한참 후에 혼자서 떠났다. 그 때문에 4시 반 무렵에 출발했으므로 헤드랜턴을 준비하기는 했으나 사용할 필요가 없었다. 쇠사슬과 철제 사다리를 의지하여 간신히 정상에 오르니 때마침 일출이 시작되었다. 정상에는 조그만 神堂이 있었다.

槍岳은 뾰족한 봉우리라 정상의 공간이 넓지 않은데, 그 대신 사방에 이 일대의 명산들이 一望無際의 대 파노라마로 펼쳐지는 것으로 유명하다. 그러나 나로서는 그 산들의 위치와 이름을 모르니 별로 큰 의미는 없었다. 과거에 일본 TV를 통해서도 이 산의 모습은 익히 보아왔지만, 막상 실제로 와보니 좀 다른 느낌이며 다소 실망스러웠다. 북알프스의 해발고도는 2,500~3,000m이며, 일본 국내에는 3,000m 이상의 산이 21개 있다고 한다. 槍岳 주변에만 하더라도 100명산·200명산·300명산에 속하는 산들이 즐비한데, 그 중 100명산에 속하는 것들은 이 산 외에 북쪽으로부터 시계 방향으로 常念岳·穗高岳·燒岳·笠岳·黑部五龍岳·鷲羽岳·水晶岳 등이 있다. 이 산들은 모두 화산활동에 의해 형성된 험준한 바위산들이니, 노년기에 속한 한국의 산들과는 분위기가 꽤 다르다.

5시 20분경에 산장으로 돌아와 조식을 든 후, 6시 45분에 산장에서 9km 거리인 穗高岳을 향해 출발하였다. 산장 안에는 일본기상협회가 어제 오후 5시에 발표한 일기예보가 게시판에 적혀 있었는데, 오늘 내일 모두 북서풍에다 흐리거나 안개 끼고 때때로 비가 온다고 하며, 오늘 기온은 11℃/7℃로 되어 있었다. 그러므로 배낭 카버가 없는 나는 배낭 안의 칸칸마다에다 집에서 가져온 비닐봉지로 짐을 둘러치고, 판초 우의의 포장을 뜯어 만일의 경우에 대비하였다. 그러나 오전 내내 날씨는 쾌청하여 일본의 경우에도 일기예보가 잘 맞지 않음을 알 수 있었다.

출발한 지 얼마 되지 않아 大喰岳(3,101)을 지났고, 이어서 中岳(3,084)南岳(3032.9)을 통과하였다. 남악까지는 조금 오르막 내리막이 있긴 하지만 비교적 평탄한 길이었다. 사방의 조망이 탁 트여 북알프스 일대의 웅장한 산세를 마음껏 감상할 수 있었다. 남악까지가 오늘 전체 행정의 약 절반 정도에 해당하였다. 길은 대부분 바위 조각으로 되어 있어 흙을 밟을 수 없었고, 바위들 여기저기에 ○× 또는 → 등의 흰색 페인트로 표시된 안내 표지가 계속이어져 있어 길을 잃을 염려도 별로 없었다. 나는 처음부터 일행으로부터 뒤처져 내 페이스대로 걸었다. 여기저기에 잔설의 얼음더미들이 남아 있고, 바위가 깨어져 흘러내려서 너덜지대를 이룬 곳도 많았다. 길 여기저기에 浮石·落石을 주의하라는 문자가 보였다. 부석이라 함은 일반적으로 바위가 화산불에 타고 남아 무게가 가벼워져 물에 뜨는 것을 말하는데 반하여, 여기서는 바위가 단단히 고착되어 있지 않고 살짝 떠 있는 것을 말한다. 그러므로 꽤 위험하여 일본 사람들은 헬맷을 쓴 이가 많았고, 산장에서도 헬맷을 착용하라는 주의 문구가 눈에 띄었다.

남악을 지나고서 다음의 北穗高山(3,106)으로 향하는 중간 지점에 능선이 크게 꺾어져 절벽지대를 이룬 구간이 있었다. 철제 사다리와 쇠사슬 그리고 발 지지를 위해 바위에다 박아 놓은 쇠막대기 등을 의지하여 간신히 그 구간을 통과하니, 이제는 北穗高山 정상까지 이어지는 험준한 오르막길이었다. 죽을힘을 다하여 그곳을 오르니 마침내 北穗高小屋이라는 산장이 나타났고, 그곳 바깥 테이블에 우리 진주 팀 네 명이 모두 모여 맥주를 마시며 쉬고 있었다. 나도 아사히 캔 맥주를 한 통 사서 마시고 함께 쉬었다. 우리 팀 외에 다른 한국인도 있었는데, 대전에서 온 사람들이라고 한다.

北穗高岳에 도착할 무렵부터 안개가 끼어 사방의 경치를 바라볼 수 없더니, 다시 출발한 이후에는 안개가 더욱 짙어졌다. 산장에서 정 대장은 앞으로 남은 코스가 아주 평탄하고 쉬워서 그저 먹기라고 하므로, 나도 여자 두 명을 따라 접어서 배낭 옆에 꽂아두었던 스틱 두 개를 다시 꺼내어 짚었는데,

얼마 가지 않아 그 중 하나의 끝부분이 빠져 달아난 것을 발견하였다. 그러나 그것을 찾아 산장까지 다시 돌아가기도 번거로운 일이므로, 포기하고서 계속 앞으로 나아갔다.

그러나 쉽다고 하던 정 대장의 말과는 달리 바위로 이루어진 산길은 갈수록 더욱 험난하였다. 도중에 빙하가 숟가락으로 푹 떠낸 듯 넓고 깊게 침식한 거대한 카르인 涸澤(가라사와)과의 갈림길이 있었는데, 나는 지도를 꺼내보고서 우리가 향할 다음 목적지인 涸澤岳(3103.3)은 그쪽 방향이 아님을 확인하고서 奧穗高岳 쪽으로 방향을 잡았다. 그러나 안개는 갈수록 더욱 심해져 가까운 곳 외에는 사방에 방향을 짐작할 수 있는 아무런 표지물도 눈에 띄지 않았다. 한참 가다가 보니 바위에 그려진 방향 표지가 내가 걸어온 방향으로 향해 있는 듯하므로 되돌아서 반대 방향으로 한참을 나아갔는데, 아까 北穗高小屋에서 보았던 대전 팀의 사람 하나를 만났다. 그도 오늘 밤 穗高岳 산장에서 머문다고 하는데, 내가 돌아온 그 방향이 오히려 맞다는 것이었다. 할 수 없이 그의 뒤를 따라가면서도 반신반의하였는데, 뒤처지다 보니 뒤이어 오는 다른 남자 한 명과도 만나게 되었다. 그도 그쪽 방향이 옳다는 것이었다. 그들의 뒤를 따라가다 보니 과연 그들이 말하는 방향이 맞음을 확인할 수 있었다. 하마터면 큰 일 날뻔 하였다.

앞서가던 그들이 도중에 쉬고 있는 것이 바라보였는데, 그들은 내가 나이도 들고 지쳐 떨어져서 위험해 보였던지 피로회복을 위한 과자들을 자기네 자리에다 조금 놓아두었고, 산장에 도착하면 우리 팀에다 알려서 구원을 요청하겠다고 했다. 涸澤岳 아래쪽의 2,983m 되는 능선에 있는 穗高岳산장에는 오후 6시 30분에야 도착하였다. 우리 팀은 내 소식을 듣기는 하였으나 아무도 마중 나오지 않았고, 다들 식당에 모여서 저녁식사 중이었다. 나는 어제보다도 더 기진맥진하였고, 시간도 더 많이 걸렸다. 北穗高岳 이후의 코스가 쉽다고 했던 강 대장에게 항의 섞인 불평을 말했더니, 우리에게 용기를 주기 위해 그렇게 말한 것이라는 대답이 돌아왔다. 이 산장은 槍岳산장보다 규모는 작으나, 매점 근처에 충전을 위한 전기 꽂는 장치도 있고 전반적으로 시설은 더 나아보였다. 오늘은 통영 팀과도 섞여 잤는데, 2층 침대 두 개가 있는 방의 아래층 침대 하나 맨 안쪽 구석에다 내 자리를 배정받았다. 소등 시간은 밤 9시였다.

■■■ 23 (토) 맑음

아침에 산장 밖으로 나가보니 '岐阜大學醫學部奧穗高診療所' 및 '岐阜縣 警察穗高常住隊基地'라는 현판들이 눈에 띄었다. 우리의 이번 산행은 長野 縣 松本市와 岐阜縣 高山市의 경계를 따라 남쪽 방향으로 내려가는 것인데, 이곳은 岐阜縣이 관할하고 있는 모양이었다.

북알프스는 多雪지대이기 때문에 눈이 늦게 녹아 7월 중순부터 10월 상순 까지가 등산에 적합한 시기라고 하며, 산장도 대부분 5월부터 10월까지만 운영한다. 그렇지만 5월이나 10월에도 강설의 가능성이 있으며, 봄 시즌은 아직 설산 등반이고, 7월까지는 만년설 구간이 많다. 9월 말에 문을 닫는 산 장도 있으며, 10월이면 많은 산장들이 영업을 종료한다. 눈이 녹아 여름 산 답게 되는 것은 장마 후 7월 20일을 지난 무렵이 되므로, 지금이 바로 그러한 시기인 것이다.

6시 15분에 출발하였다. 산길은 산장 바로 옆에서부터 이어지고 있었다. 지그재그로 올라가니 머지않아 穗高連峰 중 최고봉이며 100명산의 하나인 奧穗高岳에 닿았다. 보통 이 산을 일러 穗高岳이라 하며, 그 정상에도 조그만 神堂이 있다. 奧穗高岳에서부터 산길은 완만한 내리막으로 동남 방향으로 이어지며, 그 건너편에 험준한 모습으로 솟아 있는 우리 산행의 마지막 봉우리 前穗高岳(3,090.5)이 버티고 있었다. 그러나 그 길을 따라 계속 내려가니 앞서가던 일행은 산봉우리를 향해 오르지 않고, 산허리를 평행하여 자꾸 옆으로 나아가고 있는 것이 바라보였다. 제일 꽁무니에 쳐져 그들을 따라 계속 나아가니, 마침내 紀美子平이라는 곳에 다다랐는데, 사람들은 그곳에다 배낭을 두고서 왕복 30~40분쯤 되는 정상까지 올라갔다 내려오는 것이었다. 지도에는 오르는데 30분 내려오는데 20분이라고 적혀 있으나, 정 대장 등의 말로는 오르는데 20분 내려오는데 10분 정도 걸린다는 것이었다. 정 대장은 제일 뒤쳐져 오는 나는 오르지 않는 것이 좋겠다고 했고, 실제로 진주 사람들 중 최수경 씨 외에는 아무도 올라가지 않았다. 최수경 씨가 내려온 뒤 하는 말로는 통영 팀도 몇 명밖에 오르지 않았다고 한다.

紀美子平에서부터는 다시 본격적인 내리막길이 시작되었다. 2km쯤 되는 이 길을 重太郎新道라고 부르는 모양인데, 경사가 꽤 가팔랐다. 점차로 다시 나무들이 나타나기 시작하고, 도중의 점심 먹는 장소인 岳澤小屋에 가까워진 무렵에는 한국 산에서 흔히 보는 산나리 종류의 꽃들도 눈에 띄었다. 岳澤小屋 부근에서부터는 거대한 너덜지대가 나타나 4km 아래의 上高地까지 이어지고 있었다. 그러나 上高地는 산장에서 바로 아래에 있는 듯이 바라보였다. 산장쯤에서부터 시작된 숲은 아래로 내려갈수록 점차로 키가 커져 가는데, 도중에 천연 쿨러라고 하는 風穴이 있어 거기서 좀 쉬기도 하였다. 한국의 얼음골들에서 보듯이 바위 구멍 안으로부터 시원한 공기가 흘러나오며, 그 입구에 얼음도 보였다. 이 일대의 명물인 모양이었다.

岳澤小屋으로부터 上高地까지 내려가는 중간지점인 풍혈 부근에서부터 숲은 다시 울창한 고목들로 들어찼다. 上高地에 다다르자 굽이쳐 흘러가는 梓川이 늪지를 이룬 곳들이 눈에 띄고 그 주변으로 통나무로 만든 데크 길인 木道가 이어져 있었다.

오후 3시 무렵에 숙소인 西糸屋산장에 도착하니, 우리들의 가이드인 임 씨는 나고야에서 아직 돌아오지 않았다. 산장의 매점에서 생맥주를 한 잔 사마시며 산책로 가의 나무 탁자에서 통영 팀과 잠시 어울려 있다가 산장 안으로 들어가 목욕을 하였다. 욕탕에서 옷을 갈아입고 나오니 임 씨가 도착해 있었고, 첫날과 마찬가지로 세 명이 2층의 꾀꼬리실에 다시 들게 되었다.

얼마 동안 통영 팀의 술판에 어울려 있다가, 저녁 무렵 임 씨와 함께 산책에 나섰다. 강가를 따라서 大正湖까지 내려가 볼 예정이었으나, 뒤따라오던 통영 팀의 여자 두 명이 산행으로 피곤하다면서 그만 돌아가자고 하므로 帝國호텔 쪽으로 돌아서 숙소로 돌아왔다. 1933년에 개업하여 2013년 10월에 개업 80주년을 맞이한 上高地帝國호텔은 이 일대의 숙박업소 중 가장 고급이다. 東京의 帝國호텔 스텝이 이곳도 관리하고 있다고 한다.

가이드인 임 씨가 종이 팩에 든 일본 소주 한 통을 사왔으므로, 방을 배정받은 후 룸메이트인 최 씨와 더불어 셋이서 온수를 섞어 마셨다. 석식 후 최 씨는 밖으로 나가고 임 씨와 둘이 방에 남아서 꽤 오랫동안 대화를 나누었다. 그는 남해군 창선면의 지족마을에서 태어났으며, 몇 년 전부터 원불교를 믿게 되었다고 한다.

■■■ 24 (일) 맑음

오전 7시 35분에 上高地 버스터미널을 출발하여 귀도에 올랐다. 가미코치에서 가장 큰 大正湖를 지났는데, 이는 1915년(大正 4년)에 그 부근에 위치한 燒岳(2,393m)이 분화하여 梓川의 물길을 차단해 하룻밤 만에 조성된 호수라고 한다. 그러나 그 하부에는 물을 가두는 시멘트 제방을 만들어둔 것이 바라보였다. 아즈사 강은 야리가타케에서 발원하여 북알프스 빙하들의 눈 녹은 물이 모여서 이루어진 것이라고 하는데, 이 호수는 호다카다케 연봉 등 부근의 고산들을 아름답게 비추고 있었다. 며칠 전 개통된 가미코치 터널 옆으로는 산을 에두르는 이전의 구도로가 여전히 남아 있었다. 2차선인 158번국도변 여기저기에 파란 수국 꽃이 흐드러지게 피어 있었다.

돌아오는 길에 우리가 경유하는 도로를 지도와 대조해가며 유심히 살펴보았다. 기후 현의 다카야마 시 부근에 이르러서는 도심을 관통하는 158번 국도를 버리고서 시의 북부를 에두르는 89번 지방도로 접어들었다가 곧 41번 국도를 만나서는 도야마 현 방향으로 잠시 북상하다가, 中部縱貫자동차도에 접어들어 여러 개의 터널을 통과한 다음 飛驒清見에서 다시 東海北陸 자동차도에 합류하는 것이었다. 이 일대의 동해북륙자동차도는 현재 2차선이지만 수년 내에 4차선으로 확장되고 나면 나고야까지 가는 시간이 한 시간 가까이 단축될 것이라고 한다.

올 때처럼 히루가고원에서 또 잠시 휴게하는 동안 아이스케이크를 하나 사먹었고, 다시 출발해서는 내가 그 이름을 익히 들어온 長良川을 따라서 고속도로가 계속 이어지고 있었다. 지금이 은어 철이라 여기저기의 강물 속에 은어 낚시꾼들이 제법 많았다. 오늘 아침 식탁에도 쪄서 일본식으로 진한 간을 한 은어 한 마리가 올라 있었다.

나고야 시가 위치한 愛知縣 경내로 진입한 다음, 우리는 名神고속도로를 만나 잠시 오른쪽으로 향하다가 16번 국도인 一宮線을 탔고, 다시 名古屋第二環狀자동차도를 만난 다음 6번국도 淸須線을 따라 내려와 도심부인 中區 新榮1丁目 35-6에 있는 면세점 JTC名古屋店에 들렀다. 지난 번 다테야마 여행 때 들렀던 곳과 같은 장소인 듯한데, 오늘 알고 보니 나고야 시내에는 다른 면세점도 있으나 이곳의 주인(代表取締役)은 具哲謨라는 이름의 한국 교포였다. 가이드가 손님을 데려가면 커미션을 받는 모양인지 가는 도중의 버스 속에서 상품 소개를 하고 있었다. 일본의 면세점은 관세를 면제하는 것이 아니라, 일본 국내의 소비세를 받지 않는 것이라고 한다. 나는 이곳에서 方位計와 氣壓·高度計 및 온도계를 겸한 일제 솔라 전파시계를 36,000엔 지불하고서 하나 샀다. 태양광을 받아 작동하므로 배터리 교환이 필요 없고, 물론 방수를 겸한 것이기도 하다. 東京에 있는 카시오계산기계주식회사의 제품으로서 3414P*JA라는 품명이었다.

그곳을 나온 다음, 일정에는 없었으나 나고야성에 한 시간 정도 들렀다. 나는 天守閣에는 지난번에도 올라가보았으므로, 오늘은 혼자서 지난번 들르지 못해 아쉬웠던 本丸御殿을 비롯하여 二丸과 바깥 垓子 일대를 둘러보았다. 本丸御殿은 尾張藩主의 거처로서 1945년 공습으로 천수각과 함께 전소되었다가, 2009년부터 복원 공사애 착수하여 현재 입구에 해당하는 현관과 알현장인 表書院 등이 공개되어 있다. 2018년에 전체가 완성될 예정이라고 한다. 二丸정원의 잔디밭에서는 만화에 나올 법한 군대식 복장을 하고서 머리카락을 가지각색으로 물들이고 이상한 헤어스타일을 한 소녀들이 여기저기에 모여 있었는데, 그러한 모습의 소녀들은 성내의 다른 곳에서도 보이고, 나중에 중부공항에 도착해서도 볼 수 있었다. 군복 스타일이 아닌 다른 복장을 한 이상한 차림의 아가씨들도 눈에 띄었다. 本丸의 이쪽 일대 해자 안에는 석축의 보수공사를 위해 해체해 놓은 커다란 돌들이 시트에 쌓인 채 빼곡히 들어차 있었다. 경내에서는 天守閣의 석축 공사를 맡은 加藤淸正이 직접 돌 위에 올라 구령을 붙이며 운반을 지휘하고 있는 모습을 담은 동상도 눈에 띄었다.

나고야 성을 떠난 다음, 이 도시의 명물인 텔레비탑 바로 옆의 中區 錦三丁

目 6番 15號 다테노마치 빌딩 2층에 있는 囲屋이라는 식당에 들러 나고야명물인 납작한 국수 기시면과 된장돈카츠 요리로 점심을 들었고, 그런 다음 공항으로 향했다. 식당에서 합석한 최수경 씨가 강덕문 씨를 형님이라 부르고 있었으므로, 강 대장의 나이를 물었더니 최 씨보다 두 살 위인 58세였다.

知多半島도로와 知多횡단도로를 경유하여 중부국제공항(센트레아)에 도착한 다음, KE754편으로 15시 25분에 일본을 출발하여 16시 55분에 김해공항에 도착하였다. 가이드 임 씨와는 김해공항에서 작별하였다. 우리가 탄 대절버스는 김해시의 장유에서 남해고속도로를 벗어나 창원과 마창대교를 지나 진동 부근의 지점에서 진주 방향의 국도와 갈라져 남해안의 풍경을 이따금씩 바라보며 계속 서쪽으로 나아가서 고성을 경유하여 통영에 다다랐고, 통영 팀과 작별한 다음 오후 7시 40분쯤에 출발지점인 신안동 운동장 1문 앞에 도착하여 진주 팀과도 작별하였다.

택시를 타고서 집으로 돌아와 짐 정리를 하고 샤워를 마친 다음, 밀린 신문들을 훑어보고서 밤 10시쯤에 취침하였다. 가미코치에서는 반팔 반바지 차림으로는 좀 추위를 느낄 정도였으나, 그 차림으로 진주에 도착하니 우리가 떠난 이후 며칠간 폭염에다가 열대야가 계속되고 있었다고 한다.

몽골

7월

■■■ 2016년 7월 28일 (목) 한국은 때때로 흐리고 몽골은 오후 한 때 소나기

지리산여행사의 몽골 체체궁 산(2,258m), 테렐지 4일 여행에 참가하기 위해 콜택시를 불러 타고서 오전 6시에 신안동운동장 1문 앞으로 갔다. 대절버스는 인천공항을 왕복하는 대성고속관광이었다. 서평택에서 40·153번 고속도로를 거쳐 송산포도휴게소에서 한 번 주차했다.

공항에서 충남 서천의 부인들 6명이 합류하여 우리 일행은 참가자 20명에 여행사 대표 강덕문 씨를 포함하여 총 21명이 되었다. 서천 팀은 과거에 강 씨와 함께 킬리만자로를 오르고 네팔 히말라야 트레킹도 한 적이 있었다고 한다. 일행 중에는 예전의 네팔 안나푸르나 트레킹 때 나와 만난 진주간호고등학교 수학교사 이우성 씨, 일본 히라도 및 다테야마 여행 때 만났던 회계사 한병일 씨, 평소 등산 활동을 통해 서로 안면이 있는 경남법우회 회장 林彩植 씨 내외에다 역시 등산을 통해 내가 얼굴을 아는 진주시의원 구자경 씨 내외가 있었다. 알고 보니 구 의원의 부인은 부산대병원 정형외과의 간호사 추외자 씨인데 아내의 제자였다. 나는 인천공항 안의 서점 경인문고에서 Lonely Planet의 한글판 『몽골』(파주, 안그라픽스, 2011 초판, 2015 개정판) 한 권을 2만 원에 샀다. 119번 게이트에서 탑승을 대기하던 중 금년 초에 우리 농장에다 저온저장고를 설치했던 노헌호 부장에게 전화를 걸어 열쇠를 잃어버린 사실을 말했더니, 새로 구입하여 부쳐주겠다는 것이었다. 비로소 안심했다.

우리는 몽골항공의 OM302편을 타고서 14시 20분에 인천국제공항을 출발하여 17시 50분에 몽골의 수도 울란바토르의 칭기즈칸국제공항에 도착했다. 내 좌석은 창가인 28K였다. 몽골의 시간은 중국과 마찬가지로 한국보다 한 시간 늦으나, 지금은 서머타임 기간이라 한국 시간과 같다.

칭기즈칸국제공항은 울란바토르 서남쪽 18km 지점에 있는데, 그 건물은 한국으로 치자면 중소도시 비행장 정도로 소규모였다. 공항에서 머기라는 이름의 현지인 가이드로부터 영접을 받았는데, 한국어가 발음까지 별로 어색하지 않을 정도로 유창하였다. 그는 초등학생 때 취업 차 한국에 간 부모를 따라 한국으로 건너가 연세대학교(한국어학당?)에서 공부하기도 했으며, 기독교인은 아니지만 교회에서 만난 몽골 여성과 한국에서 결혼하여 현재 아이가 둘이며, 25세라고 한다. 그의 말에 의하면, 현재의 공항에서 서쪽으로 40km 떨어진 곳에 한국의 삼성그룹이 수 년 내에 여러 배 더 큰 새 공항을 지어줄 예정이라는 것이었다. 대절버스 기사의 이름은 우제라고 하였다. 우리가 탄 대절버스는 한국의 기아차였고 좌석 시트에는 부산의 은혜장식이라는 수가 놓여 있었다. 울란바토르에서 눈에 띄는 승용차는 일제가 압도적으로 많고 한국 차도 적지 않은데, 버스는 대부분 한국제였다. 거의 다 중고차여서 차체에 한글이 적혀 있는 것이 많았다. 시내의 도처에서 키릴 문자와 더불어 영어가 눈에 띄었다. 이 나라는 구소련의 영향으로 키릴 문자를 빌어 자기나라 말을 표시하고 있다.

유목민족인 몽골인의 주거는 천막으로 이루어져 있기 때문에 과거 여러 차례에 걸쳐 수도를 옮겼고, 현재의 울란바토르 자리에는 1778년에 터를 잡았으며, 당시 이 도시의 이름은 이흐 후레(거대한 캠프)였다. 청나라의 지배를 받던 당시 외몽골의 행정수도는 다른 곳에 있었는데, 중국으로부터 독립을 선언한 1911년에 비로소 이는 외몽골의 수도가 되어 니슬렐 후레(수도 캠프)라는 새로운 이름을 갖게 되었다. 그러나 이 도시는 1919년 중국의 군벌에 의해 점령당했고, 1920년 10월에는 러시아 혁명에 밀려 퇴각하던 백계 러시아군이 몽골에 들어와 중국군을 몰아내기도 했는데, 백군이 소련군에 의해 격퇴된 후 1921년 7월 11일 몽골인민정부가 수립되자, 1924년에 비로소 공산주의의 승리를 기념하는 뜻에서 울란바토르(울란바타르, 붉은 영웅)라고 명명되었다.

몽골은 인구 약 300만 명에 면적은 1,566,500㎢로서 남한의 18배, 한반도의 7.5배라고 하며, 아이막이라고 하는 한국의 道에 해당하는 21개의 행정구역이 있다. 7·8월이 관광 시즌인데, 관광객 수는 한국·프랑스·일본 순이라고 한다. 1년 중 300일 정도가 맑은 날씨이며, 이 나라 사람들은 한국인과 매우 비슷하게 생겼으나 안경 낀 이가 거의 없는 점이 다르다. 수도인 울란바토르에 전체 인구의 약 절반이 거주하며, 이 도시에도 가옥은 몽골식 천막인 게르가 70%, 일반 아파트가 30%를 차지한다고 한다. 비행기에서 내려다보니 도시 안팎의 도처에 흰색 게르가 눈에 띄었다.

내몽골의 인구는 약 500만 명이라고 하는데, 개중에는 이주해 온 한족들이 많이 포함되어 있을 터이다. 머기의 말에 의하면 이 나라에서는 국민소득을 공표하지 않는다고 하는데(Lonely Planet의 『몽골』에 의하면 2012년 기준으로 1인당 GDP는 $4,745), 1인당 월급은 70~80만 원 수준이라고 한다. 택시가 없는 대신 자가용으로 공공연히 영업행위를 한다. 통화는 투크릭인데, 10달러가 약 2만투크릭이며, 2만투크릭은 한국 돈 약 1만원에 해당한다.

시내로 이동하여 인천식당이라는 이름의 한식점에서 석식을 들었다. 강대장이 주문했는지 몽골 산 보드카 두 병이 반주로 나왔다. 이 나라는 역시 구소련의 영향으로 보드카가 러시아에 못지않은 품질을 자랑한다. 식사 중 그토록 드물다는 소나기가 내리기 시작했다. 한 해 평균 강수량이 250mm로서 상당히 건조한 지역이라 비에 대한 대비가 전혀 없기 때문인지 순식간에 수도의 도로가 강물과 같은 수로로 변해버렸다.

그러한 도로를 헤쳐 가며 시내 중심부인 Prime Minister Amar Street 15에 위치한 Best Western Premier-Tuushin Hotel에 도착하였다. 칭기즈칸(수흐바타르)광장과 국회의사당 바로 옆의 이 나라에 3개 있다는 5성급 호텔 중 하나이다. 2013년에 문을 열었으니 무엇이든 최신식이다. 나는 회계사를 은퇴한 후 매년 많은 날들을 해외여행으로 보내고 있는 한병일 씨와 더불어 1108호실을 배정받았다. 가이드의 말이 25층에 올라가면 맥주 한 병과 와인 200그램을 무료로 제공한다는 것이었으므로, 한 씨와 더불어 그

곳인 스카이라운지로 올라가 보았더니, 창문 밖의 밤 풍경은 볼만 했으나 겨우 맥주 한 잔과 와인 한 잔을 줄 따름이었다. 몽골에서는 이즈음 밤 11시에 어두워지고 새벽 3·4시 경에 별이 보인다고 한다. 한 씨는 연세대 철학과의 박순영 교수와 동서간이다.

■■■ 29 (금) 대체로 맑으나 오후 한 때 비

아침 6시부터 1층 식당에서 조식이 제공되었고, 7시 40분까지 체크아웃한 후 8시에 출발하였다. 오늘의 목적지는 울란바토르의 동남쪽으로 46km, 차로 약 한 시간 정도 걸리는 복드칸 산 중점보호구역(Bogdkhan Uul Strictly Protected Area, 417㎢) 내에 있는 가장 높은 봉우리인 체체궁 산이다. 체체궁 산은 울란바토르를 둘러싸고 있는 4개의 산봉우리 중 동쪽에 위치하여 몽골 인이 가장 신성시하는 곳이다. 몽골 인은 동쪽을 숭배하여 게르를 지을 때나 아파트를 살 때도 문은 반드시 동쪽을 향하게 한다고 들었다.

체체궁 산으로 가는 도중에 강 대장으로부터 어제 맡겨둔 미화 $100 중 $50에 해당하는 몽골 돈 10만투크릭을 받았다. 10만투크릭은 한국 돈 5만 원에 해당한다.

몽골 국토의 대부분은 해발고도 약 1,500m이며, 울란바토르의 고도는 약 1,300m인데 비해 복드칸 산의 높이는 2,122m이며, 몽골에서 가장 높은 산은 몽골과 중국, 러시아의 국경이 맞닿은 알타이산맥 타반 복드(5인의 성인) 지역의 후이텐 산(추운 산, 4,374m)이다. 복드칸 산으로 가는 도중에 가이드가 설명한 바에 의하면, 이 나라는 여름방학이 3개월인 대신 겨울방학은 없으며, 초·중·고등학교가 함께 있다. 대학은 60개 정도 된다. 러시아 정세의 변화에 따라 1995년부터 사회주의에서 자본주의 체제로 전환하였다. 대통령의 임기는 4년으로서 중임이 가능하며, 국회의원은 76명으로서 대체로 지역마다 4명씩이다. 강덕문 대장이 하는 말로는, 울란바토르는 5년 전 무렵부터 급격히 발전하였다. 그래서 그런지 예상했던 것과 달리 시가지의 모습은 외국의 다른 도시에 비해 크게 다른 점은 눈에 띄지 않았다. 가끔씩 굴뚝으로 연기를 뿜고 있는 발전소 건물이 눈에 띄었는데, 시내에 화력발전소는 4개소가 있다. 도중에 3성급인 한국관 호텔에 들러 도시락을 받아서 차에 실었다. 내일은 영상 31℃, 아침저녁의 온도차는 15℃가 될 것이라고 한다.

머지않아 시가지를 벗어나 교외의 산이 있는 초원지대를 계속 달렸다. 초원 평지의 고도도 울란바토르 시와 마찬가지로 1,300m 정도이다. 여기저기에 풀을 뜯고 있는 가축들이 눈에 띄었다. 이 나라의 가축 수는 6천만 마리쯤 된다고 한다.(상기 『몽골』에 의하면 4100만 마리) 유목민의 수는 100만 명 정도이며, 천 마리 이상의 가축을 소유한 자는 부자 축에 든다. 유목민은 여름엔 계속 이동하다가 겨울에 정주 생활을 한다. 소·돼지고기는 비싼 편이고 염소·낙타고기는 싸며, 말은 사람과 가까운 짐승이라 그 머리를 먹지 않는다. 소·염소·양은 추위에 약하므로 겨울이 되면 집 안에 들여놓으며, 말은 방목한다. 말·소·양·낙타·염소가 이 나라의 5대 가축이다. 요즘은 젊은 이들이 스트레스가 없는 유목민 생활을 선호한다고 한다. 육포나 샤브샤브 같은 음식은 모두 몽골에서 비롯된 것이다. 목축 외에는 밀농사 정도가 가능한 모양이다.

이 나라의 신앙은 현재 라마불교가 60%, 기독교 20%, 샤머니즘 10%, 이슬람 10% 정도다. 길가 여기저기에 어워라고 불리는 이 나라의 성황당이 눈에 띄었다. 여러 가지 모양이 있으나 대체로 돌을 다소 넓게 쌓은 위에다 나무 기둥을 세우고 색깔이 있는 헝겊을 걸쳐 놓았다. 그리고 교외의 도처에 게르가 있었다.

이 나라 사람들은 한국을 '무지개 뜨는 나라'로 부른다고 한다. 아마도 매우 긍정적으로 생각하여 동경한다는 의미인 듯하다. 울란바토르에 북한식당이 세 곳 있으나, 북한의 거듭된 핵폭탄 실험에 대한 반응으로서 한국 사람들의 발길이 뚝 끊긴 이후 거의 문을 닫은 상태라고 한다.

복드칸 산에 들어서자 비포장 길이 시작되었다. 복드칸 산은 1778년에 설립된 세계에서 가장 오래된 자연보호구역으로 일컬어진다. 원래는 2,000여 명의 라마승들이 몽둥이를 휘두르며 동물 밀렵꾼들을 단속하고 있었다. 해발 1,645m인 만드시르 사원(Mandshir Khiid) 부근에 도착하여 오전 10시 무렵부터 등산을 시작하였다. 이 사원은 꽤 유명한 곳인 모양이지만 우리가 들르지 않은 지라 나는 그것에 대한 기억이 별로 없다.

정상인 체체궁 산까지는 숲속으로 완만한 경사로가 이어져 있는데, 올라가는 길은 약 8km이다. 여기저기에 노란 색 길 안내 표지와 53번까지 차례로 붙여진 번호가 눈에 띄었다. 가이드를 뒤따라가다 보니 더러 길이 없는 숲속으로 들어가기도 하였다. 숲은 소나무·전나무·삼나무·잣나무·가문비나무 등 침엽수림 일색이었다. 정상 일대는 넓고 평평한데, 바위들로 이루어져 있는데다 그 바위가 온통 울긋불긋한 헝겊으로 뒤덮인 수많은 어워로 조성되어져 있어 신성하게 여기는 곳임을 느낄 수 있었다. 나는 강 대장이 올라가 있는 쪽의 바위들을 아슬아슬하게 타고 올라 그 꼭대기까지 가보았으나 거기서 울란바토르 시내는 바라보이지 않았다. 커다란 바위들로 이루어진 두 개의 봉우리 사이의 돌이 많은 평지에서 점심을 들었는데, 용인의 둘레산악회에서 온 60명 정도 팀이 뒤이어 도착하여 체체궁 산 일대는 온통 한국 사람들만으로 가득하게 되었다. 그들 팀은 코오롱스포츠가 주최하여 온 것이라고 한다.

식사를 마친 후 투르 호르흐 계곡 쪽으로 내려가는 하산로에 접어들었다. 하산로는 9km 정도라고 하는데, 여기저기에 푸른색 길 표지가 붙어 있었다. 올라오는 도중에도 야생화가 많았지만, 하산 길에는 더욱 많았다. 체체궁의 체체는 '야생화', 궁은 '많다'는 뜻이라고 하는데, 과연 그러했다. 오늘 산행은 약 6시간 걸리고, 내일은 4시간 코스라고 한다. 그러나 경사가 비교적 완만하여 산책하는 기분이었다.

우리 팀에는 서천군의 전직 여성 군의원으로서 현재는 노인요양전문기관인 서천 실버 홈에서 근무하는 양금봉 씨가 있고, 용인 팀에도 시의원이 한 명 있었다. 진주시의원인 구자경 씨는 하산 길에 용인의 시의원과 나란히 걸으며 계속 대화를 나누고 있었다. 내가 구 의원에게 물어보니, 진주시의원의 월급은 280만 원, 의원 수는 45명에서부터 점차로 줄어들어 현재 20명이며, 겸직은 불가능하다고 한다.

오후 4시 30분경에 하산을 완료하고서, 오늘의 숙소인 테렐지 국립공원을 향해 출발하였다. 이 일대의 산속에는 잣·산딸기·야생파·야생마늘 등이 많은 모양이다. 용인 팀의 전체 일정은 우리와 똑 같은데, 다만 우리보다 하루 뒤인 8월 1일 아침에 출발하여 귀국 길에 오른다고 한다. 그러고 보면 우리는 3박4일이지만 사실상 4박5일 일정이나 마찬가지인 셈이다. 하산지점에서 멀지 않은 곳의 길 근처에 9개의 깃발을 꽂아 놓은 곳이 보였는데, 칭기즈칸 군대의 깃발도 9개였다고 한다.

다시 대절버스를 타고 출발하여 큰 길에 접어든지 얼마 후에 Orgil Center라는 대형 슈퍼마켓에 들렀는데, 나는 거기서 몽골산 보드카 두 병과 길쭉하고 큰 치즈 뭉치 하나를 신용카드로 구입하였다. 77,484투크릭이니 꽤 싼 편이다. 금속성 케이스에 든 보드카 한 병은 집에 가져가기 위한 것이고, 케이스가 없는 다른 한 병은 일행과 나눠 들기 위함이다.

테렐지 국립공원의 입구에 도착하여 지금까지 본 것 중 제일 큰 어워에 들렀다. 언덕처럼 다소 높은 지점인 거기서 바라보니 국립공원 안으로 톨 강이 흐르고 있었는데, 이 강은 바이칼 호수까지 흘러간다고 한다. 이곳은 울란바토르에서 북동쪽으로 약 55km 떨어진 거리의 해발 1,600m 지점에 위치해 있어 시원하며, 횡단하는데 차로 40분 정도 걸리는 2,932㎢의 면적 전체가 국립공원으로 지정되어져 있다. 1964년에 처음 관광지로 개발되었고, 30년 후 고르히-테렐지 국립공원의 일부가 되었다. 이 어워에서 우리 캠프장까지는 또 20분이 소요된다. 고르히-테렐지 국립공원은 유네스코 지정 세계자연문화유산으로 되어 있어 관광객이 꼭 들르는 곳이며, 이곳으로 신혼여행을 오는 현지인도 많다고 한다. 자연이 잘 보존되어 있어 야생 사슴과 늑대 등이 있는 모양이다.

공원 내 여기저기에 게르 등으로 이루어진 캠프가 눈에 띄었는데, 우리는 그것들 중에서 러지 캠프라고 하는 곳에 들게 되었다. 여러 채의 게르와 일반 건물들이 있고, 야외 바비큐를 할 수 있는 사방이 트인 건물과 어린이 놀이터도 있었다. 캠프는 뒤쪽으로 커다란 바위 절벽들이 병풍처럼 둘러싼 산 아래의 다소 경사진 곳에 자리 잡았는데, 여러 사람들 말이 테렐지 국립공원 안에서 경치나 입지조건이 가장 좋은 곳이라고 한다.

나는 10호 게르에 정영근 씨 및 정철경·은수 부자와 함께 들었다. 정영건 씨는 나보다 한 살이 적은데, 창원에서 33년간 주류업에 근무하다 CEO를 끝으로 은퇴하고서 고향인 하동군 양보면으로 귀향한 사람이다. 지금은 양보면에 있는 금오농협의 이사를 맡아보면서 양사모(양보를 사랑하는 사람들)라는 이름의 블로그도 운영하고 있다. 경상대학교 농대 임학과 70학번출신으로서, 경상대학교 개척산악회의 창립 멤버이자 시종 그 주된 스폰서 역할을 해왔던 사람이다. 그가 사랑하는 하동군에서는 정홍원·김석수 두 명의 총리가 배출되었다고 한다.

정철경 씨는 올해 45세이고, 경상대학교 91학번으로서 농대 농화학과를 졸업하였다. 8년 정도 회사 생활을 하다가, 독립하여 화공약품 회사를 차린 지 11년차 된다. 부인은 경상대학교 사범대학 일어교육과 96학번으로서 고등학교 일본어 교사이며, 현재 연수차 1달간 오키나와에 나가 있다. 밤에 스마트폰으로 화상통화 할 때 보니 부인은 영화배우나 TV 탤런트를 해도 손색이 없을 정도로 미인인데, 두 사람 사이에는 초등학교 3학년생인 은수 군 위에 딸이 하나 더 있다. 개척산악회의 먼 후배로서 정영건 씨가 사업상의 멘토 역할을 하고 있으며, 은수의 이름도 정영근 씨가 지어주었을 정도로 둘은 각별한 사이이다. 이번 여행도 정철경 씨가 계약하고 모든 비용을 부담하여 정영근 씨를 대동해 온 것이다. 정철경 씨는 실버스타(銀星) 케미컬이라는 이름으로 김해에서 두 개의 공장을 경영하고 있는데, 하나는 법인이고 다른 하나는 개인 명의로 되어 있다. 현재 양산에다 3,600평 되는 새 공장 터를 경매로 매입해 개인 명의로 등기해 두었으며, 그곳의 공장이 완공되면 김해의 두 공장은 그리로 옮겨갈 예정이다. 양산시에서는 화학공장을 할 수 있는 시 당국의 허가도 이미 얻어둔 상태라고 한다.

오후 8시부터 본부 건물에 있는 식당에서 석식으로 양고기 허르헉을 들었다. 식사를 마친 다음 우리 게르 부근의 벤치에서 정영근·정철경 씨 등과 함께 술을 들었는데, 오늘 오후 슈퍼에서 사 온 보드카 한 병과 안주로서 치즈를 잘라 내놓았다. 나중에 양고기 등 다른 안주도 가져왔다. 그러나 근처의 다른 벤치에서 강 대장 등이 따로 술판을 벌였으므로, 나중에는 그리로 가서 좀 어울리기도 했다.

■■■ 30 (토) 대체로 맑음

캠프에서는 밤 10시와 새벽 4시에 몽골 남자 한 명이 우리 게르로 들어와 난로에 불을 피워주었다. 7시 30분에 뷔페식 조식을 들고, 8시 30분에 야마트 산 등반을 위해 출발하였다. 이 국립공원 안에는 한국인이 운영하는 골프장도 2곳 있다고 한다.

조식 때 보니 정영근 씨가 입은 상의의 한쪽 팔 어깨쯤에 '경상대학교 7대륙 최고봉 원정대'라는 문자가 새겨져 있었다. 그에게 물어보니 현재까지는 킬리만자로·엘부르즈·매킨리의 세 개 산을 올랐는데, 그는 킬리만자로에 오르다가 5천 미터 지점에서 고소증세로 정상 등정을 포기하고 말았으며, 정철경 씨는 이 세 산을 모두 올랐다고 한다. 비교적 근자에 있었던 북미 최고봉인 캐나다의 매킨리 등정 때는 경상대 출신이 아니지만 강덕문 씨도 인솔자로서 참가한 바 있었다. 정상 정복 팀은 보통 3~4명으로 구성된다고 한다.

식당의 창틀 사이 벽마다에 검은 바탕에 금빛 글씨의 붓으로 쓴 몽골 문자 액자들이 걸려 있었다. 오늘날 이 나라는 공식적으로 키릴문자를 사용하고 있으므로, 이러한 고유문자를 읽을 수 있는 사람이 얼마나 될지 궁금하였다. 정영근 씨가 근무했던 창원의 주류회사는 유원산업(주)이라고 한다. 12개 계열사를 거느렸는데, 그 중 무학소주가 독립해 나갔고, 그 대신 부산 문현동에 있던 대선소주가 망할 때 그 소주 지분을 인수하여 합병하기도 한 모양이다. 그러한 과정에서 그는 회사의 어려운 시기에 사장의 직책을 역임했었다.

야마트 산은 우리 캠프에서 얼마 떨어지지 않은 곳의 목장 부근을 통해 올라갔다. 오를 때 1시간 반 내려올 때 2시간 반을 합하여 총 4시간 정도 소요된다고 한다. 야마트란 '산양이 많다'는 뜻이다. 어제보다도 야생화가 더 많았다. 이 산기슭에서도 야크의 무리를 보았다. 나는 야크가 해발 4,000m 정도 되는 고산지대에서만 살 수 있는 것으로 알고 있었는데, 몽골에 오니 도처에서 야크를 볼 수 있었다. 이 정도의 고도에서도 문제없이 적응하는 모양이다. 몽골 사람들은 야크 젖으로 만든 수태차와 말 젖으로 만든 마유주를 일상적으로 음용하는 것이다.

등산을 시작한 지점의 풀밭에 다른 야생화들과 함께 에델바이스가 지천으로 널려 있었다. '고귀한 흰색'이라는 의미를 가진 이 꽃은 오스트리아의 국화로 지정되어 있거니와, 그 나라의 알프스 산중에서도 오늘날 매우 보기 드문 것이라고 알고 있다. 나는 예전에 정상규 씨 팀과 함께 설악산의 봉정암에서 하룻밤을 자고, 다음날 아침 등산이 금지된 용아장성 능에 남몰래 오르기 위해 일행과 함께 절벽을 타고 오르다가 바위틈에 핀 에델바이스의 무리를 보고서 경탄을 금치 못한 적이 있었거니와, 여기서는 초원에 아무렇게나 자라는 야생화의 일종으로서 이처럼 흔하게 눈에 띄는 것이다.

등산로는 어제에 비해 짧으나, 그 대신 경사가 비교적 급해 오르기는 오히려 힘들었다. 능선쯤에 올라서니 울창한 숲이 펼쳐져 있었다. 어제와 마찬가지로 침엽수림인데, 가이드는 자작나무의 무리도 있다고 하며 손으로 가리켰으나 내 눈에는 보이지 않았다. 숲속의 오솔길을 오르내리며 한참 동안 걸어 오전 10시 40분에 2,000m 정도 높이의 바위 절벽 위에 다다라 서천 팀이 한 박스 가져온 한국의 4대 명주 중 하나라고 하는 한산 소곡주도 마시며 휴식을 취했다. 그러자 얼마 후 각자 명찰을 목에 건 서울 팀이 도착하였고, 어제의 용인 팀도 뒤이어 와 또다시 한국사람 일색이 되었다. 서울 팀 사람은 자기네도 술을 마시려 하는지 우리 팀에 와서 종이컵 하나를 얻어 갔다.

거기를 떠나 울창한 숲속 길을 또 한참 걸어서 11시 54분에 말총으로 만든 꼭대기가 둥그런 깃발들이 12개 꽂힌 어워가 있는 정상에 도착하였다. 해발 2,100m 지점이라고 한다. 말총 다발을 이용하여 만든 이러한 깃발은 톡이라고 하는 것으로서, 국가에 대한 존경을 상징한다. 몽골 민족은 전쟁 시에는 검은 색, 평화 시에는 하얀 색의 두 가지 종류 톡을 사용했다. 그리고 이러한 깃발에는 칭기즈칸의 군대에서도 썼던 것으로서 卍자를 거꾸로 그린 문양이 그려진 헝겊이 달려 있었다. 이러한 문양은 히틀러의 나치 정권이 심벌로서 사용해 널리 알려졌지만, 원래는 몽골의 것이라고 한다.

내려가는 길에는 야생화가 더욱 많아 산비탈 전체가 가히 꽃밭이라고 할 수 있었다. 그 길을 내려오는데 1시간 정도 걸린 듯한데, 야생화 꽃밭 속에서 날개 소리를 제법 크게 내며 여기저기 날아다니는 메뚜기들을 볼 수 있었다. 오후 1시 5분에 하산을 완료하였다.

다시 대절버스를 타고 우리 캠프로 돌아와 1시 40분에 식당에서 닭고기 스테이크로 점심을 들었다. 그런 다음 오후 3시에 다시 말 타러 떠났다. 먼저 10분쯤 이동하여 도중의 거북바위(Melkhi Khad)라는 곳에 들렀다. 이 국립공원의 명물인 모양인 거북 비슷한 모양으로 생긴 거대한 바위가 있고, 그 근처에 기념품점이 있었다. 그런 다음 다시 20분쯤 더 이동하여 국립공원의 끄트머리 지점에 있는 말 타기 장소에 도착하였다. 거기서 대기하던 중에 강덕문 씨로부터 맡겨둔 $100 중 아직 몽골 돈으로 환전하지 않은 $50은 돌려받았다. 이미 환전해 둔 $50도 아직 전혀 손대지 않고 있고, 이미 사둔 것 외에 별로 더 사고 싶은 물건이 없었기 때문이다. 그는 내게 받은 $50을 아직도 환전해 주지 않았다는 사실을 까맣게 잊고 있었다.

말 목장에 도착한 후 4시 무렵부터 말 타기를 시작하여 약 30분간 근처를 한 바퀴 돌았다. 톨 강의 지류를 건너 숲속을 한참 통과한 후, 게르가 띄엄띄엄 흩어져 있는 초원의 광장에서 말머리를 돌렸다. 강에는 수영 등 물놀이를 하는 사람들이 많고 래프팅 하는 사람들도 있었다. 자기 말을 타고 앞서 가면서 내가 탄 말의 고삐를 잡고 인도하는 중년의 몽골인 마부는 한국말을 조금 하였고, '저 푸른 초원 위에' 등 한국의 흘러간 유행가도 연신 흥얼거리고 있었다. 한국에 대해 호감을 갖고 있는지 연신 뒤돌아보며 미소를 지으면서 내게 말을 걸어왔지만 알아들을 수 있는 말이 별로 없었다. 말 타는 도중에도 게르가 있는 초원에서 도처에 피어 있는 에델바이스의 무리와 여기저기 어슬렁거리는 야크 떼를 보았다.

돌아오는 길에 우리 캠프 바로 근처에 있는 어느 유목민의 게르에 들러보았다. 거기서 젊은 주인댁 아주머니로부터 아이락(마유주)을 대접받았고, 우유로 만든 간식 비슷한 과자도 몇 개 집어먹어보았다. 나는 마유주를 두 사발 마셨는데, 좀 비린내가 나 맛있는 줄은 몰랐다. 酒精은 3도 정도 된다고 한다. 가이드가 나올 때 1인당 1달러 정도의 팁을 주라고 하므로 그렇게 했다. 마유주 몇 잔 대접하고서 20여 불의 소득이 생기니 현지인에게는 꽤 짭짤한 수입이 될 듯하다. 오늘 우리 가이드로부터 자기는 관광 비수기에 푸줏간 일을 한다는 말을 들었다.

6시 반에 소고기 스테이크로 석식을 들었고, 8시 반에는 희망자에 한해 야외 바비큐장소에서 양고기 파티를 가졌다. 오전에 가이드가 한 말로는 참가비가 1인당 $10이라 했으나 문득 $20로 인상되었으니, 이 나라 물가에 비해 꽤 비싼 듯한 느낌이 들었다. 그러나 우리 일행 대다수가 동참하였다. 우리 텐트 사람 3명의 비용은 정철경 씨가 모두 부담하였다. 그릴에 구운 양 꼬치에다 정철경 씨가 사 온 밸런타인 20년산 위스키와 몽골 산 보드카 등을 마셨으며, 어젯밤에 이어 내 치즈도 또 가져와 잘라서 안주로 곁들였다. 양고기 꼬치는 이미 식은 지라 별로 맛이 없었다.

그 자리에서 오랫동안 법원의 행정직 공무원으로 근무하다가 2급인 이사관으로서 퇴직한 71세의 임채식 씨로부터 우리 일행 중 한병일 씨가 본인이 내게 말한 바와 같은 회계사(계리사?)가 아니라 세무사 사무원이었다는 말을 들었다. 그의 부친이 세무사였고, 그 자신은 자격을 취득하지 못하고서 부친의 일을 좀 거들기만 했다는 것이었다. 임 씨는 금강대에 근무하는 서울대 철학과 후배 박창환 교수의 장인이다. 박 교수는 미국 버클리 대학에서 인도철학 전공으로 박사학위를 취득하였고, 그 부인인 임 씨의 둘째딸도 서울법대를 나온 후 버클리 대학에 유학하였으며, 현재 서울시립대 교수이다. 그리고 박 교수의 부친은 함양 사람으로서 전국적으로 유명한 명리학의 대가라고 한다. 임 씨 내외는 이사관으로 승진하기 전 박 교수의 부친을 찾아가 승진 가능성을 문의한 바 있었는데, 그러한 인연으로 두 집안이 맺어지게 된 모양이다.

지난 주 북알프스에서 무리를 한 데다 연이틀 동안의 등산으로 몸살 기운이 좀 있는 듯하여, 먼저 자리를 떠서 10호 게르로 돌아왔다. 11시 12분에 취침하였다.

■■■ 31 (일) 맑음

7시에 기상하여 조식을 든 다음, 8시 반에 울란바토르를 향해 출발하였다. 이번 여행에서는 몽골의 수도와 그 주변의 유명한 곳들을 둘러보는 셈인데, 마지막인 오늘은 울란바토르 시내 투어를 하는 날이다.

가이드의 말에 의하면 시내까지는 70km이며, 1시간 반이 소요된다고 한다. 도중에 엊그제 들렀던 국립공원 입구의 어워와 대형 마트를 통과하여, 울란바토르의 남쪽에 위치한 산기슭 지역으로 들어갔다. 도중의 이흐 텡게르라는 곳에 대통령궁이라고 하는 을씨년스럽게 넓기만 하고 별로 잘 가꾸어지지 않은 듯한 관저 앞을 통과하였다.

먼저 언덕 꼭대기에 자리한 자이산 기념탑(Zaisan Memorial)에 들렀다. 1956년에 세워진 것으로서, 구소련 군대가 외국군을 물리치고서 몽골인민공화국의 자유와 독립을 지켜준 것을 기념하기 위한 것이다. 일종의 제2차 세계대전 전승탑인 셈이다. 긴 계단의 가장 윗부분에 위치한 탑이 있는 곳 옆의 천정이 없는 원형 콘크리트 건물 내부에는 빙 둘러가며 소련군의 공적을 칭송하는 내용의 벽화가 그려져 있고, 그보다 좀 아래쪽 계단 옆의 받침대 위에는 나치와의 전투에서 사용되었던 탱크가 한 대 올라 있었다. 몽골군 탱크 여단의 일부라고 한다. 자이산이라 함은 이 언덕의 이름이다.

전승탑 일대에서는 울란바토르 시내의 전경이 바라보였다. 전승탑 아래쪽의 가까운 곳으로 개울처럼 폭이 좁은 강이 水草 속으로 구불구불 흘러가고 있는데, 이 강이 서울의 한강 정도에 해당하는 것이어서 강 이쪽편이 강남인 모양이다. 새 건물이 많고 부자들이 많이 산다고 한다. 울란바토르 시는 세계보건기구의 공기 오염도 측정 결과 2011년까지 이란의 아바즈에 이어 세계에서 두 번째로 오염이 심한 도시로 선정되었다. 특히 11월부터 3월까지 겨울철이 그러한데, 울란바토르 매연의 92% 가량은 게르 촌의 난로에서 발생한다.

전승탑에서 울란바토르 시가지를 바라보면 왼편 바로 아래쪽에 불상공원이 있는데, 거기서 눈에 띄는 높이 18m의 금빛 석가모니 입상은 2007년에 한국이 지어준 것이다. 그래서 불상의 모양이 한국에서 보는 것과 다름없다.

우리들의 다음 방문지는 그 불상공원에 접해 있는 이태준기념공원이었다. 공원 구내에 이태준의 묘소도 있었으나 그것은 假墓였다. 大巖 李泰俊(1883~1921)은 경남 함안에서 태어나 세브란스 의학교를 졸업하였다. 당시 도산 안창호가 만든 청년학우회에 가입하였으며, 세브란스 병원에서 인턴으로 근무하던 중 일제에 의한 체포 위협을 느껴 1912년 중국 南京으로 망명하여 의사로서 활동하였다. 1914년에는 우사 김규식과 함께 비밀군관학교를 설립할 목적으로 몽골의 울란바토르로 이동하여 同義醫局이라는 병원을 설립하고 독립운동의 연락 거점으로 활용하는 한편, 上海임시정부에 독립자금을 운반하고 의열단 활동을 하는 등 독립운동에 투신하였다. 또한 당시 몽골의 마지막 황제 복드 칸(몽골의 여덟 번째 생불로서 정식 이름은 젭춘 담바 후탁트 8세인데, 보통 Bogd Khan[신성한 왕]이라고 불린다. 우리가 오른 복드칸 산도 그의 이름을 딴 것인 듯하다,)의 주치의로서 활약하여 몽골 정부로부터 훈장을 받기도 하였다. 그러던 중 러시아 백군의 운게른 스테른베르그 남작이 이 도시를 점령하자 그는 일본 첩자로 몰려 38세의 젊은 나이로 목 졸려 피살되어 자이산에 묻히게 되었던 것이다. 1990년 대한민국 정부는 건국훈장 애족장을 추서하고 '이태준선생 기념공원'을 만들게 된 것이며, 기념관은 2009년에 신축되었다.

시내 중심부로 이동하는 도중 복드 칸 황제의 겨울궁전 부근을 지나쳤다. 그가 20년간 살았던 곳인데, 톨 강가에 있었던 여름궁전은 러시아인에 의해 완전히 파괴되었다. 몽골에서 가장 길다는 다리를 경유하여 첫날 밤 우리가 머문 호텔 바로 옆에 있는 칭기즈칸(수흐바타르)광장으로 갔다. 울란바토르시 대부분의 볼거리는 이 광장에서 도보로 15분 이내의 거리에 위치해 있다. 광장에서 우리가 머물었던 호텔이 바라보였다. 1921년 7월 울란바토르 도심에서 '혁명의 영웅' 담던 수흐바타르가 몽골의 중국으로부터의 독립을 선언하였다. 현재 광장 중앙에는 수흐바타르의 청동기마상이 자리해 있다. 2013년에 시 당국은 이곳의 명칭을 수흐바타르 광장에서 칭기즈칸 광장으로 변경하였으나, 대다수 시민들은 여전히 예전 이름을 사용하고 있다. 1990년 이곳에서 반공산주의 평화시위가 열리면서 마침내 민주주의 시대가 도래했던 것이다.

　광장의 북쪽 끝에 국회의사당이 자리해 있고, 그 앞의 정부청사(몽골역사박물관이라고 적혀 있는 책도 있다) 중앙에 거대한 칭기즈칸 청동좌상이 있다. 2006년 칭기즈칸 즉위 800주년을 기념하여 완공되었다. 건물의 양쪽 끝에는 오고타이(서쪽)와 쿠빌라이(동쪽)가 자리해 있고, 두 명의 유명한 몽골 전사 보루추와 무흘라이가 칭기즈칸을 호위하듯이 양 옆에 갑옷을 차려 입고 말 탄 모습으로 늠름하게 서 있다.

　국회의사당에서 도로 하나를 건넌 맞은편에 몽골국립박물관(National Museum of Mongolia)이 있다. 신석기시대부터 현대까지를 아우르는 전시물을 진열하고 있는 이 나라의 대표적인 박물관이다. 3층으로 된 건물인데, 규모가 그다지 크지는 않다는 느낌이었다. 나는 그 입구의 기념품점에서 교환한 후 한 푼도 쓰지 않고 그대로 가지고 있는 몽골 돈을 소비하기 위해 유리 안의 선반에 진열된 몇 권의 책들 중 영어로 적힌 유일한 것인『The Secret History of The Mogols-Popular Edition』(Ulaanbaatar, Discover The Secret History of The Mongols Foundation, 2016) 한 권을 가리키며 그 가격을 물었더니 80,000투크릭이라는 것이었다. 그것은 내가 가진 몽골 돈의 대부분에 해당하는 액수이므로 좀 깎아달라고 말해 보았더니, 판매원 아가씨는 나를 데리고 그 근처의 로비로 가서 같은 책을 꺼내어 그것은 70,000투크릭이라고 했다. 할 수 없이 그 값을 주고 한 권 샀다. 사인을 해줄까 묻기에 멋도 모르고 응낙했더니 거기 조그만 의자에 앉아 있는 비교적 젊은 남자가 휴대용 붓으로 서명과 날짜를 적어 주었는데, 알고 보니 바로 그가 이 책의 주석자이자 페이지마다에서 큰 비중을 차지하는 그림들을 그린 Battisengel. R이라는 사람이었다. 영어로 번역한 이는 따로 있었다. 나는 잘 모르고 샀지만, 이 책은 몽골사 연구에 있어서 불후의 고전으로서, 13~14세기에 쓰였지만, 19세기에 러시아 정교의 사절인 P. Kafarov라는 사람이 청 황실 도서관에 소장된 몽골어로 적힌 문헌을 복사하여 서방 세계에 소개함으로서 비로소 알려지게 된 것이다. 이미 한국어를 포함한 22개 언어로 번역되어져 있는 모양이다. 나는 46배판 202쪽으로 된

이 책이 몽골의 역사를 개관한 것인 줄로 알았으나, 뒤에 펼쳐보니 칭기즈칸의 일대기였다.

역사박물관을 나온 다음, Bluemon이라는 빌딩 안에 있는 The Bull이라는 식당에 들러 점심을 들었다. 시내에 3개 있는 같은 이름의 식당들 중 하나로서, 메뉴는 소·말·양고기의 샤브샤브였다. 나는 거기서 남은 돈 30,000 투크릭을 다 털어 일행에게 맥주를 샀는데, 긴 잔의 독일 맥주 6잔이 나왔다. 이 맥주 값으로 보나 내가 이틀 전 마트에서 보드카 2병과 치즈 하나를 77,484투크릭 주고서 산 것으로 보더라도, 조금 전의 책값은 너무 과하다는 느낌이 들었다.

점심 후 이 나라의 유명한 생산품인 모양인 캐시미어 매장에 들렀다. 1981년에 개업한 EVSEG로서, 공장을 겸해 있어 공장도 가격으로 판다는 곳인데, 나로서는 이런 물건에 관심이 없으므로 그곳에 머무는 동안 내내 지루하기만 하였다. 매장을 나온 다음 다시 시간을 때우기 위해 제법 큰 백화점에 들렀다. 아마도 평화의 거리 44번지에 있는 이 나라 최대의 국영백화점 이흐 델구르(대형 상점)가 아닌가 싶다. 나는 에스컬레이터를 타고서 각 층의 모양을 대충 훑어보며 꼭대기인 6층까지 올라가 기념품점을 구경하였다. 거기서 몽골의 전통음악 CD 및 DVD 넉 장을 85,997투크릭에 사고서 신용카드로 결제하였다. 이즈음 나는 해외여행 때 주로 그 나라의 음악 CD를 사와서 차를 운전할 때 감상하고 있는 것이다. 6층의 커피 점에서 일행 몇 명과 함께 아이스커피를 마신 후, 오후 3시 20분까지 다시 내려와 대절버스를 탔다. 울란바토르에서의 마지막 코스로서 20분쯤 떨어진 거리에 있는 전통민속공연장으로 향했다. 그리로 가는 도중에 '서울의 거리'라는 곳을 통과하였고, 공연장이 있는 곳 구내에도 서울의 이름이 붙은 무슨 유흥업소가 있다. 오후 4시부터 시작된 각종 공연과 춤은 1시간 5분간 계속되었다.

그곳을 나온 후, 또 20분쯤 달려 교외지역에 있는 칭기즈칸국제공항으로 향했다. 티케팅을 마친 후 게이트 부근의 매점에서 다시 $35을 지불하고서 Baabar가 쓴 『History of Mongolia: From World Power To Soviet Satellite』(Cambridge-Nepco: University of Cambridge, 1999) 및 바

아바르, 『몽골의 역사』(Nepco Printing) 각 한 권을 샀다. 저자인 Baabar의 정식 이름은 Bat-Erdene Batbayar로서, 울란바토르에 거주하는 저명한 언론인이며 40여 권의 책을 쓴 작가이기도 하다. 모스크바대학교와 크라코우대학교에 유학하여 생화학을 전공했고, 영국 임페리얼대학교에서도 수학했으며, 1990년대 민주화운동의 지도자로 활동했고, 산자부장관을 역임한 적도 있는 인물이다. 영어 번역은 다른 네 명의 몽골 사람이 맡았다. 한글로 된 32쪽 분량의 책자인 후자는 448쪽으로 된 전자의 축소판인 듯했다. 총 3장 중 2장은 현대사를 다룬 것이며, 저자는 1946년부터 1990년대까지를 다룬 제2권도 출판할 계획이라고 하는데, 어쨌든 결국 몽골 통사에 관한 책도 한 권 산 것이다.

그리고는 19시 25분에 출발하는 몽골항공 OM305편을 타고서 22시 25분에 인천에 도착하였다. 공항에서 서천 팀 여성 6명 및 서해안 쪽으로 다시 휴가 여행을 떠나는 정철경·정은수 부자와 작별하고서, 나머지 일행은 얼마 후 도착한 대성고속관광을 타고 밤길을 달려 진주로 향했다.

후지산

■■■ 2016년 8월 19일 (금) 한국은 맑고 일본은 흐림

정권용 씨가 운영하는 이마운틴의 '富士山 일출 및 東京 시내 트레킹 3일'에 참가하여 콜택시를 타고서 오전 5시 20분까지 시청 육교로 갔다. 이마운틴 전용버스의 기사를 겸한 정 대장을 포함하여 진주 팀의 인원은 모두 10명이었다. 개중에는 정 대장을 비롯하여 일목회의 김창환·李源三 씨, 금년 1월에 있었던 이마운틴의 일본 大山 및 鳥取縣 여행 때 동행했었던 도동에서 자담(자연 담은 이야기)이란 상호의 커피숍을 운영하는 成四順 씨 및 삼가에서 벌꿀을 치며 사교춤에 능한 남자, 그리고 진주 금산에서 나무를 재배하는 남자 등 구면인 사람이 모두 6명이니, 처음 보는 사람은 3명뿐인 셈이다.

김해공항의 주차장에다 전용버스를 세워두고서 국제선 3층 3번 게이트 앞으로 걸어가니, 우리 외에 부부 한 쌍을 포함한 부산 팀 3명, 울산에서 온 노인 남자 1명이 더 있어 일행은 모두 14명으로 되었다. 알고 보니 이 상품(110만 원)은 정권용 씨가 기획한 것이 아니라 부산시 중구 부평대로 82 골든시티 오피스텔 1102호에 있는 몽블랑트레킹이 주관한 것으로서, 진주 이외의 지역에서 온 사람들은 그 여행사가 직접 모집한 모양이었다. 그 직원인 듯한 남자 한 명이 나와 항공권과 일정표를 나눠주고 우리를 전송하였다. 나는 지난번 일본 여행에서 쓰고 남은 6,000엔 남짓만 소지하였으나, 공항의 부산은행지점에서 4,000엔을 더 바꾸어 1만 엔을 준비하였다. 환율은 100엔 당 1,154.52원으로서, 원화로는 총 46,180원을 지불하였다.

9시 30분에 출발하는 대한항공 KE715편의 49B석에 앉아 11시 35분에 일본 千葉縣의 成田국제공항에 도착하였다. 가이드로서 23년째 일본에 거주한다는 46세의 김창일 씨가 마중 나왔고, 67세의 樋田孝一 씨가 東京 足立

區의 번호판을 단 光교통의 중형 버스를 몰고 왔다. 김 씨는 일본에서 거의 유일하게 등산을 안내할 수 있는 한국인 가이드로서 자신의 여행사를 꾸리고 있으며, 히다 씨는 원래 다른 일을 했으나 정년 후 재취업하여 취미삼아 운전을 하고 있는 모양이다.

우리는 東京으로 가는 전철인 京成成田驛에서 가까운 여행驛(기념품점) 米屋관광센터 안의 2층 식당에 들러 점심을 들었는데, 이미 기내식을 들었기 때문인지 웬만한 음식에는 문제가 없는 내 입맛에도 별로 맞지 않았다. 식사를 마친 후 오후 1시 반 전후에 출발하여 東關東自動車道를 경유하여 東京으로 들어갔다. 근자에 세워진 것으로서 사람이 살지 않는 것으로는 세계에서 가장 높다는 스카이트리 타워를 나로서는 처음으로 바라보았다.

일정표에 의하면 오늘 우리는 나리타에서 1시간 30분을 이동하여 東京 시내에 도착한 후 新都廳 전망대 및 新宿 거리를 관광하는 것으로 되어 있다. 그러나 산장까지 도착하는 데는 시간이 부족할 지도 모른다는 가이드의 의견에 따라 그것들은 富士山에서 돌아올 때 보기로 하고 銀座와 皇居, 新宿 등의 중심가를 그냥 지나쳐 중앙자동차도를 따라서 東京 교외의 多摩市·八王子市 등을 거쳐 山梨縣으로 들어갔다. 이즈음 東京의 부자들은 이런 교외 지역에 주로 거주하는 모양이다. 오후 3시 20분에 山梨縣의 談合坂SA(service aria, 휴게소)에 도착하여 잠시 휴식을 취한 후 다시 출발했다. 차내의 운전석 옆에 중국어로 일본의 국토교통성 규정에는 하루 10시간 이내(AM9:00~PM7:00)로만 차를 운행하도록 되어 있다고 쓰여 있었다.

4시 5분에 후지산의 북쪽에 위치한 山梨縣 富士吉田市 新西原 4-11-19에 있는 세븐(7)일레븐 河口湖인터체인지東店에 들러 산에서 필요할 물품들을 구입하였는데, 나는 거기서 『휴일 드라이브 지도』關東·首都圈 편(東京, 昭文社, 2016년 2판 1쇄), 일본 소주 '麥職人'의 중형 종이 팩 하나, 마른안주 2종, 호오지茶 티백 20개 들이 한 박스, 천연수 하나 등 2,841엔 어치를 사고서 신용카드로 결제하였다. 그런 다음 해발 1,405m 지점인 1합목을 통과하여 울창한 숲속으로 난 도로를 따라 완만하게 계속 올라가 2,305m 지점에 위치한 후지산 등산로 요시다 코스의 5合目까지 차로 이동하였다. 이 숲은 너무 방대하여 사람이 거의 들어가지 않으므로 이따금씩 그 속에서 시체가 발견된다고 한다.

일본의 43개 縣 중 山梨縣에는 후지와 남알프스 등의 명산들이 위치해 있다. 북알프스가 한국으로 치자면 설악산이라면 남알프스는 지리산에 해당한다고 하며, 일본에서 두 번째로 높은 산도 남알프스에 있다.

3775.6m로서 일본에서 가장 높은 후지산은 山梨(야마나시)縣과 靜岡(시즈오카)縣에 걸쳐 있는데, 立山·白山과 더불어 3靈山의 하나로 되어 있어 종교적 의미가 크며, 회화 등 수많은 예술작품에도 등장하여 일본의 상징과 같은 존재라 할 수 있다. 일본 100명산의 하나이자 현재는 세계유산으로도 지정되어져 있다. 그러므로 후지산에 한 번 오르지 않은 사람은 바보요, 두 번 오른 사람은 더 바보라는 말이 있다. 올라가 보았자 화산재 말고는 아무 볼 것이 없다는 의미일 것이다.

등산로로는 山梨縣의 吉田·河口湖 코스, 靜岡縣의 須走·御殿場·富士宮 코스 등이 있다. 모두 출발 지점의 지명을 딴 것이다. 개중에도 대표적인 것은 북동쪽의 吉田(요시다), 동남쪽의 御殿場(고덴바), 남쪽의 富士宮(후지노미야) 코스인데, 이번에 우리가 오른 吉田 코스는 가장 많은 사람들이 이용하는 것으로서, 대부분의 산장도 이 등산로 주변에 몰려 있다. 겨울철에는 주로 御殿場 코스를 이용하는데, 그것은 가장 길지만 대부분의 등산로가 화산재 모래로 이루어져 있어 발이 푹푹 빠지며 먼지가 일고, 그 때문인지 산장이 거의 없다. 산장은 吉田·富士宮 코스에 주로 있다고 한다. 일본의 산장은 단체 손님 외에는 대부분 예약제가 아닌 선착순인데, 후지산은 예약제로도 손님을 받는다.

지금과 같은 7·8월이 후지산 등반의 적기이며, 산장은 6월 마지막 주에 개업을 준비하고 9월 셋째 주면 대부분 문을 닫는다. 그러나 12월 31일에 가장 많은 사람들이 이 산을 오르는데, 그것은 神社에 참배하여 새해의 복을 빌고 해맞이하기 위해서이다.

우리는 대부분의 사람들이 그렇게 하는 것처럼 5합목에서부터 등산을 시작하였다. 주차장에서부터 평지 혹은 내리막길을 한참 동안 걸어 마침내 등산로 입구인 吉田口에 도착하였다. 5합목 總合관리센터로부터 山頂까지는 6km라고 쓰여 있었다. 수목한계선이 2,000m 정도이므로, 吉田口를 지난 지 얼마 되지 않아 아래서 보아왔던 울창한 숲은 사라지고 황량한 화산지대가 나타났다. 우리는 널찍한 길을 덮은 황토 빛 흙을 밟으며 지그재그로 서서히 고도를 높여갔다.

가이드의 설명에 의하면, 合이란 원래 日本酒(正宗)의 술병인 도쿠리 하나 분량을 뜻한다. 교통이 발달하지 않았던 옛날에는 후지와 같은 높은 산을 오를 때 보통 여러 날이 소요되었는데, 밤에는 기름 등불을 밝히고서 나아갔으므로, 그 기름 한 홉 분이 소모되는 거리를 合目이라 한다. 한국씩으로 말하자면 合은 홉에 해당하고, 目은 째이니, 산의 맨 아래 기슭으로부터 정상까지 보통 10合目으로 구분하는데, 10합목이란 10홉 째라는 뜻이 된다.

5합목 주차장에 도착했을 때는 날씨가 맑아 정상을 바라볼 수 있었으나 산허리를 구름이 휘감고 있었는데, 지그재그로 오르다 보니 어느덧 그 구름 속으로 들어가 버려 낮임에도 불구하고 점차 어두워지다가 마침내는 헤드랜턴을 켜고서 나아가야 했다. 등산로의 아래쪽은 흙길이라 비교적 걷기 쉽더니, 위로 올라갈수록 대부분 화산암으로 이루어져 있어 울퉁불퉁하여 오르기 힘들었다. 우리는 오늘 전체 코스의 1/3 정도를 오르고 내일 2/3를 오를 예정이다. 일본의 등산객 중에는 방울을 달고 소리를 울리면서 걷는 사람들이 있는데, 그것은 야생동물을 배려하기 때문이다. 한국에도 그런 사람들이 있기는 하다.

5시 40분에 등산을 시작하여 7시 40분에 오늘의 숙소인 해발 2,900m 지점의 鳥居莊에 도착했을 때는 이미 깜깜하였다. 나는 오늘부터 산에 오를 때 코로만 숨을 쉬기로 작정하였는데, 그래서 그런지 그다지 숨이 차지 않고 심장도 심하게 뛰지 않았다. 거의 쉬지 않고 계속 올랐지만, 그래도 속도가 늦어 일행 중 가장 늦게 산장에 도착하였다. 이 산장의 입구에는 神聖구역을 표시하는 붉은색 토리이(鳥居)가 서 있고, 현판 위쪽에는 작은 글씨로 本七合目이라고 새겨져 있었다. 本字는 新字에 대비되는 말로서 원래의 7합목이라는 뜻인데, 일정표에 의하면 7합목과 8합목 사이에 위치해 있다.

석식으로 카레라이스가 나왔다. 후지산에서의 식사는 무조건 카레라이스라고 한다. 물이 전혀 나지 않는 산이기 때문에 설거지할 필요가 없는 메뉴를 택한 모양이다. 반찬도 거의 없는 것이나 마찬가지였다. 이 산에서는 물이 매우 귀해 세수나 양치질을 할 수도 없고, 화장실을 이용할 때는 200~300엔 정도의 돈을 내야 한다. 산장에 투숙하는 사람은 처음 200엔만 내면 되지만, 외부인의 경우에는 매번 돈을 내야 한다는데, 화장실 입구를 지키는 사람은 별로 없고 돈 넣는 상자에 구멍이 만들어져 있었다.

산장 안에서는 큰 소리를 내면 안 되고 숙소에 조명등도 전혀 없었다. 그래서 사 온 술을 마실 마땅한 장소가 없어, 식사 때 이원삼 씨가 사 온 일본 소주 麥職人 한 통을 좀 나눠마셨을 따름이다. 잠자는 공간이 너무 좁아 옆 사람과 서로 팔이 부딪히지만, 그래도 이런 장소나마 있는 것이 감지덕지였다. 방바닥 한가운데에 불 피우는 곳이 만들어진 일본식 난로가 있고, 바깥에서 출입문을 열고 들어가면 바로 나타나기 때문에 대청 같은 큰방에서 저녁식사를 든 후, 다음 팀에게 자리를 양보하고서 내일 새벽 1시의 기상에 대비하여 바로 취침하였다.

■■■ 20 (토) 비

우리는 오늘 밤 1시에 기상하여 헤드랜턴을 켜고서 1시 30분에 출발하고, 4시에 정상에 도착하여 해돋이를 본 후 7시부터 하산을 시작하여 10시경에 하산을 마치며, 점심은 11시 30분부터 12시 사이에 들고서 오후에는 東京 시내 관광을 할 예정이었다. 어제 못 본 곳을 포함하여 新宿과 오이디바 등 도쿄 거리를 둘러본 후, 6시에 나리타에 도착하여 석식을 들고서 8시에 호텔에 들 셈이었던 것이다.

그런데 가이드 김 씨가 1시경에 우리 방으로 와서 정 대장 등 한두 명을 불러나가더니, 한참 후에 다시 와서 우리 모두를 깨워 사태가 심상찮음을 알려주었다. 그의 말에 의하면, 현지의 일기에 밝은 산장 측에서 하는 말로는 정상 부근에 심한 바람이 불고 있고 비도 내릴 가능성이 있는데, 기상 상태를 1·2·3·4 등급으로 구분하면 3등급 정도에 해당하는 날씨여서, 이 정도면 일본인들은 대부분 더 이상의 등산을 포기하고서 내려가는 쪽을 택한다는 것이었다. 게다가 일행 중 한 사람이 스마트폰으로 조회해본 바에 의하면, 9·10호 태풍이 東京 남동쪽 330km 지점까지 접근해 있다는 것이다. 정 대장은 최악의 상황이라고 거듭 절망적인 말을 하고 있었다. 우리는 결국 날이 밝아지기 시작하는 4시 무렵까지 산장에 머물면서 기상 상황을 좀 더 지켜보기로 했다.

날이 좀 밝아지자 날씨는 비교적 맑아 보여 생각했던 것처럼 나쁘지는 않은 듯하므로, 결국 4시 40분 무렵에 산장을 출발하여 등산을 결행했다. 이미 시간이 많이 지체되었으므로, 오후의 東京 관광은 취소하기로 했다. 나는 만약의 경우에 대비하여 가져온 옷들을 이중으로 껴입고 모자도 쓰고서 산 위의 추위에 대비하였다. 해발고도가 3,100m 이상인 북알프스에서도 산 위의 기온이 그다지 낮지 않았으므로, 정 대장이 오리털 패딩 재킷을 준비해 오라고 했으나 그런 옷이 필요치 않을 것이라고 판단했고, 배낭의 용량도 고려하여 특별히 추위에 대한 대비책은 마련하지 않고 왔다. 그러나 후지산의 경우에는 산장 밖의 기온이 이미 꽤 싸늘하므로 갈아입기 위해 가져온 바지와 셔츠를 겹으로 껴입었던 것이다.

나는 오늘도 코로만 숨을 쉬면서 내 페이스대로 꾸준히 걸었다. 걷는 도중에 공기 중의 습기 때문인지 부슬비 때문인지 모자 위에 덮어쓴 상의에 딸린 머리덮개로부터 물방울이 일정한 간격으로 계속 떨어졌다. 그러나 개의치 않고 계속 걸었는데, 나중에는 비가 내리기 시작했으므로, 결국 도중에 멈추어 上高地에서 산 흰색 판초 우의를 덧붙여 껴입었다. 추위의 방지에도 도움이 되리라고 생각했던 것이다. 그러나 나도 모르는 사이에 이미 옷과 배낭이 빗물에 꽤 젖어버렸고, 뒤늦게 껴입은 판초 우의는 전신을 가리는 것이 아닌지라 양쪽 팔과 하체는 그대로 비에 노출된 데다 바람에 펄럭여 하체 부분을 충분히 가려주지도 못하였다. 점차 옷 안으로도 빗물이 스며들어 결국 고산에서 전신이 쫄딱 젖은 셈이 되어 꽤 추웠다. 그런 상태로 계속 걸었으나 일행과의 거리가 점차 벌어져서 오늘도 결국 제일 마지막으로 정상에 오르게 되었다.

마침내 정상에 도착하였으나 고산증세는 별로 없어도 안개와 비 때문에 가까운 곳 외에는 사방에 아무것도 보이지 않고, 바람이 꽤 강하여 추위는 더욱 심해졌다. 저체온증으로 산에서 사망하는 사례에 대해서는 익히 들어 왔는데, 지금 나에게 그런 위험이 닥쳐온 것이 아닌가 싶어 두려웠다. 더 이 상 껴입을 옷이 별로 없고, 있다 하더라도 이미 물에 젖어 있을 것이었다. 원 래 우리는 정상의 분화구 주위를 따라 한 바퀴 돌 예정이었으나, 비바람과 추위 때문에 정신이 없어 결국 후지산을 대표하는 신사인 淺間大社奧宮까지 가 닫은 문 안에서 몸을 좀 녹이다가, 한참을 걸어서 御殿場 코스 입구를 지나 되돌아와, 산위의 산장에 들어가 숙소에서 받아온 도시락으로 늦은 조식을 들었다.

나는 신사 쪽으로 가는 도중에 또다시 일행으로부터 뒤쳐져 버렸는데, 하 산로는 御殿場 코스를 취했다가 도중에 富士宮 코스로 바꾼다는 말을 들은 바 있었으므로, 御殿場口에서 우리 일행이 간 방향을 몰라 거기에 머물러 있 는 한국인들에게 물었다. 가장 높은 정상 쪽으로 갔다면서 방향을 가리켜주 었으므로, 당시 나는 그쪽으로 더 나아가 다시 일행을 만난 신사가 위치해 있는 곳이 최정상인 줄로 알았다. 그러나 뒤에 알고 보니 후지산의 최고봉인 劍峰(켄가미네)은 거기서 좀 더 나아간 지점에 위치한 모양이며, 우리가 산 장으로 돌아오는 동안 먼저 도착한 정 대장과 성사순 여사 그리고 또 한 명의 젊은 남자는 산장으로부터 반대 방향으로 30분쯤 걸려 劍峰까지 다녀왔다 는 것이었다. 그러나 가고 오는 도중에 몸이 날려갈 듯이 바람이 강하게 불고 안개가 자욱하여 주변의 경치는 아무것도 보이지 않았다고 한다.

산장 안에서 식사하는 중에도 젖은 몸에 한기가 덮쳐 내가 가장 심하게 떨 었다. 뒤늦게 거기에 도착하여 신사 쪽으로는 다녀오지 않은 부산의 내외 중 에서 부인 쪽이 내게 말을 걸어와 따뜻한 캔 커피를 마시니 추위가 가시더라 고 일러주었으므로, 나도 하나 사 마셨다. 지갑에 든 일본 돈 중에서 천 엔 권 하나를 꺼내 600엔을 거슬러 받았는데, 이번 여행 중 잔돈인 동전 외에 준비해 온 지폐를 쓴 것은 그것이 유일하다.

우리가 후지산에 있는 동안 비는 그칠 기미가 없었다. 마침내 御殿場 코스를 통해 하산 길에 접어들었다. 가이드의 말로는 그쪽 길이 바위가 없어 내려가기에 가장 편하다는 것이었다. 그 길은 한참동안은 그런대로 괜찮더니, 도중부터 화산재인 검은 모래가 쌓인 길로 접어들어 끝없이 계속 이어졌다. 이른바 大砂走라는 하산길이다. 발이 푹푹 빠지므로 등산화 안으로 모래가 자꾸만 들어왔다. 그나마 비가 내리는지라 먼지가 일지 않는 것이 다행인데, 평소에는 먼지 때문에 얼굴 등이 시꺼멓게 더러워진다고 한다. 후지산에 갈 때는 스패츠를 준비하라는 말을 북알프스 등반 때의 가이드로부터도 들었는데, 그 이유를 이제 와서야 십분 깨닫게 되었다. 정상에서부터 내려오는 도중 내내 어디선가 천둥 치는 소리 같은 것이 계속 들려왔는데, 가이드에게 물어보니 근처에 自衛隊의 기지가 있어 거기서 포 쏘는 연습을 하고 있는 것이라 했다.

그런 길을 한참 내려오다가 일행과 함께 먼저 갔던 가이드가 대기하고 있는 지점에 다다랐다. 항상 제일 뒤에 쳐지는 내게는 올라갈 때나 내려올 때나 대체로 정 대장이나 가이드 중 한 사람이 동행하였는데, 후미에 오는 정 대장과 나를 富士宮 코스로 인도하기 위한 것이었다. 그를 만난 이후 이번에는 함께 오던 정 대장이 먼저 나아가고, 가이드가 인도하는 바에 따라 화산재가 뒤덮인 길도 없는 산비탈을 걷다가 내가 자꾸 미끄러지니 가이드가 내 배낭까지 받아서 자기가 매었다. 그곳은 寶永山(2,693m) 근처로서, 우리는 나중에 寶永분화구 안을 지나가게 되었다. 그 일대에는 서너 개의 커다란 분화구가 산재해 있는데, 寶永 연간(1704~1710)에 있었던 대폭발의 흔적이며, 寶永山도 그 때 새로 생긴 것이다. 후지산을 찍은 사진들에도 그 부분이 뚜렷이 드러나 보인다.

富士宮 코스로 접어들어 얼마간 더 나아가니 드디어 화산재 구간이 끝나고 다시금 울창한 삼림 지대 속의 오솔길을 통과하게 되었다. 도중에 곰을 조심하라는 표지판을 여러 개 보았다. 이는 후지산 자연휴양림 숲길이다. 그러나 내리막이 아니고 계속 평지 혹은 오르막길로 나아가더니, 오후 1시 30분 무렵 마침내 그 오솔길의 끄트머리에 위치한 주차장에 닿았다. 해발 2,380m의 5합목에 위치한 富士宮口인 모양이다.

주차장에서 출발을 위해 인원 점검을 하다가 비로소 알았는데, 일행 중 이원삼 씨가 없었다. 그를 어디서부터 놓쳤는지 알 수는 없지만, 드넓은 후지산 속에서 그의 존재를 찾아내기는 불가능에 가까운지라 실로 막막하기 짝이 없는 일이었다. 그러나 그가 혼자서 우리 있는 곳으로 찾아올 가능성은 全無하므로, 일단 출발하여 차를 타고 나아가는 도중에 가이드가 계속 전화를 걸었는데, 한참 후 마침내 그와의 통화가 가능하게 되었다. 그는 나보다도 앞서 갔으나, 도중에 다른 일행과 헤어져 일본 사람들 틈에 끼어 함께 내려갔으므로, 富士宮 코스로 접어들지 못하고서 御殿場 코스의 모랫길을 계속 걸어 내려가고 있었던 것이다. 내 배낭 속에서 비에 젖은 지도책을 꺼내 가이드와 기사에게 보여주어 그와 만나기로 약속한 御殿場口의 주차장으로 가니 그가 이미 내려와 길가에서 대기하고 있었다. 실로 천만다행이었다. 그의 말에 의하면, 御殿場 코스는 다 내려올 때까지 화산재 모래밭이 계속되고 있었다 한다.

　　온종일 내리던 비가 하산을 완료하니 거짓말처럼 그치고 햇볕이 났다. 우리는 울창한 삼림 속으로 난 도로를 한참 통과하여 마침내 후지산을 벗어났고, 御殿場市內로 들어간 다음 新橋 740-1에 있는 御殿場카메야라는 건물에 닿아 오후 3시 무렵에 늦은 점심을 들었다. 일행은 그곳 주차장의 콘크리트 바닥 위에다 비에 젖은 옷가지 등을 널어놓고서 말렸다. 비로소 발견했지만, 내가 이번에도 전혀 쓰지 않으면서 괜히 가져간 디지털카메라는 케이스 속에 들어 있었으나, 배낭에다 카버를 씌운 시기가 너무 늦어 빗물이 스며들어서 속에 든 물건들이 대부분 젖었으므로, 카메라에도 물이 들어가 작동하지 않았다. 지난 1월의 大山 산행 때는 노트북컴퓨터를 가져갔다가 차 속에 놓아두고서 산에 올라갔다 돌아와 보니 함께 둔 물통의 물이 새어 컴퓨터를 적신지라 결국 그 컴퓨터는 폐기하고서 새로 살 수밖에 없었다. 이번에도 새 컴퓨터를 가져올까 말까 망설이다가 그냥 집에 두기로 작정하였는데, 그나마 다행이라고 할 수 밖에 없다.

　　점심을 든 후, 東京과 名古屋을 잇는 東名고속도로에 올라 나리타로 향했다. 靜岡縣·神奈川縣을 지나 東京으로 들어가고, 다시 東關東자동차도를 따라 千葉縣으로 향했다. 3시간을 예정하고 있었지만, 수도권이라 그런지 도중의 교통정체가 심하여 4시간 정도 걸렸다. 길 위에서 보니 복잡한 도로에서도 추월하는 차가 거의 없고, 세계 어느 나라에 가도 한국 차가 상당한 비중을 차지하건만 일본에서는 한국 차를 단 한 대도 찾아볼 수 없고 일본차 일색이지만, 간간히 벤츠나 BMW 같은 독일 차는 눈에 띄었다. 일본 국민의 의식을 엿볼 수 있는 부분이다. 나리타로 가는 도중 가이드의 제의에 따라 각자 소감을 피력하게 되었는데, 나는 젊은 시절 폐결핵으로 수술을 받아 폐의 일부를 절제한 까닭에 폐활량이 부족한 문제가 있고, 또한 나이도 들어 해외의 고산에 오르는 것은 이번으로 마지막이 될 가능성이 크다고 말했다.

어두워진 후에 成田市 並木町字 大久保台 219-304에 있는 불고기 바이킹 成田店에 들러 석식을 들었다. 뷔페식으로 불고기와 초밥 등 각종 음식물을 마음대로 가져와 먹을 수 있는 곳이었다. 식사를 마친 후 다시 20분 정도 이동하여 코스게 700번지에 있는 나리타 뷰 호텔에 들었다. 나는 울산에서 온 나보다 한 살 위인 남자와 함께 2145호실을 배정받았다. 그는 KT에 근무하다가 명예퇴직을 당한 이후 원룸을 경영하여 한 달에 400만 원 정도의 수입을 얻고 있는 사람인데, 지금도 컴퓨터를 배우러 다니는 등 IT에 밝고, 등산과 사진 촬영을 취미로 삼고 있는 사람이었다.

그 호텔은 구조가 좀 특이하여 밤에 浴衣를 입고서 대욕장으로 가 온천욕을 하고 돌아오다가 우리 방을 찾지 못하여 프런트 직원의 도움을 받았다. 나뿐만 아니라 우리 일행 중 다른 사람들도 그 호텔의 구조 때문에 길을 찾는 데 좀 애를 먹는 모양이었다.

■■ 21 (일) 맑음

오전 6시에 기상하여 조식을 든 다음, 8시 30분에 호텔 버스로 출발하여 일본에 도착한 첫날 점심을 들었던 여행驛 米屋관광센터의 주차장에다 차를 세운 후, 걸어가서 千葉縣 成田市 成田 1번지에 있는 전국적으로 유명한 사찰인 成田山 新勝寺를 둘러보았다. 이 절은 眞言宗 智山派의 大本山인데, 본

존으로 모신 不動明王은 平安時代에 일본 진언종의 창시자인 弘法大師 空海가 직접 새긴 것으로서, 平將門의 反亂 때인 서기 940년 朱雀天皇의 密勅을 받은 寬朝大僧正이 京都의 高雄山 神護寺로부터 이곳으로 옮겨와 절을 개창한 지로부터 2018년이면 1080번째 해가 되므로, 목하 그 행사의 준비 작업을 대대적으로 벌이고 있는 모양이었다. 護摩法이라는 일종의 기도로써 복을 비는 것을 표방하는 절이었다. 또한 이곳 成田山은 유명한 二宮尊德(1787~1856)이 깨달음을 얻은 곳이라 하여 경내에 그것을 기념하는 비석이 서 있었고, 江戸時代 元祿 연간부터 비롯된 歌舞伎의 명문 市川團十郞과도 불가분의 관계가 있는 모양이었다. 경내는 매우 넓어 공원도 하나 딸려 있었다.

9시 30분에 절을 출발하여 나리타국제공항으로 향했다. 공항에서 탑승 수속을 하는데, 일본 측의 규정은 한국과 달라 등산 스틱을 기내에 반입할 수 없다고 하므로, 우리 팀의 것들을 모두 거두어서 따로 박스 하나에다 담아 부쳤다. 체크인 한 후 22번 게이트에서 부산행 12시 45분 발 대한항공 KE716편을 기다리는데, 탑승까지 두 시간 가까이 남아 좀 지루하므로 시간을 보내기 위해 나는 이원삼 씨와 함께 게이트 옆의 AVION이라는 카페에 들러 큰 잔 생맥주 각 한 잔씩(1,640엔)과 현지에서 생산된 東洋美人이라는 이름의 일본주 작은 병 하나씩(1,960엔)을 신용카드로 사서 함께 마셨다. 비행기에 탑승하는 도중 영남대학교 철학과의 崔在穆 교수를 우연히 만났다. 그는 일본에 자주 출장을 나오는 모양이었다. 비행기 안에서도 이원삼 씨의 권유에 따라 자리를 바꾸어 제일 뒷좌석에 있는 그의 곁으로 가서 기내에서 제공되는 위스키와 맥주를 계속 마셨다.

14시 55분에 김해공항에 도착하여 부산 및 울산 사람들과 헤어진 후, 진주 팀 10명은 주차장에 세워둔 이마운틴의 전용버스를 정권용 대장이 다시 운전하여 진주로 돌아왔다.

나는 진주시청 앞에서 내려 일행과 작별한 후, 그 근처의 동진로 135-1(상대동) EIDER 등산장비점에 들러 45리터 들이 배낭 카버 하나와 발목이 짧아 운동화처럼 신을 수 있는 등산화 하나를 279,000원 주고서 샀다. 배낭 카버는 작을 줄로 알았지만, 집에 도착하여 내가 가진 대형 배낭에다 맞추어 보았더니 딱 맞는 듯하여 다행이었다. 아주 오래 전에 구입해 둔 이 배낭의 카버를 구하기 위해 그동안 노력하였으나 뜻대로 되지 않았었는데, 자리산 여행사 강덕문 씨의 조언에 따라 이곳에 와서 마침내 구한 것이다.

일본에서는 리우올림픽에서 오늘 박인비 선수가 여자 골프의 금메달 하나를 추가하였으나 종합순위는 마찬가지로 11위라고 들었는데, 한국에 돌아와 스마트폰으로 조회해보니 한국은 금메달 9개로서 8위로 껑충 뛰어올라 있었다.

2017년

라자스탄·아우랑가바드

▰▰ 2017년 1월 7일 (토) 맑음

오전 3시 15분에 스마트폰의 얼람 기능으로 잠에서 깬 후, 혜초여행사의 '컬러풀 시티 라자스탄+아우랑가바드 11일' 패키지여행을 떠나기 위한 준비를 시작하였다. 그리하여 한 시간 후인 4시 15분에 개양의 정류장에서 인천공항 행 경원여객 버스를 탔다. 그 곳 정류장에서 버스를 기다리는 동안 편의점에서 질렛 제품의 새 면도기와 그 날, 그리고 선크림과 1회용 커피를 사기도 했다.

공항버스는 밤을 달려 북상하여 도중에 진안의 인삼랜드 및 경기도 화성시 송산면 평택시흥고속도로 25에 있는 송산포도휴게소의 두 곳에서 잠시 정거한 후, 예정보다 15분이 빠른 오전 8시 10분 무렵 인천국제공항에 도착하였다. 송산포도휴게소에서는 작은 소시지인 맥스봉과 월병 그리고 두유를 각각 하나씩 사서 아내가 싸준 사과 조각들과 함께 들어 조식을 때웠다.

3층 A카운터 혜초여행사 미팅보드에서 여행사 직원에게 여권을 맡긴 다음 여행사에서 준비한 스케줄 등을 배부 받았고, 얼마 후 항공권이 포함된 여권을 돌려받았다. 우리들의 인솔자는 혜초여행의 나철주 팀장으로서, 그를 거기서 처음으로 만났다.

　티케팅을 하여 14번 게이트에서 대기하다가 12시 45분에 출발하는 대한항공의 KE481편을 탔고, 28G석에 앉았다. 이 비행기는 18시 20분에 델리의 인디라 간디 국제공항에 도착하였는데, 약 9시간이 소요되었다. 인도는 전국이 단일시간대를 적용하고, 한국보다 3시간 반이 느리다. 비행기 속에서 나는 오늘의 일기를 대충 정리한 다음 좌석 앞의 모니터로 비행기가 날아가는 방향과 남은 시간 등의 정보를 지켜보다가, 현지에서의 시차로 말미암은 피로에 대비하여 눈을 감고 휴식을 취했다.

　모처럼 다시 온 델리의 국제공항은 처음 왔을 때에 비해 몰라보리만치 넓어지고 현대식으로 바뀐 듯하였다. 넓고 긴 로비를 한참동안 걸어 마침내 입국심사 하는 곳에 도착했는데, 평소처럼 Foreign Passport Holders라고 쓰인 곳에서 줄을 서 대기하고 있었더니 나중에 직원이 와 여행객은 그 부근 끄트머리의 다른 곳으로 가야한다는 것이었다. 그래서 그가 말한 e-Tourist Visa라고 쓰인 곳에서 다시 줄을 섰다.

　그런데 인도는 그새 비자에 관한 규정이 대단히 까다로워져서 한국에서 이미 사진을 새로 찍고 신청서류와 함께 사진원본을 여행사로 전송하는 등의 수속이 있었는데, 여기에 와보니 한 사람 한 사람이 심사관 앞에 서서 왼손의 엄지를 제외한 나머지 네 손가락, 오른손 네 손가락, 양손의 엄지 등을 차례로 지문인식 시켜야만 했는데, 기계의 오작동이 많아 같은 동작을 수없이 되풀이하므로 엄청나게 시간이 걸려 언제 끝날지 알 수 없을 정도였다. 여행객을 범죄자 취급하는 듯하여 불쾌한 느낌이 들었다. 내 손서가 되었을 때는 너무 지체되는 까닭인지 다행히도 오른쪽 엄지손가락 하나만 인식시켜서 통과하였다. 짐 찾는 곳에서도 한국 사람들이 많이 서 있는 아시아나 항공 편 쪽에서 한참을 대기하다가 나중에 대한항공 쪽으로 옮겨가기도 했다.

밖으로 나와 혜초여행사의 피켓을 든 사람이 있는 곳으로 다가가니 그래도 내가 제일 먼저 나온 셈이었다. 거기서 만난 인도 현지 가이드는 VIKASH BHARTI라는 젊은이로서, 발음이 그다지 좋지 않고 어휘력도 부족하나 의사소통에는 별로 지장이 없을 정도의 한국어를 구사한다. 그는 2008년부터 2010년까지 한국에 나가 인도 여행사의 한국 사무실에서 근무한 바 있었으나 당시는 1년 반 동안 한국말을 전혀 하지 못했고, 이후 KOTRA에서 공부하면서 한국말을 조금 배웠으며, 2012년에 다시 한국에 나가 서울대학교에서 3개월간 한국어 어학연수를 받았다고 한다. 가이드 업에는 2010년부터 종사하였다. 비카스는 32세로서 콜카타(캘커타) 출신이지만 현재 델리의 교외 지역에 거주하고 있고, 나철주 씨는 36세로서 작년에 결혼하였다. 버스 안에서 환영의 표시로 꽃으로 엮은 화환을 손님 각자의 목에 하나씩 걸어주었다.

공항 건물 밖으로 나와 대절버스를 기다리느라고 또 한참을 대기하였다. 공항 안에서는 차량이 30분을 초과하면 추가요금을 물어야 하므로 대절버스가 다른 곳에서 기다리다가 연락을 받고 오는 모양이었다. 해가 진 직후의 델리 날씨는 밤안개 같은 것이 잔뜩 끼어 있었는데, 이미 몇 번 와본 나의 경험으로는 주로 매연 때문이 아닌가 싶었다. 호텔까지 40분 정도 걸리는데, 그것은 도로의 교통 사정에 따라 달라진다고 했다. 델리 시내는 차량이 너무 많아 24시간 교통이 정체되는 것이다.

현지 시각으로 8시 53분경에 호텔에 도착하였다. Sector 21, Metro Station Complex, Dwarka, New Delhi에 있는 Vivanta라는 호텔이었는데, 국제수준에 비추어 손색이 없는 고급호텔이었다. 우리는 여행 중 계속 이런 수준의 숙소를 이용할 것이다. 0층 레스토랑에서 뷔페식 석식을 든 다음, 나는 姜敬錫이라는 중년 남자와 함께 2층의 137호실을 배정받았다. 알고 보니 그는 비행기 안에서 내 옆 좌석에 앉았던 사람이었고, 나보다 세 살 연하였다. 인도의 호텔은 한국과 마찬가지로 220볼트 전압을 사용하므로 편리하다.

식사 때 나와 같은 테이블에 앉았던 남녀 두 명도 혼자 왔다고 했고, 그 밖에도 나처럼 혼자 온 사람들이 제법 있는 모양이다. 한국에서 여행사 측으로부터 우리 일행이 모두 20명이라는 통지를 받은 바 있었는데, 역시 대부분이 중년 여성들이었다. 개중에 비교적 젊어 보이는 여자가 딱 한 명 있었다. 395만 원의 요금을 나는 조기예약 하여 375만 원에 왔는데, 가이드와 기사 경비를 1인당 $100씩 추가로 내야 하니 가격은 사실상 400만 원이 넘는 셈이다.

돌이켜 보면 나는 이번에 네 번째로 인도에 온 듯하다. 처음은 시인이자 산악인인 성낙건 씨를 따라 우리 가족 전체가 와서 20여 일 동안 가르왈 히말라야 지역과 이른바 골든트라이앵글이라고 불리는 델리, 자이푸르, 아그라를 둘러보았고, 두 번째는 경상대학교 교수불자회 회원들과 함께 네팔을 경유해 들어와 불교유적지들과 카주라호, 아그라를 거쳐 델리에서 돌아갔으며, 세 번째는 역시 혜초여행사를 따라와 남인도의 타밀나두 주와 케랄라 주 그리고 스리랑카를 둘러보았던 것이다.

■■■ 8 (일) 맑음

오전 8시에 호텔을 출발하여 공항으로 이동하였다. 봄 날씨였다. 비카스의 설명에 의하면 델리의 인구는 인터넷 상으로는 1600~1700만이지만, 등록되지 않은 인구를 포함하면 실제로는 2000만 정도 된다고 한다. 가장 인구가 많은 뭄바이(봄베이)는 2500만 정도이다. 그리고 인도 국내는 물론이고 네팔·부탄·스리랑카의 가이드도 대부분 델리에서 파견되는 사람들인데, 이즈음 네팔에서는 자국인 가이드를 좀 쓰기도 한다. 그의 말로는 달러로도 아무데서나 통용된다고 하므로 인도 화폐인 루피로 환전은 하지 않기로 하였다.

우리 일정표 상에는 오늘 오전 9시 10분에 9W2553편 국내선 비행기를 타고서 델리를 출발하여 10시 55분에 라자스탄 주의 조드푸르에 도착하는 것으로 되어 있지만, 버스 속에서 비행기가 12시로 딜레이 되었다는 소식을 들었다. 그러나 실제로는 우리가 탄 소형 비행기인 Jet Airway의 9W2553편이 활주로를 향해 움직이기 시작한 것은 오후 1시 10분이고, 이륙한 것은

1시 35분이며, 목적지에 도착한 것은 3시가 넘어서이다. 인도에선 이런 일이 다반사인 모양이다. 나는 오늘 일행 중 다른 사람들과는 달리 약식의 E-TKT라는 탑승권을 받았는데, 어제의 e-Tourist Visa와 마찬가지로 e는 electronic의 약자이다. 어제 내린 인디라 간디 국제공항에 다시 도착하였는데, 인도에서는 국내선과 국제선의 공항이 따로 구분되어 있지 않은 모양이다. 가이드에게 물어보니 이 공항은 약 10년 전에 확장되었다고 한다. 공항 건물 안 도처에 LG TV가 눈에 띄었다.

오늘 알고 보니 우리 일행은 총 20명이 맞고, 개중에 남자는 6명이며, 싱글이 9명, 부부가 3쌍, 친구 3명 팀과 친구 2명 팀이 각각 하나씩 있다. 개중에 여성 한 명은 시종 인도 복장을 하고 있는데, 그녀는 한국에서 인도로 자주 왕래하다가 이 나라 사람들의 가난한 처지를 보고서 처음에는 기부를 하였으나 나중에 기부로는 안 되겠다는 생각이 들어 교육 사업을 시작했으며, 현재 보드가야에 학교 건물 신축 공사를 하고 있는 모양이다. 음식도 한국보다는 인도 것이 더 입에 맞는다고 한다.

공항에서 무료한 시간을 때우기 위해 정창권 지음 『우리는 지금 인도로 간다』(서울, 민서출판사, 1996 초판, 1999 개정판 3쇄) 중 라자스탄 주 부분을 일정표와 대조하여 읽어보았고, 예전에 사둔 『The Zonal Road Atlas Of India』(Madras, TTK Pharma Lmt., 1999)도 좀 뒤적여보았다. 중국에서는 이즈음 정밀하고 두터운 도로교통지도가 많이 나와 있는데, 국판 크기에 120쪽에 불과한 이 책을 대신하여 새 인도 지도책을 하나 사려해도 도무지 눈에 띄지 않는다. 비행기에 탑승할 때 점심을 대신하여 가이드로부터 치킨 킹버거 하나씩과 음료수 한 통, 그리고 포테이토칩을 배부 받았다. 기내에서도 햄버거가 나왔지만 들지 않았다.

비카스의 말로는 내가 첫 번째 인도여행에서 들른 라자스탄 주의 주도 자이푸르와 이번 여행에서 들를 조드푸르, 우다이푸르 등 푸르가 붙은 도시는 모두 왕이 거주하는 곳이라고 한다. 라자스탄의 왕족인 라지푸트들은 원래 무사 계층으로서 모두 힌두교도인데, 이슬람교도의 침입에 대항하여 오랜 세월동안 전쟁을 벌이다가 무굴제국 때부터 이슬람 정권과 혼인을 통해 결합되어 자기네의 기득권을 유지해 왔다. 그 대표적인 세력이 암베르에 근거를 두었던 카츠와하 왕조로서, 라지푸트 왕조로서는 처음으로 여동생을 무굴제국의 2대 황제 하마윤의 아들인 아크바르에게 시집보냈고, 또한 아들 만 싱을 아크바르의 신하로 바쳤다. 만 싱은 전투사령관으로서 출중한 능력을 발휘하여 아크바르대제의 절대적 신임을 받았던 것이다. 그리하여 만 싱의 손자인 자이 싱 2세 때는 암베르 성에서 11km 거리인 지금의 자이푸르로 천도하였으니, 자이푸르의 자이는 자이 싱 2세의 이름을 딴 것이다. 라자스탄 주에서 두 번째 가는 도시인 조드푸르 역시 라오 조다라는 왕이 마르와르 왕조를 세우며 이곳을 수도로 삼아 410년을 이어오는 데서 비롯되었으므로, 조드는 조다의 이름을 딴 것이다.

라자스탄 지역을 남과 북으로 나누는 아라발리 산맥은 남서쪽에서 북동쪽으로 이어지고 있는데, 산맥의 북쪽으로는 파키스탄과 공유하고 있는 타르사막을 무대로 하는 자이살메르, 조드푸르 등이 있고, 산맥의 남쪽으로는 풍부한 숲과 계곡을 바탕으로 하여 발전한 자이푸르, 우다이푸르 등의 도시들이 발달해 있다. 조드푸르는 인도 쪽에서 보면 타르사막이 시작되는 자리에 위치해 있다. 자이푸르를 핑크 시티라고 부르는 데 비해 이 도시는 블루 시티라는 애칭을 가지고 있다. 그것은 푸른빛을 띤 건물이 많기 때문인데, 이들이 신봉하는 시바신이 독을 마셔 그 독이 목구멍에 걸린 채 남아 있기 때문에 시바신의 모습을 그린 그림이 모두 푸른 목을 하고 있는 것이 첫 번째 이유이고, 고온의 기후를 피하기 위해 벽돌 건물에다 흰 석회와 파란 색깔을 섞어 바른 데서 유래하기도 한다.

비카스는 오늘 조드푸르의 기온이 30℃라고 하였으나, 전혀 덥지 않고 오히려 공항에서 20분 거리인 121m 높이의 메헤랑가르 성에 오르니 봄 옷 차림으로는 좀 추위를 느낄 정도였다. 메헤랑가르 성은 약 10년 전에 유네스코 세계문화유산으로 지정된 곳으로서, 사암 절벽 위에 조성된 성이며 성벽의 둘레는 10km 정도인데, 지금은 이곳에 왕이 살지 않고 오는 도중에 바라보였던 다른 성에 거주하고 있다. 사암을 나무 깎듯이 세밀하게 새긴 벽의 장식들이 아름다웠고, 성 안은 왕실용품들을 전시한 박물관으로 되어 있었다.

31명의 왕비가 왕을 따라 燒身 자살한 사티의 흔적으로서 벽에다 여인의 손바닥 31개를 만들어둔 곳도 통과하였다. 사티의 풍습은 공식적으로는 100년 전에 폐지되었는데, 이 지역에 특히 그러한 악습이 강하게 남아 있었던 모양이다. 사티는 시바신의 부인 파르바티의 전생 설화에서 유래한 것이다. 성을 나오는 도중에 1490 A.D.라고 새겨진 표지를 지났는데, 성문이 건립된 시점이자 이 성이 지어지기 시작한 때를 가리키는 것이라고 한다. 이는 바깥에서 바라보았을 때 전 세계에서 가장 아름다운 성의 하나로서 상을 받은 적도 있었다고 한다.

오늘은 이미 날이 저물었으므로, 이곳 하나만 보고, 다음날 다시 들를 때 나머지 장소들을 방문하기로 하고서, 어두운 가운데 약 30분 거리에 있는 숙소로 이동하였다. Uchiyarda, Shikargath, Jaleli Road에 위치한 WELCOMHOTEL이었다. 나와 강경석 씨는 1107호실을 배정받았다. 대부분이 단층이고 더러 2층도 있는 건물인데, 가운데 널따란 정원을 두고서 커다랗게 장방형으로 배치되어 있었다.

■■■ 9 (월) 흐리다가 오후에 개임

7시 43분에 호텔을 출발하여 약 6시간이 소요되는 다음 목적지 자이살메르를 향해 나아갔다. 어제 석식 자리에서 1년의 절반을 해외여행으로 보낸다는 연금생활자인 중년여성 김지영 씨와 한 자리에 앉았었는데, 알고 보니 그녀는 대학에서 의상디자인을 35년 동안 가르치다 정년퇴직한 교수였다. 그러나 의상디자인 교수라고는 상상할 수조차 없을 정도로 수수하고 촌스러운 복장을 하고 있다. 반년이라 함은 유대인과 결혼한 딸이 미국 시애틀에 살고 있어 1년에 두 번 정도씩 거기에 가 있는 기간 4개월 정도를 포함한 것이라고 한다. 딸이 시집가기 전에 그녀가 사준 아파트가 시애틀의 대표적 관광지인 태평양 연안 언덕에 아직도 남아 있어, 재직 시절부터 매년 거기에 가 머물다 오는 모양이다. 호텔을 체크아웃 하여 대절버스가 대기하고 있는 장소로 나와 보니 구내가 공원처럼 넓고 고급스러우며 온갖 나무들이 즐비한데, 도처에 꽃이 만발해 있었다.

이 지방은 야생 사슴이 많은 곳이라 가는 도중에 사슴의 무리와 야생 공작새들이 여러 차례 눈에 띄었고, 유채꽃이 피어 있는 밭도 자주 보였다. 사막지방이라고 하지만 모래 언덕만 있는 것이 아니고, 나무가 풍부하되 그 사이로 모래가 여기저기에 드러나 있을 따름이었다. 준사막이라고 하는 편이 정확할지도 모르겠다. 나무들 가운데는 잎이 거의 없는 것도 더러 보이고, 길가의 가로수로 심은 어린 나무들 주변은 쇠로 만든 둥근 테두리를 둘렀는데, 비카스에게 물어보니 낙타 같은 키 큰 동물에게 잎을 뜯어 먹혔거나 동물들로부터 보호하기 위한 것이라고 한다. 유채는 주로 기름을 짜는 데 사용한다.

다시 조드푸르 시가지로 돌아와서 시가지와 메헤랑가르 성 옆을 거처 그 부근의 호수 위에 자리한 마하라자 자스완트 싱 2세를 기리는 기념관 자스완트 타다에 들렀다. 자스완트는 왕의 이름이고 타다는 조금 높은 지대를 의미하는 말이다. 그 왕을 화장한 장소에 세운 궁전 같은 흰색 대리석 건물이었다. 성벽의 내부 일대는 Rao Jodha Desert Rock Park로 지정되어져 있었다. 호수에 백조 및 그것과 비슷한 다른 색깔의 새들이 많았다. 인도에는 화장 외에도 여러 가지 장례법이 있는데, 훌륭한 사람이나 요절한 어린이는 매장을 하며, 임신해 죽은 여자는 수장을 하고, 뱀에 물린 사람도 화장을 하지 않는다. 이슬람과 기독교인도 매장을 한다. 그리고 대부분의 경우 제사는 지내지 않는다.

가는 도중에 비카스가 설명한 바에 의하면, 이 나라는 수상과 대통령, 주지사의 임기가 모두 5년으로서 연임이 가능하며, 국회의원은 544명이다. 국민은 초등학교 때부터 힌디어와 영어, 그리고 그 지방말의 세 가지 언어를 배우며, 남부 지방은 표준어인 힌디어를 가르치거나 사용하지 않는다. 힌디어의 문자는 모두 50개인데, 기본적으로 산스크리트어의 그것과 동일하나 점이 좀 더 붙는다. 뭄바이는 뭄바라는 여신의 이름에서, 콜카타를 현지에서는 칼리카타라고 하는데, 이 역시 칼리 여신에서 유래한 이름이라는 것도 처음으로 들었다. 석가가 주로 거주하고 설법했던 비하르 주의 지명은 불자가 사는 곳을 의미하는 비하라에서 유래하였다.

우리가 통과하는 길은 고속도로라고 하는데, 콘크리트 포장이 된 2차선 도로이고, 더러 동물들도 걸어간다. 도중에 하벨리(저택)라고 써 붙인 식당 겸 휴게소들이 눈에 띄는데, 우리는 그 중 하나에서 한 번 정거한 다음, 포카란이라는 좀 큰 동네에 들러 그곳 성 안의 식당에서 점심을 들었다. 포카란에서 자이살메르까지는 두 시간 거리이다. 포카란은 1550년대에 라오라는 왕이 만든 것으로서, 붉은 사암으로 만든 성의 규모는 그다지 크지 않았다. 이 포카란에서 1994년에 인도 최초로 지하핵실험을 한 바 있다.

인도에서는 파키스탄 및 중국과의 사이에 국방 문제가 엄중하여 예산의 30% 정도가 국방비로 충당된다. 군인은 모두 직업군인이며, 대우가 좋아 사회적으로 부러워하는 직업이라고 한다. 특급 호텔 같은 상류층이 출입하는 곳은 테러리스트에 대비하여 들어갈 때 짐은 X레이를 통과해야하고 가방까지 검사하는 경우가 있으며, 공항에서의 검사도 다른 나라보다 특별히 엄중하다.

휴게소에서 벽에 소똥을 발랐다고 하는 건물을 보았으나 다른 건물들에 비해 외관상 별로 특별해 보이지는 않았다. 날씨가 흐린 탓에 꽤 쌀쌀하여 한국의 겨울 날씨 같은 지라 일행 중 도중에 트렁크에서 겨울옷을 꺼내 입은 사람들이 많았는데, 포카란을 떠난 지 얼마 되지 않아 햇볕이 나니 그런 옷들이 소용없어졌다. 도로를 통과하는 차량들 중 하얀 번호판을 단 것은 일반인의 것이고, 노란색은 영업용이며, 외교관은 파란색 번호판을 달았다.

오후 2시 53분에 자이살메르의 1, Hotel Complex, Jodhpur-Barmer Link Road에 있는 오늘의 숙소 Fort Razwada에 닿았다. 성채 모양을 한 1·2층 건물의 호텔인데, 206호실에 들었다. 구내에는 실외 풀이 있었다. 자이살메르는 파키스탄까지 130km의 거리에 있는 라자스탄 주 최서단의 도시로서, 사막 투어의 전초기지로 이즈음 각광을 받고 있는 곳이다. 1156년에 라왈 자이살이 이곳으로 수도를 옮기면서 개발되기 시작한 곳인데, 메르는 사막지역에 위치한 도시를 의미한다. 인도의 도시들 중 푸르는 힌두 왕이 지배하는 곳이고, 어제 들렀던 메헤랑가르처럼 가르가 붙은 것은 성채이며, 우리가 앞으로 들르게 될 아우랑가바드처럼 바드가 붙은 지명은 이슬람 왕이 지배하는 도시이다.

자이살메르는 육로 무역의 통로로서 전성기를 이루다가 18세기에 봄베이(뭄바이)를 축으로 하는 항로가 활발해지면서 그러한 역할을 상실하게 되었던 것이다. 그러나 1965년과 1971년에 있었던 파키스탄과의 전쟁으로 말미암아 이곳의 전략적 중요성이 새롭게 부각되었고, 지금은 관광명소로서 명성을 떨치게 되었다. 이곳의 도시 안 건물들은 노란 색을 주조로 하고 있으므로, 핑크 시티, 블루 시티에 이어 골든 시티 즉 금색 도시라고 불리고 있다. 그래서 이번 우리 여행에도 제목에 '컬러풀 시티'라는 말이 붙게 되었다.

4시에 호텔을 떠나 시내 관광에 나섰다. 높은 언덕 위에 자리한 자이살메르 성 뒤편의 거리 안에 있는 부호들의 저택 하벨리를 보러 갔다. 어제 메헤랑가르 성을 관광할 때와 마찬가지로 이곳에서도 중년의 남자 하나가 우리 차에 올라 함께 움직이며 현지 가이드의 역할을 하였다. 하벨리로 가는 도중에 자그만 지붕을 덮은 길쭉한 석조기둥 건물들이 여러 개 모여 있는 언덕을 바라볼 수 있었는데, 그 건물들은 화장을 한 후에 기념으로 세운 것이라 하니, 오늘 아침에 본 자스완트 타다의 축소판인 셈이다.

먼저 1858년에 형제 두 명이 협력하여 20년에 걸쳐 만든 것이라고 하는 하벨리에 들렀는데, 내부는 지금 기념품점으로 되어 있었다. 사암을 조각하여 만든 벽과 외면의 장식들이 치밀하였으나 별로 볼 것은 없었다. 다음으로 이 도시에 남아 있는 여러 하벨리 중 대표적인 것인 파트와 하벨리에 들렀다. 이 저택을 우리 일정표에는 파트완 키 하벨리라고 적었는데, 키는 소유격이니 '파트와의 저택'이라는 뜻이다. 300년 된 집으로서, 부호가 그의 다섯 아들을 위해 지은 것이라고 하는데, 서로 붙어 있는 다섯 채의 건물 중 두 채는 인디라 간디 수상 때 보존을 위해 국유화되었다. 그 내부는 부호 집안의 살림살이를 보여주는 박물관으로 되어 있었다. 규모나 예술성 면에서 과연 한 번 와볼만한 곳이었다. 내부에 주방과 음식 만드는 도구들도 진열되어 있었는데, 인도 음식인 탄두리는 화덕이라는 뜻의 탄두라에서 유래했다고 한다.

밖으로 나와 버스가 대기하고 있는 곳까지 제법 한참을 걸었다. 도처에 혹등 소와 돼지들이 어슬렁거리고 길에는 짐승 똥들이 널려 있었다. 버스를 타고서 Sunset Point라는 언덕 위로 이동하였다. 그곳에서는 정면에 바라보이는 성을 비롯하여 이 도시의 전모를 둘러볼 수 있었다. 외국인을 포함한 여러 사람들이 석양을 보기 위해 몰려 있는 곳으로 가 사람들이 앉아 있는 곳의 한 모퉁이에 나도 걸터앉았는데, 그곳 빈 공간에서 악사 한 명이 음악을 연주하고 어린이가 노래를 부르고 있었다. 근처에 서 있던 동양인 젊은이가 내 옆을 이동할 때 말을 걸어보았는데, 그는 廣東에서 온 중국인 청년으로서 예전에 마카오에서 근무한 적도 있었다. 종종 혼자서 여행한다고 하는데, 숙소를 물었더니, 자기 스마트폰을 꺼내 보여주며 그 중 하나의 앱으로 물색한다고 했다. 그와 대화하느라고 해 지는 장면은 보지도 못했는데, 룸메이트인 강 씨의 말로는 구름이 끼어 해가 지는 모습은 보이지 않았다고 한다.

어두워질 무렵 호텔로 돌아와 석식을 들었고, 레스토랑 앞의 기념품점에 들렀다가 $4 주고서 인도 지도책 하나를 샀다. 새 도로지도책을 하나 구입하고 싶었는데, 좀처럼 눈에 띄지 않았다가 여기서 세 종류의 책을 보아 그 중 하나를 고른 것이다. 2008년에 조드푸르의 Indian Map Service에서 출판된 『India Tourist Road Atlas』라는 46배판 72쪽 짜리 책이었다. 다음 날 시중에서 보니 같은 책을 $3에 팔고 있었다. 모처럼 여기서 발견한 세 종류의 책들은 모두 부피가 너무 얇았다. 종교적 문헌의 양이 방대한 반면 역사책이 없는 이 나라의 전통과 마찬가지로, 이 역시 현실보다는 피안을 중시하는 국민성 때문인가 싶었다.

석식을 들면서 혼자 온 김치우 씨와 대화를 좀 나누어보았다. 그는 우리 일행 중 꽤 큰 고급 카메라로 열심히 사진을 찍고 있는 두 명 중 한 명인데, 나보다 한 살이 적고 서울공대와 카이스트를 졸업하고서 삼성전자와 한솔그룹에 근무하다가 은퇴한 사람이었다. 한솔그룹에서는 한 회사의 사장직을 10년 정도 맡았다고 한다. 8년쯤 전에 퇴직한 후 여러 가지 취미활동을 하고 있는데, 사진도 그 중 하나여서 해외여행의 취미와 결합시키고 있다. 그도 사진을 곁들인 여행기를 쓴다고 하므로, 그가 여행기를 보내주면 나도 자신의 인도여행기 중 하나를 보내주기로 하고 이메일 주소를 받았다. 이번 여행 중에도 나는 일기를 적는데 필요한 정도 외에는 사진을 찍지 않는데,

이번 여행의 사진은 부부 동반하여 온 다른 촬영가 공정호 씨에게서 이메일로 받기로 하고 그에게도 내 명함을 하나 건네주었다.

■■■■ 10 (화) 맑음

9시 30분에 호텔을 출발하여 작지만 운치 있는 호수 가디사 가르를 보러 갔다. 가디사 왕이 14세기에 만든 것으로서, 현지에서는 Gadisar Nakayan이라고 적은 간판도 보았다. 가트 모양으로 생긴 물가의 계단 위에 올라서서 사람들이 커다란 메기 떼에게 빵 등의 먹이를 뜯어 던져주는 모습을 바라보았다. 징그러울 정도로 큰 놈들이었다. 한국이라면 저런 좋은 먹잇감이 남아 있을 리가 없는데, 사람들이 잡아먹지 않을 뿐 아니라 먹이까지 던져주며 키우고 있으니 인도는 정말 동물의 천국이라는 생각이 들었다.

호수 가 언덕에 올라가 자이살메르 성을 바라보았다. 발밑의 이슬람교도 공동묘지가 눈에 들어왔다. 평장을 하고 비석을 세웠는데, 묘지 내 곳곳에 작은 나무들이 심겨져 있었다. 호수를 보고서 내려오다 보니 여기서도 어린이들이 길거리에서 음악을 연주하고 춤추는 모습을 볼 수 있었다. 행인들에게서 돈푼이나 얻어 보려는 심산인 모양이다. 버스가 서 있는 곳에서 라자스탄 주지사인 아주머니의 포스터 사진도 보았다. 그녀는 왕족이라고 한다. 여기서는 평생에 한 번 여자 한 명에게 5만 루피의 돈을 준다고 한다. 루피의 환율이 20 대 1이라고 하니 한국 돈으로는 약 100만 원에 해당하는 셈이다.

다음으로 라자스탄에 남아 있는 성들 가운데서 가장 오래된 것 중 하나로 꼽히는 자이살메르 성을 보러갔다. 현재의 왕은 이곳에 있지 않고 델리에 거주하는 모양이다. 인도의 왕들, 즉 라자나 마하라자는 이처럼 하나의 성을 중심으로 하는 지역 일대를 다스리는 일종의 영주인 셈이다. 이곳도 궁전 안은 박물관으로 되어 있었다. 궁 안에서 왕이 전쟁에 나갔다가 패했다는 소식이 들려오자 12,000명의 여인이 소신 자살했다고 하는 믿거나 말거나 식의 이야기도 들었다. 역대 왕들의 초상화 모습은 모두 귀걸이를 하고 있고 카이저수염 같은 것을 길렀다. 인도에서는 내시 외의 남자는 모두 수염을 길렀다고 하는데, 남자의 상징인 모양이다. 또한 인도 왕의 이름 끝에는 싱이라는 단어가 붙어 있는 경우가 많은데, 싱은 사자라는 뜻으로서 이 역시 용맹을 상징하는 동물이다. 왕궁의 옥상에는 돌로 된 해시계와 방향을 지시하는 돌 나침판으로 보이는 것이 있고, 왕가의 깃발도 걸려 있었다. 높다란 바위 언덕 위에 자리한 성 안에는 왕궁 외에 민가도 500채 정도가 있다.

그러한 것 중 하나인 자이나교 사원에 들러보았다. 신발을 벗고 입장하였는데, 2층으로 된 건물 내부에 돌로 된 조각과 석상이 빼곡한 것이 카주라호의 디자인과 비슷하였다. 기둥에는 힌두교의 신들을 새겨놓았다. 자이나교는 하얀색 옷을 입는 파와 몸에 아무것도 걸치지 않고 나체로 생활하는 파의 둘로 나뉘어져 있다. 이곳은 천만 년 전에는 바닷가였다고 한다.

성 안의 옥상에 자리한 찻집에 들러 인도인들이 흔히 마시는 차인 짜이를 들면서 좀 쉬었다. 짜이는 홍차에다 우유와 생강·설탕을 넣어 만든 것이다. 보통은 유리컵에 담아 나오는데, 여기서는 예전 한국의 다방커피 잔 같은 것을 쓰고 있었다. 그 집 주인의 한국어 실력이 우리 가이드인 비카스보다도 나았다. 그는 한국을 무척 좋아하여 한국에 들어가 살려고 작정한 적도 있었으나, 음식이 맞지 않아 돌아온 것이라고 한다. 현재는 자기 집을 개조하여 방이 여섯 개 있는 게스트하우스로 만들고 찻집도 경영한다. 인도인들은 채식주의자가 많고 나이가 들면 대부분 고기를 먹지 않는데, 그것은 不殺生이 생활화 되어 있기 때문이다.

성을 나온 후 간밤의 숙소인 FORT RAJWADA로 돌아와 점심을 들었다. 포트는 성이고 라즈와다는 왕족이라는 뜻이니 결국 '왕족의 성'이라는 뜻이다. 그래서 그런지 레스토랑 벽면은 정장을 한 왕들의 전신상으로 채워져 있다. 이곳으로 돌아오는 도중이나 호텔 주변에 군인부대가 많았다. 방 배정표를 보면 우리 일행 중 80만 원의 추가 요금을 내고서 독방을 쓰는 사람이 7명이다. 싱글로 온 사람이 모두 9명이니, 강 씨와 나를 빼고는 모두 독방인 셈이다. 일행 3명이 한 방을 쓰는 팀도 있다.

중식 후 다음 목적지로서 자이살메르에서 서쪽으로 45km 떨어진 거리에 있는 삼이라는 곳으로 이동하였다. 그리로 가는 도중에 Desert National Park라는 표지를 보았다. 좀 더 본격적인 사막이 시작되는 것이다. 도중에 사막 가운데 있는 폐허가 된 마을에 들러보았다. 150~200년 쯤 전에 브라만이 살던 곳이라고 하는데, 무슨 까닭인지 모두 폐허로 되어 방치되어 있다가 최근에는 귀신 나오는 곳이라 하여 입장료를 내고서 들어가는 관광코스로 개발되고 있다. 돌로 된 집들에 지붕이 모두 없고 벽도 허물어져 있는데, 곳곳에 최근 보수한 흔적이 보이고 현재도 포클레인이 들어가 작업하고 있었다. 건축자재는 대부분 돌이고 흙과 소똥·쌀겨를 섞은 것을 시멘트처럼 사용하고 있다.

다시 출발하여 가면서 새삼스럽게 보니 인도의 대절버스들은 모두 운전석과 객석 사이가 유리벽으로 차단되어져 있다. 운전석 옆에는 조수도 한 명 타고 있다. 우리가 최종적으로 도착한 곳은 자이살메르에 속하는 Sam Dunes라는 곳에 있는 Desert Spring Resort였다. 일정표 상에는 삼샌드 듄이라고 하였는데, 결국 삼 砂丘라는 뜻이다. 이곳 역시 완전한 사막은 아니고 곳곳에 관목과 풀이 자라나 있다. 객실은 집 모양의 사각형 텐트로 되어 있는데, 나는 204호를 배정받았다. 실내에는 시멘트로 처리하여 일반 호텔의 설비가 대부분 갖추어져 있고, 전기 라디에이터로 난방을 한다.

낙타를 타기 위해 오후 4시 40분까지 사무실에 집합하여 있으니, 건너편 마당에 공작새 10여 마리가 다른 작은 새들과 어울려 모이를 쪼고 있는 모습이 눈에 들어왔다. 야생인지 기르는 것인지 알 수는 없으나 우리에 가두어두지는 않았다. 낙타를 타고서 캠프 건너편 모래 언덕 위까지 나아가 보았다. 내가 낙타를 타보는 것은 이번으로 다섯 번째가 아닌가 싶다. 근처에 모터가 달린 패러글라이더로 하늘을 나는 사람도 한 명 있었다. 사막의 모래언덕에서 해 지는 모습을 바라보았는데, 피리와 손북을 들고서 음악을 연주하는 남자 두 명과 아기 한 명을 대동하고서 춤을 추는 여인 두 명이 관광객들을 찾아다니며 청하지도 않은 춤과 음악을 피로하고서 돈을 요구하였다.

텐트로 돌아온 후 사무실 뒤편에 마련된 옥외 홀로 나가 여기저기에 놓인 쇠로 만든 화로에다 장작불을 피워두고서 석식을 들며 무대 위에서 공연되는 춤과 음악을 감상하였다. 나는 우리 일행 대부분이 방으로 돌아간 후에도 끝까지 남아있었는데, 대여섯 명의 남자 악사와 두 명 정도의 여자가 나와 공연하였다. 그 중 계속 춤을 피로한 여인 한 명은 사실은 남자라고 한다. 인도에서는 이러한 사람을 헤지라라고 한다는데, 비카스는 그들을 내시라고 불렀으나 사실은 고자 즉 트랜스젠더인 모양이다. 인도에는 이런 사람이 50만 명 정도 된다고 한다.

오늘 공연을 한 사람들이나 사막에서 음악과 춤을 보여주며 돈을 요구한 남녀는 모두 집시라고 한다. 그들은 수 km 떨어진 곳에서 돈을 벌기 위해 온 것이며, 우리가 탄 낙타도 10km 정도 떨어진 곳으로부터 일부러 왔다는 것이다. 낙타 한 마리로 버는 한 달 수입이 $150 정도라고 했다. 그들은 1년에 4~5개월 정도 일하고 나머지 기간은 쉬는 모양이다. 그런데 비하여 우리가 잔 텐트는 하나가 1박에 12,000루피라고 하니 $200 정도인 셈이다. 아닌 게 아니라 그들이 피로한 춤과 노래는 집시의 그것과 꽤 닮았다는 느낌이 들었고, 음악의 곡조도 대체로 플라밍고 춤을 출 때의 것과 닮았다. 유럽의 집시는 원래 인도로부터 흘러들어간 사람들이라고 한다. 여장 남자는 공연 도중에 서커스 비슷한 춤을 피로하기도 하고 청중을 무대나 그 앞의 나무 바닥으로 끌어들여 함께 춤을 추기도 하였다.

■■■ 11 (수) 맑음

여행 5일째.

8시 30분까지 집합하여 삼샌드듄을 출발해 조드푸르로 떠났다. 사막에 풍력발전기가 많이 서 있는 지역을 지나, 자이살메르에서 조드푸르까지는 올 때 경유했던 114번 고속도로를 탔다. 도중에 자이살메르전쟁박물관을 지나쳤고, 철도의 횡단로에서 기차가 지나갈 때를 기다리는 동안 부근의 사막에서 펌프로 길어 올린 물로 여인네들이 빨래를 하는 모습도 보였다. 고속도로라고는 하지만 군데군데 1차선 구역도 있었다.

조드푸르 쪽으로 가면 갈수록 점점 더 숲과 녹지가 많아지는 듯했다. 도중에 고속도로를 2/3 쯤 경유하였고 조드푸르를 110km(두 시간) 쯤 남겨둔 지점, 즉 261 Umaid Heritage, Behind Umaid Bhawan Palace, Jodhpur에 있는 Manvar Desert Resort & Camp에 들러 점심을 들었다.

수목이 많고 풀장도 갖추어진 드넓은 장소였다. 오후 4시 19분에 조드푸르 시내에 도착하여 하차하였다.

돌아오는 버스 속에서 가까이 앉은 사람들끼리 각자의 여행 경험을 토로하는 대화를 나누었는데, 오늘은 나도 제법 지껄였다. 인도의 이런 후진 곳까지 올 정도이니 우리 일행은 대부분 마니아라고 할 수 있다. 비교적 젊어 보이던 여성 선우지윤 씨는 미혼의 직장 여성이라고 하며, 한 방은 쓰는 중년 여성 세 명은 모두 동갑으로서 청주에서 왔다는데, 초·중등학교 교사를 정년퇴직하였고, 중·고등학교 시절부터의 동창이었다. 나는 좀 별다른 곳이면 주로 혜초여행사를 이용해 왔고 다른 여행사는 잘 모르는데, 일행 중에서도 세계의 구석구석을 샅샅이 누비고 다니는 좀 특출하고 키 작은 홍현옥 여사에 의하면 혜초는 특수와 일반의 중간 정도에 해당하는 여행사라고 한다. 대화를 통해 그들이 이용하는 테마세이투어, 산하, 하나투어, 롯데관광 등 다른 여행사들의 이름도 좀 주워들었다. KRT는 저가 여행사이며, 한진은 터무니없이 비싸다고 한다.

시내에서 릭샤로 갈아타고서 1912년에 세워진 시계탑이 있는 사다르 바자르(Sardar Market-Cirdikot)으로 갔다. 이 도시의 재래시장으로서 일정표에는 있으나 지난 8일에 시간이 없어 빠트렸던 곳이다. 각자 시장을 둘러본 다음 4시 50분에 시계탑 건너편의 보리수나무 아래에서 만나기로 했다. 온갖 차량과 오토바이들이 어지럽게 오가고 사람들이 아귀 떼처럼 뒤엉켜 있는 곳이어서 시끄럽기 짝이 없으므로 우리들은 어리둥절하여 제 정신을 찾기 어려웠으나, 거기서 상인들은 길바닥에 태연히 드러누워 있는가 하면 길거리 이발사에게서 면도를 해 받고 있기도 했다. 이 시장에서는 달러가 통용되지 않는다고 하므로 물건을 살 수 없었으나 사고 싶은 물건도 없었다. 다시 모인 다음, 근처의 Shri Mishrilal Hotel이라는 상점으로 가서 Makhaniya Lassi라고 하는 요구르트를 들었다. 한 잔에 30루피라고 쓰여 있으니, 한국 돈으로 600원인 셈이다. 1927년에 설립된 곳이라고 하니 전통 있는 상점이다. 호텔이라고 적혔으므로 호텔에 부속된 것인 줄로 생각했으나, 비카스에게 물어보니 인도에서는 독립된 상점도 그냥 호텔이라는 명칭을 사용한다고 한다.

다시 릭샤를 타고서 한참을 이동하여 8일에 묵었던 ITC WELCOME 호텔로 돌아왔다. 거리에서 릭샤들이 뒤엉겨 서로 먼저 가려고 머리를 들이대므로 아슬아슬하기 짝이 없었는데, 우리 일행이 탄 다른 릭샤 한 대는 결국 접촉사고를 일으켰으나, 기사가 상대방을 한 번 째려보고서는 그냥 가더라고 한다. 일정표 상에는 성 위에서 바라보면 가장 파랗게 칠해진 집들이 늘어서 있었던 브라만 촌 골목을 탐방하기로 되어 있으나, 비카스에게 물어보니 그곳은 릭샤를 타고서 지나왔다는 것이었다. 그러나 나로서는 설명해 주는 사람이 없었으니 알 방법이 없었다.

1층의 1109호실을 배정 받아 간밤에 하지 못했던 샤워를 한 다음 레스토랑으로 가서 석식을 들었고, 방으로 돌아오는 길에 호텔 안의 한 코너 방에 인도 여인의 복장인 사리와 나란히 가죽 샌들들을 벌여놓은 곳에 들러 낙타가죽으로 만들었다는 샌들을 내 것 두 개 아내 것 하나 합해 3개를 $25 주고서 구입하였다. 시험 삼아 깎아보려고 했으나, 파는 사람이 자기는 장인이지 장사꾼이 아니라면서 깎아줄 수 없다고 고집을 부리므로 부르는 값을 다 주는 수밖에 없었다. 그래도 $25이면 한국 돈 3만 원 정도니 싸기 짝이 없는 것이다. 겉보기에 모양새도 그런대로 괜찮았다. 함께 들른 아주머니들은 기어이 깎아보겠노라고 했다.

▰▰▰ 12 (목) 맑음

오전 8시 30분에 집합하여 자이나교의 대표적인 순례지 중 하나이자 15세기 북부 인도 예술을 종합한 대표적 건축물인 자이나교 사원이 있는 라낙푸르로 이동하였다. 약 5시간이 소요된다고 한다. 편도 2차선 왕복 4차선의 65번 고속도로를 이용하여 남쪽으로 계속 내려갔다. 인도 옷을 입은 울산서 온 부인 최성희 씨는 어제 삼샌드듄을 출발할 때부터 오른쪽 발목을 삐어 붕대를 감고서 가이드나 인솔자의 부축을 받아 이동하고 있다.

오전 5시 15분에 아내로부터 문자 메시지를 받았는데, 치매 기운이 있던 고종사촌 대환 형이 실종된 지 8일째 된다고 한다. 형수는 자궁암이 폐로 전

이되어 암 치료 중인데, 약 타러 나갔다가 실종되었다고 큰누나가 알려주었다는 것이다.

차 안에서 비카스가 설명한 바에 의하면, 인도는 국토 면적이 세계에서 7번째, 인구는 2번째이며, 국민소득은 $2,000 정도 된다. 힌두교도가 80%, 이슬람이 15%이며, 불교도는 0.5%에 불과하다. 힌두교도는 한 가정에 두세 자녀가 보통인데 비하여 이슬람은 일부다처제이기 때문에 인구 비중이 증가하는 추세에 있다. 남아선호 사상 때문에 남녀의 성별 비율이 크게 불균형을 이루었는데, 정부에서 여러 모로 여자 우대 정책을 펴고 있기 때문에 점점 여성 인구가 증가하는 추세이다. 대부분 중매결혼을 하지만 근자에는 지참금 대신 여성의 교육에 투자하는 추세이며, 결혼식은 신이 돌아다닌다는 밤 2시경부터 시작하여 새벽까지 계속된다. 자이나교도는 벌거벗고서 생활하기도 하기 때문에 대부분 더운 지방에 거주하며, 1일1식에다 뿌리는 먹지 않는다. 크샤트리아의 두음인 크는 발음하지 않고 샤트리아라고 한다는 것도 비로소 알았다. 농사는 보통 3모작을 한다. 소고기를 먹지 않는 것은 소중한 우유 등을 제공하는 소를 어머니처럼 생각하기 때문이며, 돼지고기는 더러운 동물인데다 그 고기가 몸에 열이 나게 하기 때문에 먹지 않는다. 그리고 목요일에는 수염도 깍지 않고 고기도 먹지 않는다.

오늘은 계속 녹색의 평원 지대를 달렸다. 도로 가에 더러 깃발들을 세워놓은 곳이 보이는데, 그것은 대개 식당이거나 주유소이다. 자이살메르로 갈 때처럼 가지가 잘려 잎이 없거나 아주 적은 나무들이 이쪽에서도 여기저기에 보이는데, 비카스는 낙타가 잎을 뜯어먹었기 때문이라고 설명했었으나, 그런 것이 아니고 인위적으로 한 것임이 분명하다. 다만 나무의 성장을 억제하기 위한 것인지 촉진하기 위한 것인지 분명치 않을 따름이다.

청주에서 온 세 명의 동창 부인들이 차 안에서 이 사람 저 사람들을 가리키며 모두 연대생이라고 하므로 나도 처가 연대 출신이라고 말했는데, 알고 보니 연세대란 연금으로 삼시세끼를 먹는 사람을 가리키는 것이라 한바탕 웃었다. 그들은 또 집사는 늘 집에서 지내는 사람, 장로는 장기간 노는 사람, 목사는 목적 없이 사는 사람이라고 설명해주기도 했다.

도중에 KALASH Midway & Handicraft라는 간판이 있는 휴게소에 들러 한동안 머물렀는데, 나는 거기서 작은 돋보기 루페 하나, 편지 봉투를 따는 칼 하나, 인도 음악의 CD 세 개를 사고서 그 대금 1,800루피를 신용카드로 결제하였다. 그리고는 라낙푸르의 Ranakpur-Sadri Road에 있는 King's Abode라는 레스토랑에 들러 점심을 들었다. '왕의 거처'라는 이름에 걸맞는 고급식당이었다. 그곳에서 고급 터번 하나를 사려고 하다가 너무 비싸기도 하고 짐이 많아져 트렁크에 들어갈 자리가 있을까 싶기도 하여 그만두었다. 나의 룸메이트인 선조들이 고려시대부터 수도에 살아왔다는 서울 토박이 강경석 씨도 수원에 거주하는 경북사대 출신의 대구 사람 김치우 씨와 마찬가지로 카이스트에서 대학원 과정을 마친 사람인데, 기계에 밝고 성격이 치밀하다.

Falna 부근의 Sanderav에서부터 고속도로를 벗어나 1차선 지방도로 접어들었다. 도중에 초·중등학교를 통합한 학교에서 실내의 추위를 피하여 바깥에 나와 수업하는 광경이 눈에 띄기도 하였다. 마침내 오늘의 첫 번째 목적지인 라낙푸르의 자이나교 사원에 도착하였다. '네 얼굴'이라는 뜻의 차묵카라고도 불리는 이 사원은 메와르 힌두 왕조 밑에서 수상을 역임했던 아사 샤라는 인물에 의해 1446년에 착공되어 50년 이상의 세월이 걸려서 완공된 것이다.

이 사원은 우다이푸르에서 북서쪽으로 100km쯤 떨어져 있는 곳으로서, 아라발리 산맥 안의 골짜기에 위치해 있다. 대리석으로 이루어졌는데, 3,600㎡의 터전에다 27개의 홀과 1,444개의 기둥이 있다. 홀의 한가운데에는 자이나교의 첫 번째 Tirthankar(스승, 성자)인 아디나트를 모셨고, 그 주위에도 사방에 獨尊들이 하나씩 배치되어 있으며, 홀 외부를 둘러싼 회랑에는 여러 三尊의 좌상들이 촘촘하게 배치되어 있다. 자이나교의 좌상들은 모두 결가부좌를 한 데다 눈이 둥그렇게 크고 몸의 각 부위에 흰색의 굵은 반점들이 찍혀져 있다. 전체적으로 보면 이 대리석 조각들 역시 카주라호의 그것을 연상케 한다. 신발을 벗고서 양말 바람으로 들어가 오후 두 시 반까지 관람하였다. 가죽으로 된 허리띠도 안 된다고 하여 버스 안에다 풀어두고 들어갔으며, 실내에서 카메라나 휴대폰으로 촬영하는 것은 다른 관광지에서처럼 유료였다. 그 근처에 네미나트와 파라스나트 등 다른 자이나교 사원들도 있는 모양이었다.

사원을 떠난 다음, 1차선의 꼬불꼬불한 도로를 따라서 Amrai Valley라는 계곡으로 올라가 아라발리 산맥을 넘어갔다. 산길 가에 원숭이들이 나와 있기도 하였다. 길이 좁아서 도중에 반대방향으로부터 차가 오면 우리 버스가 잠시 후진하기도 하였다. 인도의 도로를 지나다니는 승용차는 일제인 鈴木(스즈키)와 豊田(토요타)가 주종이고 간간히 한국의 현대차도 눈에 띈다. 라낙푸르에서 오늘의 최종 목적지인 우다이푸르까지는 또 2시간 30분이 더 걸린다. 산속에는 잎이 다 떨어져버린 나무들도 제법 눈에 띄었는데, 인도에서는 한국과 달리 가장 더운 계절에 초록의 상태로 나무 잎이 떨어진다고 한다. 계곡을 오르는 도중에 하차하여 우물에서 물레방아 모양의 활차로 물을 길어 올리는 소의 모습도 구경하였다.

산 능선에 이를 무렵부터는 우량이 부족한지 다시 사막 비슷한 풍경이 펼쳐지고 키 큰 나무가 없어 거의 벌거벗은 상태나 다름없는 산들이 많았다. Gogunda라는 곳에서 고속도로의 요금소에 진입하였다. 왕복 4차선의 도로였다. 얼마 후 우다이푸르 시에 도착하였는데, 시내 여기저기에서 호수의 풍경을 만났다. 우리는 시내를 가로질러 오후 6시 무렵에 교외 지역인 Sisarma의 나지막한 산꼭대기에 위치한 Fateh Garh라는 호텔에 도착하였다. Fateh는 '이기다', Garh는 '성'이니, 결국 '승리의 성'이라는 뜻이다. 강씨와 나는 20호실을 배정받았는데, 호텔의 시설도 꽤 고급스럽지만 산 위에서 바라보는 사방의 경치가 그저 그만이었다. 멀리 이 도시의 상징인 피촐라 호수도 바라보이고, 오른쪽 건너편으로 보이는 산봉우리에는 왕의 여름궁전이 있다. 비카스의 말에 의하면 이번 여행에서 우리가 묵을 호텔들 중 이곳이 하이라이트라고 한다. 오후 7시에 객실과 마찬가지로 산의 꼭대기 부분에 위치해 있되 객실과는 좀 떨어져 있는 레스토랑에서 석식을 들었는데, 뷔페식이 아니라 종업원이 각자의 접시에다 계속 음식물을 날라다 주며 후식도 있었다.

■■■ 13 (금) 맑음

오전 8시 반에 호텔을 출발하여 우다이푸르 시내 관광에 나섰다. 먼저 이 도시의 창시자인 마하라나 우다이 싱 2세가 처음 지은 궁전인 시티 팰리스 (City Palace)로 갔다. 우다이푸르의 역대 왕들은 다른 도시의 왕들을 마하라자라고 부르는 데 비해 다소 생소한 호칭인 마하라나라고 부른다. 비카스의 설명에 의하면, '전쟁을 많이 한 왕'이라는 뜻이라고 한다.

커다란 피촐라 호수를 끼고 있는 호반도시 우다이푸르는 경치가 수려하여 '동양의 베니스'로 불리기도 한다. 우다이푸르를 오늘과 같은 곳이 되도록 한 것은 메와르 왕조 때이다. 여기서부터 동북쪽으로 100km 정도 떨어진 칫토르가르에 수도를 두고서 번성했던 이 왕조는 회교 세력과의 싸움에서 거듭 패하게 되었고, 그 세 번째 전투였던 1567년 무굴제국 아크바르 대제와의 싸움에서 패하여 수도를 빼앗기게 되자, 당대의 왕 우다이 싱 2세는 새로운 수도지를 찾아 이리로 천도하였던 것이다.

이리하여 아라발리 산맥으로 둘러싸여 숲이 울창한데다 물이 풍부한 우다이푸르는 메와르 왕조의 새로운 수도가 되었는데, 이를 위해 언덕을 둘러싸는 9km에 이르는 성을 쌓고, Surajpol(태양의 문)을 위시한 11개의 성문을 설치하는 한편, 댐을 쌓아 호수를 만들어 오늘날 우다이푸르의 모습을 만들었던 것이다.

회교 세력이 무굴제국을 통해 기승을 부릴 때 대부분의 라자스탄 왕조들은 자이푸르의 왕처럼 혼인을 통하여 회교세력과 타협하였지만, 메와르 왕조는 분디의 왕조와 함께 끝내 그들과 혼인관계를 맺지 않는 강인한 면모를 보였다.

시티 팰리스는 뒤를 이은 역대 왕들에 의해 계속 건물이 지어져 4개의 큰 건물과 여러 개의 작은 건물이 어우러진 규모가 되어 라자스탄 내의 여러 궁전 중에서도 가장 규모가 큰 것이 되었다. 서쪽으로는 피촐라 호수가 내려다보이고, 동쪽으로는 시가지가 내려다보이는 좋은 경관을 지닌 위치에 자리하고 있는 이 궁전은 화강암과 대리석을 이용하여 치장된 구조물인데, 전망을 충분히 즐길 수 있도록 발코니와 전망대를 많이 설치하였다. 전체가 석조 건물이기 때문에 서양의 건축물과 별로 다름없어 보인다. 이미 보아온 다른 지역의 성들과 마찬가지로 오늘날 그 내부는 박물관으로 되어 있다. 우다이 싱 2세의 아들로서 밀림 속으로 피신하였다가 그 주민들의 도움을 얻어 아크바르와의 전쟁에서 승리하여 한 때 옛 수도지 칫토르가르를 탈환하기도 했었던 마하라나 프라탑의 생애에 관한 전시가 풍부하였다. 오늘날의 마하라나는 여러 궁전 건물들을 호텔로 개조하여, 그 수입으로 재정을 꾸려나간다고 들었다.

시티 팰리스를 나온 다음, 그 부근에 있는 힌두 사원 작디쉬 만디르에 들렀다. 1651년에 만들어진 인도-아리안 양식의 사원인데, 32개의 계단을 밟고 올라가면 비슈누신의 화신인 자간나트가 모셔져 있다. 사원 안에서 시끄러운 음악과 노랫소리가 들려오면서 기도를 하는 중인지라 그것이 끝날 때까지 건물 바깥의 조각들을 둘러보았는데, 사람(신?)들의 입상이 복잡하게 새겨진 것이 이 역시 카주라호의 조각을 연상케 하였다. 사원 안에 들어가 보니 뜻밖에도 그 바닥에 할머니들이 둘러앉아 콩을 까면서 종교적인 것으로 짐작되는 노래를 부르고 있었다.

호텔로 돌아와 중식을 든 다음 오후 2시 반까지 휴식을 취하였다. 인도의 음식은 호텔의 경우에도 대체로 채식이 위주이고 육류는 닭고기나 염소 및 몇몇 생선 등 매우 한정되어 있다. 그리고 달과 각종 커리 등 액체 류의 음식이 많다. 주식은 쌀과 밀인데, 지방마다 다르다. 밥 이외에는 난과 자파티를 주로 먹는데, 난은 밀가루를 사용하여 화덕에서 굽고 식당에서만 나오며, 자파티는 보리로 만들고 프라이팬으로 굽는다. 인도 사람들은 거의 술을 마시지 않으며, 담배 피우는 사람도 보지 못했다.

우리 호텔에서는 오늘 종일토록 패션 모델로 짐작되는 여인들이 전통 복장을 하고서 사진촬영을 하고 있었다. 시내에서도 클래식 카가 더러 보였지만, 이 호텔에는 클래식 카가 여러 대 진열되어 있다. 우리 호텔 주변의 산들도 기후 탓인지 키 큰 나무가 없었다. 오늘 점심을 들면서 본인으로부터 직접 들었는데, 나의 룸메이트인 강경식 씨는 여행 가방의 고장 난 열쇠를 고쳐주는 등 잔재주가 많다. 엊그제 삼샌드듄을 떠나올 때 여러 가지 기능이 많은 내 손목시계의 현지 시간 조정 문제도 그에게 부탁하여 해결하였고, 알뜰폰인 내 스마트폰의 하이파이 연결도 그가 여러 차례 손보아 주었다.

오후에 다시 시내로 나가보았더니, 좁은 도로에 차량들로 뒤범벅이 되어 오전보다 이동하는데 시간이 많이 걸렸다. 오후에는 피촐라 호수에서 배를 타고 놀았다. 시티 팰리스 부근에서 우리 일행끼리만 배 한 척을 얻어 타고서 근처의 호수를 한 바퀴 돌아 왕궁을 호텔로 개조한 레이크 팰리스를 바라보면서 지나쳐 자그만디르라는 섬으로 들어가 상륙하였다. 16세기에 이곳으로 천도하기 전부터 힌두교 사원이 있었던 곳인데, 지금은 호텔과 레스토랑 그리고 공원처럼 조성된 녹지들만 있었다. 그곳을 두루 산책하며 둘러보았고, 옥상 전망대에 올라보기도 하고 의자에 앉아 일행과 대화를 나누기도 하였다. 호수 및 그 주변의 경치가 참으로 수려하였다. 배에서 인솔자인 나철주 씨와 나란히 앉았는데, 그의 말에 의하면 이번 상품은 혜초에서 지난 12월에 처음 개발한 것으로서, 이번이 두 번째라고 한다.

호텔로 돌아와 석식을 들면서 레드와인 세 병으로 조촐한 파티를 가졌다. 김치우 씨와 발목을 다친 최성희 씨가 각각 한 병씩을 사고 여행사 측에서도 한 병을 샀다. 식후에 다른 사람의 방에 모여 오전 중 시내에서 사 온 맥주를 마시는 모양이었지만, 술을 들지 않는 나와 강경석 씨는 그냥 우리 방으로 돌아왔다.

▬▬ 14 (토) 맑음

여행 8일째이다.

7시에 호텔을 출발하였는데, 프런트 앞에서 직원이 우리 각자의 팔목에다 붉은색 실로 만든 팔찌를 하나씩 매어주었다. 남자는 오른팔 여자는 왼팔에 차는데, 행운을 가져다주는 것이라고 한다. 오늘 들은 바에 의하면, 이 산 전체와 주변의 산들 몇 개가 호텔 주인의 소유이며, 5년 동안 각종 재료들을 준비하여 1년 반 만에 이 호텔을 지었다고 한다. 호텔 옆의 저택들은 왕궁이라고 했다.

칫토르가르 방향의 76번 고속도로를 한 시간 정도 달려 마하라나 프라탑

공항에 도착하였다. 공항에서 탑승 수속을 하다가 내 수화물 가방에 든 스위스제 맥가이버 칼을 압수당했다. 인도에 올 때는 트렁크에 넣어 왔지만, 그것에 달린 이쑤시개를 사용하느라고 배낭에다 넣어둔 것을 깜박 잊었던 것이다. 공항에서 맥가이버 칼을 압수당한 것이 모두 몇 번째인지 기억하기 어려울 정도이다.

일정표 상으로는 오늘 10시 15분에 IndiGo 항공의 6E748편을 타고서 우다이푸르를 출발하여 11시 40분에 뭄바이에 도착하는 것으로 되어 있지만, 오늘도 좀 늦어 실제로는 10시 48분에 출발하여 12시 10분에 도착하였다. 인디고는 저가항공사인 모양이어서 기내에서 아무런 음식물도 제공하지 않았고, 스튜어디스가 음료수를 마시겠느냐고 물으므로 콜라를 달라고 응답했더니 돈을 지불하라고 하므로 취소하였다.

인도의 경제수도 뭄바이에 도착하여 반시간 정도 이동한 후 Sakinaka Junction, Andheri Kuria Rd., Sakinaka에 있는 Asia Kitchen & Bar라는 중국집에 들러 점심을 들었다. 라운드 테이블이 아니고 보통의 사각형 식탁이었다. 식당에서 공항까지 또 15분에서 20분 정도 이동하였다. 착륙한 공항은 국내선이고 이륙하는 공항은 국제선으로서 서로 다른 것이다. 이 국제선 공항은 2~3년 전에 새로 오픈했다. 뭄바이의 거리는 항상 교통정체가 심하다고 한다.

뭄바이는 신도시까지 합하면 면적이 서울보다 8배 정도 크며, 델리는 3배 정도 크다. 이곳은 17세기 중엽까지만 하더라도 아라비아 해와 만나는 지점에 위치한 7개의 작은 섬에 불과했었는데, 1534년 포르투갈이 당대의 큰 세력이었던 구자라트의 술탄으로부터 이 작은 섬을 양도받았고, 1661년 포르투갈의 공주가 영국의 찰스 2세에게 시집가는 지참금으로서 영국으로 관할권이 넘어갔으며, 1668년 영국 정부로부터 이 작은 섬들의 연합지대를 대여 받은 동인도회사는 1687년 구자라트 지역의 수라트에 있던 그들의 인도 본부를 이곳으로 옮겼으니, 이것이 오늘날의 뭄바이를 만든 결정적인 계기가 되었다.

오늘날 뭄바이는 꿈을 이루는 도시이자 영화의 도시이기도 하다. 1년에

500~600편 이상의 영화가 생산된다고 한다. 뭄바이에 도착하니 기온이 훨씬 높아져, 아침에 호텔에서 반팔 T셔츠를 입고 왔더니 꼭 맞았다.

아우랑가바드로 향하는 비행기의 게이트에서 대기 중에 홍콩에서 온 단체 관광객 여성과 좀 대화를 나누었다. 그들은 산치의 大塔과 뭄바이를 둘러보고서 왔는데, 이후의 일정은 우리와 거의 같은 모양이었다. 우리는 Jet Airway의 9W7148편을 타고서 16시 25분에 뭄바이를 출발하여 17시 30분에 아우랑가바드에 도착하기로 되어 있는데, 실제로 이륙한 것은 S24511편으로서 16시 46분이었다. 비행기 안에서 박홍광·차이분 씨 내외와 나란히 앉았는데, 알고 보니 그 둘은 퇴직공무원으로서 연금생활을 하고 있으며, 현재는 부산 화명동의 아파트에 살고, 하나 있는 아들은 서울에 있는데, 나와 비슷한 시기에 산청읍과 신등면의 경계에 위치한 척지리의 솔향기마을에다 236평의 땅을 구입해 두었고, 금년 3월경에 거기에다 새 집을 지어 이주할 계획이라고 한다. 부인의 동생이 거기서 래프팅 객을 상대로 하는 펜션을 운영하고 있는 모양이다. 척지리는 둔철산과 정수산의 경계지점에 있는 능선으로서 며칠 전에 내가 외송에서 등산 차 두어 차례 그곳으로 다녀온 적이 있다. 그들은 내 농장 곁의 관음사도 잘 알고 있었다.

아우랑가바드 공항에서 15~20분 정도 이동하여 R-3 Chikalthana Aurangabad에 있는 숙소 WELCOMEHOTEL: RAMA INTERNATIONAL에 도착하였다. 343호실을 배정받았다. 여기서 아잔타까지는 90~100km 거리이고, 엘로라는 훨씬 더 가까운 거리에 있다. 오후 7시 15분부터 석식을 들었다. 우리 일행 중 가장 나이가 많을 것이라고 짐작했던 세계 곳곳을 누비고 다니는 홍현옥 씨는 사실은 67세로서 나보다도 아래이고, 나와 의상디자인을 전공했다는 여교수 김지영 씨가 올해 69세의 동갑으로서 가장 연장자인 모양이다. 우리 일행 중에는 이미 은퇴하여 연금으로 생활하는 이가 많고, 초등학교·중학교·고등학교의 전·현직 교사가 네 명 있으며, 대학교수 출신은 두 명이다.

■■■■ 15 (일) 종일 희뿌연 하늘

우리가 어제 도착한 곳은 인도의 29개 주 중 하나인 마하라쉬트라 주의 주도 뭄바이였다. 우리가 이틀간 숙박할 곳은 아잔타·엘로라 여행의 기점인 이 주의 아우랑가바드인데, 이 이름은 무굴 제국의 황제 아우랑제브에서 나온 것으로서, 그는 1650~1670년에 걸쳐 이곳을 장악하였고, 또한 이곳에서 109km 떨어진 아흐메드나가르에서 최후를 맞았다.

마하라쉬트라 주는 인도 대륙의 중부에 걸쳐 폭넓게 펼쳐진 데칸고원을 바탕으로 하는 지역이다. 데칸고원은 마하라쉬트라뿐만 아니라 안드라 프라데쉬나 카르나타카 주의 대부분도 포함하고 있다. 그러나 마하라쉬트라 지역이 접하고 있는 데칸고원에는 다른 지역에 비하여 바위가 많다. 따라서 동굴도 많아 전국적으로 1,200여 개가 조성되어 있는 동굴사원들 중 1,000여 개가 이곳 마하라쉬트라 지역에 집중되어 있다. 인도 동굴사원들 중의 압권인 저 유명한 아잔타와 엘로라 동굴도 이 지역에 널려 있는 1,000여 개의 동굴 중 일부인 것이다.

17세기에 마하라쉬트라를 기반으로 일어섰던 마라타 세력은 당시 전 인도를 장악하다시피 했던 무굴제국에 비하면 훨씬 왜소한 세력이었다. 그러나 마라타 세력은 아우랑제브의 무굴 과 대적하여 독립을 유지해내어, 오늘날에 있어서도 인도 힌두인들의 자부심의 근원이 되고 있다.

오늘은 이번 여행의 백미인 아잔타·엘로라 석굴을 탐방하는 날이다. 오전 7시까지 집합하여 북쪽으로 2시간 정도 이동하여 8시 57분에 아잔타 동굴 입구에 도착하였다. 데칸고원 지역이라 나는 황량한 풍경일 줄로 짐작했었으나, 이동하는 도중의 차창 밖 풍경은 인도의 여느 시골과 별로 다름이 없었다. 들에는 사탕수수·옥수수·유채꽃·목화꽃 등이 눈에 띄었는데, 특히 목화밭이 많았다. 도중에 크리켓 놀이를 하는 젊은이들의 모습도 눈에 띄었다. 도착하자말자 장사꾼들이 몰려들어 도판 책이나 수정 등의 보석 혹은 조각품들을 구매하라고 줄기차게 달라붙었는데, 나는 그들로부터 정가가 $12인 『Our Colourful World in Ajanta & Ellora』라는 도판 책을 $5에 하나 구입하였고, 그곳을 떠날 때는 『Kama Sutra: the aphorisms on love』도 $4

에 한 권 샀다. 그곳 나무들과 길가에는 꼬리가 길고 얼굴이 검은 원숭이들이 많았다.

아잔타 동굴군은 BC 2~AD 7세기까지 900년의 세월에 걸쳐 조성된 것으로 알려져 있다. 29개의 아잔타 동굴군은 뒤이어 이루어진 엘로라의 것과는 달리 모두 불교 동굴들이다. 동굴 안의 벽화들은 심하게 훼손되기는 했으나 아직도 상당 부분이 남아 있는데, 그것은 사자의 출몰로 말미암아 이곳에 사람들의 출입이 끊어져 있었기 때문이라고 한다. 천년의 세월이 지난 후인 1817년에 인근에서 사냥을 즐기던 영국인 병사에 의해 우연히 발견되었던 것이다. 강물을 따라 말발굽 모양으로 형성된 절벽의 중간 부분을 뚫어 조성된 이곳의 동굴들은 하나의 바위를 깎아 들어가며 만든 것인데, 거의 조성된 순서대로 배열된 엘로라와는 달리 연대순으로 늘어서 있지 않다.

우리가 그 중 가장 먼저 조성된 10번 굴에 들어가니, 때마침 한국의 승려 10명이 그곳에 들어와 가사장삼 차림으로 염불을 하며 기도를 드리는 지라, 대표적인 동굴들인 16·17·19·26번 동굴을 먼저 둘러본 후 다시 10번 굴로 돌아왔고, 이어서 반대방향으로 나아가 2번과 1번 동굴을 관람하였다. 동굴에 들어갈 때마다 신발을 벗어야 하므로, 우리 일행은 호텔의 욕실에서 가져온 헤어 캡을 신발 밖에 착용하고서 걸어 나아갔다. 1번 동굴은 아잔타의 동굴들 중에서 가장 나중에 조성된 것 중 하나인데, 연꽃을 들고 있는 불가사의한 표정의 낯익은 보살 벽화를 이곳에서 볼 수 있었다.

아잔타 동굴 입장권을 파는 곳 부근에 있는 아잔타 레스토랑에서 점심을 든 후, 12시 57분에 아잔타 동굴을 출발하여 2시간 남짓 이동한 후 오후 3시 13분에 엘로라 동굴 입구에 도착하였다. 아우랑가바드에서 북쪽으로 29km 떨어진 위치에 있는 엘로라 동굴은 도로 부근의 평지에 위치해 있어 일찍부터 주민들이 동굴 안에 거주하였던 관계로 취사하는 연기 때문에 오늘날 벽화는 거의 다 손상되어 남아 있지 않고 조각과 건축 부분만 있는데, 아잔타의 경우보다도 오히려 더욱 웅장한 느낌을 준다. 이 역시 하나의 바위 언덕을 파고 들어가면서 조성한 것이다.

34개의 동굴사원들이 낫 모양을 형성하여 남북으로 뻗은 바위 언덕의 언저리에 자리하고 있다. 이 동굴들은 아잔타 동굴 군을 조성해 왔던 세력과 장인들이 7세기 초에 이르러 갑자기 이곳으로 그 대상지를 옮김으로써 시작된 것이다. 그 이유는 밝혀지지 않은 모양이다. 아잔타의 것이 대부분 불교 동굴로만 이루어져 있고 동굴의 배치도 시대 순으로 되어 있지 않은 데 반하여 엘로라의 것들은 불교뿐만 아니라 힌두교와 자이나교의 것들도 있고, 동굴들도 남쪽에서 북쪽으로 그 조성 시기와 종교에 따라 나뉘어져 있는 특징을 지니고 있다. 7세기 초에서 9세기에 걸쳐 조성된 불교 동굴들은 1~12번까지 번호가 붙어 남쪽 끝에서 북쪽으로 순서대로 연결되어 있다. 이 불교 동굴들에 이어 13~29번까지 번호가 붙은 힌두 동굴들이 이어져 있는데, 이 힌두 동굴들의 대부분은 10세기경에 이루어진 것이다. 북쪽 끝에는 자이나교의 동굴 5개가 있는데, 이들은 가장 나중인 11세기경에 조성된 것이다. 개중에는 수행자가 거처하던 방들도 있고, 미완성인 것이 많았다. 우리는 그중에서 1·2·5·10·16번 동굴만을 둘러보았다. 힌두 동굴인 16번이 하이라이트인데, 이 역시 TV를 통해 익히 보아 왔던 것으로서, 위에서부터 아래로 바위를 깎아내려가며 조성한 것이다. 16번 하나만 조성하는데 200년의 세월이 걸렸다고 한다. 김치우 씨의 말로는 자기가 사업 차 아우랑가바드를 방문하여 18년 전에 왔을 때는 이렇다 할 시설이 없었고, 이 두 동굴 군이 유네스코 세계문화유산으로 지정된 이후부터 비로소 관광과 보존을 위한 시설들이 들어선 듯하다는 것이었다.

엘로라 동굴들을 둘러보고 나오는 도중에도 계속해서 다가오는 장사꾼들의 강매에 못이기는 듯 『Colourful World Heritage, Ellora Ajanta』 『Ellora: A Book of 20 Picture Postcards』 『Khajuraho Sculptures: A Book of 20 Pictures』 책 세 권을 단 돈 $3에 구입하였다.

오후 5시 40분에 엘로라를 출발한 후, 한 시간 정도 후인 6시 35분에 아우랑가바드에 있는 간밤의 숙소에 도착하였다. 돌아오는 도중에 아우랑가바드에서 15km 떨어진 지점에 있으며, 엘로라로 가는 길목에 있는 커다란 성 다울라타바드(행운의 도시)를 지나치면서 버스의 유리창 너머로 바라보았다. 원추형으로 솟은 언덕 위에 완벽하게 요새화 되어 있는 성이었다. 14세기에 델리에 근거를 두었던 술탄 모하메드 투글라크가 남쪽으로 세력을 넓힌 다음, 델리로부터 이곳으로 수도를 옮겼다가 17년 후에 도로 델리로 돌아갔다는 곳이다. 당시 그는 델리의 주민들을 1,100km나 떨어진 이곳으로 이주시켰었다고 한다. 넓게 자리 잡은 퇴락한 성벽들이 뚜렷이 남아 있고, 1435년에 승리를 기념하여 세워졌다는 높이 60m의 전탑 찬드 미나르도 남아 있는데, 이는 델리에 있는 73m 높이의 쿠탑 미나르 다음 가는 높이라고 한다. 7시에 호텔 레스토랑에서 석식을 들었다.

■■■ 16 (월) 맑음

오전 5시 5분에 호텔을 출발하여 아우랑가바드 공항으로 향했다. 공항 구내에서 도시락으로 조식을 때웠다. 오늘은 비행기 일정이 제대로 돌아가 Jet Airway의 9W0355편 첫 비행기를 타고서 일정표에 적힌 대로 06시 50분 무렵에 출발하여 예정된 07시 40분보다 빠른 07시 24분에 뭄바이의 Chhatrapati Shivaji 국제공항에 도착하였다. 차트라파티 시바지(지는 존칭)는 마라타의 마하라자로서 무굴제국과의 전쟁에서 혁혁한 공을 세워 이 왕국의 역대 왕들 가운데서 가장 유명한 인물이다. 공항 진입로에 그의 동상이 세워져 있다.

우리가 일찍 도착하기는 했지만 아무리 기다려도 예약해둔 대절버스가 오지를 않으므로, 버스 회사 측과 연락해 보니 기사와의 사이에 시간 약속의 차질이 있었던 모양이어서 다른 버스를 불러 9시 반 무렵에야 비로소 이동할 수가 있었다. 버스를 기다리며 공항 구내의 커피숍에서 커피를 마시다가 일행 중 이화여대 출신으로서 전직 약사인 정의홍 여사로부터 들었는데, 최성희 씨가 발목을 삔 이후로 이동할 때 늘 가이드와 인솔자의 부축을 받을 뿐 아니라 식사도 늘 그들과 함께 하고 간밤에는 술자리까지 함께 한 모양인데, 엊그제 정 여사가 인솔자에게 컴플레인을 했다고 한다.

한 시간 반쯤 이동하여 근년에 놓인 기나긴 사장교를 건너서 섬으로 들어간 후, 도비가트 즉 집단 빨래터를 보러갔다. 최하층 카스트인 수드라가 직업적으로 빨래를 하여 생계를 영위하는 곳이다. 가족 전체가 이 일에 종사하는 모양이다. 각자가 빨래하는 장소를 칸으로 구획지어 놓았고, 그 주변 일대에 빨래 마친 세탁물들이 잔뜩 널려 말려지고 있었다. 인도의 직업 중에는 직장인들에게 도시락을 배달해주는 것도 있다고 한다.

뭄바이의 거리에서는 현대차가 훨씬 더 많이 눈에 띄었다. 택시 중에는 현대차가 가장 많은 듯하다. 택시 중 사이드미러가 아예 없거나 한쪽만 단 채 거리를 달리는 모습도 심심치 않게 볼 수 있고, 개중에는 사이드미러를 접어두고서 운행하는 차도 있었다. 곳곳에서 교통정체가 계속 되어 차량들이 굼벵이 걸음을 하므로 이 도시의 심각한 교통난을 실감할 수 있었다. 2층 버스도 한 대 눈에 띄었다.

다시 40분 정도 이동하여 19 Laburnum Rd.에 있는 마니 바반을 보러 갔다. 인도의 國父인 M. K. 간디가 1917년부터 1934년까지 17년간 뭄바이에 있을 때 머물던 곳으로서, 여기서 1919년에 사탸그라하를, 1932년에는 시민의 불복종 운동을 일으켰던 곳이다. 3층 건물인데, 1·2층은 사진과 유물 및 조각들이 진열되어 있고, 그 중 1층은 도서실로서 4만여 권의 장서를 소장하였다. 2층과 3층에는 각종 사진과 디오라마를 전시하였으며, 3층에 간디가 사용하던 물레들이 있는 방이 있었다. 물론 이 집은 간디 자신의 소유물은 아니었다.

정오까지 1층에 다시 집결하여 식당으로 이동하였다. 도중에 이 도시의 명소인 마린 드라이브를 경유하였다. 길의 동쪽으로는 고급 아파트들이 늘어서 있고, 서쪽으로는 Back Bay가 펼쳐져 있는 곳인데, 말발굽 모양의 해변에는 긴 백사장도 있었다. 점심을 든 곳은 25, Off Arther Bunder Road, Colaba에 있는 Fariyas Hotel의 레스토랑이었다. 이 식당이 있는 꼴라바 지역은 뭄바이의 중심이라고 불릴 수 있는 곳으로서, 역사적으로 유명한 건축물들은 대개 이 부근에 밀집되어 있다. 식사 중에 김치우 씨로부터 인도의 영토가 중국의 1/3 밖에 안 된다는 말을 들었다.

식사를 마친 후 해변 길을 걸어서 유명한 타지마할 호텔을 보러갔고, 그 맞은편 바닷가에 있는 Gateway of India도 보았다. 후자는 1911년 황태자 시절이었던 영국의 조지 5세와 그의 부인이 뭄바이를 방문한 것을 기념하여 지은 구조물로서 1924년에 완성되었다. 인도가 배를 통하여 유럽과 연결되었던 때의 도선장에 위치한 것이다. 개선문 비슷한 구조인데, 규모는 더 크다. 그 광장에서 차트라파티 시바지(시바 차트라파티)와 스와미 비베카난다(1863~1902)의 동상을 보았다. 비베카난다는 1893년 5월 31일에 미국으로 건너갔다고 적혀 있었다.

타지마할 호텔은 그 모양이 아그라의 타지마할과 닮았다 하여 이런 이름이 붙었으며, 약 100년 전에 인도의 문보다도 먼저 세워진 것이다. 현재는 타타 회사가 소유하여 타지 그룹의 일부를 이루고 있다. 스위트룸이 40개 정도에다 식당이 11개 있는 최고급 호텔인데, 그 옆에 현대식의 새로운 별관 건물도 하나 세워져 있다. 2008년에 테러리스트가 이 호텔에 침입하여 여러 명이 살해된 사건이 일어나기도 했다.

오후 2시 20분에 집합하여 또다시 걸어서 10분쯤 걸리는 거리에 있는 웨일즈 왕자 박물관을 보러 갔다. 인도-사라세닉 양식의 3층 건물인데, 1914년에 지어진 이 건물은 후일 조지 5세가 된 웨일즈 왕자의 인도 방문을 기념하여 지은 것이다. 드넓은 정원의 한쪽에 '뭄바이 박물관'이라고 쓰여 있는 것을 보니 이 도시를 대표하는 박물관임을 알 수 있었다. 그러나 오늘날 공식적으로는 'Chatrapati Shivaji Maharaj Vastu Sangrahalaya'라고 하고 그 아래에 'Formerly The Prince of Wales Museum of Western India'라고 적혀 있다. 내부는 미술관과 박물관, 그리고 자연관의 세 부분으로 나뉘어져 있는데, 규모가 그다지 커보이지는 않았다. 한 시간을 관람한 후 3시 45분에 다시 집합하였다. 그 정문 부근에서 장사꾼 할머니로부터 공작새 꼬리털로 만든 부채를 $40 부르는 것을 $20로 깎아서 사려고 하였는데, 가이드인 비카스가 그런 것은 $5만 주면 살 수 있다고 하므로 새로 흥정하다가 차가 떠나게 되어 그만두고 말았다.

마지막 순서로서 차를 타고 이동하여 유네스코 문화유산으로 지정된 빅토리아 터미너스 기차역을 보러갔다. 과연 고색창연하고 웅장한 건축물이었다. 웨일즈 왕자 박물관과 빅토리아 역은 현재는 국제공항과 마찬가지로 모두 마라타 왕국의 가장 유명한 왕 차트라파티 시바지의 이름이 붙은 새 명칭으로 바뀌어져 있다.

　뭄바이 시내 관광을 마치고서 차로 2시간쯤 이동하여 6시 7분에 Andheri-Kurla Road, Andheri(E.)에 있는 Kohlinoor Continental 호텔에 도착하여 B Wing의 503호실을 배정받았다. 인천으로 돌아가는 항공편 시간이 늦기 때문에 호텔에서 몇 시간 동안 머물며 Wash & Change를 하기 위해서이다. 이리로 오는 도중에 전 세계에서 개인의 저택으로서는 가장 비싸다고 하는 릴라이언스 그룹 회장의 집 앞을 지났다. 여러 층으로 되고 커다란 기둥들이 받치고 있는 서양식 빌딩이었는데, 아들 두 명을 포함한 일가족 4명이 거주하며 종업원은 수백 명이라고 한다.

　호텔에서 샤워를 마친 후 석식을 들고서 오늘의 일기를 입력하였다. 오후 10시까지 호텔 방에 머문 다음, 대한항공의 KE656편을 타고서 다음날 02시 30분에 뭄바이를 출발하여 13시 10분에 인천에 도착하게 된다. 일행 중 최성희 씨는 뭄바이공항에서 델리로 향하게 되고, 진주 출신으로서 부산으로 시집간 후 중년의 나이가 되도록 거기서 살고 있는 양금숙 씨는 인천에서 부산 쪽으로 환승하게 된다. 티케팅을 하여 65A게이트에 도착한 다음, 탑승이 시작될 때까지 호텔에서 써둔 일기를 퇴고하였다.

다낭·호이안·후에

4월

■■■ 2017년 4월 18일 (화) 맑으나 저녁 한 때 부슬비

우리 내외는 오늘 오후 5시에 신안동의 운동장 1문 앞에 집결하여 22일까지 베트남 여행을 떠난다. 회옥이도 어제부터 22일까지 남아프리카공화국을 여행 중인데, 어제 케이프타운에 도착했다. 이번 베트남 여행은 지리산산악회의 대표 정주석 씨가 모객하고 진주시 신안로 97(2층)에 있는 여행누리여행사가 실무를 맡은 다낭·호이안·후에 3박5일 일정인데, 참가자는 트윈룸 10개에다 싱글 룸을 쓰는 정씨까지 포함하여 총 21명이다. 정씨의 말에 의하면 지리산산악회는 창립한 지 26년째 되어 진주에서 웬만한 사람은 다 안다고 하는데, 등산 경력이 그 정도 되는 나로서는 전혀 생소하여 「경남일보」의 광고를 보고서 신청했을 때는 내가 잘 아는 강덕문 씨의 지리산여행사 상품인 줄로 알았다. 이 산악회는 약 10년 정도 신문광고를 내지 않다가 최근에야 비로소 내기 시작했다고 한다. 카톡을 통하여 회옥이는 오늘 케이프타운의 테이블마운틴에 오름을 알았다.

정씨는 올해 61세로서, 이번 여행의 참가자 중 우리 내외를 제외한 나머지 일행은 모두 평소에 잘 아는 사람들이며 동생벌이라고 한다. 그러고 보면 우리 내외가 가장 연장자인 셈이다. 그는 고향인 함양에 몇 만 평의 산을 소유하고 있어 산양삼 농사를 크게 짓고 있는 모양이며, 평소에는 진주에서 밤부터 새벽까지 영업하는 민들레식당이라는 이름의 주점 겸 식당을 경영하는데, 손님이 많아 1년에 1억5천만 원 정도의 수익을 올리며, 딸에게도 같은 이름의 식당을 따로 하나 차려주었다고 한다.

우리 내외는 베트남(越南) 북부의 하노이(河內)·하롱베이(下龍灣)와 남부의 호치민(胡志明)은 이미 다녀왔기 때문에 중부 지방의 이번 여행을 끝내면 사실상 베트남의 주요 관광지는 거의 두른 셈이 된다. 아내는 2009년 9월에 뇌졸중으로 쓰러진 후 해외여행은 이번이 8년 만에 처음인데, 앞으로는 내가 가는 곳 어디든지 따라가겠다고 한다.

우리가 탄 대절버스는 김해공항 부근인 부산시 강서구 대저2동 1993번지에 있는 조방낙지&김영희 동태찜·탕이란 상호의 식당에 들러 낙지볶음으로 석식을 든 후 공항으로 이동했다. 우리가 탈 비행기는 JIN AIR의 LJ075로서, 22시 05분에 김해국제공항을 출발하여 00시 35분에 베트남의 다낭(峴港)국제공항에 도착하는 것으로 되어 있다. 베트남 시간은 태국과 같아 한국보다 2시간 늦다고 하니 비행에 4시간 30분이 소요되는 셈이다. 아내는 그 때 이후 인공심장박동기(Pace Maker)를 달았기 때문에 전자파를 받으면 안 되므로, 일반 검색대가 아니고 가장자리에 위치한 별도의 검색대를 통과하여 나와 함께 입장했다. 5번 게이트에 도착하여 탑승이 시작될 때까지 오늘의 일기를 대충 기록해 둔다. 내게 배정된 좌석은 50A, 아내는 51F였는데, 탑승한 후 아내 좌석을 바꾸어 내 옆의 50B로 왔다. 비행기는 지연되어 실제로는 10시 30분에 이륙했다.

■■■ 19 (수) 맑음

다낭에는 오전 1시에 도착했다. 입국 수속을 마친 후 현지 가이드인 운동선수처럼 건장한 체격에 다소 나이 들어 보이는 노형우 씨와 베트남인 가이드 껑(끄엉?)의 영접을 받아 흰색의 현대 산 대절버스를 타고서 10분쯤 이동하여 119 3/2 Street, Thuan Phuoc Ward, Hai Chau District에 있는 준특급 4성의 Stay Hotel에 들었다. 지하층 및 프런트가 있는 G층과 그 위의 레스토랑이 있는 M층을 제외하고서 17층인 고층건물이었다. 우리 내외는 10층의 1006호실을 배정받았다. 창문을 열면 바로 앞에 베트남 중부의 최대 도시인 다낭 시내를 관통하는 한 강(漢江)이 내다보인다.

이 호텔에서 오전 7시까지 취침하였는데, 오전 몇 시간 동안만 호텔에 머문지라 1박에 포함되지 않는 줄로 알고서 샤워도 하지 않고 속옷도 갈아입지 않았으나, 알고 보니 이것이 베트남에서의 3박 중 하루였다. 조식을 마친 후 오전 9시 30분에 출발하였다. 이 호텔 엘리베이터의 버튼들 옆에 한글이 적혀 있고, 식당 손님들도 한국 사람이 가장 많았다. 다낭에는 한 해에 천만 명 정도의 관광객이 방문한다고 하는데, 그 중 중국인이 절반 정도를 차지하는 모양이다. 한국 관광객의 시즌은 이미 끝났으나, 최근 사드 문제 때문에 중국과의 관계가 악화되어 중국으로 갈 한국 손님들이 동남아시아로 몰리고 있는 사정도 있어서 가는 곳마다 한국인이 북적였다.

정씨는 환전할 필요가 없다고 했으나 떠나기 전 호텔에서 시험 삼아 $10을 베트남 돈으로 환전하였더니 22만 동이었다. 베트남 날씨는 한국의 한여름에 해당하는 데다 강과 바다가 가까이에 있으므로 습도가 높아 후덥지근하다.

다낭은 중부 관광의 주요 거점으로서 대형 선박이 드나드는 항구가 있으므로, 예로부터 동서무역의 요충 역할을 해왔고, 2~15세기에는 강대한 참파왕국의 거점지이기도 했다. 캄보디아의 앙코르와트에 가면 벽면 조각에서 참파가 당시 동남아시아의 맹주였던 크메르의 수도 시엠리압을 제압하여 일시 지배한 흔적과 그 전투의 모습을 볼 수 있다. 베트남 전쟁 당시에는 미군의 최대 기지로서 제1 해병사령부가 주둔했고, 한국 해병대의 청룡부대가 주둔하기도 했으나, 지금은 그 흔적이 별로 남아 있지 않다. 다낭은 8년 전부터 국가의 계획 하에 집을 짓기 시작하여 도시가 비교적 깨끗해 보인다. 한국에서 하루에 14대의 비행기가 오가고 있다 한다.

베트남은 근세에 98년간 프랑스의 지배를 받았다. 정식 국호는 베트남사회주의공화국이며, 인구는 1억6백만 명 정도, 오토바이 보유 대수는 2억4천만 대라고 하는데, 폐차 제도가 없으므로 사실상 인구 1인당 한 대 정도의 오토바이를 소유하고 있다고 보면 된다. 승용차는 최근 한국의 기아 차가 가장 인기라고 하는데, 너무 고가품이라 가진 사람이 별로 많지 않다.

우리는 일정을 좀 바꾸어 먼저 선짜 비치를 경유하여 靈應寺라는 절을 방문하였다. 그리로 가는 도중의 모래사장이 있는 해변은 남부의 호이안(會安)까지 28km나 이어진다고 한다. 해안 가 바다에 조그만 배들이 잔뜩 정박해 있고, 모래톱 위에는 TV에서 자주 본 대나무로 만든 동그란 배도 많이 세워져 있었다. 바다에 떠 있는 배들 중에도 보통보다는 가로가 훨씬 넓어 둥글게 보이는 것들이 있었다.

영응사는 바닷가의 높다란 언덕 위에서 선짜 비치를 내려다보는 위치에 있고, 흰색의 초대형 海水관음보살상으로 특히 유명하다. 대웅전에 해당하는 법당 내부에 무기를 들고 갑주를 입은 장군들이 늘어서 있고, 여기저기서 흔히 보아 온 배가 불룩하고 신선처럼 생겼으며 웃는 얼굴을 한 부처(미륵불?)의 좌상도 있어 도교적 분위기를 느끼게 하였다. 절이나 역사 유적 같은 곳에 가면 어김없이 눈에 띄는 문자의 거의 전부가 한문이어서 이 나라가 1,000년 이상의 오랜 기간 동안 중국의 지배를 받은 역사를 지니고 있음을 알 수 있다. 그러나 현재는 중국과의 관계가 가장 나쁘다고 한다.

법당 앞뜰에는 대리석으로 만든 나한상과 대형 분재들이 많이 늘어서 있었다. 해수관음보살은 항구도시 다낭을 지키는 수호성인인 모양인데, 이곳까지 포함하여 모두 세 곳에 있다고 한다. 절 이름에서도 영험하기로 소문난 이 보살의 신통력을 짐작할 수 있다. 베트남의 불교는 동남아에서 유일하게 대승불교여서, 한문 문구 중에도 禪 등의 글자가 보였다.

영응사를 떠난 다음 37 Morrison St.에 있는 Green Spa & Massage로 이동하여 젊은 아가씨로부터 90분간 전신마사지를 받았다. 아시아는 어느 나라든 관광객이 가는 곳마다 이런 마사지 코스가 있는데, 나는 언제나 아프기만 할 뿐 좋은 줄은 전혀 모르겠다. 가이드의 말에 따라 1인당 $3씩의 팁을 주었는데, 아내 등은 시원하다면서 아주 만족해하며 한국에서라면 10만 원짜리라고 했다. 마사지를 마친 다음 106 Le Manh Trinh에 있는 한국관에 들러 동태찌개로 점심을 들었다.

점심을 든 후 남쪽으로 40분 정도 떨어진 거리에 있는 호이안으로 이동하였다. 도중에 베트남 전쟁 당시 미군과 한국군의 주둔지가 있었던 곳 부근을 지났는데, 미군 주둔지가 지금은 골프장으로 변해 있고 그 주변이 최고급 호텔지구로 변해 있었다. 다낭과 그 주변 일대는 베트남 전쟁 당시 최대의 격전지였던 것이다.

가는 도중에 五行山에 들렀다. 신앙의 땅으로서 시민들의 믿음을 받아온 곳인데, 수·화·목·금·토의 나지막한 다섯 개 산으로 이루어져 있다. 대리석으로 되어 있어 마블 마운틴이라고도 불린다. 우리는 그 중 水行에 해당하는 투이손에 들렀는데, 뜻밖에도 산에 오른다기보다는 기기묘묘한 모양으로 얽히고설킨 동굴 내부 탐사였다. 긴 돌계단을 계속 올라가니 그 끄트머리가 바깥으로 트여 있어 다른 산들과 산기슭에 펼쳐진 마을의 모습을 바라볼 수 있었다.

호이안 교외 지역에 도착하여 Thanh Tam Dong-Cam Thanh에 있는 Coconut City라는 시골 마을에서 $30 옵션으로 Basket Boat라는 예의 그 동그란 대나무 배를 타는 체험을 했다. 그러나 아내는 겁이 많아 배를 타고 싶지 않아 하고 나도 별로 흥미가 없어서 우리 부부만 빠져 출발 장소에서 가이드가 갖다 준 야자열매 주스를 마시며 시간을 보냈다. 일행이 찍어온 동영상으로 보건대 2인 1조로 탄 배에서는 사공이 선 채로 양쪽 발로 배를 심하게 흔들어대는 쇼도 보여주었던 모양이다. 이 강은 호이안을 관통하는 투본 강의 지류인 모양인데, 물빛이 흙탕물처럼 검게 흘렀다.

유네스코 세계문화유산으로 지정되어져 있는 복고적인 도시 호이안에 도착하였다. 다낭으로부터 남동쪽으로 약 30km, 투본 강 하구에 위치해 있는데, 그 옛날 참파 왕국으로부터 근세의 응우엔(구엔, 阮) 왕조에 이르기까지 중국, 인도, 이슬람 세계를 연결하는 국제적인 무역항 구실을 했던 곳이다. 참파의 대표적 유적지인 미선도 호이안에서 서남쪽으로 약 30km 떨어진 위치의 밀림 속에 있는데, 일반 관광객은 그런 곳에 별로 관심이 없기 때문인지 우리는 가지 않는다. 호이안에는 16~17세기에 일본 무역상들도 드나들었고, 일본인 마을이 생겨나기도 했다. 전성기에는 천 명 이상의 일본인이 살았다고 하는데, 江戸幕府의 쇄국정책으로 마을이 쇠퇴하여 현재는 당시의 모습이 거의 남아 있지 않다. 그 옛날 호이안은 동남아의 대표적인 무역도시로서 다낭보다도 규모가 더 컸다고 하는데, 프랑스에 의해 국제항의 기능이 호이안에서 다낭으로 옮겨져 오늘날은 그다지 크지 않은 소도시의 모습을 지니게 된 것이다.

베트남 남부 지역은 1년에 4모작을 한다는데, 이 일대는 3모작인 모양이다. 호이안에서 대절버스가 喪家 앞을 지날 때 상복 입은 사람들의 모습을 보았다. 흰색 전통 옷을 입고 머리에 흰 띠를 두른 사람들이 보였고 검은 옷을 입은 사람도 있는데, 상주는 검은 색 전통복장에다 머리에 흰 띠를 두른다고 한다. 祭主는 여자가 되는 모양이다. 이 나라에서는 여권이 강해서 공산당원도 40%가 여성이라고 한다. 시내에서 눈에 띈 학교들에는 모두 운동장이 없었다.

우리는 도시를 관통하는 투본 강가에서 하차하여, 구도심의 중심부를 산책하였다. 먼저 일본교라고도 불리는 來遠橋에 들렀다. 가장 유명한 장소로서, 1953년에 일본인이 세웠다는 목조 지붕이 있는 다리이다. 예전에는 이 다리가 일본인 거리와 중국인 거리를 연결했다고 한다. 지금은 유료인지 다리 입구에 검표원들이 지키고 있었다. 내부에 關雲長의 사당이 있는 중국 廣東省 출신자들의 집회소인 廣肇會館, 세계문화유산으로 지정되어져 있다는 중국식 목조 가옥 턴키(進記)의 집, 관광안내소 옆에 있는 문화박물관(Museum of Folk Culture) 등을 둘러보았고, 그 앞의 유람선선착장 부근에서 $10 주고서 알록달록한 색깔의 해먹 하나를 구입하기도 했다. 호이안 산책 도중에 가이드가 베트남 여성들이 쓰는 삼각형 전통 모자인 농을 사서 손님 각자에게 하나씩 나누어주었다.

유람선을 타고서 20분 정도 폭이 넓은 투본 강을 유람하여 도자기마을에 들렀다. 먼저 To 25, Khoi 5, Phuong Thanh Ha에 있는 94세 Son Thuy 할머니의 공방에 들렀는데, 우리가 갔을 때는 그 큰딸이 도자기 만드는 모습을 보여주었다. 이 마을 전체가 도자기 공방 겸 판매장인 셈인데, 그 근처의 다른 점포에 들렀을 때는 우리 각자의 띠에 따라 만들어진 조그만 피리를 하나씩 선물받기도 했다. 나는 물소, 아내는 말의 모양이었다. 도자기 마을에서 집집마다 전기 촛불이 켜진 神堂이 하나씩 있는 모습을 보았다. 베트남 사람들은 미신을 많이 믿고, 또한 조상신에 대한 숭배심이 강한 모양이다. 잭프룻이 열린 집 앞을 지나가기도 했다.

12 Ba Trieu St.에 있는 한자로는 會安酒家라는 간판이 내걸리고 알파벳으로 Le Ba Truyen II, Garden이라고 쓰인 커다란 식당에서 베트남 전통

음식으로 석식을 들었다. 식당 분위기도 그렇고 음식도 다소 중국식이라는 감이 들었다. 후식으로서 가이드가 열대과일인 망고와 龍果(Dragon Skin)를 많이 사와 내놓았다.

식사를 마친 다음, 오후 7시 17분부터 8시 30분까지 야시장을 산책하였다. 제법 긴 다리를 건넌 수로 너머로 내원교와 광조회관이 바라보이는 곳이었는데, 시장의 규모가 꽤 컸다. 아내는 자신과 장모 및 처제를 위해 슬리퍼 세 개를 샀고, 나는 목이 짧은 등산화를 신고 왔으나 다소 더운 듯하여 109 Tran Phu에 있는 상점에서 가죽 샌들 하나를 $20 주고서 샀다. 모양은 세련되었으나 신어보니 역시 발가락 거는 부분이 아파 양말을 껴 신고서 다시 신으니 다소 나았다. 처음 헤어졌던 곳 부근의 맥주 집에서 모여 대절버스 있는 곳으로 돌아와 다낭까지 밤길을 40분 정도 달렸다. 다낭에서는 C2-17-18 Pham Van Dong, An Hai Bac-Dn에 있는 Kuahang Han Quoc Korea라는 상호의 한국 상품을 파는 마트에 들렀는데, 나는 거기서 질렛 마하3 면도기와 그 날 4개 들이 한 케이스를 구입하였다.

■■■ 20 (목) 찌는 무더위

오늘은 다낭에서 후에로 이동하는 날이다. 오전 9시 반 무렵에 Stay 호텔을 떠났는데, 후에까지는 갈 때 3시간 돌아올 때는 2시간 반 정도 걸린다고 한다. 가이드의 말에 의하면, 길거리에 보이는 사람의 2/3 정도는 여자라는 것이었다. 베트남을 비롯한 캄보디아·태국 등이 모두 모계사회로서, 베트남에서는 여자 수가 남자보다 400만 명 정도 많으며, 여자가 가족 부양의 책임을 진다. 그러므로 베트남 여성은 억척스러운 반면 자기주장이 강하다. 베트남 여성과 국제결혼 한 한국 남자가 120만 명 정도 된다고 하는데, 이러한 문화 차이 때문에 부부 관계가 원만치 못한 경우가 많은 모양이다. 여자는 어제 우리가 받은 삿갓 모양의 모자를 쓰며, 남자는 한국의 갓 비슷한 모양의 모자를 쓴다. 가이드 노형우 씨는 먼저 자기가 형님이라고 부르는 사람이 경영하는 라텍스 판매점으로 우리를 인도하였는데, 그 형님도 베트남 여성과의 결혼은 한사코 만류하는 형편이라고 한다.

다낭은 인구 110만 명으로서 호치민과 수도인 하노이, 무역항인 하이퐁에 이어 베트남에서 네 번째 가는 큰 도시이며, 다섯째가 메콩 강 하구에 위치한 어항인 껀토인데, 이 나라의 행정 구역은 이들 5개 도시와 56개의 성으로 이루어져 있다. 1975년에 통일된 이후로도 남북 간의 경제력 차이는 커서 8 대 2의 비율로 남쪽이 더 잘 사는데, 그런 까닭에 남북 간의 사이는 여전히 좋지 않다. 그러나 유능한 젊은 인력이 많고 풍부한 자원을 보유하였기 때문에 앞으로 경제적으로 크게 발전할 가능성이 있다고 한다. 이 나라는 대가족 문화를 지니고 있고 가족 간의 연대가 매우 끈끈하다.

우리는 사장교를 건너 13년 전에 베트남 여성과 결혼했다는 한국 남자가 경영하는 G.D LATEX에 들렀다. 한 방으로 인도되어 그 남자가 설명하는 국제결혼 및 베트남의 현황, 그리고 제품 설명을 들었는데, 그의 말에 의하면 한국에서 유통되는 라텍스 제품 대부분이 천연 고무를 사용하지 않고 합성해서 만든 가짜라는 것이었다.

그곳을 나온 후 26 Quang Trung-Hai Chau(다낭시 하이자우군 광쭝 26번지)에 있는 독도라는 이름의 한국식당에 들러 정오도 안 된 시간에 갈비찜(불갈비)으로 점심을 들었다. 식사를 마친 후 북쪽으로 이동하여 다낭과 후에 지역의 경계를 이루는 하이반 고개에 다다랐다.

이는 좁다랗고 높은 산맥의 능선 부분인데, 하이반은 두 해변이라는 뜻으로서 이 고개에서는 다낭 쪽의 미케비치와 후에 쪽의 랑꼬비치가 서로 반대 방향으로 각각 바라보인다 하여 그런 이름이 붙었다. 역사적으로는 월북과 캄보디아의 경계를 이루는 지점이었다. 가이드는 참파왕국을 北크메르라고 부르고 있었는데, 그것은 참파가 인도네시아의 참 족에서 유래한 것이라는 설과 크메르가 남북으로 분열한 이후의 북쪽 국가라는 설이 양립해 있기 때문이라고 한다. 어쨌든 이 산맥으로부터 아래쪽 땅은 역사적으로 중국의 오랜 지배를 받았던 북부 베트남과는 달리 캄보디아의 영토에 속해 있었는데, 프랑스 지배 당시 베트남 측이 총독에게 설득해 통치 상의 필요에 따라 동남아시아의 긴 해안 일대를 하나의 행정구역에 속하도록 개편해 두었던 것이다. 그 때문에 해방 후 남부의 23개 성이 오늘날 베트남의 영토로 속하게 되어 세계에서 칠레에 이어 남북으로 두 번째로 긴 기이한 국토 형태를 이루게 된 것이다. 이후로도 옛 참파 문화의 영향이 컸던 중남부 지역에는 힌두교의 영향이 짙게 남아 있다. 그러한 역사적 이유와 해방 이후의 여러 가지 사정 등으로 현재 베트남과 캄보디아는 관계가 매우 좋지 않다. 캄보디아의 대표적 관광지인 앙코르와트의 입장료 대부분을 베트남 기업이 차지하고 있으며, 거기서는 캄보디아의 국가도 불러서는 안 되는 상황이라고 한다.

베트남 전쟁 때는 공산군과 미군 측이 이 고개를 두고 사투를 벌여 12,000 명의 미군이 희생되었으며, 한국의 해병대가 2박3일만에 빼앗았다가 연합군이 보름 만에 다시 베트콩에게 빼앗기기도 했다고 한다. 그 싸움에서 한국군은 27명이 희생되었다. 언덕 위에 *海雲關*이라고 쓰인 벽돌로 만든 성문과 성터의 유적이 남아 있고, 고개의 상점에서는 진주 등의 보석과 더불어 담배를 팔며 서비스로 커피를 제공하고 있었다. 여기서 파는 담배는 한국의 ESSE, 일본의 마일드세븐이 최근에 이름이 바뀐 MEVIUS, 그리고 말보로 등의 양담배였는데, 가격이 매우 싸서 원조품으로 도입된 것을 되파는 것이라는 말도 있다. 우리가 통과해 온 지그재그로 난 자동차 도로 외에 지하에는 일본이 건설한 길이 6.4km의 터널도 있고, 기찻길도 보였다.

하이반 고개를 벗어난 후 평야 지대를 꽤 오랜 동안 달려 오후 3시경에 마침내 후에 시내의 왕궁 앞에 도착하였다. 1802년부터 1945년까지 존속했던 응우엔 왕조의 정궁이다. 이 나라 말로 다이노이라고 하는데, 아마도 한자로는 *大內*가 아닐까 싶다. 그 앞을 흐르는 강은 흐엉 강이라고 하는데, 한자로는 *香江*이다. 후에의 한자 이름은 가이드도 모르고 아무데서도 눈에 띄지 않았다. 여기서도 눈에 띄는 문자는 어김없이 한문인데, 그곳을 벗어나면 한자는 전혀 찾아볼 수 없고 알파벳 글자 뿐이다. 북부 베트남은 1,000년 이상 중국의 직접 통치를 받거나 중국 문화의 강한 영향 속에 있었는데, 한자를 모방한 복잡한 획의 쯔놈이라는 문자를 만들기도 했으나, 프랑스 지배 당시인 1867년부터 알파벳을 채용한 표음 문자로 바꾼 것이다. 알파벳의 아래위에 복잡하게 찍힌 부호들은 이 나라 말의 여섯 개 성조를 표시하는 것이다. 오늘날 한글 전용을 주로 한 한국의 문화정책도 베트남의 전례를 따라가는 듯한 느낌이 든다.

우리는 붉은 바탕 가운데에 노란 별 하나가 그려진 이 나라의 대형 국기가 계양되어 있는 플래그 타워 부근에서 젊은 여성이 운전하는 전동카를 타고서 이동하여 왕궁 안으로 들어갔다. 왕궁 안에서는 파우라는 이름의 한국어가 꽤 유창하고 유머가 있는 다른 가이드가 우리 팀과 또 다른 한 팀의 안내를 맡았다.

응우옌 왕조는 응우옌 푹 안(후의 가륭제)이 프랑스의 협력을 얻어 건국한 것인데, 2대인 민망(明名) 왕 때 전성기를 이루며, 5·6대 왕은 권력투쟁으로 말미암아 등극한 지 며칠 혹은 몇 달 만에 암살되었고, 그 한 해 동안에 새로 등극한 7대 왕 때인 1858년부터 사실상 프랑스의 식민지로 되어 13대 왕까지 존속하였다. 1804년에 국호를 베트남(越南)이라고 정했으니, 오늘날까지 지속되는 이 나라의 이름이다.

우리는 해자를 건너서 廣德門을 통과해 성벽의 동서남북에 있는 네 개의 문 중 남쪽 정문인 午門을 지나서 이 궁전의 중심건물인 太和殿으로 나아갔다. 午門이나 太和殿은 모두 북경의 자금성에도 있는 것이니, 전체적으로 자금성을 모방한 것이나 규모는 훨씬 작다. 약 600m인 왕궁 주변은 높이 5m의 성벽으로 둘러싸여 있는데, 베트남 전쟁으로 황폐해졌으나 한국 등의 도움을 받아 점차 복구 중에 있다. 태화전 앞뜰의 양쪽 끝에는 비석 모양의 품계석이 놓여 있었으나 한국의 것과는 많이 달랐다. 다이노이는 1993년부터 유네스코 세계문화유산으로 등재되었다.

우리는 태화전 뒤편에 있는 이 궁전 안에서 가장 높은 3층 건물로서 조선 왕조의 종묘에 해당하는 현임각으로 가보았다. 실내에까지 들어가 볼 수 있었고, 내부에 각 황제(왕이라고도 한다)의 위패가 안치되어 있는데, 143년에 걸쳐 재위한 13명의 왕 중 10명만을 제사하고 있다. 5·6대 왕은 암살되었고, 또 한 명은 프랑스로 가서 죽었기 때문이다. 조선의 세종대왕쯤에 해당하는 제2대 민망왕은 왕비가 500~600명에 142명의 자녀를 두었다. 스스로 약을 제조해 복용하였는데, 그것이 정력제라는 말도 있어 지금도 그 비법에 따라 제조한 것이라는 술이 시중에 유통되고 있다. 가장 재위기간이 길어 36년간 통치하였던 제4대 뜨득 황제는 재위 중에 스스로 자신의 왕릉을 지어 그것을 별장처럼 사용하였는데, 그에게는 자식이 없었다. 아마도 그것이 후계문제를 둘러싸고서 큰 갈등을 초래한 원인이 되었는지도 모르겠다. 개중에는 7세에 즉위하여 16세에 서거한 어린 왕의 위패와 사진도 있었다. 그 왕은 프랑스에 의해 아프리카로 귀양 가 죽었으나, 사후에 그 시신을 다시 모셔온 것이라고 한다. 궁전 안에 모양은 코스모스와 똑같으나 노란 색깔의 꽃이 여기저기에 많이 피어 있었고, 결혼식 때 반드시 있어야 한다는 양을 상징하는 檳榔나무와 그것을 감고 올라가는 음을 상징하는 또 다른 나무도 보았다.

4시 5분 전까지 집합장소로 집결하여, 다음 목적지인 후에 시내에서 남쪽으로 약 10km 떨어진 위치에 있는 제12대 왕 카이딘의 능으로 갔다. 1920년부터 사후 6년이 지난 1931년까지 12년 동안 조성한 왕릉인데, 비스듬한 언덕 위에 계단식 직사각형으로 조성된 것으로서 가장 위층의 正殿인 啓成殿 안에는 색유리 모자이크 장식이 화려하고 그 옆 작은 방의 사방 벽에 황제의 생시 모습이 여러 장의 사진으로 전시되어 있었다. 그는 무능하기로 이름난 사람으로서 생전의 업적이라고는 이 왕릉을 조성한 것뿐이라고 하는데, 전체적으로 서양풍이 농후하여 다른 왕릉과는 분위기가 많이 다르며, 예술적으로 뛰어난 것이라고 한다.

카이딘 왕릉을 나온 다음 마지막으로 후에 시내에서 서쪽으로 약 4km 떨어져 흐언 강변에 위치한 티엔무사원에 들렀다. 꽤 큰 규모의 불교 사찰인데, 그 정문에 영모사(靈姥寺)라는 현판이 걸려 있었다. 1963년 6월 11일 고딘디엠 대통령 때 불교 탄압에 저항하여 사이공(西貢)의 사거리에서 분신자살한 틱쾅득 스님이 주지로 있었던 사찰로서, 본당 뒤편에 소신 당시 그가 타고 갔었던 승용차가 보관되어 있고, 그 입구의 양쪽 벽 위에 그의 생시 모습과 불에 타지 않고 온전한 모습으로 남은 심장의 사진이 걸려 있었다. 그의 사후 당시 막강한 권력을 지니고 있었으며 가톨릭 신자인 고딘디엠 대통령의 동생 부인 마담 누(드래건 누)가 그의 죽음에 대해 독설을 퍼부은 것이 국내는 물론 세계의 여론을 크게 악화시켜 결국 그 정권의 종말을 재촉했던 것이다. 그 절 뒤쪽에 공원처럼 널따란 정원이 있고, 거기서 젊은 승려들이 공놀이를 하고 있었다.

티엔무 사원 입구에서 $1 주고서 베로 만든 커다란 접이식 부채를 하나 샀고, 가이드가 사주는 사탕수수 주스를 마셨다. 레몬 즙을 섞은 것이라 맛이 상쾌했다. 그런 다음 27 Nguyen Sinh Sac, Vy Da에 있는 One Garden이라는 한식점으로 가서 제육볶음과 된장찌개로 석식을 들었고, 어제처럼 K-Mart에 들른 다음, No 38, Le Loi St., Phu Hoi ward에 있는 Muong Thanh Hue Hotel에 들었다. 우리 내외는 처음 714호실을 배정받았지만, 그 방에서는 와이파이가 제대로 작동하지 않으므로, 가이드인 노형우 반장의 배려에 의해 308호실로 바꾸었다.

노 씨는 부산 기장 출신으로서, 조부가 7대 독자이며, 어느 스님의 권유로 자기 집에서 해광사라는 이름의 절을 열었으므로, 어릴 때 동자승 생활을 하였다. 1980년생으로서 38세인데, 원래는 경찰행정학과를 지망하였으나 실력이 모자라 호서대 법대를 졸업한 후 특전사에서 4년 반 동안 근무하였다. 그 퇴직금 3500만 원을 모친께 모두 드리고 단돈 15만 원을 가지고서 동남아로 건너와 갖은 고생을 하며 캄보디아·태국·베트남 등지에서 15년 동안 가이드 생활을 하다가 현재는 다낭의 중심가에 거주하면서 주로 사무실 근무를 하고 있고, 체중은 98kg이라고 한다. 그의 아내가 자식들을 데리고서 경기도 안산시에 거주하고 있기 때문에 1년에 보름 정도 다녀온다고 한다.

■■■ 21 (금) 대체로 맑으나 오후 한 때 천둥 번개와 비

오전 6시에 식당 문을 열자마자 가서 조식을 들었고, 8시에 체크아웃 하여 출발하였다. 이 호텔은 다낭의 것보다 규모가 작아 G층과 그 위의 11층으로 이루어져 있고, 2층이 식당이었다. 다낭의 것과 마찬가지로 준특급 4성이라고 한다. 출발한 지 얼마 안 되어 가이드 팁 명목으로 남자에 한해 1인 당 $10씩 거두었다.

베트남의 도시 가옥은 일본 京都의 경우와 비슷하여 폭이 좁고 안쪽으로 긴 직사각형을 이루고 있어, 서로 다닥다닥 붙어 균형을 유지한다. 1945년의 해방 이후 택지를 분배할 때 가로 3.8m, 세로 14m로 규격을 정했기 때문이라고 한다. 그러므로 역시 京都의 경우와 비슷하게 터널 효과로 말미암아 집 내부에 바람이 잘 통하여 시원한 점은 있다.

후에 사람은 성격이 유순하여 양반 타이프라고 하는데, 가장 많은 성씨는 왕족과 동일한 응우옌 씨로서 베트남의 大姓인 그들의 본거지이다. 이 지역에 거주하는 한국인은 50명 정도라고 한다. 베트남과 한국의 인연은 리(李) 왕조의 설립자인 리 따이 또가 서거한 후 왕자의 난이 일어났을 때, 그 왕자들 중 한 명이 수행원을 거느리고서 바다를 표류하여 고려에 망명하였고, 황해도 옹진군에 정착하여 화산이씨를 이룬 데서부터 시작되었다고 한다.

그런데 한국은 현재 베트남의 최대 투자국이며, 결혼에 의해 맺어진 사돈국이자, 외국인 관광객의 수에 있어서도 늘 3위 안에 들므로, 이 나라가 무비자 협정을 맺고 있는 11개의 나라 중 단연 첫 번째로 꼽힌다고 한다. 그러므로 베트남 전쟁에 참전하여 서로 피를 흘리며 싸웠음에도 불구하고 한국에 대한 호감도는 매우 높다. 삼성은 2012년부터 이 나라에 투자하였는데, 현재 삼성·LG 두 한국 기업만으로도 이 나라 전체 수출량의 30%를 차지한다. 이에 비해 일본은 프랑스가 세계대전으로 독일과 싸우고 있는 동안 프랑스의 동의하에 4년 반 동안 이 나라에 진출하여 프랑스와 더불어 이중으로 착취를 하였기 때문에 국민감정이 좋지 않다.

이 나라에는 遺棄犬이나 遺棄猫가 없는데, 그것은 오랜 전쟁을 겪는 동안 사람들이 그 고기를 즐겨먹게 되었기 때문이다. 그러나 한국과 달리 개고기는 바비큐를 해먹으며 고양이는 샤브샤브를 해먹는데, 고양이는 小虎로 간주된다. 뿐만 아니라 프랑스에서 개량하여 도입된 야생의 대형 쥐도 즐겨 먹는 모양이다. 도중에 휴게한 주유소에서는 말린 오징어를 팔고 있는 모습도 보았다.

다낭으로 돌아갈 때의 코스는 올 때와는 좀 다른 모양인지 해안이 자주 보이고 크고 작은 터널도 몇 번 지났으며, 하이반 고개를 관통하는 6.4km의 긴 터널도 통과하였다. 들판에 논도 제법 보이고 물소뿐만 아니라 한국과 같은 누렁소도 많았다. 이 나라에서는 볍씨를 뿌려서 파종하는 모양이다. 베트남도 한국과 마찬가지로 산악국가로서 전 국토의 68%가 산지이다. 또한 후에의 좀 북쪽에 한국과 마찬가지로 과거 남북 베트남을 갈랐던 DMZ가 위치해 있다. 남북이 분열된 1954년부터 베트남전쟁이 종결된 1975년까지 북위 17도 부근의 벤하이 강 연변에 위치했던 것으로서, 폭 10km, 길이 60km에 달하는 것이다.

베트남에서는 남미의 이뻬와 비슷한 꽃을 피우는 가로수가 흔한데, 유두화로서 조선 시대에는 사약을 만들던 나무라고 한다. 다낭에는 한국인이 1,200명 정도 거주하고 있으며, 주로 관광업과 관련된 일에 종사한다. 식당이나 매점, 숙박업소 등 우리가 들르는 대부분의 장소는 이들이 경영하는 것이다. 다낭에 비해 하노이나 호치민에는 상대적으로 비즈니스에 종사하는 한국인이 많다. 수도인 하노이 말이 표준어라고는 하지만 방언이 심하며, 의사 전달을 위해서는 성조를 정확히 발음하는 것이 특히 중요하다.

우리는 다낭 시내로 들어온 후 분홍색 외벽의 다낭대성당과 이 도시의 랜드 마크인 옥수수 모양의 시청 빌딩이 서 있는 중심가를 지나서 사장교를 따라 한 강을 건넌 후 Lo 16B Pham Van Dong에 있는 壽 供辰丹이라는 업소에 들렀다. 노니라는 역겨운 냄새가 나는 식물 열매나 침향으로 만든 약품 등을 판매하는 곳이었다. 한국인 사장이 나와서 우리에게 설명하는 도중에 수시로 정전이 있었다.

그곳을 나온 다음 172 Pham Van Dong에 있는 다낭수끼라는 식당에 들러 점심을 들었다. 나는 지금까지 수끼야끼가 일본 고유의 음식인 줄로 알고 있었는데, 오늘 알고 보니 그것은 동남아 음식으로서 태국 것이 특히 유명하다고 한다. 일종의 샤브샤브인 셈이다.

점심을 든 후에는 오전 중에 스쳐지나온 다낭대성당과 까오다이敎 사원에 들렀다. 다낭은 이 나라 가톨릭의 중심지인 모양이다. 이 나라 가톨릭 성인(복자?)은 한국의 103인보다 많은 122인으로서 대부분 순교한 사람들인 모양인데, 성당 구내에 Chan Phuoc Andre Phu라고 하는 1625년에서 1644년까지 생존하여 스무 살도 채우지 못한 소년 성인의 상이 세워져 있었다. 대성당이라고 하지만 한국의 보통 성당보다 조금 더 큰 정도의 규모이며, 그 지붕의 십자가 첨탑 위에 닭 모양을 한 철물이 걸려 있어 닭 성당이라고도 불린다.

다음으로 들른 까오다이교 사원은 대성당보다 좀 더 작은데, 이 종교는 1947년도에 나와 1952년도에 교단이 성립되었고, 현재는 해외로까지 교세를 확장해 있다. 그 교리는 예수·마호메트·석가·공자 등의 가르침이 궁극적으로는 같은 것이라 하여 그들을 다함께 섬기며, 교당 내의 최고 존엄이 위치해야 할 자리에는 표면에 인간의 눈과 눈썹 모양을 그린 커다란 球體 신상이 있었다. 교당 안팎에 베트남어·영어·한글로 적은 안내문이 보이므로, 한국인의 출입이 많음을 알 수 있다.

한 강 가의 카페 바깥 의자에 앉아 가이드가 오늘 팁 받은 돈으로 사주는 커피를 마시며 한동안 휴식을 취했다. Highlands Coffee라 하여 이 나라에서 가장 유명한 커피 연쇄점인 모양이다. 베트남은 브라질에 이어 세계에서 두 번째 가는 커피 생산국이다. 오늘 날씨는 35℃라고 하니 찌는 듯한 무더위인 셈이다. 한 강을 가로지르는 주된 다리는 4개이며, 현재 해저(?)터널공사도 하고 있는 모양이다. 5월말에 다낭불꽃축제가 열린다고 하는데, 그것을 위해 마련된 강변의 대형공연장과 그 좌석도 대절버스를 타고 지나가면서 바라보았다.

우리는 다시 후에 방향으로 좀 올라가다가 도중에 왼쪽으로 틀어 다낭의 교외지역에 있는 바나山 국립공원에 설치된 Ba Na Hills 리조트로 갔다. 바나 족이 거주하는 곳이라 하여 이런 이름으로 불리는데, 이 나라 국방비의 6%를 부담한다는 선 그룹의 개인소유로 되어 있는 일종의 종합 놀이공원이었다. 주차장 부근에 후에의 왕궁을 본뜬 커다란 건물을 짓고, 거기서부터 세 군데에 설치된 케이블카로 해발 1,450m 정도 되는 산꼭대기까지 약 20분 이상 올라가는데, 한동안 기네스북에 세계 최장의 케이블카로 기록되었지만, 중국의 張家界에 그보다 더 큰 것이 들어서서 현재는 세계 2위라고 한다. 케이블카를 타고 올라가면서 바라보고 내려다보니 발밑은 온통 우거진 열대우림이며, 곳곳에 자연적으로 이루어진 크고 작은 폭포들이 있어 정말 장관이었다. 도중에 천둥 번개가 치고 비가 오는 곳이 있는가 하면, 내리고 보니 건너편에 커다란 무지개가 떠 있었다.

거기서 오후 3시 10분부터 5시까지 자유 시간을 가졌다. 아내와 나는 우선 아이스크림을 하나 사먹은 다음, 경내에서 유일하게 입장료를 받는 곳인 밀랍인형관에 들어갔다가, 둘이서 올라 손으로 바를 조절하며 나아가는 모노레일을 탔고, 그런 다음 산 정상에 세워진 2층 누각과 그 부근의 靈峯禪寺라는 절에 들러 주변의 풍광을 둘러보았다. 도처에 커다란 수국이 만발해 있었다. $10을 환전해 둔 베트남 돈 22만 동으로 아이스크림을 하나 사먹었더니, 밀랍인형관인 Sun World의 입장료 200,000동에서 좀 모자라므로 $1을 추가했더니 15,000동을 거슬러 주었다. 그 돈은 기념으로 가져오기로 했다. 케이블카의 아래쪽 출발지점과 위쪽 놀이동산에는 건물과 직원숙소 등을 새로 짓는 모습이 눈에 띄고, 주차장도 더욱 확장하고 있었다.

다낭 시내로 돌아와 Lo C2/8 KCN Thuy San Tho Quang Tran Nhan Tong, Son Tra에 있는 ABC Souvenir라는 잡화점에 들러 쇼핑을 하였다. 역시 손님은 한국사람 뿐인데, 나는 거기서 동물이 따먹고서 똥으로 싸놓은 것이라든가 하는 Con Soc Coffee 네 봉지 한 세트를 $25에 구입하였고, 아내는 코코넛오일 한 세트를 그보다 높은 가격을 지불하고서 구입하였다. 이동하는 도중 가이드가 설명한 바에 의하면, 베트남의 경우 프랑스의 영향을 받아 토요일 휴무제가 150년 정도의 역사를 가지고 있다 한다. 그리고 국민 대부분이 오토바이를 운전하므로 거리에서 걷는 사람을 찾아보기 어렵다.

쇼핑을 마친 다음 106 Le Manh Trinh에 있는 한국관에 다시 들러 무한 리필 되는 삼겹살 불고기로 석식을 들었다. 그러고도 비행기의 출발 시간인 0시 30분까지는 시간이 많이 남았으므로, 무료한 시간을 때우기 위해 일행은 37 Morrison St.에 있는 Green Spa & Massage로 다시 가서 또다시 90분짜리 전신 마사지를 받는 모양이었지만, 나와 아내는 생각이 없어 다른 사람의 권유에도 불구하고 신청하지 않았다. 그들이 다 마치고 나올 때까지 그 집 마루의 소파에 앉아 우리와 마찬가지로 마사지를 받지 않는 정주석 씨 및 119소방관의 부인인 뚱보 여인과 더불어 대화를 나누었다.

다낭 공항에 도착한 다음, 티케팅을 마치고서 일행은 공항 내부가 협소하여 의자도 부족하다면서 바깥에서 술을 더 마실 모양이었지만, 우리 내외는 들어가 처음은 3번 게이트 앞에서 그 다음은 바뀐 4번 게이트 앞으로 가 이럭 저럭 의자에 자리 잡고 앉아서 나는 일기를 입력하였다. 우리가 탈 LJ076편의 출발 시간은 또 30분이 늦어져 21일 오전 1시로 변경되었다. 처음 신청한 후 정씨로부터 스케줄을 받았을 때는 그렇지 않았으나, 4월 1일부터 비행기 시각이 개편되어 우리로서는 왕복 모두 이렇게 불편한 시간대를 이용할 수밖에 없게 된 것이다. 비행기 안에서 나에게는 이번에도 아내와 서로 떨어진 좌석이 배정되었으나, 일행의 양보를 얻어 아내 옆의 49B석으로 바꾸었다.

■■■ 22 (토) 맑음

오전 7시 무렵 김해공항에 도착했다. 대절버스를 타고서 진주로 이동하여 출발 장소인 운동장 1문 앞에서 일행과 작별하여 택시를 타고서 귀가했다. 베트남에 비하면 한국 날씨는 훨씬 시원하여 전혀 더운 줄을 모르겠고, 산에 숲이 우거졌으며, 집과 도로는 깨끗하여 선진국 같은 느낌이 들었다. 베트남 사람들은 그 후텁지근한 날씨를 어떻게 견디는가 싶었다.

해남도

■■■ 2017년 5월 21일 (일) 맑음

아내와 함께 외송에 들어갔다.

정병련 씨의 책『고봉 선생의 생애와 학문』을 대충 한 번 훑어본 다음, 예취기를 가지고 농장 위쪽 절반의 차나무 주변 잡초를 다시 한 번 베고, 호박 심은 곳 주변의 잡초도 베었다. 서재 건너편 비탈진 곳에는 이제 차나무가 얼마 남아 있지 않은데다가 그것들 중에서도 오늘 내 예취기 날에 걸려 잘라지는 것들을 목도한 바도 있다. 그러나 나로서도 최대한 조심하고 있는 터이니, 그럼에도 불구하고 잘려버리는 것을 어찌할 수는 없는 것이다. 살아남는 것만 키워보는 수밖에 없다. 오후 4시 무렵에 평소보다 한 시간 정도 일찍 마치고서 집으로 돌아왔다.

아내와 함께 택시를 타고 5시 20분에 장대동 시외버스터미널에 도착하였다. 최근부터 하루에 네 번씩 다니기 시작한 김해공항 행 버스의 다음 출발시간은 오후 6시 10분이지만, 예매가 불가하고 일찍 와서 차표를 구입하는 수밖에 없다고 하므로, 혹시라도 표를 사지 못하는 불상사가 있을까 염려하여 일찌감치 온 것이다. 그러나 손님의 대부분은 최종 목적지인 부산 사상터미널까지 가는 사람들이고, 중간 기착지인 진주 혁신도시에서는 타는 사람이 없는지 정거하지도 않았으며, 좌석도 절반 정도밖에 차지 않았으니, 일찍 올 필요가 없었던 것이다.

여행사 직원과 만나기로 예정된 8시보다 반시간쯤 일찍 김해공항 2층 국제선 로비에 도착하였다. 국제선 로비에 도착한 후 만나기로 예정된 장소인 제1 게이트 앞으로 이동하여 버스 안에서 한 번 전화를 받은 여행사 직원 최재영 씨에게로 전화를 걸었더니, 얼마 후 그가 1층에서 올라와 단체비자를 받은 인원 명부와 우리 내외의 왕복 항공권 여정 안내서를 전해주었다.

그것을 가지고 티케팅하여 출국장으로 들어갔다. 검색대를 통과할 때 비로소 인지하였는데, 집에서 오늘 오후에 일기를 입력하느라고 노트북컴퓨터를 꺼내 쓰고는 깜박하고서 충전기 전원 코드만 챙기고 정작 컴퓨터는 넣어오지 않은 것이었다. 이런 낭패가 있나!

등산배낭에 든 방한용 상의를 꺼내기가 귀찮아서 가져오지 않았는데, 가는 도중의 버스 속에서 에어컨 때문에 다소 한기를 느꼈다. 비행기 속에서도 그러할까 염려되어 공항 면세점에서 La Coste 제품의 푸른색 긴소매 셔츠 하나를 129,350원 주고서 구입하였고, 싸구려 비행기라 기내식이 없을까 싶어서 구내의 본까스델리 식당에 들러 돈까스덮밥을 하나씩 들었다. 9번 게이트 부근의 의자에 앉아 비행기 탑승 시간을 기다리다가 TV를 통해 북한이 또 장거리 미사일을 발사했음을 알았다.

우리가 탈 비행기는 에어부산의 BX373으로서 22시 05분에 김해공항을 출발하여 22일 01시 25분에 중국 海南(하이난)省 三亞(산야)鳳凰국제공항에 도착하게 된다. 중국 시간이 한국보다 1시간 늦음을 감안한다면 4시간 20분 정도 걸리는 셈이다. 오후 9시 35분에 탑승을 시작하였는데, 우리 내외는 21A·21B석을 배정받았다. 비행기 안에서는 기내식으로서 해물볶음밥과 음료수도 나왔다. 4박6일에 399,000원이라니, 내가 체험해본 것 가운데 가장 값싼 해외여행인 듯하다.

나는 이번의 해남성 여행을 마치면, 중국의 여러 성과 자치주들 가운데서 貴州省과 寧夏回族자치주 외에는 모두 가본 셈이 된다.

■■■ 22 (월) 맑음

12시 41분쯤에 우리가 탄 비행기는 삼아봉황국제공항에 착륙하였다. 피켓을 들고서 마중 나온 현지가이드 鄭男日 씨를 따라 부산에서 온 계모임 아주머니 팀 11명과 함께 중형버스를 타고서 20~30분 정도 이동하여 三亞市 迎賓路 165號 中鐵置業廣場에 있는 三亞子悅康年酒店(Ziyue Conifer Sanya)에 도착하여 우리 내외는 子悅樓 7층에 있는 60705호실을 배정받았

다. 일정표에는 4성급이라고 되어 있는데 가이드의 말로는 준5성급이라고
했다. 더블베드 하나와 싱글베드 하나가 두 칸 방에 각각 떨어져 배치되어
있는 3인실인데, 꽤 호화스러워 보여 우리 내외의 舊婚여행에 손색은 없을
듯했다.

　삼아공항을 나와서 비로소 만난 아주머니 그룹 11명은 부산 광안리 2구
에 주로 거주하는 사람들로서 20년쯤 전부터 한 달에 10만 원씩 내는 계를
모아 그 돈으로 국내 및 해외여행을 다니며 여생을 즐기는 모양이다. 처음
에는 시어머니 및 남편을 동반하였는데, 지금은 자기네가 이미 노인이 된지
라 여자 계원들끼리만 다닌다고 한다. 국내뿐 아니라 가까운 외국을 제법
많이 돌아다닌 모양인데, 돈이 부족하면 회비 외에 별도로 더 거둔다고 했
다. 그들 중 광안리 근처의 민락동에 사는 사람도 몇 명 있고, 한 명은 해운
대로 이사하였으며, 또 한 명의 코미디언 기질이 있는 상대적으로 젊어 보
이는 사람은 울산에서 온 비회원인 모양이다. 그들 틈에 끼니 나는 청일점
이 되고 말았다.

　가이드의 말에 의하면 오늘밤 현재 이곳 기온은 섭씨 27도인데, 내일 낮
기온은 33도로 예고되어 있지만 실제 온도는 35~6도 정도 될 것이라고 한
다. 늦봄인 한국의 이즈음 기온이 20도 전후임을 감안하면 엄청 더운데다가
습도 또한 높다. 중국의 가장 아래쪽에 위치한 해남도는 베트남의 하노이와
다낭 중간 지점 정도에 위치해 있는데, 섬의 중앙에서 조금 아래쪽을 가로지
르는 위도 19도선을 기준으로 그 아래는 열대이고, 위쪽은 아열대이다. 우
리가 이번에 활동하는 지역은 모두 섬의 최남단이라 물론 열대지역이다. 적
도에 가까운지라 해가 바로 머리 위에서 내려쬐므로 그림자가 무척 짧다.

　해남도는 1988년도에 廣東省으로부터 독립하여 성으로 승격하였다. 지
금은 고속도로를 통해 광동성과 연결되어 있으므로 사실상은 섬이 아니라
고도 할 수 있다. 내가 가진 지도에 의하면, 남중국해의 여러 섬들 중 東沙群
島를 제외한 서사, 중사, 남사군도가 모두 해남성에 속해 있어, 영유권 문제
를 둘러싸고서 목하 국제적인 분쟁지역으로 되어 있다. 그 중 가장 큰 섬인
서사군도의 永興島에 三沙市가 위치해 있다.

이곳 풍습은 동남아 국가들이 흔히 그러하듯이 여자가 가족을 부양하는 것으로 되어 있는데. 사람들이 게으르고 사투리가 심하며, 물정을 잘 모르는 사람에게는 바가지도 곧잘 씌운다. 내가 보지는 못했지만 호텔 방에 더러는 이곳 사람들이 壁虎라고 부르는 도마뱀이 나타나기도 하는데, 벽에 가만히 붙어 있기만 할 뿐 사람에게 해를 끼치지는 않는다고 한다.

1.3배인 臺灣에 이어 중국에서 두 번째로 큰 해남도의 인구는 3000만 정도 되는데, 제주도의 23배에 해당하는 면적이다. 광동성에 가장 인접한 省都 海口市의 인구가 900만, 지금은 해구시로 편입된 그 인근의 瓊山區와 秀英區 등을 포함하면 1700만 정도이며, 해구시와 정반대쪽인 섬의 남쪽 끝에 위치한 관광 휴양도시이자 두 번째 가는 도시인 삼아시의 인구는 150만 정도이다. 그러나 초창기 해남도의 행정 중심은 섬의 중동부에 위치한 瓊海市 였으며, 지금도 해남도의 약칭은 瓊이다. 원래는 항구 마을에 불과했던 곳에 해구시가 건설된 것은 1950년대이며, 원래 시골동네에 불과했던 三亞市도 중국 대륙의 부자들이 들어와 개발하기 시작하여 약 20년 만에 대도시로 변모하게 된 것이다.

한국의 제주도처럼 역대의 여러 명사들이 이곳으로 귀양을 왔는데, 북송의 文豪이자 정치가 蘇軾도 1097년에 섬의 북쪽 만에 위치한 儋州市 中和鎭으로 귀양 와 3년의 세월을 보낸 바 있으며, 현재 그곳에는 東坡書院이 세워져 있다. 해남도는 중국에서 유일한 NO VISA 지역이며, 2005년도에 제주도와 자매결연을 체결하였다. 이곳을 방문하는 외국인 중 가장 많은 수를 차지하는 것은 러시아인이며, 그 다음이 한국인이다.

오전 6시 반에 기상하여 1층 옥외의 정원에 마련된 식당에서 뷔페식 조식을 마치고 방으로 올라온 다음 일기를 쓰기 시작했다. 이가 없으면 잇몸으로 씹는다고, 아내가 가르쳐준 대로 WiFi를 이용해 내 이메일로 접속한 다음, 내게 편지쓰기 방식으로 어제 일기의 남은 부분을 마저 입력하였다.

그런 다음 정오에 1층 로비로 내려가 일행과 만나 오늘의 일정을 시작하였다. 5분 정도 이동하여 鳳凰路 丹州小區里 天澤湖畔 8號樓 2층에 있는 祝家餃子館으로 갔다. 그곳은 동북 3성의 요리 전문으로서 1층의 유리창들에

正宗東北菜라는 글자가 많이 적혀 있다. 정 씨의 말에 의하면 삼아에는 아직 한국식당이 없다고 하므로, 우리는 앞으로 이런 식의 중국식당을 계속 이용하게 될 모양이다. 관광지인 이곳은 12·1·2월인 겨울이 성수기이며, 지금은 비수기이므로 물가가 가장 쌀 때이고, 상점의 절반 정도가 문을 닫는다고 한다.

식사를 마친 후 우리는 북쪽으로 28km 이동하여 保亭縣 三道鎭 檳榔谷 黎苗文化旅游區(삥랑 빌리지, 甘什嶺)로 갔다. 동남아 지역 사람들이 기호품으로서 입안에 넣고 씹어 빨간색으로 변하는 檳榔 열매를 맺는 나무가 많이 자생하고 있는 동네이므로 檳榔谷이라는 이름이 붙었다. 이곳 自治縣의 주된 주민인 黎族과 苗族 문화를 보존하는 일종의 민속촌인데, 중국의 관광지 중 최고등급인 5A급으로 되어 있다. 해남성의 5A급 관광지로는 이곳 외에 여기서 좀 더 나아간 곳에 있는 야노다(야노다는 원주민 말로 1·2·3이라는 뜻) 雨林文化旅游區, 바다 속의 청정 지역인 蜈支洲島, 南山佛教文化苑 등 네 곳이 있는데, 모두 삼아시 부근에 위치해 있다. 빈랑곡에서는 원주민인 黎族의 가옥들과 문신을 하고서 베를 짜는 여인 등을 볼 수 있었다. 거기서 미인바나나라고 하는 원숭이바나나보다 조금 크고 보통의 바나나보다는 작은 중간 크기의 바나나와 주먹 하나 크기 정도로 작은 토종 파인애플을 맛보기도 하였다.

해남도는 중남부의 중앙에 위치한 해발 1,867m인 활화산 五指山을 중심으로 사방으로 평평하게 흘러내린 지형이다. 길가의 여기저기에 하이비스카스 등 열대의 꽃들이 눈에 띄었다. 삼아시로 돌아오는 도중에 길가에다 내놓고 파는 과일 매점에 들러 야자열매인 코코넛 주스를 들었고, 4월말 5월초에 나오는 푸른색 망고를 40元 어치 샀으며, 시내 天涯區 金鷄嶺街의 시장에 들러 고약한 냄새가 나는 두리안을 하나 사서 아내와 나눠먹고, 망고스틴과 과일 깎을 칼도 샀다.

바닷가의 三亞灣路를 따라 시의 동쪽 大東海 지구의 林達海景酒店 2층에 있는 호남요리를 내는 愛晚亭酒店에 들러 저녁식사를 하게 되었는데, 예약된 때까지 시간이 꽤 남아 그 근처 도로 건너편의 楡亞路 100호에 있는 夏日

百貨라는 백화점에 들러보았다. 1층의 의류매장에서 남자 남방 하나의 가격을 물어보았더니 상표를 보여주며 부르는 가격이 한국 돈으로 거의 30만원에 육박하는지라 실소를 금치 못했다. 그 2층의 스타벅스 커피 점에 들러 카페라떼 찬 것 큰 잔 하나를 들었는데, 그 가격이 31元으로서 한국 돈 5-6천원 정도에 해당하는지라 이 역시 만만치 않았다.

석식 후 그 근처의 항구로 가서 $30 짜리 필수선택 관광으로서 1시간 정도 걸리는 별빛투어 유람선을 탔다. 永樂01이라는 이름의 3층으로 된 선박인데, 명대 永樂 연간에 환관인 鄭和가 대장이 되어 해상 실크로드를 따라 동아프리카까지 원정했던 옛 선박을 모방한 것이었다. 범선을 본떠 두 개의 돛을 단 배는 그 돛이 수많은 작은 전구들로 이루어져 있어 밤에 색색의 불을 밝히도록 되어 있었다. 이것 외에도 밤바다를 오가는 유람선들은 제법 있었다.

아래층에서는 무한 리필의 맥주 및 음료수를 제공하고 쇼를 겸한 경품 뽑기도 있다고 하지만, 우리 내외는 3층 실외에 마련된 긴 탁자를 둘러싸고 앉아 시종 바깥 풍경에 눈길을 주었다. 도중에 해운대에 있는 바닷가의 고급 아파트 비슷한 다섯 채의 아파트가 있어 그 외면에 휘황찬란한 전자 불빛 쇼가 펼쳐지고 있었다. 가이드 정씨의 말에 의하면, 이 아파트는 싼 데가 50~60평짜리에 30~40억, 평수 불명의 위층은 70~80억 원을 호가한다는 것이었다. 아무나 접근할 수 없도록 출입이 통제되어 있다고도 했다. 중국의 경제력을 짐작할 수 있는 것이지만, 삼아시 일대가 이렇게 개발된 것은 모두 최근 10년 이내의 일이다.

정씨와 3층 갑판에서 마주보고 앉아 한참동안 대화를 나누었다. 그는 延吉 출신의 조선족으로서 38세의 미혼인데, 상해에 있는 同伴국제여행사에 소속되어 있다. 북한에 30번 정도 다녀왔고 길 때는 한 달 정도 체재하기도 하였는데, 북한 주민들이 우리가 흔히 알고 있는 정도로 못살지는 않다고 한다. 그는 2004년에 상해 한인타운에다 47평형 아파트를 9천만 원의 가격으로 구입해두었는데, 그것이 지금은 18~20억 원을 호가한다고 하니 중국의 부동산 열풍을 짐작할 수 있다. 상해시의 면적은 서울의 10.8배, 인구는

3500만이나 호적상의 인구는 2400만이다. 그는 부모를 따라 길림성 연길에서 강소성 蘇州市로 이주하여 소주에서 고등학교를 졸업하였고, 상해교통대학 경영학과를 졸업하였다. 같은 대학 법학과를 다니던 2살 연하의 조선족 아가씨를 사귀었는데, 그녀는 미국 뉴욕에서 7~8년간 거주하다 귀국하여 우연한 기회에 다시 만나 교제를 계속하고 있다.

그는 대학시절부터 시작해 17년간 가이드 업에 종사해 왔는데, 해남도에는 2000년에 처음 온 이래로 2001년부터 매해 겨울에만 가이드 일을 위해 온다. 고모가 경영하는 여행사의 일을 하므로 부탁을 받으면 지금처럼 성수기가 아닌 때에도 오게 되는 것이라고 한다. 가이드 업은 예전에는 중국의 직업 가운데서 수입이 좋기로 소문나 있었는데, 지금은 여행사가 난립하여 경쟁이 심하므로 별로 인기가 없다. 그는 해남도에도 아파트를 하나 마련해 두었고, 상해에 계시던 부모님이 현재는 장남인 그를 따라 이곳으로 와서 다른 아파트에 거주하고 있는데, 상해에 살 때는 우울하고 밤에 잠도 잘 오지 않던 것이 자연환경이 좋은 이곳으로 이주한 이후로는 그런 문제가 모두 해결되었다고 아주 만족해하시며, 자신도 상해로 돌아가면 때때로 우울해진다고 한다.

호텔로 돌아오는 길에 가이드가 광고 등의 조명이 비치고 있는 사과나무 모양의 뷰티 크라운 호텔을 가리키며 설명한 바로는, 이 호텔은 디자인이 특이하여 기네스북에 기재되었다고 한다. 모두 9개 동으로 이루어져 있으며, 객실 수는 6,666개라고 했다. 그 호텔은 내가 머무는 호텔방에서도 바라보인다.

■■■ 23 (화) 맑음

정오에 1층 로비에서 일행을 만나 解放3路 698號에 있는 洲恒大酒店의 3층에 있는 東北요리 전문의 東北呂家醬骨이라는 식당에서 점심을 들었다. 우리 가이드는 삼아시에 한국음식점이 없다고 했지만 이 식당과 입구를 같이 쓰는 반대편에 무궁화라는 이름의 한국요리점이 있었다. 이곳에 한국 관광객이 오기 시작한 것은 7~8년 전부터이며, 그 전에는 골프 치러 오는 사람들뿐이었다고 한다.

식사 후 먼저 5A급의 南山風景區에 속해 있는 大小洞天으로 향했다. 삼아시 서남쪽 40km 지점의 삼아만 끄트머리에 위치해 있는데, G98(三亞西聯路線) 고속도로를 탔다. 전동차를 타고서 바닷가에 열대식물이 우거진 공원 같은 길을 달려 南極仙翁(壽星) 신의 돌 조각상이 있는 곳까지 들어갔다.

대소동천 중 小洞天은 도중에 있는 바위굴로서 전동차에서 바라볼 수 있었지만 大洞天은 눈에 띄지 않았으므로 가이드에게 물어보았더니, 지금은 바다에 잠겼으나 가끔 한 번씩 드러날 때도 있다는 것이었다. 그러나 내가 가진 2015版『走遍中國 旅游手冊』(北京, 中國地圖出版社, 2012 초판, 2014 수정판)에 의하면, 대소동천이란 도교의 10大 洞天과 36 小洞天의 合稱이라고 한다. 宋代에 開山하여 풍치지구로 된 이래 이미 800여 년의 역사가 있어 해남도에서 가장 유구한 풍경 명승지 중 하나이다. 길가 여기저기에 웨딩드레스 차림으로 기념사진을 찍는 신혼부부들과 노자『도덕경』등에서 따온 문구가 눈에 띄고, 일본에 율종을 전한 唐代의 승려 鑑眞의 이름도 몇 번 눈에 들어왔다. 알고 보니 감진 화상은 제5차 渡日 시도 때 태풍을 만나 한 달 남짓 표류한 끝에 이 부근의 崖州에 상륙하였는데, 그는 이를 관음보살의 도움이라 생각하여 여기에 大雲寺를 짓고서 1년 반 정도 체류하다가 마침내 일본으로 건너갔던 것이다. 우리 일행의 부산 아주머니들 가운데는 나와 동갑인 소띠가 4명, 네 살 위인 닭띠가 1명 있었다. 꽤 나이들이 많은 것이다.

대소동천에서 삼아시로 돌아오는 도중에 南天열대식물원이라는 곳에 들렀다. 중국식 농 모자를 쓴 젊은 여자가 한 명 나와 우리를 안내하였는데, 1시간 코스와 반시간 코스가 있다고 하나 부산 아줌마들은 이런데 별로 흥미가 없는지 짧은 코스를 택했다. 여기저기에 인민군 복장을 한 젊은 남녀들이 눈에 띄었다. 끝으로 그 구내의 라텍스 매장(乳膠主題展示館)에 들렀는데, 내가 지금까지 몇 번 가본 한국인이 운영하는 매점들과는 비교가 되지 않을 정도로 규모가 컸다.

시내로 들어와 天涯區 機場路社區에 있는 제3農貿시장에 들러 우리 내외를 비롯한 여러 사람들이 또다시 두리안을 사서 실컷 먹었다. 삼아 시내를 흐르는 강물은 모두 바닷물이라고 한다.

　吉陽區 河東路 216號의 豪威麒麟酒店 院內에 있는 重慶家富富僑足道 麒麟店에 들러 다들 발마사지를 받았는데, 그런데 취미가 없는 나는 아내가 혼자 마사지를 받는 방의 옆 침대에 올라 그 시간 동안 책을 읽었다.

　끝으로 어제 점심을 들었던 祝家餃子館에 다시 들러 늦은 석식을 든 후 호텔로 돌아왔다.

■■■ 24 (수) 맑음

　오늘은 아무런 스케줄이 없고 점심 저녁도 각자 해결해야 하므로, 어제 가이드에게 우리 내외가 1日遊 여행을 할 수 있는 방법에 대해 물었더니, 다른 한국 팀의 옵션 관광에 끼어 南山寺에 다녀오는 걸 추천해주었다. 그 후 어제 저녁 버스 안에서 그가 우리 일행에게 남산사에 대해 홍보하며 그리로 가볼 생각이 없는지 물었으나 아무런 반응이 없자, 호텔로 돌아와서는 결국 그런 팀이 없더라는 것이었다. 그런데 오늘 아침 아내가 1층 로비로 내려가서 알아본 바로는 그리로 가는 한국 팀이 있으며 참가비는 $100이라 하더라는 것이었다. 조식을 든 후 내가 직접 프런트에다 문의해본 바로도 1日遊의 메뉴는 여러 가지가 있어 원하는 것을 선택할 수 있다는 것이었고, 그렇게 문의하는 동안 로비에서 내게 접근해온 어느 중국인 아줌마는 300元을 주면 자기가 직접 운전하여 하루 종일 내가 원하는 장소로 데려다 주겠다는 것이었지만, 결국 아내의 뜻에 따라 안전한 한국 팀에 끼기로 했다.

　우리 팀이 받은 스케줄에는 남산사 옵션이 $80로 되어 있고, 어제 가이드의 설명으로는 한 끼에 $5 정도 드는 식사는 별도라는 것이었다. 그러나 이 팀은 미화로 $100, 인민폐로는 700元이라고 했다. 이 팀은 전국 각지의 여러 여행사가 모집한 고객을 합하여 27명이 우리와 같은 날 같은 비행기를 타고서 부산을 출발해 왔고 일정도 우리 팀과 완전히 같은데, 참가비는 299,000원이라는 것이었다. 나는 우리가 낸 399,000원도 너무 싸서 공짜나 다름없다고 생각해 왔던 터라, 그보다도 10만 원이 더 싼 가격으로 도대체 어떻게 수지타산을 맞추는지 실로 수수께끼라 하겠다. 비수기인 데다가 지금 사드 문제로 말미암은 한중 관계의 악화 때문에 중국으로 오는 한국 관광객 역시 대부분 끊어진 상태임을 감안하더라도 믿을 수 없을 정도로 싼 가격이라고 하지 않을 수 없다. 오늘의 옵션에 참가하는 사람은 그쪽 팀 17명에다 우리 내외까지 합하여 모두 19명으로서 大宇에서 만든 대형버스로 이동하며, 가이드는 심양 출신의 조선족 2세 민재성 씨이다. 민 씨는 제법 나이가 들어 보이지만 실제로는 우리 팀의 가이드 정남일 씨보다 한두 살 아래로서 역시 미혼이며, 같은 여행사에 근무하여 북경에 살고 있고, 그의 부모는 현재 다시 한국 국적을 취득해 있다고 한다.

우리는 먼저 어제 본 바 있는 한식당 무궁화로 가서 점심을 들었다. 우리 내외는 대구에서 온 할머니 4명과 같은 테이블에 앉았다. 민 씨의 설명에 의하면 전에는 삼아시에 한식당이 네 곳 있었는데, 성수기 3개월의 장사를 위해 1년 치 집세와 종업원 임금을 지불해야 하니, 세 곳은 망하여 문을 닫고 현재 이 한 집만 남았다는 것이었다.

어제의 대소동천 가던 길을 따라 1시간 정도 서쪽으로 이동하여 대소동천 조금 못 미친 지점에 있는 남산에 닿았다. 남산의 옛 이름은 鰲山이며 해발 487m인데, 바다를 감싸고서 굽이쳐 뻗어 있다. 어제 우리 가이드가 설명한 바로는 이곳은 중국 사람이 해남도로 오면 반드시 들를 정도로 유명하며, 중국에서 오래 전부터 전해 오는 名句에 '福如東海 壽比南山'이라는 말이 있을 정도로 장수하는 사람이 많기로 유명한 곳이라고 한다. 이 경우의 '동해'란 엊그제 유람선을 타기 위해 들렀던 삼아시의 大東海 지구를 의미한다.

남산사의 입장료는 121元이었다. 그럼에도 1인당 중국 돈 700元에 해당하는 참가비를 거두니, 가이드가 이런 옵션을 통해 어느 정도의 이익을 챙기는지 미루어 짐작할 수 있다. 규획 면적 50㎢인 三亞南山文化旅游區의 경내가 꽤 넓어 전동차를 타고서 이동하였는데, 먼저 이 景區의 첫 째 가는 명물인 海上觀音을 보러갔다. 이는 불교 경전에 기재된 관음보살의 12大願 중 두 번째인 '常居南海願'에 따라 중국 영토의 최남단인 이곳에 세워진 것이라고 한다. 높이 108m에 3면으로 되어 있는데, 우리가 바라볼 수 있는 정면의 모습은 여성적이며, 측면은 남성의 얼굴을 하고 있다고 한다. 해상관음상이 서 있는 인공 섬까지 이어진 긴 통로를 걸어 들어가, 관음상의 대좌 부분 내부에서는 가장 아래층에 있는 커다란 부처의 좌상과 그 주위의 여러 방들에 안치된 만불상들을 대충 훑어보았다. 1층 중앙의 큰 불상 주변에는 도자기로 만든 장수의 상징인 붉은 복숭아들이 많이 배치되어 있어, 왠지 도교의 분위기가 물씬 풍겼다.

거기서 한참 동안 계단을 꼬불꼬불 걸어 올라가 마침내 관음상의 발밑에 다다랐다. 그러나 관음상이 너무 높아 그 얼굴을 바라볼 수는 없었다. 사람들이 관음의 발톱을 어루만지며 복을 빌고 있었는데, 이 불상 전체가 속이 빈 철제로 되어 있음은 그 발톱을 두드려보면 알 수 있다.

觀音島라는 이름의 인공 섬에서 돌아 나와 다시 전동차를 타고 南山寺로 이동하였다. 그곳의 안내판에 쓰인 내용을 읽어 보니, 해상관음은 2005년에 완공되었고, 이 절을 포함한 南山佛敎文化苑도 1995년에 착공하여 1998년에 완공된 것이었다. 그러므로 건물 전체가 시멘트로 되어 있으며, 그 옆의 6층으로 된 多寶佛塔은 아직도 공사 중이다. 우리 가이드가 남산사는 중국 전체에서 소림사에 이어 두 번째로 크고, 중국에서 제일 큰 관음보살상도 있으며, 2,500년의 역사를 지녔다고 말하므로, 문화재를 보리라고 기대했던 나로서는 이런 걸 보기 위해 한국 돈 10만 원이 넘는 옵션 비용을 지불했나 싶어 실망스러웠다. 그러나 唐代의 감진스님이 일본으로 가기 위해, 그리고 일본의 저명한 遣唐僧인 空海대사가 중국으로 오기 위해 바닷길에 올랐다가 둘 다 태풍으로 말미암아 이 부근에 표착하여 남산에 머물렀다 하니 유서 깊은 장소이기는 한 모양이다.

남산사에서 돌아오는 길에 다시 삼아만을 지나니, 오늘은 수영복 차림의 해수욕객을 이따금 볼 수 있었다. 그러나 해안선 30km에 달하는 이 좋은 비치에 비하면 너무 한산하다고 할 수밖에 없다. 이곳 사람들은 대만이나 동남아 사람들이 대부분 그렇듯이 남방인의 체격으로서 살찐 사람이 거의 없다.

점심을 들었던 무궁화식당에 다시 들러 무한리필의 삼겹살로 석식을 들었다. 입맛이 까다로운 아내는 삼겹살을 전혀 들지 않고 다른 사람들을 위해 계속 고기를 굽기만 하였다. 나온 밑반찬은 점심때와 똑같았다.

식사를 마친 후 넓은 강가인 新建街에 있는 야시장에 들러 밤8시까지 한 시간 정도 자유 시간을 가졌다, 최근에 가본 베트남 호이안의 야시장과 비슷한 분위기였다. 우리 내외는 거기서 중국 농부들이 쓰는 햇볕가리개 모자 세 개와 여름 옷가지들, 그리고 잭프룻, 망고스틴 등 열대과일을 제법 많이 구입하였다. 가이드 민 씨의 말에 의하면, 여기는 다른 곳에 비해 물건 값이 싼 서민 시장인데다가 중국에서도 이즈음은 그다지 에누리를 하지 않는 추세라고 하므로 별로 많이 깎지는 않았다.

■■■ 25 (목) 흐리고 때때로 비

호텔을 체크아웃하기 전에 우리가 머문 12층 건물의 옥상에 있는 풀장으로 올라가보았다. 수영복을 준비해 왔지만 한 번도 사용해보지는 못했다. 이 호텔은 子悅樓라는 이름의 12층과 康年樓라는 이름의 30층을 포함한 두 동의 건물로 이루어져, 622칸의 객실을 보유하고 있다. 三亞中鐵置業有限公司가 투자하여 지은 것이며, 홍콩의 康年國際酒店이 집단관리하고 있다. 수영장에서 바라보니 이웃한 아파트 건물들 중 매물로 나온 집의 베란다에는 플래카드 같은 것이 나붙고 거기에 연락처 전화번호가 적혀 있었다.

11시 45분까지 1층 로비로 내려가 우리 일행을 만나 함께 호텔을 체크아웃하고서 G98 고속도로를 타고 해안을 따라 동북쪽으로 1시간쯤 이동한 위치에 있는 陵水縣 新村鎭 中山路 310號의 柴味鮮湘菜라는 이름의 음식점으로 가서 湖南 요리로 점심을 들었다. 같은 新村鎭에 있는 원숭이 섬 南灣猴島에 바로 이웃한 곳이다. 남만후도는 지금은 섬의 북쪽 한 면이 매립되어 육지와 이어진 반도로 되어 있지만, 원래는 섬이었던 곳이다. 삼아시에서 60km 떨어진 南灣반도에 위치해 있다. 이리로 오는 중간 지점에 海棠市가 있는데, 거기는 자연이 가장 잘 보존된 또 하나의 5A급 관광지 蜈支洲島를 마주 보는 곳으로서, 전 세계에서 세 개 밖에 없다는 7성급 호텔 중 하나인 아틀란티스가 위치해 있어 고속도로에서도 바라보였다.

원숭이 섬은 4A급 관광지로서, 해남성의 10대 관광지 중 하나로 꼽히는 곳이다. 이 섬에 약 1,500마리의 원숭이가 살고 있어 섬이 반도로 변한 이후로도 다른 곳으로 옮겨가지 않고 그대로 눌러 있으므로, 우리는 1인당 옵션 비 $45를 지불하고서 그것을 보러 본 것이다. 新村 쪽에서 사방에 벽이 없이 툭 트인 케이블카를 타고서 2.138m를 날아 남만후도로 들어갔다. 본토와 반도 사이의 좁은 해협에는 해남성에서 가장 크다는 수상가옥 마을이 있어 케이블카에서 내려다 볼 수 있었다.

이 섬에서는 원숭이 서커스 쇼와 원숭이 코미디 극장이 볼만한 모양인데, 서커스는 중간에 들어가 좀 보았으나, 코미디 극장은 같이 간 아주머니들이 중국말을 알아듣지 못한다면서 들어가지 말자고 하므로 생략하였다. 이미 오후 2시까지라고 하는 케이블카의 운행 시간이 지났으므로, 전동차를 타고서 해협의 1호 沙灘이라고 하는 해변으로 이동하여 모터보트를 타고서 1분 정도 만에 금방 육지로 건너왔다.

新村에서 또 길가의 열대과일 상점에 들렀는데, 부산 아주머니들은 오늘도 두리안을 사먹고, 우리 내외는 잘 익은 망고 큰 것 두 개를 잘라먹었으며, 가이드 정 씨가 사주는 荔枝 열매도 까먹었다.

흐리던 날씨가 원숭이섬을 떠난 후에는 소나기로 변했다. 그러나 삼아 시내에서는 곳에 따라 비가 오지 않는 곳도 있었는데, 아무튼 그 때문에 기온이 쑥 내려가 한결 견딜만했다. 비는 우리가 삼아시를 떠날 무렵까지 오다 말다를 되풀이하였다.

시내에 도착해서는 삼아시의 명동에 해당한다는 解放路의 步行街를 구경하였다. 아케이드 모양의 상가주택이 주를 이루는데, 우리 내외는 거기서의 한 시간을 이용하여 중앙의 차 없는 거리 상점가와 양측 주상복합단지의 3층까지 들어차 있는 온갖 물품을 파는 가게들을 두루 둘러보았고, 마지막에는 중앙 상점가에서 야자나무로 만든 그릇 두 개 및 주걱과 작은 종지를 각각 하나씩 샀다. 아내는 가이드에게 부탁하여 그가 가져온 호랑이표 연고 다섯 개를 190元 주고서 구입하기도 하였다.

5시 45분에 보행자거리의 끄트머리에 위치한 KFC 앞에서 집결하여 解放 3路의 무궁화 식당 옆 東北呂家醬骨에 다시 들러 석식을 든 다음, 三亞千古情 景區에 있는 로맨스 파크로 이동하였다. $70 짜리 필수선택 관광으로서 두 시간 정도 공연되는 유명한 宋城歌舞쇼를 보기 위해서였다. 이 쇼는 黃巧靈이라는 사람이 총감독을 맡아 원래는 남송의 옛 수도였던 항주에서 공연을 시작했기 때문에 宋城이라는 이름이 붙었는데, 지금은 三亞·麗江·九寨溝·泰安까지 포함해 다섯 곳에 상설극장을 마련해두고 있으며, 모두 그 지방 특색의 역사적 스토리를 주제로 하기 때문에 '千古情'이라는 이름이 붙어 있다. 張藝謨 감독의 印象 쇼와 더불어 쌍벽을 이루는 것이라고 한다. 三亞千古情은 모두 5막으로 구성되며, 공연장의 좌석은 5,800개라고 한다. 2005년도에 중국 최우수 쇼로 뽑히기도 했다. 그러나 내가 보기에는 쇼와 서커스를 결합한 것으로서, 스케일을 크나 별로 감동을 주지는 못했다. 쇼의 내용은 해남도 원주민인 黎族의 鹿回頭 전설, 원시시대의 고고학적 유적인 落筆洞, 唐代의 고승 鑒眞大師가 다섯 번째의 일본행이 태풍으로 말미암아 실패한 후 한 동안 이곳에 머물다가 마침내 자신의 포부를 실현한 이야기 등이었다.

쇼가 끝난 후, 다시 지난번에 들렀던 重慶家富富僑足道 麒麟店에 새로 들러 발 마사지를 받았다. 나는 이번에도 마사지를 받지 않고 아내가 마사지 받는 방의 다른 침대에 누워 스마트폰으로 찍은 사진 자료들을 보고 있었는데, 마사지 아가씨가 이불을 갖다 주어 밤 11시 40분 무렵까지 그곳에서 눈을 좀 붙이기도 하였다.

마사지 집을 나온 후 공항으로 가는 도중 백두산유기농잡곡이라는 이름으로 한국인(조선족?)이 경영하며, 건물 바깥에 간판도 걸려 있지 않은 매장에 들러 농산품을 구입하였다. 아내는 거기서 꽃버섯과 목이버섯, 북한산 잣을 구입하였다.

삼아봉황국제공항에 도착하여 가이드 정 씨와 작별한 후, 52번 게이트에서 비행기 탑승을 기다렸다. 이 공항은 鳳凰鎭에 위치해 있기 때문에 이런 이름이 붙었다고 한다.

■■■ 26 (금) 맑음

02시 20분 발 에어부산의 BX374편을 타고서 올 때와 마찬가지로 4시간 20분을 비행하여 07시에 부산 김해국제공항에 도착하였다. 비행기 안에서는 가능한 한 눈을 감고서 잠을 청해 보느라고 하였다. 짐을 찾아 공항을 빠져나온 후 12시 25분에 있을 진주행 부산교통 버스를 타기까지는 시간이 너무 많이 남았으므로 사상의 부산서부시외버스터미널로 가서 진주행 버스로 갈아타기로 작정했는데, 사상터미널까지 어떻게 이동해야 할지 알 수 없어 공항 내부의 안내소로 가서 물었더니 경전철을 타라고 일러주었다. 공항 내에 경전철 노선이 단 하나 있는데, 그것이 공항과 사상 간을 왕복하는 것이었다. 타보니 시카고의 L카처럼 다소 높은 곳을 운행하는지라 바깥 경치도 좋고 빨라서 택시보다도 나았다. 앞으로는 김해공항을 오갈 때 주로 이것을 이용해야겠다고 마음먹었다.

사상터미널 내의 던킨 도넛 점에서 글레이즈드 빵 세 개와 아메리카노 커피 및 핫프룻티_허니레몬을 각각 하나씩 사서 아내와 함께 진주로 가는 시외버스 속에서 아침 식사를 대신하여 들었다.

집에 도착하여 세면과 샤워를 마치고서 짐 정리를 끝낸 후, 엊그제 중국의 야시장에서 산 여름용 반팔 반바지 옷으로 갈아입고서 모처럼 구 진주역 광장의 청자이발관으로 가 머리를 짧게 깎았다. 아내와 함께 구 역사 안에 들어선 얼치기냉면에 들러 물냉면과 한우양념갈비로 점심을 든 후 집으로 돌아와 어제의 일기를 입력하였고, 21·22일자 일기의 일부도 수정 보완하였다. 스마트폰 이메일로 22·23일의 일기를 작성하던 도중 나도 모르게 편지가 발송되어져 버리는가하면, 기껏 상당 부분을 작성해둔 일기가 도중에 갑자기 사라져버려 별 수 없이 새로 작성해야 하는 경우가 두 번이나 있었고, 이메일에서는 한자를 사용할 수 없는 불편도 있었다.

카자흐스탄·키르기스스탄

■■ 2017년 6월 29일 (목) 맑음

지리산여행사의 '키르기스스탄, 카자흐스탄의 만년설—톈산산맥 트레킹 8일(6/29~7/6)' 첫째 날이라 아내와 함께 새벽 5시까지 진주시청 앞으로 가서 전용버스를 탔다. 신안동운동장 1문 앞을 거쳐 출발했는데, 참가자는 14명에다 인솔자인 여행사의 강덕문 대표를 포함하여 15명이었으나, 인천 공항에서 경남과기대 학생 한 명이 추가되어 총 16명으로 되었다. 여자는 아내 한 사람뿐이다. 보통 인천공항 갈 때는 대전통영·경부고속도로를 거쳐 서평택에서 공항 쪽 고속도로로 접어드는데, 오늘은 진안의 인삼랜드에서 한 번 휴게한 후 아내가 도중에 또 화장실 가고 싶다고 하여 기사가 가장 가까운 안성휴게소에다 한 번 더 차를 세웠기 때문인지, 오산·화성·광명·군포시를 거치는 17, 400번 고속도로를 경유하였다.

일행 중에는 과거에 나 및 회옥이와 더불어 백두산 북파·서파 여행을 함께 한 사람이 세 명, 일본 북알프스 등반까지 함께 하여 나와 룸메이트가 되었던 최수경 씨도 있었다. 한 명을 제외하고는 모두 57세로서 나와 소띠 띠 동갑이 되는 최 씨를 포함한 7명은 집현면의 덕오초등학교 동창생(그 중 한 명은 동갑인 부인이 동창)이라 하며, 경남과기대 산림자원학과의 조현서 교수도 있는데, 그는 자기 과 학생 두 명을 대동하였다. 약 5년 전부터 수염을 다듬어 기르고 있는 조 씨에 대해 나는 기억되는 것이 없지만, 나중에 알고 보니 그는 예전에 석류공원 아래의 신기부락에 함께 살던 사람으로서 30대 젊은 시절의 나를 잘 기억하고 있었다. 내가 49년생이라는 것도 알고 있었고, 그는 두 살 아래인 51년생이라고 한다.

버스 속에서 장상환 교수에게 문자를 보내고 전화도 걸어, 어제 그의 권유에 따라 관음사의 비구니 승려 도경에게 자두 한 망태기를 전달하게 했는데 그 반응이 어떻더냐고 물어보았다. 저녁 무렵 장 교수가 절 안으로 들어가니, 그녀는 막 외출에서 돌아와 웬 낯선 남자를 발견하고는 깜짝 놀라더니, 내가 보내서 왔다고 하자 처음에는 자두를 안 받겠다고 했고, 내가 자기를 10년 동안이나 괴롭혔다고 험담을 하면서 장 교수와 자꾸만 대화를 나누고 싶어 했으나, 장 교수는 그럴 생각이 없어 자두를 두고는 그냥 돌아왔다는 것이었다. 그 후 장 교수가 보내온 문자메시지에 "스님은 오 선생에 대한 마음의 응어리가 깊은 듯. 기회 있을 때마다 풀려고 노력해보시길"이라 하였다. 대법원까지 가는 재판을 하여 결국 그녀가 완패한 것은 모든 잘못이 그녀에게 있음이 분명한 것이거늘 오히려 내가 자기를 괴롭혔다고 원망하는 것은 그녀가 성격이상자임을 잘 보여주고 있다. 장 교수의 부인 김귀균 씨는 아내와 진주여중 동기동창이기 때문에 옆에 앉은 아내와 통화를 나눠보기도 하였다.

공항 부근의 인천광역시 중구 흰바위로 92번지 6-8(운서동 3109-7)에 있는 전주맛집에 들러 콩나물국밥으로 다 함께 조식을 들었다. 티케팅을 마친 후 공항구내의 셔틀 지하철을 타고서 105게이트로 이동하여, 그쪽에 있는 경인문고 인천공항점에서 22,000원 주고서 Lonely Planet의 『중앙아시아』(서울, 안그라픽스, 2014 초판, 2017 초판 2쇄) 한 권을 샀다. 인천공항은 세계 공항 서비스평가에서 12년 연속으로 1위를 차지하였다.

우리가 탄 비행기는 카자흐스탄의 Air Astana KC910편으로서, 나는 46H석을 배정받았지만, 조현서 교수의 양보로 49H에 앉은 아내 옆의 49K로 바꾸었다. Astana란 카자흐스탄의 수도 이름이다. 일정표에 의하면 우리는 13시에 인천국제공항을 출발하여 6시간 50분을 비행한 후 16시 45분에 카자흐스탄 동남부의 키르기스스탄 국경에 가까운 알마티에 도착하는 것으로 되어 있지만, 실제로는 1시간 쯤 늦게 이륙하여 16시 56분에 도착하였다. 5시간 40분 남짓 소요된다고 한다. 카자흐스탄과의 시차는 3시간으로서 한국보다 늦다. 비행기 안에서 나는 방금 사온 책을 계속 뒤적이며 사전지식을 얻었다.

공항에서 울란이라는 이름의 젊은 남자 현지가이드로부터 영접을 받았고, 최수경 씨의 사업거래처인 카자흐스탄인 형제 두 명과 그들의 친구 한 명도 공항으로 영접을 나왔다. 최 씨는 농업용 비닐(시설)하우스 시공 일을 하는데, 그 형제는 경찰공무원을 하다가 농업으로 전환하여 최 씨의 기술적 도움을 받아 그 분야에서 큰 성공을 거두어 대통령 표창까지 받았으며, 국가의 지원을 받아 사업을 크게 확장중이라고 한다. 카자흐스탄 남부의 투르키스탄에서 야간열차를 타고 850km 이상 되는 거리를 10시간 동안 1박2일 걸려 이동해 왔으며, 돌아갈 때도 1박2일이 걸릴 것이라고 한다.

우리는 봉고차 비슷한 18인승 벤츠 중형버스 두 대에 나눠 타고서 이동하였으니, 현지인 기사 두 명도 동행하는 셈이다. 이번 여행은 시종 이 차를 이용할 것이다. 이런 차를 이용하는 이유는 버스로는 길이 나쁜 곳이 많아 속도를 낼 수 없기 때문이라고 한다. 공항을 나서니 기온은 한국과 비슷하나, 주변에 만년설이 덮인 산들이 보였다. 그 중 하나가 유명한 침블락인데, 모두 中央天山山脈의 지맥일 터이다.

우리는 먼저 식당으로 이동하였다. 바깥의 네온사인에 24시간 카페라고 적힌 라파라는 이름의 식당이었는데, 중앙아시아에서는 식당을 카페라고 한다. 레스토랑이라는 이름이 붙은 곳도 더러 있으나, 그것은 보다 규모가 큰 식당을 의미한다고 한다. 그러나 이 식당도 꽤 크고 손님이 많은 곳이니 결국 어떤 이름을 붙이는가에 일정한 규칙은 없는 셈이나 대부분이 카페이다. 이곳에서 샤슬릭이라는 이름의 양고기 및 닭고기 꼬치구이와 보드카, 생맥주 등으로 최 씨의 거래처 사람들로부터 대접을 받았다. 그 형제는 한국에도 여러 번 왔었던 모양으로서 최 씨는 한국어로 그들과 대화를 나누고 있었고, 그의 초등학교 동창생들도 진주를 방문한 그들과 여러 번 만나 서로 구면이었다. 그들의 접대는 꽤 융숭하였는데, 음식과 술을 우리가 들 수 있는 만큼 얼마든지 내놓았을 뿐 아니라 우리 일행 각자에게 카자흐스탄에서 생산된 보드카 한 병씩을 선물하였다. 현지가이드인 울란은 키르기스스탄 사람인데, 동양인의 얼굴을 하고 있으며, 이 두 나라의 언어는 서로 비슷하여 따로 배우지 않아도 90% 의사소통이 가능하다고 한다.

식사를 마친 후 한국시간으로는 자정 가까운 무렵에 73, Gogol street에 있는 Otrar 호텔로 이동하여 207호실을 배정받았다. 실내에 비치된 안내서에 Hotel Complex 라고 적혀 있는 것으로 보아 다른 나라에서도 흔히 보았듯이 일종의 체인업소인 모양인데, 방이 매우 좁고 시설이 열악하였다. 그나마 여기서는 호텔에 묵지만 내일은 다인실인 게스트하우스에 묵는 모양이고, 중국에서는 파오, 몽골에서는 게르라고 부르는 천막집인 유르트 캠프에서 묵는 날도 있다.

우리 차에 탄 강 대장의 설명에 의하면, 카자흐스탄은 국민소득 만 불 정도로서 중앙아시아의 여러 나라 가운데서 가장 부유하며, 석유 등 천연자원이 풍부하다고 한다. 면적은 270만 ㎢로서 세계에서 아홉 번째로 넓으며, 우즈베키스탄, 투르크메니스탄, 타지키스탄, 키르기스스탄 등 중앙아시아의 나머지 네 나라를 다 합친 것보다도 크다. 언어는 카자흐어, 러시아어를 쓰며, 인구는 1800만, 화폐단위는 텡게인데, 한국 돈 1000원이 181.5 텡게에 해당한다.

알마티는 이 나라의 교통중심지로서, 눈 덮인 자일리스키 알라타우 산봉우리에 둘러싸여 있는 푸른 도시이다. 이 도시는 1854년 카자흐 사람들이 유목생활을 할 당시 베르니라는 이름의 러시아 요새로서 건설되었다. 이곳은 옛 실크로드 오아시스가 있었던 알마투라는 지역이었는데, 그 당시 이미 오래 전에 몽골인에 의해 초토화된 상태였다. 1927년에는 소비에트 카자흐스탄의 수도가 되는데, 당시의 이름은 알마아타(사과의 아버지)였다.

제2차 세계대전 중에는 수많은 한국인들이 극동 러시아로부터 이곳으로 강제이주를 당했다. 1991년 알마아타에서 열린 회동에서 소련이 마침내 해체선언 되면서 중앙아시아 지역의 5개 공화국은 독립국가연합에 합류한다. 그리고 얼마 지나지 않아 도시 이름은 실크로드 정착지 당시의 이름인 알마투와 비슷한 알마티로 바뀌었다. 1998년 카자흐스탄의 수도가 북부 스텝 지방에 자리한 아스타나로 바뀐 후에도 알마티는 비즈니스 및 사회 문화중심지의 역할을 변함없이 수행해 오고 있다. 내가 이 도시를 알게 된 것은 TV에서 고려인 정착지로 소개되면서부터인데, 현재 이 나라에는 고려인이 4만 명 정도 거주하고 있다.

■■■ 30 (금) 맑음

아침에 사천에 사는 산초모 모임 회원 정현국 씨로부터 전화를 받았다. 엊그제 우리 농장에서 있었던 산초모 모임에서 선물로 따가게 했던 자두가 아주 맛있어서 다시 한 번 방문하고 싶다는 것이었다. 아마도 좀 더 사가고 싶다는 뜻인 듯했다.

새벽에 1층 식당으로 내려가 보니 꽤 넓고 시설도 그런대로 괜찮았다. 일본인 여성 단체 손님들이 제법 있었다. 강대장이나 울란의 설명에 따르자면, 이 호텔은 시내의 중심가에 위치해 있어 교통이 편리하고 4성급 정도 되는 수준이라는 것이었다. 이 나라에서는 객실의 넓이나 설비보다는 식당 등 공공시설을 가지고서 등급을 평가하는 경향이라고 한다.

오전 8시에 출발하여 동쪽으로 200km 정도 떨어진 위치에 있는 차린 계곡까지 4시간 걸려 이동하였다. 알마티는 해발고도가 5~600m 정도 되는 곳인데, 수도인 아스타나와 더불어 인구가 각각 200만 정도 되는 대도시이다. 말하자면 중앙아시아 전체에서 가장 큰 도시인 셈이다. 거리에 보이는 아파트의 1층은 대부분 슈퍼마켓으로 되어 있다. 이 나라는 대통령이 25년째 집권하고 있다는데, 카자흐스탄뿐만 아니라 키르기스스탄을 제외한 중앙아시아 국가들은 모두 대통령이 장기 집권하는 독재 체제이다.

우리 내외가 탄 1호차에는 소규모로 온 사람들이 타고, 초등학교 동창생 7명이 2호차에 함께 탔다. 강대장이나 울란은 두 차에 번갈아가며 탔는데, 오전 중 한동안은 두 명 다 2호차로 가버려 설명해줄 사람이 없었다. 우리 차의 조수석에는 막심이라는 이름의 현지 여행사 부사장이 타고서 여행 플랜을 조정하고 있는데, 그는 키르기스스탄에서 태어난 러시아인이라고 한다. 우리 차의 기사는 비교적 젊어 보임에도 불구하고 짧은 머리에다 약간 수염을 기르고, 일본의 스모 선수처럼 엄청나게 신체가 비대하였다. 울란은 친구와 더불어 다른 여행사를 경영하고 있지만, 이번 경우처럼 한국어를 필요로 하는 여행사로부터 요청이 올 때는 프리랜서 가이드로 일하기도 한다. 그는

35세로서 결혼하여 딸 하나를 두었다. 처의 모친은 이 나라에 정착한 우즈베키스탄 사람이라고 하는데, 그래서 그런지 스마트폰의 사진으로 본 그의 처는 이란 사람 비슷한 모습이었다. 한국어가 유창하므로 나는 고려인이 아닌가 생각했으나 그렇지는 않았다. 그는 송쿨 호수 아래쪽 나른 주에 속하는 쿠르트카 출신으로서, 2004년도에 수도인 비슈케크에서 농기계 전공으로 농업대학을 졸업하였는데, 졸업 후 한국인이 운영하는 리더십 학원에서 한국어 교육을 받았고, 비슈케크에 있는 한국문화원에서 3년간 통역 및 운전기사로 근무하였으며, 문화원장의 소개로 공주대학 한국어학당에 7개월간 자비로 유학한 경험이 있다는 것이었다. 지금까지 외국이라고는 카자흐스탄과 한국 밖에 가본 적이 없다는데, 키르기스어, 러시아어, 한국어 등 3개 국어를 모국어 수준으로 구사할 수 있고, 두뇌도 꽤 명석해 보이며, 묻는 말에는 언제나 친절하고 성의 있게 대답하였다.

아시아인의 얼굴을 한 그나 기사는 막심과 러시아어로 대화하고 있었다. 중앙아시아는 1850년경부터 사실상 제정러시아의 지배하에 있었고, 1924년부터 1991년까지는 구소련의 일부로 되어 있었기 때문에 중앙아시아 국가의 모든 국민은 러시아어에 능통하다. 그렇게 된 배경에는 러시아어로 언어를 통일하고자 한 구소련 정부의 정책도 어느 정도 작용하고 있다. 현재 TV 등 공식적인 곳에서는 카자흐어와 러시아어를 함께 사용하고 있으며, 비행기에서는 거기에다 영어까지 보태어 3개 국어로 방송하고 있다. 그러나 러시아어와 중앙아시아어는 서로 전혀 다른 언어이다. 울란의 한국어가 유창한 것은 두 말의 어순이 거의 같고 단어에도 비슷한 점이 있기 때문이라고 한다. 카자흐어와 키르기스어가 90% 서로 비슷한 것은 옛날에 같은 키르기스 족이었기 때문이다. 1700년대까지 키르기스·우즈베크·카자흐스탄·타지키스탄 네 나라는 카라키르기즈라는 같은 나라에 속해 있었다고 한다. 중앙아시아의 언어는 터키어와도 비슷한데, 요컨대 같은 아시아계 민족이기 때문이다. 나는 카자흐 민족이 비슷한 발음인 러시아의 코사크인과 어떤 관계가 있는 것이 아닌가 생각했으나 전혀 그렇지 않은 모양이다.

울란이 알마티가 사막성 기후라고 하므로 의아하게 생각했는데, 교외지역으로 나가보니 곧 그것을 실감할 수 있었다. 알마티의 가로수는 대부분 높다란 미루나무(책에는 포플러라고 되어 있다)였다. 그러나 교외지역에 이르자 얼마가지 않아 그러한 나무들은 사라지고 황량한 들판이 전개되기 시작하였다. 멀리 산들이 바라보이나 산에도 나무는 거의 없다. 그러고 보면 알마티는 만년설을 인 높은 산들이 둘러싸고 있으므로, 예로부터 그 빙하 녹은 물로 이루어진 실크로드 상의 오아시스였던 것이다.

산악국가인 키르기스스탄을 제외한 중앙아시아 나라들은 대부분 극도로 우량이 적은 사막지대이다. 그래서 카자흐스탄도 농산물의 80%를 수입한다고 하는데, 이즈음은 그런 문제를 해결하기 위해 점차 비닐하우스 농업이 성행하고 있다. 수도인 아스타나도 원래는 대체로 모래만 있는 사막이므로 천도에 반대하는 사람들이 많았는데, 현재의 대통령 나자르바예프가 따르지 않는 공무원들을 인사조치하는 등의 강압적인 방법으로 강행한 것이라고 한다.

우리는 A2 고속도로를 따라 동쪽으로 계속 나아갔다. 알마티 부근에서는 도로변에 EXPO2017이라고 적힌 작은 깃발들이 계속 눈에 띄었다. 고속도로라고는 하지만 흰 중앙선이 하나 그어져 있을 따름이고, 그 양쪽 차도의 폭이 비교적 넓어 한국으로 치자면 편도 2차선 정도였다. 그리고 그 바깥쪽으로는 역시 제법 넓은 비포장 인도가 있다.

카자흐스탄의 남동부는 볼거리와 즐길 거리가 많아 이 나라에서 가장 다채로운 지역으로 꼽힌다. 우리는 얼마 후 폭이 훨씬 좁아진 고속도로를 따라 사막지대를 계속 달려가다가 도중에 나타난 마을에 닿아 체리, 알이 작은 사과, 살구 등의 과일을 사기도 하였다. 가끔씩 지나치는 차량 중에 버스는 전혀 없고, 미국이나 캐나다에서 본 것처럼 대낮에도 헤드라이트를 켜고 있었다. 들판 여기저기에 드리워진 거대한 구름 그림자가 볼만 하였다.

차린 계곡에 가까워지자 비포장인 옆길로 빠져나갔는데, 그 길은 얼마 후 다시 포장도로로 이어졌다. 차린 협곡은 깊이 150~300m에 달하는 것으로서, 평평한 스텝지역이었을 이곳에 차린 강의 급류에 의한 침식작용으로 만들어졌다. 거기에다 풍화작용이 더 하여 미국의 그랜드 캐니언을 연상케 하는 기이한 풍경을 빚어낸 것이다. 다만 현재는 계곡 밑바닥에 강물이 흐르지 않고, 미국 것에 비해 규모가 좀 작은 점이 다르다. '城들의 계곡'이라는 지점이 특히 유명한 모양이다.

우리는 정오 무렵에 Charyn Eco Park라는 표지가 있는 장소에 도착하여 계곡 옆의 조그만 휴게소 같은 곳에서 긴 나무 의자 위에다 준비해 온 음식물들을 펼쳐놓고 뷔페식 비슷한 점심을 들었다. 그 부근에 네덜란드에서 온 장갑차 모양의 캠핑카가 서 있었다. 이곳에서 오후 3시 무렵까지 두 시간 정도 트래킹을 하게 되는데, 굳은 모래로 된 미끄러운 비탈길을 경유하여 계곡 밑바닥까지 걸어 내려가 비스듬하게 경사진 길을 따라 3km 정도를 약 1시간 동안 계속 걸었다. 계곡 안에는 우리 외에도 걷는 사람들이 더러 있고, 몇 대의 차량도 눈에 띄었다. 그 길이 끝나는 지점에 숙박 및 식사, 오락 등의 시설이 갖추어진 조그만 마을이 있고, 그 마을 끝의 건너편 절벽 아래로 다른 쪽에서 흘러온 차린 강물이 세차게 흘러가고 있었다. 이 역시 만년설이 녹은 빙하수였다. 물 색깔은 약간 우유 빛을 띤 푸른색이나 이따금 황토 빛 탁류를 이루기도 하는 모양이다. 빙하 녹은 물로 이루어진 강은 대체로 이처럼 물살이 세고 거칠어 수영 같은 것을 할 엄두는 내지 못할 정도였다. 돌아올 때는 우리 부부와 강 대장, 울란을 포함한 8명은 1인당 $4씩 지불하고서 택시라고 불리는 지프 형 차량을 탔다.

오후 3시경에 차린 계곡을 출발하여 오늘의 숙소 사티 마을을 지나 2시간 30~40분 정도 걸리는 위치에 있는 사티 마을의 남서쪽 해발 1,800m에서 2,800m 고지에 걸쳐 있는 콜사이 호수로 직행하였다. 5시 36분에 도착하였다. 콜사이 호수는 퀸게이 알라투 산맥의 협곡에 위치해 있으며, 콜사이 강을 따라 길게 이어진다. 국립공원으로서 3개의 호수가 있는 협곡인데, 그곳에 도착하여 대부분의 일행은 주차장 부근에 머물렀으나, 나와 정 대장, 최수경 씨를 포함한 4명은 그 중 제일 아래쪽에 있는 해발 1,800~1,900m의 한라산 높이에 위치한 니즈니(아래) 콜사이 호수 끝까지 걸어갔다가 시간 관계상 오후 7시까지 주차장으로 돌아왔다. 호수에는 더러 보트 타는 사람들이 보이고, 세 호수를 잇는 유일한 오솔길에는 말똥이 여기저기 널려 있었다. 호수 주변에 울창한 삼림이 우거져 있는데, 그 대부분은 가문비나무다. 천산산맥에 있는 키 큰 나무들은 대부분 가문비나무이다. 나는 실크로드 탐사를 위해 중국 新疆省 쪽의 천산산맥으로도 가보았는데, 그쪽은 타클라마칸 사막에 접한 곳이라 나무 한 그루 풀 한 포기 찾아보기 어려운 돌산일 따름인 데 비해 그 반대쪽 키르기스스탄의 천산산맥은 이처럼 숲과 만년설과 초원과 강물이 풍부한 것이 퍽 대조적이었다.

7시 45분에 콜사이 호수를 출발하여 40분 걸려서 얼마 전에 통과한 바 있는 오늘의 숙박지 사티 마을로 돌아왔다. 별로 크지 않은 시골 마을이었다. Guest House라는 이름의 넓은 밭이 딸린 민박집에 들어 늦은 석식을 들고서 3명이 한 방씩 사용하게 되었는데, 우리 내외는 일행 중 유일하게 혼자 온 중년 남자 하나와 같은 방을 쓰게 되었다. 우리 내외는 더블베드, 그는 싱글베드를 사용하였고, 손발만 씻은 후 밤 11시 무렵에 취침하였다.

■■■ 2017년 7월 1일 (토) 맑음

오전 6시경 사티 마을을 출발하여 15km쯤 떨어진 카인디 협곡으로 향했다. 사티 마을 입구에 카인디로 향하는 길을 표시하는 안내판이 있는데, 그 안내판에는 12km라고 적혀 있다. 1시간 30분 정도 소요된다고 한다. 사티 마을은 해발 1,463m이고 카인디 협곡의 호수가 있는 지점은 2,300m인데, 도로 상태가 매우 좋지 못하므로 우리가 늘 타고 다니는 벤츠 차량이 아니라 더 작은 규모의 일제 미츠비시 차와 러시아 군용차에 각각 나눠 탔다.

그 갈림길 있는 곳 부근의 여기저기에 마을의 공동묘지가 있는데, 이 나라는 주민의 대부분이 이슬람교도이므로 주로 매장을 한다. 묘지에는 철제 울타리를 둘러치고 그 안에 비석 모양의 돌로 된 표지물들이 있으며, 그 꼭대기나 부근에 더러 이슬람교를 상징하는 초승달 모양의 철제 장식물이 달려 있다.

길은 엄청나게 험하여 곳곳이 하천으로 변해 있기도 하고, 개울이 가로질러 지나가기도 하여 걸어서는 도저히 갈 수 없는 곳이었다. 그래서 그런지 국립공원임에도 불구하고 여행안내서에도 나와 있지 않다. 가는 도중에 이

따금씩 사람 사는 집이 보이고 여기저기에 말과 소 등의 가축을 방목하고 있었다. 숲은 대부분 가문비나무이지만, 자작나무로 이루어진 꽤 넓은 숲도 지나쳤다.

입구의 매표소 부근에서 나를 포함한 네 명은 왕복에 $10라고 하는 말을 빌려 타고서 호수 있는 곳까지 올라갔다. 호수는 별로 크지 않은데, 그 안에 죽은 가문비나무가 백 그루도 넘게 커다란 기둥을 이루며 하늘로 솟구쳐 있는 것이 특색이었다. 카자크어로 카인은 가문비나무, 디는 장소라는 뜻이라고 하니, 가문비나무가 있는 곳이라는 뜻이다. 이곳은 원래 호수가 아니었는데, 산사태로 말미암아 아래쪽 계곡이 막히자 그곳에 개울물이 고여 결국 호수를 이루게 되고, 그 물로 말미암아 자라 있던 가문비나무는 말라죽게 된 것이다. 날씨가 꽤 추워 아내가 가지고 온 재킷 하나를 얻어 겹으로 껴입고 목수건도 둘렀으나, 아침 햇볕이 나오자 금방 따뜻해졌다.

사티 마을의 숙소로 돌아와 조식을 들고는 벤츠 차로 갈아타고서 출발하였다. 오늘은 카자흐스탄을 떠나 키르기스스탄으로 들어가 이식쿨 호수 동쪽 부근의 카라콜 마을까지 250km를 이동하는데, 약 네 시간이 소요된다고 한다. 마을을 떠날 때 울란이 한 말로는 러시아가 중앙아시아에 남겨준 것은 좋은 점과 나쁜 점이 있는데, 좋은 점은 유목생활을 버리고 이처럼 집을 짓고서 정주생활을 하게 한 것이요, 나쁜 점은 술 마시는 문화라는 것이었다.

계속 동쪽으로 달려 나아갔는데, 드넓은 평원이 많았으나 모두 놀려두고 있었다. 구소련 시절 같으면 지하수를 파서 밀농사를 짓는 집단농장 같은 것을 만들었겠지만, 지금은 그럴 여유가 없어 아까운 땅을 이처럼 그냥 방치해 두는 것이다. 한 마디로 사막 형 들판의 연속이었다.

제법 큰 마을인 케겐에서 남쪽 방향으로 접어들어 카르카라를 지나 오후 1시경 국경에 도착하였다. 카자흐스탄 측의 출국수속은 마약을 검색하는 세퍼트 견까지 동원하고 꽤 까다로워 시간이 오래 걸렸지만, 키르기스스탄 쪽의 입국 수속은 오히려 매우 간단하였다. 중앙아시아의 다섯 나라는 구소련을 이루고 있었던 러시아를 포함한 15개 공화국의 일부로서, 제정러시아 시절인 1850년부터는 투르크메니스탄으로 통칭되고 있었으나, 소비에트 시절에 들어와서 구성 민족 및 언어를 중심으로 다섯 개의 나라로 분리한 것이다. 그 15개 공화국 대부분이 이제는 독립하였지만, 부존자원이 풍부한 타타르스탄과 바스키리스탄은 아직도 독립하지 못하고 있다.

키르기스스탄은 인구 700만에 면적은 198,500㎢로서 한반도와 거의 같은데, 국토의 80%가 산지이다. 화폐단위는 솜이며, 한국 돈 1,000원이 50.7솜에 해당한다. 수도인 비슈케크의 인구는 공식적으로는 100만이지만, 비공식적으로는 150만이라고 한다. 울란 등도 농업 외 일자리의 대부분이 몰려 있는 수도에 거주하고 있다.

이 나라는 다른 중앙아시아 국가들과는 달리 온 국토에 물이 많고 숲이 울창하므로 중앙아시아의 스위스 또는 알프스로 불리고 있다. 그러나 부존자원은 빈약하여 아직도 유목생활을 하고 있으므로, 국민소득은 2,000불에 불과하다. 그러나 국토가 아름다워 앞으로는 관광업이 크게 일어날 가능성이 있다. A362 고속도로를 따라 서쪽으로 나아갔는데, 고속도로라고는 하지만 비포장도로가 이어지다가 한참 지나서부터 아스팔트 포장도로로 바뀌었다. 그러나 길바닥에 아무런 표시도 없고 2차선 정도의 넓이였다. 가로수로는 알마티 부근에서 많이 본 미루나무가 많았는데, 이 나무는 물이 풍부한 곳에서 잘 자란다고 한다.

도중에 제법 큰 마을인 톱에 도착하기 조금 전부터 이식쿨 호수를 한 바퀴 도는 A363 고속도로로 접어들어 남쪽 방향으로 틀었는데, 국경까지가 약 150km, 키르기스스탄에 입국하여 오늘의 숙박지인 카라콜까지가 약 100km이다. 카라콜은 이식쿨 주의 주도로서 인구 4~5만 정도 되며, 역사가 꽤 오랜 도시로서 러시아인이 만든 것이다. 천산산맥의 기슭에 위치해 있다. 키르기스스탄에서는 국토의 어디서나 만년설에 덮인 천산산맥을 바라볼 수 있다고 한다. 카라콜에 도착하여 107번지에 있는 다스토르콘이라는 이름의 카페에서 오후 3시 반쯤에 늦은 점심을 들었다.

점심을 든 후에는 다시 서남쪽 방향으로 이동하여 키르기스스탄의 알프스라고 불린다는 제티 오구즈로 들어갔다. 도중에 1910년대에 중국의 위구르인 30만 명이 독립운동을 하다가 망명해 와서 정착하여 주로 마늘농사를 짓고 산다는 지역을 지났다. 이 나라는 인구의 약 70%가 이슬람교를 믿는다. 한인은 1,500명 정도 있는데, 70%가 선교사들이다.

제티 오구즈는 '황소 일곱 마리'라는 뜻인데, 붉은색 사암으로 이루어진 바위 절벽이 일곱 개의 봉우리를 이루고 있다 하여 이런 이름이 붙었다. 제티 오구즈라는 마을에서 천산산맥 쪽으로 제법 한참을 더 들어간 곳에 그 바위가 있었다. 키르기스스탄에서 가장 사진에 많이 담기는 자연물 중 하나라고 한다. 그것을 북쪽 방향에서 바라보면 일곱 개의 봉우리는 보이지 않고 그 대신 깊게 파인 붉은 바위 부분만이 보이는데, 이를 '깨어진 심장(라즈비토예 세르체)'라고 한다.

거기서 천산산맥을 4km 정도 더 들어가면 마치 영화 '사운드 오브 뮤직'에 나온 알프스의 풍경인 듯한 잔디 모양의 얕은 풀이 깔린 초원 주변으로 만년설에 덮인 산봉우리들과 빙하 녹은 물이 빠르게 흘러가는 계곡, 그리고 울창한 숲의 풍경이 드넓게 펼쳐지는 '푸른 초원(쾨크 자이크)'이라는 곳에 다다른다. 우리는 오후 5시 10분에 거기에 도착하여 거기서 40분 정도 걸리는 해발 2,400m 지점의 폭포까지 트래킹을 하여 7시가 좀 지난 시각에 원점으로 돌아왔다. 키 큰 나무의 대부분은 가문비나무인데, 개중에는 인공식재를 했는지 높은 곳에서 바라보면 사방으로 일정한 간격과 줄을 지어 배열된 모습을 바라볼 수 있다. 나는 이번에도 도중에 왕복 $10을 지불해야 하는 말을 탔다. 등산화의 끈이 떨어진 아내도 포함하여 이번에는 다섯 명이 말을 타고서 올라갔으나, 말에서 내린 지점으로부터 폭포까지는 걸어서 10분 거리임에도 불구하고 아내는 도중에 포기하고서 폭포까지 가지 않았다. 폭포는 5~60m 정도 높이로 꽤 넓게 떨어지고 있었는데, 거기까지 가는 길은 말도 통과하기 어려울 정도로 후진 곳이었다.

어두워진 후에 카라콜로 돌아와 점심을 든 식당에서 석식도 들었고, 도심에서 좀 떨어진 거리에 있는 Green Yard 호텔에 도착하여 샤워를 마친 다음 밤 11시 무렵에 취침하였다. 우리 내외는 104호실을 배정받았는데, 이 호텔은 몇 채의 2층집에다 방도 별로 많지 않은 가정적인 분위기였다. 방은 그런대로 넓고 쾌적하여 알마티에서 묵었던 오트라르 호텔보다도 훨씬 맘에 들었다. 회옥이는 세렝게티 등의 사파리 여행을 마친 후 숙소가 있는 다르에스 살람으로 돌아갔다고 한다. 동행한 서양 사람들이 모두 좋았다고 한다.

■■■ 2 (일) 맑음

아침에 둘러보니 우리가 잔 숙소의 입구 쪽에는 붉은색 장미 벽이 있고, 가정집 스타일임을 알 수 있었다. 72년도 러시아제 군용차량인 육공트럭 한 대로 갈아타고서 오전 6시 반에 출발하여 해발 2,600~2,700m 정도 고지의 온천지대인 천산산맥 내부의 알틴 아라샨으로 이동하였다. 육공트럭이란 장갑차 모양으로 생겼고, 바깥의 칠도 국방색 얼룩무늬인데, 높은 위치에 출입구가 하나 있을 뿐 여닫을 수 있는 창문은 아예 없고, 천정에 바깥공기가 출입할 수 있는 개폐식의 조그만 문이 하나 달려 있을 뿐이어서 내부는 꽤 더웠다.

이 차는 어떠한 험한 곳도 다닐 수 있도록 설계된 것이다. 도중의 산길은 목적지까지 차를 타고 가면 2시간, 걸어서 가면 오를 때 5시간 내려올 때 4시간 걸릴 정도로 험하여 어제의 카인디 협곡 길보다 심하면 심했지 결코 덜하지 않았다. 길은 있으나 흙길, 물길, 바위길이 번갈아 나타나 차의 요동이 엄청 심해 좌석에서 떨어질 번했던 적이 여러 번이었다. 내 생애에 이런 험한 길을 차를 타고 오른 적은 없었다. 도중에 악수라고 하는 마을에서부터 아라샨 강을 따라 올라가는데, 빙하 녹은 강물의 유속이 엄청 빠르고, 도중 7월 한여름에 얼음벽이 나타나기도 하였다. 15일 전에 산사태로 길이 막혔던 적도 있었다고 한다. 숲이 울창하고 협곡 주변의 풍경이 좋아 충분한 시간만 있다면 걷거나 말을 타고 가면 제격일 듯하고, 실제로 이 일대는 트레킹 코스로 유명하여 백패킹 차림으로 걷고 있는 서양인 남녀들을 자주 볼 수 있다.

도중에 두어 차례 휴식을 하고, 목적지에 거의 다간 지점에서 차가 고장인지 시동이 걸리지 않아 얼마간 걸어서 오르기도 했는데, 그럴 때마다 주위에선 향나무 종류인 외송 집에 심겨져 있는 것과 비슷한 키가 낮고 옆으로 벌어지는 나무 군락이 많이 눈에 띄고, 갖가지 야생화들의 천국이 펼쳐졌다. 공육트럭의 기사도 이 나라 국적을 가진 러시아인이라고 한다.

알틴 아라샨(황금 스파)은 우편엽서처럼 아름다운 산속의 널찍한 계곡에 위치한 소박한 온천지였다. 거기서 고도 4,260m에 달하는 만년설에 뒤덮인 하얀 플랏카 봉우리가 협곡 안쪽 끄트머리로 바라보였다. 이곳에는 소규모의 온천 개발지가 몇 집 있는데, 통나무나 나무 헛간으로 둘러싸인 콘크리트 웅덩이 안에 천연 온수가 가득하고, 그 바로 옆으로 물살 빠른 빙하 녹은 강물이 흘러가고 있다. 나는 거기서 두 차례 온천욕을 하였지만, 아내는 여러 사람이 들어간 곳에서 목욕하고 싶지 않다 하여 여러 번 권해 보았으나 끝내 들어가지 않았다.

거기서 11시까지 한 시간 정도 시간을 보내기로 했으나, 일행 중 $20을 지불하고서 1시간 정도 말을 타고 내려가겠다는 사람들이 있어서 말을 주선하느라고 반시간 이상 지체하였지만, 현지 사정으로 끝내 말을 타지는 못했다. 일행 중 진주농전 동기생 두 명도 있어서 혼자 온 사람은 간밤에 우리 내외와 함께 방을 쓴 박동훈 씨 하나뿐임을 알았다.

갔던 길로 다시 내려와 카라콜에 도착한 다음, 오후 2시 10분에 튀뉘스타브 29a에 위치한 타가이타이란 이름의 식당에 도착하여 늦은 점심을 들었다. 호텔을 겸한 곳이었다. 타가이타이라는 이름이 내가 읽지 못하는 이상한 문자로 적혀 있었는데, 알고 보니 그것은 키릴 문자의 필기체였다. 카라콜이 주도인 이식쿨 주의 인구는 60만 명 정도 된다고 한다.

점심을 마친 후, 다시 18인승 벤츠 차로 바꿔 타고서 3시 20분에 출발하여 A363 고속도로를 따라 북쪽과 서쪽으로 130km를 달려 오후 5시 40분에 이식쿨 호수의 북쪽 중간 지점에 위치한 휴양도시 촐폰아타에 도착하였다. 고속도로는 중앙선이 없는 2차선 정도 넓이의 아스팔트 도로인데, 곳곳에 키 큰 미루나무 가로수가 있고, 그 너머로는 밀을 심은 밭이나 유채 밭 등이 펼쳐져 있으며, 바다처럼 넓은 호수의 풍경을 왼쪽으로 바라보며 나아갔다.

이식쿨 호수는 길이 170km, 폭 70km, 둘레가 440km로서, 남미의 티티카카 호 다음으로 세계에서 두 번째로 큰 산지 호수이다. 이식쿨은 '따뜻한 호수'라는 뜻인데, 해발 1,600m의 고지대에 위치해 있지만, 혹독한 중앙아시아의 겨울철에도 결코 얼지 않는다 하여 이런 이름이 붙었다. 키르기스어로는 이식쿌, 러시아어로 이식쿨이다. 흰 눈이 군데군데 쌓인 알라투 산맥을 배경으로 하고 있어 멋진 풍경을 보여준다.

촐폰아타 시내로 들어와 세계유목민게임장이라고 하는 커다란 건물 앞을 지나갔다. 세계의 유목민 올림픽 같은 것이 개최된 곳이다. 이 게임은 키르기스스탄 측의 제의에 의해 2년에 한 번씩 2014년과 2016년에 이곳을 메인 스타디엄으로 하여 이식쿨 호수의 북부 여러 곳 및 엊그제 우리가 들렀던 제티 오구즈의 '푸른 초원'에서도 분산 개최되었다고 한다. 한국을 포함한 35개국 정도가 참가한 모양이다. 정식 명칭은 Nomad Game이라고 하며, 원래는 올림픽처럼 이 나라 저 나라로 옮겨가며 개최할 예정이었으나, 회원국들이 키르기스스탄의 경치가 좋다 하여 여기서 상설 개최할 것을 요구하여 그렇게 결정되었다는 것이다. 이 나라는 현재 유목민이 전체 인구의 10% 정도 되며, 유목과 정착 생활을 아울러 하고 있다고 한다.

우리는 트리 코로니 호텔이라는 리조트 같은 숙소에 들어 아내와 나는 211호실을 배정받았다. 코로니는 영어의 코로나로서 왕관이라는 뜻이니, 전체적 의미는 세 왕관이 된다. 원래 이 리조트가 세 동의 건물로 이루어져 있었던 데서 유래한 이름이라고 한다. 건물들 여기저기에 왕관 세 개가 나란히 그려져 있다. 3층으로 된 건물 몇 채가 여기저기에 배치된 꽤 넓은 공원 같은 곳이었는데, 그 끝이 이식쿨 호수에 면해 있고, 구내의 여기저기에 장미·인동초를 비롯한 각양각색의 꽃들이 만발해 있어 분위기는 그저 그만이었다. 근년 들어 한국의 각지에 흔히 피는 노란 야생화인 금계국도 눈에 띄었다. 정원의 끝에는 이식쿨 호수를 향해 100m 정도 좁고 길게 뻗어나간 지붕 달린 나무 통로가 있고, 거기서 수영을 하거나 다이빙을 즐길 수 있게 되어 있다. 우리는 이 호텔에서 이틀을 묵게 된다. 호수 쪽으로 가장 가까운 건물에 들어 있는 식당에서 샤실릭 등으로 석식을 들었는데, 오늘의 샤실릭은 꼬치에 끼워져 있는 것이 아닌데다가 식어서 별로 맛이 없었다. 그 대신 양고기 볶음밥은 먹을 만하였으나, 식사 전에 이미 배가 불러 별로 들지 못했다. 먼저 자리를 떠서 호반을 한 번 둘러본 후 우리 방으로 돌아왔는데, 식당이나 호텔 구내 그리고 호반에서 일본인들이 눈에 띄었다.

■■■■■ 3 (월) 맑음

아침 7시에 식사라고 들었는데, 어제의 식당으로 가보니 문이 닫혀 있었다. 알고 보니 식당은 7시 반부터 문을 연다는 것이었다. 그 시간이 될 때까지 우리 일행과 더불어 호수 쪽으로 산책을 나가는데, 반대쪽에서 어떤 남자가 카메라로 꽃들의 사진을 찍고 있었다. 마주치게 되자 그가 먼저 말을 걸어 중국말로 중국인이냐고 물어 오므로, 내가 일본어로 일본인이시냐고 답하여 서로 일본어로 잠시 대화를 나누게 되었다. 내 일본어가 유창하다고 말하므로, 京大(경도대학)에 유학했었다고 했더니, 뜻밖에 그도 경대를 졸업했다는 것이 아닌가! 알고 보니 그는 上田惠一이라는 이름을 가졌고, 昭和 37년(1962년) 3월에 경도대학 공대 위생공학과를 졸업하였다. 화학공학의 설계, 배수처리를 전문으로 하여 석유화학의 합성수지를 생산하는 일을 해왔으며, 퇴직 후에는 레바논 등지에서 그 방면의 일을 해왔다고 한다. 어제 석식 때 우리 근처의 실외에 차려진 식탁에서 일본인들이 둘러앉아 하모니카를 불며 즐기고 있었는데, 그도 그 그룹에 속해 있었던 것이다. 그 그룹은 은퇴 후 해외에서 활동해 온 사람들의 모임인데, 마침 키르기스스탄에서 일하고 있는 친구가 있어 그와의 인연으로 이곳을 방문하게 된 것이라고 했다.

울란의 말에 의하면 간밤에 약간의 비가 내렸다고 한다. 오늘은 오전 8시에 출발하여 먼저 한 시간 정도 걸려서 동쪽으로 40km를 달려 그리고리옙스카라는 곳에 있는 총아크수 계곡으로 향했다. 고속도로 상에는 부분적으로 포장 공사 중인 곳이 있었다. 가는 길에 울란에게 중앙아시아에는 한국 차가 매우 드물고 대부분 일제이거나 독일제인 것은 무엇 때문인지 물어 보았는데, 그의 대답은 한국 차는 첫째로 가격이 비싸고, 질이 떨어지며, 부품을 구하기도 쉽지 않기 때문이라는 것이었다. 그 자신도 타보았지만, 2005년 이전에 생산된 한국 차는 고장이 잦다고 했다. 원래는 독일차가 대세였는데, 약 10년 전부터 일본차가 크게 인기를 몰아 현재 70% 정도의 셰어를 차지하고 있다. 한국 차는 가뭄에 콩 나기로 어쩌다 한 번 정도씩 보인다.

어제 달려온 고속도로를 역방향으로 한참 나아가다가 세묘놉스카라는 마을에서 북쪽 산악지대로 이어진 길로 들어갔다. 이식쿨 호수의 북부에 펼쳐진 산맥에는 나무가 거의 없는데, 이곳 골짜기만은 만년설 녹은 물이 흘러 강 주변에 수목이 좀 우거져 있으므로 명소가 된 것이다. 총은 크다는 뜻이고 (근처에 작다는 뜻의 키치 아크수 계곡도 있다), 아크는 희다, 수는 물이라는 뜻이다. 강의 급류에 깎여 형성된 계곡이 22km 이어지는 곳인데, 군데군데 숙박이 가능한 유르트와 길가 음식점, 그리고 유리병에 담은 벌꿀 등을 파는 상점들이 있고, 독수리를 관광객의 팔에 얹어 사진을 찍게 해주고는 돈을 받는 사람도 많았다. 이곳에서도 승마를 할 수 있다.

우리는 오전 9시 50분 총아크수에 도착하여, 두 시간 정도 자유 시간을 가지기로 했다. 일행은 걸어서 계곡을 따라 올라가는데, 나는 이번에는 말을 타지 않으려고 했으나, 뒤에 쳐진 아내가 한동안 머뭇거리는 듯하더니 말을 탔고, 리더인 강덕문 씨도 타는 모습을 보고서, 결국 나도 $30을 지불하고서 타게 되었다. 나는 마부 없이 혼자 타고서 계곡의 상류 쪽으로 거슬러 올라가 10시 50분에 숲이 대충 끝나고 풀밭이 시작되는 좀 넓은 지점에서 말머리를 돌려 11시 50분에 돌아왔으니, 결국 두 시간 정도 탄 셈이다. 덕분에 말 모는 요령을 대충 익힌 듯하다.

원점으로 돌아온 다음 일행으로부터 마유주를 얻어 한 모금 맛보았다. 마유주는 알코올 농도가 1~2%에 불과하여 술이라기보다는 음료수에 가까운 것이다. 그런데 이 마유주 값은 한국의 막걸리 값에 비해 꽤 비싸고, 독수리를 팔에 얹고서 사진 찍는 데는 한국 돈 5,000원에 해당하는 비용을 지불해야 하며, 말 타는 값도 $30이면 이 나라의 소득수준에 비해 꽤 비싼 편인데, 아마도 관광객을 상대로 하므로 이처럼 값을 올려놓은 모양이다. 말 타는 값은 늘 울란에게 달러로 지불해 왔는데, 혹시 울란이 중간에서 상당한 이득을 취하는 것이 아닌지 모르겠다.

촐폰아타로 돌아오는 도중에 거리에 보이는 키릴 문자 가운데는 러시아어에 없는 키르기스어 발음을 표시하기 위해 특수한 기호를 붙여 만든 새로운 글자나 글자는 같더라도 러시아와 키르기스어 간에 읽는 음이 다른 것도 있음을 알았다. 나는 예전에 파미르고원 여행에서 키르기스인의 위가 높아 독특한 전통 모자 칼팍을 하나 구입해 둔 바 있었는데, 이 나라 여행에 관한

TV 프로에서는 그런 모자를 쓴 사람을 자주 보았으나, 직접 와서 보니 실제로 그런 모자를 쓰고 다니는 사람은 드물었다. 명절이나 결혼식 등 특별한 날에는 많이들 쓴다고 하니, 우리나라의 한복과 비슷한 상태인 모양이다. 아마도 근대문명이 침투하여 개화가 상당히 진행된 까닭인 모양이다. 그리고 이 나라를 비롯한 중앙아시아에서는 서양인의 얼굴을 한 사람이 꽤 많이 눈에 띄는데, 키르기스스탄 인구의 25%가 러시아인이라고 한다.

나는 오늘 배낭을 간편한 것으로 바꿔 걸치고 나오는 바람에 등산배낭에 넣어둔 순환기 계통의 약들을 복용하지 못한 데다 협심증 약도 잊고서 챙겨 오지 못하였다. 약을 복용하지 못한 까닭인지 돌아오는 차 안에서 심장 부근에 묵직한 통증이 오기 시작하였다. 예전에도 몇 번 그러했듯이 잠시 후면 가라앉을 줄로 알았는데, 그렇지 않아 꽤 곤혹스러웠다. 이 상태가 심해지면 부득이 차를 돌려 약을 두고 온 숙소로 돌아가자고 해야 하나 염려하고 있었더니, 옆에서 그 모습을 본 아내가 자기가 챙겨온 협심증 약을 꺼내 주므로 그것을 혀 아래에 넣고서 녹였더니 통증이 서서히 가라앉기 시작하였다. 천만다행이라고 할 수 밖에 없다. 지난번에 이런 증세가 있어 대학병원에 입원 치료한 적이 있었으나 그것은 자의가 아니라 거의 아내의 강요에 의한 것이었고, 협심증 약을 받은 이래로 1년이 넘도록 실제로 사용한 적이 있었던지 없었던지 기억조차 희미하므로, 나는 지금까지도 자신이 경련성 협심증 즉 변이형 협심증 환자라는 것을 실감하지 못하고 있었고, 매일 처방된 약을 복용하고 3개월 만에 한 번씩 의사를 면담하는 데 대해서도 그 필요성을 의심해 왔다. 그러나 오늘의 상태로 보아 내가 협심증 환자이며, 이러한 약을 복용하지 않으면 위험한 상태에 이를 수 있음을 거의 믿게 되었다.

촐폰아타로 돌아와서는 모터보트를 타고 호수 안쪽으로 들어가 배 안에서 점심식사를 들고 수영도 하였다. 나는 이식쿨 호수에서 수영을 꼭 해보고 싶어 울란에게 수영복을 구입해 주도록 부탁하기도 했으나, 심장 상태가 좋지 못한지라 수영은 자제할 수밖에 없었다. 어쨌든 뱃놀이 치고는 이런 호사가 없으니 신선놀음이라 할 수 밖에 없다. 광대하여 바다와 같은 이식쿨 호수의 물은 118개의 강과 물줄기가 흘러들어 생성된 것이라 하며, 현재 이 호수에는 하구가 없으나 몇몇 학자들은 호수 깊숙한 곳에서 이웃한 추 강으로 넘어가는 것으로 추정하고 있다. 나무는 호수 부근의 산기슭에서만 자라고 있고, 호숫가 300m 이내로는 2층 이상의 집을 짓지 못하도록 되어 있다. 우리는 오후 1시 9분에 배를 타 2시 30분에 하선하였다.

배에서 내린 후로는 근처에 있는 암각화 야외 박물관을 보러 갔다. 옛 비행기 활주로 주변에 빙하에 실려 온 돌덩어리들이 가득 널려 있는 경사진 넓은 들판이었다. 이곳에 350개의 암각화가 있으며, 이곳뿐만 아니라 이식쿨 호수 북부 일대에 이런 암각화가 여기저기 분포되어 있다. 암각화가 있는 바위에는 그것을 나타내는 표지물이 세워져 있어서 찾기에 편리하고, 바위에다 칠을 하여 음각으로 새긴 암각화가 선명하게 드러나게 해두었다. 돌 표면을 긁거나 쪼아서 새긴 그림들인데, 일부 그림은 청동기 시대 말기에 그려졌으며, 대부분은 기원전 8세기에서 서기 1세기 사이에 그려졌고, 5~10세기의 투르크 시대에 그려진 것도 있다. 주로 뿔이 긴 아이벡스 사슴과 그것을 사냥하는 사람들의 모습인데, 가장 크고 훌륭한 것은 매표소 맞은편에 있다. 그리고 바위들 중에는 돌무덤도 섞여 있었다. 불과 10년 전까지만 하더라도 이곳은 방치된 상태여서 아무런 시설물이 없었다고 한다.

오후 3시 8분에 그곳을 출발하여 호텔로 돌아와, 오후 7시 반의 석식 시간까지 모처럼 느긋한 여유 시간을 가졌다. 오늘 석식에는 어제처럼 샤슬릭이 나왔으나, 꼬치에 끼워진 상태로서 따뜻하였으므로 맛이 한결 나았다. 식사 후 아내와 함께 호텔 구내의 꽃밭 정원을 거쳐 호수 안쪽으로 길게 난 통행로까지 두루 산책해 보았다. 호수 안과 구내의 풀에서 서양인 여자들이 수영을 하고 있었으나, 너무 뚱뚱하여 별 볼품이 없었다. 날씬한 S라인의 마누라에 비해 보면 더욱 그러했다.

■■■ 4 (화) 맑음

9시에 촐폰아타를 출발하여 다음 목적지인 송쿨 호수를 향해 이동하였다. 약간 서쪽으로 치우치기는 했지만 호수 북쪽의 대략 중간 지점에 해당하는 촐폰아타에서 다시 서쪽으로 나아갔으니, 엊그제 카라콜에서 온 것까지 포함하면 결국 이식쿨 호수의 동쪽 끝에서 서쪽 끝까지를 완주한 셈이 된다. 도중에 말린 물고기를 길가의 건조대에다 세로로 걸어놓고서 판매하는 상점들이 늘어서 있고, 여기저기에 도로포장공사를 하고 있었다. 도로공사는 중국 사람들이 맡아 하는데, 아시아은행이 지원하는 모양이다. 마을에는 대개 양파 모양의 지붕 탑에 오돌오돌 돌기물이 돋아 있는 이슬람교 사원이 하나둘씩 있는데, 중앙아시아에 이슬람교가 들어온 것은 750년 아랍군의 진입과 더불어서 라고 한다.

이식쿨 호수의 서쪽 끝에 해당하는 발릭키의 주유소에서 잠시 휴게한 다음 다시 출발했다. 촐폰아타로부터 점심을 들기로 예정된 중간지점인 나른주의 큰 도시 코치코르까지의 거리가 대략 180km이다. 11시 46분에 도착해 보니 코치코르의 점심이 예약된 장소는 동네 안쪽 골목 안에 위치해 있고, 바깥에 아무런 표지가 없는 가정집 같은 곳이었다. 예정보다도 조금 일찍 도착한지라 아직 식사 준비가 다 되어 있지 않아 우리는 준비하는 동안 부근의 시장을 둘러보기로 했다. 재래시장이라 우리네 시골 장터 같은 느낌을 주는데, 거기서 파는 물건들은 거의 전부가 중국제품이다. 코치코르에서 나른주의 중심도시 나른을 거쳐 천산산맥을 가로지르는 토루가르트 고개(3,752m)를 건너 중국 新疆省 남부의 카슈가르로 통하는 A365 고속도로(토루가르트 루트)는 중국으로 통하는 거의 유일한 도로이기 때문에, 필요한 물자의 80%를 중국에 의존하는 이 나라 경제에서 절대적으로 중요하다. 그러므로 이 아스팔트 도로는 제법 잘 정비되어져 있어 점선으로 된 중앙선 외에 양쪽 가에 다른 곳에서는 보지 못했던 흰 선까지 그어져 있다.

우리 일행 중에는 시장에서 선물용으로 칼팍 모자를 여러 개씩 사는 사람이 몇 명 있었다. 이 모자는 만년설이 덮인 산 모양을 본뜬 것으로서 양털로 만들어져 있어 여름에 시원하고 겨울에는 따뜻하다고 한다. 시장을 벗어나 식당으로 돌아가는 도중 골목 입구에서 난이라는 이름의 화덕에 구운 빵을 좀 사고, 그것을 굽는 화덕을 살펴 사진을 찍기도 하였다. 중앙아시아에서는 손님의 식탁에 빈자리가 없을 정도로 음식물을 빼곡히 차려놓는 것이 법도이고, 식사 때마다 사탕과 비스킷, 초콜릿 등 과자가 빠지지 않고 밥상에 오르는 것도 다른 데서 보지 못한 특색이다.

이 식당에서 6개월 동안 혼자 여행을 하는 태즈메이니아 출신의 호주인 중년 남자 하나를 만나, 그가 내게 말을 걸어오므로 영어로 좀 대화를 나누어 보았다. 그는 대학에서 여러 과목을 가르치던 사람인 모양인데, 55세에 퇴직을 하여 대중교통을 이용해 이처럼 세계 여행을 하고 있고, 한국에도 한달간 머문 적이 있어 제주에서 서울까지 자기가 가본 한국 곳곳의 이름을 들먹이고 있었다. 내가 그보다 10년이 더 긴 65세까지 근무하고서 퇴직했다고 말했더니, 'Bad Luck'이라고 말했다.

코치코르에서 송쿨 호수까지는 또 두 시간에 걸쳐 130km를 더 가야 하는데, 도중에 길가의 들판에서 쌍봉낙타의 무리를 발견하고서 멈춰 서서 사진을 찍었다. 쌍봉낙타는 주로 몽골에 있는 줄로 알고 있는데, 오늘 우리가 본것은 대부분 등에 난 봉우리가 맥없이 축 늘어져 있는 것들이었다. 그곳에다물을 비축하는데, 비축된 물이 다 소진되었기 때문이라고 한다.

또한 구소련 때 사막을 개조하여 밀밭으로 만들었을 때 사용하던 물 운반용 콘크리트 관도 보았다. 코치코르 부근의 저수지로부터 이곳까지 물을 운반해 왔던 모양이다. 이식쿨 호수 서쪽 끝에서 이곳에 이르기까지의 들판과산은 대부분 사막이거나 그것에 준하는 것이었는데, 구소련 시절에는 집단농장을 통해 이러한 곳도 개발하여 농지로 만들었던 것이지만, 연방의 해체와 더불어 러시아인이 떠나버리자 그들이 지녔던 기술도 함께 사라져버려이처럼 방치된 상태로 있는 것이다.

고속도로를 벗어나자 비포장도로가 이어졌다. 송쿨 호수가 바라보이는해발 3,380m의 칼막 아슈(고개)에 조금 못 미친 칼막 계곡에서 차를 내려, 오후 3시 33분부터 약 반 시간 동안 고개 마루까지 트래킹을 하였다. 거기서멀리 계곡 안쪽에 100마리도 넘는 검은 색 야크 떼를 방목하는 모습이 바라보였다. 트래킹이라고는 하지만, 길도 없는 언덕배기의 경사진 풀밭을 그냥치고 올라가는 것이었다. 그 윗부분에 만년설이 남아 있는데, 인솔자인 강덕문 씨는 그 가파른 경사의 눈밭을 치고 올라갔다. 나는 고산지대라 숨이 가빴지만, 이럭저럭 일행 중 세 번째로 고갯마루에 도착하였다. 풀밭에는 야생화가 지천이었다.

송쿨 호수는 해발 3,016m 고지에 있는 폭이 20km에 달하는 산중 호수이다. 깊이는 불과 14m라고 한다. 저 멀리서 들쭉날쭉하게 이어지며 지평선을 이루는 산봉우리로 둘러싸여 있고, 호수 바로 옆으로 널따란 초원이 펼쳐져 가축을 방목하기에는 그저 그만인 장소이다. 그러므로 6월 중순부터 8월말까지 2개월 반 동안 호반 여기저기에 유르트가 쳐져 있다가 그 기간이 지나면 모두 철수한다. 우리가 오늘 머물게 된 장소는 그 중 바타이 아랄이라는 곳으로서, 유르트가 비교적 밀집해 있는 곳이다. 아랄은 섬이라는 뜻인데, 실제로 섬은 아니지만 유르트가 몰려 있어 섬 같은 느낌을 주는 곳이라는 뜻인 모양이다. 비포장도로가 끝난 곳에서 초원을 따라 8~10km 정도 더 들어간 곳에 자리해 있는데, 유르트 群마다에 각각 CBT-CHOCHKOR라 적혀 있고, 일련번호가 붙어 있었다.

이곳에서 방목되는 가축은 소와 말 그리고 양인데, 여러 집의 가축들을 모아 함께 관리해 주고서 그 보수를 받는 모양이다. 고산지대라 시원하고, 물이 풍부하며, 호수 주변은 널따란 평지가 펼쳐진 데다 온통 초원이기 때문에 방목에 적합한 조건을 두루 갖추었다.

오후 8시에 해가 진다는데, 아내를 제외한 나머지 일행은 여기서 모두 말을 탔다. 울란이 1시간에 $10이라고 말했으나, 강덕문 씨가 그 정도 받아서 되느냐면서 $15로 올리게 했는데, 실제로 말 소유자에게 지불하는 돈과의 차액을 팁으로 주려는 모양이다. 우리는 5시 30분부터 말을 타기 시작하여 7시 3분까지 탔으니 1시간 반 정도 탄 셈인데, 내가 탄 말은 비교적 젊은 놈이라 지시하지 않아도 스스로 다른 말들과 보조를 맞추어 속도를 조절했다. 그러나 말이 달려갈 때는 안장에 얹힌 엉덩이가 들썩거려 몸의 중심을 잡기가 힘들고, 등자에 걸친 발이 너무 깊숙이 들어가 버려 그것을 다시 빼내는데 애를 먹었다. 초원은 온통 야생화 천지인데, 알프스에서 보기 힘들다는 에델바이스가 여기서는 아주 흔한 잡초이고, 처음 보는 보랏빛 민들레도 지천이었다.

승마를 마친 후 함석으로 지은 식당에서 탁만이라는 이름의 고기국수를 포함한 음식으로 석식을 들었다. 식당에서 미국인으로 짐작되는 영어를 쓰는 서양인 남녀 댓 명 정도를 보았다. 우리 일행은 유르트 하나에 네 명씩 들어 모두 다섯 개의 유르트를 사용했는데, 몽골에서와는 달리 침대가 아니라 바닥에다 두터운 매트리스를 깔고서 그 위에 두꺼운 이불을 덮었다. 이곳 날씨가 밤에는 매우 춥다면서 겨울옷들을 준비해 오라고 하므로 그 때문에 트렁크의 공간을 많이 차지하였는데, 실제로는 그런 옷들이 별로 필요치 않았으나 가져오느라고 수고한 것을 생각하여 일단 모두 꺼내 입어보았다. 밤 아홉 시 가까운 무렵 취침할 때까지도 바깥은 아직 밝았으며, 석양이 좋았다고 한다. 밤에 자다가 소변을 위해 밖으로 한 번 나가보니 하늘에는 반달이 떠 있고, 그렇게 아름답다던 별들은 의외로 숫자가 많지 않아 진주나 산청에서 늘 보던 것과 다름이 없었다. 유르트(유르타)는 러시아어이고, 키르기스어로는 보주이라고 한다.

■■■■ 5 (수) 맑음

울란은 여기서는 모터로 발전을 한다고 했으나, 내가 보기에 식당 바깥에 태양광을 모으는 네모 난 패널이 설치되어져 있어 그것으로 발전하는 모양이었다. 그렇게 생산된 전기가 충분치는 않은 모양인지, 주인이 그 공급을 조절하고 있었다. 식당 바깥에는 러시아의 사모바르와 유사한 위에 높다란 관이 달린 물 끓이는 도구가 놓여 있어, 그것에다 연료를 투입하여 녹차 등에 쓰는 온수를 만들고 있었다. 거기서 피어나오는 연기가 제법 만만치 않았다.

우리 내외가 묵은 유르트는 평소 주인 내외가 쓰던 것인 모양인데, 우리 일행이 사용한 유르트들 중 유일하게 문 앞에 금속제 통에 담긴 물이 밸브를 틀면 흘러나오도록 장치된 세면용 수도가 있었고, 간밤에 주인이 여러 번 들어와 난로의 불을 피워주었으므로, 다른 유르트와는 달리 추운 줄을 몰랐다. 그러나 물통에서는 물이 가늘게 졸졸 흘러나올 따름이므로, 나는 새벽에 호수까지 걸어 나가서 그 물을 찍어 발라 세수를 하였다.

오전 5시 55분에 해가 떴고, 6시 55분에 출발하여 귀도에 올랐다. 우리 차의 풍보 기사는 토픽이라는 이름의 둥간 족이라고 한다. 둥간 족은 중국

신강성에 거주하는 위구르 족 중에서 이슬람 반란에 실패한 후 박해를 피하기 위해 1882년 국경을 넘어 주로 카자흐스탄과 키르기스스탄으로 간 사람들이다. 2호차의 기사는 에이브라는 이름의 백인 얼굴을 한 사람인데, 그는 투르크계의 이슬람이라고 한다. 이처럼 우리 일행의 차에 함께 탄 현지인의 면면을 보더라도 이 나라의 민족 구성이 얼마나 다양한지를 짐작할 수 있다.

오늘은 송쿨에서 수도인 비슈케크까지 약 330km를 이동하게 되었다. 돌아오는 도중에 사막의 산중턱 비포장도로에서 혼자 자전거를 끌고 걸어 올라오는 서양여자를 하나 보았다. 그 수고가 대단할 터인데도 그녀의 입에는 미소가 머금어져 있었다. 코치코르를 지난 다음 추 강의 강물을 막아 만든 오토토코이 저수지에서 잠시 휴식을 취했고, 얼마 후 추 강의 상류도 지나쳤다. 추 강은 카자흐스탄으로 흘러가는데, 이 물이 없으면 카자흐스탄은 큰 곤란을 겪게 된다고 한다.

우리가 통과한 이식쿨 호수의 서부 일대는 대부분 사막성 지형이었는데, 수도인 비슈케크에 가까워질수록 가로수 등의 녹음이 점차로 짙어졌다. 비슈케크는 천산산맥의 지맥인 알라투 산맥 부근에 형성된 도시인데, 그 산맥이 이식쿨 호수 북부로도 이어져 퀸게이 알라투 산맥을 이루는 것이다. A365 고속도로를 따라 계속 서쪽으로 나아갔다. 도중에 옆길로 빠져 비슈케크 근교의 부라나 타워에 들르게 되어 있었으나, 시간이 부족하여 생략하였다. 이 탑은 11세기에 소그드인이 건설했던 고대도시로서 후에 카라한 왕조의 수도가 되기도 했던 발라사군의 옛 성채 중 유일하게 남아 있는 부분으로서, 지진으로 무너져 현재 높이 24m인 벽돌 탑의 형태로 그 일부만이 남아 있는 것이다. 옛 실크로드의 유적지이다.

비슈케크는 길이 20km로서 차로 15분이면 끝에서 끝까지 주파할 수 있는 정도의 작은 도시이다. 1825년에 건설한 코칸트 칸국의 작은 요새 피슈페크에다 1878년 러시아 군의 주둔지로 건설된 것으로서, 구소련 시대에는 이 지역에서 태어나 러시아 내전 당시 사령관으로서 볼셰비키 군대를 이끌고 1920년 히바와 부하라를 함락시킨 미하일 프룬제를 기념하여 프룬제라고 불렀으나, 독립 후 옛 이름으로 돌아간 것이다. 오늘 이곳의 날씨는 38℃

라고 한다. 시내에 전차나 트롤리버스가 다니는지 통과하는 곳마다 공중에 전깃줄이 얽혀 있었다.

우리는 엘레바에바 거리 60번지에 있는 Golden Dragon이라는 이름의 고려인이 경영하는 호텔에 딸린 강남이라는 이름의 한식당에서 동태찌개로 점심을 든 다음, 그 호텔 1층에 있는 사우나탕에서 잠시 목욕을 하였다. 이 도시에는 한국식당이 여섯 곳 있다고 한다.

목욕을 마친 후 오후 2시 8분에 출발하여 시내관광에 나섰다. 오늘의 관광 포인트는 대부분 널따란 알라투 광장 일대에 몰려 있으므로 걸어 다니면서 둘러보았다. 우리는 먼저 화가들이 외국인 관광객을 상대로 그린 현지의 풍경을 담은 그림들을 팔고 있는 곳을 지나, 키르기스스탄의 50솜 지폐에 등장하는 19세기의 여걸 쿠르만얀 다르카의 조각상을 거쳐서, 숲속에 돌로 만든 조각상들이 여기저기 늘어선 두보비 공원(참나무가 많다 하여 일명 Oak공원으로 불린다)으로 들어갔고, 2003년에 장소가 옮겨진 레닌 상, 국회의사당, 대통령집무실, 2002년의 튤립혁명과 2010년에 두 번 현직 대통령이 쫓겨난 것을 기념하는 조각상이 있는 비석, 그리고 광장의 중심 부분인 승리의 마나스 장군 기마상이 있는 곳을 차례로 거쳤다. 마나스 장군은 전설상의 인물이지만, 세계 최장의 구전 서사시인 『마나스』의 주인공이다. 이 나라에서는 대통령의 임기가 6년인데, 중앙아시아에서 유일하게 민주혁명이 일어나 그 힘으로 두 번씩이나 정권이 교체된 것을 자부하고 있다.

박물관·농업부·문화부·외무부 앞을 지나 승전기념탑을 끝으로 시내관광을 마쳤다. 승전기념탑은 1941년부터 1945년까지의 제2차 세계대전에서 전사한 이 나라 군인 30만 명을 추모하는 곳으로서, 러시아 각지에서도 볼 수 있듯이 그 탑 아래에 영원히 꺼지지 않는 불꽃이 타오르고 있다. 1차대전 때의 20만 명을 포함하여 이 나라는 총 50만 명의 전사자를 내었다. 광장에서 시베리안 가문비나무를 보았다. 잎이 좀 뭉툭하게 생겼고 푸른빛을 띤 것인데, 이는 천산가문비나무와 더불어 가문비나무의 兩大 종이라고 한다.

알라투 광장을 떠난 후 줌 백화점으로 가 그 5층의 기념품점에 들렀다. 나는 거기서 $25을 지불하고서 말채찍 하나를 구입하였고, 아내는 $94을 들여 중국제 도자기 茶食 그릇 한 세트를 샀다. 공항으로 가는 길에 시간이 좀 남아 재래시장 한 군데에 들러 두루 둘러보기도 하였다.

오후 5시 38분에 마나스 국제공항에 도착해 출국수속을 마친 후, 거기서 울란 등과 작별하였다. 19시 55분 KC110편으로 비슈케크를 출발하여 50분 소요되어 카자흐스탄의 알마티 국제공항으로 되돌아온 다음, 환승수속을 마치고서 오후 11시 반까지 자유 시간을 가졌다. 나는 그동안『중앙아시아』가이드북의 부록을 좀 뒤적이다가, 게이트 부근의 의자에 드러누워 잠을 잤다. 그러다 일어나서는 일행과 더불어 공항 매점에서 장라면이라는 한국 라면을 들기도 했다.

■■■ 6 (목) 한국은 곳에 따라 장맛비

1시 25분에 아스타나 항공의 KC909편을 타고서 한국시간 오전 9시 26분에 인천국제공항에 도착했다. 이번에도 조 교수로부터 좌석을 양보 받아 아내와 나란히 앉아 올 수 있었다.

인천 공항의 12번 출구 바깥에 대구에서 대절해 온 대성고속 버스가 대기하고 있어, 그 차를 타고서 10시 53분에 출발하여 진주로 내려오는 도중 충남 천안시 동남구 목천읍 충절로 1107의 독립기념관 톨게이트 앞에 있는 광복식당에 들러 동태찌개로 아침 겸 점심을 들었다. 나는 자꾸만 배가 불려져 오는 바람에 오늘 하루 이것 외에는 석식도 걸렀다.

우리 식탁에 공항에서 우연히 만난 키르기스인 젊은 남자 한 명이 동석하였는데, 그는 우리 일행 중 담배 피는 사람이 공항에서 담배피울 수 있는 장소를 묻다가 만난 사람이라고 한다. 연수생으로서 한국에 와 진주의 신흥고무에서 일하고 있는데, 휴가차 고국에 갔다가 돌아오는 길이라고 했다. 키르기스스탄 서남부의 오쉬 출신으로서, 한국에 온 지 이미 6년째라 한국어도 할 수 있었다. 그를 우리 차에 태운 사람은 진주에서 농사를 지으며, 베트남인 남녀 두 명을 고용하여 여자에게는 한 달에 월급 120만 원, 남자에게는 150만 원을 지불한다고 했다. 그 밖에 최수경 씨도 공항에서 갓 입국한 카자

호스탄인 때문에 시간을 끌었는데, 그 사람은 작년 11월에 한국에 왔다가 한 달 정도 머문 후 12월에 일단 돌아갔으나, 재입국할 때는 비자가 필요 없다는 말을 듣고서 착각하여 비자 없이 그냥 들어왔다가 공항에서 제지되어 당일로 되돌아갈 수밖에 없게 되었다고 한다. 이처럼 한국의 노동현장에는 현재 외국인 노동력이 크게 활용되고 있는 것이다.

오후 4시 가까운 시각에 집에 도착하여 샤워를 마친 후 여행 중에 썼던 일기를 마저 퇴고한 후, 송쿨 호수에 머문 날로부터는 주변 환경 때문에 아직 입력하지 못하였기 때문에 7월 4일 이후의 일기를 입력하기 시작하였다.

KBS 밤 9시 뉴스를 시청하였다.

뚜르 드 몽블랑

■■■ 2017년 8월 5일 (토) 맑음

아내와 함께 오늘부터 13일까지 9일간 이어지는 알프스의 뚜르 드 몽블랑(TMB) 트레킹을 출발하였다. 오전 4시 50분까지 우리 아파트 부근의 교보빌딩 앞으로 가서 40분에 시청을 출발하여 오는 대절버스를 탔다. 진주에서 출발하는 일행은 우리 내외와 정재은·성사순·이종남·강기용·서문석규 씨를 포함한 6명이고, 주관 산악회인 이마운틴의 대표 정병호 씨는 며칠 전에 이미 출발하여 이탈리아 알프스의 돌로미테로 가 있으므로, 제네바 현지에서 만나게 될 것이다.

정 씨를 대신하여 강기용 씨가 제네바에 도착할 때까지 인솔자의 역할을 맡아보게 되었다. 그는 44세의 금산 토박이인데, 다른 일을 하다가 4년 전부터 부친이 하던 농사를 이어받아 금산에서 5천 평 정도 되는 땅에다 비닐하우스를 지어 청양고추 농사를 크게 벌이고 있다. 베트남·태국·필리핀 등의 외국인 노동자 8명을 고용하여 작년의 경우 4억8천만 원 정도의 수익을 올렸다고 한다. 작년에는 외국인 노동자 1인당 월 130만 원의 임금을 지불하였으나, 금년에는 최저임금 수준이 오르게 되었으므로 좀 더 인상해 주어야 할 것이라고 했다. 그와는 작년 8월에 있었던 일본 富士山 등반에 참가하여 처음 만나게 되었는데, 정재은·성사순 씨도 작년 1월 일본 大山 등반에서 만나 이미 구면이다. 성 씨는 후지산 때도 동행했었는데, 그녀가 해 본 해외산행 세 번 모두를 나와 함께 하게 된 것이다. 모두 이마운틴이 주관했던 산행이었다.

대전통영고속도로를 경유해 북상하여 대전의 월드컵경기장 부근에서 대전 팀 7명과 합류하였다. 그들 중 두 명은 진주여중 수학교사인 정재은 씨가 숲길 지도사 교육에 참가하여 만났던 사람들로서 정 씨의 권유를 통해 이번 산행에 참가하게 된 것이다. 신탄진 휴게소에 정거했을 때 나는 냄비우동 아내는 콩나물국밥으로 조식을 들었고, 진주 팀의 다른 사람들도 거기서 식사를 했다.

9시 26분에 인천국제공항에 도착하였다. 거기서 다시 원광대학교 건축공학과의 소광호 교수가 합류하였다. 그도 역시 정재은 씨가 네팔의 안나푸르나 트레킹에서 만났던 사람이라고 한다. 인천공항 3층 출국장 D 카운트 앞에서 푸른여행사의 이은영 과장을 만났다. 그녀가 나눠준 짐표에 에코트레킹이라고 적혀 있는 것으로 보아 트레킹 전문의 여행사인 모양이다. 서문 씨와 대전 팀 두 명 등 늦게 신청한 세 명은 대구·구미 팀 4명을 포함하여 파리 및 로마를 경유하는 다른 비행기를 타고 가 도착 지점인 제네바에서 합류하게 된다.

티케팅를 마치고서 셔틀 트레인을 타고 이동하여 123번 게이트로 가서 러시아의 아에로플로트항공 SU251편을 탔다. 나와 아내는 41A·B석에 앉았다. 3시 15분에 인천공항을 출발하여 9시간을 비행해 16시 15분 모스크바에 도착하게 되어 있는데, 실제로는 오후 2시 15분에 출발하여 5시 10분쯤에 도착하였다. 모스크바 시간은 서울보다 6시간이 늦다. 환승을 위해 36번 게이트로 가서 아에로플로트의 SU2381편을 탔다. 이번에는 17A·B석에 앉았다. 18시 10분에 모스크바를 출발하여 20시 50분에 스위스의 제네바에 도착할 예정이었는데, 실제로는 오후 9시 6분에 도착하였다. 스위스 시간은 한국보다 7시간이 늦으므로 4시간 정도 비행한 셈이다. 그러므로 오늘 총 13시간 정도 비행기를 탄 셈이다.

우리는 제네바(주네브)에 도착하여 1시간 30분 정도 버스를 타고서 프랑스 땅인 몽블랑 아래의 골짜기 마을 샤모니로 이동하게 된다. 아마도 E25, A40루트를 경유하게 될 터이다. E는 EU의 도로번호이다. 제네바는 론느 강이 도시 중간을 흘러 스위스 최대의 호수인 레만 호와 합류하는 지점에 위치해 있다. 이는 호수의 서쪽 끄트머리에 위치한 스위스에서 세 번째로 큰 도시이다. (인구 176,000) 이곳은 장 자크 루소의 출생지이고, 16세기 중반에 칼

뱅이 오랫동안 거주하면서 종교개혁을 주도한 곳이다. 국제적십자의 창설지이며, 과거에 국제연맹 본부가 있었던 곳으로서, 지금은 UN의 유럽사무소가 위치해 있는 도시이기도 하다. 스위스의 서남쪽 끄트머리로서 삼면이 프랑스 땅으로 둘러싸여 있는 곳이다. 주민의 40% 이상이 스위스 사람이 아니라고 하니, 진정한 국제도시라고 할 수 있다.

공항에서 정 대장의 영접을 받았고, 파리를 경유한 팀도 얼마 후 도착하였다. 로마를 경유한 사람들은 10시 58분에 도착할 예정이다. 이번 산행에 참가하는 사람들은 인솔자 두 명을 포함해 여자 10명 남자 8명이니, 총 18명이 함께 트레킹을 하게 된다. 우리가 샤모니에서 계속 묵게 될 숙소인 알펜로제는 도미토리인데, 현지에서 한국인이 경영하는 유일한 숙소라고 한다. 그러나 최근 몽블랑에서 조난당한 한국인의 가족들이 아직도 그곳에 머물고 있어 방이 없으므로, 오늘밤 남자들은 그 근처의 다른 호텔에서 자게 된다. 이곳에서는 이즈음 밤 9시 반쯤에 어두워지는 모양이다. 제네바 공항에서 늦게 도착하는 일행을 기다리고 있는 밤 11시 현재 한국 시간으로는 오전 6시이다. 출발한 지로부터 이미 하루 이상의 시간이 흐른 셈이다.

■■■ 6 (일) 오전 중 흐리고 비 오다 오후 늦게 개임

로마를 경유한 서문석규 씨와 대전 팀의 여성 한 명이 마지막으로 도착하여 밤 11시 29분에 합류하였다. 모두들 대절버스로 이동하여 최종 목적지인 샤모니를 향해 출발하였다. 밤이라 1시간 10분 정도면 도착할 수 있을지도 모르겠다고 한다. 버스 안에서 현지 가이드인 전석훈 씨를 만났다. 중년 정도의 나이로 보이는데, 알고 보니 그는 푸른여행사의 대표이고 미국 교포로서, 샌프란시스코의 버클리 구역에 거주하다가 현재는 LA에서 미주 트레킹을 전문으로 하는 또 다른 여행사를 경영하고 있다. 이곳 유럽의 트래킹은 여름 동안만 하는 모양이다. 정병호 씨가 우리가 도착하기 전부터 돌아간 이후까지 이곳에 남아 계속 활동하는 것은 전 씨의 일을 돕고 있기 때문이다. 그는 이즈음 국내 등산은 접고서 해외 트래킹 팀만 조직하여 운영하고 있다.

전 씨에게 물어 새로 안 바로는 지난 7월에 몽블랑에서 한국인 두 명이 죽었고, 8월 1일에 3·40대의 젊은이 두 명이 등반하여 40대는 살아나고 30대는 실종되었는데, 3일에 그의 시신이 수습되었다고 한다.

우리 팀에는 우리 내외 외에도 구미에서 온 부부 한 쌍, 그리고 대전에서 온 부부가 또 한 쌍 있다. 남자 여섯 명은 여자들을 숙소에 내려다 준 후, 로베르토라는 이름의 기사가 운전하는 제네바에서 올 때 타고 온 중형버스에 다시 올라 근처에 있는 Hotel des Lacs(호수 호텔)라는 이름의 4층 건물로 된 2성급 호텔로 이동하여 취침하였다. 우리는 3층에다 2인용 방 하나와 4인용인데 두 칸으로 나뉜 방 하나를 배정받았는데, 각자가 침대에 몸을 누이면 빠듯하여 통로 외의 다른 여유 공간은 거의 없을 정도로 좁은 장소였다. 나는 4인용 18호실에서 소광호 교수와 같은 칸을 쓰게 되었다. 그는 근자에 신경성 질환으로 쓰러진 적이 있어 건강에 좀 문제가 있는 모양이다. 1시 20분경에 취침하였으나 한숨도 잠을 이루지 못했다.

오전 7시경에 전 씨가 데리러 왔으므로, 그를 따라 알펜로제 롯지까지 걸어서 이동하였다. 이미 조난자의 가족이 떠났으므로, 오늘부터는 1층의 8호실을 가이드 두 명을 제외한 남자 일행 여섯 명이 공동으로 사용하게 되었다. 두 단으로 된 침대 두 개와 단층 침대 두 개가 있는데, 복도 건너편에 남녀 공용의 샤워실과 화장실이 하나씩 붙어 있다.

이곳 샤모니는 알프스 산맥의 험준한 산들이 주변에 즐비하게 늘어서 있고 그 최고봉인 몽블랑이 바로 코앞에 위치해 있으므로, 거리에 등산복 차림의 사람들이 많이 눈에 띈다. 1924년에 제1회 동계올림픽이 개최된 곳이기도 하다. 양쪽으로 기다랗게 뻗어나간 산맥 속에 이어져 있는 골짜기 마을인데, 그 가운데를 빙하 녹은 물로 이루어진 아르브 강(l'Arve)이 흘러간다. 빙하수로 이루어진 강이 흔히 그렇듯이 물빛은 탁한 은빛이고, 흐름이 빨라 여기서 종종 래프팅도 하는 모양이다. 내가 가진 2003년도 번역판 Lonely Planet의 『유럽(Western Europe)』(서울, 인그라픽스)에 의하면, 인구는 10,109명에 불과하다.

이곳은 근자에 계속 비가 오지 않고 고온현상이 이어지고 있었는데, 내일 비가 온다는 일기예보가 있었고 여기서는 한 번 비가 내리기 시작하면 며칠 동안 계속되는 경우가 자주 있으므로, 일정을 변경하여 오늘 알프스의 최고 봉인 몽블랑을 지근거리에서 조망할 수 있는 에귀 뒤 미디로 올라가보기로 했다. 그러나 아침부터 구름이 잔뜩 끼었으므로 올라가 보았자 아무것도 보이지 않을 것이라 하여, 원래 예정되었던 대로 스위스와의 국경에 위치한 해발 2,186m의 발므 고개(Col de Balme)에 올라 몽블랑 산군의 동쪽 지역을 둘러보기로 했다.

떠나기 전에 각자 6일치의 카드 두 장씩을 배부 받았다. 인터넷으로 주문하여 시내 중심부에서 입수한 것이다. 한 장은 케이블카 및 리프트·곤돌라·기차용으로서 플라스틱으로 되어 있고, 다른 한 장은 버스용으로서 종이로 되어 있다. 그 값이 대략 20만 원이라고 하는데, 이것을 가지면 시내의 모든 교통수단을 원하는 만큼 언제든지 이용할 수 있다.

그런데 2번 시내버스를 타고서 발므 산행의 기점인 버스 종점 르 투르(Le Tour, 해발 1462m)로 이동해 보니 날씨는 더욱 흐려졌다. 4인용 케이블카와 리프트를 교대로 갈아타 트래킹 시작 지점인 해발 2195m의 레조탄느(Les Autannes)에 도착해보니 짙은 안개로 말미암아 지척을 분간할 수 없고 비까지 내리는 것이었다.

그래서 다시 일정을 변경하여 되돌아오는 도중의 중간 지점에 위치해 있으며 발므 고개보다도 더 높은 3275m의 그랑 몽테(Grands Montets)에 올라 주위를 조망해 보기로 했다. 더 높은 곳에 오르면 구름층을 벗어날 수도 있기 때문이었다. 여러 사람이 함께 타는 곤돌라를 한 번 갈아타고서 전망대가 있는 지점에 도착해 보았더니, 아까보다 조망은 좀 트였으나 멀리까지 바라볼 수는 없고 꽤 추웠다. 주위에 식물은 전혀 없고 바위덩어리와 빙하가 장엄하게 펼쳐져 있었다. 아내는 어지럽고 춥다면서 전망대에 올라오지 않았는데, 곤돌라의 종점에 있는 상점으로 내려가 아내와 더불어 커피를 한 잔씩 사마신 후 일행과 함께 출발지점으로 내려왔다. 해발 1252m인 아르장티에르(Argentier)의 곤돌라 터미널 옆 공터에서 준비해 간 한식 도시락으로 점심을 들었다.

오후에는 2번 버스의 반대편 종점인 보송 빙하 정류장까지 가서 내려 유럽 최대의 빙하인 보송 빙하(Glacier des Bossons)를 구경하였다. 케이블카를 타고 올라가 다시 리프트로 갈아타서 빙하의 아래쪽 끄트머리 부근인 종착역에 도착한 다음, 걸어서 1895m 높이의 피라미드 산장(Chalet des Pyramides)까지 올라가 보았다. 몇 군데의 전망대로 가서 아래쪽에서부터 빙하의 모습을 올려다 후, 숲이 울창한 등산로를 지그재그로 한참동안 올라 피라미드 산장이 있는 곳까지 가서 몽블랑을 비롯한 주변의 여러 산봉우리로부터 흘러내리는 이 빙하의 장관을 바라보았다. 우리가 오른 코스는 1786년에 자크 발마(Jacques Balmat)와 의사인 피카르(Paccard)가 몽블랑을 처음으로 등정했을 때 올랐던 코스와 대충 일치하는 모양이다. 이 무렵에는 이미 날씨가 완전히 개어 푸른 하늘과 햇빛이 드러나고 주변의 조망이 거의 트였다. 각자 리프트를 타고 내려와, 2번 버스를 타고서 샤모니에 있는 유일한 종합병원(Hopital) 앞의 정거장에 내린 후 걸어서 숙소로 돌아왔다.

오후 6시 무렵 숙소에 도착하여 조 셰프가 만들어준 한식 김치찌개로 석식을 들었다. 식사 때 기사 및 가이드 팁 1인당 90유로씩을 거두었다.

■■■■ 7 (월) 쾌청

이곳에 머무는 동안 거의 매일 7시 15분에 조식을 들고 석식은 오후 7시에 들게 되는데, 오늘 일정을 위해 출발하기 직전인 오전 8시에 한국동양철학회의 총무 김명석 씨로부터 전화가 걸려왔다. 나에 관한 글들이 실릴 기관지『동양철학』은 며칠 후 발간될 예정인데, 거기에 실릴 내 사진에 대해 출판사 측이 선명치 못하다고 말하므로 다른 사진을 보내줄 수 없느냐는 것이었다. 현재 외국에 나와 있는지라 어찌할 방법이 없다고 대답해두었다.

샤모니의 가장 번화가인 중앙광장까지 걸어서 이동하였다. 전석훈 대표가 미리 도착하여 9시 50분에 출발하는 몽블랑 전망대 에귀 뒤 미디(Aiguille du Midi, 해발 3842m)까지의 곤돌라 표를 예매해 두어 우리가 탑승할 시각까지는 한 시간 정도의 여유가 있었다. 에귀(에귀유)는 봉우리의 의미인 듯하고 미디는 중간이라는 뜻이 아닌가 싶으니, 우리말로 번역하면

中峰 정도인 듯하다. 자투리 한 시간 동안 정병호 씨를 따라 중심가 일대의 여러 등산 장비점들과 몽블랑 초등자들의 동상 두 곳을 둘러보았다. TV 등을 통해 흔히 본 소쉬르 등 두 사람의 동상이 있는 곳은 사실은 초등자의 것이 아니고, 그 뒤편 좀 떨어진 곳에 있는 또 한 사람의 동상이 진정한 초등자의 것이라고 한다. 그 때 문득 생각이 나서 내가 최근에 키르기스스탄에서 스마트폰으로 찍어둔 사진 두 장과 방금 소쉬르의 동상을 배경으로 찍은 사진 한 장을 합해 모두 석장의 사진을 오전 8시 53분에 김명석 씨에게 문자메시지로 보냈더니, 곧 김 씨로부터 그것을 편집부로 전달하겠다는 답신이 왔다.

곤돌라를 타고서 한 번 갈아타야 하는 지점인 2317m의 플랑 드 레귀(Plan de L'Aiguille)에 올랐는데, 아내는 고소증이 인공심장박동기를 단 자기 신체에 미칠 영향을 두려워한 탓인지 거기서 더 오르지 않고 기다리겠노라고 했다. 나는 다른 일행과 함께 한 번 더 올라 정상에 도달한 다음, 그곳의 여러 전망대들을 둘러보았다. 거기서는 샤모니 계곡과 몽블랑 및 그 주변 일대의 풍경을 360도 파노라마로 조망할 수 있다. 바로 건너편으로 바라보이는 해발 4910m인 몽블랑 정상을 비롯하여 알프스산맥에서 두 번째로 높은 산 몬테 로자(Monte Rosa, Mont Rose, 4638), 아이거·마터호른과 더불어 알프스의 3대 북벽 중 하나인 그랑 조라스(Grandes Jorasses, 4208) 등 유명한 산들을 모두 바라볼 수 있는 것이다. 알프스 산맥에는 4천 미터 급 봉우리들이 18개 있다는데, 그것들 대부분이 여기서 바라보이는 지점에 위치해 있는 모양이다.

거기서 한 번 더 곤돌라를 타고 조금 더 올라 최고지점에 도달한 다음, 아래 위와 옆의 삼면이 모두 유리로 되어 두 명씩 들어갈 수 있게 된 전망대인 공중통로(Pas Dans le Vide)에 올라보고자 줄을 서서 반시간 정도 대기하고 있었는데, 그새 우리가 내려갈 곤돌라를 예약해 둔 시간인 정오에 이미 가까워진지라 더 이상 기다릴 수가 없어 포기하고 내려와 남은 시간 동안 다른 전망대들을 좀 더 둘러보았다. 고산이라 에귀 뒤 미디의 산소 농도는 평지의 65%에 불과하고, 몽블랑은 60%, 에베레스트는 30%라고 하는데, 좀 어지럽기는 하였지만 그런대로 큰 무리는 없었다.

다시 곤돌라를 타고서 중간역인 플랑 드 레귀까지 내려와 보니, 아내가 이번에는 치통이 악화되었다면서 일행과 함께 하는 트래킹에는 참여하지 않고 먼저 곤돌라를 타고 내려가 병원에 들러보아야겠다는 것이었다. 그래서 아내를 먼저 돌려보내고, 나는 이번에도 다른 일행과 함께 거기서 몽탕베르-얼음의 바다(Montenvers-Mer de Glace)라는 곳까지의 트래킹에 참여하였다. 먼저 플랑 드 레귀에서 좀 걸어 내려온 지점의 풀밭에서 점심을 들었다. 나는 매일 배부 받는 도시락이 숙소인 알펜로즈 측에서 마련해준 것으로 알고 있었지만, 오늘 들으니 그렇지 않고 정 대장이 직접 만들었다는 것이다. 또 오늘 새로 안 바로는 전석훈 대표는 우리나이로 이미 64세이고, 정병호 대장은 48세라고 한다. 정 씨는 아직 독신인데, 덥수룩하게 얼굴을 덮은 수염에 흰 털이 이미 절반쯤 섞여 있다. 점심을 든 풀밭을 비롯하여 그 주변 일대에는 야생으로 자라는 블루베리가 지천이었다. 트래킹 코스는 비교적 평탄하고 경사가 그다지 심하지 않았다. 풀밭과 키 작은 나무들이 많고 키 큰 침엽수도 제법 있는데, 여기서도 소나무 등과 더불어 가문비나무가 자주 눈에 띄었다. 우리는 그러한 산길을 세 시간 정도 걸었다.

투르 드[뒤] 몽블랑(Tour du Mont-Blanc, TMB)는 몽블랑 둘레길이라고 번역할 수 있겠는데, 샤모니 계곡 일대를 비롯한 프랑스 구간이 약 40%, 이탈리아 구간이 35%, 스위스 구간이 25% 정도 된다. 오늘의 종착 지점인 몽탕베르는 일명 얼음의 바다라고 하는데, 알프스의 6대 북벽 중 하나인 드뤼 봉(Les Drus, 3754) 바로 아래의 산 중턱에 위치해 있다. 드뤼 봉은 마치 긴 칼끝처럼 가운데 봉우리 하나가 뾰족하게 높이 솟은 것으로서, 샤모니 계곡의 이쪽 편 일대에는 이처럼 뾰족뾰족한 바위 봉우리들이 매우 많아 장관을 이루고 있다. 어제 갔던 그랑 몽테가 드뤼의 바로 다음 자리에 위치해 있다. 모두 빙하가 흘러내리면서 바위를 깎아 이루어진 것들이다.

몽탕베르의 곤돌라 출발점 부근에 위치한 광장으로 가는 도중 야외의 벽에 전시된 대형 사진들 중 하나를 보니 이 계곡 일대는 1741년까지만 해도 온통 빙하로 뒤덮여 있었다. 그러던 것이 점차 녹아, 지금의 곤돌라 종점이 위치한 지점까지 차 있었던 얼음이 근자의 약 40년 사이에 급속도로 녹아 현재는 곤돌라에서 내려 계곡 밑바닥의 얼음동굴이 있는 곳까지 지그재그로 설치된 420개의 철제 계단을 밟고서 한참동안 내려가야 한다. 현재 빙하의 끄트머리 부분에다 인공으로 뚫어둔 얼음 동굴 일대의 빙하 외면은 꽤 지저분해 보여도, 안으로 들어가 보면 대체로 순수한 얼음 덩어리임을 알 수 있다.

계단과 곤돌라를 이어 되돌아 올라온 지점에서 거의 함께 올라왔던 우리 일행 4명은 다른 일행을 놓쳐 미아가 되고 말았다. WiFi가 되지 않으므로 서로 연락할 방도도 없었다. 올라오고 보니 그곳은 곤돌라를 타기 위해 대기했던 몽탕베르의 광장이 아니라 기차역이었다. 어찌해야 할 방도를 모르므로 할 수 없이 먼저 출발하는 산악기차를 타고서 샤모니 중심부 부근까지 내려와 걸어서 숙소로 돌아왔는데, 뒤에 알고 보니 다른 일행은 곤돌라에서 내린 후 줄을 서서 기차 타는 순서를 기다리고 있었고, 우리 네 명은 순서를 기다리지 않고서 새치기를 하여 다른 일행보다 먼저 기차역의 플랫폼에 도착했던 것이라고 한다. 그러나 나는 당시 자신이 새치기를 한 것을 의식하지 못했었고, 다만 다른 사람들의 뒤를 따라가다 보니 자신도 모르게 플랫폼에 도달한 것이었다.

기차에서 내린 일행 4명 중 소광호 교수와 이종남 씨는 시의 중심부 일대에 남아 쇼핑을 하고, 나와 대전에서 온 여류화가 임민수 씨는 걸어서 먼저 숙소로 돌아왔다. 숙소에는 우리보다도 먼저 병원에 갔던 아내와 얼음동굴까지 내려가기를 포기하고서 도로 곤돌라를 타고 올라갔던 서문석규 씨 및 강기용 씨가 도착해 있었다.

대전에서 온 일행 등은 평소 등산을 별로 하지 않는 모양인지 다른 사람들이 너무 빨리 가고 또한 너무 많이 걷는다고 불만들이 많은 모양이었다. 그래서 저녁 식후에 바깥 테라스에 일행을 모아, 정 대장이 왜 그렇게 할 수 밖에 없는지 이곳 트레킹의 일반적인 규칙에 대한 설명을 하고 질문에 응답하는 모임을 가졌다.

여러 사람이 함께 쓰는 방에서 일기를 쓰기가 불편하여, 나는 아내의 권유에 따라 오늘부터는 석식 후 숙소 입구에 있는 공용부엌 옆 공간의 탁자를 이용하기로 작정했다. 8호실 우리 방에 함께 들었던 대전서 온 부부 중 남편 되는 사람은 오늘부터 부부가 2층에 독방을 하나 얻어 옮겨나갔다. 그들 내외는 남편의 진갑 기념으로 이번 여행에 참가한 모양인데, 우리가 귀국한 후에도 이 집에 열흘 정도 더 남아 있을 모양이다.

■■■ 8 (화) 비

어제는 하늘에 구름 한 점 없는 쾌청한 날씨였으므로 이제 맑아지나 보다 하고 안도했었는데, 오늘은 잠을 깨자 바깥에 비가 내리고 있었다. 내 스마트폰의 일기예보에 의하면, 샤모니 지방은 우리들이 이곳에 머무는 금요일까지 계속 비가 내리고 한국으로 가는 토요일에 비로소 갠다고 되어 있다.

그러나 별 수 없이 평소보다 이른 오전 6시에 조식을 든 다음, 우비를 차려입고서 예정된 일정을 소화하기로 했다. 우리 방의 소 교수는 어제 에귀 뒤미디에서 돌아온 후 컨디션이 좋지 않다면서 숙소에 그냥 남겠다고 했다. 알펜로즈의 식사는 조식은 매일 간단한 양식이고 석식은 한식인데, 조식에 나오는 바게트와 크로아상 등의 빵이 맛있다고 우리 일행 중에 소문이 났다. 우비는 하나로 된 것과 상하의로 분리된 것, 그리고 접는 우산의 세 가지를 배낭에 넣어 가지고 다니는데, 오늘은 3만5천 원 주고 진주의 농약상점에서 산 상하 분리형 우의를 입고 배낭에도 카버를 했다.

숙소 근처의 레 펠러랑 에콜(Les Pelerins Ecole)이라고 초등학교 이름이 붙은 정거장에서 르 투르 행 2번 버스를 타고 가다가 중심부(Centre)에서 하차하였다. 샤모니는 긴 계곡을 따라 이루어져 있고 인구가 별로 많지 않기 때문에, 며칠 지내다 보니 시내 어느 곳에서나 주변의 산세를 보고서 숙소를 찾아올 수 있게 되었다. 우리 숙소는 몽블랑 정상과 보송 빙하에서 가깝고 에귀 뒤 미디 봉우리의 바로 아래쪽에 위치해 있으므로, 산세를 바라보면 어느 쪽으로 가야할지 그 위치를 대충 파악할 수 있는 것이다.

오늘은 계곡의 반대편 산 능선에 있는 브레방(Le Brevent, 2525)에서 플랑프라즈(Planpraz, 2000), 플레제르(La Flegere, 1894), 엥덱스(L'Index, 2396)를 거쳐, 락 블랑(Lac Blanc, 하얀 호수)까지 갔다가 돌아오는 코스인데, 첫 날 발므를 보려다가 날씨 관계로 그렇게 하지 못했던 것을 보충하기 위해 이틀 분의 코스를 하루로 단축한 것이다. 어제 걸었던 코스보다도 두 배 반 정도 길다고 한다. 어제의 회의 내용을 반영하여, 잘 걷는 사람들은 정 대장을 따라 앞서 가서 전체 코스를 커버하고, 그렇지 못한 사람들은 후미를 맡는 전석훈 대표와 함께 중간 지점인 플레제르에서 돌아오기로 했다.

주룩주룩 내리는 비를 맞으며 케이블카를 타고서 먼저 해발 2000m의 플랑프라즈까지 오른 다음, 다시 곤돌라로 갈아타 바위 절벽으로 이루어진 브레방까지 갔다가 플랑프라즈로 되돌아올 계획이었는데, 플랑프라즈에 도착하자 바람 때문에 브레방으로 오르는 곤돌라는 운행이 중지되었고, 언제 다시 운행될지 알 수 없다는 것이었다. 그래서 별 수 없이 브레방 봉우리를 오르려던 계획은 취소하고서, 플랑프라즈에서 다음 목적지인 플레제르로 향했다.

길은 대체로 비슷한 높이의 산중턱으로 이어지므로, 마치 산책로 같아서 걷기 좋았다. 도중에 비가 내리다가 개었다가를 여러 차례 반복하였는데, 이쪽 편 능선의 산세는 어제까지 갔었던 반대쪽에 비하면 요철이 심하지 않아 좀 밋밋한 편이지만, 코스를 걷다보면 바라보이는 반대편 산세가 모두 뾰족뾰족한 바위봉우리들과 빙하가 있는 계곡들로 이루어진지라 절경 그 자체였다.

이쪽 길도 블루베리나 철쭉 등 키 낮은 식물과 풀들로 이루어진 초원과 바위 및 침엽수들로 이루어져 있어 어제와 비슷하였다. 우비 값은 오늘 사용한 것만으로도 이미 충분히 뽑았다고 하겠는데, 빗물이 속으로 전혀 스며들지 않는 것은 아닌 듯했다. 약 두 시간 걸려 플레제르에 도착하니 시각은 이미 11시 반쯤 되었다. 그곳도 곤돌라의 중간 역인데, 역시 엥덱스 봉우리로 오르는 곤돌라는 운행이 중단되어 있었다. 뒤처진 일행이 도착하기를 기다려, 그 역의 驛舍에 딸린 탁자들이 놓인 방안에서 배부 받은 도시락으로 점심을 들었다.

엥덱스 봉우리까지 곤돌라로 오르지 못하면 오늘의 최종 목적지인 락 블랑까지는 오르막길을 치고 걸어서 올라갔다가 같은 코스로 되돌아올 수밖에 없다. 게다가 내려가는 곤돌라도 마지막 운행 시간이 오후 5시 30분이므로 그 때까지 돌아오지 못하면 두 시간 정도 더 걸어서 내려갈 수밖에 없는 것이다. 오르막에 약한 내 체력과 곤돌라의 운행 마감 시간을 생각하면 역시 자신이 없어 우리 내외는 더 이상의 트래킹을 포기하기로 했다. 정 대장을 따라 락 블랑까지 가기로 한 사람들은 모두 진주 팀으로서 6명이고, 나머지 11명은 전 씨를 따라 샤모니로 내려가게 되었다.

우리가 점심을 든 방에 뒤늦게 중년의 서양인 남녀 한 쌍이 들어와 식사를 시작했는데, 그 중 남자가 내게 영어로 말을 걸어왔다. 알고 보니 그들은 스위스 사람으로서 9일 동안 TMB를 트레킹 한다는 것이었다. 그들이 이번에 만난 동양 사람들 중에 한국인이 무척 많았다고 하므로, 그것은 한국도 산악 국가로서 등산 인구가 많기 때문이라고 대답하였다. 우리 내외가 몇 년 전에 스위스를 관통하는 여행을 하여 이탈리아에서부터 인터라켄과 융프라우를 거쳐 베른을 경유해 프랑스로 들어갔다고 했더니, 부인은 아직 융프라우에 가보지 못했다는 대답이 돌아와 뜻밖이었다. 스위스는 남한 땅보다도 작은 나라이고, 융프라우는 그 나라의 대표적인 산봉우리인데도 말이다.

한동안 운행이 중단되어져 있었던 내려가는 곤돌라가 마침내 가동한다고 하므로 그것을 탔다. 락 블랑을 향해 출발했던 진주 팀도 곤돌라가 출발할 즈음에 비에 쫄딱 맞아 되돌아 왔다. 도중에 천둥 번개가 쳐서 근처에 떨어지므로 포기하고 말았다는 것이었다. 우리가 식사를 마치고 레스토랑에서 차를 들며 곤돌라의 운행을 기다리고 있을 때 그 근처에 앉았던 사람들인지 어떤지 알 수는 없지만, 곤돌라 안에서 중국 深圳에서 온 젊은 여성 네 명을 만났다. 그녀들이 중국말로 지껄이고 있으므로 내가 말을 걸어보았다. 그녀들은 단 네 명이 와서 TMB 이외에도 스위스 등 여러 나라를 포괄하는 시간적으로 꽤 여유로운 여행을 하는 모양이었다. 플레제르 곤돌라의 종착지인 해발 1062m의 레 프라즈(Les Praz)에 도착하여 반시간 정도 정거장에서 기다린 다음, 보송 빙하 행 2번 버스를 타고서 오후 1시 반쯤에 숙소로 돌아왔다. 오후에는 계속 비가 내렸다.

오늘은 일찍 돌아온 까닭에 석식 시간이 앞당겨져 오후 6시라고 한다. 그때까지 일행은 시내로 쇼핑을 나갔는지 우리 방에 아무도 남아 있지 않으나, 나는 주방에 딸린 방에서 어제의 일기를 퇴고한 다음 오늘 일기까지 입력해 두었다. 이따금씩 들르는 사람들 중 몇 명이 내게 책을 내느냐고 물으므로, 이미 출판되어져 있다고 대답하고서 인터넷으로 찾아보라고 했다.

병원에 가느라고 나갔던 아내가 시내에서 내 방수복 하의 하나와 USB로 충전하는 헤드랜턴 하나를 샀다. 그 가격이 125유로라고 하는데, 헤드랜턴 하나가 89유로였다. 방수복 하의는 내 것이나 아내 것이나 너무 길어서 내일 새로 가 바꿔 와야겠다고 한다.

■■■ 9 (수) 이탈리아는 맑으나 샤모니는 흐리고 오후 한 때 비

오늘은 TMB 이탈리아 구간의 하이라이트인 발 페렛(Val Ferret, 페렛 계곡) 지역으로 가게 되었다. 이 구간은 몽블랑과 그랑 조라스의 남면이자 몽탕베르의 건너편 구역이 된다. 7시에 조식을 들고 7시 45분에 대절버스를 타고 출발하게 되었다. 우리 숙소 부근에서 시작되는 몽블랑 터널을 통과하여 이탈리아로 들어가게 되는데, 이 터널은 몽블랑 바로 아래편 산맥을 뚫어 길이 12km로 1965년에 완공한 것이다. 터널을 지나면 바로 이탈리아 아오스타(Aosta) 주의 쿠르마이어(Courmayer)에 닿게 되는데, 이는 규모가 작기는 하지만 이탈리아의 샤모니라고 불리는 곳이다. 이탈리아 지역에서 에귀 뒤 미디까지 이어지는 곤돌라와 케이블카도 이 부근에서 출발한다.

아오스타라는 이름은 로마의 초대 황제 아우구스투스의 이름을 붙인 것으로서, 그 주도인 아오스타–아오스테(Aoste)에는 지금도 고대 로마의 성벽이 잘 보존되어 있어 작은 로마로 불린다고 한다. 이 주는 몽블랑을 비롯하여 그랑 조라스, 마터호른, 몬테 로자 등 알프스 산맥의 가장 이름난 고봉들을 대부분 포괄하고 있을 뿐 아니라 역사적으로 유서 깊은 곳이기도 하다. 한니발·시저·나폴레옹 등 영웅들이 모두 전쟁을 위해 이곳의 알프스 산맥을 넘었기 때문이다. 특히 시저(카에사르)는 발 페렛의 반대쪽 계곡인 발 베니(Val Veny)를 경유하여 지금의 프랑스 등지에 해당하는 갈리아 정복 길에 나섰으므로, 당시 쿠르마이어를 그 전진기지로 삼았을 정도이다. 한니발은 아오스타를 경유해 로마를 향해 진격하였고, 나폴레옹은 스위스 쪽 알프스를 넘어서 지금의 아오스타 주로 들어왔다고 한다.

몽블랑을 이탈리아에서는 같은 '흰 산'이라는 뜻으로 몬테 비앙코(Monte Bianco)라고 부른다. 우리는 발 페렛에서 자동차가 들어갈 수 있는 마지막 지점에서 하차하였다. 이 길이 여기서 끝나는 것을 보면 아마도 등산객을 위해 만들어진 길이 아닌가 싶다. 차도가 끝난 지점은 그랑 조라스의 남면 바닥인 아르프 노우바(Arp Nouva)인데, 거기에 등산객들을 상대로 하는 페렛 계곡 산장(Chalet Val Ferret)이 있다. 그 건물에서부터 계곡 건너편의 산을 치고서 한 시간 반쯤 지그재그로 오른 후 약 2시간 반 정도 수평 이동하다가 다시 발 페렛 쪽으로 하산하게 된다. 총 네 시간 정도 산길을 걷는 셈이다. 이쪽의 산들은 그다지 험준하지 않아 산 자체는 크게 볼 것이 없지만, 계곡 건너편으로 그랑 조라스·몽블랑 등의 산세가 장엄하게 펼쳐지므로 경치는 기가 막히게 좋다.

샤모니에서는 날씨가 흐렸으므로 비가 오지 않을까 걱정이 되어 각종 우비와 우산을 챙겨 갔었지만, 이탈리아 땅으로 들어서니 하늘 여기저기에 흰 구름은 떠 있으나 화창하기 그지없는 날씨였다. 나는 입고 갔던 우비를 벗고서 반바지와 반팔 차림으로 등산에 나섰다.

도중에 철쭉과 블루베리 등 키 작은 식물들이 지천이었다. 야생 블루베리는 한국에서 흔히 보는 것에 비해 키가 아주 낮으며 열매도 비교적 작다. 우리는 그 열매를 따먹으며 나아갔다. 산의 사면은 대체로 잔디 깎기로 밀어놓은 듯 밋밋한 초원이지만, 한국에서는 별로 보지 못하던 야생화와 풀들이 많았다. 이따금씩 사람이 살고 있지 않은 듯 거의 폐허화 된 농가들이 눈에 띄었다. 바로 건너편으로 그랑 조라스의 웅장한 산세가 시종 버티고 섰는데, 꼭대기 부분은 구름에 가려 잘 보이지 않지만 그랑 조라스는 다섯 개의 봉우리로 이루어져 있다. 바라보이는 건너편 봉우리들마다 상부는 빙하로 덮여 있고, 거기서 흘러내리는 물이 긴 띠처럼 아래로 드리워져 있다. TMB의 이탈리아 구간을 모두 커버하려면 2박 3일 혹은 3박 4일의 시간을 요한다고 한다.

산길을 걸으면서 전 씨와 간혹 대화를 나누어 보았다. 그는 미국에 간지 20년쯤 되었으며, 서울 용산의 예전에 살던 집이 아직도 남아 있어 이즈음은 한국에 나와 지낼 때가 많은 모양이다. 미국에는 처음부터 들어가고 싶지 않았고, 골프도 오래토록 해보았으나 자기에게는 배만 나올 뿐 별로 맞지 않으며, 역시 트래킹이 제일이더라는 것이었다.

오전 11시 무렵에 보나티 산장에 도착하여 스파게티로 점심을 들었다. 그 산장은 이탈리아 TMB 구간에 있는 네 개의 산장 중 하나인데, 이탈리아를 대표하는 네 명의 산악인 중 하나로서 2011년에 81세의 나이로 작고한 Walter Bonatti의 이름을 딴 것이라고 한다. 내부 벽면에 보나티의 생시 사진들이 전시되어 있었다. 11시 50분에 식사 예약이 되어 있었으나, 몽블랑 터널 부근의 교통 정체가 전혀 없어 일찍 도착하였으므로, 11시 25분에 입장하여 중식을 들었다.

오후의 산길에서 소광호 교수가 신체적 이상을 일으켜 좀 문제가 되었으나, 나중에는 그럭저럭 상태가 호전되어 무사히 산행을 마칠 수 있었다. 그가 아내에게 한 말로는 몸의 균형을 잡아주는 귀 속의 이소골과 신경에 장애가 있다는데, 아내의 말로는 나이 든 사람에게 그런 증세가 종종 나타난다는 것이다. 그러나 그는 나보다도 5세 이상 젊은 모양이다.

오후 3시 10분경에 하산한 후, 정거장에서 3시 반 버스를 기다렸으나 40분경에야 비로소 차를 탈 수 있었다. 그 차로 쿠르마이어 시내까지 들어왔는데, 오는 도중에 보니 이 고장 집들의 지붕은 모두 판암을 잘라서 엮은 것이었다. 한국에도 그런 지붕을 한 집들이 강원도 산골 등지에 더러 있지만, 이곳은 눈에 띄는 집 모두가 그러한 점이 특이하였다. 우리가 가진 버스 패스는 이탈리아에서는 통용되지 않으므로, 인솔자가 쿠르마이어까지 1인당 2유로씩 총 36유로의 버스비를 지불하였다고 한다.

오후 4시 6분경에 도착하여 5시까지 자유 시간을 가졌는데, 나는 주차 장소 바로 옆에 있는 관광안내소에 들어가 아오스타 주와 쿠르마이어의 지도, 그리고 몬테 비앙코 Skyway의 안내 팸플릿을 하나씩 얻은 다음, 아내와 함께 그 일대 언덕 위의 중심가를 산책하면서 본젤라토 아이스크림을 파는 상점에 들어가 하나씩 사먹었다. 신용카드를 받지 않는다고 하므로 현금으로 14유로를 지불하였는데, 좀 비싸다는 느낌이었다.

샤모니로 돌아오니 비가 내리고 있었으나 얼마 후 그쳤다. 6시경에 숙소로 돌아와 샤워와 저녁식사를 마친 후 아내와 둘이서 어제 산 방수복 바지를 바꾸러 중앙광장으로 나가려고 했는데, 숙소로 가려면 보송 빙하 행 버스를 타야 한다던 말을 시내로 갈 때로 착각하여 결국 보송 빙하 행 막차를 탔다가 종점에서 다시 르 투르 행 버스로 갈아탔다. 처음 버스를 탔던 펠러랑 학교 정류장까지 돌아왔을 때 전 대표와 정 대장 그리고 진주 팀 멤버 네 명을 만났으므로, 그들과 같은 버스를 타고서 다시 시의 중심부로 들어가 보았으나 등산복 상점은 이미 문을 닫아버렸으므로, 일행을 따라 슈퍼마켓에 들러 과일을 좀 사서 걸어서 먼저 돌아왔다. 전 대표는 갈 때 샤모니 南(Chamonix Sud) 정거장에서 먼저 내렸는데, 그는 그 부근에서 게스트하우스를 빌려 정 대장과 함께 생활하고 있다. 게스트하우스란 우리가 들어 있는 도미토리 숙소와 비슷한 수준의 것이 아닌가 싶으니, 전 씨도 금전적 여유가 별로 없는 사람임을 미루어 알 수 있다. 그 숙소에서 정 대장이 일행을 위한 도시락을 마련해 오는 것이다.

■■■ 10 (목) 흐리고 때때로 부슬비

아침 식사 때 들은 바로는 지난 화요일에 또 독일인 두 명이 몽블랑 등반에서 사망했다고 한다.

비가 오는 데도 불구하고 몽블랑 등반의 노말 루트인 이른바 '로열 루트'로 향했다. 그 중 보자 고개(Col de Voza, 1653m)는 TMB의 전체 루트 지도에 포함되어 있다.

7시에 조식을 들고서 8시 20분에 출발했다. 샤모니 南 정거장까지 걸어가 53분에 1번 시내버스를 타고 종점인 레 우슈-프라리옹(Les Houches-Prarion)까지 가서 하차했다. 해발 1010m인 거기서 케이블카를 타고 올라 1900m인 프라리옹 역에서 내린 후 비탈길을 한참동안 걸어 내려가 보자 고개에서 산악기차로 갈아탔다. 이 열차는 해발고도 584m인 파예(Le Fayet)에서부터 2372m인 니 데글르(Le Nid D'aigle, 독수리의 둥지)까지 운행하는 것으로서, 1913년에 개통하여 2013년으로 100주년을 맞았다는 표지가 차장에 붙어 있다. 10시 10분에 오기로 된 기차를 기다렸으나, 비가 오므로 매 시간 단위로 운행이 한 대씩 줄어 10시 40분에야 탈 수 있었다. 그 기차는 가파른 낭떠러지 옆길을 계속 올라가더니 종점인 니 데글르 역에서는 45도 정도 각도로 비스듬하게 기울어진 상태로 정지했다. 여기서부터는 걸어올라 떼트 루스 대피소(Refuge de tete Rousse, 3187) 및 구터 대피소(Refuge du Gouter, 3863)를 거쳐 몽블랑 정상까지 오르게 되어 있는 것이다.

우리는 원래 떼트 대피소까지 걸어 올라갔다가 내려올 예정이었으나, 사방에 안개가 자욱하여 가까운 곳 외에는 아무것도 보이지 않으므로, 조금 올라가다가 옆으로 빠져 비오나세 빙하(Bionnassay glacier)의 아래쪽 끄트머리까지 갔다가 돌아오게 되었다. 니 데글르 산장을 지난 지점에 있는 이 빙하는 5킬로미터 남짓 뻗어 있는데, 알프스산맥에서 보송 빙하 다음으로 긴 것이라고 한다. 왕복 1시간 정도 걸리는 거리이다. 아내는 또다시 고산을 두려워하여 혼자서 니 데글르 역에 남았다.

빙하를 구경하고서 내려와 니 데글르 역에서 다시 12시 25분에 출발하는 산악기차를 타고 내려오다가 보자 고개 못 미친 지점의 중간 역인 벨뷔(Bellvue, 1794)에서 내렸다. 벨뷔 역에서 다시 레 우슈로 내려오는 곤돌라 역까지 걸어간 다음, 驛舍의 휴게실에서 준비된 도시락으로 점심을 들었다. 보통 영업을 하는 장소에서는 점심 도시락을 지참해 와서 드는 것이 허락되지 않는데, 그렇지 않은 이러한 곳을 피크닉 바라고 부른다. 거기서 해발 2115m인 라샤 山(Mont Lachat) 정상까지 올라갔다가 내려오기로 한 것이다.

일행 중 4명은 등산을 하지 않고서 먼저 곤돌라를 타고 내려갔다. 우리 내외는 등산에 참가하는 쪽에 끼었는데, 올라가는 길은 직등 코스라 매우 가파르고 내려오는 코스는 산중턱을 둘러오므로 완만하였다. 도중에 안개가 조금 그칠 때는 주변의 수려한 풍광이 드러났다가 얼마 후 다시 가려버리기도 하였다. 그곳 등산로 주변에도 야생 블루베리와 철쭉이 많아 일행은 도중에 블루베리를 따먹고 비가 그친 풀밭에 드러누워 포즈를 취한 채 사진을 찍기도 하였다. 정상과 그 주변 일대는 온통 풀밭이었다. 그곳까지는 오르는데 약 1시간, 내려가는데 40분 정도 걸리는 거리였다. 벨뷔에서 곤돌라를 타고 오후 3시 반에 레 우슈의 종점 다음 버스 정거장 옆까지 내려와 다시 1번 버스를 타고서 숙소로 돌아왔다.

숙소에 도착한 후 한여름인데도 불구하고 날씨가 흐려 한국의 겨울 정도로 기온이 내려갔으므로, 방한복인 패딩 상의로 갈아입고서 아내와 함께 다시 2번 시내버스를 타고 샤모니 남 정거장 간 다음 걸어서 중심부로 이동하였다. 아내가 엊그제 등산복을 샀던 상점에 들러 몸에 맞지 않는 Technique Extreme이라는 상표의 내 방수복 하의와 아내의 방수복 상하의를 교환하였고, 보온 물병 두 개와 신발 밑창 등도 새로 구입하였다. 그 상점에 우리 방의 소광호 교수 및 벨뷔에서 먼저 내려갔던 대전 팀 부부와 진주 팀인 강기용·이종남 씨를 만났다.

나는 물건을 고를 줄 모르므로 소 교수에게 부탁하여 그를 따라 등산복과 등산장비를 이곳에서 가장 저렴한 가격으로 팔고 있는 케추아(Quechua) 매장으로 가서 내 방수복 상의 하나를 179유로에 구입하였다. 한국 돈으로는 24만 원 정도의 가격이라고 한다. 케추아의 상품은 대부분 중국에서 생산한 것들인데, 내가 구입한 방수복 상의에는 프랑스의 유명한 등산장비 회사인 시몽(Simond)의 마크가 있다. 돌아와서 들으니, 내가 그것을 산 매장은 케추아와 같은 점포 안에 있어도 프랑스제 정품만을 판매하는 다른 상점이라고 한다.

쇼핑을 마친 후 그 부근의 라 포엘(La Poele)이라는 식당에 들어가 아내와 둘이서 피자와 샐러드 그리고 음료로 석식을 들고서 다시 2번 버스를 타고 숙소로 돌아왔다. 오늘 숙소의 저녁 메뉴로는 모처럼 한식이 아니고 프랑스 전통요리인 퐁듀가 나왔다고 한다.

아내가 오전에 우리 내외의 방도 2층의 1호실로 바꾸어 두었으므로 돌아온 후 짐을 그리로 옮겼다. 며칠 전에 방을 옮겼던 대전에서 온 부부는 같은 층의 끝 방에 머무는 모양이다. 보통의 호텔처럼 적당한 사이즈의 방에다 옷장까지 갖추어져 있고 바깥 풍경도 한결 더 멋있었다. 하루에 단돈 2만 원 정도 더 낼 뿐인데, 삶의 질이 이렇게 달라진 것이다.

■■■ 11 (금) 흐리고 때때로 눈과 비

오늘은 기상 상태가 어찌 됐건 샤모니에 도착한 첫날 올랐다가 안개 때문에 그냥 내려오고 만 발므 고개로 다시 가보기로 했다. 어제 정 대장은 오늘 오전에 갠다는 일기예보가 있었다고 했으나 아침부터 주룩주룩 비가 내리고 있었다. 2번 버스를 타고서 종점인 르 투르(1462)에 가서 내려, 케이블카를 타고서 해발 1850m인 샤라미용(Charamillon)까지 오른 후, 다시 곤돌라로 갈아타고서 2195m의 레조탄느(Les Autannes)에서 내렸다.

오늘도 안개가 자욱하기는 하지만 전번 같지는 않고, 좀 더 멀리까지 시야가 확보되었다. 아래에서는 비가 내렸으므로 나는 출발할 때 어제 산 방수복 상하의를 입고 속에는 방한복인 패딩 재킷을 껴입었는데, 발므에 도착할 무렵에는 진눈깨비가 내리다가 마침내 눈으로 바뀌었다. 오늘이 말복인데, 한여름에 눈이라니 참으로 신기한 체험이다!

발므 고원 일대는 원래 야생화로 유명한 곳이지만, 오늘 와보니 야생화는 이미 져버렸는지 별로 많지 않고 그 대신 눈 천지여서 이 또한 볼만 하였다. 이 일대는 샤라미용 방목장이므로 모두 초원 지대여서 시야가 멀리까지 트였다. 비교적 평탄한 길을 따라서 해발 2186m인 발므 고개에 다다르니 그곳에 스위스와의 국경을 표시하는 비석이 하나 서 있었다. 건너편 골짜기 쪽이 스위스인 것이다.

비석 가까운 곳에 허름한 산장이 하나 있어 들어가 보았다. 늙은 부부와 아들로 보이는 비교적 젊은 사람 하나가 운영하는 모양이고, 화장실 대신 집 바깥에 쪼그리고 앉는 동양식의 간이변기 하나가 있는데, 그것 역시 낡아빠져 변기 여기저기가 깨진 것이었다. 실내에는 나무로 불을 피우는 제법 큰 난로가 하나 있어 꽤 따뜻하며, 바깥으로 통하는 문을 모두 닫으라고 여러 차례 주의를 주었다. 그곳에서 아내와 나는 커피와 코코아를 각각 한 잔씩 주문해 들었는데, 밖으로 나와 보니 문 안쪽에 기대어 두었던 배낭과 스틱이 바깥으로 옮겨져 있고, 그 새 배낭 위에 눈이 수북이 쌓여 있었다.

내려올 때는 리프트나 케이블카를 이용하지 않고서 뽀제트 고개(Col de Possettes, 1997)를 거쳐 출발 지점인 르 투르까지 걸어 내려왔다. 내려오는 동안 눈이 그치고 제법 먼 곳까지 시야가 트였다. 주변의 산봉우리들은 모두 흰 눈을 뒤집어쓰고 있었다. 뽀제트 고개 부근에서 준비해 간 바게트 샌드위치로 점심을 들었다.

이 일대는 산 아래 마을 부근을 제외하고서 모두 초원과 키 작은 나무들만 있는데, 소 키우는 목장도 하나 지나쳤다. 유럽의 소는 한국 것보다 훨씬 큰 워낭을 목에 매달고 있기 때문에 멀리서도 그 쟁그랑거리는 소리가 음악처럼 들려왔다. 도처에 블루베리와 철쭉이 무성하였으므로, 우리는 내려오는 도중 여기저기서 블루베리를 따먹었다. 유럽의 산에서는 가장 흔한 잡목이 블루베리가 아닌가 싶다. 제일 선두로 내려오다가 마을 부근의 울창한 숲속에서 아내와 몇 차례 키스를 하였고, 12시 30분경에 하산하였다. 보통 TMB에서는 르 투르 아래 마을인 몽록(Montroc, 1360)에서 시작해 몽록으로 돌아와 마치며, 8박 9일 정도면 완주할 수 있다고 한다.

아직 시간이 많이 남아 있으므로, 2번 버스를 타고서 돌아오다가 도중에 중심부(Centre) 정거장에 내려 역시 며칠 전에 오르려고 하다가 바람 때문에 곤돌라의 운행이 중지되어 가보지 못한 브레방 산꼭대기로 가서 알프스의 주능선 풍경을 바라보고자 했으나, 이미 그쳤던 비가 그 무렵 다시 제법 많이 내리기 시작하여 올라가 봤자 아무것도 보이지 않을 것이라고 판단하여 그만두고 말았다. 샤모니의 날씨는 참으로 변덕이 심해 도무지 종잡을 수가 없는 것이다. 아내와 나는 중심가를 걸어 어제 들렀던 케추아 등산장비점 안에 다시 들어가 보기도 하면서 샤모니 남 정거장에서 30분 후에 오는 다음 버스를 타고 숙소로 돌아왔다.

숙소에서는 남는 시간을 이용하여 어제까지의 일기를 다시 한 번 퇴고하였다. 저녁식사 때 옆에 앉은 강기용 씨에게서 들으니, 진주 팀의 서로 가까운 사이인 성사순·이종남·강기용·서문석규 씨 등 네 명은 정병호 대장과 함께 중심가를 어슬렁거리다가 더 이상 할 일이 없어지자 다섯 명이 결국 리프트를 타고서 브레방까지 올라가 보았는데, 정상에서는 안개 때문에 경치가 아무것도 보이지 않았고, 눈 천지인데다가 추워서 완전 겨울이었다고 한다.

▬▬ 12 (토) 대체로 맑음

한국으로 돌아가는 날이다. 오전 7시에 조식을 들고, 8시에 대절버스를 타고서 출발하였다. 대전에서 온 부부 한 쌍은 열흘 정도 더 머물기 위해 여기에 남고, 대구에서 온 30년 지기 중년의 여자 친구 두 명도 남았다. 그들 중 부부는 매년 한 달 정도 함께 해외여행을 다닌다는데, 금년에는 세 개의 공장을 하나로 합치느라고 꽤 바쁘다고 한다. 대구의 여자 친구 두 명은 올 때도 우리보다 먼저 당일 아침에 따로 도착하였고, 돌아갈 때는 오늘 저녁 7시경의 비행기로 출발하므로 오후에 브레방에 가볼 것이라고 했다. 오늘 식당에서 알펜로제의 주인을 보지 못했는데, 그는 모친이 위독하여 한국으로 나갔다고 한다.

샤모니의 날씨는 오늘도 흐리지만 비가 내리지는 않았다. 처음 도착하던 날은 한밤중이었으므로 도중의 경치가 아무것도 보이지 않았으나, 오늘 그 길을 오전 중에 다시 지나게 되었다. 샤모니 부근에서는 차창 밖으로 눈 덮인 산들이 보이더니, 얼마 후 A40 E25 고속도로에 진입하여 평야지대를 지날 때는 화창하게 개었다. 9시 10분경 제네바 국제공항에 도착하였다.

가이드를 제외하고서 함께 공항에 도착한 12명의 일행 중 구미에서 온 부부는 올 때는 파리를 경유하였으나 돌아갈 때는 암스테르담에서 환승하고 대한항공을 탄다고 하며, 서문석규 씨와 화가인 임민수 씨는 로마에서 환승하므로, 공항에서 그들과 작별하고서 나머지 8명만 동행하게 되었다. 티케팅을 마친 후 두 명의 가이드와도 작별하였는데, 정 대장은 21일에 귀국한다. 그들은 오늘 오후 제주도에서 오는 표선산악회 팀 12명을 맞이하여 사흘간 샤모니 일대의 TMB 코스를 두른 다음 스위스로 가서 마터호른과 융프라우 일대를 두르는데, 그 팀은 제네바로 들어와 취리히에서 돌아간다고 한다.

티케팅을 하여 출국장으로 들어갔으나, 아내가 인공심장박동기를 착용하여 검색대의 전자파를 받으면 안 되므로, 그 때문에 좀 늦게 들어간 까닭에 일행과 헤어지고 말았다. 탑승권에는 게이트 번호가 적혀 있지 않고, 전광판에 우리가 탈 비행기의 게이트가 A라고만 나타나 있었다. 그래서 A게이트를 찾아가 보니, A게이트는 1에서 거의 10까지 있는지라 어느 곳으로 가야할지 여전히 오리무중이었다.

공항의 제복을 입은 지나가는 남자에게 물었더니, 그가 어디론가 휴대전화로 연락해 보고서 B43게이트로 가라는 것이었다. 이건 또 무슨 소린지 알수가 없지만 어쨌든 그곳으로 찾아가보았더니, 대기하는 승객은 아무도 없고 한산하기 짝이 없었는데, 그곳 프런트에 있는 직원에게 물어보니 맞기는 맞았다. 그러나 얼마 후 게이트가 또 B44로 바뀌었음을 알았는데, 그제야 비로소 도착한 우리 일행을 만날 수 있었다. 우리 일행은 전광판에 바로 나타난 게이트를 보고서 찾아온 것이었다.

이번 여행에서 새삼스럽게 느낀 점은 프랑스에 이슬람교도가 꽤 많다는 것이다. 그것은 도처에서 만난 히잡을 쓴 여인들을 통해 알 수 있다. 백인 여자와 흑인 남자 커플도 심심치 않게 눈에 띄었다. 그리고 공항에서 오늘 소광호 교수와 대화해 보고서 안 것인데, 그는 대우건설에서 21년간 근무하다가 학교로 들어온 지 6년 밖에 되지 않았다고 한다. 대우에서도 연구소에 근무한 기간이 6년이라 연구실적은 충분하다는 것이었다.

12시 35분 제네바의 Cointrin 공항 발 아에로플로트 항공 SU2381편을 타고서 아내와 16A·B석에 나란히 앉아 17시 05분에 모스크바의 Shremetyevo 공항에 도착하였고, 환승하여 20시 55분 같은 공항 발 SU250편 29A·B석에 앉아 다음 날 11시 15분에 인천공항에 도착할 예정이다. 비행기 속에서 일기를 쓰고 있는 지금 모스크바 시각으로는 13일 1시 17분, 한국 시간으로는 7시 17분이다.

광서장족자치구

■■■ 2017년 9월 15일 (금) 맑음

혜초여행사의 '덕천폭포&계림! 광서성 핵심일주 9일' 여행을 출발하는 날이라 택시를 타고 개양의 나그네김밥 앞으로 가서 오전 11시 45분에 출발하는 인천국제공항 행 버스를 탔다. 거제 고현에서 11시 5분에 출발하여 통영을 거쳐 오는 경원여객의 버스였다. 신탄진 휴게소에 한 번 정거했을 때 카페아메리카노를 한 잔 사 마셨다. 그러나 이 버스는 이후 평소와 다른 이상한 코스로 접어들어 경부고속도로에서 안성을 경유해 40번 고속도로를 가다가 평택 톨게이트를 거쳐 17번 고속도로에 진입했는데, 그 무렵부터 여러 번 교통정체에 걸렸다. 북평택 톨게이트, 화성, 광명, 시흥, 물왕 톨게이트, 고잔 톨게이트를 경유하여 마침내 110번 인천공항전용도로에 진입하였는데, 이후 인천대교를 건너 예정된 오후 3시 55분보다 훨씬 늦고 집합 시간인 4시보다도 늦은 4시 41분에야 인천공항에 도착하였다. 기사 바로 뒤편의 1·2호석에 앉은 우리 내외가 들으니 기사는 운전 도중 계속 무어라고 혼잣말을 중얼거리고 있어 정신적으로 좀 문제가 있는 사람이 아닌가 싶었다. 그의 말로는 도중에 두 번 교통사고가 있어 정체되었다는 것이었으나, 우리는 그 사고 현장을 보지 못했다. 도중에 참을 수 없을 정도로 소변이 마려워 아내가 손수건으로 가려주어 버스 속에서 빈 커피 잔에다 오줌을 누었다.

공항 3층 A카운트 부근의 혜초여행사 미팅보드에서 인솔자인 나소영 씨를 만나 항공권 등을 받은 다음, 티케팅하여 9번 게이트에서 대한항공의 KE843편을 탔다. 우리 내외는 28B·C 석에 앉았다. 일정표에 의하면 이 비행기는 18시 55분에 인천을 출발하여 4시간 25분을 비행한 후 한국보다 한 시간이 늦은 중국 시간 22시 20분에 廣西壯族自治區의 首府인 南寧에 도착

하기로 되어 있는데, 실제로는 19시 22분에 이륙하여 22시 04분에 南寧吳
圲국제공항에 착륙하였다. 오우(吳圲)는 공항이 있는 곳의 지명이다.

공항에서 중국 계림의 桂冠國旅(국제여행사)로부터 나온 현지 가이드 田
聖祿 씨의 영접을 받았다. 우리 일행은 인솔자를 제외하면 총 14명이며, 남
자 두 명을 제외하고서 6雙은 부부동반이었다. 大宇에서 만든 45인승 버스
를 타고 공항에서 1시간 정도 걸리는 남녕 시내의 長湖路 6호에 있는 24층
건물인 金紫荊國際大酒店(Golden Bauhinia International Hotel)로 이
동하였다. 우리 내외는 809호실을 배정받았다. 호텔에서 샤워를 마치고 나
니 이럭저럭 다음날 오전 1시 반 무렵이었다.

호텔로 오는 도중 현지가이드로부터 들은 바에 의하면, 전 씨는 강원도 속
초 출신의 할머니와 강릉 출신의 할아버지로부터 3대째에 해당하며, 黑龍江
省 牧丹江에서 태어난 조선족 3세이다. 2001년에 광서장족자치구의 桂林에
서 대학을 졸업하였고, 계림에서 가이드 생활을 한지 13년째이다. 계림에
살게 된 지는 총 15년쯤 된다. 남녕에는 6개월 만에 비로소 오는 셈인데, 고
속열차의 표를 구하지 못하여 계림에서 남녕까지 야간열차를 타고서 10시
간 걸려 왔다고 한다.

광서장족자치구의 인구는 4300만인데, 중국에서 壯族의 전체 인구는
2200만이며, 한족을 제외한 55개 소수민족 중 최대의 인구를 보유하고 있
다. 중국의 현재 인구는 14억인데, 그 중 무호적자가 1억 정도라고 한다. 러
시아·캐나다에 이어 세계에서 3번째로 넓은 국토를 가지고 있고, 4위가 미
국, 5위가 브라질이다. 광서장족자치구 제2의 도시 柳州에 한 때 대한민국
임시정부가 존재한 적이 있었다. 언어는 광동어를 쓴다.

중국에서 현재는 한족의 경우 한 가구당 2명, 소수민족의 경우 3명까지 자
녀를 둘 수 있으며, 소수민족의 인구가 2000만 명이 넘으면 자치구, 100만
명이 넘으면 자치주를 허용하는데, 중국 내 조선족의 전체 인구는 200만 명
정도이나 연변조선족자치주의 현재 인구는 120만 정도로서, 노동할 수 있
는 사람들이 한국으로 많이 나가고 있으므로 10년 후면 연변조선족자치주
는 소멸될 것이라고 한다.

남녕 시내의 최고층 빌딩은 110층까지 있고, 집값이 계림과는 비교가 되지 않을 정도로 비싸서 계림에서는 42평 정도 되는 아파트 가격이 3~5억 정도이나 남녕은 20억 정도 되며, 생활수준도 꽤 높아서 한 달에 200만 원 정도는 있어야 생활할 수 있다고 한다.

▬▬▬ 16 (토) 맑음

일기를 쓰기 위해 오전 4시에 일어났으니, 두 시간 남짓 밖에 눈을 붙이지 못한 셈이다. 오전 6시에 모닝콜, 6시 30분부터 2층 식당에서 조식을 든 후, 7시 20분에 소지품을 모두 챙겨 출발하였다.

광서장족자치구의 약칭은 桂이며, 중국의 남단에 위치하여 베트남과 접해 있고, 지난번에 갔던 해남성과는 바다를 사이에 두고서 서로 마주보는 위치이다. 아열대기후이며 남녕의 오늘 최고 기온은 39℃ 정도 된다. 先秦시대에는 百越 땅에 속했다가, 진시황이 중국을 통일한 후 여기에다 桂林郡을 두었고, 唐代에는 嶺南道에 속했다가, 宋代에 廣南西路에 속하여 廣西路로 약칭하였는데, 광서라는 이름은 여기서 유래한다.

고속철도 역인 南寧東站으로 이동하여 오전 8시 30분발 寧波 행 G2344 고속열차를 탔다. 우리 일행은 10호차에 탔고, 우리 내외는 2등인 15A·B석에 앉았다. 한국의 KTX에 해당하는 기차이다. 광서에서 세 번째로 큰 도시인 북쪽의 桂林까지 요금은 108元, 시속 250km로 600km 정도의 거리를 이동하여 약 2시간 30분 후인 11시 1분에 도착하였다.

도중에 來賓·柳州에서 정거하였는데, 내빈에서 우리 내외의 옆 자리에 키 작은 여학생 한 명이 탔다. 가는 도중의 차창 밖으로 카르스트 지형으로 말미암아 한국의 마이산을 닮아 봉우리가 뭉툭한 산들이 계속 이어지고, 둥치가 가늘고 윗부분에만 잎이 모여 있는 나무가 계속 눈에 띄었다. 아마도 그다지 오래지 않은 시기에 조림사업으로 인공 식수한 것이 아닌가 싶었다. 옆에 앉은 아가씨에게 그 나무 이름이 무어냐고 물었더니, 스마트폰으로 百度라는 검색 엔진을 통해 찾아보고 또한 근처에 앉은 동행하는 남자에게로 가서 물어 보기도 하더니, 스마트폰 화면으로 桉樹(Eucalyptus robusta

Smith)라는 이름과 사진 그리고 그 설명을 보여주었다. 유칼리나무는 호주와 미국의 캘리포니아 등지에서 자주 보던 것이라 내 눈에 익은 그 나무와는 다른 듯하여 그런 의견을 말해보았지만, 아가씨가 맞다 하니 더 이상 이의를 달지는 않았다. 여기저기에 사방으로 가지가 무성하게 벌어진 대나무도 보였는데, 가이드의 말에 의하면 이 대나무는 四川省으로부터 옮겨 심은 것이라고 한다.

그녀와 좀 더 대화를 나누어보았는데, 오늘은 桂林市 臨桂區에 있는 高等師範專科學校(초급사범대학)의 개학날이라 아버지와 함께 계림으로 가는 길이었다. 입학을 한 후 앞으로 기숙사에 머물게 되는데, 수업은 국경절을 마친 후부터 시작된다고 한다. 9월 29일부터 10월 7일까지 이어지는 國慶節(건국기념일) 휴일은 중국에서는 설날(春節)과 더불어 양대 명절인데, 그 때 다시 집으로 돌아가고자 하지만 기차표가 이미 매진되어 살 수 없다고 말하고 있었다. 그녀는 내빈 일대에서만 자라 아직 남녕이나 계림에도 가보지 못했다고 하므로 좀 뜻밖이었다. 장족이라고 했다.

기차 속에서 아내의 카톡 사진으로 미국의 경자누나가 오늘 조촐한 퇴임 파티를 가진 사실을 알았다. 37년 만에 직장생활을 접고서 이제부터 제2의 인생을 보내게 된 것이다. 10월 3일에 두리와 함께 한국에 와서 한 달 정도 머물게 된다.

계림의 오늘 기온은 남녕보다도 좀 낮아 37-8℃ 정도 된다고 한다. 7·8월에는 40℃ 이상까지 오르고, 제일 추울 때는 10℃ 정도라고 한다. 계림역 광장에서 행상으로부터 「中國 桂林」이라는 제목의 금년도판 交通旅游圖 한 장을 샀다. 광서 전체와 계림시를 비롯한 주요 도시들이 포함된 접이식 지도였는데, 정가는 8元이나 5元 부르는 것을 4元으로 깎았다.

점심을 들기 전에 55인승 대절버스를 타고서 반시간 정도 소비하여 먼저 2002년 정월 초하루에 가족과 함께 처음 계림으로 왔을 때 들렀던 바 있었던 伏波山으로 다시 갔다. 漓江 서쪽에 붙어 있는 높이 320m의 외딴 산봉우리인데, 漢代의 伏波將軍 馬援이 南征할 때 일찍이 이곳을 지났다는 전설이 있어 이런 이름이 붙었다. 그 입구 뜰에 마원 장군의 기마상이 있고, 323개의 가파른 돌계단을 걸어 올라가면 정상에서 계림 시내의 모습을 두루 조망할 수 있고, 건너편으로 유명한 疊彩山과 七星공원 등이 바라보인다. 내려와서는 지하 동굴인 還珠洞으로 들어가 試劍石이 있는 곳까지 가보았다. 예전에도 보았던 기억이 있는데, 천정에서부터 직삼각형으로 뻗어 내린 돌의 아래쪽 끄트머리가 칼로 자른 듯이 바닥과 조금의 간격을 두고서 멈춘 기묘한 모양인데, 마원 장군의 전설과도 관련이 있는 곳이다.

복파산을 떠난 다음, 漓江路 17호에 있는 凱寧七星大酒店 안의 桂城藝術主題餐坊이라는 이름의 식당에 들러 중식을 들었다. 제법 거창한 상이었다. 식사 중 알게 된 바로는 우리 일행 중 부부 세 쌍은 대구 대림고등학교 동창생 가족이며, 우리 내외와 늘 식탁을 함께 하는 부부 두 쌍은 현재 인천에 사는데, 남자들은 해병대 동기이며, 그들 중 부부 한 쌍은 강화도 출신으로서 지금도 강화도에 2천 평 정도의 논을 가지고서 농사를 짓고 있고, 나머지 한 쌍은 인천 영종도의 같은 마을 사람으로서 여자 측 부모의 반대를 무릅쓰고 연애 결혼한 사이라고 한다. 둘 다 인천 부근의 부평에 있는 GM자동차 공장 프레스 작업반에서 함께 근무하다가 강화 출신의 사람은 작년에 이미 조기 퇴직하였고, 나머지 한 명은 내년에 만 60세로서 정년퇴직할 예정인 모양이다. 혼자 온 남자 한 명은 진주 부근의 고성에 사는 여행 마니아이고, 다른 한 명은 전남 구례에서 온 독신 남자였다.

점심을 든 후 동쪽으로 7km 정도 떨어진 교외 지역으로 이동하여 靖江路에 있는 계림시에서 가장 높은 국가 4A급 풍경구 堯山(909.3m)에 올랐다. 그곳 주차장에 정거해 있는 관광버스들 중에는 대우 제품이 많았다. 대우가 아직도 중국의 관광버스 업계에서는 큰 셰어를 차지하는 모양이다. 산 위에 周唐 시기에 세워진 堯帝廟가 있어 이런 이름이 붙었다고 한다. 그러나 우리는 그 사당을 보지 못했다. 산 아래에는 명대의 藩王 墓群인 靖江王陵이 있다. 길이 1416.18m나 되는 긴 리프트를 타고 올라가니 도중에 봅슬레이 놀이 하는 곳도 있고, 걸어서 올라갈 수 있는 길도 보였다. 리프트는 오스트리아의 기술을 도입하였고, 봅슬레이는 독일 기술을 도입하였는데, 광서에서 제일 긴 리프트라고 한다.

리프트에서 내리니 도중에 찍힌 우리 부부의 사진이 이미 제작되어져 있어, 한국 돈 4000원 주고서 하나 샀다. 정상에서는 다소 멀리 계림시의 모습이 바라보이고 바로 건너편으로 카르스트 지형의 산군이 있으며, 그 산들과의 사이에 대형 골프장이 있었다. 다시 리프트를 타고서 내려오니 지나가는 통로에 각종 공룡 화석과 진귀한 동물 뼈들을 전시한 전람회장이 나타나고, 잇달아서 여러 가지 기념품이나 토산품을 파는 매대도 꼬불꼬불 길게 거쳐서 지나가도록 되어 있었는데, 아내가 그 중에 보이는 물건들 중 붓 네 개 든 것 한 통을 가리켰더니 15,000원 부르는 것을 내가 만 원으로 깎아서 하나 샀다.

계림 시내로 돌아와서는 개념칠성대주점 3층에 있는 七星·足之道에 들러 예정에 없었던 발마사지를 20분간 받았다. 혜초여행사 측에서 서비스로 제공하는 것이었다. 우리 일행은 남녀 모두가 한 방에 들어갔는데, 나를 맡은 젊은 아가씨와 안마 도중 계속 대화를 나누었다. 내 발의 근육이 단단하다고 하므로 매일 농장에서 두세 시간 정도 일을 해서 그렇다고 했더니, 자기를 내 농장의 인부로 고용해 달라고 했다. 말하는 품이 농담 같지는 않았다. 그녀는 계림 부근의 시골에서 태어나고 자라 초등학교 밖에 나오지 못했고, 아직 북경이나 상해 같은 곳에도 가보지 못했다고 한다. 자기는 초등학교를 나왔으므로 표준말을 할 수 있지만, 자기 모친은 계림 지역의 사투리 외에는 표준말을 거의 하지 못한다면서 내 중국어가 자기 모친보다 낫다고 했다. 남녕과는 달리 계림 지역에서 쓰는 말은 광동어가 아니라고도 했다. 부모가 60세 정도에 불과하다고 하니 그녀는 꽤 젊은 나이일 것이고 제법 미모였다. 한국어도 좀 구사할 수 있었는데, 사드 사태 이후로 한국 손님이 1/10 이하로 줄어, 자기네의 생계가 막막하다고 했다. 방값만 하더라도 한 달에 500元 정도를 지불해야 하는데, 손님 한 분에게서 받는 팁이 20元 정도에 불과한데다, 그나마 우리가 나가고 나면 더 이상 한국 손님이 없어 숙소로 돌아가야 할 형편이라고 했다.

七星區에 있는 盛滿金樓라는 식당에서 석식을 든 후에, 6시 45분까지 승선 장소로 가서 대기하다가 밤중에 兩江四湖 선상 유람을 했다. 배타는 부두

가의 바닥에 돌을 깐 좀 넓은 장소에서 한국 남녀들이 '백만 송이의 장미' 등 한국 대중가요의 리듬에 맞추어 한참동안 춤을 추고 있었다. 이강과 桃花江, 榕湖·杉湖·桂湖·木龍湖를 일러 양강사호라고 하는 것인데, 호수들은 1999년에 공사를 시작하여 2002년까지 인공적으로 조성한 것으로서 왕복 약 4km의 거리이다. 야간 조명이 화려한 51m 높이의 金塔·銀塔 부근 杉湖의 知音臺 부두에서 승선하여, 도화강 물길을 따라 서로 이어진 호수들을 차례로 지나 도시의 중심부를 오른편에 끼고서 반 바퀴 돌아 이강을 만나는 지점인 木龍湖까지 갔다가 도로 돌아 나오는 것인데, 도중에 세계 각국의 유명한 건물이나 다리를 모방한 건축물들이 있고, 가마우지로 물고기 잡는 쇼도 있으며, 소수민족의 민속공연도 볼 수 있었다. 구경을 마치고 나오니 주차장 부근에 있는 빌딩의 유리로 된 외벽 전체로 폭포수처럼 물이 흘러내리는 쇼도 구경할 수 있었다. 관광지인 계림에서는 20층이 넘는 건물은 짓지 못하도록 되어 있다.

가이드는 계림 시내에서 40km 정도 떨어진 곳에 가족과 함께 거주하고 있으므로 밤중에 집으로 돌아갔다. 그는 북한의 김정은처럼 머리카락의 아래쪽을 박박 밀고 위쪽은 짧게 깎은 모습을 하고 있다. 오늘 우리가 투숙한 호텔은 5성급의 大公館호텔인데, 내부가 대리석 등으로 화려하게 장식되어 있는데다가 각자 배정받은 방이 보통 호텔보다 두 배는 더 커서 화장실도 두 군데나 있었다. 내 생전에 들러본 호텔 중에서 가장 고급인 듯하다. 890개의 객실이 있다고 한다.

■■■ 17 (일) 맑음

아침에 百香果라는 열대과일을 처음으로 맛보았다. 7시 50분에 호텔을 떠나 陽朔까지 네 시간 걸리는 이강 선상 유람의 출발 지점인 磨盤山 부두로 가서 9시 30분에 출발하는 觀光9호라는 이름의 3성급 2층 유람선을 탔다. 행렬을 지어 함께 출발하는 유람선이 스무 척 정도는 될 듯했다. 원래의 예정으로는 도중에 산봉우리 모양이 왕관 형태이고 계림 지역의 석회암 동굴 중 최대 규모인 冠巖에 들르기로 되어 있었지만, 이 많은 유람선이 정박할 시설이 되어 있지 못하여 근자에는 내리는 것이 허락되지 않으므로, 그 대신 양삭에 도착한 후 銀子巖이라는 다른 종유동에 들르는 것으로 변경되었다. 우리 가족이 예전에 왔을 때 관암동굴에는 이미 들른 바 있었으므로, 오히려 잘 된 셈이다.

'桂林山水甲天下(계림의 산수가 천하제일이다)'라는 말은 靖江王府 뒤편의 獨秀峰 바위에 새겨진 문구인 모양인데, 나는 지금까지 이 이강유람에서 바라보는 풍경을 의미하는 것으로 알고 있었으므로, 유람 도중 주로 꼭대기의 갑판에 올라가 주변 풍광을 바라보았다. 특히 草坪에서 興坪까지의 구간이 하이라이트인 모양이다. 이곳 이강의 풍경은 인민폐 20元 권에도 그림으로 들어 있을 정도로 유명한 것이다. 이곳 강가에도 한국과는 다른 특이한 모양의 대나무 숲이 많았고, 강물은 녹색이었다. 선상에서 도시락으로 점심을 들었고, 우리 내외는 호텔 식당에서 가져온 반찬들도 내놓았다. 배 안에서 나는 계수나무 향수가 든 작은 유리병 장식품 세 개 한 세트와 푸른색 앞치마 및 부채 하나를 각각 인민폐 10元씩 주고서 샀다. 이강의 전체 길이는 437km인데, 그 중 우리가 통과하는 계림에서 양삭까지는 수로로 약 83km의 거리이다.

오후 1시 20분 무렵 양삭에 도착하니 부두 근처에서부터 바로 西街라는 이름의 재래시장이 이어져 있었다. 517m 거리의 보행로 양쪽에 각종 물건을 파는 상점들과 짝퉁시장이 빼곡히 늘어서 있는데, 자유 시간에 아내와 함께 의류점에 들러 아내의 블라우스 상의를 내가 에누리하여 세 벌에 중국 돈 400元을 지불하고서 샀다. 오늘이 아내의 생일이다.

2시 반에 재래시장 끄트머리의 KFC 앞에 집결하여 한참을 걸어서 차가 대기하고 있는 곳으로 이동한 후, 대절버스를 타고서 약 40분간 이동하여 양삭에서 남쪽으로 20km쯤 떨어진 곳에 있는 茘(리)浦縣의 銀子巖 동굴로 갔다. 도중에 十里畫廊이라는 이름의 카르스트 지형 산들이 이어진 구역을 지나갔고, 그것이 끝난 후에는 月亮山이라는 이름의 바위 절벽에 반달 모양의 구멍이 뚫린 산을 바라볼 수 있는 지점에다 차를 세워 사진을 찍기도 하였다. 은자암동굴은 1959년에 발견되어 82년에 개방한 것인데, 총 길이가 4km

쯤 된다고 한다. 관암동굴과 더불어 계림 지역의 여러 석회암 동굴 중에서 대표적인 것이다. 양삭의 인구는 84,000명인데, '桂林山水甲天下, 陽朔山水甲桂林'이라는 말이 있을 정도로 풍치지구로서 자고로 이름난 곳이다.

일정표 상으로는 다음 순서로 陽朔縣 高田鎭 穿巖村에 있는 수령 1300~1400년 된 大榕樹나무들이 있는 공원을 보러가기로 되어 있는데, 가이드로부터 그 부근의 교통이 복잡하여 시간이 많이 걸린다는 말을 들은 일행은 생략하기로 했다. 전해오는 말에 의하면 이 마을은 오늘 밤에 볼 수상 쇼의 주인공들인 壯族의 歌仙 劉三姐와 그녀의 애인 阿牛哥가 사랑을 나누던 장소라고 한다. 양삭 시내로 돌아와 대절버스를 탔던 지점인 觀蓮路 2호에 있는 陽朔君豪大酒店 1층에 있는 豊澤源이라는 식당에서 이곳의 명물 음식인 啤酒(맥주)魚와 토란 등의 반찬으로 석식을 들었다.

抗戰路 20호에 있는 비엔나 호텔(維也納國際酒店)에 들어 4층의 8419호실을 배정받은 후 밤 8시부터 9시까지 공연되는 張藝謨 감독이 처음으로 만든 수상 쇼 印象劉三姐를 보러 갔다. 세계에서 가장 규모가 큰 수상 가무 쇼로서 하루 밤에 세 차례씩 공연하는 모양인데, 우리는 그 중 첫 번째 공연을 보게 되었다. 3200명을 수용할 수 있다는 야외 객석이 꽉 찰 정도로 성황이었다. 부근의 12개 촌민과 예술학교 학생 등이 출연하는 대형 무대였다. 옛날 문화와 동네 사람들의 삶을 다룬 것이라고 하는데, 수백 명의 출연진이 든 횃불 및 등불, 그리고 그들의 빛나는 의상과 주변의 書童山 등 기이한 모양을 한 여러 산과 강이 이루어내는 밤 풍광 및 조명이 어우러져 과연 한 폭의 인상파 그림을 보는 듯한 느낌이었는데, 여러 날의 수면부족으로 말미암아 졸음이 쏟아져서 내용을 잘 이해할 수는 없었다. 강서의 宜州에 국가 4A급인 劉三姐故里景區가 만들어져 관광지화 되어 있는 것으로 보아 이 스토리의 인기를 짐작할 수 있다.

장예모 감독의 인상 쇼는 중국의 유명 관광지 다섯 군데 정도에서 각각 다른 내용을 가지고 계속 공연되고 있다. 가이드의 설명에 의하면 1951년생으로서 나보다도 두 살이 적은 장 감독은 부인이 21명, 자녀가 19명이나 된다고 한다.

밤 10시 반쯤에 호텔로 돌아왔다. 계림 구역의 전체 인구는 820만, 시내의 인구는 83만 명이라고 한다. 조선족 교포는 사드 사태가 오기에 앞선 2년 전에 2천 명 정도 거주하고 있었다.

■■■ 18 (월) 맑음

오전 7시 29분에 외송의 박문희 장로로부터 국제전화를 받았다. 새로운 지하수로 파이프를 연결한 이후 우리 집 내부에서 여러 날 동안 계속 수돗물이 소비되고 있으므로, 자기가 내 농장으로 내려가 우리 집 전체에다 물을 공급하는 외부의 수도 밸브를 일단 잠가두었다는 것이다. 집안에서 왜 물이 새는지 현재로서는 알 수 없다.

오전 7시 40분까지 집결하여 대절버스를 타고서 양삭을 출발하였다. 계림시까지 북쪽으로 59km의 거리인데, 도중에 陽朔縣 白沙鎭 五里店에 있는 世外桃源에 들렀다. 대만 상인이 거액을 투자하여 1997년에 만든 것으로서, 도연명의 「桃花源記」에 나오는 현장을 방불케 하는 모습을 조성한 테마 공원이다. 조그만 동력선을 타고서 출발하여 평균 수심 3m쯤 되는 커다란 연못을 거슬러 오르면 도중에 소수민족들이 공연을 펼치는 무대가 여기저기에 조성되어져 있고, 돌로 된 캄캄한 동굴을 통과하면 인공으로 만들어진 복사꽃밭들이 나타나게 되어 있다. 동굴 안쪽 마을에 사는 사람들은 거기서 일상생활을 해온 주민들로서 지금도 냇가에 나와 빨래 등을 하고 있었다. 그곳 마을에서 알이 매우 굵은 유자가 열려 있는 나무를 보기도 했다. 전통 복장을 하고서 우리 배에 탄 중국 아가씨는 흑룡강성에서 와 아르바이트를 하고 있는 대학생이라고 했다.

배에서 내려 입구 쪽으로 걸어가는 도중에 누각 2층에서 어떤 젊은이가 빨간 수실로 장식한 공들을 던져 주는 문을 지났는데, 나도 가이드로부터 그 공 하나를 얻었다. 소수민족 중 하나인 侗族 여인들이 노래를 부르거나 흰색이 곁들여진 옷을 입고서 바느질 하는 모습도 보았다. 그곳 기념품점에서는 어제 西街에서 사려다가 시간이 없어 포기하고 만 염색한 넓은 천을 발견하고서 하나에 220元 부르는 것을 깎아서 세 개에 500元 주고 샀는데, 나중에 펼쳐 보니 그 중 두 개는 사이즈가 훨씬 작은 것이어서 바가지를 쓴 느낌이 없지 않았다.

세외도원에서 계림까지 또 한 시간 20분 정도를 달렸다. 이 차도도 불과 3년 전까지만 해도 비포장이었다는 것이다. 가이드의 말에 의하면 우리는 이번 여행 중 총 3000km 정도를 달리게 된다고 한다. 계림 시내로 돌아와 安新南路 369棟에 있는 慶尙道食府라는 이름의 중국인이 경영하는 한국음식점으로 짐작되는 곳에서 수제비를 넣은 쏘가리매운탕으로 점심을 들었다.

점심 후 다시 북쪽으로 77km를 달려 오후 2시 10분에 龍勝縣 和平鄕에 있는 龍脊梯田景區의 매표소에 다다랐다. 북쪽으로 갈수록 카르스트 지형은 사라지고 한국에서 보통 보는 모양의 산지가 이어졌다. 가로수로 메타세콰이어를 심어둔 곳도 많았다. 이번 여행 중 가는 곳마다에 중국인 관광객이 많았는데, 머지않아 있을 국경절의 혼잡을 피해 미리 구경 나온 것이라고 한다. 매표소가 있는 대문에서 다랑이 논(梯田) 관광지의 셔틀 버스로 갈아타고 왕복 1시간 반 정도 걸리는 꽤 먼 거리를 꼬불꼬불 좁다란 산골짜기 길을 따라 계속 나아간 후, 大寨라는 마을에 다다라 다시 4인승 케이블카로 갈아타고서 왕복 50분 정도의 거리를 올라 그 정상인 金佛頂에 다다랐다.

龍脊梯田은 총 면적이 70.1㎢에 달하는 방대한 것인데, 최고 1180m, 최저 380m에 이르러 垂直落差가 800m이다. 대문에서 가장 가까운 龍脊古壯寨梯田을 비롯하여 몇 개의 구역으로 나뉘는데, 우리는 그 중 가장 안쪽에 있고 규모가 가장 크며 7년 전에 케이블카가 설치된 金坑·大寨紅瑤梯田이라고 하는 광서에 있는 12개 소수민족 중 하나인 瑤族 마을 쪽으로 온 것이다. 紅瑤는 요족 중 하나이다. 케이블카를 타고 오르는 도중에 사방으로 펼쳐진 다랑이 논을 내려다 볼 수 있다.

百越 민족은 중국 남방 지역에 거주하는 소수민족 즉 南蠻을 총칭하는 말인데, 현재는 주로 雲南·貴州·廣西 등지에 집중적으로 거주하고 있다. 광서지구는 특히 壯族·侗族·苗族·瑤族이 대종을 이루는데, 산악지대인 이곳 龍勝縣은 특히 여러 소수민족들이 집중적으로 거주하여 총 인구 17만 명 중

80%를 차지하는지라 龍勝各族自治縣으로 불리고 있다.

정상인 金佛頂에서 오후 4시 20분까지 약 20분간 자유 시간을 가지면서 이곳의 다랑이 논을 전체적으로 조감하였다. 케이블카를 타고 올라오면서 보니 발 아래로 고구마·토란·대파 등을 심은 밭도 보였으나 대부분은 논이었다. 폭이 좁고 산의 형세에 따라 곡선으로 조성되어 있는지라 기계화는 물론이고 인공적인 관개도 거의 불가능한 곳인데, 꽤 먼 거리까지 경사진 산비탈을 걸어올라 자기 논까지 찾아가는 것도 쉽지 않을 듯하였다. 나는 운남성의 남부에 다랑이 논이 많은 줄은 예전부터 알고 있었지만 광서의 경우는 잘 몰랐는데, 금불정의 안내판 등에 세계 최대 규모(世界梯田原郷)라고 적혀 있었다. 송대로부터 시작하여 청대까지 천 년 이상의 오랜 세월이 걸려 완공된 것이라고 한다. 케이블카의 길이는 1600m에 달하며, 한 시간 당 600명을 운반할 수 있고, 현재 113대가 운행되고 있다.

이곳의 셔틀버스는 모두 HIGER라는 중국 회사 제품인데, 그 로고가 한국 현대자동차의 것을 빼놓은 듯 닮았다. 그곳으로 가고 오는 도중의 중간 지점에 黃洛紅瑤長髪村이라는 마을을 지나가는데, 기네스북에 기록된 세계 최장의 장발족 마을이라고 한다. 주차장으로 돌아와 난생 처음 보는 火生果라는 이름의 표면에 불꽃 모양의 돌기물들이 돋아 있는 녹색 과일을 5원 주고 하나 사서 맛보았는데, 별로 맛은 없었다.

우리 가이드 전성록 씨는 중국 손님들을 모시고 한국 여행을 가기 위한 준비 차 제주도와 통영·진주·산청 등지의 경남 일대를 각각 한 번씩 방문한 적이 있었고 실제로 중국 손님들을 안내하여 제주도를 한 번 다녀간 적도 있었다고 한다. 밤에 그가 우리 방에 들렀을 때 한 말에 의하면, 한국의 여행사들은 꽤 유명한 회사라도 관광객이 낸 비용을 가지고서 다른 곳에 투자하여 굴리다가 중국 측 회사에는 1년쯤 후에야 지불한다고 했다.

용척제전을 떠난 후 좀 더 북쪽으로 나아가 용승현의 중심지를 통과하였다. 현청 소재지인 이곳은 주로 부동산 투자와 관광업으로 먹고 사는 모양이다. 계림과 달리 30층 이상의 건물도 있으며, 42평 아파트를 1억 정도면 살 수 있다고 한다.

용승에서 동쪽 편이자 계림에서 북동방향으로 60km 남짓 떨어진 興安縣 경내에 진시황 때 건설된 중국의 3대 수리공사 중 하나이자 세계에서 가장 오래된 운하의 하나인 靈渠가 있음을 광서에 와서 비로소 알았다. 나는 그것의 존재를 일찍부터 알고는 있었으나, 광동성에 있는 줄로 짐작했던 것이다.

　　용승에서 동북 방향으로 144번 縣道를 따라 22km를 더 나아간 지점의 泗水鄕 歲門村에 있는 細門紅瑤寨에 들렀다. 500년 역사를 지닌 마을이라고 하는데, 언덕길을 따라 좀 올라가면 26戶 106인으로 이루어진 조그만 목조 농가 동네에 다다른다. 우리가 그리로 다가갈 무렵부터 마을 남자들이 징을 치며 환영하였는데, 그 중 첫 번째 집의 홀에 들러 검은 색 전통복장을 한 키 작은 여인들로부터 민요 합창을 듣고 우리도 거기에 응답하여 아리랑이나 유행가로 화답하였다. 장수 마을인 이곳의 85세 되는 할머니가 17살 성인식 때 한 번 자른 이래 고스란히 길러왔다는 머리카락을 풀어헤친 후 그것을 다시 감아올리는 모습도 구경하였다. 그런 다음, 주인과 손님들이 서로 어울려 상대방의 어깨에다 두 손을 얹고서 둥글게 돌아가며 춤을 추고, 우리 남자들은 이들의 전통 복장으로 갈아입은 후 옆방으로 들어가 양쪽 뺨에 키스한 자국이 남는 연지를 찍고서 나왔다. 또다시 징 소리의 환송을 받으며 이미 어두워진 언덕길을 스마트폰의 플래시로 밝히고서 주차장까지 내려왔다. 여인들이 그곳까지 따라 내려왔는데, 그녀들은 알고 보니 '내 나이가 어때서' '소양강 처녀' 등 한국 노래도 제법 부를 줄 알았다.

　　거기서 8km쯤 더 나아간 지점에 있는 龍勝縣 江底鄕의 多矮嶺溫泉中心酒店(龍勝溫泉)에 다다라 우리 내외는 4층의 1460호실에 들었다. 산골인 이곳에서는 가장 큰 호텔이지만, 지금까지 숙박한 곳이 모두 5성급인데 비하여 4성급으로서 질이 좀 떨어져 욕실이 비교적 좁고 비누 등 세면도구도 비치되어 있지 않았다. 나는 좁은 샤워실에서 허리를 굽히다가 머리가 수도꼭지에 부딪쳐 상처가 나고 말았다.

　　호텔에서 통로를 따라 제법 걸어간 지점의 산골짜기에 8개의 노천 온천탕이 있으므로 석식 후 해수욕복 차림에다 흰 가운을 걸치고서 그곳에 다녀왔다. 지하 1200m 깊이로부터 16개 지점에서 솟아오르는 온천수로서 온도는

54~58도의 고온으로 유지된다고 하는데, 탕마다 온도가 각각 달랐다. 남녀 혼탕인데, 같이 간 여자들이 처음 한 곳에 오래 머무는 통에 서너 곳만 들어가 보고서 이미 밤이 깊어 그냥 호텔로 돌아왔다.

■■■ 19 (화) 아침에 잠시 비 내린 후 개임

오늘은 8시 반에 출발하여 하루 종일 장거리를 이동하는 날이다. 어제 통과했던 길을 다시 경유하여 계림으로 내려왔다. 용승 읍내를 통과할 때 가로수마다의 가지들에 붉은 색 종이를 오려 만든 다섯 단으로 된 둥근 장식물들이 수없이 걸려 있는 것을 보았다. 용승현 일대에서는 가옥의 처마 밑에 둥근 모양을 한 홍등이 줄줄이 걸려 있는 모습도 자주 눈에 띄었다.

2시간 남짓 이동하여 오전 10시 54분에 桂林市 臨桂縣 五通鎭의 321번국도 가에 있는 義江緣에 다다랐다. 소수민족의 생활모습을 보여주는 일종의 민속촌인데, 2008년 9월에 설립한 것으로서 국가 4A급 大形民俗風情景區이다. 도착한 후 배를 타고서 이곳을 가로지르는 義江河를 한 바퀴 돌아 나온 후, 걸어서 출입구 쪽 강변길을 끝까지 걸어 두루 둘러보고서 돌아왔다. 다리를 건너면 강 맞은편에도 민속촌 건물들이 있는 모양이고, 그곳까지 짚 라인으로 건너갈 수도 있었다. 1800여 畝의 면적이라고 하지만 다소 초라한 모양새였는데, 안내판에는 5년 내에 그 규모를 3300여 畝로 확장하여 5A급으로 승급시킬 계획을 추진하고 있다고 적혀 있었다. 의강연이란 의강 가라는 뜻이 아닌가 싶다.

계림 시내로 들어온 후 漓江路 19호에 있는 味道制造라는 이름의 계림요리 전문식당에 들러 점심을 들었다. 며칠 전에 들렀던 발마사지 집과 같은 건물로 이어져 있는 곳이었다. 그곳에 도착할 때까지 가이드는 우리더러 계림에서 유명한 쌀국수 집에서 점심을 든다고 말했으나, 가서 예약해둔 방의 문을 열고 보니 창문 건너편으로 멋진 정원이 딸려 있고, 탁자 위에는 고급요리들이 차려져 있었다. 가이드인 전성록 씨가 2010년도에 이곳 1층에서 결혼식을 올렸을 정도로 계림에서 세 번째로 알아주는 최고급 식당이라고 한다. 그는 30대 후반으로서 현재 다섯 살 된 딸을 두고 있다.

이곳으로 오는 도중의 차 안에서 가이드는 기념품으로서 계림 특산의 중국 술, 네모난 작은 알의 형태로 만든 보이차, 북한산 잣, 알이 굵은 대추 등을 주문받는다고 하므로, 아내가 술을 제외한 나머지 품목들 10만 원어치를 예약하였는데, 식당 입구의 주차장에서 그 물건들을 배달받아 식당을 떠난 후 각자에게 주문한 물품들을 나누어 주었다.

　계림에서의 다음 순서로서, 먼저 시내 북쪽의 이강 가에 있는 虞山공원에 들렀다. 虞帝 즉 舜 임금이 南巡 할 때 이곳에 들렀다 하여 秦代에 처음으로 虞帝廟가 세워졌다고 하니 역사가 유구한 곳이다. 그 경내에 蔣中正虞山行轅舊址陳列室이라는 건물이 있어 들러보았다. 蔣介石이 항일전쟁 기간 중인 1938년 12월에 계림에다 行營을 짓고 여러 번 와서 거처하던 곳인데, 현재 그 내부는 박물관으로 꾸며져 있었다. 당시 장개석의 주변에는 국민당 부위원장이자 후일 그의 정치적 라이벌이 되기도 했던 李宗仁을 비롯한 계림파의 인맥이 많았다. 일본군의 공습을 피하기 위해 파놓은 커다란 바위 동굴이 그 부근에 아직도 있고, 장 씨 부부가 앉던 돌로 만든 커다란 의자도 동굴 속에 그대로 남아 있었다. 이 동굴 속의 상점에서 물소 뿔로 만든 머리빗 하나를 샀다. 동굴의 출구 쪽에 남자 모습을 한 관세음보살상이 있는데, 이미 1400년 정도의 역사를 지닌 것이므로 천년관음이라고 부르고 있다.

　우산공원을 떠난 후 明王城에 들렀다. 명대에 靖江藩王府가 있던 곳이다. 이는 원래 元의 11대 황제가 된 順帝가 1330년에 고려의 大靑島로 귀양 갔다가, 머지않아 당시의 靜江 즉 지금의 계림으로 옮겨져 거주했던 곳으로서, 그는 1333년에 황제로 옹립되어 당시의 수도였던 大都 즉 지금의 북경으로 돌아갔던 것이다.

　명 洪武 3년(1370)에 태조 朱元璋이 '綏靖廣海'의 뜻을 취해 靜江을 靖江으로 고쳐서 맏형의 아들인 조카 朱守謙을 靖江王으로 책봉한 이래로 이곳은 명이 망할 때까지 강서 지방 행정의 중심이 되었고, 명이 망한 직후의 南明 시기에는 永曆帝가 이곳에서 1646년부터 1650년까지 머물렀으며, 청대에 들어서는 順治 9년(1652)에 농민군의 공격을 받아 왕부가 소실된 이후 廣西貢院 즉 鄕試의 시험장이 되었다. 중화민국 시기에는 廣西省政府가 들어섰고, 중공정권이 들어선 후로는 광서사범대학의 일부가 되었다. 1921년에 손문이 여기서 북벌전쟁을 지휘한 바도 있었는데, 항일전쟁 시기에 여러 차례 일본군 전투기의 폭격을 받아 대부분 파괴되었다가, 현재의 건물은 1947년 중화민국 시기에 修復한 것이다.

나를 포함한 몇 명은 돌계단을 밟고서 정강왕부 뒤편 높이 66m의 가파른 수직 암벽으로 이루어진 獨秀峰에 올라 계림 시내를 둘러보기도 하였다.

오후 4시 20분에 집합하여 다시 20분 정도 이동한 후 七星區 七星路 22-1호에 있는 大四川火鍋城 七星店에 들러 四川式 샤브샤브 요리로 이른 석식을 들었다.

그런 다음 계림 역으로 이동하여 18시 56분에 출발하는 고속열차를 타고서 21시 28분에 남녕東역에 닿았다. 가이드에게 물어보니 이러한 고속열차는 중국의 남녕과 북경에서 자체 생산하는 것이라고 하는데, 자꾸 새로이 업그레이드되는 모양이다.

남녕 동역에서 도로를 건너 좀 걸어 나온 지점에서 새 대절버스로 옮겨 탔다. 59인승 대형 버스로서 약 한 달 전에 출고된 새 차였다. 계림에서의 젊은 기사와는 달리 이 버스의 기사는 吳氏 성을 가진 57세의 거의 대머리인 중년 남자였다. 21시 48분에 출발하여 현대적 모습을 갖춘 남녕 시내를 통과하여 국제공항이 있는 吳圩의 톨게이트를 지났는데, 게이트의 출입문도 한국처럼 전자감응에 의해 자동 개폐되는 것이었다. 밤 11시 32분에 남녕에서 서남쪽으로 꽤 떨어진 지점이자 베트남 국경에서 가까운 崇左 시내의 友誼大道 中段에 있는 崇左國際大酒店에 닿았다. 이 도시에서 최고급 호텔이라고 하는데, 지방 도시임에도 불구하고 그 시설이 1류 호텔 수준이었다. 우리 내외는 11층의 1111호실을 배정받았다.

계림을 떠나 여기까지 오는 도중은 이미 밤이라 주로 눈을 붙이고서 잠을 청했다. 이번 여행 중 인솔자가 가이드에게 부탁하여 커다란 망고 열매를 잔뜩 사와 식사 때마다 내놓으므로 망고는 정말 원도 한도 없을 정도로 많이 먹었고, 아직도 좀 남았다.

■■■ 20 (수) 흐리고 때때로 비

우리가 머문 호텔은 객실이 640개인데, 간밤에 손님이 완전히 찼다고 한다. 7시 30분에 식당으로 내려가니 고등학생 정도로 보이는 젊은 학생 단체가 북적이고 있어 머지않아 음식이 동이 나다시피 하여 늦게 내려온 우리 일행은 먹을 것이 별로 없었다.

오전 8시 30분에 출발하여 서북 방향으로 계속 나아가 10시 37분에 百色市 靖西縣 경내에 있는 通靈대협곡 입구에 다다랐다. 首府인 남녕에서 230km 떨어져 있어 차로 4시간 반이 걸리는 거리이다. 거기까지 가는 데는 운남성까지 이어지는 고속도로를 이용했는데, 가이드는 6개월 전 자기가 왔을 때까지는 없었던 것이라고 했다. 그러나 2014년 9월에 수정 출판된 내가 가진 여행안내서 『走遍中國旅游手冊』에는 이 길이 건설예정으로 표시되어 있는가 하면, 같은 해 1월에 출판된 『中國高速公路及省鄕公路網旅游地圖集』에는 이미 완공된 것으로 나타나 있으므로, 완공된 지 적어도 몇 년은 지났을 것으로 짐작된다.

도중에 大新이라는 곳의 휴게소에 들렀는데, 한국의 고속도로 휴게소 화장실이 세계 제일이라는 말이 있지만, 이곳의 것도 그에 못지않을 뿐만 아니라 화장실 내부와 그 바깥의 바닥이 모두 대리석으로 되어 있는 데는 놀라움을 금치 못했다. 정면 입구에 '廣西交通投資集團大新服務區'라는 표지가 보이는 것으로 미루어 민간자본이 투자하여 만든 것임을 알 수 있다. 매번 중국에 올 때마다 그 日就月將하는 발전 속도에 감탄하는 바이지만, 내가 1992년 처음 중국에 왔을 때까지만 하더라도 그렇게 낙후되고 가난했던 중국이 이렇게 빠르게 변모할 줄이야 누가 상상이나 했겠는가! 현재만 하더라도 중국은 사회적 인프라로 말하자면 세계의 선진국들에 비해 별로 손색이 없는 모습을 이미 갖추고 있는 것이다.

사드 사태로 말미암아 한중 관계가 소원해지기 전까지 중국인의 해외여행객 수는 한국이 1위, 태국이 2위, 일본이 3위였는데, 이제 한국은 멀리 밀려나고 태국이 1위를 차지해 있다고 한다. 중국이 한국에 사드가 설치되는 것을 왜 그토록 완강하게 반대하는지를 물었더니, 가이드는 그것으로 말미암아 동북 3성 뿐만 아니라 북경 지역까지의 중국 측 군사 동향이 미국에 의해 손바닥 보듯이 드러나게 되기 때문이라고 했다. 중국인 대부분이 믿고 있는 이러한 정보는 사드가 오로지 북한의 핵 무력에 대응하기 위한 것일 뿐 중국에는 아무런 영향이 없다는 한미 측의 주장과 선명하게 다르기 때문에, 그것이 정말인지 어떤지는 여전히 알쏭달쏭하다.

가이드로부터 이 지역의 노인들은 정부로부터 한 달에 1000元 정도의 보조금을 지급받고 있으며, 중국의 고속열차는 예전에는 시속 300km의 속도로 달렸지만, 안전을 고려하여 현재는 250km로 감속하여 달린다는 말도 들었다. 우리가 지금 타고 다니는 대절버스는 중국에서 생산되는 것 중 가장 인기가 있다는 宇通客車로서, 화물칸이 커서 마치 2층 버스처럼 좌석의 위치가 높은 것인데, 한국 것에 비해 별로 손색이 없어 보였다.

가는 도중에 이강유람에서 보던 바와 흡사한 카르스트 지형이 계속 펼쳐지고 있었다. 가이드는 이러한 산봉우리의 수가 36,000개라 하였고, 그 숫자는 베트남 북부에 있는 것까지 포함한 것이라고도 하였다. 어디서 어디까지 포함되는 것인지 알 수는 없지만, 어쨌든 동양화에서 흔히 보는 것과 같은 수직으로 솟아 오른 끝이 둥근 암봉들이 한없이 이어지고 있었다. 武夷山에서 본 수직 돌기둥 모양의 옥녀봉도 이런 카르스트 지형과 흡사하다.

눈에 띄는 작물은 사탕수수와 바나나가 많고, 옥수수 밭도 눈에 뜨이다가 점차로 논이 많아졌다. 이 지역에서 부지런한 농부는 1년에 2모작, 게으른 자는 1모작을 한다고 한다. 가옥들 중에는 슬러브 지붕을 한 것과 대만이나 동남아에서 자주 보는 작고 둥근 모양의 기와를 얹은 것이 많았다.

우리 일행 중 대구에서 온 고교 동창생 팀 중의 남자들은 나와 동갑인 사람이 한 명 있고, 한두 살 정도 적은 사람들도 있는데, 내 머리가 백발이므로 가이드는 나를 일행 중 가장 연장자로 대접하여 어르신으로서 깍듯이 모시고 있다. 그 부인들 나이도 아내와 비슷할 터인데, 아내에 비해 아주머니 혹은 할머니 태가 완연했다. 개중에는 고등학교부터 북경사범대학 중문과 시절까지 8년간 북경에 유학해 있는 외아들을 뒷바라지 하러 적어도 중국에 5년 이상 체재하여 중국어를 좀 구사할 수 있는 부인도 있었다. 현재 중국에서는 외국인에 대해 엄청나게 높은 학비를 부과할 뿐만 아니라 북경의 물가가 한국 못지않게 비싸기 때문에 유학에는 미국 이상으로 비용이 많이 든다고 한다.

우리 팀 중 아직도 GM에 근무하고 있는 최영각 씨는 고졸이라고 하는데, 젊은 시절 다방의 DJ로 일한 적이 있고, 정식으로 배운 적은 없어도 피아노·기타 등을 연주할 수 있으며, 현재도 색소폰을 배우러 다니는 중이라고 했다. 그는 부평의 검암 역 부근에 있는 아파트에 사는데, 창밖으로 바라보이는 야산 80만 평을 자기 집 정원으로 생각하고서 매일 50분 정도 산책하고 있다고 했다. 그는 위장이 좋지 않아 현재도 약을 복용중이며, 음식 등에 꽤 까다롭고 먹는 양도 적었다.

통령대협곡은 全長이 3.8km로서, 818단의 가파른 돌계단과 석회석 종유동을 한참동안 통과해 내려가서, 지하의 강을 만나 그것을 따라서 계속 나아가면 높이 188.6m로서 아시아에서 낙차가 최대인 1단 폭포를 만나게 된다. 그 폭포 뒤쪽으로 돌아 나오는 水簾洞이라는 이름의 동굴 길이 있어 아내와 함께 들어가 보았는데, 여기저기서 물이 주룩주룩 떨어져 우산을 받쳐 써야 했고, 깜깜한 구역도 있어 앞이 전혀 보이지 않으므로 스마트폰 손전등을 켜고서 나아가기도 했다. 돌아올 때는 갈 때와 다른 길을 취하여 강가를 따라 걷기도 하고 도중에 조그만 원숭이바나나를 사서 먹기도 하면서, 우중에 계단 길이 아닌 강가의 길을 통과하여 셔틀버스 정거장에 다다랐다. 의자에 앉아 대기하고 있다가 셔틀버스를 타면서 입구에서 출발할 때 23元 주고 산 등산용 스틱을 깜박하고서 챙겨오지 못하였다. 이 지역의 평균 강우량은 1800mm에 달한다고 한다.

통령대협곡 부근의 길가 식당에서 점심을 들었는데, 가이드가 시골이라서 점심이 부실할 터이니 호텔 식당에서 삶은 달걀을 가져오라고 하므로 우리 내외는 두 개를 챙겨 왔으나, 웬걸 호텔의 음식보다도 오히려 더 맛있고 반찬 가지 수도 많았다.

점심을 든 후 崇左 방향으로 1시간 정도 되돌아와 중국과 베트남의 변경인 崇左市 大新縣 서남쪽에 위치하며, 남녕으로부터 210km 거리에 있는 德天

폭포로 이동하여 오후 2시 43분에 도착하였다. 덕천폭포는 넓이가 120m, 낙차가 70m인 3단 폭포로서 그 기세가 웅장한데, 바로 옆에 그보다 규모가 작은 베트남의 반 추옥 폭포가 있어 양국의 국경을 이루는 歸春河로 서로 연결되어 있다. 두 나라의 폭포를 합하면 폭이 200m를 넘어 국경에 걸쳐 있는 폭포로서는 세계 4대 폭포 중 하나이고 아시아에서는 제일이다. 한국의 TV에서도 본 적이 있는 것이었다.

우리는 뗏목을 흉내 낸 동력선 한 대를 빌려 타고서 인접한 두 나라의 폭포 가까이까지 다가가 보았다. 작은 뗏목을 탄 베트남 여인들이 유람선 가까이로 다가와 여러 가지 베트남 물건들을 팔고 있었다. 나는 우리 배에 다가온 비교적 젊어 보이는 베트남 여인으로부터 고양이 과의 동물이 먹고서 변으로 싼 것으로 만든 베트남 커피 두 통을 중국 돈 100元 주고서 샀고, 배에서 내린 다음에는 길가로 다가온 베트남 여인에게서 호랑이연고 12개 들이 한 박스를 50元 부르는 것을 40元으로 깎아서 샀다. 베트남 상인들은 강에서는 두 나라의 국경을 자유로이 넘나들면서 장사를 했으나, 일단 육지로 접어들면 길가 언덕 위에 설치된 난간 이상으로는 건너오지 않았다. 평소에는 국경에 있는 베트남 시장까지도 가볼 수 있는 모양인데, 오늘은 그리로 가는 길이 차단되어져 있어 우리는 2001년에 중국 측이 세운 53호 경계비로 가서 사진을 찍는 데서 그쳤다. 이 강에서는 베트남으로부터 들어오는 마약 밀무역이 아직도 행해진다고 한다.

가이드 전 씨는 연길에서 군대생활을 마친 후 그곳 파출소에서 6개월간 근무한 적도 있어 북한 변경의 실정도 잘 안다고 했다. 군대를 마친 후 계림사범대학에서 2년 과정의 가이드 양성 코스를 거쳐 자격증을 딴 모양인데, 蔣介石의 본명이 中正인 것을 잘못 알아 원래의 이름을 姜中正이라고 말하는가 하면, 잭프루트·파파야 등 영어로 된 열대과일 이름은 알지도 못할 뿐 아니라 몇 번을 알려줘도 기억하지 못했다.

덕천폭포를 떠난 다음, 20분 정도 이동하여 폭포에서 6km 떨어진 지점인 崇左市 大新縣 碩龍鎭 隘江村의 德天老木棉景區에 다다랐다. 우리는 이 풍경구 안의 S자로 곡선을 그리며 이어진 4층 건물인 老木棉度假酒店에서 오늘 하루 묵게 되어, 우리 내외는 다른 일행과 마찬가지로 2층의 오른편 끝 방을 배정받았다. 그런데 아내가 목제 목욕탕에서 목욕을 한 후 젖은 머리카락을 말리기 위해 드라이기의 스위치를 누르니 온 방안에 문득 전기가 나가버렸으므로 프런트에 연락하였는데, 여자 종업원과 수리공이 번갈아 와서 하는 말로는 수리하는 데 한 시간 정도 걸리니 다른 방으로 바꾸겠느냐는 것이었다. 그래서 4층의 6430호실로 옮기게 되었다. 중국에서는 6과 8은 돈을 의미하므로, 호텔 방의 첫머리에 의미 없이 이 숫자를 넣는 경우가 많다.

이 호텔은 점유면적이 1000여 畝, 건축면적 100만㎡에 달하는 방대한 땅에다 紫園이라는 이름의 정원이 조성되어져 있다. 사방에 숲이 울창하고 정원이 엄청 넓어 구내에 자전거를 대여해 주는 곳이 있고, 오픈 카 모양의 카트가 운행하고 있기도 하다. 경내에 中越 국경을 이루는 歸春河가 흘러가고, 그곳의 섬에도 두 군데에 중국 측이 세운 국경비가 있다. 이 정원 경내에도 대나무가 많은데, 가까이서 보니 대부분 줄기에 잔가지들이 사방으로 돋아나 있고, 줄기 위쪽이 사방으로 벌어진 것이 인도에서 보던 것과 유사하였다. 가이드는 사천성으로부터 옮겨 심은 것이라고 하였지만, 광서 경내에 두루 퍼져 있는 무수히 많은 대나무들로 볼 때 과연 그 말이 옳을지 의심이 들지 않는 바도 아니다. 평소 집에서나 호텔에서나 매일의 목욕은 샤워로 간단히 끝내는 편이지만, 오늘 묵는 호텔에는 처음으로 나무로 만든 타원형의 멋진 욕조가 있으므로, 석식을 마친 후 나도 온탕에다 몸을 담가 보았다.

호텔 본체와는 좀 떨어진 위치에 있는 식당으로 가서 저녁을 들었는데, 그곳의 여자 종업원들은 베트남 옷인 붉은 색 아오자이를 입고 있었다. 모처럼 일정이 느슨하여 여행 온 이래 처음으로 평소 집에서처럼 밤 9시 무렵에 취침하였다.

■■■ 21 (목) 대체로 맑으나 아침에 가끔 부슬비

조식을 들 때 식당 종업원들끼리 지껄이고 있는 말이 베트남어의 느낌과 비슷하고 생김새도 흡사하였으므로, 근처에 있는 아오자이를 입은 여자 종업원을 불러 베트남 사람이냐고 물었더니, 자기는 그러하나 다른 사람들은 아니라고 했다. 뒤에 알고 보니 이곳의 주를 이루는 소수민족인 壯族의 언어는 베트남어와 매우 유사하여 배우지 않고서도 베트남 및 태국 사람과 의사소통이 가능하며 체구도 작다고 한다. 아오자이를 입은 여인들은 이곳 외에 오늘 明仕田園의 민속공연에서도 볼 수 있었다.

　오늘은 8시 반 남짓에 출발하여 2차선 아스팔트 포장도로인 316번 국도를 따라 덕천에서 남녕까지 이동하는 날이다. 도중 9시 38분에 남녕에서 210km 거리에 있는 崇左市 大新縣 堪圩鄕의 명사전원에 도착하였다. 덕천 폭포로부터 남쪽으로 37km 거리에 위치해 있다. 광서 남부지역의 전형적인 카르스트 지형을 갖춘 곳으로서, 영화나 TV 드라마의 촬영지로서도 유명한 곳이다. 여기서 40분간 남자 사공 한 명이 뒤편에서 대나무 장대로 미는 뗏목 배 두 대에 나눠 타고서 明仕河를 유람하였다. 명사란 이곳의 지명이다.

　검은색 장족 복장을 한 여인 한 명이 배에 올라 설명을 하는데, 우리 배에 중국말을 알아듣는 사람이 나밖에 없으므로 부족하지만 부득이 내가 통역을 하였다. 배가 출발할 무렵 껍질을 벗기고서 작게 자른 사탕수수를 팔러 온 사람이 있어 내가 10元 주고서 비닐봉지 하나에 담긴 것을 샀더니, 그 배에 탄 우리 일행 여덟 명이 다 먹고도 꽤 남을 정도로 많았다. 강가에 띄엄띄엄 장족 남자가 서 있다가 우리를 환영하는 내용의 노래를 부르거나 피리를 연주하여주기도 하였고, 배에 탄 안내원도 장족 민요를 불러주고 근처의 풍경들을 설명하였다. 그야말로 한가한 전원풍경을 갖춘 관광지였다. 사람들도 소박하고 친절할 뿐 아니라, 내릴 때 여러 명이 한국 돈 1000원씩의 팁을 주었더니 안내원 아가씨가 좋아서 우리가 버스 타는 곳까지 따라와 배웅하였다. 나는 인민폐로 10元을 주었다.

　주차장 근처에 있는 壯族民居博物院 내부를 산책하여 그곳 무대에서 펼쳐지는 젊은 남녀들의 민속춤 공연을 관람하기도 하였다. 나는 그곳 길가의 상점에서 금빛 쇠로 된 작은 방울 세 개씩이 달린 것 두 줄을 15元 주고서 구입하였다. 입구 부근의 那乙村에 있는 明仕阿芬農家餐館에서 점심을 들었다.

　점심을 든 후 1시간 50분 정도 이동하여 다음 목적지인 龍虎山으로 향했다. 가는 도중 이곳에서도 산꼭대기의 암벽에 커다란 구멍이 뚫린 것을 보았다. 중국 남부의 산에서는 이런 구멍이 더러 눈에 뜨이는데, 카르스트 지형인 때문이 아닌가 싶다. 張家界 天門山 구멍의 경우도 그런지 모르겠다. 도중의 길가에 사탕수수나 파파야, 옥수수 밭이 매우 많고, 내가 계림으로 갈 때 기차에서 바라본 나무들도 많았는데, 가까이서 보니 역시 유칼리나무가 맞았다. 도중에 제법 큰 읍내인 大新縣 소재지를 지났다.

오후 2시 12분에 南寧市 隆安縣에 있는 龍虎山風景區에 도착하였다. 남녕시에서 서북쪽으로 83km 떨어진 위치에 있어 차로는 약 1시간 반이 걸리는 거리이다. 국도 가에 있어 덕천폭포 쪽으로 유람 갈 때 꼭 들르는 코스이다. 중국의 4대 원숭이 산의 하나로 꼽히는 곳이어서, 국가 4A급 경승지이다. 경승지의 총 면적은 271㎢이고 삼림 비율은 98.7%인데, 수많은 진귀한 동식물이 서식하고 있는 곳이다. 현재 용호산에 있는 야생동물은 213종이고, 그 중 야생 원숭이는 3000마리이며, 야생식물로는 155科 599屬 1200여 종이고, 그 중 약용식물은 713종이 있다고 한다. 코브라 등 뱀들도 서식하여 가끔씩 관광객의 면전에 나타나기도 한다.

우리는 입구에서부터 푸른색 전통 복장에다 베트남 식 둥근 모자를 쓴 키 작은 장족 중년여성의 안내를 받으며, 경내를 1시간 반 정도 둘러보았다. 입구에서 원숭이가 좋아하는 땅콩 두 봉지를 10元 주고 사서 육지와 강가의 원숭이들에게 나눠주었는데, 육지에서는 내 손바닥에 놓인 땅콩을 원숭이가 집어가거나 줄에 거꾸로 매달려 집을 뿐 아니라, 金龍寨에서부터 40분 정도 뗏목 배를 타고 내려갈 때 강가에 무리지어 있는 원숭이들에게 던져주면 헤엄쳐 와서 마구 입에 틀어넣어 턱밑까지 불룩해지기도 하였다.

용호산을 떠난 다음 坛洛 톨게이트에서 324번 고속도로에 올라 동남쪽 방향으로 나아가 安吉 톨게이트를 지나서 남녕 시내로 진입하였다. 시내에 가까워질수록 유칼리나무가 점점 더 많아지는 것으로 보아 남녕시에서 계획적으로 심은 것인 듯하였다. 용호산을 떠난 지 1시간 20분 쯤 후인 오후 5시 56분에 남녕시 琅東 기차역에서 오른편으로 拐仙葫大道 200m 지점의 鼎豊美食廣場에 있는 老靈馬 綠水灣河魚莊에 들러 석식을 들었다. 그 식당의 바깥 유리창에 狗肉이라는 문구가 눈에 띄는 것으로 미루어 이곳에서 개고기 요리도 팔고 있는 모양이다.

　남녕 시내의 인구는 320만, 구역 전체를 합하면 1400만 정도인데, 시내에 지하철도 있으며, 물가나 기타 모든 점에서 중국을 대표하는 대도시 중하나인 廣東省의 省都 廣州市 정도 수준인 모양이다. 시내에 2층 버스도 보였다. 남녕의 吳圩국제공항에 처음 도착했을 때 중국-東盟(Asian)박람회(EXPO)라는 문구가 여기저기서 눈에 띄었고, 거기에 참가하는 사람들을 위한 특별 출구도 마련되어 있었는데, 이러한 국제무역박람회는 매년 열리고 있는 모양이다. 이 도시는 3~4년 전까지만 하더라도 관광지로는 개발되어있지 않았으므로 아직까지 한국 사람들이 잘 모르고 있다. 계림보다 3배 정도 크고, 광주보다는 좀 작다.

　식당을 떠나 약 20분 쯤 후인 오후 7시 10분에 鑫偉 萬豪酒店(Marriott Nanning)에 도착하였다. 우리 내외는 804호실을 배정받았다. 가이드의 말에 의하면 이번 여행 중 우리가 묵게 되는 호텔 가운데서 가장 고급이라고한다. 메리어트 호텔은 세계 어느 나라에나 있으니 아마도 미국계 회사인 모양이다.

■■■ **22 (금) 대체로 맑음**

　오전 9시 반에 호텔을 출발하여 '남녕의 녹색 폐(城市綠肺)'라고 하는 시내 중심부의 공원 靑秀山(289m)으로 향했다. 이 공원의 규획보호면적은 13.54㎢인데, 핵심 풍경구의 면적은 6.43㎢로서, 열대식물로 울창하게 뒤덮여 있어 2014년에 국가 5A급 旅游景區로 지정되었다. 남녕은 가장 추울 때도 기온이 10℃ 정도인지라, 눈에 띄는 식물이나 꽃들 대부분이 한국에서는 별로 보지 못하는 것들이다. 거리의 가로수로는 榕樹가 가장 많은 듯하다. 이 공원 안에 들어서면 숲이 온통 그늘을 드리우고 있는지라 카트를 타고서 포장된 길을 지나도 별로 더운 줄을 몰랐다. 공원의 사방에 문이 있는데, 우리는 북문의 서쪽 문으로 출입하였다. 경내에 中國東盟友誼園·中泰友誼園 등 동남아 각국과의 우호관계를 상징하는 園林이 있고, 서울 관악산과의 자매결연을 기념하는 2007년 10월 27일에 세워진 비석도 있다. 남녕은 무역과 공업도시로서 그 지위가 광주에 필적할 정도인데, 점차 국제무역의 중심이 이쪽으로 옮겨져 오고 있다고 한다.

우리는 먼저 가장 높은 곳에 위치한 龍象塔에 올랐다. 青山塔이라고도 하는데, "水行龍力大, 陸行象力大(물을 가는 것 중에서는 용의 힘이 크고, 뭍을 가는 것 중에서는 코끼리의 힘이 크다)"는 불경의 문구에서 이름을 취한 것이다. 원래의 탑은 明 萬曆 연간에 남녕의 擧人 蕭雲擧가 進士 及第하여 조정의 예부상서로 있었을 때 구층으로 건립한 것이다. 후에 번개를 맞아 꼭대기 두 층이 손상을 입었고, 항일전쟁 시기에 당국이 敵機가 남녕을 공습하는 표적이 될까 염려하여 인위적으로 이 탑을 파손시켰던 것을 1985년에 중건한 것으로서, 명대의 건축 풍격을 살린 것이다. 높이 51.35m의 구층탑인데, 현재는 다른 지방의 탑들도 대부분 그렇듯이 철근 콘크리트로 되어 있다. 광서에서 제일 큰 탑이라고 한다. 꼭대기에 오르면 남쪽으로 이 도시를 가로지르는 邕(옹)江이 굽이쳐 흐르고, 그 건너편으로는 새로 짓고 있는 고층빌딩들이 숲을 이루고 있다.

탑에서 계단을 따라 북쪽으로 제법 내려오면 天池라는 이름의 인공호수가 있다. 남녕 시의 해발 최고 지점에 있다 하여 이런 이름이 붙었는데, 호수 안에 수백 마리의 비단잉어가 우글거리고 있어 사람이 먹이를 던져주면 그 주변으로 엄청나게 몰려들므로 다소 징그러운 느낌이 든다.

우리는 카트를 타고서 공원 안을 한 바퀴 돌다가 邐山秀坪(산으로 둘러싸인 빼어난 들)이라는 이름의 야구장 정도로 널따란 잔디밭(300畝)이 있는 곳으로 되돌아와 11시 45분까지 반시간 동안 자유 시간을 가졌다. 잔디밭 가에는 소림권법을 연습하는 18童子의 석상들이 배치되어져 있었다. 자유 시간에 나는 아내와 더불어 잔디밭 건너편의 긴 회랑을 한 바퀴 산책하여 돌아왔다.

한 시간 정도 청수산을 둘러본 다음, 시내의 新陽路 286호에 있는 陽陽國際大飯店 건물 1층 모서리에 있는 粉之都(米粉[쌀국수]의 수도)라는 이름의 계림 쌀국수 연쇄점에 들러 쌀국수와 녹두 주스로 점심을 들었다. 가이드는 점심이 좀 부실하다고 생각했던지 500m쯤 떨어진 위치의 맥도날드 점까지 가서 닭튀김과 감자튀김 등이 담긴 자그만 종이상자들을 사와서 한 사람 당

하나씩 나눠주었으나, 다들 이미 배가 불러 별로 들지 못했다.

점심을 든 다음 남녕시에서 서북쪽으로 38km 거리에 있는 揚美古鎭에 다녀왔다. 2차선 정도의 지방도로 계속 나아가더니 목적지에 가까워지자 반대편에 다른 차가 오면 버스로는 비켜갈 공간도 없을 정도로 좁은 길이 한참 동안 이어졌다. 총 면적이 6.5㎢이고 5370명의 주민이 사는데, 95%가 漢族이라고 한다. 左江이라는 강에 면해 있어 자고로 교통이 편리한 곳이다.

역사 기록에 의하면 이곳은 송대에 건설되어 원래 이름은 白花村이었는데, 후에 揚美村으로 바뀌었다. 1922년에 남녕시의 직속 鎭으로 되었다. 명대의 저명한 여행가 徐霞客의 유람기에도 1763년 9월 24일에 남녕으로부터 배를 타고 양미에 도착했던 기록이 있으며, 신해혁명 당시 黃興 등이 혁명 활동을 펼쳤던 곳이기도 하다. 양미고진의 전성기는 명·청시기로서, 수로 교통의 편리함으로 말미암아 이 일대 물자의 集散地로 되어 한 때 '小南寧'으로 불리기도 했었다. 그런 까닭에 지금도 명·청시기의 고건축 700여 채가 비교적 잘 보존되어 있어, 영화나 TV 연속극의 촬영지로서 종종 이용되고 있다.

그런데 우리 가이드 전 씨는 이곳에 처음 와보는 까닭에 지리를 잘 몰라 동네 사람들에게 물어가며 돌아다녔지만, 우리가 들른 古건축물들 몇 개에는 대부분 사람이 살지 않아 꽤 퇴락해 있었고, 일반 민가에 섞여 있어 구분하기 쉽지 않았다. 이즈음은 관광객이 별로 찾지 않는지 길거리에 몇 푼 되지 않는 물건들을 초라하게 펼쳐둔 동네 할머니들이 좀 보일뿐 한산하였다. 어쨌든 명대 만력 연간 즉 우리나라에 임진왜란이 발발했을 무렵의 건물도 보았는데, 중국에서는 그 시기에 이미 벽돌집이 성행한 것을 알 수 있었다. 나는 이 마을에서 촌민들이 사용하는 마른 꼴풀(?)로 만든 둥근 부채를 5元 주고서 하나 샀다. 이번 여행의 마지막 방문지라 제법 기대를 걸었는데, 다들 실망한 모양이다.

남녕 시내의 메리어트 호텔로 돌아온 다음, 그것과 같은 건물로 이어져 있는 民族大道 131호의 航洋國際城 마트에서 오후 7시까지 한 시간 동안 자유시간을 가졌다. 우리 내외는 마트 안을 산책하다가 1층의 버거킹 상점에서 망고 아이스크림 두 개를 사서 같은 상점 2층의 테이블로 올라가 하나씩 들었고, 나머지 시간 동안도 마트 안을 어슬렁거리며 산책하였다. 이런 곳은 세계 어디나 비슷한 것이지만, 중국 마트도 꽤 세련되어 있어 다른 선진국에 비해 별로 손색이 없었다. 마트 안에 한국 물품을 파는 상점들이 제법 눈에 띄었고, 한글도 더러 보였다.

다시 집결한 다음 1층 L1 東北門 입구에 있는 한국음식점 제주도에 들러 돼지삼겹살구이·생선구이와 김치찌개·된장찌개 등으로 석식을 들었는데, 우리 내외는 둘이서 4인 테이블 하나를 배정받았으므로 음식물이 많이 남아 생선구이에는 거의 손을 대지 않았고 삼겹살을 이웃 테이블에 나누어주기도 하였다. 이 식당은 상호를 한자로 '濟洲'라고 적고 있는데, 일부러 그런 것인지 잘못 적은 것인지 판단이 서지 않았다. 주인인 吳寧鎬 씨는 같은 상호의 음식점을 남녕 시내의 西關路와 桂林에도 열고 있는데, 스스로 건반악기를 연주하며 노래도 부르고, 다른 한 명의 뚱뚱하고 젊은 남자는 옆에서 트럼펫을 불며 반주를 하고 있었다. 우리 일행 중 DJ 경력이 있는 최영각 씨도 오 씨 곁으로 나아가 김광석의 노래 한 곡을 불렀는데, 그 역시 가수 수준이었다.

식당을 나온 다음 8시 20분에 호텔 주차장을 출발해 공항으로 이동하여 23시 50분발 대한항공 KE844편을 탔다. 우리 내외는 40B·C석에 앉았다. 가이드 전 씨와는 공항에서 티케팅하며 작별하였다. 티케팅 시간을 기다리는 동안 그는 나에게 김원봉을 아느냐고 물었다. 내가 안다고 하면서, 밀양 사람이라는 것과 공산주의 활동을 했던지라 남한에서는 기피되고 있었으나, 근자에 그에 관한 영화(「암살」)까지 나왔다고 말했더니, 그는 표지가 다 떨어진 얇은 책자를 하나 내밀며 잠시 훑어보라고 했다. 사단법인 밀양독립운동사연구소에서 온 24명이 2015년 8월 5일부터 11일까지 6박7일간 상해·남경·무한·계림을 답사여행 한 자료집 『2015. 임시정부 군무부장 약산 김원봉의 발길을 따라!』였다. 그것을 훑어보니 김원봉을 총대장으로 한 조선의용대가 1938년 10월 10일 무한에서 창설된 후 일제의 공격으로 무한이 함락의 위기에 봉착하자 같은 해 10월 22일에 총대가 계림으로 이동하여 지금의 칠성공원 안에 그 본부를 둔 것으로 되어 있었다. 밀양 팀이 계림에 왔을 때 그가 가이드를 맡아 함께 다녔던 모양이다.

전 씨는 올해 36세 된 한족 여인과 결혼해 살고 있으면서 이곳 풍습에 따라 집에 가면 가사일도 자기가 거의 도맡다시피 하고 있으나, 민족의식은 꽤 강하여 공항으로 가는 도중의 버스 속에서 다소 큰 사이즈의 자기 스마트폰으로 과거 한 때 한국의 애국가였던 영국 민요 '올드 랭 샤인'을 틀어주는가 하면 88올림픽 노래인 '손에 손 잡고'를 틀기도 하였다. 그는 보통 3박4일 팀만 맡았지 7박8일(사실은 9일) 팀은 처음이라고 했고, 앞으로 중국 여행 가이드는 그만하고서 한국 여행 가이드를 주로 맡을 생각이라고도 했다. 우리를 전송하고 난 다음 그는 2층 버스를 타고서 다시 계림으로 돌아가 다음 날 오전 7시쯤에 도착할 예정이다.

이번 여행 중 성심성의를 다해 우리를 안내하는 모습을 보였는데, 자기가 한국 손님을 꽤 많이 겪었지만, 나처럼 시종 꼼꼼하게 메모하는 사람은 처음 보았고, 나로부터 많은 것을 배웠다고 했다. 한족 여성과 결혼한 이유에 대해, 지금 조선족 젊은이는 한국에 거의 다 나가고 중국에는 사람이 없다고 했다. 진주의 롯데여행사 주인 박상철 씨를 잘 안다면서 자기 말을 하고 앞으로는 그 여행사를 자주 이용하라고도 했다.

■■■ 23 (토) 맑음

오전 4시 45분에 인천공항에 도착하여 짐을 찾고서 일행과 작별하였다. 아내와 함께 진주로 돌아오는 공항버스를 타고자 하였지만 하루 여덟 번 있는 버스 중 첫 차가 오전 7시 30분 출발이라 2시간 이상 기다려야 했다. 4시간 반 정도 걸리는 비행기 속에서 별로 잠을 자지는 못했지만, 공항 1층 로비에서 버스 시간을 기다리는 동안 어제의 일기를 좀 입력하기 시작했고, 돌아오는 버스 속에서도 눈을 좀 붙이고 난 다음 계속하여 마침내 마쳤다. 도중의 죽암휴게소에서 15분간 정거한 후, 개양에 내려 택시로 갈아타고서 정오 무렵에 귀가했다. 아침은 기내식으로 죽을 들었으나, 여행 중 과식으로 말미암아 또 배가 나오기 시작하는 듯하고 식욕도 별로 없어 점심을 거르기로 했다.

이번 여행을 통해 만난 사람들 중 비교적 나와 대화가 많았던 최영각 씨 내외는 고향인 영종도의 땅이 인천국제공항 건설 부지로 들어감에 따라 그 보상금을 받아서 최 씨는 강화도의 땅을 200평 정도 샀고, 부인은 천안에다 건물을 사서 방 22개를 원룸으로 세놓아 노후자금으로 이용하고자 한다. 방하나에 40만 원 정도씩 월세를 받는데 월수입이 최소 700만 원 정도라고 하므로 계산이 맞지 않는 듯하다고 말했더니, 空室이 있고 게다가 근처에 원룸이 자꾸 들어서므로 월세를 35만 원 정도 수준으로 낮추기도 했다는 것이었다. 퇴직연금과 개인연금을 합친 돈 월 150만 원 정도를 보태어, 내년에 정년퇴직하면 캠핑카를 하나 사서 전국을 돌아다니려고 계획하고 있다. 동행한 해병 동기와는 달리 비교적 차분하고 내성적이어서 활달한 동기 친구와는 서로 성격이 잘 맞지 않을 듯한데, 그와는 군대 시절부터 우연하게도 계속 얽혀져 와서 서로 가깝게 지내고 있다. 최 씨는 퇴직 후 성균관대 평생교육원 (?)의 유교경전학과에 다니면서 중국 고전을 공부할 계획도 가지고 있다.

강화도 출신인 그의 친구는 재직 당시부터 고향인 마니산 근처에 2000평 정도의 논을 가지고 있어 틈 날 때마다 거기에 들어가 있었는데, 지금은 농사에만 종사하고 있고 다른 일은 더 이상 하지 않을 생각이라고 했다. 그는 솜씨가 좋아 음식도 손수 지어 먹는다고 한다.

대구 팀 사람들은 대체로 나와 비슷한 연령대인데, 나와 동갑인 사람은 경북대 공대를 나와 제약회사에 근무하다가 40대에 정년퇴직을 맞이한 후 빈털터리였으나, 돈을 빌려 비행기 부품공장을 차린 후로 성공하여 지금은 꽤 부유하다. 중학생 때부터 8년간 사귄 끝에 대학시절에 결혼하게 된 동갑내기 부인과 더불어 세계여행을 자주하여 지구를 거의 다 누볐다고 한다. 부친이 한의사를 하여 원래는 꽤 부유한 가정에서 자랐으나, 부친의 사후 형님이 사업을 하다가 재산을 모두 날려버려 대학시절에는 학비 조달도 어려울 정도로 매우 가난했으며, 결혼한 이후로도 궁핍한 생활이 계속되었다고 한다. 지금은 여유가 있어 친가와 처가를 모두 도와주며 베푸는 삶을 살고 있다. 가톨릭 신자이며 딸만 셋인데 모두 출가했다고 하며, 간호사 출신인 부인도 착한 성품으로서 봉사활동에 종사하고 있다. 아내가 버스 속에서 그 댁 부인과 더러 나란히 앉아 대화를 나누었으므로, 이런 이야기를 전해 들었다.

외동아들을 고등학교 때부터 중국 유학 시킨 사람은 50년생으로서 나보다 한 살 적은데, 30여 년을 서울에서 살다가 지금은 은퇴하여 시골로 내려왔다고 한다. 그는 서예에 조예가 있어 전시회에 출품할 정도이고, 색소폰도 10년 이상 하루 두 시간씩 불어 프로급인데, 수필도 쓴다고 한다.(최영각 씨도 하루에 색소폰을 2시간 반 정도 불며 시를 쓴다) 중국 유학을 마친 아들은 현재 서울에서 중국 관계의 무역회사에 다니고 있는데, 그들은 이번 여행을 마친 후 아들 집에 좀 머물다가 돌아갈 모양이다.

대구 팀의 나머지 한 명은 실제로는 48년생으로서 나보다 한 살 많지만 호적상으로는 51년생으로 되어 있다고 한다. 이번 여행에 부부동반 하여 온 사람들은 모두 내외간에 금슬이 좋아 보였다.

고성에서 왔다는 중년 정도로 보이는 남자를 가이드는 계속 회장님이라고 호칭하고 있었으므로, 어제 가이드에게 어떤 회장이냐고 물었더니 자기도 잘 모르지만 자영업을 하는 모양이라고 했다. 그는 우리 팀의 인솔자인 나소영 씨와 근년의 중국 귀주성 여행 때 혜초에 입사한 지 얼마 되지 않은 그녀를 한 번 만났을 뿐인 모양인데, 이번 여행 중 뒤편 좌석보다도 꽤 높은 위치에 있는 인솔자 옆의 첫 번째 자리로 옮겨가더니, 계속 나란히 앉아 소근그릴 뿐 아니라 인솔자에게 반말을 하고 있어 마치 연인 사이인 듯이 보였다. 그러나 인솔자는 이미 결혼한 몸이라고 들은 듯한데, 아내의 말에 의하면 우리가 인천 공항에 도착하자 연인인 듯한 어떤 남자가 마중 나와 그녀를 데려가더라고 했다. 그 고성 남자는 도착한 후 KTX를 타고서 마산까지 갈 것이라고 했다.

광주에서 온 독신남자에 대해 가이드가 대화중 늘 형님이라고 말하는 것으로 보아 그보다는 연상임을 알 수 있다. 그는 말수가 적어 보일 뿐 아니라, 나와 한 번도 대화를 나눈 적이 없다.

중국이 짧은 기간 동안에 놀랄 만큼 발전한 것은 사실이지만, 내가 처음 중국에 갔을 때와 비교해 볼 때 내용은 좀 달라졌을지언정 곳곳마다에 표어가 수없이 나붙어 있는 점은 별로 크게 달라지지 않았다. 어쩌면 사회주의 국가는 다 그런 지도 모르겠다.

2018년

2018년

말레이시아

■■■ **2018년 1월 9일 (화) 한국은 곳에 따라 눈 내리고 말레이시아는 맑음**

혜초여행사의 '원시생태의 신비, 말레이시아 7일'을 출발하는 날이라 우리 가족 3명 전원이 한밤중에 일어나 오전 3시 15분 개양의 나그네김밥 앞에서 거제를 출발하여 오는 대성고속의 인천공항 행 버스를 탔다. 이처럼 가족 전체가 함께 해외여행을 한 지는 실로 10년도 더 된 것 같다. 개양의 GS25 점포에서 아메리카노 큰 잔 하나를 사마시고 치약을 한 통 샀더니 같은 치약 하나를 더 끼워주었다. 도중의 신탄진 휴게소에 잠시 정거했을 때는 눈이 내리고 있었으나, 더 북상하니 수도권에는 눈이 오지 않고 내린 흔적만 있었다.

버스가 동시흥을 지날 때 눈을 떴는데, 머지않아 고잔과 인천대교를 거쳐 아직 완전히 밝아지지 않은 때인 오전 7시 13분에 공항에 도착하였다. 올라

가는 도중에 들으니, 회옥이는 미국의 상담심리 혹은 임상심리 쪽 박사과정에 진학해볼 생각이라고 한다.

공항 3층 A 카운트 옆 혜초여행사 테이블에 7시 반 무렵 남자 직원 한 명이 나왔는데, 우리 일행 13명 각자는 따로따로 출발하여 오늘의 최종 목적지인 말레이시아 쿠칭 공항에서 합류하게 된다고 한다. 티케팅을 한 후 셔틀 트레인을 타고서 우리들의 출발 장소인 111게이트 쪽으로 이동하여, 나는 경인문고 인천공항 점에 들러 서가에 진열되어 있는 말레이시아 여행안내서 4종 중 서울에 있는 시공사의 Just Go 시리즈 12권을 하나 샀다. 이 책은 2009년 일본에서 출판된 와가마마 아루키(제멋대로 걷기) 시리즈의 말레이시아 편을 번역한 것으로서, 2014년 개정판 7쇄였다. 그런 다음 114게이트 부근의 파리크라상 카페에서 아내 및 회옥이와 다시 만나 샌드위치와 딸기라떼 하나로 조식을 들고, 베스킨라빈스31에서 아이스크림도 들었다.

우리는 오전 11시에 말레이시아항공의 MH067편을 타고 인천공항을 출발하여 약 6시간 35분을 비행한 끝에 16시 45분에 쿠알라룸푸르 공항에 도착하게 되어 있는데, 웬일인지 우리가 탄 비행기는 한 시간 정도나 늦은 12시 4분에 이륙하여 17시 35분에 착륙하였다. 기내 방송에 의하면 쿠알라룸푸르의 현재 기온은 섭씨 31도라고 했다.

국내선 공항으로 이동하여 18시 40분에 출발하는 보르네오(칼리만탄) 섬 북부에 있는 동 말레이시아의 사라와크 주 주도인 쿠칭 행 비행기로 갈아타기에는 시간이 매우 촉박하게 되었다. 모노레일을 타고서 한참 이동한 다음, 다른 쪽 출발 장소에 가서 잘못 줄을 서기도 하여 우리 가족도 그 와중에 뿔뿔이 흩어져버려서 나는 18시 45분에야 탑승하였고, 내 뒤로 아내를 포함한 우리 일행 4명이 마지막으로 탑승하였다. 우리가 탈 MH2522편은 18시 40분에 출발하여 20시 25분에 도착할 예정이었으나, 대기시켜 결국 18시 58분에야 비로소 이륙하게 되었다. 그러나 쿠칭 국제공항에 도착해보니 우리 일행 13명의 짐은 결국 그 비행기에 싣지 못하였고, 다음 비행기 편으로 이송하여 밤 1시 경에 호텔로 배달해 받았다. 말레이시아 시간은 한국보다도 한 시간이 늦다.

인천공항과 기내에서 나는 어제 우송되어 온 京都대학 대학원 문학연구과 및 문학부의 동창회지『以文』제60호(2017년 11월) 및 京都大學基金의『News Letter』제5호(2017년 4월)를 훑어본 다음, 여행사로부터 배부 받은 자료들과 오늘 사온 책을 계속 읽었다. 나는 이즈음 여행을 떠나기 전까지는 관계 자료를 전혀 읽어보지 않는다.

　　우리가 이틀 동안 묵게 된 힐튼 쿠칭 호텔은 Jalan Tunku Abdul Rahman, P.O. Box 2396, 93748 Kuching, Sarawak에 위치해 있으며 5성급이다. 나는 한 살 위인 유병건 씨와 함께 10층의 1023호실을 배정받았고, 회옥이는 아내와 함께 1004호실을 배정받았다. 앞으로 여행 중에 나는 계속 유 씨와 같은 방을 쓰게 될 것이다. 그는 대림건설의 시공사인 대림아크로텔과 제휴하여 오피스텔 건설 등의 행정업무를 맡아보는 시행사인 서울 강남구의 리얼티홀딩스(주)라는 가족이 경영하는 회사에서 아직도 현역으로 있으며, 본인의 말로는 본업이 여행이라고 할 정도로 해외여행 경험이 매우 풍부한 사람이다. 작년 한 해에 19번 정도 해외 나들이를 했으며 그 비용으로 약 5천 만 원을 지출했을 정도이다. 이번에도 평소 여행을 통해 아는 할머니 두 명을 인도하여 이 팀에 함께 참여했다. 호텔 안의 중국식 식당에서 석식을 들 때 우리 가족과 합석했던 여성 4명은 서울 및 그 근처에 사는 대학 동창들이라고 했다. 일행 중 남자는 독방을 쓰는 崔炳辰 씨를 포함하여 3명뿐이고 나머지 10명이 여성이다. 최 씨는 수원에 있는 성균관대학교 자연과학캠퍼스에서 정보통신대학 교수로 재직하다가 작년 8월에 정년퇴직한 사람이다.

　　말레이시아에서는 달러를 그냥 사용할 수 없다고 하므로 식사 후 호텔 로비에서 $100을 말레이시아 돈으로 환전하였다. 1링깃이 한국 돈으로 282원에 해당한다고 하며, 달러와의 환율은 3.734였다. 현지의 가이드는 클럽말레이시아의 한석희 과장이라는 사람이다. 그는 1980년생으로서 올해 39세인데 아직 미혼이다. 그 외에도 양쪽 귀에 금속제 귀걸이를 끼고 온몸 여기저기에 문신을 한 현지인 남자 가이드가 한 명 동행하고 있다. 한 씨는 29살 때 이 나라에 살고 있는 친척을 찾아 관광 겸 입국한 이후로 이 나라의 매력에 반해 지금까지 눌러 살고 있다. 말레이시아에서는 호텔 방안에서 WiFi를 사용할 경우 따로 요금을 지불해야 하며, 로비에서만 무료로 이용할 수 있다고 한다.

■■■ 10 (수) 오전 중 비 온 후 오후는 개임

6시 반부터 호텔 지하층의 식당에서 뷔페식 조식을 들고, 8시 반에 어제보다 작은 중형 버스를 타고서 30~40분 정도 이동하여 오늘의 주된 일정인 바코 국립공원으로 향했다. 조식은 식당에서 아내와 회옥이를 기다려도 오지 않으므로 남자 세 명이 같이 들었는데, 앞으로도 그렇게 할 듯하다.

바코 국립공원은 쿠칭에서 약 37km 북동쪽으로 떨어져 바다로 돌출되어 있는 반도인데, 1957년에 사라와크 주 최초의 국립공원으로 지정되었으며, 면적은 2,728hr로서 전국에 13개 있는 국립공원 중 가장 규모가 작은 것이라고 한다. 그 내부에는 도로가 연결되어 있지 않은지 Bako Terminal이라는 곳에서 작은 모터보트 세 대에 분승하여 그리로 이동하였다. 그러나 오늘은 비가 오는데다가 물결이 제법 높아 약간 푸른빛이 도는 황토색의 바닷물이 꽤 출렁이므로, 평소 겁이 많은 아내가 회옥이더러 사공에게 천천히 가자고 영어로 말하라고 몇 번이나 요구하다가 마침내는 돌아가자고 하고, 같이 탔던 최형진 교수도 그렇게 말하므로, 꽁무니에 따라가던 우리 보트는 결국 船首를 되돌려 출발지점으로 돌아오고 말았다. 아내와 최 교수 그리고 유병건 씨는 거기서 내리고 회옥이와 나만 타고서 다시 출발했는데, 도중에 보트의 이상으로 되돌아오던 일본인으로 보이는 부인 한 명이 끼인 서양인 그룹이 우리 배로 옮아 타 그들과 함께 바코 국립공원으로 들어갔다.

바코란 말레이어로 맹그로브 나무를 의미한다는데, 이 나무를 비롯한 열대 동식물들이 이 지역에 널리 분포되어 있고, 오랜 세월동안 해수의 침식에 의해 생성된 곶이나 후미진 바다의 풍광도 볼만하다. 특히 Sea Stack이라고 하는 해수의 침식에 의해 머리를 치켜든 코브라의 모습을 한 바위가 이름난 모양인데, 스케줄에는 들어 있으나 오늘 파도가 심해 거기로 가보지는 못했다.

보르네오 고유종인 코주부 원숭이를 비롯하여 세 종류의 원숭이가 서식하고 있다는데, 오늘 도착한 공원 본부 건물 부근에서 TV를 통해서만 보아 왔던 코주부 원숭이를 스무 마리 정도나 보았다. 본부 주변에는 수염이 있는 멧돼지도 여러 마리 보였다. 멧돼지나 원숭이 등은 사람을 보아도 전혀 피하지 않았다. 세계에서 세 번째로 큰 섬인 보르네오는 또한 사람을 가장 많이 닮은 유인원인 오랑우탄의 유일한 서식지이기도 하다. 보르네오 섬의 북쪽에 위치한 동 말레이시아에는 이 나라 전체 인구의 약 20%가 살고 있다. 여기에는 세 개 주 즉 사라와크, 사바, 라구안 주가 있는데, 그 중 가장 작은 라구안 주는 paper회사를 통한 조세피난처로서 알려져 있다. 본부 건물 부근의 화장실 옆에 가이드가 전형적인 말레이시아식이라고 하는 건물이 한 채서 있었다. 지면과 1m 정도의 간격을 유지한 高床가옥인데, 그것을 떠받치는 기둥들은 사각형을 이루고 있었다. 코브라 등 유해한 동물들이 감고 올라오지 못하게 하려는 장치라고 한다.

우리 일행은 데크 혹은 평지나 나무 계단으로 된 산책로를 따라 밀림 속으로 걸어 들어가다가 비로 말미암아 군데군데 물이 고인 곳들이 많으므로 좀 경사진 쪽으로 방향을 바꾸어 나아갔다. 그 일행 중에서도 도중에 낙오하는 사람들이 있어서 마지막으로는 나와 회옥이를 포함하여 여섯 명만이 현지인 가이드를 따라 맹그로브 해안을 만나는 지점까지 걸어 들어갔다가 도로 돌아 나왔다. 나는 반바지와 반팔 T셔츠 차림에다 맨발에 샌들을 신고서 어깨에 거는 작은 백에 우비와 우산 등을 넣은 단출한 차림이었으므로, 밀림 속을 거니는 데는 누구보다도 편리하였다. 공원 본부에 있는 Kerangas Cafe라는 곳에 처음 도착한 후 가이드로부터 이 나라의 믹스커피를 대접 받았고, 돌아와서는 거기서 뷔페식 중식을 들었다.

오후 2시쯤에 터미널로 돌아왔다. 거기에 남은 남자 두 명은 그냥 잠시 뱃놀이를 하고 돌아오는 줄로만 알고서 배에서 내렸다는 것인데, 결국 오늘 하루의 일정을 모두 놓친 셈이다. 아내를 포함한 그들 3명은 그곳 식당에서 나시고랭이라는 일종의 볶음밥을 점심으로 들었고, 돌아온 후 가이드가 아내에게 그 비용을 되돌려 주었다. 터미널 뜰에 이 나라의 국화인 히비스커스가 제법 많이 피어 있었다.

오늘 오후에는 쿠칭 시내에서 사라와크 강을 유람하는 리버크루즈에 탑승하게 되어 있었고, 그 외에 전망대에 올라 쿠칭 시내를 조망하기도 되어 있었으나, 리버크루즈는 제6일에 말(믈)라카로 가서 하기로 일정을 변경하였고, 전망대는 근자에 인명 사고가 나서 당국에 의해 폐쇄되었다고 한다. 결과적으로 오늘 오후는 6시 반에 호텔 로비에서 집합하여 근처에 있는 블라블라(이것저것)라는 식당으로 가서 저녁식사를 든 것 외에는 대부분 자유시간이 되었다. 석식 때도 나시고랭을 비롯한 몇 종류의 닭고기 요리들이 나왔다. 석식 중 다시 엄청난 소리를 내며 폭우가 쏟아지더니 머지않아 그쳤다. 우리는 가이드가 호텔에서 얻어온 우산들을 받쳐 들고서 돌아왔다.

말레이시아는 국민소득이 $11,000으로서, 동남아에서 싱가포르 다음으로 잘 사는 나라라고 한다. 국토 면적은 동·서 말레이시아를 합해 남한의 2.5배, 남북한을 합한 것의 1.9배이나 인구는 2015년 기준으로 30,436,000명으로서 남한보다도 적다. 이 나라에도 기름이 날 뿐만 아니라 세계 최대의 팜유 생산국이다. 동남아에서는 유일하게 자동차를 생산하는 회사가 두 개있으며, 차의 연료는 대부분 휘발유를 사용한다. 13개의 주 중 아홉 개 주에술탄이라는 이름의 왕이 있는데, 입헌군주제인 이 나라의 국왕은 그 아홉 술탄 중에서 정해진 순서에 따라 돌아가면서 맡게 되며, 임기는 5년이다. 상하양원을 두고 있는데, 상원은 대체로 각 주를 대표하는 경우가 많고, 하원이실질적인 권력을 가지며, 수상도 하원에서 나온다. 의사 출신인 마하티르 총리가 22년간 집권하였으며, 지금도 은퇴하였으나 정계의 막후에서 막강한세력을 지니고 있는 모양이다. 회교 국가가 대부분 그러한 것처럼 일부다처제이나 이 나라에서는 부인을 네 명까지만 둘 수 있는데, 대부분의 국민은1부1처를 유지하는 모양이다. 술탄의 경우 첫째 부인의 첫째 아들이 왕위를계승하는 것을 원칙으로 삼고 있다.

민족 구성은 말레이인 50%, 중국인 23%, 원주민 11%, 인도인 7%, 기타7%이고, 종교는 이슬람교 60%, 불교 19%, 기독교 9%, 힌두교 6%, 기타 5%이다. 말레이인은 대부분 다수파인 수니파에 속하는 이슬람교도이며, 이 나라에는 부미 푸트라라고 하는 말레이인을 보호 우대하는 정책이 존재한다.

그리고 이슬람은 금요일을 안식일로 삼는다. 중국인은 영국 식민지 시절에 주석 채취 인부로서 중국 남부지역으로부터 많이 들어왔으며, 인도인은 고무 생산을 위해 인도 남부 지역의 타밀 인들이 주로 들어왔다. 국명인 Malaysia에서 Malay는 이 나라의 주체인 말레이족, s는 sino 즉 중국인, i는 인도, a는 다민족을 의미한다고 한다. 국명에서 보듯이 다민족 국가이나 평화로운 공존을 유지하고 있다.

이 나라의 문자는 알파벳을 빌려 말레이어를 표기하고 있는데, 쿠칭 시내에서는 한자 간판이 많이 눈에 뜨였다. 시내에서 고양이 동상을 보았는데, 쿠칭이라는 말레이 말은 고양이를 의미한다고 한다. 무슬림은 애완용으로 개를 키우는 것이 금지되어 있으므로, 개 대신 고양이를 많이 키우는 모양이다. 쿠칭은 인구 65만 정도 되는 도시로서 영국 식민지 시절 초기부터 사라와크 주의 행정 중심지였다. 이 나라 사람들은 작은 것에도 만족할 줄 아는 소박한 마음씨를 지녔으므로, 행복지수는 세계에서 15위 정도 된다고 한다. 우리 숙소인 힐튼 호텔 부근에 풀만 호텔도 있는데, 이 호텔 체인은 말레이시아 기업이라고 한다. 창원에서 유명한 풀만 호텔도 그러한지는 아직 모르겠다.

이 나라의 역사는 1405년에 최초의 독립국인 믈라카 왕국이 건국됨으로서 시작되었다. 그 때까지 수마트라와 말레이반도까지 다스렸던 인도네시아 마자파히트 왕국의 군대를 피해 수마트라 팔렘방의 왕자 파라메스바라가 자그마한 어촌인 믈라카에 말레이인들을 이끌고서 정착한 것이 시초였다. 파라메스바라는 해상 실크로드의 요지인 믈라카를 거점으로 해상무역을 발전시켰고, 힌두교도였던 그가 페르시아나 아랍, 인도의 이슬람 상인들을 끌어들이기 위해 이슬람교로 개종할 정도의 철저한 무역 전략으로 이 왕국의 이름을 전 세계에 알렸다. 또한 당시 세력을 키우고 있던 샴(태국) 왕국에서 벗어나기 위해 중국 명나라의 속국이 되어 그 보호 덕분에 정치적으로도 안정을 이루었다. 믈라카 왕국은 오늘날의 인도네시아를 중심으로 한 동부 여러 나라에서 생산된 후추 등 향신료를 유럽에 수출하는 중계무역항으로서 번영을 이루었다.

그러나 1511년에 당시 유럽 열강과 식민지를 두고서 다투던 포르투갈이 가장 먼저 손을 뻗어 마침내 무력으로 믈라카 왕국을 점령하기에 이르렀고, 이후 1641년에 이르기까지 약 130년 동안 지배했다. 그러나 1641년 네덜란드 해군이 믈라카 해협에서 포르투갈 함대를 격파하고서 새로운 지배자로 되어 믈라카를 통치하게 되었고, 18세기 후반까지 그 지배가 지속되었다.

영국의 영향력이 이 땅에 미치게 된 것은 1786년의 일이다. 케(크)다 주의 술탄이 미얀마와 태국의 힘을 두려워 해 영국에 호위를 의뢰하고 그 대가로 페낭 섬을 영국 동인도회사에 양도한 것이 계기가 되었다. 이 일로 말레이반도 남부를 점령할 수 있게 된 영국은 단숨에 세력을 확장하여 1795년에는 믈라카로도 손을 뻗었고, 1819년 싱가포르를 획득하였으며, 결과적으로 1824년에 네덜란드와 협정을 맺어 싱가포르를 중심으로 해서 북부는 영국이, 남부 즉 오늘날의 인도네시아는 네덜란드가 지배하도록 각자의 세력 범위를 획정했다. 그 후 동인도 회사가 해산한 1867년에는 말라야 일대가 영국의 직할 식민지로 된다. 한편 보르네오 섬에서는 북보르네오(지금의 사라와크 주) 원주민을 보호한다는 목적에서 1841년 영국 탐험가 제임스 브룩이 브루나이의 술탄으로부터 라자(왕)로 임명되었고, 이후 영국은 1세기에 걸쳐 이 땅을 통치하게 된다. 영국에 의한 말레이 지배는 제2차 세계대전 발발 시까지 지속되었다.

태평양전쟁이 발발하자 일본이 1942년에 말라야 지역을 점령하였고, 다음해에는 싱가포르까지 손을 뻗어 1945년 일본이 패망할 때까지 3년 반 동안 이곳을 통치했다. 그러나 일본이 퇴각하자 다시 영국의 지배를 받게 되었다. 영국은 싱가포르를 제외한 전 말레이반도를 통일하는 말라야 연합을 수립하고 각 민족에게 평등하게 권리를 주는 정책을 추진했다. 그러나 이러한 정책으로 말미암아 말레이인과 중국인 간에 갈등이 고조되었고, 마침내 1957년 말라야 연방은 완전한 독립을 이루었다.

초대 총리로 취임한 압둘 라만은 말라야 연방, 싱가포르, 사바, 사라와크, 브루나이로 이루어진 말레이시아 연방을 결성하고자 했고, 1963년에는 브루나이를 제외한 말레이연방을 발족했다. 그러나 말레이인 우대 정책에 반발한 싱가포르는 1965년에 분리 독립하여 오늘날의 말레이시아 연방이 이루어진 것이다. 그리고 보면 말레이반도와 보르네오 북부 지역은 결국 영국 식민통치의 유산을 이어받은 나라들이라고 할 수 있는 것이다. 이 나라들은 그럼에도 불구하고 영국에 대해 오늘날까지도 매우 호의적인 감정을 지니고 있는 모양이다.

■■■ 11 (목) 맑음

오전 5시에 쿠칭의 호텔을 출발하여 다음 목적지인 사라와크 주의 동북쪽 거의 끝자락이자 브루나이 왕국의 남쪽에 인접한 구눙 물루(물루 산) 국립공원으로 향했다. 쿠칭 국제공항에서 좀 작은 규모의 MH2802편 비행기를 타고서 7시에 쿠칭을 출발하여 8시에 브루나이 서쪽에 위치한 미리 공항에 도착한 다음, MH3630편으로 갈아타고서 9시 25분에 출발하여 9시 55분에 물루 공항에 도착하였다. 쿠칭 공항에서 탑승을 대기하고 있던 중에 다른 사람이 의자에다 버리고 간 詩華日報라는 이름의 오늘자 중국어 신문을 집어 보았는데, 기사의 표제는 繁體字이고, 내용은 簡體字로 적혀 있었다. 어제 아침의 신년기자회견에서 문재인 대통령이 북한의 김정은을 만날 용의가 있다고 발표한 것으로 나타나 있었다.

미리는 20세기 초반에 말레이시아 최초로 해상 유전이 개발된 이후 지속적인 발전을 이룬 오일 타운으로서, 세계유산으로 지정된 구눙 물루 국립공원 및 인근의 람비르 힐스 국립공원, 니아 국립공원으로 가는 거점으로서 유명하며, 국내외 관광객들이 거쳐 가는 사라와크 주의 북쪽 관문이다. 우리가 앞으로 이틀간 묵을 5성급 숙소인 매리어트 리조트 물루도 그 주소가 미리에 속한 것으로 나타나 있다.

구눙 물루 국립공원은 1974년에 지정된 국립공원으로서, 우리가 혜초여행사 측으로부터 받은 설명서에는 세계 3대 국립공원 중 하나이며, 2000년 유네스코 세계자연유산으로 지정되었다고 적혀 있다. 528.7㎢에 달하여 이 나라에서 세 번째로 큰 국립공원이다. 약 150만 년 동안 진행된 석회암의 침식으로 만들어진 수많은 동굴과 109종에 달하는 종려나무, 이곳에만 자라는 고유종을 포함하여 약 3,500여 종의 관엽식물과 다양한 동식물이 어우러진 환경의 보고이다. 그 중 꽃 1,500종, 난 170종, 그리고 식충식물이 10여 종 자생하고 있다. 현재까지 발견된 동굴들은 약 20여 개로서 탐사된 동굴의 길이를 합하면 총 295km에 이르는데, 여전히 국립공원의 40%는 미개척 상태로 남아 있다. 국립공원의 중앙에 사라와크 주에서 두 번째로 높은 2,378m 높이의 물루 산이 자리하고 있고, 그 북쪽에 아피 산(1,710) 베나라트 산(1,615) 부다 산(963)이 차례로 위치해 있다. 우리는 오늘 내일 이틀간에 걸쳐 이곳의 여러 동굴들 중 '쇼 동굴(Show Caves)'이라고 불리는 네 개의 동굴을 탐사하게 된다.

물루의 주민은 천 명 정도로서 대부분 친인척 혹은 서로 아는 사이라고 한다. 우리는 이곳에서 라우라는 이름을 가진 좀 더 젊어 보이는 새 현지인 가이드를 만났다. 공항에서부터 물루에서는 유일하다고 하는 버스를 탔는데, 천정은 있으나 사방이 툭 터인 오픈카로서 좌석은 나무를 깎아 만든 벤치로 되어 있고, 매리어트 리조트로 왕복하는 손님들을 태우는 차였다. 내가 가진 관광안내서에는 이 호텔 이름이 로열 물루 리조트로 나타나는데, 호텔 부근에 차가 도착한 후 내부에는 돌릴 수 있는 넓은 공간이 없으므로 약 100m 정도 되는 거리를 후진하여 철제 다리를 건너서 호텔로 진입하였다.

리조트의 사방이 모두 밀림이고 숙박 동 옆으로 멜리나우(현지에서는 말리나우로 발음한다) 강이 흐르며, 꽤 넓은 면적에 건물들은 대부분 고상주택식의 목조 1층 혹은 2층으로 이루어져 있다. 유병건 씨와 나는 Block 2의 107호실을, 아내와 회옥이는 같은 동의 103호실을 배정받았는데, 식당과 로비 및 라운지로부터 1차선 도로 정도로 넓은 목조 데크 길을 따라 꼬불꼬불 제법 한참을 걸어가야 하는 위치에 있었다. 우리의 숙소에서 한참을 더 걸어가도 다른 건물들이 계속 나타나는 것으로 보더라도, 이 리조트가 얼마나 방대한 면적을 차지하고 있는지 알 수 있다. 개중에는 Gym과 Spa, 그리고 요가를 위한 건물들도 있으며, 물론 구내 풀장도 있다.

방에다 짐을 둔 후 12시 30분까지 프런트에 집합하여 한참을 대기한 후에 타고 온 호텔 버스에 다시 올라 왔던 길을 되돌아가다가, 도중에 오른쪽 사이

길로 접어들어 조금 나아간 위치에 있는 공원 사무소 쪽으로 진입하였다. 사무소 건물 안에 있는 물루 카페라는 식당에 들러 점심을 든 다음, 거기서 밀림 속으로 이어진 데크 길을 한 시간 쯤 걸어 공원 사무소에서 3.2km 떨어진 위치에 있는 랭 동굴과 사슴 동굴의 갈림길에 닿았다. 갈림길까지 300m 정도 못 미친 지점에 저녁 무렵이면 사슴동굴에서 무리지어 밖으로 날아오르는 박쥐 떼를 지켜볼 수 있는 관람석이 있어 거기서 얼마간 휴식을 취하였다. 이곳은 열대우림지역이라 국립공원 내의 식물군이 어제 바코 국립공원에서 본 것과 크게 다르지는 않으나, 버뉴앙이라고 하는 뿌리가 지상에서 널빤지처럼 수직으로 넓게 펼쳐져 사방으로 뻗어나가고 키가 가장 높게 자란다는 나무들을 흔히 볼 수 있었고, 우리가 그 열매를 즐겨 먹는 두리안 나무도 실제로는 엄청 높았다. 그리고 가는 도중의 식물들에는 보호색을 한 작은 생물들이 흔히 붙어 있었고, 데크의 난간에도 굼벵이 등의 생물들이 자주 눈에 띄었다.

먼저 갈림길에서 오른쪽으로 30m 떨어진 위치의 랭 동굴로 향하였다. 1978년에 이 동굴을 발견한 베리완 족의 랭 베라네크웰이라는 사람의 이름을 따 이런 이름으로 불린다. 오늘 우리는 두 동굴에서 각각 40분 정도씩 시간을 보내게 되는데, 랭 동굴은 갖가지 형태로 자라난 종유석과 몇 겹씩 주름진 바위 커튼이 특징이었다. 탄생한 지 20만 년 된 것으로서, 네 개의 쇼 동굴 중 가장 최근에 생성되었고 규모가 작다.

랭 동굴에서 왼편으로 150m 정도 떨어진 위치에 있는 사슴 동굴은 그 옛날 사슴이 이 동굴에 드나들었다고 하여 이런 이름이 붙었으나, 지금은 사슴을 찾아볼 수 없다. 사슴이 이 동굴에 사는 박쥐나 다른 새의 배설물(guano)에 섞인 소량의 염분을 섭취하러 여기로 들어왔었다는 것이다. 이 동굴은 별로 아기자기한 볼거리는 없었으나, 어마어마하게 높고 내부도 엄청 넓었다. 여행사 측이 배부한 자료에 의하면, '보잉 747기 50대가 들어갈 수 있을 정도로 세계 최대 규모의 동굴'이라고 한다.

천정에는 12종이 넘고 2~300만 마리나 되는 박쥐들이 새까맣게 달라붙어 있고, 그것들이 싸 놓은 변이 비교적 새 것은 검은빛 오래된 것은 갈색을 띠면서 통로 주변에 무수히 널려 있었다. 그래서 그 똥오줌에서 풍기는 지린 내가 제법 장난이 아니었다. 박쥐 외에 사람들이 그 보금자리를 식용으로 쓰는 제비들도 서식하고 있는 모양이다. 박쥐 떼가 매일 밤 먹어치우는 날아다니는 곤충들의 양이 약 15톤에 달한다고 한다.

광대한 동굴 여기저기에 천정으로부터 물이 샤워처럼 떨어지는 곳들이 있고, 동굴의 마지막 종착지점에는 '아담과 이브가 목욕한 곳'이라는 두 개의 천연 샤워도 있는데, 이브의 것이 보다 규모가 크고 높았다. 동굴 내부의 바닥에 고인 물에는 메기들이 서식하고 있었다. 동굴 입구 부근의 석회암 바위 절벽 중간에 높이가 120m 되는 커다란 구멍이 뻥 뚫려 있어 저녁이 되면 거기로부터 박쥐들이 떼를 지어 밖으로 날아오르는데, 그 구멍은 동굴 안쪽의 한 지점에서 바라보면 오른쪽 아래편 테두리가 미국 대통령 링컨의 옆모습을 꼭 닮은 모양을 이루고 있었다.

사슴 동굴에서 300m 정도 걸어 나와 오후 4시 30분쯤에 예의 조망대에 다다라 나무 의자에 걸터앉아서 박쥐 떼가 날아 나올 시기를 기다렸다. 우리가 동굴을 나올 무렵부터는 열대 지방 특유의 스콜 성 비가 내리고 있었다. 얼마 후 비는 대부분 그쳤지만, 한 시간쯤 기다리면 충분할 줄로 알았던 박쥐들이 두 시간이 지나도 도무지 나타나지를 않는 것이었다. 조망대에는 모여든 서양 사람의 수가 점점 더 많아졌고, 개중에는 갓난 아기를 대동한 젊은 부부도 한 쌍 있었다. 동굴 구멍으로부터 김이나 안개처럼 보이는 것이 여러 차례 밖으로 새어나오기는 했으나, 우리들이 기다리는 박쥐는 어두워지기 시작할 무렵까지도 나타나지를 않으므로, 결국 희망자에 한해 내일 다시 한번 와보기로 기약하고서 왔던 길을 되돌아왔다.

돌아올 때는 부분적으로 시멘트 포장한 곳이 있는 데크 길에 조명등이 켜져 있고, 얼마 후 깜깜한 밤이 되었다. 공원 사무소를 떠나 예의 오픈카를 타고서 호텔로 돌아올 때 사방에 반딧불이 날아다니고 하늘에는 별빛이 찬란하였다.

오늘 들은 바에 의하면, 유병건 씨는 20년 쯤 전에 교통사고를 만나 타고 있던 차가 불타는 바람에 그 사고로 귀의 고막이 녹아내려 오른쪽 귀는 완전히 멀었고, 왼쪽 귀에는 보청기를 달고 있다. 6급 장애인이라고 한다. 그는 앞으로 매달 한 번씩 해외여행 관계의 브로슈어를 내게 우송해 주고, 휴대폰 문자메시지로도 수시로 여행 정보를 제공하겠다고 했다. 그가 인도해 온 두 할머니(?) 중 김신영 씨는 그보다도 6세 연장자라 하니 올해 77세이며, 보다 젊어 보이는 이우인 씨는 이화여대 출신이라고 한다. 최형진 씨는 서울공대를 졸업한 후 카이스트에서 석사과정을 마쳤으며, 미국 남가주대학 (University of Southern California)의 박사과정에 유학하여 10년간 LA에 살다가 1989년에 귀국하였다. 나이는 나보다 몇 살 적으나 학번은 오히려 빠르며, 내가 교양과정 1년을 보낸 공릉동 캠퍼스 안에 당시는 공대가 위치해 있었으므로 거기서 공부한 공통된 인연도 있다.

■■■ 12 (금) 맑으나 저녁 무렵부터 비

오전 8시 30분에 집합하여 호텔 바로 옆의 멜리나우 강에서 보트 두 대에 나누어 타고서 상류로 거슬러 올라갔다. 카누처럼 가늘고 기다란 보트인데, 한 대에 손님 7명씩 타고 뒤에는 사공이 앉아 모터 쪽의 삿대를 잡고, 앞에도 다른 사공이 한 명 앉아 노로써 배의 나아갈 방향을 정했다. 열대우림의 숲 속으로 꼬불꼬불 나아가는 것인데, 여기저기에 식물들이 실타래처럼 나뭇가지로부터 드리워 강물 위에 늘어져 있는 등 그 풍경이 꽤 이국적이어서 아내는 우리가 가본 아마존의 풍경보다도 낫다고 했다.

강 양쪽으로 드문드문 민가가 있고, 우리는 20분쯤 이동한 후에 그 중 울루 부족이 사는 마을 하나를 방문했다. 이 부족은 원래 숲 속 여기저기를 옮겨 다니며 일종의 유목생활을 했던 것인데, 정부가 이곳에다 아파트 비슷한 기다란 단층 주택을 몇 채 지어주어 정착 생활을 하도록 유도한 것이다. 마을 입구에 영어로는 람부탄이라고 하는 荔支나무가 있어 잘 익은 열매가 주렁주렁 달려 있었고, 개와 닭들도 보였다. 이 부족은 기독교를 믿기 때문에 이처럼 개를 키우는 것이라고 한다. 지붕이 있는 장터 안에 마을 사람이 만든 민속품들을 긴 탁자 위에 늘어놓고서 팔고 있었는데, 에누리는 해주지 않는 모양이었다. 또한 입으로 불어 새나 작은 동물을 잡는 긴 활이 있어 1 링깃을 내면 두 번 시도해 볼 수 있고, 짧은 것은 판매도 하고 있었다.

우리는 다시 배를 타고서 좀 더 나아가 바람동굴과 Clearwater 동굴의 아래편 강가에 마련된 휴게소에 닿았다. 거기서 커피 등 음료를 타 마시고, 중국식 油條 등 기름에 튀긴 밀가루 음식도 들었다. 또한 그곳 강에서 수영을 할 수도 있다고 하나, 실제로 물에 들어가는 사람은 없었다. 어제와 달리 오늘 방문하는 동굴들은 가파른 계단을 한참 동안 올라가야 그 입구에 닿을 수 있고, 동굴 안에서도 계속 오르막과 내리막이 있었다. 동굴 입구의 바위 벽에 말레이시아에만 있다고 하는 넓은 잎이 하나만 달렸고 잎의 안쪽에서 가느다란 줄기가 하나 뻗어 나와 그 끝에 꽃도 피는 식물이 많이 서식하고 있었다.

바람동굴에서는 350m 정도 되는 굴 안을 이리저리 걸었는데, 그 끄트머리에는 왕의 방이라고 하는 넓은 공간이 있어 그 일대를 한 바퀴 돌아서 갔던 길로 되돌아 나왔다. 왕의 방은 커다란 석회암 바위 하나가 말레이시아 왕의 왕관 쓴 머리 모양을 닮았다 하여 이런 이름이 붙었다. 가이드의 설명에 의하면, 바람동굴이라고 하는 것은 이 동굴에서부터 클리어워터 동굴까지 걸어서 다섯 시간 정도 소요되는 거리로 뚫린 공간이 길게 연결되어 있는데, 거기로부터 바람이 불어 들어오기 때문에 이런 이름이 붙었다는 것이다. 그러나 우리가 느끼기로는 동굴 안에 별로 바람 같은 것은 없었다.

그것에 이웃해 있는 클리어워터 동굴은 내가 가진 관광안내서나 여행사에서 마련한 설명서에는 총 길이 107km로서 동남아시아에서 가장 길고 세계에서 일곱 번째로 길다고 나타나 있으나, 가이드의 말로는 220km라고 했고, 현장에 있는 안내판에도 2017년에 Anglo Malaysian Expedition이 조사한 바에 의하면 220km로서 세계에서 여덟 번째로 길다고 되어 있었다. 이 동굴에서는 한참을 걸어가면 마리아 상을 닮은 종유석을 볼 수 있다 하여 '레이디 동굴'이라 불리는 곳을 지나 좀 더 들어간 다음, 되돌아 나와서 가파른 계단을 한참 동안 오르내리며 그 안을 흐르는 강물에다 손을 담가볼 수도 있었다. 그리고 마지막으로 또 한참 계단을 오른 후 다른 쪽 출구를 통하여 밖으로 나왔다.

거기서 나는 싱가포르에서 온 노인 부부를 만나 그 부인과 더불어 중국어로 좀 대화를 나누어 보았다. 우리 내외와 비슷한 연령대인 그들 부부는 모두 은퇴했으며, 남편은 공무원이었고 부인은 초등학교 교사였다고 하는데, 딸이 싱가포르의 교육 정책에 따른 교류 계획으로 한국에 가서 반년을 생활했기 때문에 한국어가 꽤 유창하고, 부인 자신도 한국 드라마를 즐겨 보아 한국어를 좀 할 수 있다는 것이었다.

동굴 구경을 모두 마친 다음, 아까 차를 들었던 휴게소로 되돌아와 거기서 간단한 피크닉 점심을 들며 휴식을 취한 다음, 오후 1시 35분에 리조트로 돌아와 자유 시간을 가졌다. 아침에 잘 되지 않았던 와이파이가 우리가 동굴 구경을 마치고 돌아온 한낮에는 라운지에서 쉽게 연결되었다. 그래서 김경수 군이 오전 11시 35분에 내게 보낸 카톡 메시지를 보고서 19일에 외송으로 와서 지난 번 우리 집으로부터 80박스 분을 가져간 데 이어 거기에 있는 남명학 관계 자료를 포함한 내 한국 책들도 한국선비문화연구원으로 실어가게 하도록 약정했다. 한국 뉴스로는 최강 한파가 절정에 달하여 오늘 서울의 날씨가 영하 15도이고 철원은 영하 22도라고 한다. 앞으로는 점차 날씨가 풀릴 것이라고 했다. 아내로부터 이틀 전에 진주 부산에도 눈이 내려 아직 쌓여 있다고 하는 말을 들었다.

희망자는 오후 4시에 라운지로 다시 모여 밴을 타고서 어제 못 본 박쥐 떼가 날아오르는 장면을 보러 출발했다. 가이드 두 명에다가 손님은 대학 동창 그룹 네 명에 이우인 할머니 그리고 나를 합해 6명이었다. 덩치가 작은 밴은 리조트 구내로까지 들어올 수 있었다. 우리가 집합할 무렵부터 부슬비가 내리기 시작하더니, 얼마 가지 않아 엄청난 기세의 소나기로 변했다. 싱가포르의 우기는 9·10·11·12월이라고 하니 이제 끝날 때도 되었는데, 우리가 온 날 이후로 거의 매일 스콜 성 비가 내린다. 나는 스콜이란 한낮에 잠시 내렸다가 금방 그치는 것으로 알고 있었으나, 이 나라에 와서 경험한 바로는 시도 때도 없이 내리고, 그 지속 시간이나 강도도 일정치 않았다.

라운지에서 비의 기세가 좀 수그러들기를 기다리다가 각자 우비를 착용하고 우산도 받쳐 들고서 4시 15분에 출발하였고, 공원 입구에 닿아서도 또 얼마 동안 의자에 앉아 기다렸다가 걷기 시작하였다. 기다리면서 가이드 한 씨에게 이 나라의 어떤 점이 좋으냐고 물었더니, 여유로움이 좋다는 것이었다. 자기 혼자 서둘러도 되는 일이 없으므로, 이 나라 사람들처럼 느긋한 마음으로 일상생활을 유지하는 수밖에 없다고 했다.

5시 20분 무렵 조망대에 도착하여 오늘도 다른 사람들이 모두 돌아간 오후 6시 30분 무렵까지 주룩주룩 내리는 비에도 불구하고 끝까지 기다려 보았으나, 박쥐 떼는 결국 나타나지 않았다. 보통은 5시 30분에서 6시 사이에 나타난다고 한다. 가이드의 말에 의하면, 그들이 나타나는 시간은 일정치 않고 이 정도의 비에도 나온다는 것이었지만, 어두워지면 우리가 잘 볼 수 없는 점이 문제인 것이다. 지금까지 나는 박쥐는 눈이 퇴화하여 볼 수가 없고 전파 같은 것을 발사하여 그것이 되돌아오는 것을 몸의 안테나로 포착하여 먹이 사냥을 하는 줄로만 알고 있었는데, 여기 와서 처음으로 박쥐는 우리 인간보다도 훨씬 발달한 시력을 가지고 있음을 알았다.

돌아오는 길에 오늘도 앞장서 가던 현지인 가이드가 밝은 플래시를 여기저기로 비쳐서 작은 벌레나 열대 곤충 등을 찾아 우리에게 보여주었는데, 나중에는 제법 큼직한 벌레 한 마리가 현지인 가이드의 신발에 착 달라붙어 이우인 씨가 가져간 등산 스틱으로 억지로 떼 내어야만 했고, 나뭇가지에 보호색을 한 자그만 독사 한 마리가 붙어 있는 것도 보았다. 숲에서 일정한 간격으로 들려오는 개구리 울음 소리가 꽤 커서 마치 무슨 새소리 같았다. 넘어진 나무들은 엔진 톱으로 잘라 통행에 지장을 주지 않도록 조처해 두고 있었다. 태평양전쟁 때 일본군이 매일 비가 오고 독충이 우글거리는 이런 열대의 밀림 속에서 어떻게 여러 해 동안 전쟁을 수행할 수 있었는지 그 수고를 생각해 보았다. 어제는 오후 6시 40분에 철수하여 7시 20분에 리조트에 도착했다는데, 오늘도 그 시간쯤에 돌아와 우선 식당으로 가보았더니 남은 사람들이 그제야 석식을 들고 있어 아내 및 회옥이와 합석할 수 있었다.

■■■ 13 (토) 아침까지 비 온 후 개임

아침 식전에 우산을 받쳐 들고서 식당 쪽에서부터 아직 둘러보지 못한 방향으로 걸어 리조트 구내를 한 바퀴 돌았고, 점심 후에도 같은 방향으로 또 한 번 돌았다. 광대한 부지에다 지상에 철근 콘크리트로 기둥들을 세워 건물을 떠받치고 있는데, 땅바닥에는 물이 고여 호수처럼 된 곳이 많았다.

짐을 챙겨서 11시 30분까지 로비에 집합하였다. 로비라고 해봤자 라운지가의 한 곳 여기저기에 테이블이 몇 개 놓여 있고, 거기서 여직원들이 사무적인 일을 처리하고 있는데 불과했다. 룸메이트인 유 씨의 말에 의하면 이곳 라운지에서 간밤에 민속무용 공연이 있었다는 것이다.

리조트 입구의 철제 다리를 건넌 곳에 있는 Tenguloh Cafe라는 곳에서 볶음밥과 중국 음식 비슷한 세 가지 반찬으로 점심을 들었다. 그곳에서 어제 밤 박쥐 떼를 보러 갔다 돌아온 후에 젖은 옷들을 말리기 위해 방의 캐비닛 안 옷걸이에다 걸어두었던 것이 비로소 생각나, 도로 다리를 건너 로비로 가서 이미 반환한 방 카드를 돌려받아 숙박했던 방으로 가 걸려 있는 옷가지 세 개를 찾아서 돌아왔다. 식당이 좀 먼 곳이었으면 잃어버릴 번했다.

오픈카 버스를 타고서 물루 공항으로 이동하여 비행기를 기다리는데, 어제 클리어워터 동굴에서 만났던 싱가포르인 부부를 거기서 또 만났다. 그들은 니아 국립공원으로 가서 다른 동굴들을 둘러볼 것이라고 했다. 우리는 거기서 MH3822편을 타고서 13시 15분에 출발하여 14시 50분에 쿠칭에 닿았고, 쿠칭에서 16시 20분에 MH2517편을 타고 출발하여 18시에 쿠알라룸푸르에 도착할 예정이었으나, 오늘도 비행기가 지연되어 오후 4시 55분에 이륙하여 6시 14분에 착륙하였다.

쿠알라룸푸르 행 비행기 안에서 재작년에 여행 친구로서 서로 만났다는 중년 부인인 강해옥·김영란 씨와 나란히 앉았는데, 김영란 씨는 스페인 산티아고 순례 길을 한국인으로서는 초기에 다녀왔다고 하며, 그녀가 언니라고 부르는 강해옥 씨는 세계 90개국을 둘렀다는 여행 마니아였다. 그녀들과의 대화를 통해 아직 나의 여행 일정이 잡혀져 있지 않은 4월에는 뉴질랜드의 밀포드 트랙을, 그리고 5월에는 산티아고 순례를 다녀오는 것이 좋겠다는 생각이 들었고, 여행사는 트래킹 전문인 혜초가 좋다는 조언도 들었다. 그런데 나중에 알고 보니 나의 룸메이트인 유병건 씨는 이미 160개국 정도를 돌았다는 것이다. UN에 등록된 전 세계의 나라 수가 193개이며, 세계 지도 정보에는 최대 숫자인 237개국이 올라 있다고 한다. 그 사이 통계 기관에 따라 제각기 다소 차이가 있는데, 유 씨의 말에 의하면 인구 5만도 되지 않는 나라들이 30개국 정도나 되고, 여행금지국가로 지정된 나라도 10여 국 있으며, 우리나라 사람으로서 모든 나라를 다 돌아본 사람은 3명이라고 한다. 어쨌든 그들도 보통 사람이 그 이름을 들어 알만한 나라는 거의 다 가보았다는 셈이니, 이들이 어느 정도 여행 마니아인지를 알 만하다.

이번 말레이시아 여행에서 우리 일행은 수도인 쿠알라룸푸르 시내에는 들어가지 않고 거기서 차로 약 한 시간 거리에 있는 세팡 국제공항을 세 차례 경유할 따름인데, 쿠알라룸푸르의 면적은 서울의 1/3 수준이며, 인구는 150만, 다른 주에서 출퇴근하는 사람이 350만 정도라고 한다. 쿠알라라는 지명이 붙은 곳은 그 밖에도 더러 있는데, 이는 두 강이 만나 합류하는 지점을 의미한다. 그 강에서 주석이 대량으로 생산되어, 지하자원 때문에 생겨난 도시인 모양이다. 영국 식민지 당시 주석 채취를 위해 중국인 87명에게 입국을 허가한 것이 이 나라 화교의 시원이다.

하늘에서 내려다보니 공항 주변에 팜 트리가 사방 일정한 간격으로 빽빽하게 심어져 있었다. 보통 5m 간격으로 심는다고 하는데, 인도네시아와 말레이시아에서 생산되는 팜유가 전 세계 물량의 86%를 차지하며, 그 중 거의 다가 말레이시아 산이라고 한다. 팜유는 식용유로 사용하는 모양이다. 팜 트리는 한 번 심어놓기만 하면 별로 관리하지 않아도 잘 자란다고 하며 비료나 농약도 필요치 않은 모양이다. 그 열매를 따는 일은 수작업에 의존하는데, 인부는 전적으로 미얀마, 방글라데시, 인도네시아 등의 외국인을 고용한다. 이 나라는 각종 천연자원이 매우 풍부하고, 동 말레이시아에서는 천연가스도 생산되며, 기름 값은 전국 어디서나 똑 같다. 한인은 15,000명 정도가 거주하고 있는 모양이다.

세팡 국제공항에서 오늘의 최종 목적지인 블라카까지 또 2시간 반 정도를 이동해야 했다. 쿠알라룸푸르의 공항에서는 코밑과 턱밑에 짧은 수염을 기른 또 다른 현지인 가이드가 동행했다. 이동하는 도중에도 길가 도처에서 팜

트리가 무성하게 자라고 있는 모습을 볼 수 있었다. 오늘 가는 믈라카는 우리나라로 치면 경주 같은 곳으로서, 15세기부터 이 나라의 역사가 시작된 곳이다. 포르투갈·네덜란드·영국이 차례로 이곳을 차지했으므로 그 문화의 흔적들이 남아 있고, 종교나 인종 구성도 다양하다. 이 나라에서는 종교의 자유가 허용되어 있지만, 국민의 주축을 이루는 말레이인은 모태 신앙을 받아 태어나면서부터 100% 회교도라고 한다. 이른바 할랄('인증된', '허용된'이라는 뜻)이라고 하여 돼지고기나 그것이 포함된 음식물은 절대 금지이며, 술이나 도박도 금지되어 있지만, 술은 더러 맥주 등 도수가 약한 것을 콜라 등 다른 음료에 섞어 몰래 조금씩 마시는 사람도 있다고 한다.

깜깜한 밤에 믈라카에 도착하여 9시 무렵 No. 323, Ground Floor, Jalan Melaka Raya 1, Taman Melaka Raya에 있는 수라간이라는 이름의 한국음식점에 들러 늦은 석식을 들었다. 메뉴는 김치찌개였는데, 이 나라에서 가장 금기시하는 돼지고기가 국에도 들어 있고 볶음 요리로도 나왔다. 그러니 말레이 사람은 오지 않는 곳임을 짐작할 수 있다. 주인인 申一民 씨 내외가 직접 손님을 접대하고, 붉은 색의 네루 식 모자를 쓴 현지인 젊은이들을 고용해 음식 서비스를 하고 있었다. 그 집 실내 벽에는 기념사진들이 빽빽하게 붙어 있고, 한국 사람이 남긴 메모나 낙서가 가득하였다.

식사를 마친 다음 Jalan Syed Abdul Aziz에 있는 Holiday Inn Melaka로 이동하여 유 씨와 나는 903호실을 배정받았다. 이동하는 데만 꼬박 하루가 소요되어 샤워를 마치고 나니 밤 11시 반 무렵에야 취침할 수 있었다. 7일간의 이번 여행 중 이동하는데 거의 절반인 3일이 소요되는 것이다. 가이드에게 물어보니 이 호텔은 4.5성급 정도 되는 수준이라고 한다. 우리가 집으로 우송해 받은 확정일정표에는 오늘의 숙소가 4성급인 이퀴토리얼로 되어 있었는데, 인천공항에서 받은 일정표에 이렇게 변경되었다. 지상 20층 지하 1층으로서, 시설은 그런대로 괜찮았다. 인천공항에서 산 여행안내서는 기내식을 드느라고 쿠알라룸푸르 행 비행기 안의 좌석 포켓에다 꽂아두고서 그냥 내린 모양이다.

■■■■ 14 (일) 흐림

　오전 10시에 짐을 챙겨 로비에서 모여 오늘의 믈라카 일정을 시작했다. 말레이어로는 믈라카 또는 멜라카라 하고, 영어로는 말라카라 하는데, 우리에게는 말라카라는 이름이 익숙하다. 유네스코 세계문화유산인 이 도시 전역에서는 흡연이 금지되어 있다고 한다. 말레이시아와 인도네시아는 원래 같은 뿌리에서 나온 민족으로서, 두 나라의 표준어는 지금도 65% 정도 서로 비슷하고, 35%는 단어 자체가 다르다고 한다. 지금의 인도네시아 땅에서 벌어진 왕자의 난 와중에 동생이 피난해 와 여기에다 새 나라를 세웠던 것인데, 그 지정학적 위치로 말미암아 해상 실크로드의 중심지로서 크게 번영할 수 있었던 것이다. 고가의 귀중한 물자가 오가는 해협이라 당시의 해적들 기세 또한 대단했었다고 한다. 이 도시는 전성기 때 사용된 언어만 하더라도 40개가 될 정도로 당시 이미 포화상태에 이르렀으므로, 국제중계무역의 중심은 이후 페낭을 거쳐 싱가포르로 옮겨져 오늘에 이르고 있다. 현재의 인구는 믈라카 주 지역까지 합쳐 300만에 이른다.

　우리는 믈라카 강으로 이동하여 네덜란드가 버리고 간 높다란 목제 범선이 한 채 정박해 있는 곳 부근에서 Melaka River Cruise의 동력선 배를 타고서 룽탕 거리 일대를 꾸불꾸불 휘둘러 강이 바다를 만나는 지점까지 나아갔다가 출발지점으로 되돌아왔다. 강가에 보이는 재래식 건물들 벽에는 벽화가 잔뜩 그려져 있고, 건축 양식은 1층은 중국식 2층은 말레이식인 경우가 많다. 건물 지붕은 대체로 붉은색 洋銀으로 덮었고, 꼭대기로부터 급경사를 이루고 있으며, 과거에는 지붕도 대부분 나무로 만들었다고 한다. 몸채는 고상주택으로서 지면과 일정한 거리를 유지하는 경우가 많다고 하나, 눈에 띄는 고상주택은 별로 없었다. 중국인 남자와 말레이인 여자가 결혼한 경우를 바바(중국인 남자)뇨냐(말레이인 여자)라고 하며, 그들의 자손을 페리나칸이라 부르는데, 이 일대는 페리나칸 문화가 큰 특색을 이루고 있는 것이다. 이 도시의 인구는 70%가 화교이고, 말레이인은 25% 정도라고 한다. 가이드의 말에 의하면, 원주민들은 대부분 근친혼을 한다.

　배를 되돌리는 지점의 강가 혹은 물 위에서 커다란 도마뱀을 여러 마리 보앉다. 인도네시아 코모도 섬의 경우처럼 큰 것은 아니지만, 길이가 1m는 족히 넘을 것 같았다. 그리고 여기서는 우리나라의 감나무처럼 집 주변에다 망고나무를 심어둔 모습을 자주 보았다. 크루즈 부두에 관상용으로 심어둔 팜트리도 눈에 띄었는데, 이 나무는 원래 영국인이 식민지시대에 관상용으로 심었던 것으로서, 관상용과 팜유를 채취하는 것은 그 줄기 부분이 다르다. 관상용의 경우는 줄기가 길고 미끈한 데 비하여 후자는 줄기가 짧고 굵으며 거기에도 잎이 자랐던 흔적이 있어 우툴두툴한 경우가 많은 것이다. 돌아오는 도중에 자비에르 기념성당(St. Francis Xavier's Church)도 지나쳤다.

크루즈의 출발지점으로 되돌아온 다음, 우리는 트라이쇼라고 하는 세 발 자전거에 두 사람씩 타고서 쳉훙텡(靑雲亭) 사원을 거쳐 네덜란드 광장까지 갔다. 트라이쇼는 운전자가 앉는 보통의 자전거 옆에다 손님이 앉을 수 있는 좌석 부분을 달아 바퀴가 세 개로 된 것이다. 몸채에는 울긋불긋하게 깃털 장식 등을 하고 뒷부분 아래쪽에다 앰프를 달아 오디오의 구실도 하는데, 우리에게는 '내 나이가 어때서' 등의 한국 대중가요들을 틀어주었다. 그러나 배터리를 달지 않아 추진력이 없으므로, 조금 비탈진 곳에서는 기사가 내려 걸어서 끌고 올랐다.

쳉훙텡 사원은 강 서쪽의 잘란코공에 위치해 있는데, 그리로 가는 도중의 골목길 간판 등에 鄭和라는 한자어가 자주 눈에 띄었다. 이 사원은 명나라 永樂帝 때 大艦隊를 거느리고서 바다의 실크로드를 거쳐 아프리카까지 원정한 환관 鄭和가 이 땅에 상륙한 것을 기념하기 위해 만들어진 것이다. 본존으로는 관음보살을 모시고 그 좌우에 관운장과 옥황상제를 모셨으며, 본당 옆과 뒤편 건물에는 여러 집안사람들이 고인의 명복을 빌기 위해 안치해 둔 위패들이 가득하였다. 그러니 불교 사원이라고는 하지만 불교와 도교가 많이 습합된 것이다. 건축양식은 중국 남부지방의 것을 본받아 울긋불긋 화려하였고, 지붕 등에는 중국의 도자기를 가져와 깨트려서 모자이크 식으로 이어 붙여 만든 형상들이 많았다. 정문 안 마당 양쪽에 두 개의 당간지주가 원형대로 잘 보존되어 있으며, 본당 입구에 배치된 여러 마리의 붉은색 사자는 통나무를 다듬어 만든 것이라고 한다.

네덜란드 광장은 네덜란드 식민지 시절의 市政廳(Stadhuys) 건물과 네덜란드인이 세운 교회 등이 남아 있는 곳이다. 정청은 네덜란드가 1641년 포르투갈로부터 믈라카를 접수한 후 1650년에 세운 4층 건물로서, 당시 총독 관저도 그 꼭대기 층에 있었다. 믈라카에서 제일 높은 성 바울 언덕의 기슭에 49,000㎡의 면적을 차지하고 있는데, 원래는 백색 건물이었던 것을 1820년대에 붉은색 페인트로 칠하여 그 후 '赤屋'이라 불리게 되었다. 영국 식민지 시절과 해방 후 1979년까지도 믈라카의 행정 중심 역할을 하던 곳이다. 지금은 그 내부에 여러 박물관들이 들어서 있다. 그 아래쪽 광장에 위치한 붉은색의 Christ Church Melaka도 원래는 1753년에 네덜란드 개신교회로서 건설된 것인데, 1838년부터 영국 성공회로 바뀌었다.

우리는 거기서부터 걸어서 성 바울 언덕을 올라갔다. 그 꼭대기에 자비에르의 대리석 전신상과 더불어 성 바울 교회의 잔해가 남아 있었다. 이 일대에서는 믈라카 해협의 전경 및 도시의 모습을 잘 조망할 수 있다. 이 교회는 동남아에서 가장 오래된 것으로서, 1521년 포르투갈 인에 의해 세워져 후에 성모 마리아에게 바쳐졌던 것이다. 포르투갈에서 실어 온 돌로 만들어진 것이라고 한다. 1545년부터 1552년까지 자비에르 신부가 이곳에 머물렀으며, 그가 마카오에서 죽고 난 후에도 그 유해가 인도의 고아로 운구 되기 전까지 9개월 동안 이 성당의 중심부 지하에 안치되었고, 그 자리는 지금도 보존되어져 있다. 그 후 이 성당은 예수회 소속으로 변경되었던 것이다. 네덜란드인이 믈라카를 접수하자 성당도 개신교회로 바뀌어 성 바울 교회로 개명되었다. 이 언덕의 이름은 개명된 교회 이름에서 유래하는 것이다. 그러다가 앞에서 말한 Christ Church가 건설되자 더 이상 교회로서는 사용하게 않게 되었다. 교회 구내에 포르투갈 인과 네덜란드 인 귀족들의 묘지 비석이 많이 남아 있었다.

성당의 잔해로부터 반대편 기슭으로 내려가는 도중에 흰색의 네덜란드 귀족 무덤이 여러 개 눈에 띄었고, 언덕을 다 내려간 곳에 산티아고 성문이 있었다. 산티아고 성채는 원래 이 언덕 전체를 둘러싸고 있었고, 네 개의 성문이 있었던 것인데, 지금은 이 성문 하나만 남았다. 1511년에 믈라카를 점령한 포르투갈 군대의 지도자 Alfonso de Albuquerque에 의해 1512년에 건설되어 A Famosa로 불리었다. 1641년에 네덜란드가 믈라카를 접수하고서는 이 성채를 수복하고 더욱 확장하였는데, 1795년 영국이 네덜란드 측의 탈환을 두려워하여 부수기로 결정한 후 1807년에 대포로 파괴하였고, 제임스 래플스 卿 등의 개입으로 완전히 파괴되는 것은 간신히 면하고서 산티아고 성문과 그 주변 건물들만 남게 되었던 것이다. 이 건물은 아시아 전체에 남아 있는 유럽 건축물 중 가장 오래된 것의 하나이다. 원래는 요새 바로 앞까지가 바다였는데, 매립에 의해 지금은 시가지가 들어섰다.

성문에서 길 하나 건넌 곳에 독립선언기념관이 있어 거기에도 들어가 보았다. 말레이시아의 초대 총리가 될 압둘 라만이 런던으로부터 돌아와 바로 맞은편에 있는 건물에서 독립하게 될 날짜를 1956년에 선포한 것을 기념하여, 1911년경에 건설된 영국인들의 舊 말라카 클럽 건물을 독립과 관련된 물건들을 전시하는 공간으로 사용하게 된 것이다. 쿠알라룸푸르와 페낭, 믈라카의 세 곳에 이러한 독립박물관이 있는데, 물론 수도의 것이 가장 크다.

성 바울 언덕을 떠난 후 우리는 147, 148 & 149, Jalan Melaka Raya에 있는 중국집 瓏華酒家로 가서 점심을 들었고, 식후에 그 부근에 있는 Parkson(百盛) 마트에 들러 지하 식료품점에서 커피나 홍차, 잼 등의 물건들을 쇼핑하였다. 거리에 보이는 자동차들은 일제와 이 나라 회사인 프로톤 및 프르드와 제품이 대부분이고, 독일 차도 더러 눈에 띄었으나, 한국 차는 매우 드물었다. 마하티르 총리의 아들이 한 때 프로톤 자동차 회사의 회장을 맡았던 적이 있었으나, 물의가 일어 그만두었다고 한다.

오후 2시 50분까지 집합하여 해상 모스크를 보러 갔다. 정식 이름은 Masjid Selat Melaka로서, 믈라카 해협 사원이라는 뜻이다. 마스지드는 회교 사원을 말하는데, '머리를 조아리다'라는 의미라고 한다. 그 근처에 믈라카 해협은 세계에서 가장 길고 또한 분주한 해협이라고 적은 石牌가 하나 서 있었다. 나는 사원 부근의 상점에서 70링깃을 주고 회교도가 입는 도포 하나를, 그리고 20링깃 하는 회교식 모자 하나를 샀다. 이 나라는 어디를 가든지 히잡을 쓴 여성들을 많이 볼 수 있고, 심지어는 여자 경찰도 제복을 입고서 제모 아래에 히잡을 쓰고 있으나, 그에 비해 남자들이 회교식 복장을 한 모습은 적었다. 그리고 수염을 기른 남자들이 꽤 자주 눈에 띈다.

이 나라에서 회교도인 말레이 사람은 사후에 100% 매장을 하고, 중국인은 매장과 화장 중에서 선택하며, 인도인은 화장을 한다. 그리고 공동묘지에서 비석이 동그란 모양을 한 것은 남자이고 납작한 것은 여자라고 한다.

믈라카를 떠나 쿠알라룸푸르 공항으로 가는 도중에 고속도로에 진입하기 전 열대과일을 파는 상점에 들렀다. Lim Poo Wah라고 하는 점포인데, 손님은 한국 관광객이 대부분이었다. 우리 가족은 거기서 망고와 망고스틴을 샀고, 내가 가지고 있는 이 나라 돈을 마지막으로 다 털어 120링깃으로 2kg 무게의 두리안을 한 통 사서 함께 들었다. 두리안을 먹고 나서 6시간 이내에 술이나 탄산음료를 마시면 생명이 위독할 수 있다는 말은 가이드로부터 오늘 처음 들었다.

고속도로에 진입하고 난 다음, 한참을 달려 신행정수도인 푸트라자야에 들렀다. 쿠알라룸푸르와 국제공항에서 각각 반시간 거리의 중간 지점에 위치해 있는데, 4대 총리인 마하티르가 건설을 시작하여 이제 95% 정도 완성되었다고 한다. 국회만 수도에 남고, 입법·사법·행정부의 여타 모든 건물이 이리로 이전하였다. 우리는 미국의 백악관보다도 훨씬 큰 규모의 총리 공관과 핑크 모스크라는 애칭으로 불리는 마스지드 푸트라 부근의 드넓은 광장에서 이 도시를 둘러싸고 있는 광대한 호수와 호수 건너편의 국제회의장 및 그리로 가는 일직선 도로 양옆의 입법·사법·행정부 건물 등을 바라보았다. 모스크는 대리석 혹은 타일로 만들었으며, 총리의 관저는 따로 있다고 한다. 전체적으로 이 일대가 모두 광대한 공원 같은 느낌이 들었다.

호수 바로 건너편에 연방 정부가 셀랑고르 주가 그 영토를 할애하여 푸트라자야를 만들도록 허락해 준 데 대한 감사의 표시로 셀랑고르 주의 술탄에게 지어서 기증한 궁전인 Istana Darul Ehson이 서 있고, 그 옆으로 240m 길이의 사장교인 Seri Wawasan 다리도 바라보았다. 푸트라자야의 푸트라는 '대지의 아들' '왕자'라는 뜻이고, 자야는 '승리'라는 뜻이라고 하니, 합하면 '승리의 왕자' 정도의 의미가 되지 않을까 싶다. 총리 공관 입구와 그 진입로 주변에서 이 나라 국기를 많이 볼 수 있었다. 미국 국기를 **빼닮았**는데, 그 중의 초승달은 이슬람교를 상징하고, 줄과 별은 13개 주를 상징하는 모양이다.

우리는 호수 가의 푸트라자야 해산물식당으로 가서 또다시 볶음밥 등으로 마지막 저녁 식사를 들었다. 해산물식당이라고 하지만, 우리가 든 음식에는 생선튀김이 하나 포함되어 있을 뿐 일반 중국음식과 별로 다를 것이 없었다. 우리가 이 나라에 온 이래로 먹어본 현지식은 대부분 중국음식과 유사했고, 거의 끼니때마다 볶음밥이 나왔다.

그 일대에 펼쳐진 Taman Botani Putrajaya라는 이름의 넓은 식물원을 산책하다가, 7시 30분에 집합하여 어두워질 무렵 공항으로 향했다. 공항에서 가이드 한 씨와 작별한 다음, 모노레일을 타고 C22 게이트로 가서 대기하다가, 23시 10분에 출발하는 MH066편 비행기를 탔다.

▄▄▄ 15 (월) 맑음

인천공항에는 오전 6시 30분 도착 예정이었는데 20분에 닿았다. 짐을 찾고서 일행과 헤어져 우리 가족은 8시 30분 대성고속으로 진주를 향해 출발하였다. 집에 도착한 다음, 집 앞의 진주대로 879번길 12(강남동) 12에 있는 흑돈에 들러 아내와 회옥이는 소고기국밥, 나는 돼지찌개로 점심을 들었다. 저녁은 회옥이가 원하는 피자를 주문하여 들었다.

오후 3시 50분에 김경수 군으로부터 카톡 메시지를 받았는데, 선비문화연구원의 이사회 때문에 19일이 아니고 26일에 외송의 책을 옮기겠다는 것이었다. 우선 내가 소장한 한국 책들을 모두 선비문화연구원으로 옮겨 원철문고를 이루고, 장차 내가 더 이상 연구를 할 수 없게 될 때 나머지 책들도 그리로 기증하여 문고를 보탤 생각이다.

간밤에 게이트에서 탑승을 기다리며 어제의 일기를 입력하기 시작한 데이어, 고속버스를 타고 내려올 때 도중의 송죽 휴게소에 한 번 머문 후부터 진주에 도착할 때까지 입력을 계속하였고, 집에 도착하여 점심을 들고 돌아온 이후부터 다시 작업해 밤 9시 경에 세 번의 퇴고까지 마쳤다.

산티아고 순례길

■■■ 2018년 4월 4일 (수) 부슬비 오다가 저녁 무렵 개임

혜초여행사의 '18일 만에 끝내는 산티아고 도보순례'에 참가하기 위해 회옥이가 운전하는 우리 집 승용차를 타고서 아내와 함께 오후 1시 50분경 집을 출발하여 개양의 나그네김밥 앞으로 나갔다. 2시 10분에 진주를 경유하는 거제 발 인천국제공항 행 마지막 편인 대성고속 버스를 타고서 북상하여 신탄진휴게소에서 20분간 정거한 후 오후 6시 30분에 제1터미널에 도착하였다. 진주에서는 아침부터 비가 내리고 있었으나, 상경하는 도중 점차 빗발이 성글어지더니 수도권에 접어들 무렵에는 모처럼 청명한 날씨가 되어 햇빛이 비치고 푸른 하늘이 드러났다. 북쪽으로 올라갈수록 아직도 벚꽃이 절정을 이루고 있었다.

공항버스는 서울 톨게이트에 진입한 후 일산 행 100번 고속도로로 접어들더니 청계 톨게이트를 지나고 군포시·안양시·시흥을 차례로 경유한 다음 330번 지방도로 빠져나가 물왕을 지난 후 송도에서 인천대교로 접어들었는데, 이 코스로는 공항에 처음 가보았다.

9시 집합시간까지는 꽤 남았으므로, 공항 4층의 식당가에서 메이하오짬뽕이라는 상호의 중국집에 들러 2인 세트인 꿔바로우·게살새우볶음밥·사골진미짬뽕(28,000원)으로 석식을 들었다. 8시쯤 3층 M 카운터에 혜초전문인솔자인 이선영 씨가 나타났는데, 규모가 작은 혜초여행사는 거기에 지정된 데스크를 가지고 있지 않았다. 우리 일행은 인솔자를 포함하여 총 16명이며, 나보다 두 살 위인 1947년생 남자가 가장 연장자인 모양이다. 우리는 집합 후 J 카운터로 이동해서 티케팅하여 터키항공(Turkish Airlines)의 TK091편을 타고서 23시 55분에 인천공항을 출발하였다. 아내와 나는 39

번 게이트에서 대기하다가 기내로 들어간 후 32B·C석에 나란히 앉았다.

집에서 출발할 때 깜박하고서 컴퓨터의 무선 마우스를 챙겨오지 못했으므로, 티케팅 전 소형가전 매장에서 28,000원 주고 새 것을 하나 샀다. 그러나 게이트 앞 의자에서 탑승을 대기하던 중 처음으로 그것을 사용하여 오늘의 일기를 입력하려하니 웬일인지 마우스가 작동하지 않았다.

■■■ 5 (목) 맑음

오전 5시 5분에 이스탄불의 아타투르크 국제공항에 도착하였다. 이스탄불 시간은 서울보다 6시간이 늦으니 총 11시간 10분이 소요된 셈이다. 현지기온은 11℃였다. 스케줄상으로는 국제선으로 환승하여 7시 15분에 출발하는 TK1857편으로 갈아타고서 10시 40분에 마드리드의 바라하스 국제공항에 도착하는 것으로 되어 있으나, 실제로는 7시 36분에 이륙하여 10시 23분에 착륙하였다. 스페인 시간은 터키보다 또 한 시간이 늦으니, 4시간 25분을 더 비행할 예정이었으나 실제로는 4시간이 채 안 걸린 것이다. 마드리드의 기온은 7℃였다.

원래의 스케줄에는 왕복 모두 네덜란드의 KLM항공을 타는 것으로 되어 있었으나, 여행사 측의 윤익희 이사라는 사람이 몇 차례 전화를 걸어와 좌석 공간이 넓다면서 카타르항공으로 바꾸자고 하는 것을 그것으로는 환승 등에 시간이 너무 많이 걸린다고 난색을 표명했더니, KLM보다 한 시간 정도 더 걸리는 터키항공으로 바꾸자고 다시 제의해오므로 매번 이의를 달기가 어려워 그냥 수락했던 것이었다. 그렇다고는 하지만 마드리드까지 가는데 이처럼 시간이 많이 걸릴 줄은 몰랐다.

공항에서 Jennifer Liu라는 이름의 여성 도보순례가이드로부터 영접을 받았다. 대절버스 기사는 루이스라는 중년 남성이었다. 지난번 운남·귀주성 여행 때의 경험을 거울삼아 이번에는 남 먼저 차에 올라 앞에서 두 번째의 좌석 양쪽을 각각 하나씩 잡고서 옆 의자에는 짐을 놓았다.

제니퍼라는 여성은 전문 가이드가 아니고 2015년에 카미노 데 산티아고 (성 야고보의 길)를 처음 걸었을 때 우연히 윤익희 이사를 만난 인연으로 이후 혜초여행사의 현지가이드 역할을 해오고 있는 것이라고 한다. 그녀는 개인적으로 카미노에서 큰 감동을 받았다고 한다. 그녀는 어머니가 한국인이고 아버지는 臺灣 사람으로서 태어나 대만 국적을 가지고 있으며, 대만 사람과 결혼하여 슬하에 세 아들을 두었으나 그 남편과 이혼하고서 스페인 사람과 재혼하여 4년 전부터 우리의 이번 여행 중 제8일째에 하룻밤을 묵게 되는 인구 5만의 작은 순례자 도시 폰페라다(Ponferrada)에 살고 있다. 그녀의 아들들은 현재도 臺北市에 거주하고 있는 모양이다. 그러므로 그녀는 한국어·중국어·스페인어를 거의 모국어 수준으로 구사할 수 있다. 스페인에는 재혼 전에도 무역 관계 일로 더러 들렀으며, 그 때도 의사소통에 지장이 없을 정도의 스페인어는 구사할 수 있었던 모양이다.

우리는 대절버스로 3시간 반 정도 소요되는 230km의 거리를 이동하여 E-5, A-1 고속도로를 따라 북상하여 오늘의 숙박지 부르고스(Burgos)로 향했다. 부르고스 시는 카스티야-레온(Castilla Y Leon) 주에 속한 9개 지방 중 부르고스 지방의 중심도시이며 인구는 20만 정도인데, 비행기의 운항지도에도 나타날 정도로 스페인에서는 큰 도시에 속한다. 우리는 이번 여행의 제6일째에 다시 이곳에서 하룻밤을 묵게 된다. 우리는 그리로 가는 도중의 중간지점인 Aranda de Duero(Burgos)라는 도시에 속한 Tudanca-Aranda라는 이름의 호텔 겸 레스토랑에 들러 점심을 들었다. 기사에게 물어보니 Tudanca라는 것이 이곳 지명인 모양인데, 아란다 데 두에로의 조금 아래쪽에 위치해 있다고 하나 내가 가진 1:1000000 유럽 도로지도책에는 나타나지 않았다. 마드리드에서 북쪽으로 153km 떨어진 곳에 있는 고속도로 가의 조그만 휴게소 근처였다. 부르고스로부터는 남쪽으로 1시간 30분 정도 떨어진 거리이다.

우리는 거기서 빵, 포도주 등과 함께 병아리콩 삶은 스프를 전식으로, 하몽을 메인 메뉴로 든 다음, 후식으로 푸딩을 들었다. 나는 하몽이라 하면 돼지 뒷다리를 염장하여 걸어두고서 햄처럼 얇게 베어서 먹는 것으로만 알고 있었는데, 오늘 들은 바로는 하몽이라는 말 자체가 돼지 뒷다리를 의미하는 것으로서 그것과는 전혀 다른 음식이었다. 얼마 후 현지인들이 많이 들어와 우리 근처에서 식사를 하였는데, 그들이 드는 음식도 모두 우리 것과 같은 것이었다.

부르고스에 도착한 다음, 유네스코 세계문화유산으로 지정된 유명한 부르고스 대성당(Catedral de Burgos) 부근의 Paseo de la Audiencia, 7에 위치한 오늘의 숙소 AC Hotel Burgos-Marriott에 들어 우리 내외는 2층의 115호실을 배정받았다. 유럽에서는 프런트가 있는 1층은 0층이고 사실상의 2층이 1층으로 되어 있는 경우가 많다.

호텔 방에다 짐을 둔 후 오후 4시 20분에 로비에 집결하여 걸어서 10분 정도 걸리는 거리의 스페인 3대 대성당 중 하나이며 고딕식으로는 가장 유명하다는 부르고스 대성당으로 갔다. 세계문화유산이 세계에서 가장 많은 스페인 가운데서도 우리가 이번에 걷게 되는 카미노 데 산티아고는 전체 코스가 세계문화유산으로 지정되어 있는데 비해 이는 성당 하나가 지정된 것이며, 200여년에 걸쳐 건축된 것이라고 하는데, 이 성당을 보수할 때 유네스코로부터 300만 유로의 자금을 지원받은 것 또한 기록적이라고 한다.

이 성당은 그 자체로서도 그만큼 유명한 것이지만, 또한 부르고스는 스페인의 국민적 영웅 엘시드의 고향으로서, 성당 안에서 그와 그의 아내 시신이 안치되어 있다는 장소도 둘러보았고, 엘시드의 청년 시절 모습을 그린 그림 등도 보았다. 삼손의 힘이 머리털에서 나오는 것처럼 레콘키스타(Reconquista, 무어인으로부터의 스페인 국토회복전쟁) 당시 무패의 영웅 엘시드의 힘은 수염으로부터 나오므로 만년의 엘시드는 수염을 길게 기르고 있었다는데, 우리가 본 등신대의 벽화에서는 그 수염이 비교적 짧았다. 성당 안에는 예수의 12제자 중 하나이며, 한국 이름이 성 야고보인 산티아고의 조각이나 그림도 많았는데, 특히 그에 관한 3대 전설 중 하나로서 레콘키스타 당시 스페인 군을 도와 승리로 이끌 때의 백마를 타고 장검을 쥔 모습을 한 것도 있었다.

부르고스로 오는 버스 안에서 우리 인솔자가 내 컴퓨터와 무선 마우스를 가지고서 뒷자리에 앉은 광주에서 온 젊은 남자에게로 가서 보였으나 그도 어찌된 셈인지 모르겠다는 것이었다. 부르고스 대성당을 방문하고 나온 다음, 그 앞 광장 근처의 기념품점 사이에 있는 Casa Phone이라는 상점에 들러 9.95유로짜리 소형 무선 마우스 하나와 2.2유로짜리 배터리 4개 한 세트를 사서 호텔로 돌아와 새로 구동해보니 이번에는 제대로 작동하였다. 결국 문제는 인천공항에서 산 제품 자체의 하자였던 모양이다.

7시 반 무렵에 호텔 1층의 식당에서 석식을 들었다. 모르시자라는 이름의 경단 모양으로 둥글게 뭉친 검은색 찹쌀순대와 대구구이를 차례로 든 다음 후식으로서 아이스크림이 포함된 사과조각이 나왔는데, 아내는 오는 동안의 간식으로 이미 배가 부르다면서 거의 손을 대지 않았다. 석식에도 포도주와 맥주가 나왔는데, 맥주가 꽤 맛있다고 하나 나에게는 그림의 떡이었다. 이 나라에서는 포도주도 맥주 수준의 흔한 음식이다.

일행 중 나와 동갑으로서 대전에서 온 남자 하나가 비행기와 버스에서부터 식당에 이르기까지 거의 쉴 새 없이 지껄여대고 있었다. 그는 스위스 여행 중에 만났다는 친구 한 명을 대동하였는데, 은행에서 일하다가 퇴직한 후 부동산 임대업으로 얻는 소득을 거의 다 해외여행에다 쓰고 있는 모양이다. 자기 말로는 임대료 외의 수입은 전부 아내에게 맡겨두고 있으며, 집에서는 별로 말을 하지 않는다는 것이었다. 그도 지난번 말레이시아 여행에서 만났던 나의 룸메이트 유병건 씨 비슷한 여행 마니아인 듯하다. 여성 중에서는 캔디 맘이라는 별명을 가진 의정부에서 온 69세의 부인이 가장 연장자인 모양이다. 그녀는 나이에 비해 꽤 젊어 보였다.

현재 스페인은 우기이며, 부르고스는 꽤 높은 지역에 위치해 있는 모양인데, 사람들이 패딩 재킷을 입고 있었다. 거리의 가로수로 심은 플라타너스가 굵은 둥치와 큰 가지만을 일부 남기고서 잔가지는 모두 잘라버려 기이한 모습을 하고 있었는데, 플라타너스는 줄기에 버짐 무늬가 많다 하여 한국어로는 버짐나무라고 하는 모양이다.

현재 산티아고 길은 15개의 코스가 있다는데, 우리가 이번에 걷는 프랑스 길은 그 중에서도 대표적인 것이다. 산티아고 길을 사도 야고보가 예수의 복음을 전파하기 위해 걸었던 순례길이라고 하는 설도 있으나, 오늘날에는 대체로 그가 실제로 걸었다기보다는 그를 찾아가는 길이라고 인식하고 있다.

산티아고는 스페인의 수호성인이기도 하다. 이번 여행에 우리는 1인당 526만 원의 참가비 외에 기사·가이드 팁으로 각자 150유로를 지불하였다. 원래 순례자는 알베르게(albergue)라고 하는 국립 및 사립의 도미토리 숙소에 머무는 것이 원칙이나, 우리 일행은 시종 3·4성급의 2인용 호텔을 사용하며, 40일 정도 걸리는 일정을 실제로는 11일로 단축하였으니, 순례라기보다는 트레킹에 가깝다.

스페인 사람들은 하루 세끼의 식사 시간이 매우 늦고 자정 무렵에 취침하여 한국인에 비해 생활 습관이 모두 느린 편인데, 이 나라 특유의 관습인 한낮의 취침 즉 시에스타는 오후 2시에서 5시 사이라고 한다. 우리는 앞으로 특별한 일이 없는 한 오늘처럼 매일 오전 6시 기상, 7시 조식, 8시 출발이며, 석식은 오후 7시 30분에 들 예정이다. 나는 일기 입력을 위해 다른 사람들보다 2시간이 이른 오전 4시에 스마트폰 벨 소리를 듣고 일어난다.

■■■ 6 (금) 맑으나 저녁 무렵 빗방울

여행 제3일인 오늘은 부르고스에서 프랑스 국경에 비교적 가까운 인구 20만의 도시이며 나바라 주의 주도인 팜플로나(Pamplona, 바스크어로는 Irunea)까지 220km 약 3시간 거리를 이동하여 점심을 든 후, 다시금 피레네 산맥을 넘어 프랑스의 국경 마을 생장(Saint-Jean-Pied-de-Port)까지 75km 약 1시간 30분 거리를 이동하는 날이다. 팜플로나 역시 스페인에서는 대도시에 속해 비행기 안의 행로 표시 지도에 그 이름이 보였다.

어제에 이어 Volvo 회사의 SC5라는 와이파이가 설치된 43인승 대절버스를 타고서 E-5, A-1 고속도로를 따라 동쪽으로 이동하여 Gasteiz Vitoria라는 도시 부근을 경유한 다음 A-10, AP-15 도로로 접어들어 팜플로나를 향해 나아갔다. 중세 나바라 왕국의 수도였던 팜플로나는 Encierro라고 하는 소몰이로 유명한 산 페르민 축제의 도시이다. 소몰이는 이곳 외의 다른 곳에서도 더러 행해지는 모양이지만 이곳 것이 가장 유명하다. 나도 TV를 통해 시내의 825m 거리를 3분 동안에 걸쳐 여러 마리의 소들과 함께 질주하는 사람들 모습을 여러 차례 본 바 있었다. 산 페르민 축제는 3세기 중엽 이 지역에 기독교가 처음 전파될 때 30대의 젊은 나이로 순교한 Fermin 사제를 기리는 것인데, 축제가 시작되는 7월 중에는 이 도시의 인구가 50만 정도로 늘어난다고 한다.

버스 속에서 스마트폰 뉴스로 박근혜 전 대통령이 1심에서 징역 24년, 벌금 180억 원을 선고받았고, 18개 혐의 중 16개 항목에 대해 유죄 판결이 났다는 사실을 알았다. 또한 버스 안의 CD를 통해 팜플로나나 산티아고 길, 순례의 최종 목적지인 산티아고 데 콤포스텔라, 그리고 카스티야-레온 주 안에 있으며 산티아고 길로 이어지는 또 하나의 순례길인 '銀의 길(La Via de la Plata)'에 관한 비디오를 시청하였다.

팜플로나에 도착한 후 먼저 구시가에 있는 까스띠요 광장을 방문하였다. 이 광장은 지금까지도 1800년대의 모습을 유지하고 있다. 광장 안쪽에 면해 있는 헤밍웨이가 매일 찾았다는 Iruna 카페에 들러 아메리칸 커피를 한 잔 마시고, 헤밍웨이가 늘 이용하던 방으로 열쇠를 따고서 들어가 그 안에 있는 헤밍웨이의 동상을 배경으로 사진을 찍고 벽면에 내걸린 헤밍웨이의 당시 모습을 담은 사진들을 보았다. 이루나란 내가 가진 지도책에 보이는 Irunea 와 같은 말로서 팜플로나를 뜻하는 바스크 방언이다. 이런 광장에서 옛날에는 투우도 했다고 하는데 지금은 바닥 전체가 돌로 깔려 있다. 우리 일행 중 여자들이 광장의 벤치에서 아코디언을 연주하고 있는 사람에게로 다가가 기념사진을 촬영하였다. 보통 이런 해외 패키지여행에는 여자들이 대부분인 편인데, 이번 경우는 남자 7명에 여자 8명으로서 거의 절반씩을 이루고 있다. 그 중 부부로 온 사람은 우리 내외 밖에 없다.

광장 바로 부근에 있는 소몰이 길을 따라 산책해 보았다. 스케줄에는 로마 시대의 터에 세워졌다는 팜플로나 대성당을 방문하는 것으로 되어 있으나, 그곳은 유료일 뿐 아니라 시간상으로도 적당치 못하여 그 반대쪽에 있는 San Saturnino(San Cernin) 교구 성당을 방문하였다. 성 사투르닌은 3세기 중엽 프랑스의 툴루즈 지역 초대 주교로서 신부를 파견하여 이곳 팜플로나 지역으로 선교 활동을 하였고 그 자신이 직접 와서 전도하기도 했었는데, 성 페르민도 당시 그가 전도하여 처음 이곳 팜플로나의 주교로 임명했던 사람이다. 툴루즈로 돌아간 후 그도 이교도에 의해 체포되어 순교했다고 한다.

13세기에 지어진 이곳 교구 성당은 14세기의 건물을 17세기에 재건했다는 시청 부근에 있었는데, 시청 입구의 양옆에는 두 여인의 석조 조각상이 건물을 지키고 있다. 이 지역에서는 전통적으로 여권이 세다고 한다. 시청은 산 페르민 축제가 시작되는 곳이며, 폐막식도 이곳에서 거행된다.

성당을 나온 다음, 2010년에 발굴된 13세기의 성벽 출입문(Belena Portalapea)을 내려다보았고, 옛 나바라(Naverra) 왕궁 건물 앞을 지나 소몰이 모습을 담은 동상을 둘러보고서, 나바라 주청사 건물 앞 광장의 높다란 기둥 위에 세워진 바스크 헌법 책을 든 사람의 동상을 바라보기도 하였다. 나바라는 바스크 지역에 속해 있는데, 피레네 산맥 부근의 북부 지역인 바스크는 스페인으로부터의 분리 독립 운동이 일어나기도 했을 정도로 언어 풍습이 크게 다른 것이다.

C/Rio Arga 18에 있는 Mr. Wok이라는 중국집에 들러 중국식 뷔페로 점심을 들었다. 수저 대신 나이프와 포크로 중국음식을 드는데, 주문한 재료로써 즉석에서 요리를 만들어주기도 하였다. 점심을 든 다음, 내일부터 시작되는 순례를 위해 그 근처의 Alcampo라는 슈퍼마켓에 들러 내일 점심으로 들 음식물 쇼핑을 하였다. 5층 건물의 1층이 슈퍼마켓으로 되어 있었다.

다시 버스를 타고서 N-135도로를 따라 피레네 산맥을 넘어서 프랑스 땅으로 건너갔다. 내일 우리는 해발 165m인 생장에서 1,430m인 산 정상을 넘어 950m인 스페인 땅 론세스바예스(Roncesvalles)에 도착하여 일박하게 되는데, 총 거리 25.7km의 산길을 걷게 된다. 피레네 산맥의 산꼭대기들 부근에는 아직도 잔설이 남아 있었다. 산길에서는 산악자전거를 타고 가는 사람들이 심심찮게 보이고, 걸어가거나 쉬고 있는 순례자들도 눈에 띄었다. 내일 우리가 생장에서 론세스바예스까지 가는 순례 길에는 두 개의 코스가 있는데, 지금 내려가는 찻길 주변이 그중 하나이고 우리가 내일 걷게 될 길은 나폴레옹 루트로 불리는 또 다른 길이다. 겨울 등 산맥에 눈이 많이 쌓여 있을 때는 나폴레옹 루트로의 출입이 통제되므로 우리가 여행사로부터 받은 책『길의 기쁨, 산티아고』의 저자인 조석필 씨 내외도 오늘 차를 타고 내려가는 이쪽 길을 경유했던 것이지만, 우리는 결국 이번에 그 두 길을 다 경험하게 되는 셈이다.

조그만 산골 마을 생장에 도착한 후 Central Hotel에 들었고, 우리 내외는 2층의 21호실을 배정받았다. 오후 4시 20분에 1층 로비에 집합한 후, 언덕길을 걸어 올라가 순례자 사무실에 들러 2유로를 지불하고서 끄레덴샬(credencial)이라고 하는 순례자용 여권을 발급 받았고, 거기서 거슬러 받은 잔돈 3유로를 기부하고서 꼰차(concha)라는 이름의 가리비 조개껍질 하나를 골라 가졌다. 이 조개는 야고보 성인과 유관한 것으로서 산티아고 순례길의 상징으로 되어 있다.

그런 다음 좀 더 위쪽에 위치한 산티아고 순례 길의 출발지점이라고 하는 생 자크 성채로 가서 야고보의 문이라고 부르는 그 입구에서 단체로 기념사진을 찍었다. 생 자크는 스페인어 산티아고의 프랑스식 호칭이며, 영어로는 세인트 제임스이다. 우리 내외는 둘이서 성채를 한 바퀴 둘러 산책하였다. 주변의 풀밭에는 노란 민들레가 지천이었다. 생장이라는 지명은 이곳을 지배했던 12세기 스페인 팜플로나의 영주인 San Juan del Pie de Portus에서 유래하는 모양이다. 산티아고 순례 길은 1987년 유럽연합에 의해 유럽문화재로 지정되었고, 1993년에는 유네스코 세계문화유산으로 등재되었다.

호텔로 돌아오는 도중에 Boutique Pelerin이라는 등산용품점에 들러 50.2유로를 지불하고서 이탈리아 Ferrino사 제품인 방수등산복 하의를 하나 새로 구입하였다. 옛날 샤모니에서 샀던 것을 이번에 가져오기는 했지만, 한국으로 돌아간 후 지리산 뱀사골 와운마을로 처음 입고 갔다가 바로 그 날 개울의 바위에서 미끄러져 무릎 부분 일부가 조금 상했기 때문이다.

오늘 석식에는 전식으로 야채 스프, 메인으로 닭고기 구운 것, 그리고 후식으로서 단맛이 강한 빵조각이 하나 나왔다. 음식이 제공되는 순서가 아주 느려 이럭저럭 우리도 프랑스식으로 석식에 1시간 반을 소비하였다.

▬▬▬ 7 (토) 흐린 후 비와 우박

여행 제4일차이자 도보순례 1일차가 되는 날이다. 피레네산맥을 넘어 프랑스의 생장 피드포르로부터 스페인의 론세스바예스까지 약 26km의 거리를 걸어가는 날이다. 예전에 아내와 함께 백두대간 종주를 했을 때 말고는 하루 만에 이처럼 긴 거리를 걸은 적은 별로 없었던 듯하다. 종일 산악지대를 지나가기 때문에 생장에서 7~8km 떨어진 지점에 위치한 알베르게 오리송(Orisson) 외에는 도중에 식사나 휴식을 할 수 있는 적당한 장소가 없으므로, 어제 팜플로나의 슈퍼마켓에 들러 각자 오늘 중식으로 들 수 있는 빵과 과일 등 행동식을 구입했던 것이다.

우리가 묵는 호텔 바로 옆으로 니브(la Nive)라는 이름의 강이 흐르는데, 오늘 아침 아내가 가리켜서 바라보니 그 강이 호텔가에서 반원형의 둥그런 폭포를 이루어 떨어지는 모습이 장관이었다. 8시 남짓에 호텔 앞에서 이선영 인솔자의 인도에 따라 잠시 몸 풀기 동작을 한 후 출발하였다. 걸어서 5분 정도 걸리는 지점의 해발고도 173m인 Porte D'espagne라는 城門 앞에서 단체사진을 촬영한 후 아내와 가장 연장자인 김선중 씨는 오리송까지 택시를 타기 위해 호텔로 돌아가고, 나머지 사람들은 계속 걸어갔다.

오늘 비 소식이 있다고 하므로 나는 출발 당시 방수복 상하의 우비 차림에다 배낭 덮개까지 하고 있었지만, 날씨는 조금 흐릴 뿐 오히려 등산하기에 이상적일 정도로 쾌적하였으므로, 도중에 차례로 그런 것들을 벗어버리고서 가벼운 옷차림에다 모자도 쓰지 않았다. 주변의 경치는 그림처럼 아름답고, 우리 농장의 자두나무처럼 흰 꽃이 핀 나무들이 여기저기 눈에 띄었는데, 아몬드 나무라고 했다.

이 길은 정상에 이르기까지 전체적으로 완만한 경사로 이어지는데, 아스팔트 포장이 되어 있었다. 도중의 해발 500m 지점인 온토(Honto)라는 곳에서 포장도로를 벗어나서 걷는 지름길이 좀 있었다가 위쪽에서 다시 포장도로를 만났고, 스페인 국경에 가까운 지점인 십자가가 서 있는 해발 1,230m의 Hito de Piedro라는 곳에서부터 정상까지는 포장도로를 벗어나 비포장 산길로 이어지고 있었다. 나는 등산스틱을 꺼내어 시종 들고 있었지만 포장도로에서 그것을 사용하기는 싫었고, 평지에 가까운 길에서도 그러하여, 계속 들고만 다니다가 한국에서처럼 오르막 비포장 길에서만 그것을 짚었다.

오리송 산장에서 아내와 다시 합류한 후 해발 1,105m의 순례길 근처 바위 위에 성모상이 세워져 있는 Virgen de Biakorri까지는 계속 함께 걸었는데, 내가 여기저기의 안내판에 쓰인 글들을 살펴보고 있는 동안 아내는 거의 일행의 선두에 서서 먼저 가버렸으므로, 그 이후로는 혼자 걸었다. 피레네 산맥의 이쪽 구역은 위쪽으로 올라갈수록 키 큰 나무들이 거의 사라져 버리고 잔디 수준의 짧은 풀들만 자라고 있었다. 목초지를 조성하기 위해 일부러 나무를 베어버린 까닭인데, 실제로 여기저기에 한국에서는 잘 볼 수 없는 종류의 흰색 털을 가진 양들을 키우는 목장이 눈에 띄었다.

이 길을 나폴레옹 루트라고 하는 것은 나폴레옹의 군대가 스페인을 정복하러 갈 때 경사가 완만한 이곳을 넘어 피레네산맥을 통과했기 때문이지만, 스페인 측에서는 나폴레옹이라는 이름을 사용하기 싫어한다.

등산에 이상적이었던 날씨가 오리송 산장을 지난 지 한참 후 빗방울이 듣기 시작하더니 계속 비가 내리고 떠밀려 갈 듯 세찬 바람이 불며 비가 우박이 되기도 하였으므로, 다시 우비를 꺼내 입었다. Virgen de Biakorri를 지나서 한참을 더 가다가 김선중 씨가 시멘트 벽돌을 쌓아 만든 사람 키 절반 정도 높이의 나지막하고 조그만 벽면을 의지 삼아 세찬 바람을 피해 쉬고 있는 것을 보고는 우리 내외도 그리로 가서 셋이 함께 점심을 들었다. 점심을 든 이후 다소 추위를 느꼈으므로, 패딩 재킷도 꺼내 입었다. 그리고 손가락이 드러난 여름 장갑만으로는 스틱을 든 손이 시리므로, 그 위에다 겨울용 모직 장갑도 덮어 끼웠다. 우리가 쉬었던 벽면은 조류 사냥용으로 설치한 것이라고 한다.

프랑스와 스페인의 국경은 분명치 않았는데, 도중의 표지에 나바라라는 지명이 보이는 것이 그것인 듯했다. 거기서부터는 또한 순례 길을 따라 철조망이 계속 이어지고 있었다. 철조망은 순례자들이 낭떠러지에서 발을 헛디뎌 아래로 떨어지는 것을 방지하기 위한 것이다. 국경 부근에서부터 정상인

1,430m의 Collado Lepoeder까지는 숫자가 차례로 매겨진 긴 나무막대가 약 100m 간격으로 계속 이어지고 있었다. 우리는 그러한 길을 눈과 수북이 쌓인 낙엽과 진창을 밟으며 계속 나아갔다. 도중에 피난용 작은 집이 한 채 서있었는데, 거기에는 아무도 살지 않고 물건도 팔지 않았지만 그런 곳도 알베르게라고 적혀 있었다. 알베르게는 순례 중에 고통에 빠진 이들을 돌보며 교화하기 위한 중세의 구호시설에서 기원한 것이다.

제니퍼는 정상의 갈림길에다 우리가 나아가야 할 오른쪽 길에 대한 표지로서 노란 손수건을 매어두겠다고 하더니, 내가 그곳을 통과할 때까지 그녀 자신이 계속 거기에 서 있었다. 그녀는 혼자서 또는 우리와 같은 단체를 인솔하여 순례 길을 무수히 다녔고, 프랑스길이 아닌 다른 산티아고 길들도 다녔다고하는데, 목적지인 산티아고 데 콤포스텔라까지 전 구간을 커버한 것만도 20번 정도 된다고 한다. 산에서는 어디서 무슨 힘이 나는 것인지 엄청 빨랐다. 그녀는 스마트폰 뒷면에 태극기가 그려진 카버를 사용하고 있는데, 남편이 어디선가 사서 선물한 것이라고 했다.

정상에서부터 오른쪽 갈림길로만 가라고 하므로 그 지시에 따랐지만, 실은 대부분의 사람들이 가는 왼쪽 내리막길이 정식 카미노여서, 오른쪽 길에는 화살표가 그려진 쇠막대기가 여기저기 세워져 있을 뿐 카미노를 상징하는 가리비 조개 표지는 하나도 눈에 띄지 않았다. 나중에 제니퍼에게 물어보았더니, 경사가 급한 왼쪽 길에서 사고가 자주 나므로 오른쪽 길도 개발해둔 것이라는 대답이었다. 오른쪽 길에는 포장된 차도가 이어져 있고, 어제 통과한 또 하나의 카미노 길인 아네기(Arneguy/Valcarlos) 루트의 꼭대기 지점 이바녜타(Ibaneta) 고개(1,050m)의 높다란 십자가가 서 있는 성당 뒤편 주차장에 우리의 대절버스가 여러 대의 다른 버스들과 함께 대기하고 있었다. 석식 때 들으니 우리 기사인 루이스는 53세의 나이임에도 불구하고 평생 결혼한 적이 없다고 한다.

아내는 먼저 도착해 그곳 버스 속에 있었는데, 나더러도 함께 있다가 차를 타고 내려가자고 하였지만, 나는 배낭과 스틱만을 차 속에 남겨두고 걸어서 포장도로를 따라 내려와 오후 4시 40분 무렵에 오늘의 목적지인 론세스바예스에 있는 우리들의 숙소 La Posada에 도착하였다. 론세스바예스는 집이 몇 채 밖에 없는 조그만 산골 마을이었다. 우선 그 1층의 바에 들렀더니, 안양의 법원에 근무한다는 유영중 씨가 먼저 도착해 맥주 한 잔을 시켜든 후였고, 내가 2등으로 왔다는 것이었다. 거기서 1.2 유로를 지불하고서 아메리카노 커피를 주문하여 들면서 유 씨와 대화를 나누고 있노라니, 얼마 후 일행 여러 명을 태운 대절버스가 도착하였다.

우리 내외는 2층(즉 유럽의 1층)의 1호실을 배정받았는데, 이 호텔은 숙소로 올라가는 두 개의 문을 모두 열쇠로 열도록 되어 있어 바깥에서는 열쇠 없이 들어갈 수 없을 뿐 아니라, 각방의 자물쇠도 여는 법이 매우 까다로워 거의 전문적인 기술이 필요하였다.

5시 50분까지 1층 로비에 집합하여 제니퍼의 인도를 따라 그 근처에 있는 성당으로 가서 6시부터 약 50분간 진행된 미사에 참여하였다. 마을 규모에 비해 석조로 된 성당 건물은 우람하다고 해야 할 정도로 큰 규모였다. 흰색 제복을 입은 두 명의 사제가 함께 미사를 집전하였는데, 아내와 나는 스페인어로 진행되는 제례와 사제의 말을 전혀 알아들을 수 없었으나, 대부분의 참석자들은 아무런 책이나 성가집을 지참해 있지 않음에도 불구하고 익숙하게 따라하고 있었다. 마지막에는 순례자들을 제단 앞으로 나오게 하여 특별 축도를 해주었는데, 대부분의 신자들이 앞으로 나갔고, 한국인을 위한 한국어 축도도 있었다고 한다.

7시 10분부터 1층 식당에서 석식이 있었다. 오늘의 메뉴는 야채스프 전식에다 송어 및 감자튀김, 후식으로는 아이스크림이나 요플레 중 하나를 선택하도록 되어 있었다. 일찍 취침하는 우리 내외는 식사를 마친 후 남 먼저 자리를 떠서 방으로 돌아와 샤워를 한 후 9시 남짓 잠자리에 들었다.

■■■ 8 (일) 비

오늘도 종일 비가 내렸다. 아침에도 조식 후 방문을 열려고 한참동안 씨름하였고 한 외국인 여성 투숙객의 도움을 받기도 했으나 소용없었는데, 어찌어찌 하다가 간신히 열렸다. 제니퍼의 말로는 작년까지 이렇지 않았다는 것인데, 영업하는 집의 시설 수준이 이 정도라는 것은 실로 한심한 일이다.

8시 남짓에 출발하여 전용버스로 한 시간 10분 정도 이동하여 팜플로나로 향했다. 이 길은 엊그제 경유했던 것이라고 하는데, 도로 가에 우의 차림의 순례자들이 자주 눈에 띄었다. 실제 산티아고 순례 길은 도로 부근의 개울을 따라 이어지지만, 비가 와서 위험하니 찻길을 이용하는 것이다. 우리는 이들과는 달리 40일 정도 걸리는 코스를 11일로 단축하였기 때문에 목적지인 산티아고가 있는 갈리시아 주를 제외하고서는 경유하는 각 주마다 예쁘고 스토리가 있는 엑기스 코스 하나 정도씩을 골라서 걷는 것인데, 나바라 주에서는 어제에 이어 오늘까지 두 코스를 걷는다.

우리는 팜플로나 시 외곽의 나바라대학 캠퍼스에서 하차하여 걷기 시작했다. 캠퍼스 구내는 꽤 광대하였다. 거기를 지나자 곧 시가지를 벗어나 시골길로 접어들었다. 오늘 우리는 팜플로나에서부터 프랑스 길과 아라곤 길이 만나는 지점인 뿌엔떼 라 레이나(Puente la Reina, 여왕의 다리)까지 24km를 걷게 된다. 해발 450m 지점에서 시작하여 최고고도인 750m의 알토 델 페르돈(Alto del Perdon, 용서의 언덕)을 지나 350m 지점에 다다르게 되는 것이니, 비교적 평탄한 코스이다.

도중에 밀밭 속 길을 한참동안 지났다. 여기서는 밀을 수확한 후에 그 땅에다 해바라기 농사를 짓는다고 한다. 야생 양귀비도 많이 핀다는데, 양귀비는 꽃이 예쁘기는 하지만 곡물에게 갈 양분을 뺏어먹기 때문에 농부가 귀찮아하는 모양이다. 길모퉁이의 어느 카페에 들러 나는 에스페르소 커피, 아내는 레몬티를 시켰고, 거기서도 끄레센샬에 도장을 찍었다. 길가의 거의 모든 알베르게와 카페 그리고 심지어 잡화점에서도 이 도장을 받을 수 있다.

순례 길의 도처에 마을이 있는 곳이라면 거의 반드시 알베르게가 눈에 띄므로 숙박 시설이 부족할 일은 없을 듯한데, 한국으로 치자면 여인숙 같은 곳이다. 그러나 알베르게에 숙박하기 위해서는 순례자 여권인 끄레덴샬이 필요하다. 오늘 종착 지점에 있는 하쿠에(Jakue)라는 이름의 알베르게에서는 입구의 흑판에 스페인어와 영어 다음 한국어로 '산책의 끝/ 환영합니다'라는 글귀가 적혀 있는 것을 보았다. 그만큼 한국인이 많이 온다는 것을 의미한다.

비포장 길은 비가 오므로 물길로 되어 있는 것이 많았고, 질척질척하여 바지를 버리기 십상이었다. 나는 엊그제 산 방수복 바지를 입었으므로 따로 스페츠를 착용하지는 않았지만, 매점 주인이 최고의 상품이라고 추천한 그 바지가 불량품인지, 어제는 잭이 잘 풀어지지 않더니 오늘은 잭이 도중에 벌어져 다시 조정하여 원상회복을 시켜놓아도 또다시 그러한 사태가 반복되었다.

'용서의 언덕'이란 순례길이 산줄기의 비교적 낮은 부위 능선을 통과하는 지점을 가리키는 것인데, 거기에 납작한 쇠로 만든 14개의 순례자 상이 세워져 있다. 그것은 여러 시대의 순례자를 형상화한 것으로서, 걷거나 말을 타거나 당나귀를 탄 모습도 있다. 설명문에 의하면, 그곳 산 능선에 40개의 풍력발전기가 세워져 있는데, 1996년 그것이 작동하기 시작할 때 나바라 출신의 조각가 Vincente Galbete가 '바람의 길이 별들의 길과 마주치는 곳'이라는 제목으로 이 작품을 만들었다는 것이다. 거기에는 또한 프랑코 정권 시기인 1936~37년 사이에 페르돈 산에서 학살된 92명에 대한 기념물이 세워져 있기도 하였다.

19세기 중엽까지 여기에는 성모 마리아에게 바쳐진 성당과 순례자 병원이 있었다고 한다. 산티아고로 향하는 순례자가 여기까지 오면 이미 죄의 사함을 받고 남은 삶의 기간 동안 정신적 건강을 보장받을 수 있다 하여 '용서의 언덕'이라는 이름이 붙었다는 것이다.

우리 일행 중 가장 연장자인 김선중 씨는 대절버스를 타고 여기까지 와서 순례에 참여하였고, 아내는 어깨가 아프다고 하며 오늘도 여기서부터는 대절버스를 탔다. 나는 용서의 언덕에서 3.4km 떨어진 Uterga에 있는 알베르게 레스토랑 'Camino del Perdon'에 도착하여 아내를 포함한 다른 일행과 다시 합류하여 송아지 스테이크로 점심을 들었다. 감자튀김과 계란 프라이 두 개도 곁들인 것인데, 8.8유로의 가격임에도 불구하고 양이 엄청 푸짐하였다. 식사 때마다 맥주와 적포도주도 빠지지 않는데, 이 나라에서는 포도주가 한국의 소주 수준으로 흔하고 값도 싼 것이다. 오늘 점심 때 나온 포도주는 나바라 주에서 생산된 주정 14도의 2013년산 Sarria라는 것인데, 이 상 표는 한국에서도 꽤 평판 있는 것이라고 한다. 가격은 10유로라고 하니, 14,000원 정도 된다.

식당에 이르기 전 마을 입구에서 길가에 세워진 흰색의 성모상을 만났다. '기적의 성모상'이라고 불리는 이것은 예전부터 있었던 것이지만, 순례 도중 다리에 탈이 나 중단할 위기에 처했던 한 일본인 여성이 여기에다 기도한 후 다리가 완쾌되어 무사히 순례를 마칠 수 있었던 것에 감사하여 새로 세워 기증한 것이라고 한다.

점심을 든 후 7.2km를 더 걸어 오후 4시 15분에 오늘의 목적지 뿌엔떼 라 레이나에 도착하였다. 오늘도 나는 천민영이라는 이름의 중년 여성 한 명에 이어 두 번째로 도착하였다. 우리가 도착한 주황색 벽돌 건물의 호텔 앞 광장에 등신대의 철제 옛 순례자상이 하나 세워져 있었다. 산티아고 순례의 정확한 기원은 분명치 않지만, 기록상으로는 951년에 프랑스 브이(Buy)의 사제가 도착한 것이 최초이며, 중세에는 유럽 각지로부터 온 순례자들로 대단히 성행했던 모양이다. 14세기에는 해마다 백만 명 이상의 사람들이 카미노를 따라 걸었다고 한다. 현재 산티아고 데 콤포스텔라는 예루살렘과 바티칸에 이어 가톨릭의 3대 성지 중 하나로 되어 있다.

우리는 일행이 거의 도착하기를 기다려 뿌엔떼 라 레이나 마을 구경에 나섰다. 그다지 크지 않은 규모의 이곳에는 오래 된 성당이 하나 있어 전 세계에 다섯 개 밖에 없는 Y자 십자가의 예수상이 그곳에 있으므로, 우리는 그 바로 앞의 알베르게에서 도장을 받은 후 성당 안으로 들어가 그 십자가상을 구경하였고, 이어서 마을 이름으로 된 돌다리를 보러 갔다. 6개의 아치를 가진 이 다리는 11세기에 나바라 왕 산초 3세의 부인인 도나 마요르의 후원으로 지어졌다. 왕비는 늘어나는 순례자들이 평안하게 아르가 강을 건널 수 있도록 튼튼한 다리의 건축을 명령했으므로, 그 공적을 기리기 위해 원래의 이름 '아르가 다리'를 '왕비/여왕의 다리'로 개명했던 것이다.

그곳을 떠난 다음 오늘의 숙박지인 라 리오하(La Rioja) 주의 주도로서 인구 14만의 도시인 로그로뇨(Logrono)로 가는 도중 20~30분 거리의 A-12

고속도로 부근에 있는 이라체(Irache) 수도원에 들렀다. 수도원 앞에 포도주박물관이 있고, 박물관 뒤편에 Bodegas Irache(이라체는 지명, 보데가스는 와이너리)라고 적힌 곳이 있는데, 건물 바깥 벽면에 달린 두 개의 수도꼭지 중 오른 쪽 것에서는 물이, 왼쪽 것에서는 포도주가 나온다는 것이다. 이곳도 순례 코스에 포함되는지라 순례자들을 위한 시설로서 무료로 원하는 만큼 받아갈 수 있으므로 이곳에 들른 것인데, 공교롭게도 오늘은 포도주가 나오지 않았다. 하루에 제공되는 포도주 양이 100리터라고 적혀 있기는 했으나, 우리 가이드는 아직 이런 경우를 보지 못했다고 한다.

오늘 비는 오후 1시 반쯤에 일단 그치기는 했으나, 그 이후로도 내리다 말다를 반복하여 우리가 이라체로 향하는 도중에는 버스 바로 근처에 쌍무지개가 뜨기도 했다. 이라체 수도원에서 숙소까지는 30분 정도가 더 걸려 오후 7시 24분에 도착했다. Madre de Dios, 21에 있는 AC Hotel La Rioja 인데 시설이 훌륭하였다. 4층(실제로는 5층) 407호실을 배정받았다. 7시 30분부터 1층 식당에서 석식이 제공되었다. 오늘의 메뉴는 콩을 주로 한 야채샐러드 전식과 오징어 구이, 그리고 후식으로서 아로스 델 레체(Arroz del Leche)라고 하는 쌀 푸딩이 나왔다. 라 리오하 주는 포도주의 수도라고 불릴 정도인데, 술을 마시면 안 되는 나에게는 그림의 떡일 따름이다. 내일도 종일 비가 내릴 전망이라고 한다.

■■■ 9 (월) 비와 큰 눈

전용버스로 나헤라(Najera)까지 50km를 이동하였다. A-12고속도로를 따라가다가 LR-113도로로 접어들자 말자 곧 도착하였다. 오전 8시 55분에 버스 주차장에서 내려 걷기 시작하였다. 나헤라는 '굴속의 도시'라는 의미라고 하는데, 실제로 붉은 절벽 속에 사람이 살았던 구멍이 숭숭 뚫려져 있는 모습을 바라보았다. 이곳은 11~12세기에 나바라 왕국의 수도였다고 하는데, 그래서 그런지 유명한 산타 마리아 레알 성당에는 영어의 'Royal'에 해당하는 스페인어 '레알'이라는 단어가 붙어 있다. 나폴레옹 군이 스페인을 침략했을 때 그 군대가 이 성당에 1년간 체재했다고 하는데, 그 때 사격연습을 위해 돌로 된 인물상을 총으로 쏘아 조각들은 현재까지 대부분 머리가 없다고 한다. 우리는 이곳 시청에 들러 스탬프 도장을 받았다. 아내는 오늘 차에 남았다가 우리가 도착하는 곳마다에서 역방향으로 걸어 세 차례 도중까지 나를 마중하러 왔다.

도시 구역을 벗어나자말자 끝없는 포도밭이 나타나 중간 휴식지인 아소프라(Azofra) 마을에 도착할 때까지 계속되었다. 포도나무의 둥치는 제법 굵으나 전정을 하여 키가 아주 낮도록 만들고, 그 위로 두 개의 줄을 연결하여 매년 새로 돋아나는 잔가지가 그것을 타고서 차례로 위쪽과 옆으로 뻗어나갈 수 있게 하였다. 그 길은 포장된 것이라 어제처럼 바지를 버리는 일은 없었다. 기온이 꽤 낮은데다 비까지 내리니 초겨울 날씨였다. 나는 배낭 속의 물건이 젖는 것을 방지하기 위해 방수커버를 하고, 어제에 이어 방수복 상하의에다 배낭 바깥으로 또 짧은 방수코트를 걸쳐 입었다.

아소프라에서는 El Descanso del Peregrino라는 이름의 바 카페테리아에 들렀다. Peregrino란 영어의 Pilgrim으로서 순례자를 의미한다는 정도는 나도 이 며칠 사이에 눈치로 알게 되었다. 거기서 코코아를 시켜 들었다. 술을 들지 않으니 마실 음료가 궁한 것이다. 오늘 우리는 총 21km를 걷게 되는데, 나헤라에서 아소프라까지가 5.7km, 아소프라에서 점심을 들 장소인 시루에냐(Ciruena)까지가 9.3km, 시루에냐에서 종착지인 산토 도밍고 데 라 칼사다(Santo Domingo de la Calzada)까지가 6km이다. 나는 아소프라에서 배낭을 벗어 대절버스에다 두고서 몸만 걸었다. 처음에는 바깥에 걸쳐 입은 코트까지 벗었다가 좀 추운 듯하여 다시 버스에 들러 도로 입었는데, 그것은 옳은 판단이었다.

아소프라를 지나고서부터 포장도로는 사라졌고, 포도원도 점차 줄어들고서 그 대신 밀밭이 많이 나타났다. 시루에냐는 오늘의 일정 중 가장 고도가 높은 곳(740m)으로서, 마을 규모는 별로 크지 않으나 초입에 Rioja Alta Golf Club이라는 골프장이 있고, 우리가 점심을 든 곳은 Goyito라는 이름의 식당으로서 말하자면 골프장에 딸린 클럽하우스였다. 그러므로 그곳에서는 스탬프 도장을 받지 않았다. 나는 거기서 빵이 딸려 나온 빠에야를 들고 아내는 더운 밀크를 들었는데, 10유로를 내니 잔돈을 한 움큼이나 돌려주었다. 나는 스페인어를 알아듣지 못하고 귀찮기도 하므로 계산할 때 동전은 가진 것 전부를 내놓고서 종업원이 그 중에서 집어가게 하고 금액이 좀 많을 것으로 예상될 경우에는 지폐를 내미는 것이다. 나는 스페인을 대표하는 음식 중 하나인 빠에야가 발렌시아 지방의 해물볶음밥이라는 정도로만 알고 있었는데, 오늘 든 것은 해물 대신 닭고기를 쌀과 함께 볶은 것으로서, 남이 시켜 들고서 남은 것이라 이미 식어 있었다.

시루에냐를 지나고서부터 포도밭은 거의 완전히 사라지고 밀밭이 대부분이고 드문드문 노란 꽃이 핀 유채 밭도 나타났다. 스페인은 어디를 가나 이처럼 농지가 대부분이니, 농업국가라고 해야 할 듯하다.

오후 3시 30분에 나는 일행 중 네 번째로 오늘의 목적지인 산토도밍고 데라 칼사다에 도착하였다. 다소 긴 이 지명은 '길 위의 성 도밍고'라는 뜻이라고 하는데, 11세기에 실재했던 스페인의 유명한 성인 도밍고가 이룩한 마을이다. 중남미에도 산토도밍고라는 지명이 있어 내게는 익숙한 이름이다. 산토는 성인이란 뜻의 남성명사이고 여성인 경우는 산타라고 한다. 마을 규모는 꽤 컸다. 1044년에 산토도밍고가 이 마을의 다리를 만들었고, 마을 전체를 건설하였으며, 오늘 우리가 걸어온 나헤라로부터의 길도 모두 이 성인이 만든 것이라고 한다.

여기에 도착할 무렵 비는 이미 그쳤으나 겨울 추위가 닥쳐와 나는 패딩 재킷을 꺼내 입었다. 산토도밍고대성당에 들렀는데, 유료로 되어 있어 안으로 들어가 보지는 못했고, 그곳 매점에서 아내를 비롯한 우리 일행은 작은 표주박 기념품을 많이들 구입하였다. 이 표주박은 나무 지팡이 및 가리비 조개껍질과 더불어 야고보 성인을 상징하는 물건 중 하나인데, 성인이 전도를 위해 순행할 당시 음료수통으로 사용했던 것이라고 한다. 스페인에는 거의 1년 365일마다 성인의 축일이 있고 사람 이름에도 대부분 성인의 이름이 포함되어 있는데, 그런 이름을 가진 사람은 본인의 생일과 자기 이름에 든 성인의 축일을 다 생일로 삼아 축하행사를 벌인다고 한다.

산토도밍고를 떠나 오늘의 숙소가 있는 부르고스로 이동하였다. 60km의 거리에 약 40분이 걸리는데, A-12 고속도로를 따라가다가 도중에 N-120이라는 다소 좁은 길로 접어들었다. 이 코스도 순례 길에 포함되는 모양으로서 도중에 근처의 보도로 걸어가고 있는 순례자들을 많이 보았다. 스페인은 노동법상 주 5일 근무 후에는 의무적으로 쉬어야 하는 모양이어서, 모레부터 이틀간 우리들의 기사는 일시 다른 사람으로 교체되는 모양이다.

부르고스로 돌아오는 도중에 다시 비가 내리기 시작하더니, 꼭대기에 눈이 수북이 덮인 화물 트럭들이 계속 스쳐갔고, 잠시 후 비는 진눈개비로 바뀌더니 얼마 후 본격적인 함박눈으로 변하여 금방 온 천지가 눈 세상이 되었다. 그러한 상태는 오후 5시 38분에 우리가 지난번 머물렀던 부르고스의 숙소 AC Hotel by Marriott Burgos에 도착할 때까지 계속되었다.

우리 내외는 410호실을 배정받았다. 모처럼 여유 시간을 좀 가진 다음, 7시 30분부터 1층 식당에서 석식을 들었다. 오늘의 메뉴는 피망으로 싼 대구살 후에 돼지 등심 요리가 나왔고, 후식으로서 파인애플 칵테일이 나왔다. 늘 그렇듯이 포도주와 맥주는 무한 리필이었다. 오늘도 세 차례 음식이 나오는 사이의 간격이 무척 길어 후식을 든 후 우리 내외가 먼저 자리를 뜬 시각이 9시 15분이었다.

내일도 오전 9시부터 눈 소식이 있고, 온도는 2도로 예상된다고 한다. 식사 전과 도중에 인솔자와 가이드가 시내의 매점으로 가서 우리 일행이 착용할 겨울장갑과 그 바깥에 덧붙여 낄 고무장갑을 사 왔다. 두 개 합해서 2유로라고 한다. 나는 아내로부터 아이젠도 빌렸다.

■■■ 10 (화) 비, 눈, 맑았다가 우박과 진눈개비

여행 제7일, 도보순례 4일차, 까스띠야-레온 주(Junta de Castilla y Leon) 내의 부르고스와 팔렌시아 지방(Provencia)을 걷는 날이다. 비가 내리는 가운데 전용버스로 50km를 1시간 정도 이동하여 까스트로헤리스(Casrojeriz)에 도착하였다. 오늘 루이스는 같은 회사의 피델이라는 직원을 대동하여 그에게 운전을 시키고서 자기는 조수석에 앉아 서로 대화를 나누다가, 오늘의 숙박지인 레온 시에 도착하자 내려서 버스를 타고 자기가 사는 폰페라다로 돌아갔다. 피델도 그 도시에 살며, 우리들의 현지 가이드인 제니퍼 또한 마찬가지이다.

A-231, N-120, BU-304 등의 도로를 경유하였는데, 도중에 눈이 아직도 남아 있는 들판을 바라보았다. 나는 아내와 방수복 하의를 바꿔 입었는데, 아내가 내 옷이 허리에 편하다고 하므로 맞바꾸기로 했다. 아내는 오늘도 순례 길은 걷지 않고 버스에 남아 있다가 내가 중간 기착지 및 목적지에 도착할 무렵이면 역 코스로 마중을 나왔다. 눈이 아니고 비가 내리는지라 아내로부터 빌린 아이젠은 쓸 일이 없었다.

오늘 우리가 걷는 길은 메세타라고 하는 해발 900m 정도 되는 평평한 고원 지대의 일부 구간인데, 맑은 날이면 피부가 타들어갈 듯 쨍쨍 내려쬐는 햇볕에다 변화가 없는 단조로운 풍경 속을 1주 정도씩이나 계속 걸어야 하므로, 순례자들 중에는 여기서 탈락하는 사람이 속출하는 모양이다. 제니퍼가 매 코스마다 나눠주는 지도에는 오늘 걸어야 하는 까스트로헤리스로부터 프로미스타(Fromista)까지의 총 거리가 26km라고 되어 있지만, 내가 실제로 각 구역간의 거리를 계산해 보니, 도중에 휴식하는 이테로 델라 베가(Itero de la Vega)까지가 11.1, 점심을 드는 보아디야 델 까미노(Boadilla del Camino)까지가 8.2, 프로미스타까지가 5km로서 총 24.3km였다. 나중에 제니퍼에게 물어보았더니, 그녀의 말로는 총 거리는 혜초여행사 측에서 계산한 것이고, 구간별 거리는 자기가 인터넷을 통해 직접 조사한 것으로서, 후자가 타당하다는 것이었다.

오늘 걸어야할 곳은 해발 770에서 917m 사이의 평탄한 지형인데, 자그만 동네인 해발 820m의 까스토로헤리스에서 내려 나아갈 방향을 바라보니, 눈앞에 제법 높다란 능선이 가로막고 서 있었다. 그것이 3.6km 떨어진 거리의 알토(Alto de Mostelares, 모스텔라레스 언덕)로서 오늘의 최고 지점이었다. 제법 가파른 언덕길을 계속 오르니 고갯마루에 나그네가 비나 햇볕을 피해 쉴 수 있는 쉼터가 만들어져 있고, 그 맞은편에 철 십자가가 서있는데, 십자가에는 소원을 비는 이런저런 물건들이 걸려 있었다. 거기서부터는 계속 평탄한 길이었지만, 비가 와서 진창이 된 곳이 많았다. 매일 우리가 쉬거나 점심을 드는 곳은 언제나 순례길 중 거의 유일한 마을이다.

이테로 델라 베가 마을에 도착하여 첫 번째 알베르게 식당인 Puente Fitero에 들러 일행 중 가장 빠른 편인 서울 사는 유영학 씨 및 대전에 사는 김원길, 전주에서 온 나욱현 씨와 더불어 밀크커피와 도너츠를 들었다. 거기서 다시 출발하니 비는 이미 그쳐 있었다. 각자 자기 페이스대로 걸었는데, 온통 초록색의 끝 간 데 없는 들판이었다.

보아디야 델 까미노에 도착하니 아내가 도중까지 마중 나왔다가 나를 일행이 중식을 드는 알베르게 식당 En el Camino로 인도하였다. 그곳은 정원이 제법 넓고 수선화와 튤립 등의 꽃이 피어 있어 분위기가 좋았다. 그 코앞에 종탑 꼭대기에 둥그런 황새 집이 있어 황새가 드나드는 오래된 성당이 있고, 광장에는 돌로 만든 높다란 기둥이 서 있는데, '재판의 기둥'(Rollo Gotico)이라 불리는 것으로서, 중죄인을 그것에다 묶어두고서 대중 앞에서 심판을 하던 곳이라고 한다. 다른 곳에도 이런 시설이 있으나, 프랑스 길에서 가장 예쁜 것이다. 점심으로 소고기샐러드와 마늘스프를 들었는데, 우리 돈 약 만 원에 해당하는 8유로를 지불하였더니 맛이 있고 양이 풍부하였다. 숫소 고기라고 했다.

가이드는 오후 5시 30분까지 오늘의 목적지인 프로미스타에 도착하라고 했으나, 아직 시간이 많이 남아 있고 일찍 가봐야 다른 일행이 다 도착할 때까지 기다리는 수밖에 없으므로, 식당에서 느긋하게 시간을 보내다가 오후 3시 25분에 출발하였다. 그 일대는 팔렌시아(Palencia) 지방에 속하며, 점심을 든 곳을 조금 벗어나자 목적지까지 계속 까스띠야 수로(Canal de Castilla)라는 이름의 운하가 이어지고 있었다. 날씨는 쾌청하고 수로 주변을 포함한 주변 풍경이 아름답기 그지없었는데, 멀리 보이던 먹구름이 우리가 목적지인 프로미스타에 가까이 갈수록 점점 다가오더니 마침내 사나운 우박이 되어 퍼붓기 시작했다. 하루 중에 온갖 날씨가 모두 있어 변덕이 죽 끓듯 하고, 이번 여행 중 계절도 봄부터 겨울까지 모두 경험하게 될 듯하다.

오후 4시 30분경 프로미스타에 도착하여 대절버스가 기다리고 있는 장소 부근의 카페에 들러 홍합과 밀크를 들었다. 스페인에서는 대학생이나 졸업생 또는 교수들에게 대학순례여권을 발급하며 대학순례인증서와 카미노대학 학위도 수여하는 모양이다. 요건은 일반 순례인증서와 마찬가지인데, 다만 지정한 대학의 스탬프가 추가된다. 이것이 정식 학점으로 인정되는 것은 아니지만, 개인 이력서에 첨부할 수 있는 스펙이 된다고 한다.

거기를 출발할 무렵에는 다시 진눈개비가 내리고 비가 오더니 얼마 후 개었다. 135km 거리를 1시간 20분 정도 이동하여 오늘의 숙박지 레온으로 이동하였다. P-980 차도 옆으로 메세타의 순례길이 한참 동안 이어지고 있었다. 오랫동안 A-231 등의 도로를 경유하여 오후 6시 50분에 레온(Leon) 시내의 Av. Padre Isla, 1에 있는 오늘의 숙소 Hotel Alfonso V에 도착하였다. 우리 내외는 처음 709호실을 배정받았으나, 욕실에서 소음이 난다고 아내가 싫어하므로 프런트에다 말하여 602호실로 바꾸었다. 침대 3개가 있는 보다 넓은 방이었는데, 이 호텔 또한 열쇠가 잘 작동하지 않는 폐단이 있었다. 방을 바꾸느라 샤워할 시간도 없이 7시 50분까지 로비에 집결하여 시내 구경을 겸한 외식을 나갔다.

레온은 영어의 라이언에 해당하는 말이므로 사자라는 뜻인데, 1세기에 로마인이 건설한 도시로서 현재 인구는 33만 정도이다. 레기온(Legion) 즉 군단을 뜻하는 말에서 음이 변했다는 설도 있다. 이곳은 로마시대 제7군단의 기지였던 것이다.

우리 호텔이 위치한 곳은 이 도시의 중심가로서, 우리는 그 명동에 해당하는 상점가를 걸어 먼저 카미노에 있는 2개의 가우디 건축물 중 하나인 1893년에 만들어진 Casa Botines에 들렀다. 보티네스 가문의 주택이었으나, 지금은 가우디 박물관으로 되어 있다. 그 앞 광장에 가우디가 벤치에 앉아 무언가 메모하고 있는 듯한 모습의 동상이 있어 아내 등이 그 옆 자리에 앉아서 사진을 찍었다. 이 번화가 자체가 프랑스길 카미노에 속해 있다.

그런 다음 그 부근의 레온대성당에 들렀다. 유료인데다 시간도 늦어 입장하지는 않았지만, 로마 군대의 목욕장이 있던 곳에 13세기에 세워진 대성당으로서, 내부의 스테인드글라스가 유명하다고 한다. 돌아오는 길에 Sabadel이라는 상호의 신발 점포에 들렀는데, 나는 거기서 135유로를 지불하고서 방수가 되는 고어텍스 구두를 새로 하나 구입하였다. 신고 온 신발에 물이 새기 때문이다. 한국 돈으로는 16만 원 정도 되는 물건이다.

Pasaje San Agustin s/n에 있는 Rio Orbigo라는 식당에 들러 밤 8시 30분 무렵부터 석식을 들었다. 오르비고 강이라는 뜻의 상호인데, 내일 우리는 이동 중 이 강에 들르게 된다. 이 나라 풍습으로 석식은 밤 9시 무렵에 드는데, 그나마 시간을 좀 앞당긴 것이다. 메뉴는 전식으로 샐러드, 주 메뉴는 소꼬리 요리, 후식으로는 여러 가지 중 선택할 수 있었으나 나는 티라미수를 주문하였다. 아내는 오늘도 주 메뉴를 전혀 입에 대지 않았다. 늦은 식사를 마치고서 돌아와 샤워를 하고 잠자리에 드니 이미 밤 11시를 지나 있었다.

■■■■ 11 (수) 대체로 흐림

까스띠야-레온 주의 레온 구간을 걷는 날이다. 며칠 동안 무리한 탓인지, 오늘부터 내 입술 왼쪽 아랫부분이 지기 시작하였다. 전용버스로 서쪽 직선 방향으로 80km 정도를 1시간 반 정도 이동하여 1,430m 고지의 산 정상 부근에 있는 마을 폰세바돈(Foncebadon)으로 향했다. N-120을 따라갔는데, 이 역시 바로 옆으로 순례 길이 이어져 있었다. 도중에 약 40분 거리의 지점에 있는 오스피탈 데 오르비고(Hospital de Orbigo) 마을에 들렀다. '오르비고의 병원'이라는 뜻인데, 이곳에다 순례자를 위한 병원을 세웠던 마리아라는 여성의 전설과 관계가 있는 이름이다.

여기서 우리는 오르비고 다리(Puente de Orbigo)를 걸어서 건넜다. 오르비고 강 위에 걸쳐진 200m 길이에 20개의 아치가 있는 돌다리인데, 프랑스 길에서 만나는 제일 긴 다리이다. 13세기에 건립되었다고 한다. 이 다리를 '명예의 통로'라고 부르기도 한다. 수에로 데 키뇨네스라는 이름의 레온 출신 기사가 아름다운 귀부인에게 청혼했다가 거절당한 후, 누구든지 이 다리를 지나려는 기사가 있다면 그에 맞서 결투를 벌일 것을 선언하여, 한 달 동안 수많은 결투를 벌여 결국 자신의 명예를 지켜냈다는 전설에 기인하는 이름이다.

그리고는 다시 길을 떠나 아스토르가(Astorga)라는 도시를 지났다. 여기서 생산되는 초콜릿으로 유명하다는데, 프랑스 길에 있는 두 개의 가우디 건축물 중 또 하나인 '주교의 궁'이 있는 곳이다. 그 집 역시 지금은 카미노 박물관으로 바뀌었다고 한다.

길은 A-6, N-V1, LE-142로 바뀌었지만, 모두가 순례 길을 따라 나 있으므로 도중에 배낭을 등에 지고서 걸어가는 순례자들을 많이 보았다. 방수커버를 한 짐들을 매단 자전거를 타고 가는 순례자도 있었다. 어제 레온 시로 접어들 무렵부터 도시를 둘러싸고 있는 눈 덮인 산들을 많이 보았는데, 오늘 직접 그 산들로 향해 나아가게 되었다. 오늘 우리는 폰세바돈에서 2.2km 거리의 이라고 산(Monte Irago) 정상(1,500m)에 서 있는 철 십자가(Cruz de Ferro)를 지나서 한참 동안 비슷한 높이의 산 능선을 따라가다가 점차 내리막길로 접어들어 해발 580m의 몰리나세카(Molinaseca)까지 21km를 걷게 된다.

폰세바돈에서 내려 도장을 받으려고 알베르게에 들렀다가 화장실에서 나온 직후 아내로부터 빌려 쓴 샤모니에서 산 검은색 털실 모자를 잃어버려 한참동안 찾다가 혹시나 해서 차로 도로 돌아오기도 했는데, 어쩌다보니 바깥에 덮쳐 입은 비옷 속에서 그것이 떨어졌다. 철 십자가는 10m쯤 되는 긴 나무기둥 위에 쇠로 만든 조그만 십자가를 붙여 놓은 것으로서, 여기에다 고향에서 가져온 돌을 놓거나 소원을 적은 쪽지를 매달면 소원이 이루어진다는 말이 있다. 나는 아내가 내게 맡긴 우리 가족의 평안을 비는 내용을 적은 쪽지를 세찬 바람 속에서 그 나무기둥에 붙은 끈에다 꽂았다.

거기서 2.3km를 더 나아가면 만하린(Manjarin)이라는 곳에 닿는데, 이곳은 마지막 템플기사단원이라 불리는 남자가 살고 있는 것으로 유명하다. 지금은 그 남자가 병 때문인지 다른 곳으로 가고 없고 다른 사람이 그 집을 지키고 있었다. 집 바깥에는 세계 여러 나라의 국기가 걸려 있고, 세계 여러 곳을 가리키는 방향지시기도 세워져 있다. 한국 관광객이 기증한 태극기도 걸려 있었다고 하나 바람에 닳아 버렸는지 지금은 없었다. 집 내부는 좁고 어둡기 짝이 없으며, 비스킷 등 몇 가지 간식거리나 템플 기사단을 상징하는 십자가가 있는 열쇠 고리 등을 내놓고서 기부금을 받고 있었는데, 아내는 거기서 5유로를 내었다.

나는 그곳을 나온 직후 갈림길에서 엉뚱한 포장도로 쪽으로 접어들었다가 아내의 문자메시지와 전화를 받고서 도로 돌아오기도 하였다. 순례 길은 산 속에서도 계속 단선인 LE-142 도로를 따라 이어지고 있었다. 산에는 눈과 상고대가 있고, 얼음판으로 미끄럽고 추지기도 하므로 순례 길을 버리고서 도로를 따라 걷는 사람이 많았으나 나는 계속 순례 길을 따라갔다.

도중에 엘 아세보(El Acebo) 마을에 닿아 점심을 들었다. 먼저 도착한 김원길·나욱현 씨가 Meson El Asebo라는 카페에서 포도주를 시켜두고 지나가는 나를 부르므로 들어가 보기도 했으나, 곧 나와서 아내가 여러 차례 문자를 보내어 나더러 오라고 한 마을 끄트머리의 우리 대절버스가 기다리고 있는 La Casa del Peregrino(순례자의 집)로 갔다. 그 알베르게는 근자에 새로 지은 것이어서 시설이 좋고 화장실에 덮개 달린 소변기도 설치되어 있었다. 그러나 아내가 책에서 읽고 내게 권하던 음식은 준비가 되지 않는다고 하므로, 남들을 따라 나도 샐러드와 비프샌드위치 및 밀크를 들었다. 두 사람이 먹으면 적당할 정도의 양이므로, 뒤이어 도착한 김선중 씨에게 남은 음식 절반 이상을 맡겼다. 식사 중 武本民子 여사로부터 전화를 받았다. 한국에 와 있는 모양이었다. 나중에 제니퍼 씨가 도착하여 주문하니 안 된다고 하던 음식물도 마련되어 나왔다.

거기서 아내가 하나에 10유로 하는 T 셔츠를 세 개 샀는데, 레스토랑에 앉아 있던 우리 일행의 여자들도 연달아 프런트로 가서 역시 10유로 하는 후드 상의를 구입하였다. 한국에서라면 있을 수 없을 정도로 싼 가격이라고 하므로, 아내더러 내 것과 회옥이 것도 추가로 구입하게 했다.

리에고 데 암브로스(Riego de Ambros)라는 마을을 거쳐 오늘의 목적지인 몰리나세카까지 혼자 걸어서 내려왔다. 길가에 한국의 찔레 비슷한 모양의 가시가 사납게 돋아 있는 잡초가 많았다. 제니퍼는 이 일대의 마을에 칠판석이라고 하는 납작한 돌로 지붕을 이은 집이 대부분이라고 했으나, 주의 깊게 살펴보지 못한 탓인지 내게는 별로 눈에 띄지 않았다. 제니퍼 자신도 그런 집에 산다고 했다.

몰리나세카는 메루엘로(Meruelo) 강을 끼고서 고풍스런 집들이 늘어선 거리였다. 그 초입에 머물러 일곱 개의 아치가 있는 순례자 다리(Puente de los Peregrinos)를 한동안 바라보았고, 그 다리를 건널 때 근처의 메손 푸엔테 로마노(Meson Puente Romano, 로마 다리 가의 저택?)라는 카페에서 인솔자 이선영 씨가 나를 부르므로 그리로 가서 아내를 비롯한 우리 일행과 혜초여행사의 윤익희 이사를 만났다. 윤 이사는 다른 40일 팀을 인솔해 와서 현재 오늘의 우리 숙박지 폰페라다에서 서쪽으로 25km 떨어진 까까벨로스에 이르러 있다고 한다. 순례자 다리에서 마을 끄트머리의 돌 십자가가 서 있는 곳까지는 2층으로 된 사각형의 고풍스런 건물들이 늘어서 있고, 그 사이로 산티아고 길이 이어지는데, 이를 로열 거리(Calle Real)라고 부르는 모양이다. 그 끄트머리에 2009년 6월 4일에 세워진 일본-스페인 카미노 友交 기념비가 서 있고, 길 건너편에 전정한 플라타너스 나무들의 가지가 서로 잇닿아 붙어 있는 정원이 있었다.

10km 거리를 이동하여 폰페라다에 닿은 다음, Plaza del Ayuntamiento, 4에 있는 광장에 면한 Aroi Bierzo Plaza Hotel에 들었고, 우리 내외는 104호실을 배정받았다. 저녁 7시에 지하 2층 식당에서 석식을 들었는데, 윤익희 이사가 직접 칼을 잡아 우리 일행을 위해 샐러드와 된장국, 대구 요리에다 연어 회무침으로 특별한 석식을 준비하였다. 제니퍼 씨의 남편인 중년 남성 빠꼬 씨와 이번 여행을 주관한 현지여행사의 여사장도 나와 있었고, 반백의 긴 머리를 뒤로 묶은 날씬한 몸매의 빠꼬 씨는 직접 웨이터 역할을 맡았다.

내 짐작으로는 윤 씨가 제니퍼 씨를 만난 인연으로 혜초의 산티아고 상품은 제니퍼가 거주하는 폰페라다에 있는 현지여행사를 선택하게 된 것이 아닌가 싶다. 우리 버스의 바깥 면에 큰 글씨로 Pelines라고 적혀 있는데, 사람의 姓이라고 한다. 그 아래에 Turismo Viajes 즉 관광여행이라고 씌어 있는데, 관광버스 회사의 이름으로서, 이 역시 폰페라다에 있다. 두 기사는 그 회사의 직원으로서, 입은 옷이 똑같은 것으로 보아 평복처럼 보이지만 실은 제복이다.

8시부터 시작되는 미사에 참석하겠다고 신청해 둔 바 있었으나, 식사 중인데다 간밤의 수면 부족으로 피곤하기도 하므로, 취소하고서 방으로 올라왔다. 취침 시간인 밤 9시까지 바깥은 아직 환하였다.

■■■■ 12 (목) 흐리고 때때로 부슬비 내리다가 오후 늦게 개임

오전 2시 48분과 50분 두 차례에 걸쳐 철학과 조교로부터 전화가 걸려왔다. 내 핸드폰 번호와 현주소가 예전과 다름이 없는지를 묻는 용건이었다.

드디어 우리들의 목적지 산티아고 데 콤포스텔라가 주도인 갈리시아(Galicia) 주의 첫 구간에 접어드는 날이다. 폰페라다를 떠나기에 앞서 이 도시를 대표하는 명소인 템플기사단의 성(Castillo de los Templarios)에 들렀다. 12세기에서 16세기에 걸쳐 템플기사단이 건설한 것이다. 가는 도중 길가의 다리 부근에 주차하여 바깥 모습을 바라보기만 했는데, 규모가 썩 커 보이지는 않으나 그림에서 본 듯한 고풍스런 풍모를 지니고 있었다. 그곳을 떠나 달려가는 버스 안에서 이 성에 관한 단편 비디오를 한 편 틀어주었는데, 거기에 우리들의 가이드 제니퍼 류가 두 컷 출연하여 중국어와 한국어로 말하고 있었다. 알고 보니 간밤에 본 그녀의 남편 빠꼬 씨는 비디오 작가로서, 이 작품도 그가 만든 것이었다.

A-6 고속도로와 LU-633 일반도로를 따라 서북 방향으로 50분 정도 이동하여 해발 1,296m의 고지대에 위치한 출발 지점 오 세브레이로(O Cebreiro)에 도착하였다. 가는 도중 도로 가에서 갈리시아 주의 경계표지를 보았다. 갈리시아 주에서는 공식적으로도 방언을 사용하는 모양이어서, 주를 의미하는 스페인어가 다른 주에서는 훈타(Junta)이지만 여기서는 슌타(Xunta)로 적고 있었다.

오 세브레이로는 갈리시아 주에 진입한 후의 첫 마을인 셈이다. 갈리시아 주는 대서양에 접해 있어 이 나라 해산물의 약 1/3이 생산된다고 하며, 해산물 요리가 유명하다. 오늘 우리는 해발 천 미터가 넘는 산악지대를 주로 걸어 662m인 트리아카스텔라(Triacastela)까지 21.1km를 가게 된다.

오 세브레이로는 조석필 씨의 책『길의 기쁨, 산티아고』를 통해 이미 익숙해진 이름이지만, 도착하고 보니 조그만 산골 마을에 불과했다. 평지에서는 쾌청한 날씨였지만, 산지에 접어드니 흐리고 음침하였으며, 곳곳에 눈이 쌓여 있었다. 먼저 Hotel O Cebreiro라는 곳의 카페에 들러 국화차를 한 잔 마신 후 세요(Sello)라고 하는 순례지 경유를 확인하는 도장을 받았다.

근처에 기적의 성당이라는 것이 있어 우리 일행은 그곳에도 들러 도장을 받았는데, 11세기에 만들어진 성배를 보관하고 있다고 들은 듯하다. 차 속에서 그런 설명을 들었는데도 나는 깜박 잊고서 조그만 시골 성당이라 별로 관심을 두지 않았고, 그 성당에서의 세요도 아내가 대신 받아주었던 듯하다. 나중에 제니퍼 씨에게 물어 다시 확인한 바에 의하면, 9세기에 세워진 이 시골 성당에는 신도가 별로 없어 하루는 신부가 미사를 집전하러 나왔으나 신도가 없으리라 짐작하고서 빼먹으려 하였는데, 그 때 보니 환이라는 이름의 독실한 신도가 앉아 있는지라, 신부는 귀찮게 생각하여 聖餅을 집어 "이 조그만 떡이 무슨 먹을 것이 있다고" 라고 말했는데, 그 순간 성병이 예수의 육신인 진짜 고깃덩어리로 변했다고 한다. 그 외에도 이런저런 기적들이 일어났으므로, 이사벨 여왕이 순행 차 이 성당에 들렀다가 여기에다 11세기의 성배를 하사하였고, 지금까지도 그것이 제단 옆에 안치되어져 있다.

또한 이 성당의 사제인 돈 엘리아스 신부(1929~1989)는 순례자들을 위해 순례 길 전체 루트에다 노란 화살표 표시를 할 것을 처음으로 생각해 내었고, 1960년에는 가이드북인 『El Camino de Santiago』를 출판하기도 했으므로, 이 성당은 순례자들의 고향으로 불린다는 것이었다.

오 세브레이로 마을을 벗어나는 지점에서 길은 아래 위 두 갈래로 갈라졌는데, 그곳 안내판에서는 차가 통행할 수 있을 정도로 넓고 해발고도가 100m쯤 낮은 아랫길을 추천하고 있었다. 거기서 얼마간 망설이고 있다가, 후에 도착한 제니퍼에게 물으니 자기는 위쪽 길로 가겠다고 하므로 우리도 모두 그녀를 따라갔다. 그 길은 계속 울창한 숲속으로 이어지고 좁다란 오솔길에 눈이 제법 많이 쌓여 있었다. 나는 아내에게서 빌린 아이젠을 처음으로 착용해 보았다. 한참 후 그 산의 오솔길을 벗어나자 순례 길은 LU-633 지방도와 만나 계속 그 길을 따라 이어지고 있었다.

리냐레스(Linares, 1230m)라는 마을에 이르러 다시 카페에 들렀다가 도로 곁을 따라 계속 걸었다. 그 마을에 이르기 직전까지 나는 선두에 서서 제니퍼 씨와 나란히 걷다가 중국어로 대화를 나누어보았고, 오늘의 마지막 목적지에 다가갈 무렵에는 한국어로 대화를 나누었다. 그 때의 말들을 종합해보면, 그녀는 올해 48세이고 한국의 수원 부근 시골에서 臺灣 국적의 화교인 아버지와 한국인 어머니 사이에서 태어났다. 아버지 나이가 어머니보다 스무 살 가까이 더 많은 모양이다. 당시까지 한국의 법률로는 한국 여성이 외국인과 결혼하면 남편의 국적을 따라야 하게 되어 있었으므로, 그녀의 어머니도 대만 국적을 취득하게 되었다. 당시까지 한국에서는 화교에 대해 여러 가지 차별 정책이 시행되고 있었고, 그녀는 21세 때 대만으로 건너가게 되었으나, 그곳의 여러 가지 점들이 생소하여 자기 나라라는 느낌이 들지 않았으며, 지금도 여전히 국적은 대만이지만 한국이 자기에게 보다 가깝게 느껴진다고 한다. 대만에서 20년 정도 사는 동안 그 나라에서도 자기를 한국인에 가까운 이방인으로 대하고 있었다는 것이다. 그녀의 아버지도 이후 대만으로 건너와 그곳에서 후두암으로 세상을 떠났는데, 60년 세월을 보낸 한국이 그리우니 그곳에다 묻어달라는 유언을 남겼다고 한다.

거기서 대만인과 결혼하여 15년 정도 함께 사는 동안 남편과 둘이서 조그만 무역회사를 설립하여 제니퍼는 한국 및 스페인을 담당하는 역할을 맡았다. 세 아들을 두었는데, 이혼할 때 장남은 제니퍼가, 차남과 3남은 남편이 데리고 있게 되었다. 장남은 이미 대만의 예술대학에서 무용을 전공하여 졸업하였고, 장차 유럽에서 무용 공부를 계속하고 싶어 하지만, 현재는 대만에서 군대 생활을 하고 있다. 제니퍼는 전 남편이 데리고 있는 나머지 두 아들과도 교류가 있는 편이지만, 전 남편은 장남을 자기 아들로 간주하지 않고 만나려고도 하지 않는다는 것이었다. 그녀가 스페인에 정주하게 된 지는 4년 정도 밖에 되지 않았다.

얼마 후 우리의 전용버스가 대기하고 있는 산 로케 언덕(Alto de San Roque, 1275)에 다다랐는데, 거기에는 집이 없고 세찬 바람을 맞고서 모자가 날려가지 않도록 한손을 모자 위에 얹은 순례자의 입상 하나가 서 있었다. 서양인 순례자들은 대부분 포장된 차도를 따라 걷고 있었으나, 나를 포함한 우리 선두 팀 네 명은 눈으로 덮이고 질퍽질퍽한 곳이 많은 순례 길을 고집하였다. 결국은 같은 방향으로 나아가지만, 길이로는 순례길 쪽이 조금 짧다고 한다. 내가 순례 길에서 만난 동양인으로는 한국인뿐인 듯하였으나, 제니퍼의 말에 의하면 현재 동양인의 80%가 한국인이고, 일본인도 제법 있으며, 중국인도 점차 늘어가는 추세라고 한다. 서양인의 경우 순례자 중에는 물론 종교적인 목적에서 오는 사람들도 있지만, 단지 힐링을 위해 오는 사람이 많다.

오늘의 최고지점인 포이오 언덕(Alto do Poio, 1335)에 도착하여 Albergue del Puerto라는 카페에서 점심을 들었다. 야채수프를 시키니 빵이 따라 나왔고, 남이 들던 오렌지 주스도 좀 얻어마셨다. 거기서부터는 배낭과 스틱을 버스 속에 남겨두고 몸만 걸었다.

유영학·김원길·나욱현 씨와 더불어 네 명이 나란히 한참을 더 걸어 비두에도(Biduedo, 1190)라는 마을에 이르러 카페에 들렀다. 유 씨로부터 두 번 얻어먹은 바 있었으므로 오늘은 내가 지불하였는데, 에스프레소 두 잔, 밀크 한 잔, 맥주 한 잔을 합한 값이 4유로도 채 안되었다.

산길에서 풀밭에 지천으로 핀 노란 꽃을 많이 보았는데, 나중에 유심히 보니 키는 작지만 꽃 모양과 잎이 야생 수선화였다. 목적지인 트리아카스텔라를 1km 정도 남겨둔 지점의 라밀(Ramil, 698) 마을에서 수령 800년 된 밤나무 고목을 만나 기념사진을 찍었다. 두터운 밑둥치는 그 나무를 함께 본 일행 세 명이 모두 팔을 펴도 다 커버할 수 없을 정도였다.

오후 4시 37분에 목적지에 도착하였고, 뒤이어 오는 일행이 다 도착하기를 기다려 22km 거리를 20분쯤 달려 오늘의 숙박지 사리아(Sarria)에 도착하였다. Rue do Peregrino 29에 있는 Hotel Alfonso IX에 이르러 우리 내외는 211호실을 배정받았다. 사리아는 최종목적지에 도착하기까지 갈리시아 주 안에서는 순례 길 도중의 가장 큰 도시이므로, 순례자들은 여기서 나머지 행정에 필요한 물품들을 미리 준비하는 모양이다.

밤 8시에 1층 식당에서 석식을 들었는데, 오늘의 메뉴는 전식으로 토마토 샐러드에 곁들인 두부처럼 연한 치즈, 메인은 돼지갈비, 후식은 레몬 요플레였다. 식사 자리에서 기사인 피델이 내 바로 옆자리에 앉았는데, 그는 영어가 전혀 되지 않으니 피차에 대화할 것이 없으므로 계속 스마트폰만 들여다보고 있었다. 그도 나처럼 술을 입에 대지 않는데, 그것은 운전 때문이라기보다는 자기 구미에 당기지 않는 까닭이라고 한다.

오늘 순례 길에서 보이는 집들은 어제 제니퍼가 말한 바와 같이 칠판석 돌로 지붕을 인 것이 대부분이었다. 어제도 출발부터 종착지까지 모두 이런 지붕의 집들이었다고 한다.

내일 기온은 3~13도이고, 또 비가 올 듯하다고 한다. 여기가 이번 여행 중 아침에 차로 이동하지 않고 숙소에서 바로 출발할 수 있는 유일한 장소이다.

■■■ 13 (금) 흐리고 때때로 부슬비

도보순례 7일차로서, 산티아고 기점 118km를 연속으로 걷기가 시작되었다. 산티아고를 기점으로 100km 이상 빠지지 않고 걸었다는 증명이 되어야만 도보순례증을 발급하기 때문이다. 그러니까 오늘 이전의 도보는 순례증명서와는 무관한 것이다. 오늘은 사리아에서 뽀르또마린(Portomarin)까지 22.5km를 걷는데, 그렇게 되면 우리가 그 동안 걸은 누적 거리는 169.5km가 된다.

비가 내리는 가운데 우의 차림으로 오전 8시 30분 무렵 혼자 호텔을 출발하였다. 오늘부터는 산이 아닌 평지를 가게 된다. 해발 454m인 사리아에서 최고점인 브레아(Brea, 663m)를 거쳐 387m인 뽀르또마린까지이니, 대체로 평탄한 코스인 것이다.

시가지를 벗어날 즈음에 시내 전체를 굽어볼 수 있는 지점의 전망대에 잠시 머물렀다가, 조그만 강을 건너면서 본격적인 트레킹이 시작되었다. 배낭과 스틱은 모두 차에 두고서 몸만 떠났는데, 지금까지의 경험으로 추위를 걱정하여 속에 반팔의 얇은 옷 두 개와 긴팔 옷 하나 그리고 그 위에다 우의 두 개를 걸쳤더니 곧 더워졌다. 도중에 바깥 우의 하나는 벗어서 인솔자인 이선영 씨의 배낭 뒤에 걸어두었다가, 첫 번째 휴식지인 레이만(Leiman)에서 찾아 버스 안의 내 배낭 위에 얹어두었다. 아울러 반팔 조끼 하나도 벗어버렸다. 레이만에 다다르기 전 바르바델로라는 곳에서 Casa Barbadelo라는 알베르게에 딸린 상점에 들렀다가, 등산 스틱의 끄트머리에 꽂는 마개를 두 개 샀다. 내가 가진 스틱 마개는 짝이 맞지 않기 때문이다.

오늘 길은 이끼 낀 나지막한 돌담을 따라 걷는 경우가 많았고, 숲과 개울이 많아 경치가 좋았다. 이곳 나무들은 가로수의 경우처럼 둥치에서 뻗어나간 큰 가지들을 뭉텅뭉텅 잘라둔 것이 많았다. 그렇게 해도 해가 바뀌면 다시 새 가지들이 돋아나는 것이다. 길은 포장도로와 비포장 길이 번갈아 나타나며, 순례 길과 차도가 구분되지 않은 곳이 대부분이었다. 그리고 수시로 작은 마을들을 거쳐 나아갔다. 전체적으로 나지막한 언덕이 많고, 군데군데 노란 유채꽃이 핀 밭들이 나타났다.

두 번째 휴식처인 페레이로스(Ferreiros)에서 점심을 들 예정이었으나, 그곳 식당이 문을 닫았다는 말을 듣고서 멈추지 않고 그냥 계속 나아갔다. 페레이로스를 떠난 지 얼마 안 되어 산티아고까지 100km가 남았다는 네모 난 돌 이정표를 만났다. 다른 이정표들과 달리 낙서가 엄청 많았다. 이 이정표에서부터 카운트다운이 되니 오늘부터의 행정은 하나도 빠트릴 수 없는 것이다.

목적지를 3.7km 남겨둔 지점인 모우트라스(Moutras)에 이르러 Peter Pank라는 가게에 들러 점심을 들었다. 그곳은 한국 손님들을 위해 조용남의 노래도 틀어놓고 있었고, 각종 라면과 김치통조림 등 한국식품을 팔고 뜨거운 물도 제공하며, 무료로 고추장과 한국 인스턴트커피도 제공하고 있었다. 매점의 물건도 다양하여, 우리 내외는 거기서 76.3 유로 어치의 식품과 소소한 물건들을 구입하였다. 대부분은 아내가 골랐고, 나는 서양인 순례자 대부분이 입고 다니는 기다랗고 통 큰 판초 우의가 기능성이 있을 것 같아 그것을 하나 구입하였다. 거기서 辛라면 작은 것과 김치통조림으로 일행과 함께 점심을 들었다. 이 집에서 한국 소주도 팔았던 모양이지만, 지금은 떨어지고 없었다.

점심을 든 후 혼자서 길을 떠나 오후 3시 28분에 뽀르또마린에 도착하였다. 이 마을은 꽤 규모가 크고 벨레사르(Belesar) 저수지를 이룬 널따란 미뇨

(Mino) 강을 다리로 건너서 계단을 따라 맞은편 언덕 위를 제법 올라간 곳에 위치해 있었다. 그 마을 안을 걷다가 곤사르(Gonzar)라는 카페 입구에서 우리 일행인 김선중 씨와 장용준 씨를 만나 함께 커피를 들었고, 베란다에 나가 의자에 걸터앉아서 강의 풍경을 굽어보았다. 그들은 첫 번째 휴식지인 레이만까지 전용버스를 타고 왔다가 거기서부터 남 먼저 걸어 조금 전 여기에 도착했던 것이며, 전체 코스를 걸은 사람 중에서는 내가 가장 먼저 도착하였다. 카페 벽면에 붙은 사진들과 그 설명문을 보니 여기서 그다지 멀지 않은 곳에서 근자에 중요한 고고학적 발굴이 있었던 모양이다.

얼마 후 일행을 태운 전용버스가 도착하여, 집결지인 산 환(San Xoan) 성당 앞 광장으로 가서 그들과 합류하였다. 이 성당은 과거에는 San Xoan Hospitalarios 성당으로 알려져 있었다고 한다. 스페인의 지명에는 Hospital이라는 말이 들어가 있는 것이 많은데, 그러한 곳들은 모두 순례자를 위한 숙소 즉 오늘날의 알베르게와 병원의 기능을 겸했던 것이다. 1963년 벨레사르 저수지가 완공되었을 때 아래쪽에 있었던 원래의 마을과 더불어 보다 높은 곳인 이곳 그리스도 산(Outeiro do Cristo) 언덕으로 옮겨진 것이었다. 산티아고 길 도중에 있는 가장 훌륭한 로마네스크 양식 건축물 중 하나인데, 12세기에 산티아고 기사단(Cabaleiros de Santiago)에 의해 건립되어 사각형의 성채 비슷한 모습을 하고 있다.

원래의 뽀르또마린은 미뇨 강의 양안에 성벽으로 둘러싸인 성 베드로·성 요한이라는 두 마을로 이루어져 여러 세기 동안 중세의 다리로써 서로 연결되어 있었는데, 1946년에 역사·미학적 기념물로 지정된 바 있었다. 그 중 중요한 건물들만 현재의 마을로 옮겨지고 나머지는 여전히 물에 잠겨 있는 모양이다.

일행이 다 도착하기를 기다려 5시 36분에 성당 앞 광장을 출발하여, LU-610, A-54 도로를 경유하여 북쪽으로 30km 떨어진 거리에 있는 루고(Lugo)까지 반시간 정도 이동하였다. Avda Ramon Ferreiro, 21에 있는 Gran Hotel Lugo에 도착하여 우리 내외는 418호실을 배정받았다. 우리는 앞으로 3일 동안 이 호텔에 머물게 된다. 이 도시는 갈리시아 주에서 대여섯 번째 큰 도시로서 로마 시대부터 있었는데, 성곽이 유네스코 세계유산으로 지정되어져 있다.

7시 30분부터 0층 식당에서 석식을 들었다. 오늘의 메뉴는 전식으로 빠에야 비슷한 오징어 쌀죽(마리스코), 메인으로 소 볼때기 살, 후식으로 모던 아이스크림이 나왔다. 물론 오늘도 꽤 유명하다고 하는 포도주 등과 더불어 맥주도 나왔다. 저녁 식사 자리에 그동안 휴식을 취했던 기사 루이스가 다시 나왔다. 그는 영어를 꽤 구사할 수 있어 미국 유학 출신인 김선중 씨와 죽이 잘 맞으므로 오늘도 나란히 앉았다.

북유럽 사람은 영어를 제2의 모국어 정도로 유창하게 구사하는데 비해 스페인에서는 영어가 잘 통하지 않고, 관광지의 설명문에도 영어가 들어가 있는 것이 드물다. 중남미 대부분의 국가가 스페인어를 사용하므로, 자국어에 대한 긍지를 가지고 있는가 싶다. 역사적 유물·유적에는 반드시 세 가지 말로 된 설명문이 있는데, 첫째가 갈리시아어, 둘째가 스페인어, 셋째가 영어이다. 스페인의 주를 자치주라고 번역하는 이유이다.

우리 일행의 여자 중에는 성당에 들어가기만 하면 우는 사람이 있고, 길 가는 도중에 까만 사람이 앞에서 왔다 갔다 하더라고 말하는 둥 헛것을 보는 사람도 있다. 정서적으로 불안정한 탓인 모양이다.

■■■ 14 (토) 모처럼 맑으나 밤에 또 비

도보순례 8일차이며 산티아고 기점 118km 연속 걷기의 2일차로서, 뽀르또마린에서 빨라스 데 레이(Palas de Rei)까지 25.5km를 걷는 날이다. 누적 거리로는 198km이다. 그러나 제니퍼의 말로는 빨라스 데 레이에 조금 못 미친 라 까바냐까지 가게 되며, 실제 거리는 23.5km 정도라고 한다.

어제의 코스로 뽀르또마린까지 버스로 이동하였다. 뽀로또마린에서 출발하자 말자 한참 동안 비탈길을 올라가는 등 어제보다는 구릉지대가 더 많았다. 모처럼 우의를 벗고서 평복으로 갈아입고 챙이 넓은 둥근 모자를 썼으나, 그것들을 입고 벗고 하는 사이에 일행으로부터 뒤처졌다가 얼마 후부터 서서히 본래의 페이스를 회복하였다. 순례 길은 주로 LU-612 도로를 따라

이어지는데, 오늘은 길가에 시종 개나리 비슷한 노란 꽃이 피는 키 작은 침엽
수 숲이 나타나고 그것과 좀 다른 보라색 꽃이 피는 나무도 많았다. 이 모두
가 한국에서는 보지 못한 나무와 꽃들이다. 한국과 비슷한 소나무 숲이 많
고, 나팔꽃 같은 것도 보았으나 꽃 모양이 좀 달랐다. 도중에 뻐꾸기 소리가
들려오기도 하였다. 시골이라 길 여기저기서 소똥 냄새가 풍기지만, 그것도
점차 향기롭게 느껴졌다. 도처에 민들레가 지천으로 피어 있다. 흰색 민들레
는 한국 고유종으로 알고 있으나, 그런 색의 꽃도 많았다.

　도중에 말레이시아 젊은이가 서양인과 함께 걷는 것을 만났고, 카나리아
제도에서 온 사람들 몇 명과도 걸으면서 잠시 대화를 나누었다. 나는 나폴레
옹이 마지막으로 귀양 가 죽은 세인트헬레나 섬이 카나리아 군도에 속해 있
는 줄로 알고 있었으므로, 그 위치를 물어보니 카나리아에 크리스토퍼 콜럼
버스가 머문 적은 있어도 나폴레옹과는 관계가 없다는 것이었다. 그래서 첫
번째 휴식지인 곤사르(Gonzar)에 도착했을 때 WiFi가 되는 우리 전용버스
가에서 네이버로 조회해 보았더니, 세인트헬레나는 스페인령 카나리아 제
도가 아니라 영국령으로서, 남대서양의 한가운데 아프리카 앙골라에서 서
쪽으로 멀리 떨어진 곳에 있는 작은 섬임을 확인하였다.

　곤사르에서부터 아내도 동행하여 계속 나와 나란히 걸었다. 갈리시아 주
에 들어오니 확실히 순례자가 많아져 거의 줄을 잇다시피 하였다. 도중에 길
가의 나무 십자가를 만나기도 했는데, 소망을 비는 여러 가지 물건들이 걸려
있어 거의 쓰레기 수준이었다. 기복 신앙은 동서양이 별로 다를 것 없다는
느낌이 들었다. 그리고 전설 수준의 온갖 기적 이야기도 마찬가지이다. 마을
을 지나갈 때 공산당 깃발에서 보는 바와 같은 둥근 낫으로 잡초를 베고 있는
남자 노인의 모습을 몇 차례 보았다.

　곤사르를 지나 까스트로마이오르라는 곳에 도착했을 때, 어제 뽀르또마
린의 곤사르 카페 벽에서 보았던 유적지를 지나게 되었다. Castro de
Castromaior라는 것이었는데, 스페인 반도 서북부에서 가장 중요한 고고
학적 유적의 하나로서, B.C. 4세기로부터 A.D. 1세기 로마인의 정복에 이르
기까지 사람들이 거주했던 장소였다. 그 외에도 까스트로마이오르에서 16

세기 로마네스크 양식의 조그만 교회당 옆을 지났으며, 후에는 예수와 마리아 막달레나를 모신 로마네스크 양식의 조그만 기도소를 지나기도 했다. 원래는 13세기 후반에 세워진 순례자를 위한 병원으로서, 기사단에 의해 건립되었던 것이라고 한다.

오스피탈 다 크루스(Hospital da Cruz)에서 또 한 번 쉰 뒤, 리곤데(Ligonde)에 도착하여 Casa Mariluz라는 카페에 들러 점심을 들었다. 우리보다 먼저 도착한 한국인 젊은 남녀 두 팀이 있었다. 거기서 아내는 된장국 비슷한 채소 수프, 나는 카레라이스 비슷한 고기가 든 밥을 들었고, 각각 오렌지주스와 콜라도 곁들였다. 합하여 14.5유로를 지불하였다.

오후 3시 23분에 목적지에 도착하였다. 꽤 큰 마을이었고, 도처에 Palas de Rei라는 지명이 눈에 띄었으므로, 내게는 여기가 스케줄상의 목적지인 빨라스 데 레이인 듯하였다. 우리 내외가 제일 먼저 온 줄로 알았으나, 천민영 여사가 먼저 도착하여 La Cabana란 카페의 베란다에서 음료수를 마시고 있었으므로, 우리도 그리로 들어가 실내에서 오렌지주스를 들며 좀 쉬었다. 일행은 오후 5시 무렵이 되어서야 도착하였다.

5시 17분에 거기를 출발하여 40분 정도 걸려 루고로 돌아왔다. 올 때는 A-54 고속도로와 LU-612를 경유하였다. 돌아와 3세기에 지어진 루고의 로마 성을 한 바퀴 차로 돌았고, 우리 내외는 호텔을 나와 다시 근처에 위치한 구도시로 가서 2000년에 세계문화유산으로 지정된 로마 성 위를 걸어 한 바퀴 돌았으며, 성 안에 위치한 루고의 대성당 안에도 성벽 위를 걷기 전과 후 두 차례 들어가 보았다. 대성당 안에서는 관을 쓴 주교가 50명 정도의 사제를 대동하여 미사를 올리고 있었고, 모인 신도는 100명 쯤 될 듯하였다. 우리 내외가 2km 정도 되는 루고 성 위를 반시간 정도 걸려 한 바퀴 돌고서 두 번째로 대성당 안에 들어가 보았을 때도 미사는 아직 계속되고 있었다. 우리 일행 중 김선중 씨가 우리 먼저 와서 미사에 참여하고 있었고, 나중에 주교로부터 순례자로서 특별히 축도를 받았다면서 영광스러워 하였다.

로마인이 만든 이 성은 그 규모도 놀라웠지만, 믿을 수 없을 만큼 완벽한 보존 상태에 깊은 감명을 받았다. 대체로 납작하고 작은 돌을 다듬어 쌓았고, 외부로는 반원형의 雉를 많이 만들어 방어에 용이하게 하였다. 성벽 위로는 큰 차가 한 대 다닐 수 있을 정도로 넓은 모래 길에 조성되어 있었으며, 성 내부의 가옥들 지붕과 벽면에도 칠판석 같은 돌을 사용하고 있는 것이 눈에 띄었다. 스페인은 외적의 침략을 많이 받고 또한 역사의 대부분 기간 동안 그 지배를 받았지만, 그로 말미암아 자기네 문화가 풍요로워졌다고 여겨 그러한 유물유적을 잘 보관하고 있다. 그 결과 오늘날 가장 많은 세계유산을 보유한 나라가 된 것이다. 돌아오는 길에 아내의 뜻에 따라 아이스크림 가게에 들러 7유로 남짓 주고서 믹스한 아이스크림 두 개를 사 들면서 걸었다.

7시 20분까지 호텔 로비에 집합하여, 걸어서 부근의 Avda Madrid, 5에 위치한 Fonte do Rei라는 레스토랑으로 가서 석식을 들었다. 전식으로 샐러드와 버섯·계란 볶음, 메인으로 소·돼지 갈비구이, 후식으로 여러 종류가 나왔는데 나는 커피 푸딩을 선택하였다.

기사인 루이스와 가까이 앉았으므로, 그와 영어로 좀 대화를 나누어보았다. 동료인 피델은 영어를 전혀 못하는데 그는 할 수 있는 이유를 물었더니, 아버지를 따라 네덜란드로 가서 전후로 14년을 거기서 살았다고 했다. 거기서는 닭 공장에서와 택시 기사로서 일했고, 스페인으로 돌아온 이후 폰페라다에서 마드리드까지 왕래하는 장거리 중형버스를 몰기도 했다고 한다. 스페인에는 외국 자동차 회사들이 많이 들어와 있어 그 제조공장이 많은 데도 불구하고 자체 브랜드의 자동차가 없는 이유를 물었더니, 이 나라 사람들의 시에스타에서 볼 수 있는 바와 같은 느긋한 성품을 비판하면서, 자기는 시에스타를 지키지 않는다고 했다.

내일 또 비 소식이 있으며, 25km 정도를 걷게 되고, 기온은 3~11℃ 정도 될 것이라고 한다. 내일 점심으로는 이 지역에서 유명한 뽈뽀 즉 문어요리를 들게 된다. 내일은 일요일이라 일반 가게들도 대부분 휴업하는 모양이다.

■■■ 15 (일) 대체로 맑으나 간혹 빗방울

도보순례 9일차로 빨라스 데 레이에서 리바디소(Ribadiso da Baixo)까지 25.5km를 걷는 날이다. 누적거리로는 221km가 된다.

오늘 아침 하차한 빨라스 데 레이는 어제 도착한 곳과 전혀 달랐다. 한층 더 번화한 거리였다. 이곳은 한국으로 치자면 면(Concello) 소재지에 해당할 정도의 중심지이고, 어제 본 간판들은 그 면에 속함을 표시하는 것이었던 모양이다. 거기서 약 10km를 걸으면 첫 번째 휴식지인 리미테(Limite)가 나타나는데, 빨라스 데 레이와 멜리데(Melide) 두 면의 경계이다. 보다 큰 행정 단위로는 루고 시와 아 코루냐(A Coruña)의 경계가 된다.

그곳에서 멜리데 쪽으로 속한 곳에 대절버스가 멈추어 있었는데, 아내의 인도에 따라 버스 옆 도로 건너편에 있는 Casa de Los Somosa라는 카페에 들렀다. 그곳은 구내가 꽤 넓고 잔디가 잘 다듬어진 정원도 있었으나, 오렌지주스 한 잔을 시켰더니 다른 곳의 배 정도 되는 가격인 3유로를 청구하였고, 세요도 다른 물건으로 덮어 눈에 띄지 않게 해두었다가 주스를 주문한 후 요청하였더니 그제야 꺼내서 찍어주는 것이었다.

그곳의 정확한 지명은 O Leboreiro였는데, 갈리시아 주에 들어오니 첫 도착지인 오 세브레이로를 비롯하여 첫 머리에 O 자가 들어간 지명이 많다. 제니퍼에게 물어보니, O는 갈리시아어로서 스페인어의 El에 해당하는 남성 관사라고 한다. 여성 관사는 A이다. 그렇다면 이는 방언이라기보다 차라리 외국어에 가깝다고 하겠다.

오늘 코스는 시종 N-547 도로를 따라 이어지는데, 순례 길은 가능한 한 도로를 피해 숲속이나 들판으로 연결되어 있다. 그렇다면 이는 예전부터 있었다기보다는 근자에 개발된 길로서 한국의 올레길이나 둘레길에 가까운 것이라고 하겠다.

어제 보았던 노란 꽃이 피는 침엽수는 제니퍼에게 물어보니 비올리스타라는 이름이라고 하며, 보라색 꽃이 피는 것은 브레소라고 했다. 비올리스타라는 이름은 자기도 마을 사람에게 물어보아 안 것이어서 아직 정확하지는 않다고 했다. 비올리스타와 거의 비슷한 노란 꽃이 피는 나무도 있었으나 키가 보통 나무처럼 훨씬 더 크므로, 가까이 다가가서 보니 침엽수가 아니었다. 어제도 더러 보였지만, 오늘 길에는 유난히 유칼립투스 숲이 많았다. 여기저기 마을마다에서 개를 만나게 되는데, 스페인의 개는 묶어두지 않고 키우는 까닭에 순하기 짝이 없고, 낯선 사람을 보아도 대체로 짓지 않는다.

출발한지 얼마 안 되어 제니퍼를 따라서 길가의 조그만 가게에 들러 세요를 받았다. 그 집의 젊은 안주인은 스위스 사람으로서 스페인 남자와 결혼하여 이처럼 순례길 가의 구멍가게를 경영하게 되었는데, 거기서 파는 액서서리 류의 물건들은 남편이 손수 만든 것이라고 했다. 길가에 사내아이 둘이 보잘 것 없는 나무 목걸이와 그림엽서를 꺼내 놓고 앉아서 기부라는 명목으로 돈을 거두는 곳도 만났다. 아내와 내가 각각 1유로씩을 기부하였다. 또한 엔진톱과 사다리를 가지고서 길가의 나무 가지들을 베고 있는 사람들도 보았다. 스페인에서는 인간에게 거추장스러운 나무나 가지들은 사정없이 베어버리는 모양이다.

멜리데 면의 중심지인 멜리데에 도착하여 에세키엘(Ezequiel)이라는 문어 전문의 식당에서 점심을 들게 되어 있었는데, 나는 우리 버스가 대기해 있는 곳을 찾느라고 그 집을 보지 못한 채 지나쳤다가, 거리의 사람에게 물어보고 또한 아내와 문자 메시지를 교환하여 되돌아와서 들렀다. 그 집은 내부가 꽤 넓었지만 손님이 빼곡하여 빈자리를 찾기 어려울 정도로 성황이었다. 3대째 경영하며, 문어 외에 갈비도 맛있다고 소문이 난 모양이다. 거기서 문어 삶은 것과 삶은 감자, 그리고 맛 조개 각 한 접시씩을 받아두고서 술을 곁들인 식사를 들었다. 이 나라에서는 문어의 머리 부분은 먹지 않는다고 하는데, 다리를 삶아 잘게 잘라서 양념해 담은 문어 한 접시가 9유로였다. 일행이 드는 문어 외의 나머지 음식물과 술 비용은 모두 아내가 지불하였다. 서비스로 포도 껍질을 증류한 오루호라는 40도 정도 되는 독주도 나왔다.

오는 도중 길에서 만났던 한국인 노부부도 그 집 바로 옆 좌석에서 다시 만나게 되었다. 그 내외 중 남편은 83세라고 했는데, 프랑스의 생장에서부터 출발하여 풀코스를 벌써 세 번째로 걷고 있다고 하므로 좀 놀랐다. 뒤에 알고 보니 그들은 뉴욕에 거주하는 교포로서 남편은 빈센트, 부인은 테레사라는 이름인데, 41년 전에 부부 둘이서 미국으로 이민했다고 한다. 일설로는 그들이 이번에 레온에서부터 출발했다고 하나, 내가 직접 물어본 바로는 생장부터라는 것이었다.

점심 후 보엔테(Boente)라는 곳에서 다시 한 번 휴식하여, 그곳 작은 성당에서 세요를 찍고 버스에 들러 물도 좀 마신 다음 다시 출발하였다. 그곳은 우리나라의 뙤(Parroquia)에 해당하는 곳이었다. 나는 오늘 리미테까지는 배낭을 메고 왔으나, 그 이후로는 맨몸으로 걸었다. 도중에 목초지가 많아, 소들이 울타리를 친 목초지 안에서 유유히 풀을 뜯고 있는 모습도 자주 보았다.

오후 5시 무렵 또 하나의 면 중심지인 아르수아(Arzua)까지 3km 정도 남겨둔 지점인 리바디소에 이르러 오늘 행정을 마쳤다. 도착하기 전에 비가 좀 내렸으므로, 엊그제 산 판쵸 우의를 사용해 보았다. 이소(Iso) 강에 면한 조그만 마을이었는데, 그곳의 Meson Rural Ribadiso라는 카페에 들렀다가 아내와 함께 이소 강가로 산책을 나가기도 했다. 강가의 알베르게에서 체코에서 온 남녀를 만나, 우리 내외의 사진을 찍어준 여자와 잠시 대화를 나누어 보았다.

오늘까지로서 이제 최종 목적지까지 남은 여정은 41km인데, 아르수아까지 3km의 포장도로는 빼먹기로 했으니, 실제로는 40km도 안 되는 것이다. 그러므로 내일 모레는 하루에 20km 정도씩만 걸으면 된다.

A-54, LU-612 도로를 경유하여 루고까지 66km를 이동해 호텔에 도착하였다. 도착해 보니 루고 시내로도 미뇨 강이 흘러가고 있었다. 석식에는 전식으로 야채 스튜, 메인으로 대구 삶은 것, 후식으로 바닐라크림이 나왔다. 아내는 석식 때 아주 신 오이피클을 먹고는 목에 경련을 일으켜 일시 호흡곤란 증세를 겪었다.

내일은 맑으며, 기온은 7~16도가 되어 오늘보다 조금 높을 것이라고 한다.

■■■ 16 (월) 맑음

도보순례 10일차, 아르수아에서 오 뻬드로우소(O Pedrouso)까지 19.1km, 누적거리 243km를 걷는 날이다. 약 50분간 이동하여 오전 9시 6분 아르수아에 도착하여 Praza라는 이름의 카페 바에 들러 에스프레소 커피를 한 잔 마시고 도장을 찍은 후 출발했다. 최종 목적지까지의 거리가 얼마 남지 까닭인지 처음 한두 차례 돌기둥 이정표에서 거리가 표시된 이후로는 남은 거리를 나타내는 제일 아래쪽 동판이 모두 떼여 사라져버렸다. 인솔자의 말로는 순례자들이 기념으로 모두 떼 가버렸다는 것이지만 정확한 이유는 알 수 없다. 한참 후부터 그 위쪽의 '남은 길(C.[Camino] Complementario)'라는 방향표기 부분에 거리 표시 동판이 다시 나타나기 시작하였다.

마을이 끝난 지점마다의 도로 가에는 마을 이름에 붉은 사선이 쳐진 표지가 계속 보인다. 마을 곳곳에 겹동백 꽃이 피어 있고, 자목련이나 칸나 꽃도 보인다. 이 나라에서 홑동백 꽃은 어쩌다 한 번 본 적이 있지만, 백목련은 아예 구경할 수 없었다. 복사꽃도 드문드문 보이고, 철쭉이나 수국은 나무는 눈에 띄지만 아직 꽃이 필 시기가 아닌 모양이다. 집 근처 텃밭의 케일은 아래쪽에서부터 차례로 잎을 따내고서, 1m 정도 되는 긴 줄기의 윗부분에만 잎들이 남아 있다. 한국에서 보는 것과 거의 같은 참새도 눈에 띄었다.

아내와 함께 걷기 시작하여 도중의 칼사다(Calzada)에서 일행과 더불어 Casa Calzada라는 이름의 카페에 들른 후, 점심시간 무렵 약 10km 정도 나아간 지점의 중간 휴식처 살세다(Salceda)에 남 먼저 도착하였다. 그러나 대절버스가 주차해 있는 곳의 카페에서 식사거리로는 샌드위치 밖에 팔지 않는다고 하므로, 거기서 아이스바를 하나씩 사 먹은 후 좀 더 위쪽의 Casa Tia Teresa라는 덱이 딸린 바 겸 펜션에 들렀다. 거기서 뽈뽀가 있느냐고 물었더니 있다고 하므로 그것과 더불어 혼합 샐러드를 주문했는데, 나온 문어 요리는 어제 멜리데에서 먹은 것과는 전혀 다른 것이었다. 문어 다리를 잘게 썰지 않고 통으로 삶아 세 개를 내놓고 그 사이에다 한국의 시래기 같은 다소 떫은맛이 나는 푹 삶은 채소를 담아낸 것이었는데, 그 가격이 작어만치 14.9유로였다. 물 값과 빵 값을 포함하여 총 22.4유로를 지불하였다. 다른 일행은 거기서 더 나아간 지점인 산타 이레네(Santa Irene)에서 대부분 샌드위치를 들었고, 다른 데서 스페인 식 해물볶음밥인 빠에야를 든 사람도 있었는데, 그들의 점심 값은 1인당 3유로씩이었다. 점심을 든 후 아내는 차에 남고 나 혼자 걸었다. 나도 오전 중 등산 스틱을 짚었다가 점심 후에는 그것마저 차에 남겨두었다.

오늘도 순례 길은 계속 N-547 도로를 따라 이어졌다. 그런데 점심을 든 살세다 이후 부분은 순례길이 대부분 도로를 따라가므로 자동차의 소음 등으로 재미가 덜했다. 나는 우리 일행의 전체 행정을 풀코스로 걸었지만, 주변의 풍경이 아름다워 한 번도 지루하다는 느낌이 들지 않았다. 다른 사람들은 발에 탈이 나거나 컨디션이 좋지 못한 이가 대부분이지만, 나는 전혀 그렇지 않다.

도중에 순례자를 위한 캠핑장을 지나기도 했는데, 널빤지로 텐트를 칠 수 있는 밑바닥을 만들어둔 곳이었다. 오늘의 행정에는 유칼립투스 숲이 유난히 많았다. 더러는 다른 나무들과 섞여 함께 자라고 있는 유칼리나무도 있고, 유칼리 숲의 일정 면적을 아예 기계로 베어버렸거나, 내가 지나가는 도중에 나무를 자르고서 포클레인 같은 차로 그 가지들을 정리하고 있는 모습도 보았다.

오후 3시 37분에 1등으로 오늘의 목적지 오 뻬드로우소에 도착하였다. 차가 머물러 있는 주유소 옆의 사립 알베르게에 들러 도장을 받고 화장실도 다녀왔다. 일행 중 광주에서 온 천 여사는 혼자 목적지를 지나 2~3km를 더 나아갔다가 주민의 차를 얻어 타고서 되돌아오기도 하였다.

일행이 다 도착하기를 기다려 4시 43분에 그곳을 출발하여 차로 20km를 이동해 5시 15분에 오늘의 숙박지이자 최종 목적지인 산티아고 데 콤포스텔라(Santiago de Compostela)에 도착하였다. C/ Horreo n.1에 있는 Hotel Compostela에 들어 우리 내외는 106호실을 배정받았다. 4성급 호텔이었는데, 욕조의 배수가 되지 않아 직원을 불렀고, 방을 바꿀 것을 고려하다가 수리한 후 그냥 쓰기로 했다. 이 호텔은 구시가의 중심부에 위치해 있다고 하며, 우리 방은 햇살이 잘 들고 조망도 좋아 아내가 마음에 들어 한다. 석식은 지하 1층의 식당에서 뷔페식으로 들었다. 식사 때도 늘 우리와 함께 하던 기사 루이스는 호텔 방에 여유가 없어 오늘은 다른 호텔로 가서 머무는 모양이다.

■■■ 17 (화) 맑음

도보순례 11일차 마지막 날로서 오 뻬드로우소에서 20km를 걸어 산티아고 데 콤포스텔라에 입성하는 날이다. 누적거리는 263km이다.

A-54 고속도로를 따라 15~20분 정도 이동하여 뻬드로우소로 향했다. 가는 도중의 도로 위에 뒤편 트렁크 가운데 면에 LEON이라고 적힌 승용차가 있었으므로 제니퍼에게 물어보았더니, 스마트폰으로 조회해본 후 이는 1999년도부터 생산되는 스페인 차로서 SEAT사의 제품이라는 것이었다. 나는 스페인에서도 고유 브랜드의 승용차를 생산하고 있음을 비로소 알았다. S자 모양의 SEAT 로고는 유럽 여러 나라에서 더러 보았는데, 그것이 스페인 차라는 것은 처음으로 알았다. 그러고 보니 스페인에선 이 로고의 차가 더 자주 눈에 띄는 듯하다. 위키백과(WIKIPEDIA)에 의하면, 스페인의 자동차 브랜드인 세아트(SEAT[Sociedad Espanola de Automoviles de Turismo] S.A.)는 폭스바겐 그룹의 산하에 있으며, 1950년에 창업하였으나 1999년에 회사의 정식 명칭이 'SEAT SA'로 되었다. 바르셀로나 주 마토렐에 본사를 두고 있으며, 한국에는 정식으로 판매 수입되지 않는다.

오 뻬드로우소에서 첫 번째 중간 휴식처인 아메날(Amenal)까지 3.7km는 아내와 함께 걸었다. 그곳의 Hotel Parrilada 카페에 들러 아이스케이크를 들었다. 길 위에서 앞뒤로 수시로 왔다 갔다 하며 일행을 보살피는 제니퍼 씨는 비교적 작은 키에 날렵한 몸매를 하고 있고, 긴 머리를 배낭 뒤 한쪽으로 늘어뜨리고, 배낭 뒷면 한가운데에도 봉제한 태극 마크를 붙여두었다.

도중 숲속의 나무는 유칼립투스가 주종인데, 대부분의 나무들이 둥치에 파란 이끼가 두텁게 끼고 넝쿨식물이 꽤 높이까지 타고 올라가 있다. 도중에 꽃이 거의 져가는 벚나무 숲을 보았고, 집의 울타리로 심은 편백나무는 깨끗하게 전정해둔 것이 많다. 도시와 시골을 불구하고 도처에 동백꽃이 피어 있고, 내가 이름을 모르는 빨간 꽃이 흐드러지게 피는 나무도 그 정도로 자주 보인다.

여기까지 오는 도중 마을 여기저기서 재판의 기둥처럼 생긴 돌로 만든 기둥들을 보았다. 꼭대기에는 십자가가 있고, 거기에 처형된 예수나 마리아 등

이런저런 장식 조각이 있는 경우도 보이는데, 이런 것을 스페인에서는 Cruceiro라 하고 영어로는 Transept라고 부른다. 제니퍼에게 물어보니 그냥 십자가일 따름이며 때에 따라 재판의 기둥으로도 사용했다는 것이다.

갈림길에는 반드시 이정표 돌기둥이나 노란 화살표식이 있으니 혼자 오더라도 순례 도중에 길을 잃을 우려는 없다. 최종 목적지에 가까워진 오늘의 행정에서는 이정표 돌기둥에 아무 것도 적혀 있지 않고 다만 가리비조개껍질과 화살표만 새겨진 경우가 많았다. 공항에서 가까운 발리사스(Balizas)라는 곳에서 다시 일시 A-54 고속도로를 만났는데, 그 갓길에서는 이정표를 뽑아내고 있었다. 고속도로에서 좀 더 떨어진 안쪽에 새 길을 내고 거기에다 새 이정표를 심고 있었으며, 순례자의 안전을 위해 내일부터는 그쪽 길을 개통하게 될 것이라고 했다.

한참 더 걸어간 지점의 산 파이오(San Paio)라는 곳 카페에서 앞서가던 일행이 쉬고 있는 것을 만나 그들로부터 열매에서 갓 짠 오렌지주스를 한 컵 대접받았고, 10km 정도 걸어간 지점의 라바코야(Lavacolla)에서는 Bar de Comidas Botana라는 카페에 멈추어 점심을 들었다. 나는 혼합 빠에야(Paella Mixta), 아내는 샐러드를 시키고, 국화차 한 잔과 물 하나를 추가하였더니 16.9유로였다. 내가 주문한 혼합 빠에야에도 해산물과 함께 닭다리 고기가 들어가 있었다. 다른 일행은 대부분 샌드위치나 햄버거를 시켰는데, 값은 싸고 양이 엄청 풍부하였다.

라바코야에서부터 아내는 다시 동참하여 나와 함께 걸었다. 갈리시아 TV 방송국과 RTVE 앞 등을 거쳐 '기쁨의 산'(Monte do Gozo)에 이르러 일행이 다시 합류하여 함께 시내를 걸어 4.8km 남은 산티아고 데 콤포스텔라 대성당으로 향했다. 기쁨의 산은 해발 380m의 언덕으로서, 처음으로 산티아고 시내와 대성당을 바라볼 수 있는 곳이다. 그 언덕 아래에 산 마르코스 예배당이 있고, 정상에는 1989년에 있었던 교황 요한 바오로 2세의 방문을 기념하여 1992년부터 1993년에 걸쳐 세워진 기념탑이 있다. 돌과 쇠 그리고 세라믹을 사용한 것으로서 브라질 예술가가 제작한 것이라고 한다. 예루살렘에도 시내를 내려다볼 수 있는 곳에 기쁨의 산이 있다고 한다.

시내로 나아가는 도중에 수선화 등으로 예쁘게 단장된 공원 근처의 카페에 다시 들러 커피를 마시며 화장실을 이용하였고, 마침내 대성당에 도착하여 그 광장에서 기념사진을 촬영하였다. 광장의 맞은편 건물 꼭대기에 물결 모양의 검을 치켜들고서 말에 탄 채 무어인을 물리치는 성 야고보의 석상이 세워져 있었다.

순례자 사무소에 들러 순례인증서(compostela)를 발급받았다. 인증서는 두 장으로 되어 있는데, 그 중 큰 쪽에는 내가 2018년 4월 6일부터 17일까지 프랑스 길의 생장 피드포르에서 출발하여 265km를 걸어 이곳까지 순례했다는 내용이 적혀 있다. 프랑스 길의 전체 길이는 796km이다. 비용은 3유로였고, 졸업증서 담는 통 같은 것의 가격이 2유로인데, 나는 아내 것을 같이 사용하면 되므로 통 값은 따로 지불하지 않고 그 금액을 기부하였다.

대성당에서 우리 호텔까지는 기념품 거리를 거쳐 걸어서 10분 정도 소요되었다. 밖에서 바라보니 호텔이 고풍스럽고 품위가 있어 보였다. 기념품 거리를 걸어오는 도중에 템플기사단의 복장을 한 사람 사진이 입구에 세워져 있는 가게를 지나쳤는데, 그것과 똑 같은 복장을 한 사람을 순례 도중에 본 적이 있었다. 아내의 말로는 바로 그 사람이 얼마 전 우리와 같은 시각에 조금 앞서 대성당을 향해 걸어가고 있었던 사람이라는 것이다. 석식은 어제처럼 뷔페로 들었다. 내일 날씨는 9~21도로서 맑을 것이라고 한다.

■■■ 18 (수) 맑음

오전 중 자유 시간이므로, 아내와 나는 구도시의 중심에 위치한 알라메다(Alameda)공원으로 가서 나지막한 언덕인 그곳을 한 바퀴 산책하며 도시의 전체 모습을 바라보았다. 오래된 나무와 동상들이 많고 곳곳에 수선화 등의 꽃들이 피어 있는데, 이곳 철쭉은 이미 만개해 있었다. 어제 대성당 앞에서 버스와 관광열차를 탈 수 있다는 말을 들은 바 있으므로, 버스를 타기 위해 대성당까지 걸어가 보았으나, 버스나 그것을 탈 수 있는 정거장을 발견하지 못했다. 옆쪽 넓은 길로 빠져나가 유료주차장인 듯한 곳으로 가서 그 아래층에 위치한 어느 상점에 들러 물었더니, 오브라도이로(Obradoiro) 광장에 가면 매시간 마다 출발하는 관광 열차를 탈 수 있다고 알려주는 것이었다. 알고 보니 그 광장은 어제 우리가 도착하여 기념사진을 촬영했던 대성당 광장이었다.

그곳에서 경찰에게 열차 즉 몇 대의 차량으로 구성된 트램의 출발 장소 및 소요시간을 묻고, 10시 출발의 트램까지 남은 시간을 때우기 위해 1인당 6유로의 비용을 지불하고서 그 옆에 위치한 대성당박물관(Museo Catedral de Santiago)에 들어가 보았다. 그러나 시간이 조금밖에 없어 세 군데에 흩어져 있다는 박물관을 다 둘러보지 못하고 첫 번째 것의 도중에서 서둘러 나와 트램을 탔다.

트램 값도 1인당 6유로였는데, 스페인어와 영어로 하는 여자 안내원의 설명을 들으며 이 도시의 주요부분을 두루 둘러보았다. 여러 대의 객차가 달려 있었으나 승객은 우리 내외를 포함하여 4명뿐이었다. 그러나 45분 걸린다고 했던 그 트램이 출발시간부터 이미 5분 정도 늦어졌으므로 일행의 출발시간 때문에 시종 조마조마하였다. 원래의 광장으로 되돌아온 후 서둘러 호텔로 가서 짐을 챙겨 오전 11시까지 대절버스에다 싣고는 제니퍼를 따라 대성당으로 가서 정오 미사에 참석하였다.

미사에 앞서 줄을 서서 중앙제단에 설치된 성 야고보의 쇠로 만든 형상까지 나아갔다가, 그 바로 아래의 지하에 있는 무덤의 관도 바라보았다. 배에 실려 바다를 통해 스페인의 갈리시아로 떠내려 온 야고보의 시신이 발견된 이후 그것은 현지의 주민과 추종자들에 의해 리브레돈이라는 장소에 묻혔는데, 세월이 흐르면서 잊어졌다가 813년 수도사(혹은 목동이라고도 한다) 펠라요가 집으로 돌아가다가 유난히 밝은 별을 발견하였고, 그 빛에 이끌려 리브레돈 들판으로 갔더니 별빛이 한 무덤을 비추고 있었다. 소식을 들은 지역의 주교 테오도미루스가 그 묘지를 발굴할 것을 명하였고, 관련 유물을 통해 그것이 사도 야고보의 무덤임을 확인하였다는 것이다. 오늘날 이곳을 산티아고 데 콤포스텔라(별stella의 들판compos의 성 야고보)라고 부르는 이유이다. 성당 안의 홀을 앞뒤로 크게 왕복하는 미사의 향로는 예약제로 되어 있어 미리 돈을 기부한 경우에만 피운다는 것이므로 오늘은 볼 수 없었다.

미사는 43분이 소요되었다.

대성당을 나온 다음, Galeras 20에 있는 돈키호테(Don Quijote-Santiago) 식당으로 가서 점심을 들었다. 전식은 감자 섞인 스페인식 시래기국과 또르띠야, 메인은 대구 튀김 샐러드, 후식은 산티아고식 아몬드 빵 케이크였다. 점심 식사 때 보니 루이스는 왼손잡이였고, 그는 부업으로 택시 운전도 한다고 들었다.

루이스가 식후 다른 곳에 주차해둔 대절버스까지 가서 차를 몰고 오기를 기다려, 오후 3시 무렵 출발하여 1시간 15분쯤 걸리는 거리에 있는 대서양에 면한 '죽음의 해안'(Costa da Morte) 북쪽 끝에 있는 무씨아(Muxia)를 방문하였다. 이곳은 카미노를 소재로 한 미국 영화 「The Way」의 엔딩 장면 촬영지로서 유명한 곳이라고 한다. 해변의 바위로 밀어닥치는 집채만한 파도들이 압권이었다. 이곳은 예전에 유조선 사고가 일어나 기름이 크게 흘러 한국의 태안 해변에서와 같은 오염 사태가 일어났던 현장이라고 하는데, 언덕 꼭대기에 그 사건을 기념하여 2003년 12월 30일에 세운 '전망대'라는 제목의 대형 석제 조각이 서 있었다.

거기서 다시 30분 정도 남쪽으로 이동하여 죽음의 해안 남쪽 끝인 피니스떼레(Finisterre)에 도착하였다. 이곳은 서기 40년 사도 야고보가 세상 끝까지 복음을 전파하리라는 뜻을 세우고 배를 타고 와서 이교도에게 처음 예수의 가르침을 전했던 곳이며, 그 후 내륙 쪽으로 이동하여 42년에 가까스로 예루살렘으로 돌아갔다가, 44년 헤롯왕에 의해 참수형을 당했고, 제자들이 그 유해를 수습하여 돌로 만든 배에 실어 바다에 띄웠더니 그 배가 처음 설교를 시작했던 이곳에 도착했다고 전해오는 곳이다. 그 지명은 우리가 가진 여행 일정표에 피니스떼레라 적혀 있고, 그곳에 있는 등대 건물 정면의 출입문 위에도 Faro de Finisterre라고 보이지만, 안내판에는 모두 Fisterra로 적었다. 의미는 모두 땅(terra)의 끝(fin)으로서, 스페인 땅이 대서양과 만나는 끄트머리라는 뜻이다. 제니퍼에게 물어보니 Fisterra는 갈리시아어라는 것이었다. 그런데 내가 가진 100만분의 1 유럽지도책에도 Fisterra 혹은 Cabo de Fisterra(피스떼라 곶)라고 되어 있으니, 어느 쪽이 표준어인지 헷

갈린다.

묵시아나 피니스떼레는 모두 카미노 블루라고 하여 산티아고 순례를 마친 다음, 무언지 모를 허전함을 느끼는 사람들이 미련을 달래기 위해 찾는 곳이라고 한다. 묵시아와 피니스떼레에도 카미노 표지석이 서 있었다. 오늘 들은 바에 의하면, 카미노는 공식적으로는 12개나 15개 혹은 20개로 표시한 곳도 있다. 그 중 우리가 걸은 프랑스길이 가장 많이 알려져 있고, 또한 시설도 잘 되어 있는 것이다. 그러나 어느 길을 택하든 최종 목적지는 모두 산티아고 대성당 오브라도이로 광장의 돌바닥 한가운데에 손을 얹도록 표시된 한 지점인 것이다.

죽음의 해변까지 가고 오는 도중의 버스 속에서 제니퍼가 지난번에 틀었던 카미노 관계 CD들을 다시 한 번 방영하였는데, 그 중 「La Via de la Plata」(은의 길) 역시 그녀의 남편이 제작한 것이라고 한다. 카스티야-레온 주의 980km에 달하는 카미노를 소개한 내용이다.

산티아고로 돌아와 Oblatas s/n에 있는 AC Palacio del Carmen 호텔에 들었다. 이는 5성급으로서 지난 이틀간 묵었던 콤포스텔라 호텔보다도 한 단계 더 고급이다. 이곳에서 윤익희 이사를 다시 보았다. 그들 팀도 카미노를 마친 모양이었다. 우리 내외는 202호실을 배정받았다.

오후 8시부터 1층 식당에서 석식이 있었는데, 전식은 샐러드, 메인은 밤 먹인 돼지 안심 스테이크, 후식은 푸딩 같은 젤리 빵이었다. 석식 후 일행은 호텔 정원에서 카미노를 종결하는 의미의 2차 모임을 가졌고, 그 중 김선중 씨와 나를 제외한 남자 다섯 명은 방으로 가서 자정 무렵까지 3차 모임을 가지기도 했었던 모양이지만, 술을 들지 않는 우리 내외는 석식만 마친 후 먼저 방으로 돌아와 내일 새벽의 출발을 위한 짐 꾸리기를 했다.

▬▬ 19 (목) 맑고, 마드리드는 초여름 기온

오전 6시 55분까지 호텔 로비에 집결하여 도시락을 하나씩 받아든 후 기차역으로 이동하였다. 짐을 내린 후 루이스와 작별하였고, 역사 안의 건너편 플랫폼까지 들어와 있는 제니퍼와도 손을 흔들어 작별하였다. 이번 여행에서 그들의 진심어린 접대와 보살핌을 받았다.

7시 48분에 산티아고 데 콤포스텔라를 출발하는 렌페(Renfe) 열차의 5호차에 타고서 5시간 남짓 이동하여 스페인의 수도 마드리드로 향했다. 아내와 나는 02A·B 석에 앉았다. 열차 내부 설비는 한국의 KTX와 별로 다를 바 없는 쾌속열차 수준이지만, 도중의 여러 작은 역에 차례로 정거하므로 시간이 많이 걸리는 것이다. 우리는 먼저 제법 큰 도시인 오우렌세(Ourense)에 정거한 후, 아 구디냐(A Gudina), 푸에블라 데 사나브리아(Puebla de Sanabria), 카르바할레스 데 알바(Carbajales de Alba) 등 작은 역들을 거친 후, 사모라(Zamora), 메디나 델 캄포(Medina del Campo), 기타로 유명한 세고비아(Segovia) 등에서 멈춘 후, 13시 06분에 마드리드 시 북부의 차마르틴 역에 도착하였다. 도중에 차창 밖으로 바라보이는 포르투갈 국경에 가까운 산들에는 눈이 남아 있는 것이 많았다. 바깥 풍경은 대부분 인적이 별로 없는 광막한 평원 및 산악지대였다.

현지 가이드 김진희 씨가 플랫폼까지 들어와 우리를 마중하였다. 그녀는 40대를 지난 여성으로서, 스페인에서 고등학교부터 대학·대학원까지를 수료한 후, 10년 정도 한국에 나가 직장생활을 하다가 다시 스페인으로 들어왔는데, 한국어보다는 스페인어가 더 편하다고 한다.

오늘 마드리드는 최고기온이 24℃ 정도로서 거리를 나다니는 사람들에 반팔 차림이 많고 반바지를 입은 사람도 있었다. 한국으로 치자면 5·6월 정도의 날씨라고 하겠다. 이즈음은 봄·가을이 없어지고 갑작스럽게 더위가 닥쳐오는 추세라는 것이다. 한여름인 8월의 마드리드 기온은 45~48℃까지 올라가지만 습기가 별로 없어 무덥지는 않은 모양이다. 날씨가 이러하므로 여름에는 시에스타가 필수적인 것이다. 이 때문인지 스페인 사람들은 오후 3시에 퇴근하는 모양이다. 역에서 호텔까지 15~20분 정도 전용버스로 이동하였다. 이곳 기사는 프란시스코라는 이름의 남자였다.

스페인은 한국과 수교한 지 68년째 되고, 현재 전국에 5,000명 정도의 한인이 거주하고 있다. 국토 면적은 남한의 4배이고, 인구는 한국과 비슷한 5천만 정도인데, 수도인 마드리드에 3백만 정도가 살고 있다. 공식 언어가 4

개인데, 스페인어와 카탈로니아어(카탈란), 바스크어(에우스케라), 갈리시아어이다. 갈리시아어는 60% 정도 스페인어와 유사하지만, 나머지 두 언어는 완전히 달라 따로 교육을 받지 않으면 전혀 알 수 없다. 최근에만 하더라도 카탈로니아의 분리 독립 움직임이 있어 현재 스페인 각지에는 이에 항의하는 의미의 스페인 국기가 내걸려 있다. 스페인에서는 고교 졸업자의 60% 정도가 대학에 진학하는 모양이다. 현재 외국과의 합작에 의한 에어버스 회사가 있어, 승용차뿐 아니라 여객기까지도 자체 생산한다.

우리는 톨레도 문을 통과하여 숙소 부근으로 접근한 후, 짐을 가진 채 수백 미터를 걸어서 숙소인 호텔로 이동하였다. 숙소인 Petit Palace는 구도시의 한가운데인 C/ Arenal, 4에 있으며, 유명한 Puerta del Sol(태양의 문) 광장 바로 옆에 위치해 있다. 이 광장은 17~18세기에 완성된 것이다. 왕궁과도 가까운데, 스페인 왕가는 현재 다른 궁전에 살고 이 왕궁은 외빈 접대 등 중요한 행사가 있을 때 공식적인 용도로만 사용되지만, 정원을 포함한 전체 면적으로는 유럽의 궁전 중 가장 크다고 한다. 우리 내외는 212호실을 배정받았는데, 3성급이라 방이 좀 좁았다.

오후 2시 15분까지 호텔 로비에 집결한 후, 걸어서 이동하여 Calle Reina 37에 있는 마루(Maru)라는 이름의 한식당으로 향했다. 그리로 가는 도중 마드리드의 중심가인 Gran Via를 경유하였다. 주변에 유명 백화점 등 고층건물들이 즐비한데 개중에는 18세기 정도의 오래된 건축물이 많은 모양이다. 점심 메뉴로는 불고기와 오징어볶음, 순두부를 들었다. 마드리드 시내에 한식당이 8개 있으며, 스페인 사람들도 한국 음식이 건강에 좋다고 하여 찾는 사람이 늘어나는 추세라고 한다. 내일도 이 식당에서 중식을 들 예정이다. 가격은 꽤 높아 공기밥 하나에 2유로, 된장찌개·순두부찌개·육계장이 각각 13.5, 라면이 7, 짜장면·짬뽕이 각각 14.5 유로였다.

점심 후 각자 자유 시간을 가졌는데, 우리 내외는 방안에서 쉬기로 하여 아내는 잠을 자고 나는 일기를 입력하였다. 7시 30분에 로비에서 다시 만나 걸어서 이동하여 석식을 겸한 플라멩코 공연을 보러갔다. Cadamomo라는 곳이었는데, 마드리드 시내에 이런 공연장이 여러 개 있다고 한다. 8시부터

1시간 동안 공연하였고, 도중에 식사가 제공되었다. 전식으로 샐러드, 메인으로 빠에야, 후식으로 아이스크림이 나오고, 빵과 적 혹은 백포도주 한 잔씩이 제공되었다. 나는 술을 들지 않으므로 물과 오렌지주스를 시켰더니 나중에 따로 각각 3유로씩이 청구되었다. 플라멩코 공연을 본 것은 예전에 세비야에서 이래로 두 번째이다.

돌아오는 길에 거리에서 하늘에 뜬 하현달을 보았는데 사방이 아직 환함에도 불구하고 아주 또렷하였다. 한국 같은 미세먼지가 없어 공기가 맑은 까닭이다.

■■■ 20 (금) 맑음

오전 9시 로비에 집합하여 김진희 씨를 따라 2시간 정도 시내관광에 나섰다. 워킹 투어이니, 숙소 근처의 명소들을 산책하여 한 바퀴 두르는 셈이다. 먼저 이사벨 2세 여왕의 동상이 서 있는 이사벨 2세 광장의 왕립오페라하우스에 들렀다. 이 일대는 대부분 극장과 영화관들로 이루어져 있는 모양이다.

그 다음 왕궁을 보러 갔다. 1780년 무렵 건립되었고 이탈리아인 사바티니가 정원을 설계했는데, 신고전주의 양식의 건물로서 방이 3700여 개 있다고 한다. 왼쪽이 알무데나(Almudena) 대성당인데, 오른편의 왕궁 건물과 서로 짝을 이루었다. 대성당 옆 벽면에 있는 베드로의 부조 상에는 그 이름이 라틴어로 적혀 있었는데, 19세기 말까지 스페인 성당에서는 라틴어로 미사를 보았다고 한다. 15세기에서 19세기까지 스페인 왕가가 수집한 미술품은 세계 3대 미술관의 하나라고 하는 프라도 미술관에 수장되어 있다.

간밤에 우리 일행 중 유영학 씨는 한국식당 가야금으로 가서 소주를 마셨다고 한다. 우리가 머무는 호텔에서 걸어 3분 거리였다는 것이다. 그곳은 예전에 내가 처음 마드리드에 왔을 때 식사를 했던 장소이다.

9시 36분부터 10시 15분까지 레판토라는 면세점에 들러 쇼핑을 했다. 지하와 1층 두 층이 면세점인데, 예전에 내가 들러 가죽점퍼를 구입했던 장소이다. 왕궁 앞의 관광객은 거의 절반이 한국 사람이었고, 면세점 손님은 100% 한국인인 듯하여 종업원들도 한국어를 알았다. 다음으로는 산 미구엘

(San Miguel) 시장에 들렀다. 건물 1층 전체에서 음식물을 주로 하여 여러 가지 물건을 파는 곳이었다. 19세기로부터 내려오는 시장이라고 하는데, 이곳도 예전에 들렀던 듯하다. 그 부근의 슈퍼마켓에도 들렀으나, 우리 내외는 이미 짐이 많은지라 아무것도 사지 않았다. 시내 곳곳에 돈을 달라고 종이컵이나 플라스틱 컵을 손에 들고서 흔드는 걸인이 제법 많았다. 가이드는 그들 대부분이 루마니아 사람이라고 했다.

끝으로 예전에도 들른 바 있는 마요르 광장(Plaza Mayor)과 솔(Puerta del Sol) 광장에 들렀다. 마요르는 크다는 뜻으로서, 이런 이름의 광장이 스페인 다른 곳에도 있다고 한다. 이 광장은 16세기에 펠리페 2세가 만들기 시작하여 그 아들인 펠리페 3세 때 완성되었는데, 17세기에 화재로 소실된 바 있었고, 18세기에는 종교재판이 열리기도 하던 곳이다. 광장을 사각형으로 둘러싼 4층 건물들의 1층은 옛날에 감옥으로 사용되기도 했으나 지금은 음식점 등 각종 상점들이 들어섰고, 2층 이상은 아파트로 되어 있다. 정면의 건물 벽에 대형 벽화들이 그려져 있다. 솔 광장에는 그 한쪽 바닥에 스페인 각지까지 거리의 원점임을 표시하는 0km 표지가 있고, 정면 맞은편 건물 꼭대기에 한국의 보신각종에 해당하는 종탑이 있으며, 스페인의 대표적 축구팀인 레알 마드리드가 이기면 기자회견을 여는 건물도 있다. 이곳에서 각종 시위가 벌어지고 헌혈도 행해진다는데, 스페인은 헌혈과 장기기증에서 세계 1위를 기록하고 있다. 또한 스페인에서는 100% 무상 의료보험이 실시되고 있고, 실업하면 2년간 재직 시 소득의 60%를 보전하는 실업보험제도도 있다. 국민소득은 32,000불 수준이라고 한다.

12시가 호텔의 체크아웃 시간이므로, 시내관광에서 돌아온 다음 가진 짐들을 603호실에 보관해두고서 어제의 마루 식당으로 점심을 들러 갔다. 점심 메뉴는 잡채와 제육볶음 그리고 된장찌개였다. 식당으로 가고 오는 길에 현지 가이드에게서 들으니, 스페인은 가톨릭 국가임에도 불구하고 1986년도에 세계에서 두 번째로 동성애자끼리의 결혼을 허용하였다. 이 나라의 가톨릭 인구는 98%에 달한다고 하나 실제 신자는 20% 정도이며, 개신교도는 0.5%에 불과하다. 개신교 중에서는 순복음파가 제일 먼저 들어왔고, 모르몬교 등의 전도 활동도 활발하다.

또한 이 나라 경제의 20%는 관광업이 지탱하고 있으며, 물가가 싸고 생활하기 편하기 때문에 서유럽 여러 나라 사람들이 은퇴 후 이 나라로 이주하여 만년을 보내는 경우가 많다.

거리에다 물건을 늘어놓고서 파는 흑인들이 많았는데, 그들은 상품을 진열해놓은 헝겊이나 비닐로 된 좌판의 끄트머리 여러 곳에다 긴 끈을 매달아 두어 그 끝을 손에 모아 쥐고 있었다. 무허가 상행위이므로 경찰의 단속 때 신속하게 물건을 챙겨 도망가기 위함인데, 그들 대부분은 세네갈 사람이라고 한다. 또한 이들은 마피아는 아니지만 어떤 조직과 연관되어 있는 모양이다.

오후 2시까지 호텔 로비에 집합하기로 하고서 일행 대부분은 헤어져 각기 자유 시간을 가지기도 했으나, 우리 내외는 광주에서 온 천민영 여사와 더불어 가이드를 따라 호텔로 돌아오다가 도중에 19세기부터 문을 열었다는 원조 초콜릿 가게에 들러 옥외의 의자에 앉아서 가이드로부터 추러스 초콜릿(Chocolate con Churros)을 대접 받았다. 중국의 油條 비슷한 것을 커피컵에 담은 초콜릿 액에다 찍어 먹는 것이었다. 그런데 그곳의 종업원 대부분은 필리핀 사람이라고 한다.

가이드 김진희 씨는 한국에서 돌아온 후 빌바오에서 중·고등학교의 미술교사로 한동안 근무한 적도 있었다는데, 바스크어를 모르는 그녀가 어떻게 교사가 될 수 있었는지를 물었더니, 학교 당국과 영어로 강의하기로 계약을 맺었다는 것이었다. 바스크 지방의 언어는 기본적으로 몽골어 계통이라고 한다. 그녀는 현재도 가이드 외의 다른 직업을 가지고 있는 모양이다.

스페인 사람은 오랜 세월 동안 무어인 등의 지배를 받은 영향도 있어 검은 머리가 많은데, 길거리에 다니는 사람의 80%는 머리카락을 염색하고 있다는 것이었다.

호텔을 떠나 공항으로 이동했다. 도중에 국회의사당과 마드리드에서 가장 크다는 레띠로 공원 및 개선문과 가장 큰 공동묘지를 지나쳤다. 광대한 면적의 공동묘지에는 사이프러스 나무만이 무성하였다. 거리를 운행하는 택시 중에는 기아 및 현대 자동차가 대세를 이루고 있다고 한다. 가이드에게 지난번에 왔을 때는 마드리드의 인구가 637만이라고 들었다고 했더니, 그렇지 않고 280만 정도였다가 마드리드 남·북쪽 교외에 신도시가 많이 들어서 비로소 300만 정도로 되었다고 했다.

내 트렁크에 짐이 많이 들어 한쪽 자물쇠가 온전히 잠기지 않으므로 공항에서 10유로를 지불하고서 트렁크 전체를 연한 푸른색 비닐로 감쌌으며, 작은 가방 세 개를 새로 사서 늘어난 물건들을 수납하였다.

우리 일행은 B25 게이트에서 대기하다가 터키 항공의 TK1860편을 타고서 18시 15분에 마드리드를 출발하여 23시 30분에 이스탄불의 아타투르크 국제공항에 착륙하며, 우리 내외는 29A·B석에 앉았다. 이스탄불에서는 TK90편으로 환승하여 21일 01시 15분에 출발하여 16시 55분에 인천공항에 도착하게 된다. 우리 내외는 28G·E석을 이용한다.

▰▰ 21 (토) 맑음

이스탄불에 도착하여 문제가 발생하였다. 무슨 이유인지 모르지만 환승할 비행기가 처음 인솔자의 말로는 2시간 연착할 예정이라고 하더니, 나중에는 6시 45분에 출발한다는 것이었다. 무려 5시간 반이나 늦는 셈이다. 윤익희 이사가 KLM으로 예정되어 있었던 비행기를 3시간 이상 더 걸리는 카타르항공으로 바꾸려고 하다가 나 등의 반대에 의해 소요 시간이 보다 적은 터키항공으로 바꾸더니, 결국 이런 문제가 발생하고 말았다. 대기 장소인 227A 게이트로 가서 상황을 살핀 후, 그 부근 다른 게이트의 빈 의자에 드러누워 잠시 동안만이라도 눈을 붙이는 수밖에 없었다.

인천공항에는 밤 10시 40분 무렵 착륙하였다. 한국의 기온은 16℃였다. 출국할 때 공항에서 산 무선마우스를 돌려주고서 환불받으려고 하였으나, 이미 대부분의 상점들이 문을 닫고 있었고, 1층 전체를 둘러보아도 그 점포가 눈에 띄지 않았다. 밤 9시 30분이 막차인 진주행 공항버스는 이미 끊어진 지 오래였다.

대도시에 사는 사람들에게는 터키항공으로부터 특별 버스 편이 제공되었지만, 지방 중소도시인 원주나 진주에 사는 우리 내외에게는 그런 편의도 해당되지 않아, 결국 자정 무렵에 셔틀 버스를 타고서 공항신도시인 인천시 중구 59번길 흰바위로 8의 Golden Tulip 호텔로 가서 306호실을 배정받았다. 샤워를 마치고 나서 취침하니 다음 날 오전 1시가 넘어 있었다.

코카서스 3국

2018년 6월 18일 (월) 맑음

집에서 점심을 든 후, 노랑풍선여행사의 '흑해를 품은 코카서스 산맥과 와이너리-코카서스 3국 12일' 여행에 참가하기 위해 아내와 함께 콜택시를 타고서 개양의 나그네김밥 앞으로 가서 거제를 출발하여 오후 2시 10분 진주에 도착하는 대성고속의 인천공항 행 버스를 탔다. 경부선 신탄진휴게소에서 카페라테 찬 것 하나를 든 후, 예전에 대체로 그러했듯이 서평택에서 40번 고속도로로 접어들었다가 도중에 15·153번으로 바뀌어 송산포도휴게소 앞을 지나 서시흥 톨게이트에서 330번 지방도로로 빠져나갔고, 고잔 톨게이트를 지나 인천공항전용도로에 올랐다. 인천대교를 경유하여 예정보다 25분이 늦은 오후 6시 35분에 인천국제공항 제1터미널 3층에 도착하였다.

집합시간인 오후 9시까지는 꽤 시간이 남았으므로, 3층에서 서점을 찾아가 코카서스 3국에 관한 여행 안내서를 찾았으나 그런 책은 눈에 띄지 않았다. 4층의 식당가로 올라가서 베트남 쌀국수 전문점인 포베이(Pho Bay)에 들러 특선모듬세트 하나에다 아내는 양지차돌쌀국수, 나는 양지차돌홍두깨쌀국수로 석식(33,000원)을 들었다. 식사 후 노랑풍선여행사의 인솔자 김대민 씨로부터 전화를 받았는데, 집합장소가 A카운트 맞은편 노랑풍선 테이블로부터 M카운트 맞은편으로 바뀌어졌다는 것이었다. 얼마 후 만나고 보니 김 씨는 청년처럼 젊어 보이는 사람이었는데, 실제로 미혼이었다.

우리는 인솔자를 제외한 일행 30명이 19일 0시 45분에 카타르항공(Qatar Airways) QR859편으로 서울 인천국제공항을 출발하여 9시간 반을 비행해 04시 35분에 카타르의 수도 도하 하마드(Hamad)국제공항에 도착한 후, 07시 30분에 QR351편으로 도하를 출발하여 3시간을 더 비행한 후 11시 20분에 아제르바이잔의 수도 바쿠 헤이다르(Heydar)국제공항에 도착할 예정이다.

티케팅 한 후 46번 게이트에서 23시 45분부터 시작되는 탑승을 대기하면서 오늘의 일기를 입력해둔다. 나는 18D석, 아내는 18E석을 배정받았다.

우리 내외는 비교적 일찍 예약하여 1인당 총 279만 원을 지불하였지만, 이 상품은 그 후 두 번 가격이 인상되어 296만 원이 되었고, 게다가 유류할증료 13만 원까지 추가되어 최종적으로는 309만 원이 되었다. 그러므로 우리 내외는 각각 30만 원씩 덕본 셈이다. 우리 내외가 그 동안 자주 이용해 온 혜초여행사에서도 코카서스 3국 14일 상품을 팔고 있는데, 7월 24일에 출발하는 것은 690만 원, 9월 4일에 출발하는 것은 670만 원으로 되어 있다. 그러므로 노랑풍선의 경우 할증된 요금이라 할지라도 혜초에 비한다면 여행기간이 이틀 적은 대신 가격은 반값 이하인 셈이다. 불포함 요금은 가이드와 기사 팁 120유로에 아제르바이잔 도착비자비 26달러, 그리고 두 번의 옵션(조지아 트빌리시 야경 투어, 아르메니아 예레반 야경 투어 각 50달러) 비용 총 100달러가 있다.

출국수속을 마치고서 출국장으로 들어온 이후에도 서점을 찾아보았지만, 영업시간이 오후 9시까지로서 이미 문을 닫았다는 것이었다. 출국장 안의 TV에서는 한국과 스웨덴의 러시아 월드컵 축구경기 F조 예선이 생중계 되고 있었다. 한국은 첫 경기에서 프리킥을 먹고 1 대 0으로 패하였다.

■■■ 19 (화) 맑음

우리가 탄 비행기의 가운데 3인 좌석 중 아내 옆에 앉은 일행의 노년 아주머니가 음식을 먹고 체했는지 잠시 의식을 잃고서 물을 마시다가 의자에다 쏟는 사태가 있었다. 본인의 말은 그러했지만, 아내의 의견에 의하면 물을 쏟은 것이 아니라 오줌을 싼 것이리라고 한다. 온몸에 힘이 빠지고 체온이 내려가며 손발이 차므로, 아내가 간호하여 바닥에 누이고서 담요를 2중으로 두껍게 덮고 발아래에다 백을 고이고 핫백을 갖다 대어 주었으며, 스튜어디스들도 와서 돌보았다. 다행히 한참 후에 정상 상태를 회복한 듯하였다.

카타르항공의 비행기는 시설이 신식이고 승무원의 서비스도 좋았는데, 작년에 세계 최고의 항공사(Airline of the year 2017)로 선정되었다고 한다. 한국인 스튜어디스들이 있고, 한국어 기내방송도 나오며, 식사 메뉴에 김치도 포함되어 있었다. 카타르 시간은 한국보다 6시간이 빠르며, 현지시간으로 오전 4시 6분에 착륙하였다. 중국의 우루무치 상공을 거쳐 가는데, 카스피 해를 건너서 바쿠로 직행하면 거의 직선이므로 아라비아 반도의 도하까지 내려오는 시간보다도 더 짧은 시간 안에 도착할 수 있을 텐데, 인천에서 바쿠까지 직항편이 없는지 둘러갈 뿐 아니라 환승하는 데만 해도 3시간 이상이 더 소요되는 셈이다.

환승 수속을 밟은 후 C25 게이트 앞으로 가서 대기하였다. 인솔자가 조정하여 우리 내외의 좌석은 22E·F로 되었다. 출국장 안의 TV에서는 평소 알고만 있던 아랍권의 알자지라(Aljazeera) 방송이 나오고 있었는데, 영어로 하는 세계뉴스가 계속되었다.

카타르항공의 비행기는 Oryx라는 사슴 종류의 머리 부분을 로고로 삼고 있는데, 이륙한 후 아라비아 만을 건너서 이란 땅을 남에서 북으로 가로질러 나아갔다. 창 아래로 바라보이는 육지는 모두 사막이라 수목의 모습은 전혀 볼 수 없었다. 유명한 古都 이스파한의 상공과 수도 테헤란 부근도 통과하였으나, 공중에서 내려다보이는 풍경은 별로 다를 바 없었다. 10시 53분에 아제르바이잔의 수도 바쿠에 도착하였다. 현지 시간은 카타르보다 한 시간이 늦다.

바쿠 공항에서 현지 가이드 김종연 씨의 영접을 받았다. 그는 조금 살이 찌고 배가 나온 편으로서 문경이 고향인데, 2011년에 이 나라에 와서 8년째 거주하고 있다. 이 나라에서 경제대학과 외국어대를 졸업하였고, 딸이 현재 대학 2학년생이라고 한다. 현지 이름은 엘친이라고 했다. 그는 현재 50대로서, 처음 아시아-문화개발계획에 따라 우즈베키스탄으로 가 타시켄트국립대학의 컴퓨터 교수로 근무하기도 하다가 8년 전에 이 나라로 옮겨왔는데, 러시아어 등 다양한 외국어를 구사하고, 한국인 여성과 20여 년째 결혼생활을 하고 있으며, 그의 두 딸은 현재 독일과 미국에 유학해 있다. 바쿠에서는 현지인 7명을 고용하여 한국 마트를 경영하기도 하는데, 현재 100명 정도 되는 한국 교민의 수가 점차 줄어들기도 하여 머지않아 마트는 접을 계획이라고 한다.

샘스라는 이름의 마른 체격을 한 현지인 젊은 여성이 보조가이드로 함께 나왔는데, 한국어가 꽤 유창하였다. 아제르바이잔의 대학에서 한국어를 전공하였고, 한국외국어대학에 유학한 적도 있다고 한다. 기사는 군두스라는 이름의 중년 남성이었다.

공항에서 우선 10달러를 현지 돈으로 환전하여 16 마나트를 받았다. 코카서스 3국은 흑해와 카스피해 사이에 위치해 있지만, 모두 유로화를 사용하지 않고 각각 자국 화폐를 쓰며, 달러나 유로는 통용되지 않는 모양이다. 혜초여행사의 경우와 달리 물은 버스 속에서 보조가이드로부터 사서 마셔야 하는데, 1달러에 페트병 두 개의 가격이었다.

김 씨는 우리를 인도하여 먼저 예정에 없었던 유전지역 수라하느 구역 내의 유네스코 세계문화유산으로 지정된 아타쉬가흐라고 불리는 불의 사원으로 안내하였다. 이 나라는 작년 무렵부터 관광이 활성화되었다고 한다. 그리로 가는 도중에 현지에서 메뚜기라고 부르는 원유 퍼 올리는 기계를 많이 보았다. 1912년에 러시아가 이곳을 조로아스터교의 발상지로 인정한 키릴 문자로 적힌 둥근 동판이 그 입구에 붙어 있었다. 조로아스터교는 페르시아 제국의 국교였으므로, 나는 이란에서 생겨난 줄로 알고 있었으나 이곳이 본산지라고 한다.

5각형 형태로 배치되어 있는 불의 사원 안에는 26개의 방이 있고, 각 방의 입구마다 인도 언어인 우르드어로 적힌 문자나 페르시아어로 적힌 글자가 새겨져 있다. 지금은 박물관처럼 되어 실내에 밀랍인형들이 배치되어 당시의 모습을 재현하고 있다. 이곳에는 선사시대부터 사원이 있었던 것이지만, 현재의 건물은 17세기에 재건된 것이라고 하는데, 내가 보기에는 근자에 새로 지어진 것이 많은 듯하였다. 곳곳에 가스 불이 타오르고 있었다. 사막 가운데의 유전지대라 기름과 더불어 가스가 많이 생산되는데, 거기서 자연적으로 발생한 불을 숭배하는데서 拜火教 즉 조로아스터교가 생겨난 것이다.

실크로드의 상인들이 묵어가는 방들도 있어 그들의 숙소를 겸해 있었던 모양이다. 이 종교는 후일 인도로 들어가 힌두교와 많이 혼합되었고, 이슬람교에도 적지 않은 영향을 주었다. 조로아스터교는 보고 듣고 행동하는 것을 철칙으로 삼고 있으며, 이슬람교에서 하루 다섯 번 예배를 올리는 것이나 봄맞이 잔치 등은 조로아스터교에서 유래하는 것이라고 한다. 방 안에서 춤추는 시바 신의 모습을 새긴 철제 조각품을 보기도 했다. 인도를 대표하는 기업인 타타그룹의 회장은 조로아스터교의 신자라고 한다.

아타쉬가흐 사원을 나온 후, 1번 국도를 경유하여 바쿠 시내로 이동하였다. 바쿠는 카스피해 서해안의 아프세론 반도 남해안에 있으며, 각지로 통하는 철도와 조지아의 바투미 항으로 통하는 송유관의 기점이 되어 있다. 바쿠(Baki, 현지에서는 바크라고 발음한다)라는 지명은 페르시아어 '바트쿠베' 즉 '바람이 심하게 부는 곳'이라는 뜻인데, 바람의 도시라고 불릴 정도로 때때로 강한 바람이 분다고 한다. 1900년대에 세계 기름의 절반을 생산했을 정도로 많은 석유가 나오는 곳이며, 로스차일드 가문이나 알프레드 노벨의 형의 경우처럼 석유로 일어난 재벌들이 이곳에서 생겨났다. 「카스피해의 진주」라는 이름의 007 시리즈 영화도 이 도시를 배경으로 하고 있는데, 프랑스 여배우 소피 마르소가 출연한 모양이다.

지금은 봄에서 여름으로 넘어가는 계절로서, 여름이면 기온이 40~45℃에 이른다고 한다. 이러한 사막 속에다 석유에서 생겨난 돈으로 거대한 인공도시를 건설하였다. 이 도시의 건축물들은 대체로 유럽 지향의 것이나 곡선이 많고, 개중에는 예술적으로 뛰어난 작품들이 눈에 띈다. 그래서 코카서스 3국 가운데서 인공미로는 바쿠, 자연미는 조지아를 꼽는다. 기름이 이 나라 소득의 90% 정도를 차지하며, 사람들이 사는 모습이 꽤 부유해 보이지만, 공식적인 국민소득은 7~9천 불 수준이라고 한다. 가이드는 그것이 유가하락시의 통계라고 하면서 실제 수준을 크게 하향 평가한 것인 듯이 말하였다. 고등학교까지 무상교육을 실시하며, 1년에 교육비는 100만 원 정도 든다고 한다.

우리는 먼저 초대이자 전직 대통령이었던 헤드리 엘리에브를 기념하는 문화센터를 보러 갔다. 가는 도중에 5년 전 이 나라에서 거행되었던 유럽올림픽의 스타디엄 건물을 지나기도 했다. 문화센터는 이라크 난민 출신으로서 영국에 유학한 지아 헤디디라는 여성이 지은 건축물인데, 달팽이 모양으로 곡선을 이루었고, 실제로 드넓은 잔디밭에 가지각색의 달팽이 조각품들이 드문드문 배치되어 있었다. 그 옆에는 국제회의장이 위치해 있다. 지아 헤디디는 건축계의 노벨상이라고 불리는 상을 수상한 사람이며, 60세의 나이로 3년 전에 작고했다고 한다. 헤드리 엘리에브는 구소련 시대에 공산당 서기장을 지내다가 독립하면서 건국 대통령이 된 사람이며, 지금은 그를 이어 아들이 이 나라를 통치하고 있다. 그러므로 이 나라는 건국한 지 22년째이지만 이들 부자가 통치한 기간이 이미 50년인데, 근자에 실시된 국민투표에서 그 아들이 70% 이상의 찬성으로 재선되어 앞으로 7년간을 더 통치하게 된다. 공산권이나 중앙아시아 지역에서는 이런 나라들이 적지 않다. 정부청사 등이 늘어선 메인스트리트를 지났는데, 오늘은 이 나라의 공휴일이라 한가한 모습이었다.

우리는 대절버스에서 내려 이 나라의 명동거리에 해당하는 구역을 걸어서 통과하여 T. Aliyarbeyov 14, Fountain Square에 있는 Firuzo라는 식당에 들러 점심을 들었다. 이 나라에서 유명한 최고 수준의 식당이라고 한다. 거기서 수프, 전병, 닭고기와 함께 요리한 밥, 샐러드 2종, 감자 소고기 볶음, 각종 과일 모둠 등 다양한 요리를 들었다. 이미 두 번 탄 비행기 속에서 세 끼의 기내식을 든 데다 바쿠 시내에서 점심과 저녁이 따로 나오니, 오늘은 하루에 다섯 끼의 식사를 드는 셈이다. 그러나 요리는 모두 맛이 있었다.

식후에 오후 2시 45분부터 3시 15분까지 반시간 동안 자유 시간을 가져 그 근처의 수목이 많은 젊음의 광장 일대를 산책해 보았다. 이 나라는 다민족 국가이나 투르크계 인종이 다수를 차지하고 있는 모양이다. 검은색 부르카를 뒤집어쓴 여인들이나 손에 헤나를 한 여성도 눈에 띄었다. 거리에서 어떤 아가씨가 말을 걸어왔는데, 그녀는 우리 내외가 남한 사람임을 알고는 매우 반가와 하며 한국말을 하기 시작하였다. 이 나라에 외국인 관광객이 오기 시작한 지는 2년 정도 되는 모양이다. 거리에는 일본·독일차가 많으나 한국의 현대·기아차도 그 다음 정도로 자주 눈에 띄고, 시내버스는 대부분 대우 차인 듯하였다. 중심가에 국립문학박물관이 위치해 있고, 이 나라를 대표하는 시인 니자미 겐제비(1141~1209)의 동상이나 시인 사비르(1862~1911)의 동상도 보았다.

우리는 걸어서 미로처럼 연결되어 있는 바쿠의 구도시인 이췌리쉐헤르로 이동하였다. 1300년대에 지어진 성인데, 전체가 유네스코 문화유산으로 지정되어져 있고, 성 내부에는 실제로 사람들이 거주하고 있다. 우리는 그 중에서 이 나라에서 유명한 종교적 치유사였던 사람이 살았던 집과 어느 작가의 화실 안으로 들어가 보기도 하였다.

다음으로는 아제르바이잔 건축의 진주라 불리는 구시가 안의 가장 높은 곳에 위치한 쉬르반샤 왕궁으로 가보았다. 쉬르반 왕국은 6세기부터 16세기까지 존속한 것으로서, 그 수도는 원래 샤마흐라는 곳에 있었는데, 지진 때문에 여러 번 대형 인명사고가 나고 한 번에 4만 명 이상이 사망하는 경우도 있었던 까닭에 이곳으로 천도한 것이다. 이 왕궁은 12~15세기에 걸쳐 건설되고 사용되었던 것이며, 그 옆에 15세기에 건축된 왕의 모스크와 왕가의 무덤 그리고 목욕실이 위치해 있었다. 왕궁은 별로 큰 규모는 아니었는데, 주위에 페르시아·투르크·러시아 등 강대국들로 둘러싸여 그들에게 대적하지 않고 굴종함으로써 독립을 유지해 온 것이라고 한다. 카스피 바다에서 건져 올린 커다란 문자들이 새겨진 석판들이 왕궁 주변에 많이 배열되어 있었다.

시청과 유리로 된 지하철역을 지나 아르메니아 사람이 만들었다는 정원을 둘러보았고, 그 다음으로 처녀의 탑에 들렀다. 기원전부터 있었던 건물로서 29.5m 높이의 둥근 모양으로 쌓아올린 石城인데, 아버지인 왕으로부터 결혼을 강요받고서 이 탑을 쌓을 것을 결혼 조건으로 내건 다음 탑이 완성되자 그 꼭대기에서 뛰어내려 자살한 공주의 슬픈 전설을 간직한 곳이다. 지금은 입장료를 받고서 그 꼭대기까지 올라가볼 수 있게 하고 있었다. 이 탑의 계단에서 예수의 12제자 중 한 사람인 나다니엘(바돌로메)이 선교를 하다가 배화교도에 의해 목이 잘리고 가죽을 벗겨 죽임을 당했다고 하는데, 탑 바로 앞에 그를 기념하던 교회의 유적이 남아 있었다. 미켈란젤로의 유명한 그림 '최후의 심판'에 가죽이 벗겨진 그의 모습이 나온다.

　그 부근에 초소형 책자 2,913권을 소장하여 2014년 기네스북에 오른 박물관도 있었는데, 거기서 한국 책 몇 권의 미니어처도 볼 수 있었다. 오후 4시 55분부터 5시 30분까지 자유 시간을 가졌다. 나는 아내와 함께 그 일대의 골동품 점포 같은 상점들을 둘러보았다. 25불을 부르는 쇠로 만든 찻주전자 하나를 사고 싶었으나 아내가 반대하므로 포기하였다.

　이 나라의 문자는 알파벳을 차용하였으나, e자를 거꾸로 세운 이 나라에만 있다는 특이한 글자가 자주 눈에 띄었고, 터키어처럼 움라우트를 많이 사용하며, 글자 아래에다 돼지꼬리 모양의 곡선으로 된 부호나 글자 위에 반원형의 부호를 붙인 글자도 눈에 띄었다. 영어와 더불어 러시아어도 이따금씩 눈에 띄었다.

　대절버스를 타고서 이동하여 카스피 해와 바쿠 시의 전경을 한 눈에 바라볼 수 있는 언덕으로 가보았다. Flame Tower라고 부르는 이 도시의 랜드마크로서 곡선으로 이루어지고 바깥이 모두 유리로 된 세 개의 건물이 근처에 있고, 국회의사당도 있었다. 지금은 '증인들의 동산'이라는 이름의 국립현충원으로 조성되어진 곳이었다. 근자에 있었던 아르메니아와의 전쟁에서 사망한 2만 명과 러시아와의 전쟁에서 사망한 사람 등을 기리는 곳으로서, 그들의 무덤가에는 사망한 사람의 초상이 석판에 새겨져 있고, 더러 초상이 없는 것은 무덤을 고향으로 옮겨간 사람들의 것이라고 한다. 외국의 원수들이 바쿠를 방문하면 반드시 참배하는 곳으로서, 전망대 부근에는 영원히 꺼지지 않는 불을 둘러싼 탑이 있다.

　바쿠는 사막지대에 인공으로 조성한 도시라 낮에는 무척 덥기 때문에 사람들은 석식 후 밤이 되면 이런 곳에 와서 바람을 쐬며 시간을 보낸다. 이즈음은 새벽 4시 반이면 동이 터서 밤 10시경에 해가 진다고 한다. 전망대 근처에는 근자에 지어지고 있는 시드니의 오페라 하우스를 본 딴 모양의 쇼핑센터 건물도 바라보였다. 사암대리석으로 만들어진 긴 계단을 걸어 내려와 대절버스에 오른 후, 카스피 해 가에 조성된 불바르 국립공원을 20분 정도 산책해 보았는데, 그곳 도로 부근의 백화점 건물 안에 들어가 보기도 하였다. 카스피해는 담수인데, 짠 맛을 띄고 있어 고대에 이곳이 바다였음을 알 수 있다.

이 나라는 한반도 면적의 80% 정도 되는 면적에 인구는 900만이며, 세계에 있는 12개의 기후대 중 9개 기후대가 분포해 있어 국토가 매우 다양하다. 그래서 사람보다도 양이 많을 정도로 목축이 성하며, 경찰국가이기도 하여 치안은 좋은 편이다. 도둑이 별로 없고 사람들은 선량한 편이지만, 택시나 시장 등에서 흥정으로 바가지를 씌우는 것은 합법적인 거래행위라 하여 당연시한다. 우리는 석식을 들기 위해 돌아오는 도중에 승용차가 차량들 사이로 서커스 하듯 헤집고 추월해 지나가는 광경을 보았는데, 결혼식 차량이라고 한다. 중동권에서는 결혼식이 엄숙한 서약을 하는 자리가 아니라 이처럼 잔치 분위기여서, 춤으로 시작하여 춤으로 끝난다고 한다.

Najafgulu Rafiyev 12a(The proximity of the metro Khatai)에 있는 패밀리 레스토랑 Salam Aleykum에 들러 석식을 들었다. 석식의 주 메뉴는 닭고기 구이와 양 갈비였는데, 아내는 오늘도 배가 부르다고 하며 고기에는 손을 대지 않았다.

바쿠 시내의 Sport City Hotel에 있는 4성급 호텔 Qafqaz에 들어 아내와 나는 1103호실을 배정받았다. 17층 건물 중 11층에 위치해 있다. 호텔은 카스피해 가에 위치해 있어 엘리베이터를 타고 오르내리는 중에 바다의 모습을 바라볼 수 있으나, 우리 방은 시내 쪽으로 창이 면해 있다.

■■■ 20 (수) 맑음

아제르바이잔 국토를 서북쪽으로 관통하여 조지아 국경 가까운 지역까지 이동하는 날이다. 오전 8시 반에 출발하였다. 바쿠 시의 인구는 300만 정도로서 중앙아시아 최대의 도시라고 한다. 이 도시에서 소비하는 물은 따기에 브라고 하는 無學의 석유재벌이 약 1세기 전에 먼 산악지역에 인공저수지를 건설하고 물 터널을 조성하여 이곳까지 물을 끌어와서 공급하게된 것이다. 그는 여자대학을 세우기도 하는 등 좋은 일을 많이 하여 이 나라 교과서에 나온다고 하는데, 현재의 국립박물관이 그의 저택이었다고 한다. 그러나 공산주의 시절 그는 모든 재산을 몰수당하였다. 바쿠 시내의 건물들은 중세유럽식이라고 한다. 시내에서 더러 대우가 만든 택시와 현대의 버스도 눈에 띄었다.

교외지역으로 나아가자 이곳의 사막성 기후를 보다 잘 관찰할 수 있었다. 산과 들에 나무가 없고 키 작은 풀만 여기저기에 보일 따름이었다. 카스피해는 세계에서 가장 큰 호수이며, 그 왼쪽의 바쿠 만에서 세계 최초의 해상 유전이 개발되었다. 지금은 세계 11위 정도의 매장량을 지녔는데, 15개 구소련연합이 그 기름을 사용하였다. 이 기름은 BTC 파이프라인을 통해 유럽으로 송출된다. 교외지역에서 11세기에 지어진 이란 식의 비비헤이벳 모스크를 지나갔고, 아랍 두바이의 칼리프호텔보다도 30m 더 높은 세계 최고의 건물을 짓는 건설현장도 지나쳤다. 역시 바다를 낀 호텔을 짓는 것이라고 한다.

구소련 붕궤 후 20년 전에 시작된 아르메니아와의 전쟁이 지금까지도 계속되고 있는데, 이는 독립후유증에 의한 영토분쟁이다. 구소련 시절에 국경의 땅을 자의적으로 분할했던 데서 기인한 것으로서, 카라바트 지역의 영유권 문제에 의해 발생한 전쟁 이전에 이 두 나라는 수천 년의 역사를 통해 종교가 다름에도 불구하고 혼인으로 결합하는 등 서로 친밀하게 지내왔던 것이다. 현재의 이 전쟁에는 종교가 관여되어 있기도 하다. 아제르바이잔으로서는 전체 국토의 20%에 해당하는 잃어버린 땅을 되찾는 것이 지상과제로 되어 있는 것이다. 전시상황은 대통령의 연임을 합법화시켜 주는 요인이기도 하다. 이함 엘리에브 현직 대통령은 이미 16년을 통치해 왔는데, 이동하는 도중 길가 여기저기에 그의 아버지인 초대 대통령의 대형 초상 사진이 걸려 있었다. 일종의 우상화인 모양이다.

그루지아가 조지아로 국명이 바뀌는 배경에도 소수민족이 살던 지구인 남오세티아가 그루지아로부터 분리하여 러시아 국민이 되고자 한 사정이 개재되어 있다. 당시 러시아와의 전쟁에서 조지아 국민 2천 명 이상이 사망하였으며, 이 나라를 원조했던 조지 부시 미국 대통령의 이름이 트빌리시의 번화가에 붙어 있다고 한다.

우리는 도중에 고부스탄에 들러 유네스코 세계문화유산으로 지정되어 있는 암각화를 구경하였다. 고부스탄은 '감추어져 있는 땅'이라는 뜻이라고 한다. 1938년에 발견된 것으로서, 그 이전에 이곳은 채석장으로 이용되고 있었으므로 지금 그 꼭대기 부분은 채석 활동으로 말미암아 평평하게 되어 있다. 사암으로 이루어진 약 9천개의 돌무더기에 15,000년 전부터 5,000년 전까지에 걸친 선사시대의 암각화가 3,500개 정도 남아 있는 곳이다. 오랜 시기에 걸쳐 조성된 것으로서, 개중에는 소 등 동물의 모습이나, 바이킹의 배, 그리고 알렉산더대왕 동방원정의 자취 등을 찾아볼 수 있다.

우리는 이번 여행의 전체 일정을 통해 여행사 측이 빌려준 수신기에다 각자가 준비해 온 배터리와 이어폰을 연결하여, 걸으면서 가이드의 설명을 들을 수 있게 되었다. 먼저 박물관에 들어가 전시물들을 둘러본 다음, 그 부근의 바위산으로 올라가 다양한 암각화를 둘러보았다. 이곳은 큰 산이라 불리는 곳으로서 암각화가 발견된 주된 장소이고 그 밖의 다른 장소에도 그림이 있는 모양이다. 각 바위에는 발견 당시에 새겨진 일련번호가 붙어 있었다. 이곳에 거주하던 사람들은 신장이 평균 190cm 정도로서 군집생활을 하고 있었는데, 바이킹의 원조가 아닌가 하여 노르웨이 사람들의 방문이 잦다고 한다. 물고기, 춤추는 사람들, 도마뱀, 바이킹 배, 마차, 동물들 등의 그림을 보았다. 그들이 얄리 춤을 출 때 장단을 맞추기 위해 사용하던 속이 빈 바위를 깎아 만든 악기도 있었다. 이 일대에서 거의 소금으로 변한 호수를 보기도 하였는데, 이 지역은 바닷가로서 육지가 해수면보다 3m 정도 낮은 곳이라고 한다. 우리 이후에 관광버스들이 잇달아 들어오고 있었다.

고부스탄 읍내에서 난민들이 거주하는 아파트를 보았다. 이 나라는 현재 10만 명이 넘는 난민을 안고 있어 외국으로부터는 난민을 받아들이지 않는다. 난민들은 주로 도시의 변두리 지역에 정착시키는 모양이다.

고부스탄을 떠난 후 쉬르반 왕국의 옛 도읍지였던 샤마흐를 지났다. 사막을 지나자 스텝이 나타나고 밀을 재배하는 밭들이 펼쳐지며, 나무가 점차 많아졌다. 그러더니 코카서스 산악지대로 들어서면서 괴벨레 일대에서는 울창한 숲이 나타나기 시작하였다. 우리는 코카서스 산맥을 통과하는 도중 가장 높은 지대에서 내려 주위의 풍경을 둘러보기도 하였다. 코카서스는 영어이고 현지어로는 카프카즈라고 한다. 성경에 나오는 노아의 세 아들 셈·함·야벳 중 야벳의 자식이 이곳에 거주하였는데, 야벳 자손 중 카후카즈가 변해 카프카즈로 되었다고 한다. 카프카즈 땅은 노아의 배가 닿았던 아라라트 산과 야벳 후손이 살았던 엘부르즈 산, 그리고 카스피 해 사이의 삼각지대에 위치해 있으며, 카프카즈 지역에는 산은 물론 들판들까지 모두 포함되어 있다.

이 지역은 역사적으로 페르시아 등과도 밀접한 관계가 있어, 우리가 통과하는 이 길은 페르시아 제국 시절의 간선도로였다고 한다. 관광 사업이 활성화됨에 따라 현재의 도로는 2년 전에 고쳐 건설되었는데, 한국회사가 도로의 설계와 감리를 맡은 모양이다. 올해는 한국 관광객이 작년보다 배 정도로 늘어나, 100팀이 넘는 3,000명 정도가 찾아올 것이라고 한다. 한국 관광객의 평균 연령은 62~70세 정도이다. 사막을 지나 스텝으로 들어설 무렵 도로가에 새로 조성한 나무숲이 길게 늘어서 있는 것을 보았는데, 이처럼 어린 나무는 10년 동안 물을 주어야 하고, 물 주어 키우는 회사가 있다고 한다.

이 나라는 성경에 마데라는 이름으로 나타나는데, 마데와 메디아는 같은 말이다. 원래는 4500만 정도의 인구를 지니고서 이란 땅 타브리즈에 수도를 두고 있었으며, 100년 전에 분할되었다. 지금도 이란에 2500~3000만 명의 동족이 살고 있으며, 이란 지도자 호메이니도 아제르바이잔 계통이라고 한다. 노무현 대통령 때 한국 대사관이 개설되었다.

도중에 칸 바그(왕의 정원)라는 식당에 들러 건물 바깥 경사진 산비탈에 위치한 넓은 정원의 호수가 바라보이는 장소에 설치된 사방이 트인 식당에서 케밥 등으로 점심을 들었다. 이번 여행에서는 4명씩이 한 팀을 지어 식사가 제공되는데, 그래서인지 다른 유럽 여행에서 각자에게 전식·메인·후식 순으로 음식이 제공되던 것과는 달리 다양한 음식이 계속 나왔다. 식사 중 주문하여 마시는 맥주도 유료인데, 1병에 2불이었다. 30명인 일행 중 남자는 9명이고 모두 부부동반인데, 동서 두 쌍과 처남 내외에다 아내의 친구 두 명이 끼인 8명 한 팀이 있고, 그 밖에 전라북도 전주시 및 그 인근의 완주군에서 온 동서 두 쌍 팀도 있으며, 나머지는 각각 한 쌍씩이다. 혼자 와서 각각 독방을 쓰는 노년의 여자 두 명도 있다.

　식후에 2시간 정도 더 나아가 이 나라의 안동에 해당한다는 쉐키에 도착하였다. 가는 도중의 길가에서 화덕에 갓 구워서 파는 빵 초렉을 들어보기도 하였다. 중국의 서역 지역이나 중앙아시아의 주식인 난과 비슷한 것이었다.

　쉐키의 산골짜기 중 가장 높은 지대에 이곳 왕의 여름 궁전이 위치해 있다. 18세기에 지어진 것으로서, 규모는 별로 크지 않으나 내부의 벽과 천정에 프레스코 기법으로 꽃과 화분, 용이나 사자 등의 섬세한 그림들이 그려져 있고, 스테인드글라스로 된 창문은 베네치아 유리로 만들어졌다. 건물의 규모가 크지 않은 것은 이 일대에 잦은 지진과 홍수 때문이기도 하고, 주변 대국들의 눈치를 본 까닭도 있다고 한다. 창틀은 호두나무를 연기에 그을린 후 상당 기간을 보관하여 만든 것으로서, 이렇게 하면 뒤틀림을 방지할 수 있다. 그 앞뜰에 530년 된 고목이 두 그루 서 있었다.

　이곳에는 바쿠로부터 이어지는 실크로드 무역 상인들의 숙소인 카라반사라이 중 가장 규모가 큰 것이 있는데, 무역상들로부터 거둔 세금으로 부유했던 곳이다. 실크로드의 상인들은 하루에 낙타가 걸을 수 있는 거리인 45~60km 정도마다에서 숙박했는데, 중국의 西安에서부터 유럽까지 한 상인이 계속 이동하는 것이 아니라, 도중의 곳곳에서 필요에 따라 물물교환하면서 상인은 자꾸만 교체되었던 것이다. 이곳의 카라반사라이에는 본관과 별관이 있는데, 모두 돌로 지어진 3층 건물이고, 춥고 눈이 많은 겨울 기후에 적합하게 된 구조였다. 낙타 등이 묵었던 1층은 현재 모두 기념품 상점으로 변해 있다. 242개의 방이 있고, 400명이 묵을 수 있는 3층 건물인 본관의 안쪽 바깥에 커다란 정원도 조성되어져 있었다. 여름 궁전의 입구에도 칸 사라이라고 적혀 있었는데, 사라이란 궁전·숙소의 뜻을 모두 가지고 있다.

　그 일대에 1세기에 건축된 십자가 모양의 기독교 교회 건물이 남아 있었다. 카프카즈 일대에 위치했던 알반 제국은 최초의 기독교 국가로서 7세기에 이슬람교가 들어오기 전까지 기독교가 이 일대에 널리 퍼져 있었다. 동방어머니 교회라고 하는데, 이는 모든 교회의 뿌리이며 예수의 12사도 중 한 사람인 나다니엘의 제자 엘리제가 이룩한 것이라고 한다. 그러므로 우리 이

외에도 서울 청담동에서 온 가톨릭 성지순례자 일행을 이곳을 비롯한 우리의 오늘 코스에서 자주 만났다.

카라반사라이를 나온 후 오후 6시 30분에서 50분까지 자유 시간을 가졌는데, 그 동안 아내는 기념품점에서 18달러 주고서 도자기로 만든 받침대 몇 개를 샀다. 그러나 우리가 환전한 이 나라의 화폐는 이미 사용할 수 있는 시간이 얼마 남지 않았으므로, 보조가이드 샘스 양을 대동하여 산 곳으로 가서 이미 지불한 달러를 이 나라 돈과 바꾸고자 했으나 그녀의 말로는 상인들이 달러를 선호하여 바꿔주지 않을 것이라고 하므로 포기하였다.

구소련 우주인 가가린의 이름이 붙은 35년 된 식당에 들러 사즈·돌마라는 이 나라의 유명한 음식으로 석식을 들었다. 이 일대에서는 투박한 모양을 한 러시아 제 주글리 승용차가 자주 눈에 띄는데, 산악 지형에 적합한 것이라고 한다.

그곳을 떠난 후 석양이 지는 모습을 바라보며 반시간 남짓 이동하여 우리의 숙소가 있는 가흐로 이동하여 9시경 호텔에 닿았다. Heydar Aliyev Avenue에 있는 5성급 호텔 엘 리조트였는데, 우리 내외는 304호실을 배정받았다. 시설이 훌륭해 보이고 주변에 드넓은 정원도 딸려 있었지만, 엘리베이터의 감응식 버튼이 잘 작동하지를 않고, 실내의 조명등도 몇 개 켜지지 않았으며, 옷장에 옷걸이가 2개 밖에 없고, 화장실에 물 컵도 한 개 밖에 없는 등 좀 불편한 면이 있었다.

■■■ 21 (목) 맑음

오전 8시 반에 숙소를 출발하여 1시간 20분쯤 후에 국경도시 발라칸에 도착하였다. 오늘의 최고기온은 31℃라고 한다. 국경 건너 쪽 조지아 땅은 라고데키라고 한다. 우리가 이번에 여행하는 南코카서스 지역의 세 나라는 초대 기독교 국가가 있었던 곳인데, 오늘날 아제르바이잔은 이슬람 국가로 되어 있고, 아르메니아와 조지아는 여전히 자국의 기독교 정교회를 신앙한다. 아제르바이잔의 자카탈라 산중턱에 있는 교회들은 이러한 초대 교회의 자취들이다. 아제르바이잔은 아르메니아와, 조지아는 러시아와 전쟁을 치른 바도 있어 각각 징병제도를 실시하고 있다.

도로 가운데에 소들이 멈추어 있는 곳이 많고, 산들이 눈을 이고 있는 것을 볼 수 있다. 길 가에 자귀나무와 능소화가 꽃을 피운 모습이 자주 눈에 띄었다. 산악 지대에는 홍수가 잦다고 한다.

발라칸에 도착하여 아제르바이잔 가이드 및 보조가이드와 작별한 후, 출국수속을 거치고서 좁다랗고 경사진 통로를 각자 본인의 짐을 끌고서 2~300m 쯤 이동하여 조지아 땅으로 들어간 다음 입국수속을 밟았다. 그것은 꽤 힘든 노동이었다. 조지아에서는 비교적 젊은 나이임에도 불구하고 머리 앞쪽이 꽤 벗겨지고 그 때문에 빡빡 깎은 머리를 캡을 써서 캄플라즈 한 조지아 측 가이드 김승민 씨가 새 버스를 가지고 와 대기하고 있었다. 그는 이 나라에 온 지 1년 정도 밖에 되지 않았다고 하는데, 가이드 일을 하기에 부족함이 없을 정도로 꽤 해박한 지식을 지니고 있었다. 보조 가이드는 알렉스라는 이름의 24세 된 현지인 남자인데, 수염을 기르고 머리를 뒤로 묶었으며, 양쪽 손목에는 가죽제품으로 보이는 수많은 팔찌를 차고 있었다. 넥타이를 맨 베소라는 이름의 기사는 거의 대머리였다. 이들 중 김 씨와 기사는 아르메니아까지 우리와 동행하게 될 것이다.

우리는 석유 생산국인 불의 나라로부터 경치로 이름난 물의 나라에 들어온 것이다. 조지아는 남한 면적의 2/3 정도이며, 아르메니아는 1/3 정도라고 한다. 조지아 국토의 2/3가 산악지형이며, 인구는 372만인데, 그 중 150만 명 정도가 수도인 트빌리시에 거주하고, 해외에도 50만 명 정도가 있다. 조지아의 주된 산업은 낙농업과 와인 수출이며, 국민소득은 연간 5,000 달러 미만이다. 작년에 7천 명 정도의 한국 관광객이 방문했으며, 올해는 만 명 이상이 올 것으로 추정하고 있다. 조지아정교회는 세계 최초의 기독교 국가인 아르메니아가 301년에 기독교를 공인한 데 이어서 326년에 두 번째로 공인하여 국교로 삼았다. 조지아정교회의 신자는 국민의 84%인 모양이고, 그 외에 무슬림이 10%, 아르메니아사도교회의 신자가 4%라고 한다.

조지아 땅으로 들어오니 먼저 문자가 다른 것이 눈에 띄었다. 알파벳을 차용한 아제르바이잔에 비해 조지아는 자국의 고유한 문자를 가졌는데, 동글동글하고 꼬불꼬불한 것이 인도 북서부의 고대 방언인 팔리어 문자를 닮았다는 느낌이 들었다. 그리고 화장실을 이용할 때 돈을 지불해야 한다는 점도 달랐다. 국경에서 우선 20달러를 이 나라 화폐인 라리로 환전하여 지폐 55라리와 동전 몇 푼을 받았다. 1라리는 한국 돈 500원 정도에 해당한다. 1라리는 100테트라인 모양인데, 테트라는 '빛난다'는 뜻으로서, 오늘 화장실을 이용할 때 한 번은 50테트라를, 또 한 번은 20테트라를 지불하여 차이가 컸다. 때로는 1라리를 요구하는 곳도 있다. 조지아의 화폐 단위인 라리는 기원전 6세기 때부터 사용되어 온 것이며, 이 나라 문자는 4세기에 만들어진 것이라고 한다.

국경에서 1시간 정도 이동하여 누미시 와이너리라는 포도주 공장에 들러 점심을 들었다. 이 나라는 와인의 역사가 8,000년으로서 세계에서 가장 오래되었는데, 이 일대 카케티 지역에서 전국 물량의 2/3를 생산한다. 서양처럼 오크통에 넣어서 숙성시키는 것이 아니라 크베브리라고 하는 커다란 독을 땅에 묻어 포도 전체와 줄기까지를 넣어 숙성시키는데, 그러한 제조법은 유네스코 세계문화유산으로서 등재되어 있다. 포도를 뜻하는 비노라는 말도 조지아 말에서 유래한 것이라고 한다. 우리는 먼저 포도주를 생산하는 공장에 들러 가이드로부터 설명을 들은 후, 식당에서 무츠바디라고 하는 이 나라 전통 요리를 메인으로 하여 점심을 들었다. 양고기 꼬치구이인 샤슬릭이 나왔다. 적포도주, 백포도주 그리고 포도주 만들고 남은 지게미로 만들었다는 짜짜라는 이름의 45도 정도 되는 독주도 제공되었다. 이는 지난번의 스페인 산티아고 순례 때 뽈뽀(문어) 요리 전문점에서도 나온 바 있었다. 그러나 술을 들 수 없는 나에게는 그림의 떡일 따름이다. 이 나라는 음식이 짜고 고수가 들어가는 것이 특징인데, 가이드가 주문할 때 한국인의 입맛에 맞추어 좀 변화를 가했다고 한다.

조지아는 1923년에 구소련연방에 편입되었다가 1991년에 독립하였다. 180만 년 전의 인류인 호모게오르기쿠스가 발견되는 등 오랜 역사를 가진 나라이다. 그 역사를 통하여 다양한 나라로부터 침략을 받아온 것이 한국과 유사한 면을 지녔다. 한 나라에 사계절이 공존한다고 할 정도로 다양한 기후를 가졌으며, 흑해 연안의 바투미는 아열대성 기후이다. 실업률이 30% 이상이며, 25세 이전에 대부분 결혼하되 출산율이 낮고 이혼율은 높다.

식후에 1시간 정도 이동하여 카케티 지방에 있는 다음 목적지 시그나기 마을로 향했다. 해발 800m의 절벽 위에 세워진 중세의 성곽도시인데, 인구는 2천 명 정도에 불과하다. 그리로 가는 도중에 능소화와 원추리, 자귀 등 한국에서 익히 보던 꽃들이 길가에 자주 나타났다. '백만 송이의 장미'라는 이름으로 알려진 심수봉의 노래는 원래 라트비아의 민요였는데, 러시아 여자 가수 알라 푸가초프가 이곳 카케티 지방의 화가 니코 필로스마니가 이 나라를 방문한 동경하는 외국인 여배우를 위해 수많은 장미를 선물한 이야기를 소재로 하여 그런 내용의 노래로 고쳐 불렀다고 한다. 그는 1862년생으로서, 1912년에 50대의 나이로 뒤늦게 화가로서 등단하였으나 혹독한 비평을 받고서 대인기피증에 걸려 지하실에서 생활하다가 영양실조와 간 기능 저하로 말미암아 사망하였는데, 사후에 그의 그림이 높은 평가를 받아 지금은 국민화가로 되어 있다고 한다. 조지아의 국화가 장미이다.

먼저 시그나기 부근의 뷰포인트에 도착하여 드넓은 평원 지대를 배경으로 한 언덕 위에 붉은색 지붕을 한 집들이 늘어선 마을의 전경을 바라본 후, 마을로 이동하였다. 수신기를 통해 가이드의 설명을 들으면서 두루 둘러보았다. 제2차 세계대전 때 70만 명의 이 나라 젊은이들이 참전하여 그 중 절반 정도가 사망하였는데, 마을 안에는 그 사망자들의 이름이 새겨진 추모 벽과 철학자이자 독립운동가인 사람의 동상이 있었고, 18세기의 에라클 2세가 이슬람 세력의 침공에 대비하여 쌓았다는 4.2km에 달하는 성벽도 있었다. 성벽은 대부분 최근에 복원된 것이었다. 시그나기는 '피난처'라는 뜻이라고 하는데, 요새이기 때문인 듯하다. 이곳 역시 실크로드 카라반의 기착지로서 번성했던 곳으로서, 현재는 역사지구로 지정되어져 있다.

거기서 오후 2시 50분부터 3시 20분까지 자유 시간을 가진 후, 꼭대기에 시계탑이 있는 시청 광장에 집결하여 10분 정도 걸리는 근처의 보드베 수도원으로 이동하였다. 9세기에 지어진 보드베 수도원은 여러 차례의 보수공사를 거쳐 17세기에 대대적으로 복원되었는데, 십자가 형태에 지붕 돔이 있는 바실리카 양식의 건축물이다. 구소련 시절인 1924년에는 병원으로 바뀌었다가 2003년도에 복원되었다. 조지아를 기독교 국가로 변화시킨 성녀 니노의 무덤이 있는 곳이므로 일종의 성지이며, 제정러시아의 황제가 방문한 적도 있었다. 이 나라와 아르메니아에서는 교회 안으로 들어갈 때 여자는 스카프를 쓰고 남자는 탈모하는 것이 매너이다. 정교회가 대부분 그렇듯이 내부에 다양한 이콘들이 있고, 입구에 이콘을 판매하는 곳도 있었다. 현지인들은 성 니노의 무덤에다 엎드려 키스를 하고 있었다.

당시는 로마의 지배하에 있던 이베리아왕국 시대로서, 이 나라에서도 로마의 종교인 태양신을 숭배하는 미트라교에다 샤머니즘 등을 신앙하고 있었다. 성녀 니노는 지금의 터키인 카파도키아에 살았는데, 꿈에 세 차례나 성모 마리아가 나타나 이곳으로 전교할 것을 계시하므로, 그에 따라 이리로 건너와서 당시의 왕 미리안 3세의 왕비 나나의 불치병을 기도로써 치료하였고, 왕이 사냥을 나가 일식을 만났는데 또 한 차례 니노에 의해 일식이 사라지는 기적이 일어났으므로, 마침내 이베리아왕국은 그리스도교를 국교로 선포하게 되었다고 한다. 그 후 니노는 이 수도원으로 와서 거주하다가 여기서 사망하여 묻혔다. 동방정교회의 경우 신부도 결혼이 가능하나 높은 지위의 사제인 경우 독신이어야 하며, 성화인 이콘을 숭배하고, 교회 내부에 성자나 왕의 무덤이 있는 공통점이 있다. 코카서스 지역에는 1세기에 사도 안드레아가 처음으로 전교하였다. 동방 교회는 일곱 차례 공의회를 개최하였는데, 그 중 칼케톤 공회 때 조지아 정교회가 분리되었다.

4시 10분에 차량으로 집합하여 두 시간 정도 이동하여 수도인 트빌리시로 향했다. 길가에 농산물을 가공한 제품을 파는 파라솔들이 많았다. 코카서스 지방에서도 스페인처럼 마을이 끝난 지점의 길가에 그 마을 이름에다 붉은 색 사선을 친 표지들이 자주 눈에 띈다.

트빌리시는 '따뜻한 곳'이라는 뜻이라고 한다. 도시의 가운데로 석회질이 많아 흙탕물 색깔을 띤 므트크바리 강 일명 쿠라 강이 흘러가고, 주변을 500m 정도 높이의 구릉들이 둘러싸고 있다. 티플리스라는 옛 이름을 가지고 있으며, 1,500년의 역사를 지닌 고도이자 이 나라에서 유일한 대도시이다. 이 나라에서 처음으로 만들어진 와인은 물속의 석회질을 해소하는 효과가 있다. 기원전 400년에 이곳에 이미 마을이 형성되었고, 첫 수도는 북쪽으로 조금 떨어진 므츠헤타에 있었다가 11세기에 이리로 천도하였다. 면적은 서울보다 좀 더 크다고 한다.

이 나라 사람의 평균 월급은 300~400불 정도로서 꽤 낮으며 최저임금 제도는 없다. 그럼에도 불구하고 사회주의 시절 대부분의 국민들이 집을 지급받았고, 전반적인 물가가 싸기 때문에 살아가는데 큰 지장은 없다. 연금제도나 의료보험제도도 갖추어져 있다. 오전 10시에 출근하여 오후 5시경에 퇴근하는 느긋한 생활을 하고 있다. 치안은 좋은 편이다. 카지노와 환전소가 많으며, 공과금을 납부하는 등 미니 은행의 역할을 하는 박스도 여기저기 눈에 띈다. 한국인은 무비자로 1년간 체류할 수 있다. 2008년도에 러시아와 전쟁을 하였으며, 지금은 CIS(구소련연방 탈퇴국가)의 일원이다.

올드 타운의 Krombacher라는 커다란 식당에서 오스트리라는 이름의 송아지 고기 요리를 메인으로 한 석식을 든 후, 15분 정도 이동하여 신시가지에 있는 4성급의 Golden Palace Hotel에 들었다. 7층 빌딩인데, 우리 내외는 519호실을 배정받았다. 트빌리시의 올드 타운인 street 34 david, Aghmashenebeli에 서울대 철학과 후배인 조호현 군이 4개월 전에 인수한 Mamatrio라는 음식점이 있지만, 그는 지금 한국에 있다. 인제대 김영우 교수의 소개를 받아 이곳에 오면 그를 만나보기 위해 한국에서 전화를 걸어보았더니, 자기는 현재 서울의 로스쿨 학원에서 강의를 하고 있으며, 1년에 몇 번 정도 여기를 오간다면서 와인이 맛있으니 찾아가서 꼭 들어보라고 했다. 그러나 나는 술을 들 수 없는 상황이니 가볼 이유가 없다.

■■■ 22 (금) 흐리다가 오후 한 때 비

오전 8시 반에 트빌리시를 출발하여 서쪽으로 3시간 정도 이동하여 삼츠헤-자바헤티 주에 있는 아할치헤 시의 라바티 성을 방문하였다. 도중에 트빌리시 시내에서 창을 들고 용을 물리치는 모습을 한 성 조지, 라틴어로는 게오르기우스(농부라는 뜻)의 동상을 보았다. 이 모습은 이 나라 도처에서 자주 눈에 띄는데, 그 역시 성녀 니노와 마찬가지로 카파도키아 출신으로서, 당시의 이 나라인 시레나 사람들을 기독교로 개종시켰고, 로마 황제 디오클레티아누스 때 체포되어 개종을 강요받았으나 거부하여 4세기 초에 참수형을 당한 인물인데, 중세 때 유럽에 널리 알려졌으며 조지아의 수호성인으로 되어 있는 사람이다. 조지아의 국기는 흰 바탕에 그려진 다섯 개의 십자가로 이루어져 있는데, 가운데의 큰 십자가는 그를 상징하는 모양이다.

이 나라의 고대에는 서쪽 흑해 연안 지역에 콜키스 왕국이 있었고, 동쪽에는 카르틀리스 왕국이 있었는데, 4세기 경 파르나바지 1세가 권력분쟁에서 승리하여 그것을 이어 이베리아 왕국을 건설하였다. 이 나라의 역사에는 그리스의 지배를 받았던 시절도 있고, 1세기에 로마의 지배를 받고, 사산조페르시아의 지배를 받다가 다시 로마의 공납국이 되었으며, 6세기에는 비잔티움 제국과 페르시아의 분할 지배를 받기도 하고, 18세기 이래로 제정 러시아의 지배를 받는 등 트빌리시의 주인은 33번이나 바뀌었다고 한다. 오늘날에도 흑해 연안의 영토 중 남쪽의 바투미 지역과 북쪽의 수쿠미 지역은 자치공화국으로 되어 있다.

우리는 바투미·수쿠미로 향하는 E60 즉 1번 국제도로를 따라서 스탈린의 고향인 고리 부근을 지나갔다. 고리는 트빌리시의 서쪽 비교적 가까운 지역에 위치해 있다. 1번 국제도로 중 므츠헤타 북쪽 3번 국제도로와의 갈림길에서부터 서쪽의 아가라에 이르는 구역은 이 나라에서 유일한 고속도로인데, 고속도로는 4차선에다 가운데에 나무를 심어 건너편 2차선과의 사이에 꽤 넓은 차단구역을 설치해 두었다. 도로 양쪽으로 우리 내외가 산티아고 순례를 갔을 때 늘 보았던 것과 비슷한 개나리 모양의 노란 꽃들이 지천으로 피어 있었다. 도중의 휴게소에서 9시 25분부터 50분까지 머문 후 다시 출발하여 얼마간 더 나아가다가 고속도로를 벗어나 2차선 도로에 접어들었는데, 카슈리에서 2차선인 8번 국제도로로 빠져 우리가 목적하는 서남쪽 방향으로 향했다. 휴게소에서 아내는 오디를, 나는 콜라를 한 잔 샀다. 이 일대의 국제도로 주변에는 각종 해먹이나 의자를 내 놓고서 파는 곳들이 많았다.

고속도로 도중에서 남오세티아 난민촌을 지나쳤다. 모두가 붉은 지붕을 한 비슷한 모양의 집들이 모여 있는 마을이었다. 코카서스 지방에 여기저기서 분쟁이 벌어지고 있는데, 모두가 구소련 시절 종교와 민족을 고려하지 않고서 임의로 경계를 설정하였다가 독립 후 그 때문에 벌어진 영토분쟁들이다. 체첸이 최초로 러시아와 전쟁을 벌여 1차 전쟁에서 6만 명이 사망하였고, 2차 전쟁에서는 100만 명이었던 인구가 80만 명으로 줄어드는 정도의 희생을 치렀다. 조지아의 경우는 이슬람교를 신봉하며 이란 계통의 알란 족이 주로 거주하는 자치공화국이었던 압하지아와 남오세티아가 분리 독립을 요구하자, 北京 올림픽 개막식에 러시아 대통령 푸틴이 참석해 있던 날을 기해 조지아가 선제공격을 가했는데, 4일 만에 러시아가 트빌리시 외곽의 고리 지역까지 진격해 들어와 5일 만에 휴전이 맺어졌고, 이후 그 지역에 러시아인은 자유로 출입할 수 있으나, 조지아 사람은 더 이상 들어갈 수 없게 되어 조지아 영토 안에 이러한 분쟁지역으로부터 이주해온 난민 부락이 형성된 것이다.

2008년에 있었던 러시아와의 전쟁 당시 친미 성향의 대통령이 집권하여 미국의 도움을 기대하였으나 국제 규범에 의해 미국은 중립적 자세를 취할 수밖에 없었고, 프랑스가 중재를 하고 이스라엘이 조지아에 도움을 주었으며, 미국도 뒤늦게 개입 의사를 밝힘에 따라 정전이 이루어지게 된 것이다. 이 나라의 국명이 제정 러시아 시절 이래의 러시아식 명칭인 그루지아로부터 영어식 이름인 조지아로 바뀌게 된 것도 그러한 이유에서이다. 트빌리시 시내에서 우리가 본 적이 있는 유리로 만든 평화의 다리는 그 사건을 기념하는 것이다. 아르메니아의 카라바트 지역에서도 비슷한 이유로 아제르바이잔과의 사이에 전쟁이 벌어져 지금까지 이어지고 있다.

우리는 이동하는 도중의 버스 속에서 '순리코'라는 제목의 이 나라 아리랑에 해당하는 민요를 들었다. 조지아 어와 나나 무스쿨리가 프랑스 어로 고쳐 부른 것 두 곡이었다. 스탈린의 애창곡이었다고 한다. 그 이후 보조가이드 알렉스가 자기 스마트폰에 내장된 이 나라의 노래들을 좀 더 틀어주었다.

8호선 국제도로를 통해 이 나라의 대표적인 휴양지 보르조미를 지나갔다. 오늘의 첫 목직지인 아할치헤는 삼츠헤-자바헤티 주의 주도로서 46,000명 정도의 주민이 살고 있는데, 터키 국경으로부터 70km 정도 떨어진 위치에 있어 역대로 여러 번 주인이 바뀌었고, 오스만터키의 침략에 의해 1576년부터 1829년까지 오스만 제국의 영토로 되었다. 라바티 성이 유명한데, 이 성의 역사는 9세기로부터 시작되지만, 현재의 성은 17·18세기에 오스만터키에 의해 건조된 것으로서, 2011년과 2012년의 대대적인 복원작업을 거쳐 오늘날의 모습을 갖추게 된 것이다. 아할치헤는 '새로운 요새'라는 뜻이고, 라바티는 19세기 초부터 이 도시의 오래된 부분을 지칭하는 말로서 사용된 것이며, 아랍 말이라고 한다. 이곳 역시 실크로드의 주요한 무역경로였던 모양이다. 언덕 위에 위치한 성에 올라가 사방을 둘러보았다. 성은 대부분 새로 만들어진 것이었다. 성 안에 황금색 돔을 한 18세기의 무슬림 사원이 있는데 현재는 사원으로 사용되지 않고 있고, 그 뒤편에 있는 2층 건물은 기숙사 같은 것으로서 1층은 숙소이고 2층은 공부하던 곳이라고 한다. 성에서 12시 17분부터 40분까지 자유 시간을 가진 후, 성 안에 있는 Golden Time 이라는 식당에 들러 이 나라의 대표적 음식물 중 하나인 힌깔리라는 이름의 고기만두와 숭어구이 등으로 점심을 들었다. 힌깔리는 꼭지를 손으로 잡고서 껍질을 터뜨려 먼저 육즙을 빨아먹는 것이 순서인데, 그 꼭지는 먹지 않고 버린다. 다시 버스를 타기 전 그곳 관광안내소에 들러 이 나라의 지도와 관광 팸플릿을 몇 개 얻었다.

버스 속에서 오늘 내 옆에 앉은 사람과 대화를 좀 나누어 보았다. 그는 올해 72세로서 독일 슈투트가르트에 5년간 유학한 후 건국대 축산대학에 근무하다가 2012년에 정년퇴직한 陸完芳 씨로서, 지금은 전주 부근의 완주군에 사둔 천 평 정도의 땅으로 거처를 옮겨 정원을 가꾸면서 사회봉사도 하며 소일하고 있다는 것이었다. 그는 동서 부부와 같이 왔다. 전라도 사람들이 꽤 많은 듯한데, 부부동반한 사람들 중 광주에서 온 한 남자는 초등학교 교사를 하다가 臺灣의 한국교민학교 교장으로 가서 5년 정도를 보냈고, 귀국 후 교장 및 장학사 등의 직을 거쳐 정년퇴임한 사람으로서 75세라고 하니, 아마도 우리 그룹 중 가장 연장자인 모양이다. 우리 부부와 늘 함께 식사를 하는 서울 사람 부부 중 남편인 김문기 씨는 나와 동갑인데, 광산 계통의 일을 하여 재직 중 유럽 각지로 출장을 많이 다녔다고 하며, 부인은 아내보다 두 살이 많다. 퇴직 후에는 사진 촬영에 취미를 붙여 국내외로 다니며 작품 활동을 하는데, 종종 우리 내외의 사진도 찍어준다.

식후에 11번 국제도로와 58번 국도를 따라서 동남쪽 방향으로 한 시간 반 정도 이동하여 아르메니아와의 국경 부근 아스핀자 지역에 속하는 동굴도시 바르드지아로 향했다. 가파른 절벽에 암석을 파서 만든 것으로서, 죽기 전에 꼭 가봐야 할 곳 중 하나로 선정된 바 있다. 소 코카서스 산맥의 화산폭발 이후 쌓인 퇴적암으로 형성된 바위 절벽에다 셀주크터키와 몽골 등의 침략에 대한 대비책으로서 기오르기 3세가 군사요새로서 건설한 것인데, 그 딸인 타마라 여왕이 이어받아 1203년에 완성하였다. 이 일대의 주민 45,000명을 수용할 있는 규모였다고 하는데, 지진 등으로 대부분 붕궤되고 지금은 일부만 남아 있다. 한 때 수도원으로 사용되기도 하였다. 내부가 미로처럼 얽혀 있어 타마라 여왕도 어린 시절에 들어왔다가 길을 잃어 '삼촌, 나 여기 있어요!'라고 외쳤는데, '여기 있어요!'에 해당하는 말이 바르드지아라고 한다. 타마라 여왕은 이 나라의 전성기에 최대의 영토를 확보했던 사람으로서, 동전에 그 초상이 있고, 성인으로 추앙받고 있기도 하다.

동굴 내부에는 마구간, 샘, 2층집 방, 식당 겸 연회장, 성모승천교회 등이 있었다. 원래는 모두 밖을 향한 구멍만 뚫려 있었는데, 지진으로 말미암아 천정이 붕궤하여 지금은 내부의 모습이 바깥으로 드러나 있는 것도 적지 않다. 성모승천교회에는 수많은 프레스코화가 남아 있었는데, 무슬림이 대부분 손상시켜 얼굴의 눈 부분 등을 훼손해 놓았다.

바르드지아를 떠난 후 다시 3시간 반 정도 왔던 길을 되돌아가, 보르조미에서 국도 20호선을 따라 남쪽으로 한참 더 나아간 곳에 있는 오늘의 숙박지 바쿠리아니에 도착하였다. 되돌아가는 도중에 휴게 차 들른 마트에서 이 나라 특유의 모직으로 만든 둥그런 모자 하나를 샀다. 바쿠리아니의 크리스털 호텔에 들어 석식을 들고, 우리 내외는 221호실을 배정받았다. 어제와 마찬가지로 호텔 안에 수영장과 사우나가 있고 마사지도 받을 수 있다고 하나, 우리 내외는 이용하지 않았다.

방에 들어 트렁크의 짐을 풀고 보니, 뜻밖에도 노트북컴퓨터 충전기의 전선 한가운데가 마치 가위로 자른 듯이 싹둑 끊어져 있었다. 외부의 충격을 받을 일이 전혀 없었고, 다른 전기용품들과 함께 주머니 속에 보관되어 있었는데, 왜 이런 사태가 생겼는지 도무지 이해할 수 없다. 참으로 귀신이 곡할 노릇이라고 할 수 밖에 없다.

■■■■ 23 (토) 흐리고 오후 한 때 비온 후 개임

　20번 국도를 타고서 50분 정도 이동하여 보르조미 미네랄 파크로 향했다. 우리가 하룻밤 묵은 바쿠리아니는 해발 1,700m에 위치한 스키 리조트인 까닭에 200개가 넘는 숙박업소가 있으며, 이곳 또한 천연광천수의 생산으로 유명하여 우리가 마시는 광천수의 페트병에 '바쿠리아니'라고 적힌 것이 많다.

　보르조미 마을은 터키의 북동쪽(옛 그루지아 땅 '타오')에서 발원하여 이 나라의 수도인 트빌리시를 통과하여 아제르바이잔을 거쳐 카스피 해까지 1,394km를 흘러가는 남코카서스에서 제일 긴 므트크바리(터키어로는 쿠라) 강 협곡의 해발 800~900m 지점에 위치한 리조트 타운인데, 14,000명의 주민이 있으며, 한국을 포함한 세계 40여 개국에 한해에 2억 병이 수출되는 탄산광천수로서 세계적으로 알려졌다. 우리가 식당에서 마신 보르조미 광천수 병에는 1891년에 창업한 것으로 적혀 있었다.

　이 일대의 보르조미-카라가울리 국립공원은 총 면적 1,007hr(10.07㎢)로서 유럽 최대의 숲이다. 유네스코 자연유산으로 지정되어 있다. 유황온천이 있으므로 제정러시아 황가의 휴양지로 되어 있었고, 광천수도 제정러시아 황가에 상납되고 있었다. 푸시킨이 유배 차 이곳에 왔고, 차이콥스키가 위와 장의 치료를 위해 방문했으며, 그 밖에 톨스토이·알렉산더 듀마·고리키 등 유명 작가들이 찾아오기도 하였다. 차이콥스키는 조지아에 머무는 중 트빌리시에서 다섯 번 공연한 바 있었다. 그는 이곳을 '달콤한 꿈과 같은 곳'이라고 회고하였다고 한다.

　미네랄 파크의 초입은 메리고라운드 등 위락시설과 상점들이 즐비하여 유원지로 조성되어져 있다. 광천수 회사가 만든 공원이라고 한다. 우리는 러시아 총독의 딸이 장기간 마시고서 지병을 치유하였다 하여 그녀의 이름이 붙여진 예카테리나의 샘을 지나 프로메테우스의 대형 입상이 있는 곳에서 자유 시간을 가졌다. 프로메테우스는 신으로서 인간을 창조한 자인데, 제우스가 금지한 불을 곡식의 씨앗에 숨겨 인간에게 갖다 준 벌로서 대 코카서스 산맥의 우리가 모레 찾아갈 카즈베기 산 중턱에 몸이 묶여 독수리에게 간이 쪼여 파 먹히는 형벌을 받고 있다가 제우스의 아들인 헤라클레스에 의해 구출된 존재이다. 그 이름 중 프로는 '먼저', 메테우스는 '생각하는 존재'라는 뜻이다.

아내와 나는 협곡의 강가를 따라 걸어가다가 시간 관계로 제법 긴 나무다리가 있는 곳에서 되돌아왔다. 계곡 속으로 걸어 들어갈수록 위락시설은 사라지고 순수한 자연이 펼쳐졌는데, 조깅을 하는 건장한 체격의 젊은 남녀가 많았다. 이 숲 속에는 10여 개의 산책로가 조성되어져 있으며, 그 중 긴 것은 10여km에 달한다고 한다.

돌아 나오는 도중 다시 예카테리나의 샘에 들러 요청하는 사람들에게 컵에다 물을 떠서 나눠주는 아주머니로부터 광천수 한 잔을 받아마셨는데, 제법 따뜻하고 사이다 같은 탄산수 맛이나 한국의 탄산약수처럼 강하지 않고 부드러웠다. 길가의 상점에서 양털로 만든 둥그런 모양에다 검은 색의 모자를 하나 사고 싶었는데, 수중에 그 가격에 해당하는 50라리(약 25,000원)가 없어 환전소에 들러 30유로를 더 바꾸었다.

Metropol 레스토랑에서 점심을 든 후, 8번 국제도로를 따라 카슈리까지 되돌아온 다음, 다시 E60, 즉 국제도로 1번으로 접어들어 이 나라 제2의 도시인 인구 20만의 쿠타이시로 향했다. 목적지까지 2시간 반 정도 이동한 셈인데, 이쪽 길가에는 생활용구인 질그릇이나 이 나라의 주식인 길쭉한 빵 쇼티스 푸리를 파는 곳이 많았다. 국제도로 주변에는 이처럼 노점들이 많은데, 지역에 따라 파는 물건들이 달랐다. 이 도로는 수도인 트빌리시에서 흑해 연안 북부의 자치공화국인 수쿠미로 이어지며, 또 다른 자치공화국인 흑해 연안 남부의 바쿠미로 가는 길은 도중에 갈라져서 2번으로 바뀐다. 이 나라에서 가장 중요한 간선도로인 셈이다. 그러나 국제도로라 할지라도 2차선 도로에 불과하며, 쿠타이시 부근에 가서야 4차선으로 바뀌었다.

쿠타이시는 이 나라 최초의 고대왕국인 콜키스의 수도였다. 호메로스의 『오디세이아』에 나오는 이아손의 아르고원정대 이야기는 황금양털을 찾아서 떠나는 스토리인데, 그 황금양털이 있었던 곳이 바로 지금의 바투미이며, 이아손은 콜키스 왕녀 메데아의 도움을 받아 그것을 손에 넣게 되었던 것이다.

우리는 먼저 쿠타이시에서 17번 국도를 따라 6km쯤 떨어진 위치에 있는 모차메타 수도원을 찾아갔다. 유네스코 세계유산으로 등재되어 있는 곳인데, 오늘날의 교회는 11세기에 건설되었으나, 역사적인 기록에는 8세기 정도에 이미 교회가 있었다고 한다. 모차메타는 '순교자'라는 뜻으로서, 다비트와 콘스탄틴 므헤이제라는 형제가 8세기에 침입한 아랍 군에 대항하여 소규모의 조지아 군대를 이끌고서 영웅적으로 끝까지 싸우다가 결국 패배하였고, 이슬람으로의 개종을 거부하고서 고문을 당하다가 순교한 것을 기념하여 지어진 것이다. 그들의 순교를 기념하기 위해 매년 10월 15일은 모차메토바라는 이름의 국정공휴일로 지정되어 있다.

교회 내부에 이 두 형제의 모습을 그린 이콘이 많았고, 제단 왼쪽에 그들의 유해가 안치되어 있는데, 제단 아래에 좁다란 터널이 있어 몸을 구부리고 거기를 세 번 통과한 다음 기도하면 소원이 이루어진다는 구전이 있으나, 나는 남들을 따라 한 번 통과하고서 말았다.

수도원은 강물이 둘러서 흘러가는 높다란 절벽 위에 위태롭게 서 있는데, 이 강은 아랍의 침입 당시 대대적인 학살이 일어나 많은 사람들의 피로 붉게 물들었다 하여 '붉은 강'이라는 뜻의 츠할치텔라로 개명되었다. 1923년 4월 20일에 구소련 정부의 명령에 의해 이곳에서의 예배가 금지되고 성인의 유해를 비롯한 수도원 재산 대부분은 쿠타이시 박물관으로 옮겨졌다가 1954년에 비로소 교회의 기능을 회복하였고, 다비트와 콘스탄틴의 유해도 박물관으로부터 되돌아왔다. 당시 KGB 요원 3명이 이들 형제의 유골을 탈취해 갔었는데, 그 요원들은 모두 비참한 최후를 마쳤다고 한다. 수도원 일대에는 무화과와 석류나무가 많았다.

우리는 다음으로 쿠타이시 시내의 우키메리오니 언덕 꼭대기에 위치해 있어 시내를 내려다볼 수 있는 바그라티성당을 방문하였다. 처음으로 조지아를 통일한 바그라티 3세에 의해 1003년에 건립된 것으로서, 타마라 여왕의 증조부로서 건설자라는 별칭을 가진 다비드 4세가 대관식을 거행했던 곳이다. 1691년 오스만터키의 침공으로 크게 파괴되었고 그 이후로도 17세기와 19세기에 걸쳐 파괴가 지속되어 극히 일부만 잔존하다가 1950년부터 2012년까지 복원공사가 지속되었고, 지금도 계속되고 있다. 1994년에 유네스코 세계유산으로 지정되었으나, 무리한 복원으로 말미암아 작년에 지정이 해지되었다. 성당 내부에서는 사제들에 의해 예배가 진행되고 있었다.

우리는 쿠타이시 시내로 내려와 콜키스 분수가 있는 중앙광장에서 1시간 정도 자유 시간을 가졌다. 그 시간 동안 우리 내외는 두 명의 가이드와 더불어 중심가를 돌아다니며 파손된 것을 대체할 새로운 충전기를 사고자 하였지만 사이즈가 맞는 물건은 끝내 구하지 못했다. 나무가 많은 공원의 카페에서 김문기 씨 내외와 더불어 대화를 나누다가 버스를 탔다. 쿠타이시 시는 고고학적 발굴성과에 의하면 기원전 4~5세기에 건설되었는데, 문헌상으로는 기원전 3세기의 아르고원정대에서 처음으로 나타난다. 1912년에 이 나라의 국회가 트빌리시로부터 이리로 옮겨져 왔다.

우리는 다시 15번 국도를 따라 20분 정도 서북 방향으로 이동하여 츠할투보에 도착하였다. 그 근교에 있는 석회암동굴인 프로메테우스동굴로 유명한 곳이다. 23, Rustaveli street에 있는 Tskaltubo Spa Resort LE END에 도착하여 3309호실을 배정받았다. 이곳은 4성급 숙소로서, 광대한 부지에 공원처럼 수목이 우거지고 건물이 크고 실외 풀장도 있어 궁전 같은 느낌을 주는데, 내부의 시설은 꽤 낡았고 고장 난 것들이 있었다.

■■■ 24 (일) 맑음

컴퓨터를 사용할 수 없으므로 스마트폰의 이메일 기능을 이용하여 자기에게 편지쓰기 방식으로 어제의 일기를 입력하였는데, 여러 시간 작업하여 거의 마쳐갈 무렵 그 동안 입력한 내용이 갑자기 사라져버렸다. 찾아보려고 여러 번 이메일 박스 전체를 뒤져보았지만 끝내 소용이 없었다. 그 후 함부로 열리지 않도록 고정시키기 위해 트렁크의 바깥에다 둘러둔 벨트도 고장 나 비밀번호를 입력해도 풀리지 않으므로, 마침내 칼로 잘라서 쓰레기통에 버렸다.

9시에 호텔을 출발하여 동쪽으로 3시간 반쯤 이동하여 스탈린의 고향인 고리에 다다랐다. 고리 근처에 다다르기까지는 1번 국제도로 및 고속도로를 경유하여 이미 지나갔던 길을 되돌아왔다. 이곳은 조지아 국토의 중간 지점에 위치해 있어 동부와 서부의 날씨 교차점이며, 고리란 '언덕'이라는 뜻이라고 한다.

이 나라의 역사는 기원전 8세기 말에 서부의 콜키스왕국과 동부의 이베리아왕국이 수립되면서 번영의 길로 들어서, 12~13세기에 르네상스 문명과 황금기를 맞았으며, 전 시기를 통하여 그리스, 로마, 페르시아, 아랍, 몽골, 오스만터키, 러시아 등 주변 강대국들의 침략과 지배로 점철된 시기를 지나왔던 것이다. 6~10세기에 셀주크터키, 18세기 이후로는 제정 러시아의 지배를 받았다.

오늘 고리의 기온은 최고 29도, 오늘밤 우리가 묵을 구다우리는 해발 2,000m 정도의 고지대이므로 최고 15도 최저 7도 정도 될 것이라고 한다.

이 나라에서는 여기저기서 손을 내미는 거지를 적지 않게 만났는데, 고리의 스탈린박물관 앞 주차장에도 그런 사람이 있었다. 스탈린은 구두수선공이며 술주정꾼인 아버지에게서 태어나 어린 시절 꽤 학대를 받았던 모양이다. 이것이 그의 잔인한 성격 형성에 영향을 끼쳤을지도 모른다. 이 박물관은 그의 생전에 건설되어 사후에 오픈한 것이라고 한다. 박물관 건물 바깥은 공원처럼 제법 넓고, 그가 생전에 타던 열차와 그리스 식 석조기둥이 있는 열린 건물 안에 그가 태어났던 집이 옮겨져 와 보관되어 있었다.

스탈린은 생전에 비행기 공포증이 있어 이동할 때 대부분 기차를 이용하였으며, 키가 160cm 남짓 되는 왜소한 체구에다 얼굴은 다소 얽었고, 왼쪽 손과 한쪽 다리가 불구였다고 한다. 그의 잔인무도한 생시 행적 때문에 박물관 바깥에 세워져 있었던 동상도 지금은 철거되고 없지만, 오늘 여행한 조지아 동부 지역의 관광지 여기저기에서 그의 초상이 들어가 있는 물품들이 눈에 띄었다. 나는 그가 여기서 태어났어도 역시 러시아 사람이 아닐까 라고 짐작하고 있었지만 그렇지 않은 모양이다. 오후 2시 40분까지 버스로 돌아와 근처에 위치한 간판이 보이지 않는 가정집 스타일의 식당으로 옮겨가서 송아지 스프 등의 요리로 점심을 들었다. 우리가 식사를 든 뜰에 쳐진 텐트나 앉았던 의자에 아르고라는 이름의 로고가 보였지만, 그것은 식당이 아니라 이 나라 맥주회사의 이름이었다.

버스로 시골길을 달려 고리 동쪽 10km 지점에 있는 동굴도시 우플리스치혜('主의 요새'라는 뜻)로 갔다. 조지아에서 가장 오래된 주거 지역 중 하나인데, 이 일대에서는 기원전 3,000년경부터 사람이 거주해 왔으나 바위를 깎아 동굴을 만든 것은 기원전 1,000년경부터였다. 이후 여러 부침을 겪어온 곳으로서, 기원후 19세기까지의 유적이 남아 있다. 므트크바리 강 동쪽의 높은 사암 바위 언덕에다 바위를 깎아 만들어진 것인데, 초기 철기 시대로부터 중세 말기까지의 유적이 주를 이루고 있다. 번성했을 때는 700개 이상의 동굴이 있었다고 하는데, 1920년에 대지진이 있기도 하여 지금은 150개 정도만 남아 있다. 넓이는 25,000평 정도 된다. 당시에는 숲이 있었다고 하지만 지금은 메마른 바위 언덕으로 되어 있다.

주민은 원래 태양신을 섬기는 미트라교를 신봉하였으나, 4~6세기에 걸쳐 기독교와 다툼이 있어 현재는 그 안에 교회도 하나 있다. 5세기 이후 수도를 므츠헤타에서 트빌리시로 옮기고서부터 실크로드의 거점 중 하나가 되어 거주인원이 2만 명에 달한 시기도 있었으며, 1240년에 몽골족의 침입이 있자 교회 앞에서 5천 명이 학살당하기도 하였다. 1957년에 대대적인 발굴이 있어 현재 유네스코 세계유산으로 등재되어 있는 곳이다. 나는 그곳 기념품점에서 이 나라의 전국지도 하나와 각지의 상세지도가 포함된 관광안내서 한 권을 샀다.

2시 55분까지 자유 시간을 가진 다음, 그곳을 출발하여 다시 고속도로에 올라 므츠헤타 부근까지 온 다음 북쪽으로 향하는 3번 국제도로를 탔다. 조지아의 집 앞에는 포도나무 넝쿨로써 그늘막을 만들어 놓은 것이 많은데, 대부분 꽤 높은 철제 지지대 위에 올려져 있다. 또한 동네에는 길가의 가옥들을 따라서 가정용 가스가 통과하는 관이 높다랗게 설치되어 이어져 있다. 아르메니아에서도 이런 모습을 볼 수 있으나, 일반적으로 아르메니아 쪽 관이 좀 더 큰 듯하다. 어디에서나 호두나무가 흔히 눈에 띄는데, 이쪽의 3호선 국도 가에는 더욱 많았다.

이 도로는 러시아로 이어지는 것으로서 군사적 목적에서 사용되는 경우가 많아 Military Highway라고 불린다. 러시아가 아제르바이잔의 석유를 운반하기 위해 건설한 것이며, 확포장에는 제2차 세계대전 당시의 독일군 포로들이 동원되었다.

우리는 도중에 진발리 저수지 부근의 아나누리 중세 성채 앞에서 휴게하였는데, 그곳에는 관광객을 위한 기념품점들이 즐비하여 나는 이 나라 특유(?)의 검은색 털모자 하나를 40라리 주고서 구입하였다. 보르조미에서 사려고 하다가 돈이 부족하여 포기했던 것이다.

6시 45분까지 다시 버스에 올라 마침내 오늘의 목적지인 해발 2,000m의 구다우리에 도착하였다. 스키 리조트로서 이름난 곳이다. 마을에서 제일 큰 마트에 들렀다가 숙소인 Gudauri Inn에 들어 1층에서 석식을 든 다음, 아내와 나는 413호실을 배정받았다.

■ 25 (월) 맑음

우리가 이용하고 있는 Omni Bus는 이 나라 최대의 버스회사라고 한다. 오전 9시에 출발하여 산 위를 향해 얼마간 차를 달려 조지아-러시아 우정의 모자이크 파노라마 조형물에 닿았다. 지붕 없이 둥그렇게 만들어진 높은 벽의 3면에 1983년 기오르기라는 이름의 화가가 그린 프레스코화가 내부를 빼곡히 채우고 있고, 그 외부의 베란다에서는 사방으로 펼쳐진 大코카서스 산맥의 장대한 풍경을 조망할 수 있는 곳이다. 수교 200주년을 기념하여 양국의 친선을 위해 만들어진 것이지만 이후 이 두 나라는 南오세티아 문제를 두고서 서로 전쟁을 벌였던 터이니 아이러니한 일이다. 대 코카서스산맥은 러시아어로 볼쇼이 코카서스라고 하는데, 흑해로부터 카스피해에 이르기까지 1,200km를 이어져 있는 곳으로서, 최고봉은 러시아 땅에 있는 유럽에서 가장 높은 엘부르즈(5,642m)이다. 조지아 땅에도 5,000m 대의 고봉이 네 개 있는데, 그 중 세 번째로 높은 것이 오늘 우리가 찾아갈 카즈베기(5,047m)이다. 이곳은 프로메테우스가 형벌을 받아 묶여 있었다는 곳이다.

우리가 통과한 국제도로 3호선도 또한 실크로드의 하나인데, 도중의 높은 곳은 겨울철에 눈으로 말미암아 통행이 불가하므로 스탈린 시절 독일군 포로들을 부려 여섯 개의 터널을 뚫었다. 산에는 대체로 나무가 없고 초지로 되어 있으며 도중 여기저기서 양떼와 소의 무리를 볼 수 있는데, 소들이 길을 가로막고 서있는 경우가 많았다. 톨스토이, 푸시킨, 고리키 등이 모두 이 길을 통과하였고, 고산의 풍경에 큰 감명을 받았다고 한다.

우리는 터키 파묵칼레의 경우처럼 물이 석회암 바위 위를 흘러내려 누런 색으로 엉겨붙어있는 곳에서 한 동안 멈춘 다음, 25~30분 정도 더 이동하여 카즈베기 아래의 해발 2,200m인 스테판즈민다 마을에 도착하였다. 이곳의 이전 이름은 카즈베기였는데, 카즈베기란 1848년에서 1893년까지 생존한 작가의 이름으로서 마을의 큰길가에 그의 입상이 서 있다. 스테판즈민다는 스테판이라는 수도승의 마을이라는 뜻이다.

우리는 이 마을에서 Delica라는 글자가 뒷면에 붙은 일본 미츠비시(三稜) 회사의 SUV 사륜구동 차량 6대에 나눠 타고서 비포장 산길을 20분 정도 올라 해발 2,277m 지점에 게르게티 성삼위일체교회가 있는 지점에 다다랐다.

이 수도원은 14세기에 건립된 것으로서, 전란 시에 성물들을 그 꼭대기의 바실리카 천정에 숨겨 보관하던 곳이라고 한다. 그곳에서 트레킹 온 프랑스인 등 서양인을 제법 보았고, 주변에 지천으로 핀 야생화가 아름다웠다. 주위로 대 코카서스 산맥의 고봉들이 펼쳐져 있는데, 카즈베기 봉은 꼭대기 일부가 구름에 가려 있었다.

다시 스테판즈민다 마을로 내려와 케비 레스토랑에서 오자꿀이라는 이름의 감자·송아지 볶음 등의 요리로 점심을 든 다음, 12시 50분에 식당을 출발하여 2시간쯤 이동하여 갔던 길을 되돌아 내려와 어제 양털 모자를 샀었던 아나누리 마을의 성채에 도착하였다. 돌아오는 도중에 가이드로부터 들은 바에 의하면, 조지아의 문자는 파르나바즈 왕 때 창제된 것으로서, 430년경부터 나타나기 시작하여 처음에는 통일된 글자체가 없었는데, 13세기 이후에 음케드룰리 체라고 하는 현재의 글자체가 정해졌다. 33개의 문자에 대소문자의 구별은 없다.

아나누리의 성채는 13세기에 아라그비 백작에 의해 건설된 것으로서, 산스체 공작과의 갈등 관계로 말미암아 후자에 의해 점령되었다가 공작이 농민봉기로 축출되고 그 이후의 성주도 농민봉기에 의해 축출되기도 하였다. 1689년도에 내부에 성모마리아교회가 건립되었고, 이후 구다예바 교회가 건립되기도 하여 현재는 성벽 안에 교회 두개만이 존재하는데, 그 중 하나는 닫혀 있었다. 18~19세기까지 성채로서 사용되어 현재도 성이 비교적 온전하게 남아 있다. 교회 내부의 프레스코 화는 구소련 시절에 많이 훼손되었다. 그 근처에 위치한 진발리 댐과 그것에 딸린 수력발전소는 소련 시절인 1980년대에 건설된 것이다. 나는 그 바깥에 늘어선 기념품점에서 오늘도 손으로 짠 챙 없는 털모자 하나를 더 구입하였다. 그래서 나는 이번 여행 중 조지아에서 털모자만 세 개를 산 셈이다.

다시 1시간 반 정도 더 이동하여 트빌리시의 숙소 골든 팔레스 호텔로 향했다. 가는 도중 들은 바에 의하면, 푸시킨은 데카브리스트들과 교류하여 농노제 해방 등의 사상을 가졌기 때문에 러시아 남부와 트빌리시로 두 차례 유배를 오게 되었으며, 38세의 나이로 단명하였다.

코카서스 지방의 나라들이 그러하듯이 이 나라는 인구 당 100세 이상의 비율이 높은 장수국가이다. 가장 선호하는 직업은 경찰이라고 한다. 트빌리시의 지하철 요금이 거리 불문하고 50페트리로서 싼 편인데, 지하철은 방공호를 겸하기 때문에 한국보다 서너 배는 더 깊다. 시내 곳곳에서 아이 어른을 불문하고 손을 내미는 걸인을 제법 많이 만나게 되지만, 그들 중에는 난민이 많다고 한다. 거리에 굴러다니는 차들은 일본차와 독일차가 대부분이고, 가끔씩 한국차도 보이는데, 이것들은 대부분 두바이에서 수입해온 중고차들이다. 중고차의 가격은 한국보다도 900만 원 정도 싸다고 한다.

호텔에 도착하여 이번에는 520호실을 배정받았다. 6시 30분에 로비에 집합하여 꽤 이동하여 내부의 정원이 넓은 The Orangery: Garden & Restaurant이라는 식당으로 가서 치킨필레라는 이름의 닭 가슴 요리 등으로 석식을 들었다. 식당으로 가는 도중에 바라본 이 도시의 상징탑 한가운데에 유럽연합을 상징하는 별들이 새겨져 있었다. 이 나라는 아직 유럽연합에의 가입이 승인되지 않았음에도 불구하고 그것을 열망한다는 뜻에서 유로기가 개양되어져 있는 모습도 심심찮게 눈에 띄는 것이다. 식사 후 중심가로 이동하여, 러시아와의 전쟁 이후에 만들어진 유리로 된 평화의 다리에 올라 므트크바리 강을 바라보았고, 샤르댕 거리 일대의 술집 골목을 거닐다가 시오니성당 부근 13/40 Sioni Str.에 있는 Sioni 13이라는 카페(Kichen & Bar)에 들러 시간을 보냈다. 다른 사람들은 대부분 맥주나 포도주를 들었지만, 나와 아내는 체리 주스를 들었다. 날이 어둑해진 다음 1905년에 운행이 시작되었다는 푸니쿨라를 타고서 방송송신탑이 있는 언덕으로 올라가 옵션인 트빌리시의 야경을 바라보다가 밤 11시가 넘어서 호텔로 돌아왔다.

■■■ 26 (화) 아침 한 때 부슬비 내린 후 개이고 무더움

오전 10시에 출발하여 3세기에서 5세기까지 이베리아 왕국의 첫 수도였으며, 도시 전체가 유네스코 세계유산으로 등재되어 있는 므츠헤타로 향했다. 트빌리시에서 북쪽으로 20km 떨어진 곳으로서 교외지역이라고 할 수 있을 정도로 가까운 곳이다. 청동기시대로부터 이곳에 취락이 형성되어 있었다. 서쪽에서 흘러오는 므트크바리 강과 북쪽에서 발원한 아라그비 강이 합류하는 지점에 위치해 있다.

우리는 먼저 그 도시의 건너편 나지막한 산쪽대기에 위치한 즈바리 교회로 올라가 므츠헤타의 전경을 내려다보았다. 도시의 규모는 그다지 크지 않아 마을 정도라고 해도 과언이 아닌데, 므트크바리 강은 흙빛으로 탁하고 아라그비 강은 다소 푸른빛을 띠어 선명하게 대조되었다.

즈바리는 '십자가'라는 뜻으로서 내부의 중앙에 크고 작은 두 개의 십자가가 서 있고 벽면에도 하나가 보인다. 성녀 니노와 조지아에서 처음으로 기독교를 공인했던 미리안 왕이 4세기 초에 커다란 나무 십자가를 세웠던 곳에 위치해 있는 것이다. 조지아 정교회의 교회나 수도원 건물은 모두가 십자가 모양을 하고 그 중앙에 둥근 돔이 솟아 있는 단일한 구조를 하고 있고. 내부는 이콘으로 가득하며 서서 예배를 본다.

즈바리 교회는 미트라교의 제단이 있던 곳에 세워진 것으로서 6세기 말에서 7세기 초의 건축인데, 교회 바깥에 성벽의 일부가 잔존해 있다. 구소련 시절에는 이곳이 군사기지로서 사용되었고, 1994년에 므츠헤타의 다른 역사적 기념물들과 함께 유네스코 세계유산으로 등록되었다.

다음으로 므츠헤타 시내로 들어가 예수님의 聖衣 일부가 묻혔다고 전해진 스베티츠호벨리 대성당으로 가보았다. 스베티는 '기둥'이라는 뜻이고, 츠호벨리는 '생명을 주는'이라는 뜻인데, 이는 성녀 니노가 이 교회를 세우게 된 전설과 관련이 있다. 2004년에 트빌리시에 사메바 대성당이 건립되기까지 이 나라 최대의 성당으로서, 조지아정교회의 총본산이었던 곳이다. 4세기에 성녀 니노에 의해 목조로 건축된 이후 480년대에 세 개의 커다란 바실리카로 개축되었고, 현재의 건물은 1010년에서 1029년에 걸쳐 총대주교 멜키세덱과 건축가 아르수키제에 의해 재건된 것인데, 이 나라의 고단한 외침의 역사와 더불어 여러 차례 파괴와 중건을 되풀이하였다. 교회 내부의 바닥에 이 도시의 성벽을 만든 에레클 2세와 트빌리시로 천도한 기오르기 12세(일명 바흐탕 고르가사리, '늑대의 우두머리'라는 뜻) 왕의 무덤이 있고, 예수 십자가의 일부분을 포함하여 만들었다는 십자가와 사도 안드레아의 발 뼈라는 것도 보존되어 있었다.

스베티츠호벨리 대성당 부근 Aghmashenebeli St.에 있는 Georgian Chamber of Wine에 들러 안내원 아가씨로부터 그 와이너리의 제품에 관한 설명을 들은 후, 조지아 특유의 하차푸리 빵과 비프 차마키라는 송아지 스프 등으로 점심을 들었다.

점심 후 40분 정도 이동하여, 트빌리시로 돌아와 먼저 사메바 대성당에 들렀다. 1995년부터 2004년까지에 걸쳐 건설된 것으로서, 조지아 최대이며 조지아정교회의 총본산으로서, 등록신자수로는 한국의 여의도순복음교회에 이어 세계에서 두 번째이다. 성삼위일체성당이라고도 불린다. 기단으로 부터의 높이는 103m, 본당의 높이는 88m로서, 후자는 바벨탑의 높이와 같은 것이라고 한다.

다음으로는 메테히 교회에 들렀다. 메테히는 '왕궁 주위 지역'이라는 뜻으로서, 5세기에 므츠헤타로부터 이곳으로 천도한 바흐탕 고르가사리 왕이 세운 것이며, 경내에 왕의 동상이 있다. 지금의 교회는 13세기에 지은 것이다. 17~18세기에 이슬람 왕이 요새로 만들었고, 제정 러시아 때는 군막으로 사용되었으며, 극장·감옥이 되기도 했는데, 스탈린이 이곳에 투옥된 바 있었다. 여러 차례 파괴와 복원을 거듭하여 1991년에 현재와 같은 모습으로 복원한 것이다.

그 근처에서 2010년에 만들어진 케이블카를 타고 천도 후 요새였다가 8세기 오마야드 왕조 때 새로 만들어진 나리칼라 요새로 올라갔다. 나리칼라 란 '난공불락'이라는 뜻이라고 한다. 몽골에 의해 파괴된 후 적색 벽돌로 복원되어 있었다. 그 꼭대기의 스탈린 동상이 있었던 곳에 지금은 흰 알루미늄 제로 20m 높이를 가진 조지아의 어머니상이 서 있는데, 양손에 각각 와인병과 칼을 들고 있다.

요새에서 내려오면서 아바노트바니 유황온천 지역을 지났는데, 지붕이 여러 개의 돔으로 된 이슬람식 건물이었고, 푸시킨이 즐겨 이용했던 곳이라고 한다. 마지막으로 11세기의 건축물인 시오니 성당에 들렀다. 그 일대 또한 실크로드의 카라반이 쉬어가던 곳이라고 한다. 그 근처의 2010년에 지어진 명소인 찌그러진 모양의 시계탑에 들러 기념촬영을 한 후, 대절버스에 올라 이 도시에서 가장 크다는 트빌리시 몰에 들렀다.

우리 내외는 몰 안에서 두 명의 가이드를 따라다니며 몇 군데 전자제품 상점들을 두르면서 손상된 충전기를 대체할 물건을 구입하고자 했지만 팔고 있지 않았고, 몰 안의 일반가정용품 점에서 그런 물건을 찾아내기는 했지만 쿠타이시에서의 경우와 마찬가지로 사이즈가 맞지 않았다. 이들의 수고에 대한 답례로서 가이드가 파는 벌꿀을 40불 주고서 구입하였다. 이 나라는 가는 곳마다에서 벌꿀을 팔고 있었는데, 한 곳에 들러 물어보니 한 병에 20라리에 불과하였다.

20~30분 정도 이동하여 7 Budapeshti Str., Vake-Saburtalo district 에 있는 서울식당으로 가서 김치전골 등으로 석식을 들고서 호텔로 돌아왔다. 그 집은 2017년 그러니까 작년에 개업하였는데, 트빌리시에서 유일한 한식점이라고 한다. 이 나라에서는 자동차 수리비가 비싼지 거리에 형편없이 파손된 채로 달리는 승용차들이 많다.

조지아는 8세기 바그라티 왕조 때 콜키스와 이베리아 왕국이 통합되어 하나의 나라로 되었는데, 15세기에 다시 세 개의 나라로 분립되어 오랜 기간 외국의 지배를 받아오다가 18세기 제정 러시아에 의해 전체가 그 지배를 받게 되었으며, 1920년을 전후하여 공화국 체제를 시도하다가 1921년 붉은 군대의 침입을 받아 1923년 구소련에 편입되었던 것이다.

▬▬ 27 (수) 맑음

새벽에 엊그제의 일기를 스마트폰 이메일 기능을 통해 입력하다가 또 두 차례 나도 모르는 사이에 취소 버튼을 건드려 날려버리고서 그 때마다 새로 입력하였다. 조식을 들러 2층에 있는 식당에 들렀더니, 하나투어 팀이 들어와 식당은 온통 한국인 천지였다.

8시에 출발하여 1시간 반 정도 이동하여 아르메니아와의 국경인 사다클로로 이동하였다. 가는 도중 몇 차례 해바라기 꽃들이 만발해 있는 밭을 지나쳤다. 아르메니아 국경까지 가는 길가의 상점들에 이번에는 온통 洗劑들이 진열되어 있었다. 우리는 21일부터 27일까지 전체 일정의 약 절반인 1주일을 조지아에 머문 셈이다.

조지아-아르메니아의 국경 통과는 비교적 간단하였다. 조지아의 보조 가이드 알렉스와는 국경에서 작별하고, 아르메니아에서는 치라트라는 젊은 여성이 새로 탔다. 알렉스는 대학원생으로서 다음 주에 시험이 있다고 한다.

아르메니아 문자는 405년에 聖 메스로프 마슈토츠에 의해 발명된 것으로서 원래는 36글자였다가 중세 시대에 두 글자가 추가되었고, 지금은 39개이다. 조지아 문자와 좀 비슷하게 생겼으나, 아르메니아 문자는 조지아 문자와 달리 대소문자의 구별이 있고 필기체도 있다. 아르메니아에서는 조지아 문자가 자기네 것에서 유래한다고 주장하지만 조지아 측은 이를 부정한다고 들었다. 아르메니아의 영토는 29,800㎢로서 남한 면적의 1/3 정도이며, 평균해발 1,800m 정도의 고원 국가이고, 인구는 약 320만인데, 이 나라 또한 조지아와 마찬가지로 수많은 외침과 전쟁을 겪었고, 그 고단한 역사 때문에 700만에 달하는 해외교포 즉 디아스포라가 있다. 우리는 2박3일간 이 나라에 머물게 된다.

아제르바이잔과 조지아가 각각 불·물의 나라로 불리는데 비하여 이 나라는 돌의 나라로 불린다. 해발고도가 높아 오늘 기온은 27~24℃ 정도 될 것이지만, 수도인 예레반은 트빌리시보다도 더 덥다고 한다.

미국에 사는 누이동생 두리의 시어머니는 아르메니아인이고 시아버지는 스페인 사람인데, 시어머니는 터키에서 자랐고, 그 부친이 어느 곳의 시장을 지냈다고 한다. 두리는 그 당시 아르메니아와 터키의 사이가 좋았다고 말하지만, 1894~96년과 제1차 세계대전 당시인 1915~16년 당시 오스만터키의 청년터키당 정부에 의한 터키 제국 내의 아르메니아인에 대한 무차별 학살과 탄압이 있었으며, 특히 후자의 경우에는 150만에 달하는 아르메니아인이 강제 이주에 따른 굶주림과 질병 그리고 학살로 희생당했다고 한다.

아르메니아는 기원전 4,000년경의 가죽신이 출토될 정도로 오랜 역사를 지녔고, 히타이트의 점토판에 보이는 하야사 왕국이 최초의 나라이다. 아르메니아 고원지대에 나타난 최초의 통일국가는 구약성서에 아라라트 왕국으로 등장하는 우라르투(반 왕국, 기원전 9~6세기)로서, 흑해와 카스피해, 그리고 지중해까지에 걸치는 광대한 영토를 소유하고 있었고, 아시리아 제국의 강적이 될 정도로 번영했었다. 기원전 페르시아 왕 다리우스 1세의 묘비문에 아르메니아라는 국명이 처음으로 나타나며, 예수의 12사도 중 바돌로메와 유다의 전교로 기독교가 들어왔고, 아타시드 왕조 때인 301년에 세계 최초로 기독교를 공인한 나라이기도 하다. 칼케톤 공의회 때 동방정교회로부터 분리하여 아르메니아 사도교회가 성립되었으며, 현재 국민의 93%가 그것을 신앙하고 있다.

1920년에 소련군이 침공하여 1922년 아제르바이잔·조지아와 더불어 트랜스코카서스사회주의공화국연방을 구성하였다가, 제2차 세계대전 때 50만 명이 동원되어 그 중 20만 명이 사망하였으며, 1991년에 독립하여 그 후유증으로 아제르바이잔과 영토전쟁을 벌이기도 하였지만 지금은 휴전상태에 있다. 국민소득은 4,000불 정도로서 코카서스 3국 중 가장 낮다.

아르메니아 땅에 들어선 후, 차선이 표시되지 않은 2차선 정도의 포장 및 비포장도로가 번갈아 나타나는 길을 따라서 1시간 20분 정도 이동하여 알라베르디라는 곳의 데베드 강이 만든 협곡에 면한 언덕 꼭대기에 위치한 하그파트 수도원을 방문하였다. 데베드 협곡은 '악마의 협곡'이라는 별칭을 가지고 있으며, 구리광산 지역이라고 한다. 이 나라는 로마 측의 기록에 '살구의 나라'로 보인다고 하는데, 가는 도중에 우리는 살구나무로 만드는 이 나라 고유의 피리인 두둑의 음악을 들었고, 아르메니아 계 프랑스 가수 샤드 아즈니부르의 노래도 감상하였다.

하그파트 수도원은 4세기 이후로 존속해 온 마을에 있는 것이며, 10~13세기 키우크 왕조의 교육기관으로서, 요새화 된 수도원이다. 991년에 완성된 것이며, 전성기에는 500명 정도의 수도사가 있었다. 아르메니아의 교회는 조지아의 그것과 외관상으로는 흡사하여 십자가 모양의 구조에 가운데에는 둥근 모양의 탑이 솟아 있다. 그러나 내부로 들어가 보면 꽤 달라서, 그 초입에 가비트라고 하는 넓은 방이 있고, 그 안쪽에 예배하는 공간이 배치되어져 있다. 내부는 꽤 어둡고, 이콘이 있기는 하나 조지아의 경우처럼 많지 않으며, 거기에다 키스를 하거나 그것을 향해 예배를 드리지 않는다. 그 대신 하치카르라 불리는 석조 십자가가 벽면을 비롯하여 교회의 내부와 외부에 가득하며 그것이 예배의 중심을 이룬다. 이곳 교회에도 그리스도 십자가의 파편이라고 하는 것이 하치카르의 일부로서 남아 있었다. 양피지로 만든 책들을 보관하는 포도주 통 크베브리 모양의 독들이 바닥에 잔뜩 파여 있는 도서관 방이 있고, 식당과 주방, 그리고 13세기의 종탑 건물도 보였다. 본당 벽면에는 내진 설계로서 일부러 파여진 작은 구멍들이 있었다. 1996년에 유네스코 세계문화유산으로 등재되었는데, 전체적으로는 꽤 퇴락해 있었다.

아르메니아 사도교회의 신자는 내·외국을 합하여 900만 명 정도 된다. 조지아정교회의 경우 총대주교는 한 명이지만 아르메니아의 경우는 4명이며, 사제는 결혼이 가능하지만 총대주교는 독신이어야 한다. 아르메니아인들은 노아의 후손임을 주장하고 있다.

입국할 때 20유로를 환전하여 이 나라 돈 11,100 드람을 받았는데, 1드람은 한국 돈 2.5원에 해당한다. 이 나라에서는 화장실 이용료가 100~200드람이라고 한다. 그러나 성당 안에서 아내와 내가 반씩 분담하여 10,000드람 하는 나무 십자가 하나를 사고, 바깥의 기념품점에서 2,000드람을 지불하고서 이 나라 지도 한 장을 사고 나니, 이미 수중에 얼마 남지 않았다. 오늘 산 지도에는 아제르바이잔과의 전쟁을 거쳐 현재 아르메니아 영토로 되어 있는 땅과 터키 영토에 편입된 땅이 별도의 색깔로 선을 그어 표시되어 있었다.

하그파트 수도원 부근 Lori Region, 1722, c. Haghpat에 있는 퀘필리안 호텔에 딸린 식당에서 점심을 들었고, 그리고는 바나조르와 아르메니아의 알프스라고 불리는 휴양지 딜리잔을 지나고 길이 2.8km의 세반터널을 통과하여, 3시간 반쯤 소요되어 코카서스 지역 최대의 세반 호수에 이르렀다. 길이 7.8km, 표면적은 1,360㎢로서 서울의 1.5배 면적이며, 아르메니아 전체 면적의 약 5%를 차지한다. 해발 1,925m로서 코카서스에서 가장 높은 고원지대에 위치하며, 고원에 위치한 호수로서는 세계최대의 것 중 하나에 속한다. 大세반과 小세반으로 나뉘며, '아르메니아의 바다'로 불리기도 한다. 또 하나의 좀 더 큰 반 호수는 역사상 아르메니아 영토에 속했으나, 현재는 터키 땅으로 편입되어져 있다.

우리는 세반 반도라는 곳에서 차를 내려, 호수를 향해 길게 돌출된 곳으로 올라가 두 채의 교회로 이루어진 세바나반크(세반 수도원)를 둘러보았고, 곶의 끄트머리까지 걸어가 세반 호수의 전경을 바라보았다. 세바나반크는 이 나라를 세계 최초의 기독교 국가로 만든 그리고르 루사보리치(계몽가 그레고리우스)가 305년에 세반 섬에 있는 이교도 신전의 꼭대기에다 암자와 聖 하루티운 교회를 세웠는데, 성 하루티운은 995년의 지진으로 파괴되고, 수도원은 후일 아르메니아 총대주교가 되는 마슈토츠 예그바르데치의 주도에 의해 874년에 재건되었던 것이다. 원래는 꽤 큰 규모로서, 세바나반크에서는 수백 종류의 아르메니아 원고와 그 삽화들이 필사되었다는데, 현재의 건물은 1956년에서 57년에 걸쳐 광범위하게 개조되었다. 현재 남아 있는 두 교회는 내가 하그파트 수도원에서 산 지도에는 모두 874년에 건설되었고, 각각 성 아라켈로츠 교회 및 성 카라펫 교회라고 보인다.

세반은 '어두운 호수'라는 뜻이라고 한다. 세반 호수에서는 송어가 많이나 세반호수의 왕자님이라 불린다고 하는데, 우리는 부근의 차로 30분 정도 거리에 있는 '바다의 품속에'라는 호수 가 식당으로 이동하여 송어구이 등으로 석식을 들었다. 그리로 가는 도중의 길가에서 양귀비꽃들을 더러 보았다.

저녁 7시에 식당을 출발하여, 4차선 고속도로인 M4 도로에 올라 1시간 남짓 달려서 이 나라의 수도인 예레반에 도착하였다. 도중의 들판과 산에는 나무가 거의 없고 온통 초지로 되어 있었는데, 고도가 높고 우량이 부족해서 인지, 혹은 목초지를 조성하기 위해 일부러 나무를 베어버린 것인지 알 수가 없었다. 도로 가와 마을 주변에는 꽤 큰 나무들이 있었다.

트빌리시 등 조지아에 있는 교회들은 대부분 노란색 응회암으로 지어졌는데, 예레반의 건물들은 거의 다 붉은색 응회암을 사용하였기 때문에 이 도시를 핑크시티라고 부른다. 세계에서 가장 오래 인간이 살아온 도시라고 한다. 우리는 시내 중심가의 2/2 Mashtots Avenue에 있는 Metropol Hotel에 들었고, 아내와 나는 2층의 105호실을 배정받았다. 큰 도로 가에 위치해 있어 차량의 소음이 방안까지 좀 들려오기는 하지만 나무랄 데 없는 시설이었다. 우리는 이 호텔에서 내일까지 이틀을 머물게 된다. 이번 여행에서 우리는 2일차에 하루 5성급 호텔에 든 외에는 모두 4성급 호텔을 이용하였는데, 대체로 만족스러웠다. 혜초여행사에 비해 상품 값이 엄청 싸므로 오기전 한국에서는 싸구려일 것이라고 말하던 아내도 이제 전혀 불만을 말하지 않는다. 식사도 혜초에 비해 별로 손색이 없다.

■■■ 28 (목) 뜨거운 햇볕

예레반이라는 말의 기원에 대해서는 '여기를 보아라' 라는 뜻인 예레바츠에서 나왔다는 등 몇 가지 설이 있는 모양인데, 인구 110만으로서 조지아 트빌리시의 경우와 마찬가지로 아르메니아 유일의 대도시이다. 트빌리시에 지하철 노선이 두개 있는데 비해 이곳에는 한 개 노선이 있으며, 시가지에서 트롤리버스도 눈에 띄었다. 시내에서 눈 덮인 아라라트 산의 모습이 가까이 바라보였다. 오늘의 최고 기온은 36도인데, 7-8월 가장 무더울 때는 44도까지에 달한다. 3개월 전부터 우리나라 사람에게는 3개월 무비자 체재를 허용하고 있다.

9시 30분에 출발하여 남쪽으로 40~50분 정도 이동하여 아라라트 산의 코앞에 있는 루사랏의 코르비랍 수도원으로 향했다. 코르 비랍은 '깊은 감옥'이라는 뜻인데, 이 나라를 세계 최초의 기독교 국가로 만든 聖 그리고르와 불가분의 관계를 가진 곳이다. 많은 종교적 건축물들을 이룩하여 '건설자'라는 별명으로 불리는 총대주교 네르세스 3세에 의해 642년 이곳에 교회가 세워졌는데, 현재의 건물은 1662년에 건립된 것이다.

수도원에 도착하기 전 도중의 길가에 멈춰 근처의 밭 사이 길로 걸어 들어가 아라라트 산의 모습을 바라보며 기념촬영을 하였다. 이 산은 휴화산인데, 해발 5,137m인 大아라라트와 3,896m인 小아라라트가 나란히 서 있다. 그 중 3,500-4,000m 지점에 노아의 방주가 멈추었다고 전해오며, 그것을 입증하기 위한 고고학적 발굴도 행해졌다고 한다. 방주는 기원전 30세기인 5,000년 전에 하나님의 명에 따라 만들어졌는데, 당시 노아는 600살이었고, 120년간 제작하여 길이 135m, 높이 13.5m의 규모로 만들어졌다. 이 산은 아르메니아 사람들에게는 우리의 백두산과 같은 의미를 가지는 것인데, 스탈린의 정치적 계산에 의해 당시 터키로 넘겨져 지금은 국립공원으로 지정되어져 있다. 이 일대의 포도는 신 맛을 띠는데 그것을 이용하여 19세기부터 코냑을 만들어 왔으며, 구소련 당시 전략적으로 육성하여 오늘날 아라라트州는 코냑의 산지로서 세계적으로 유명하다고 한다. 영국의 처칠 수상은 아르메니아의 드빈이라는 코냑을 좋아하여 1년에 약 400병씩이나 구입하였다고 한다.

성 그리고르의 부친은 아랍계 귀족으로서 사산조페르시아 왕의 유인을 받아 당시의 아르메니아 왕 코스로프 2세와 왕비 그리고 그 가족을 살해하였고, 이로 하여 그 자신과 가족도 몰살당하였다. 그리고르는 기적적으로 생명을 부지하여 카파도키아의 카에사레아로 피신하였고, 거기서 기독교 신앙을 가지게 되었다. 왕의 가족 중에서도 아들 한 명이 목숨을 건져 로마로 데려가 유명한 로마인 가정에서 자라났다가 후일 귀국하여 등극하게 되었다.

그 왕 트르다트(티리다테스) 3세(298~330)는 후일 그리고르를 불러 미트라교 신전에 예배할 것을 요구하였으나 이를 거절하자 그리고르를 잔인하게 고문하고 사형수를 수감하는 지하 감옥에다 가두고서 13년 동안 음식과 물을 주지 않았다. 그러나 그는 한 친절한 여인의 도움으로 끝내 살아남았다. 그리고는 기독교 전도를 위해 로마로부터 피신해 온 성녀 흐립시메와 가야네 및 그들의 제자를 포함한 37명의 처녀들을 돌로 쳐 죽이고서 정신병에 시달리던 왕을 구원하여 마침내 기독교로 개종시켰으며, 301년에 기독교를 국교로 선포하게 만들었다는 스토리이다. 그리고 계몽자(Illuminator) 그리고르는 아르메니아 사도교회의 초대 총대주교로 되었다.

로마 황제 콘스탄티누스가 기독교에 대한 박해를 종식시키고 그 신앙을 허용한 것은 그 후 313년의 일이고, 기독교를 로마 제국의 국교로 선포한 것은 381년의 제2차 에페소스 공의회 때였다. 기독교는 이미 1세기에 사도 타데우스에 의해 처음 아르메니아에 전해졌고, 2세기에는 사도 바돌로메에 의해 전해져 상당수의 신도를 얻고 있기는 하였으나, 당시에 이르기까지 아직 국민 전체에게 수용될 정도는 아니었던 것이다.

나와 아내는 계몽자 그리고르가 갇혔던 언덕 꼭대기의 聖 게보르그 교회에서 사다리를 타고 6m 지하에 사방 4.4m로 된 지하 감옥까지 내려가 보고, 그 옆의 성 아스트바차친 교회를 두루 둘러보았으며, 교회 부근의 바위로 이루어진 작은 산꼭대기에도 올라 주변의 풍광을 둘러보았다. 햇볕이 따갑고 강우량이 부족한 탓인지 거기서 바라본 풍경은 꽤 황량하였다.

11시에 집합하여, 아르메니아 왕국의 옛 수도였던 아르마비르 주의 예치미아진으로 향하였다. 세계 最古의 예치미아진대성당은 조지아의 사메바대성당에 해당하는 아르메니아 사도교회의 총본산이다. 전설에 의하면, "예수 그리스도가 지상으로 내려와 金 망치로 두드려 지면으로부터 교회가 나타나게 했다"고 하는 성 그리고르의 꿈을 근거로 하여 트르다트 3세와 함께 건설을 시작하여 301년에서 303년까지에 걸쳐서 완성하였고, 이후 지진이나 외침 등으로 인하여 여러 차례 파괴와 재건을 되풀이하였으며, 현재도 본당 외부와 내부에 수리가 진행 중이었다.

그리로 향하는 고속도로는 6차선이었다. 대성당은 넓은 경내에 사교의 주거나 기숙사 등 여러 가지 건물들이 있고 제노사이드 추모비도 있었다. 우리 내외는 따로 1인당 1,500드람인 입장권을 구입하여 본당 안에 있는 박물관에 들어가 보았는데, 거기에는 노아 방주의 파편이 포함된 성물함(1698년), 예수 십자가의 일부가 포함된 성물함(1300년경), 십자가에 달린 예수의 옆구리를 찔렀다는 로마 병사의 창이 보관된 성물함(1687) 등이 전시되어 있었으나 정말 실물일지 의심스러웠다. 박물관 안에는 단체로 들어온 한국의 작은별여행사 팀이 현지인 여성 가이드의 유창한 한국어 설명을 듣고 있었다. 경내에 무궁화와 자귀꽃 등이 만발해 있었고, 그곳 사람이 살구나무 가지를 흔들어 우리 일행에게 이 나라의 유명한 과일을 맛보게 해주었다.

7분 정도 이동하여 정신박약자를 위한 NGO 단체가 운영한다고 하는 식당에 들러 점심을 들었다. 그곳 식당에서 서비스하는 사람들도 정신박약자라고 한다. 나는 그곳 기념품점에서 일본어로 된 아르메니아 안내 소책자 한 권을 구입하였다.

오후 2시 10분에 식당을 출발하여 그 부근의 즈바노츠(혹은 성 그리고르)를 방문하였다. 스케줄에는 들어 있지 않았으나 시간적 여유가 있어 추가로 방문하게 된 곳이다. 즈바노츠는 '천사들의 대성당'이라는 뜻이다. 성 그리고르가 트르다트 왕을 만나 아르메니아가 세계 최초로 기독교를 국교로 선포하도록 이끌었다는 장소에다 약 650년에서 659년 사이에 총대주교 네르세스 3세가 3층의 그리스·비잔틴·아르메니아 고유 양식을 결합한 돔형 대성당을 세웠던 것이다. 10세기에 지진 또는 아랍인에 의해 파괴되었다가 20

세기 초부터 발굴되기 시작한 고고학적 유적이다. 건물은 32각형의 원에 가까운 모양으로 세워졌고, 그 터에 이오니아 양식의 열주가 늘어서 있으며, 날개 달린 사자 모양의 조각도 있다. 이스탄불의 소피아 사원에 직접적인 영향을 주었다고 한다. 2000년에 '예치미아진의 대성당 및 교회들과 즈바노츠의 고고학 遺址'는 유네스코 세계유산에 등록되었다.

우리는 그 경내에 세워진 박물관에 들어가 보았고, 나는 거기서 아르메니아 관광안내서인 Orbelyan Zaruhi의 『Guia de Armenia: Historia, Naturaleza, Religion, Curiosidades』(Yerevan, 2018, 2판)와 아르메니아 역사에 관한 책자인 Armen Khachikyan의 『History of Armenia: a Brief Review』(Yerevan: Edit Print, 2010)를 각각 한 권씩 유로로 구입하였다. 전자는 몇 종류의 서양어로 적힌 같은 책들이 나란히 진열되어 있었으므로, 나는 그 중 영문판을 고른다고 했는데, 나중에 펼쳐보니 스페인어로 된 것이었다. 다른 곳들에서 찾아보아도 그 책의 영어판은 눈에 띄지 않았다.

오후 3시 10분에 그곳을 출발하여 예레반으로 돌아와 도시의 중심인 공화국광장에서 내렸다. 구소련 시절에는 레닌광장이었는데, 이제는 레닌의 동상이 철거되고 이름도 바뀌었다. 정부청사 등이 광장을 둘러싸고 있었다. 독립한 이후인 지금까지도 도시 곳곳에 러시아 문자가 보이고 번역문을 제시할 때는 러시아어가 영어보다 앞서는 경우가 많다. 코카서스 지역에서는 국민의 대다수가 아직도 러시아어를 모국어처럼 구사할 수 있는 모양이다.

예약된 3시 50분에 역사박물관 입구에 모여 그곳 학예사의 안내에 따라 박물관 내부를 관람하였다. 그런 다음 현지가이드의 안내에 따라 또 다른 공원과 기념품 상점들이 세 줄로 길게 늘어서 있는 곳으로 가서 시간을 보내었다, 나는 그곳 Abovyan 2/5에 있는 Arev라는 상점에서 신용카드로 이 나라의 도로지도 팸플릿을 한 권 구입하였고, 아내는 노점에서 포크 한 세트를 샀다.

Tospia 레스토랑에서 석식을 든 다음, 7시 반에 출발하여 메트로폴 호텔로 돌아왔다. 이 나라에 온 이후 식사 때마다 라바쉬라는 전통 빵이 나오는데, 난처럼 둥그런 화덕 안에다 붙여 굽는 것으로서 얄팍하면서도 널찍하게 만들어 그 안에 음식물을 넣어서 김밥처럼 말아 먹는 것이다. 그리고 거의 매끼마다 삶은 가지 요리도 빠지지 않는다.

29 (금) 맑으나 무더움

새벽에 스마트폰의 이메일 기능을 이용하여 어제의 일기를 입력하다가 오늘도 여러 차례 날려버렸다. 실수로 취소 버튼을 건드렸기 때문인 듯한데, 원인을 알고 있다고 하더라도 자기도 의식하지 못하는 사이에 벌어지는 일을 어떻게 하겠는가?

조식을 들러 0층의 식당으로 내려가 보았더니, 트빌리시에서와 마찬가지로 또다시 하나투어 팀이 들어와 식당은 온통 한국인 천지였다.

9시 30분에 출발하여 예레반에서 동쪽으로 50분 정도 이동한 거리에 있는 게그하르드 수도원으로 향했다. 오늘 날씨는 최고 36도 정도 된다고 한다. 도중에 아람 하차푸리안이라는 이 나라 작곡가의 음악 '칼의 춤'을 들어 보았다. 가이드로부터 들은 바에 의하면 아르메니아어는 인도유럽어계의 독립적 어파인데, 옛 아르메니아 땅 가운데서 서부 지방은 현재 터키 영토에 속해 있기 때문에, 동부 아르메니아어가 국어로 되어 있다고 한다. 대명사가 없는 것이 특징이다.

도중에 아라라트 산이 정면으로 바라보이는 아라라트(차렌츠) 아치라는 곳에 잠시 머물렀다. 그곳은 이 나라의 대표적 시인으로서 화폐에 그 초상이 실려 있는 예기셰 차렌츠(1897-1937)가 '세상에서 가장 아름다운 곳'이라고 했던 곳으로서, 계단 위에 1957년에 만들어진 돌로 된 아치가 세워져 있고, 거기에 차렌츠의 시가 새겨져 있었다. 그는 스탈린 통치 하에 숙청된 이 나라의 저명인사 중 하나이다. 그 아치 아래에서 남녀 3인조가 감정이 풍부하게 들어간 표정과 몸짓으로 노래를 부르고 있었다. 우리 일행 중 여성 한 명이 그들의 노래가 일단 끝난 후에 다가가 그들이 파는 음악 CD 한 장을 미화 20불로 구매하므로 나도 가서 유로로는 얼마냐고 물었더니 역시 20유로라는 것이었다. 환율이 다른데 같은 액수를 요구하는 것은 타당치 않다는 느껌이 들었지만, 그 값을 지불하고서 한 장 샀다. Lusaber라는 남녀 4인조의 Armenian Spiritual and Folk Songs였다.

우리가 먼저 방문한 게그하르드 수도원은 12-13세기에 지어진 것으로서, 원래는 이교도의 종교 시설이 있었던 곳인데 4세기 초에 계몽자 성 그리고르가 이곳에 거주하면서부터 기독교 시설로 바뀌었다고 한다. 그 상당 부분은 하나의 거대한 돌을 깎아서 만든 암굴 수도원으로서, 현재의 수도원은 1215년부터 1225년 사이에 장군이었던 자카리안 형제에 의해 조성되었다가, 얼마 후 프로시안 일족의 왕자들에게 양도되었다. 1250년에 12사도 중 한 명인 유다가 보관하고 있었던 예수의 옆구리를 찔렀던 로마 병사의 창이 이 수도원에 기부되면서 원래 동굴사원이었던 이름이 '창'이라는 뜻의 게그하르드로 바뀌었다. 어제 예치미아진대성당의 박물관에서 보았던 바로 그 창인데, 노아의 방주 파편도 원래는 이 수도원에 보관되어 있던 것이라고 한다.

교회 내부에서 세례 후의 의식이 진행되고 있었다. 아르메니아 사도교회에서는 신부에게가 아니고 본당 안의 움푹 들어간 벽면에서 신에게 직접 고해성사를 한다는데, 이 교회에도 그런 시설이 있었다. 그 외에도 집채 같은 바위를 뚫어 만든 교회 공간 안에 원래는 이교도의 경배 대상이었던 샘이 있고, 에코 홀이라는 곳도 있었다.

거기서 갔던 길을 20분 정도 되돌아 나와 예레반으로부터 28km 떨어졌고 아자트 강 상류 오른쪽의 전망 좋은 절벽 위에 위치한 기원전 1세기의 건물 가르니 신전을 방문하였다. 태양신 미르(미트라)를 제사하던 곳이다. 이곳은 기원전 3세기에 요새로 지어졌다가 신전으로 재탄생한 곳이다. 로마의 간접 지배하에 있었던 아르케사스 왕조의 미트리다스 1세에 의해 건립되었다. 현무암 재질로 만들어졌고, 헬레니즘 경향을 지닌 로마 문명의 커다란 영향을 받았지만, 아르메니아 건축 양식으로 세워진 것이라고 한다. 24개의 기둥이 있고, 신전 내부의 안쪽 벽면에 빈 공간이 있었다. 가이드는 왕의 입상이 위치했던 곳이라고 설명했으나, 아마도 신상이 있던 곳이 아닌가 싶다. 이 신전은 침략과 지진을 견디고서 오늘날까지 남아 있는 전체 코카서스 지역에서 유일한 헬레니즘 건조물이다.

그 서쪽에 여러 건물들의 유적이 남아 있고, 로마식 목욕장도 비교적 온전하게 남아 있었다. 기독교 전래 이후로는 이 일대가 왕의 여름 별궁으로 사용되었던 것이다. 목욕장 안쪽 방의 바닥에 모자이크 타일 그림이 있는데, 거기에 '우리는 대가 없이 일했다' '우리는 신을 위해 바쳤다'라는 글이 남아 있다고 한다. 그리스어로 적힌 비문의 일부도 남아 있는데, 네로 황제의 후원에 의해 트리티테스 1세가 건립했다는 내용이다. 신전 아래쪽에 용암이 분출하여 생긴 거대한 협곡이 뻗어있고, 거기에 주상절리가 크게 나타나 있었다. 이 나라의 관광안내서에 늘 나타나는 명소 중 하나로서, 세계자연유산으로 지정되어져 있는 곳이다.

신전에서 70m 떨어진 거리의 가르니 마을에 있는 노아의 정원이라는 이름의 식당에 들러 점심을 들었다. 이 식당도 실내외로 코냑, 와인, 보드카 등 수많은 술병들이 진열되어 판매하고 있었는데, 술병에 적힌 글들은 대부분 러시아어였다. 실내에서 여러 가지 전통 공예를 보여주기도 하는데, 라바쉬빵을 만들고 있는 모습을 보았다.

예레반 시내로 돌아온 다음, 9 Madoyan Street에 있는 Megerian Carpet이라는 이름의 박물관을 겸한 양탄자 공장에 들렀다. 1917년에 미국의 디아스포라 사업가에 의해 창업된 것으로서, 세계 여러 곳에 공장을 두고 있는 모양이었다.

다음으로는 시내의 언덕 위 아라라트 산을 정면으로 바라보는 위치에 있는 빅토리아 파크의 아르메니아 어머니상에 들렀다. 조지아의 어머니상이 포도주병과 칼을 들고 있는데 비하여 이곳의 어머니는 오직 칼만을 가로로 받쳐 들고 서 있는데, 그 아래의 박물관까지 합해 총 높이는 51m에 달한다. 2차 대전 승전 기념으로 스탈린의 동상이 세워졌었던 장소인데, 1962년에 제거하고서 67년에 어머니 상을 세운 것이다. 어머니는 국가를 상징하는 것으로서 그 모습이 매우 용맹스럽고, 주위에 탱크와 전투기 등 무기들이 배치되어져 있으며, 오후 5시까지의 관람 시간이 지나서 박물관 안으로 들어가 보지는 못했으나 그 내부에도 2차 대전 및 對 아제르바이잔 전쟁 등과 관련된 물품들이 전시되어 있다. 전쟁기념관이라고 할 수 있는 곳이다. 바깥 광장에는 전사자를 추모하는 꺼지지 않는 불도 타오르고 있었다.

마지막으로 비스듬한 구릉지에 층층으로 계단 모양의 공원을 조성하고, 그 지하를 에스컬레이터를 타고 올라가면서 각종 미술품과 전시관들을 둘러볼 수 있게 된 시민공원 케스케이드에 들렀다. 제일 아랫단의 광장에 남녀 젊은이들이 둥그렇게 둘러서서 춤을 추고 있었다. 1971년부터 80년까지에 걸쳐 만들어진 것이라고 한다.

7 Paronyan ST에 있는 Tevern Yerevan이라는 식당에 들러 소고기스튜 등으로 마지막 석식을 들고난 후 다시금 이동해 오페라하우스 앞에서 하차하여, 이 도시의 명동이라고 할 수 있는 North Avenue를 걸어서 통과하여 다시 공화국광장으로 갔다. 그곳 역사박물관 옆 어느 빌딩의 꼭대기 층에 있는 Diamond 레스토랑에 딸린 옥상 카페에서 술이나 음료를 들면서 하늘의 보름달과 광장에서 밤 11시까지 계속되는 분수 쇼를 바라보며 대화를 나누었다. 또 하나의 옵션인 예레반 야경 관광인 셈이다.

조지아에는 한국 영사관이 있으나, 아르메니아에는 없다고 한다.

그곳을 나온 후 20분 정도 이동하여 예레반 즈바르노트 국제공항으로 가서 가이드들과 작별하였다.

■■ 30 (토) 맑음, 한국은 장마

오전 2시가 못되어 보딩이 시작되어, 3시에 카타르항공 QR286 편을 타고서 예레반 공항을 이륙하였다. 나는 28D석에 앉았는데, 웬일인지 아내는 훨씬 앞자리에 배정되었다가 내가 스튜어디스에게 말하여 후에 내 앞 열의 빈 좌석으로 옮겨오게 되었다. 이미 배가 부르므로 기내식은 들지 않았다.

4시 55분에 카타르의 도하 공항에 도착한 후, 08시에 QR862 편으로 바꿔 타고서 22시 40분에 인천국제공항에 도착하였다. 이번에는 나는 14J 석에, 아내는 내 옆자리에 배정되었다. 도하에서 인천까지 약 9시간이 소요되므로, 두 끼의 기내식은 한국 시간을 고려하여 점심과 저녁으로 들었다.

인천공항에 도착하여 아내가 그 구내에 숙소가 있다는 정보를 입수하였으므로, 직원에게 물어서 기차 역 안에 있는 그곳으로 찾아가 보았으나 이미 만실이라는 것이었다. 택시를 타고서 지난번 스페인 여행 때 터키항공을 타고와 비행기 연착으로 하룻밤을 묵은 적이 있었던 신공항 구역의 골든 튤립 호텔로 찾아갔는데, 무슨 까닭인지 주민과의 사이에 분쟁이 있어 영업을 하지 않는다고 하므로, 그곳 직원이 알려주는 도로 건너편의 다른 호텔로 찾아가 보았는데, 그곳 역시 만실이었다. 할 수 없이 그 부근의 인천 중구 신도시남로 150번길 8에 있는 호텔시애틀 인천공항점을 찾아가 603호실에 들었다. 실내의 시설이 모텔 급으로서 여행 중의 호텔들보다 질이 크게 떨어졌으나, 이미 자정이 넘은 시간이라 간단히 샤워를 마친 후 다음날 오전 1시 무렵에 취침하였다.